Pauline Deysson

LA BIBLIOTHÈQUE

GRANDIR

www.paulinedeysson.com

ISBN : 978-2-9558140-0-0
Dépôt légal : Septembre 2016

Site internet : www.paulinedeysson.com

À l'éléphant africain
À l'albatros lointain

SOMMAIRE

CHAPITRE 1 : LE LYS

« C'est une fleur de lys ! »

Antonie se leva, et suivit la fée à travers les rayons de la Bibliothèque.

D'une sérénité teintée d'inquiétude, elle offrait un contraste saisissant avec la créature qui la précédait. Fantaisie sans visage échappée des méandres de l'idéal, la fée n'était constituée que de lumière blanche ; elle voletait gaiement devant la Bibliothécaire aux cheveux striés d'argent.

L'étrange couple se perdit dans le dédale livresque de la Bibliothèque. Des livres, des livres à perte de vue, se déployant en de longs couloirs, se croisant à l'infini. La fée allait vers le cœur de la Bibliothèque.

Soudain, Antonie se retrouva seule.

Un arbre merveilleux se dressait devant elle. Son feuillage touffu, caressé par une brise venue de nulle part, rappelait le reflux des vagues sur l'océan. Il plongeait ses racines dans un tertre de lumière ; des tâches de soleil jouaient sur son bois noueux. À l'extrémité de l'une de ses branches poussait une magnifique fleur de lys.

Un sourire plein d'espoir éclaira le visage d'Antonie, qui cueillit la fleur le plus doucement possible. Elle contempla une dernière fois l'arbre extraordinaire avant de s'en retourner parmi les allées de livres.

Elle fut bientôt devant la porte de la Bibliothèque. Noire, cerclée d'or, une serrure de diamant la maintenait fermée. Deux hautes fenêtres l'encadraient ; au-delà s'étendait un espace infini, où flottaient des symboles dorés.

Antonie les fixa d'un air de défi, puis ouvrit les doigts qui retenaient la fleur tant inattendue. Celle-ci s'éleva dans les airs, traversa les fenêtres et s'envola parmi les signes d'or.

« Je t'attends, apprenti, murmura la Bibliothécaire. Ensemble, nous sauverons les hommes et les rêves. »

◆

Émilie s'éveilla en sursaut.

Rien dans sa chambre ne bougeait. L'ordinateur était éteint, le Disali et le Divêti aussi. La pièce était parfaitement silencieuse, comme d'habitude.

Elle se leva et entra dans le Divêti, un appareil creux en forme d'œuf.

« Je veux une robe bleue avec des nattes.

– Bonjour petite maitresse ! répondit l'appareil. Tes désirs sont des ordres. »

Le Divêti s'illumina quelques secondes, puis Émilie partit s'examiner dans le miroir. Les cheveux blond cendré coiffés en deux nattes qui lui arrivaient aux épaules, les yeux bruns et d'une taille qui allait de pair avec ses dix ans, elle portait une jolie robe bleue.

« Tu es très belle, petite maitresse, dit le miroir.

– Tu me dis la même chose tous les jours. »

Le miroir ne répondit pas. Émilie s'assit devant son ordinateur, et ordonna au Disali de lui préparer son petit-déjeuner.

Multicolore, oscillant entre le cube et la sphère, l'objet s'exécuta.

« Bon appétit, petite maitresse !

– Je veux voir un dessin animé. »

L'ordinateur afficha une page de vidéos ; Émilie toucha la première venue.

La série, baptisée *Amour impossible*, racontait l'histoire d'un prince et d'une princesse dont l'amour était impossible.

« Oh, mon amour, soupirait la princesse, si seulement nous arrivions à construire un pont pour traverser le gouffre sans fond, et nous retrouver enfin… Mais à chaque fois, le pont s'écroule. Je ne veux plus que tu risques ta vie…

– Ne t'inquiète pas. Le pont de corde était trop fragile, le pont d'acier trop lourd, mais cette fois-ci nous allons y arriver. Nous ferons un pont de pierre ! »

Et le pont de se construire, puis de s'écrouler au moment où les personnages se rejoignaient, à cause d'une bombe posée par le méchant.

« Il y a combien d'épisodes, là-dedans ?

– 642, petite maîtresse.

– C'est toujours le frère qui fait tout rater ! Ne me dit pas qu'il leur faut 600 épisodes pour s'en rendre compte… Va sur Infosérie, je veux connaître la fin. »

L'ordinateur s'exécuta. Émilie toucha du doigt l'icône d'*Amour Impossible*, et écouta le résumé de la série.

« Dans le monde merveilleux d'Everland, le prince Jason aime la princesse May. Mais un gouffre sans fond sépare leurs deux royaumes…

– Ça se termine comment ? coupa Émilie.

– Alors que tout espoir semble perdu, Jason décide de fuir. Il longe le gouffre pendant plusieurs jours, et finit par découvrir un étrange appareil qui le maintient ouvert. Ce n'est rien d'autre que le Désintégrateur, inventé par son frère Viper pour l'empêcher de rejoindre May…

– N'importe quoi, dit Émilie. C'est complètement invraisemblable. »

Elle toucha les commentaires des autres.

« C'est vraiment génial, une des meilleures séries que j'ai jamais vues, dit une voix de fille. Le prince Jason est teeellement beau, et May est parfaite ! Belle, forte et fragile en même temps… »

Indignée par les huit cœurs qui récompensaient cet avis, Émilie appuya sur l'icône « Nouveau commentaire ».

« Je t'écoute, petite maîtresse, dit l'ordinateur.

— Je ne suis pas d'accord avec May642, dit Émilie. Cette série manque de logique. Un gouffre ne peut pas être sans fond, il y a forcément un sol. Jason et May auraient pu penser à faire le tour plus tôt, et on voit tout de suite que Viper est le méchant. Il lui suffisait d'augmenter l'écart du Désintégrateur pour que Jason et May ne puissent plus se voir. »

Émilie regrettait de s'être laissée séduire par les graphismes d'*Amour impossible*. Les cheveux de la princesse lui plaisaient, et les vêtements du prince. Avec *Un immeuble en danger* et *Le Revery qui ne voulait pas grandir*, c'était un des dessins animés qu'elle estimait le moins laid. Cet après-midi, elle se chercherait une nouvelle série : il y en avait tellement qui apparaissaient chaque jour !

« Petite maitresse, c'est l'heure de ta leçon, l'informa l'ordinateur.

— J'y vais. »

Émilie sortit de son appartement et longea le couloir rose et vert jusqu'à l'ascenseur.

D'autres enfants s'y trouvaient déjà, lancés dans une discussion animée.

« C'est au niveau 7, quand tu dois battre le Revery des extra-terrestres. J'arrive à lui enlever de la vie mais je meurs toujours trop tôt…

— Il faut l'attaquer d'une main et esquiver de l'autre. C'est dur mais c'est jouable, il faut s'entrainer.

— Vous avez déjà essayé de jouer à *Cook and Shop* ? Pour ce qui est des jeux à deux mains, c'est idéal. Si vous gagnez à celui-là vous gagnez à tous les autres.

— Ce sera plus simple avec un Revery. Imagine, contrôler ton personnage rien qu'avec tes yeux… Les attaques seront beaucoup plus rapides.

— Vous êtes arrivés, petits maitres, » les informa l'ascenseur, et ses portes s'ouvrirent sur un couloir jaune et bleu.

Le Revery constituait le sujet de conversation principal de tous les enfants du CED (Centre d'EDucation), et Émilie n'échappait pas à la règle. À en croire les éducateurs, cet écran holographique, généré par deux perles noires qui se plaçaient dans les oreilles, représentait l'invention la plus essentielle de l'humanité.

« Bonjour à tous ! »

L'éducatrice venait d'entrer dans la classe, et le silence se fit aussitôt.

« Comme vous le savez, le TAP, le Test d'Aptitude que vous attendez tous avec impatience, aura lieu dans un mois. À l'issue du TAP, vous serez déclarés aptes, et vous recevrez votre Revery. Vous vous demandez sûrement ce qu'un Revery a de plus qu'un ordinateur, et pourquoi tout le monde doit en avoir un. Ce sont les questions auxquelles nous allons répondre à partir de maintenant. »

Pause.

« Le Revery réagit au contact de votre ADN, et ne pourra être utilisé que par vous. Il remplacera votre CUI et permettra à tous les serveurs de vous identifier, vous offrant ainsi un accès illimité aux TGV, aux AVS, aux CATECO, aux CEL, aux CES, et bien sûr à votre propre appartement, dont il constituera l'unique clé. »

Émilie n'aimait pas les abréviations. Carte Universelle d'Identité, Trains de Grande Vélocité, Avions à Vitesse Supérieure, Cabines de Téléportation Collectives, Centres de Loisirs, Centres de Soins... Les mots, la sonorité des mots lui plaisait ; les sigles n'avaient aucune mélodie. Le nom même des villes était abrégé : on ne disait pas Cité des Merveilles, mais Cimer.

Un mot en particulier attisait la curiosité d'Émilie. Papillon. C'était son plus ancien souvenir, et elle ne se rappelait pas les circonstances dans lesquelles elle l'avait entendu. Elle pensait l'avoir appris avant d'entrer au CED. Lorsqu'elle se concentrait, il lui semblait percevoir une voix chantante avec qui elle répétait en chœur « Papillon ! Papillon ! Papillon ! » au milieu d'un océan de verdure et de bonnes odeurs.

« Pour chaque jeu auquel vous jouerez, disait l'éducatrice, chaque vidéo que vous regarderez, chaque discussion engagée, chaque utilisation du Revery, vous gagnerez des points. Grâce à ces points, vous réaliserez tous vos rêves. Louer une villa de luxe, faire une croisière six étoiles, partir en séjour sur un vaisseau spatial... »

Partir dans l'espace ? Voilà qui devenait amusant. Émilie leva la main.

« Combien de points faut-il pour pouvoir faire ces activités ?

– Un million minimum. Avec assez de motivation, tu peux les réunir en moins de six mois. »

Un murmure enthousiaste parcourut la salle.

« Ce qui m'amène au point suivant, poursuivit l'éducatrice. Si, comme Émilie, vous désirez accéder à ces privilèges sans attendre, le Revery vous offre une opportunité unique d'y parvenir : le travail. »

La classe éclata en chuchotements surexcités.

« Vous savez que notre monde n'existerait pas, sans le travail constant des salariés. Ils sont sélectionnés grâce à des jeux spéciaux, où il est très difficile de gagner. S'ils réussissent, l'État leur offre un travail, et un salaire d'un million de points par jour.

– Que font les salariés ? demanda une fille à l'autre bout de la pièce.

– Il y a cinq métiers qui s'offrent à vous. Cinq professions qu'aucun robot ne peut réaliser à votre place. Réalisateur, inventeur, prestataire, éducateur et veilleur. Quelle que soit celle que vous choisissez, votre salaire sera le même. »

Des mains se levèrent un peu partout, qui représentaient autant de questions, et l'éducatrice entreprit de détailler chaque métier.

Le réalisateur créait les films, les jeux vidéo et les musiques. Il imaginait des films et des jeux d'aventure, de réflexion, de course, de guerre, d'action, de cuisine, des vies parallèles et des jeux-concours avec à la clé des cadeaux incroyables. Le réalisateur emplissait les têtes de musique et le quotidien de distractions.

L'inventeur. On lui devait le Revery, et tous les appareils qui facilitaient la vie quotidienne. Disalis, Divêtis, transports améliorés, CES, CIM (Cinéma IMmédiat)… L'inventeur rendait possibles de telles merveilles. Il considérait le corps comme une œuvre d'art dont il fallait prendre soin.

Les prestataires, eux, se répartissaient en deux catégories : les présos (Prestataire de RÉseaux SOciaux) et les prépros (PREstataire de PROcréation).

Les présos forgeaient le lien social. Ils rivalisaient d'imagination pour inciter les gens à entrer en contact, sur la base de critères plus insolites les uns que les autres : jeux communs, mais aussi compatibilité génétique, tour de taille, couleur des yeux, longueur des bras…

Les prépros se chargeaient du renouvellement des générations. Ils créaient des enfants Absolus à partir de la BUG (Banque Universelle des Gènes), où se trouvait répertorié l'ADN de chaque individu. Les gènes des Absolus étaient sélectionnés au moyen de formules complexes, et les bébés se développaient en couveuse, sans aucune intervention humaine, afin qu'ils soient les plus parfaits possible. À leurs douzième mois d'existence, ils étaient enregistrés dans le RUL (Répertoire UniverseL), qui recensait tous les êtres humains, regroupant les informations administratives et génétiques propres à chacun. Pendant les quatre années suivantes, des adultes pouvaient louer des Absolus pour se distraire, comme les animaux de compagnie. À ceux qui souhaitaient faire des enfants Naturels, les prépros offraient d'externaliser la grossesse, et se chargeaient de l'enfant jusqu'à ses douze premiers mois. À cinq ans, Absolus ou Naturels, tous les enfants entraient au CED.

Émilie était la seule Naturelle de sa classe. Elle se demandait si, à cinq ans, elle aurait été assez âgée pour se souvenir de ses parents. À entendre ses éducateurs, elle constituait le résultat typique d'une détermination mal placée : conçue sans avoir été externalisée, ses parents s'étaient lassés d'elle, l'abandonnant devant le CED un an avant sa prise en charge officielle. Et cette année de différence suffisait pour effacer leurs visages de sa mémoire…

Une fois en âge de se souvenir, Émilie avait posé de nombreuses questions sur ses parents. D'après ses éducateurs, ils se trouvaient dans un CASS (Centre d'AprentiSSage de l'aptitude) pour être soignés d'une maladie grave. Ils l'avaient oubliée, et elle ne les reverrait jamais.

« L'éducateur, expliquait la jeune femme, fait mon métier. Il travaille dans les CED et se charge de former des enfants comme vous.

« Enfin, le veilleur est chargé de surveiller tout ce qui est filmé par les caméras, à l'aide d'équations de recherche très sophistiquées. C'est lui qui nous protège des gens inaptes. »

Les gens inaptes… Des individus agressifs et imprévisibles. Des gens qui voulaient s'accaparer tous les points sans jouer, et qui empêchaient les autres d'en profiter. Des méchants, comme Viper dans *Amour impossible*… Mais on ne les tuait pas, car tuer est interdit. Envoyés dans des CASS, on les soignait de force, comme les parents d'Émilie… Sauf que, six ans plus tard, ses parents ne semblaient pas avoir guéri de leur inaptitude.

La sonnerie marquant la fin du cours vint interrompre les pensées d'Émilie.

Elle retourna dans sa chambre sans parler à personne. Seul le métier de réalisateur l'intéressait : ainsi, elle pourrait créer de vraies histoires, cohérentes et bien dessinées, aux personnages intelligents. Il lui suffirait de réussir le Test d'Aptitude. Personne n'y échouait jamais… Elle n'avait aucune raison de s'inquiéter.

L'après-midi se passa en recherches sur le métier de réalisateur, et en jeux vidéo d'un intérêt limité. Émilie était toujours tiraillée entre les jeux d'exploration et les jeux d'aventure. Les premiers avaient de beaux décors mais des histoires insipides ; dans les deuxièmes, il fallait combattre sans arrêt pour en apprendre davantage. Elle se lassait souvent avant d'y parvenir, et se laissait séduire par d'autres graphismes. Cependant, quand un jeu lui plaisait, elle le terminait à cent pour cent, et il n'était pas rare qu'elle y rejoue, pour mieux apprécier les décors et se réapproprier l'histoire.

Abrutie, les yeux piquants d'avoir regardé son ordinateur toute la journée, Émilie repensa à son réveil avant de s'endormir. Elle n'avait aucune raison de sursauter… Après tout, peu importait. Le Test d'Aptitude… Le Revery… Réalisateur.

◆

Dans les semaines qui suivirent, Émilie n'eut pas le temps de s'ennuyer : chaque cours soulevait de nouvelles questions.

Comment obtenir un métier ? Quels jeux pratiquer ? Que pouvait-on acheter avec les points ? Émilie rêvait avec les autres enfants de tout ce que le Revery lui permettrait de se procurer, et n'échappa pas à l'impatience générale qui suivit l'annonce de leur visite au CEL.

Nouvel Eden, le Centre de Loisirs était *le* lieu incontournable de la ville. Il organisait des événements tout au long de l'année, qui constituaient autant de rencontres à ne pas manquer.

Le CIM et le JEL (Jeux en Liberté) faisaient partie des expériences les plus populaires du CEL, et coûtaient 1000 points chacun.

Les JEL étaient des jeux vidéo grandeur nature, où l'on évoluait sous sa forme d'avatar dans un monde virtuel hautement réaliste.

Le CIM transformait les films en tranches de vie accessibles aux sens, grâce à une habile manipulation du cerveau.

Les élèves pouvaient tester au choix le JEL ou le CIM : Émilie opta pour le second.

Un siège l'attendait au centre d'une pièce sombre ; un casque recouvrit sa tête dès qu'elle se fut assise.

« Bonjour et bienvenue au CIM, roucoula une voix féminine. Que voulez-vous faire aujourd'hui ?

– Je ne sais pas. Je veux voir un film…

– Voulez-vous écouter la liste des activités proposées ?

– D'accord.

– Voulez-vous sauver le monde ?

– Euh…

– Voulez-vous rencontrer l'amour ?

– Euh…

– Voulez-vous délivrer un royaume ? »

Émilie laissa la voix continuer. S'ensuivit un long déroulé de choix des plus ambitieux.

Voulait-elle combattre le mal ?

Voulait-elle changer de vie ?

Voulait-elle devenir reine ?

Voulait-elle éliminer l'injustice ?

Voulait-elle se lancer dans l'aventure ?

Voulait-elle accomplir la prophétie ?

« Oui ! » cria Émilie sans attendre la suite.

La voix se tut. Émilie se retrouva dans un corps qui n'était pas le sien. Elle regardait vers le lointain, accoudée à la fenêtre d'une chaumière misérable. Elle s'appelait Ayli. Une musique mélancolique résonna, accompagnée d'une voix-off :

« Il y a bien longtemps, un royaume lointain sombrait dans la guerre. Rien ni personne ne semblait pouvoir le sauver. Seule une prophétie mystérieuse maintenait le doute dans quelques cœurs, qui refusaient de céder au désespoir. *Quand tout semblera perdu, quand le roi sera vaincu, un sauveur surgira.* Ayli faisait partie de ceux qui croyaient en cette prophétie, et désirait plus que tout être celle qui l'accomplirait… »

Une brise agita les cheveux d'Ayli, et Émilie sentit le souffle du vent sur sa peau.

« Ayli ! »

Émilie se retourna. Un homme la rejoignait.

« Ayli, nous devons aller travailler aux champs… Tu sais bien que sans récolte, nous allons mourir.

– J'en ai assez de tout ça.

– S'il te plaît… »

Ayli s'éloigna. Quelques minutes plus tard, elle entreprenait de lever une armée.

La sensation la plus proche de ce qu'Émilie traversait était le rêve : elle se trouvait à la fois derrière Ayli et en elle, elle connaissait ses pensées sans pouvoir parler par sa bouche. Émilie trouvait l'histoire sans consistance, et désapprouvait presque toutes les décisions d'Ayli, mais elle devait subir en silence l'invasion de ce corps étranger.

Puis, peu à peu, elle cessa de résister. Elle devint Ayli. Peu importait la logique : seule comptait l'aventure, son cœur qui cognait dans sa tête, cette énergie qui ne la quittait pas…

Quand le casque se releva, Émilie ne bougea pas. Le souffle court, elle vibrait encore de bonheur et de triomphe. Elle était Ayli, elle venait de sauver le monde, elle avait encore tant à faire…

La porte du CIM s'ouvrit. Non, elle ne voulait pas redevenir Émilie. Pas tout de suite. Elle voulait rester dans le monde d'Ayli. Retrouver son cheval, parcourir les vastes plaines, se battre contre des hordes d'ennemis… Son monde à elle était laid. Elle n'avait rien à y faire.

Sur le chemin du retour, Émilie fixait les tours de verre d'un air absent. Elle n'était plus Ayli… Sa vie lui semblait insignifiante. Il devait bien y avoir un jeu où elle pourrait incarner Ayli.

Dans le TGV qui les ramenait au CED, serpentant entre les immeubles-écrans à plusieurs dizaines de mètres de hauteur, les enfants discutaient avec animation du CEL. Ils mouraient d'envie d'y retourner. Le trajet ne dura pas cinq minutes, mais elles parurent une éternité à Émilie. Elle se sentait vide... Et si seule.

Elle voulait redevenir Émilie. L'Émilie qui s'émouvait sans comprendre pourquoi de la majesté des tours vertigineuses à sa fenêtre, en observant leurs messages publicitaires muets. L'Émilie à qui il arrivait d'être joyeuse en mangeant, sans raison spéciale. L'Émilie qui adorait se répéter le mot « papillon ». L'Émilie qui voulait devenir réalisatrice.

Oui, réalisatrice... L'histoire d'Ayli n'était pas logique. Elle savait se battre sans jamais avoir appris, et son armée triomphait trop facilement de l'ennemi. D'où venaient ses soldats, puisque l'armée du roi avait été vaincue ? Petit à petit, des dizaines d'incohérences revenaient à Émilie. Oui, elle avait de meilleures histoires à raconter que celle d'Ayli.

Dans sa chambre, son miroir lui lança :

« Petite maîtresse, tu es sûre que tu vas bien ? Ton cœur bat trop vite, tu as des montées de chaleur, tu es toute crispée... Tu ne veux pas que la Nou-Nou vienne t'examiner ?

– Ce n'est pas la peine. Je suis fatiguée, c'est tout.

– Allons, dis-moi ce qui t'embête...

– Rien du tout. Je vais très bien. Tais-toi. »

Dans le noir, Émilie passa de longues minutes à ré-imaginer l'histoire d'Ayli. Elle aurait bien voulu explorer plus longtemps la forêt magique, et éviter les combats... Elle fut agréablement surprise de l'aisance avec laquelle elle améliorait le film, et s'endormit le cœur en joie.

◆

Les autres enfants avaient adoré leur expérience au CEL, et ne se privaient pas de le clamer sur les réseaux sociaux.

« Génial !

– Incroyable !

« – Extraordinaire…

– Merveilleux…

– Hors du commun… »

Émilie gardait du CIM un souvenir mitigé. Peut-être avait-elle simplement choisi le mauvais film ? Peu importait. Il ne restait plus qu'une semaine avant le Test d'Aptitude : une fois son Revery en main, elle serait libre, et pourrait créer elle-même ses histoires.

« Bonjour à tous ! »

Aujourd'hui, c'était un éducateur.

« Vous avez fait beaucoup d'efforts ces dernières semaines, et nous sommes contents de vous. Voici comment les choses se passeront la semaine prochaine : un examinateur vous interrogera ; s'il est satisfait de vos réponses, il vous donnera votre Revery. On vous posera des questions très faciles, ne vous inquiétez pas. Sur la vie de tous les jours, sur ce qui vous plait… À quoi sert un Disali, quels sont vos jeux préférés ou quel est le moyen de transport le plus rapide. Ce n'est pas difficile, vous voyez ? »

La classe émit une rumeur approbatrice.

« Vous n'apprendrez rien de nouveau cette semaine : nous allons vous interroger en procédant par thème. Nous commencerons par les transports. Qui peut me dire en quoi consiste la téléportation ? »

Abasourdie par les brèves explications qu'on venait de leur fournir, Émilie n'écouta pas la réponse.

Comment cela pouvait-il être aussi simple ? Il semblait impossible d'ignorer que la téléportation était plus rapide que le TGV, et qu'un Disali donnait à manger ! Et pourtant, elle avait entendu parler d'enfants déclarés inaptes…

Au sortir du cours, Émilie décida de mener l'enquête.

« Je veux tout savoir sur les enfants inaptes, » ordonna-t-elle à son ordinateur.

Elle toucha une vidéo au hasard.

Un garçon se débattait, hystérique, encadré par des robots.

« Laissez-moi, je n'ai pas envie, je ne veux pas ! »

La scène se figea ; une commentatrice apparut.

« Chez certains individus, les symptômes de l'inaptitude apparaissent dès le plus jeune âge. Heureusement, le CASS possède les équipements nécessaires pour les soigner. »

Après un flou, le garçon réapparaissait, apaisé.

Il écoutait une musique légère, et jouait à un jeu de plateformes, faisant sauter son avatar à toute vitesse pour attraper des étoiles en forme d'écrous. Quand il eut fini son niveau, il se leva.

« Oui, disait-il à un inconnu, j'arrive tout de suite, on se retrouve au CEL.

– Es-tu heureux ? demanda une voix hors-champ.

– Bien sûr, sourit le garçon. Le CASS m'a sauvé la vie. Aujourd'hui, tout va bien. »

La commentatrice réapparut sur le devant de l'image.

« Chers internautes, vous venez d'admirer les effets du CASS ! N'hésitez pas à nous signaler tout comportement qui vous semble relever de l'inaptitude ! Il recevra un traitement adéquat, et on ne vous reprochera rien en cas d'erreur. »

Émilie appuya sur un dessin animé. Il racontait l'histoire d'une fille turbulente et renfrognée qui refusait le Revery. Envoyée en CASS, elle revenait sur la bonne voie grâce à l'amour et à la patience d'un robot Nou-Nou. Contrainte de collaborer avec son Revery pour sauver celle-ci, elle reconnaissait ses erreurs et finissait salariée.

Émilie visionna d'autres vidéos, en vain. Rares étaient celles qui mentionnaient les enfants, et toutes se focalisaient sur l' « avant / après » des gens inaptes, sans jamais évoquer le « pendant ». Qu'il s'agisse d'un film, d'un dessin animé ou d'un documentaire, tout semblait trop simple, trop facile.

La dernière fois qu'Émilie avait eu autant de mal à trouver des renseignements, c'était au sujet des livres. Elle en avait entendu parler au hasard d'un forum ; ne trouvant aucune autre information à leur sujet, elle avait interrogé un éducateur.

« On utilisait les livres il y a très longtemps pour stocker des données, avant l'invention des ordinateurs. Pourquoi cela t'intéresse-t-il ? Où en as-tu entendu parler ?

– Sur un forum. Quelqu'un disait que les livres ne faisaient pas le poids face aux ordinateurs, et encore moins comparés au Revery.

– Cette personne a raison. Tu verras quand tu auras un Revery, tu ne pourras plus t'en passer !

– Quand vous dites que les livres stockaient des données... Ils racontaient des histoires, comme les ordinateurs ?

– Oui. Mais c'était horriblement fastidieux, il fallait tout dessiner soi-même. Allez, retourne donc t'amuser. Que tes rêves se réalisent. »

Pendant plusieurs mois, Émilie n'avait eu de cesse d'en apprendre davantage au sujet des livres. Des histoires à dessiner soi-même, comme elle aurait aimé essayé ! Presque tous les dessins animés qu'elle regardait étaient mal faits ; si seulement elle avait pu les corriger... Puis, faute de grain à moudre, son intérêt pour les livres s'était éteint.

Jusqu'à maintenant... Y avait-il un lien entre les livres et les gens inaptes ? Peut-être les enfants inaptes préféraient-ils les livres aux ordinateurs...

Le lendemain, Émilie leva la main dès le début du cours.

« Que se passe-t-il quand on est déclaré inapte ? »

Toute la classe se retourna vers elle.

« Pourquoi poses-tu cette question ? demanda l'éducatrice.

– Je voudrais savoir ce qui arrive quand on échoue au TAP.

– Les enfants inaptes sont envoyés dans des CASS. Ils sont dangereux.

– Mais que font-ils là-bas ? Les vidéos n'expliquent pas bien.

– Peu importe, Émilie. Tu n'es pas inapte, n'est-ce pas ? Tu n'insultes personne, et tu ne cherches pas à obtenir des points de manière illégale. Ne te préoccupe pas des gens inaptes, pense plutôt au TAP et au Revery !

– Mais...

– Nous avons d'autres sujets plus importants à développer. Vous devez vous préparer pour le TAP. Passons à la suite.

– Cela a-t-il un rapport avec les livres ? »

Pause.

« Je te demande pardon ?

– Les gens inaptes. Ont-ils un rapport avec les livres ?

– Ces deux sujets n'ont rien à voir, Émilie. Maintenant, concentre-toi sur nos révisions, sinon tu seras pénalisée. »

Émilie obéit. Les pénalités du CED étaient très variables, et toujours adaptées à l'occasion : à l'approche du TAP, mieux valait être prudent.

La semaine qui suivit n'atténua pas les doutes d'Émilie.

Toute sa vie avait été une longue suite de films et de jeux vidéo. Elle s'était amusée, avait combattu et retenu son souffle avec ses personnages favoris, mais… Parfois, il lui arrivait de pleurer sans savoir pourquoi. Des visages pleins d'affection hantaient certains de ses rêves, et quand elle se réveillait seule dans sa chambre, sa gorge se serrait au souvenir d'une lointaine étreinte.

Elle voulait un Revery, pour devenir réalisatrice… Mais ce qu'elle désirait plus encore, c'était rencontrer des enfants comme elle, des amis à qui elle aurait pu se confier. Émilie n'avait jamais eu d'amis au CED : les autres enfants passaient leur temps à s'allier et à se déchirer dans des luttes imaginaires, ils se vexaient pour un rien, et nombre d'entre eux ne supportaient pas d'être contredits. Lors de leurs rares conversations avec Émilie, ils lui avaient ri au nez : qui se souciait de la logique des histoires, ou de la qualité du dessin ? Elle pinaillait trop : peut-être était-ce pour cacher le fait qu'elle ne terminait presque aucun jeu vidéo ?

Depuis son arrivée au CED, elle n'entendait parler que du Revery. Il était le héros de nombreux films, le trésor à gagner dans les jeux vidéo, le sujet de presque toutes les discussions. Dans la rue, les gens le regardaient tout le temps. Émilie les observait de temps en temps, du haut de sa fenêtre. Loin en-dessous d'elle, ils déployaient l'écran holographique devant eux, en marchant. Grâce aux perles noires, ils pouvaient entendre les vidéos géantes qui se jouaient sur les tours de la ville. Mais ils semblaient seuls… Toujours seuls.

Le CASS ne la rassurait pas non plus. Qu'arrivait-il aux gens inaptes ? Comment étaient-ils transformés ?

Quand elle posa la question à son miroir, il resta silencieux. Sans doute ne disposait-il pas de répliques préprogrammées pour ce genre de demandes…

◆

Le jour du TAP, Émilie rejoignit les autres élèves, l'esprit indécis. Sur les portes des salles de test, des plaques représentaient un enfant et un Revery courant l'un vers l'autre avec un air béat.

Les éducateurs se retournèrent vers les élèves en souriant.

« C'est ici que vous allez recevoir votre Revery. Lorsque vous entendrez votre nom, vous pourrez entrer. »

Un premier enfant fut appelé, et la plaquette de la porte correspondante se mit à clignoter. Dès que la porte se fut refermée, les conversations fusèrent.

« Vous croyez qu'il reviendra nous montrer son Revery ?

– Est-ce qu'on y va par ordre d'âge ?

– J'ai trop hâte de l'avoir, pas toi ? »

Un deuxième enfant fut appelé, puis un troisième. Lorsqu'Émilie entendit son nom, elle se dirigea comme dans un rêve vers la porte clignotante.

Quelques heures plus tard, Émilie regagnait sa chambre. Elle avait refusé le Revery. Refusé le Revery…

Ni les flatteries, ni les menaces ne l'avaient amadouée. Elle était restée d'un calme muet, le regard fixé sur ses mains. La parole ne lui était revenue que pour confirmer son choix d'un « oui » résolu. Elle passa ensuite de longues heures infructueuses avec les éducateurs avant de rejoindre sa chambre.

À cette heure, les autres enfants du CED fêtaient probablement l'obtention de leur Revery autour d'un buffet débordant de gourmandises. Au sommet de l'immeuble, dans une grande salle dont les baies vitrées dominaient la Cité des Merveilles. Les élèves s'y réunissaient quatre à six fois par an, pour des occasions spéciales. Émilie imaginait sans peine les délicieux plats préparés par les Disalis géants, et la vue plongeante sur les gratte-ciels environnants…

Elle ne regrettait pas son choix. Elle allait découvrir un monde que les autres enfants ne connaîtraient jamais. L'aventure lui tendait les bras, une aventure réelle, pas comme les jeux vidéo ou le CIM…

Si les choses tournaient mal, il serait toujours temps d'accepter le Revery.

♦

Les jours suivants, Émilie dut répondre à des dizaines de QUV (QUestionnaires Vocaux). On la pressa sans répit d'accepter son Revery et de repasser le test. Devant ses refus, on alla jusqu'à s'inquiéter de sa santé mentale.

Elle passa d'innombrables heures en compagnie de l'EPSY (Experte en PSYchisme) du CED. Elle ne regagnait la quiétude de sa chambre qu'après une interminable série de contrôles, et se noyait dans les jeux vidéo pour passer le temps.

Émilie affichait plus de courage qu'elle n'en éprouvait. Elle tentait régulièrement de rallier son miroir à ses choix, mais il refusait de lui parler, de même que ses autres objets. Émilie ne pensait pas qu'on s'acharnerait avec une telle obstination avant de l'envoyer en CASS ; elle avait espéré partir tout de suite.

« Je ne veux pas de Revery, répétait-elle à son miroir. J'aimerais voir ce qui se passe dans les CASS. Je ne suis pas inapte, c'est de la simple curiosité. Pour être heureux, il faut pouvoir faire ce que l'on veut ; les éducateurs le disent tout le temps. Que nos rêves se réalisent… Pourquoi insistent-ils autant pour que je prenne le Revery alors que je n'en ai pas envie ? Ils ne sont pas logiques. »

Plus on la harcelait, plus Émilie s'entêtait.

« Pourquoi ne veux-tu pas avoir de Revery ?

– Les séries sont mal dessinées, et les jeux ne sont pas cohérents.

– Mais sans Revery tu ne pourras rien faire ! Il remplace ton CUI, et c'est la clé de ton appartement. Puis tu auras accès à d'autres applications, que ton ordinateur ne te permet pas de découvrir… »

Émilie haussa les épaules.

« Quel est le problème ? Tu te sens seule ?

– Le Revery est-il obligatoire ?

– Il est indispensable. Sans lui tu ne pourras pas aller au CEL ou utiliser les CATECO pour voyager, tu ne pourras même pas manger ni avoir d'appartement. »

Souvent, Émilie arrêtait de répondre aux questions, et restait silencieuse jusqu'à ce qu'on la libère. Elle manquait de mots pour se justifier, et savait ce que les éducateurs lui répondraient. Ton Revery sera ton ami, et tu en rencontreras plein d'autres grâce aux réseaux sociaux... Mais elle voulait rencontrer de vraies personnes. Elle ne voulait pas disparaître derrière une nouvelle Ayli.

◆

Après un long mois de discussions stériles, Émilie fut convoquée dans le bureau du DECED (Directeur Educateur du CED).

« Je ne suis pas content de toi, Émilie. Tu ne fais aucun effort, alors que nous cherchons à t'aider... Tu pourrais repasser le TAP dans quelques mois. Tu auras le temps de réfléchir à ce qui est arrivé.

– Je ne veux pas de Revery.

– Si tu refuses le Revery, tu iras dans un CASS. Il n'est pas normal d'agir comme tu le fais. »

Émilie soutint le regard du DECED.

« Alors ça y est ? Je suis inapte ?

– Eh bien...

– Parce que je ne veux pas de Revery ?

– Le Revery permet de t'identifier. Sans lui, tu ne peux aller nulle part. Sans Revery, tu ne peux pas gagner de points, ni avoir d'appartement, ni participer à des concours, ni rien du tout. Le refuser, c'est refuser de vivre dans la société. »

Émilie ne répondit pas. Elle allait enfin voir un CASS de ses propres yeux... Le DECED la scruta, puis haussa les épaules.

« Tu partiras demain à 10h au CASS. Je viendrai te chercher. »

Émilie passa le reste de la journée à faire les cent pas. Demain elle serait dans un CASS, un vrai. Elle saurait tout ce qu'on voulait lui cacher... S'y plairait-elle ? Rencontrerait-elle d'autres gens inaptes ?

Le lendemain, elle fut vite prête. Elle n'emportait rien d'autre que sa tenue du jour.

Le DECED vint la chercher, encadré par deux robots humanoïdes. Quelques minutes plus tard, l'ascenseur s'ouvrit sur une pièce dont Émilie ignorait l'existence, aux murs beiges et à la moquette brune. De dimensions modestes, la salle ne comportait qu'une sorte de cube, comme une cabine dont on aurait enlevé les murs.

« Le CED a une cabine de téléportation individuelle ? s'étonna Émilie. Une vraie CATI ?

– Entre dedans, » ordonna le DECED.

Cette surprise parut de mauvais augure à Émilie. Il lui semblait qu'un piège se refermait sur elle… Mais elle n'avait pas le choix. À moins qu'elle n'accepte le Revery, là, tout de suite…

Le DECED déploya son Revery sans lui accorder la moindre attention.

Émilie pénétra dans le cube aux parois invisibles. De la fenêtre, on avait une vue imprenable sur la Cité des Merveilles…

Une lumière aveuglante interrompit son observation.

En ouvrant les yeux, Émilie crut à une erreur.

Le lieu où elle venait d'arriver ressemblait à s'y méprendre aux CATECO de la ville. Un espace aérien de lignes et de courbes chatoyantes.

Toutefois, il s'agissait bien du Centre d'Apprentissage de l'Aptitude. Cet endroit titanesque contenait des centaines de CATI, par lesquelles d'autres personnes arrivaient en même temps qu'elle. Devant la cabine d'Émilie, une jeune femme blonde attendait en souriant.

« Bonjour, Émilie. Sois la bienvenue ! Suis-moi, je vais te conduire dans ta chambre. »

Trop éberluée pour répondre, Émilie obéit. Les gens autour d'elle affichaient le même étonnement. Un cri interrompit la rumeur générale : quelqu'un tentait de s'échapper. Maîtrisé par les robots soldats, il poussait des hurlements incohérents. Il fut rapidement traîné hors du hall des CATI.

« Tu viens, Émilie ? »

Émilie se remit à marcher derrière sa guide, inquiète.

Ce fut en vain qu'elle tenta de mémoriser le chemin qui menait des CATI à sa chambre. La jeune femme la conduisit à travers un dédale de couloirs identiques. Ils respiraient tous la propreté, l'élégance et la modernité… Et ne comportaient aucune fenêtre.

Émilie fut soulagée de parvenir à sa chambre.

« Je vais rester là longtemps ? » demanda-t-elle en entrant.

La jeune femme lui sourit, toujours le même sourire.

« Au revoir, Émilie. Bon séjour au CASS ».

Un robot. Émilie le comprit alors que la porte se refermait.

Elle se retourna pour inspecter sa chambre. Elle différait peu de celle du CED, pourvue d'un grand écran intégré au mur, d'un Disali, d'un Divêti, d'un lit, d'une table et d'une salle de bains. Soigneusement installées dans une jolie boîte, les perles noires du Revery trônaient au milieu de la table.

L'écran du mur s'alluma sans prévenir, et un homme d'une trentaine d'années, aux yeux et aux cheveux bruns, prit la parole.

« Vous êtes dans un Centre d'Apprentissage de l'Aptitude. Si vous ne voulez pas mourir, vous devez en sortir le plus vite possible.

« Vos amis, vos éducateurs, la société ou l'État vous ont déclarés inaptes. On vous craint parce que vous êtes différents ; on vous envoie ici pour vous oublier. Ne vous y trompez pas : si vous refusez de changer, on vous tuera.

« Vous resterez enfermés ici, avec pour seule compagnie l'écran où je vous parle. Vous serez abreuvés de programmes vidéo sur lesquels vous n'aurez aucun contrôle. Jusqu'à ce que vous deveniez fou, ou utilisiez le Revery.

« Même si ce n'est pas à cause de lui que vous êtes là, lui seul pourra vous faire sortir du Centre. Mais rassurez-vous : cet appareil n'abrutit que ceux qui le sont déjà.

« Le personnel du Centre ignore tout de cette vidéo. Nous avons piraté leur serveur ; j'ignore combien de temps nous tiendrons sans être découverts.

« Je n'ai pas le temps de vous en dire plus. Je vous conseille seulement de prendre le Revery avant qu'il ne soit trop tard. Ce n'est pas en restant ici que vous changerez le monde. Nous sommes en guerre : chacun de vous représente un allié potentiel.

« Si vous êtes prêt à vous battre pour votre liberté, souvenez-vous de moi. Je m'appelle Jean, et nos chemins se recroiseront peut-être. »

La vidéo coupa brutalement.

Émilie était abasourdie. Mourir ? Guerre ? De quoi parlait Jean ? Émilie ne considérait pas la technologie comme un danger. Certes, elle se méfiait d'Ayli, du CIM et du Revery... Mais elle n'aurait jamais cru qu'elle risquait si gros en allant au CASS. Elle qui voulait partir à l'aventure, elle se retrouvait confinée dans une chambre, isolée des autres enfants inaptes et menacée de mort.

« Je ne dois pas rester ici, raisonna Émilie à voix haute. Je ne rencontrerai personne comme moi... Je dois retrouver Jean. »

Son regard se posa sur les inoffensives perles noires. Pourquoi faisait-on tant de cas de cet objet ? Cet insignifiant Revery, qu'il suffisait de prendre pour sortir du CASS... Comment cela pouvait-il être aussi simple ?

Émilie s'approcha du Revery. D'après Jean, il ne constituait pas une menace. Cependant, si Jean disait la vérité, tout devenait absurde. Pourquoi entourer de mystère, de menaces et d'obligations un banal écran ?

Émilie oscillait entre la table et le lit, incapable de se décider. À chaque fois, son geste s'interrompait à mi-chemin.

Au moment où elle s'affalait sur le lit, l'écran se ralluma, et elle n'eut d'autre choix que de regarder *Progrès du Monde*.

◆

Dans la semaine qui suivit, la télévision ne s'éteignit plus. Émilie l'entendait en s'éveillant, en mangeant, en se lavant, en s'endormant et jusque dans ses rêves : un débit incontrôlable de paroles qui ne s'arrêtait jamais. Tout n'était qu'avancées technologiques, croissance accélérée des richesses naturelles, vieillissements retardés, malformations disparues, paysages transformés, histoire de la science et science-fiction, mondes sauvés par l'heureux propriétaire d'un Revery, Reveries qui devenaient humains.

Le Disali ne préparait qu'un seul plat, une bouillie grise inodore et sans saveur. Le Divêti générait toujours la même robe bleue qu'Émilie portait à son arrivée. L'absence de contact humain lui pesait plus que jamais. Elle se souvenait des paroles de Jean, et se demanda si on la tuerait avant qu'elle ne sombre dans la folie.

Privée des plaisirs qu'elle prisait tant dans ce qui lui semblait déjà une autre vie, elle finit par céder aux larmes. Plus de belles

tours à contempler, plus de saveurs, plus de nouveaux mots…
Même les jeux lui manquaient. Sa chambre ne possédait pas de
fenêtres, son Disali ne servait qu'à l'empêcher de mourir de
faim, et l'écran l'obligeait à rester passive.

À son arrivée, quelques instants avaient suffi pour la
convaincre de prendre le Revery. Pourtant, elle n'osait pas le
toucher, et enrageait de cette impuissance.

Chaque journée constituait un nouveau supplice. La nuit ni le
jour n'existaient plus. Seul le volume de l'écran changeait, de
plus en plus fort au fil du temps. Elle somnolait à peine, et au
réveil il lui semblait ne pas avoir dormi.

Dans ses rares moments de lucidité, elle ne se reconnaissait
plus. Elle était Émilie, mais existait-elle ? Qui se souciait d'elle ?
Elle ne cèderait pas, elle ne deviendrait pas Ayli…

« Non ! criait-elle parfois. Tu ne gagneras pas… Je te
déteste ! Je vous déteste tous… »

Et elle se levait, frappait le mur en scandant ces paroles,
jusqu'à ensanglanter ses poings… Puis elle se recroquevillait
dans un coin de la pièce, et pleurait.

Lever, laver, manger, télé, dormir, penser, télé, manger, télé,
dormir, télé, lever, manger, télé, penser télé télé…

Elle ne se souvint pas d'avoir décidé quoi que ce soit. Était-ce
l'écran, la nourriture, Jean ? L'abrutissement ? La peur ?
L'espoir ?

Elle se revoyait seulement approcher de la table, et déployer
son bras vers le Revery, déterminée à en finir.

C'est alors que surgit l'imprévu.

Il prit la forme d'une fleur plus blanche que neige, dont les
six pétales en amande dégageaient un parfum entêtant. Elle
traversa le Revery tel un fantôme ; Émilie retint sa main, et la
fleur continua de s'élever dans les airs, ne s'immobilisant
qu'après avoir quitté les perles noires.

Émilie était stupéfaite. Elle n'entendait plus la télévision.

Son désespoir s'évanouissait… L'image de la fleur
s'affirmait, plus nette, plus forte.

Émilie se demanda brièvement si la plante ne venait pas du Revery, mais ses doutes fondirent sitôt formulés. Nulle technologie ne dégageait une odeur aussi enivrante.

Comment cette fleur se trouvait-elle ici ? Par quel miracle s'élevait-elle dans les airs et traversait-elle les objets ? Elle devait porter un si beau nom…

Émilie ne parvenait pas à détacher son regard de la plante fabuleuse. Il lui semblait n'avoir jamais rien vu d'aussi beau.

Pendant quelques secondes d'éternité, elle fixa la fleur sans nom.

Elle n'avait jamais touché de fleur… À l'instant précis où ses paumes se fermèrent sur les pétales de velours, la plante disparut.

Émilie se sentit terrassée par une fatigue irrépressible.

Incapable de penser, sourde aux hurlements de la télévision, elle s'écroula sur le lit.

Chapitre 2 : La Bibliothèque

I

Des livres.

Ce furent les premières choses qui s'offrirent à la vue d'Émilie, et les premiers mots qui lui vinrent à l'esprit.

Sans en avoir jamais vus, elle savait que ces objets rectangulaires, disposés avec soin sur l'étagère en face d'elle, étaient des livres. Des couloirs de livres qui se déployaient dans toutes les directions. Un dédale de teintes, de textures et d'odeurs, labyrinthe étrangement familier. Un rêve qu'elle aurait oublié et qui lui revenait soudain, sans raison.

Des livres... Peut-être en avait-elle vus, au temps des papillons.

Émilie s'enfonça dans les rayonnages. Elle marcha longtemps, sans ressentir ni fatigue, ni peur. Au contraire, plus elle avançait, plus cet endroit lui plaisait. Avec son haut plafond de bois, et cette lumière idéale, à la source invisible. Émilie humait le parfum chargé de sens, savourait le grincement des planches sous ses pieds, caressant parfois les couvertures colorées. Tantôt douces, tantôt rêches, soie, velours, écaille, cuir, ivoire, bois, doré, ocre, brun, vert, pourpre, vermillon.

Elle émergea derrière une rambarde, qui surplombait des rangées de tables et de bancs. Devant celles-ci se dressait une immense porte noire, encadrée par deux hautes fenêtres débouchant sur un ciel étoilé.

Émilie voulut s'approcher pour mieux voir.

Ses yeux se posèrent sur un bureau d'ébène placé au bout de la rambarde. On y avait posé un livre ouvert, et une plume d'un splendide bleu turquoise. Émilie se pencha sur le livre ; ses pages étaient couvertes de signes incompréhensibles.

« Sois la bienvenue. »

Émilie sursauta. Une femme était apparue sans qu'elle la remarque.

« Je m'appelle Antonie. Et toi, quel est ton nom ? »

Émilie dévisagea l'inconnue. Elle avait un visage aimable, creusé de légers sillons, avec des yeux bleus pétillants. Ses cheveux noirs, parcourus de mèches argentées, formaient une tresse qui lui descendait jusqu'à la taille. L'air ébahi dont Émilie la fixait ne semblait pas la gêner : elle continuait de sourire en attendant une réponse.

« Je m'appelle Émilie, articula enfin Émilie.

– C'est un joli prénom. Je te souhaite encore une fois la bienvenue dans la Bibliothèque, Émilie.

– La quoi ?

– La Bibliothèque. C'est ici que l'on range les livres. Il n'y a pas de bibliothèque, là d'où tu viens ?

– Non. Mais il n'y avait pas non plus de livres… »

Lentement, Émilie retrouvait la mémoire. Les souvenirs lui revenaient par bribes, comme s'ils sortaient d'un rêve. Le CED, le Centre d'Apprentissage de l'Aptitude, le Revery… et la fleur.

« Comment suis-je arrivée ici ?

– Le lys t'a guidée.

– Lys ? C'est le nom de cette fleur ?

– Oui. C'est moi qui l'ai cueillie. »

Émilie ne répondit pas. Elle dégustait ce mot. Lys… Lys.

« Pourquoi suis-je ici ? finit-elle par demander.

– Pour devenir Bibliothécaire.

– Bibliothécaire ?

– Oui. Vois-tu, dans une bibliothèque normale, les gens viennent travailler, lire, ou emprunter des livres. Ici, ils viennent pour rêver. Et le rôle du Bibliothécaire est de leur procurer les livres qui les feront le mieux rêver.

– Je ne comprends pas.

– Les livres que tu vois autour de toi sont des rêves. Les gens du monde entier viennent en lire chaque nuit. En tant que Bibliothécaire, c'est à moi de trouver les livres qui leur conviendront le mieux, et d'en écrire de nouveaux si ceux dont ils ont besoin n'existent pas encore.

– Comment tant de gens peuvent-ils se réunir ici en une nuit ? Qu'est-ce qu'écrire ? Ce sont ces signes là, dans le livre ? Mais ce livre ne peut pas être un rêve… C'est impossible.

– C'est la vérité, pourtant. Tous les êtres humains viennent dans la Bibliothèque, et tu y es toi-même allée bien des fois. Tu ne t'en souviens pas, car tu rêvais avec ton âme, et non avec ton corps. Il en est ainsi pour tous les hommes : aucun ne se souvient de son séjour dans la Bibliothèque. Seuls restent les fragments de rêve que leur âme n'oublie pas. »

Rêve, livre, âme, tout cela paraissait si invraisemblable…

« Je vais te montrer une âme. Il en reste en bas qui n'ont pas fini de rêver. »

Émilie suivit Antonie en bas de l'escalier. Les rangées de tables et de bancs s'étendaient à l'infini, loin sous la forêt de livres. Dans une parfaite incohérence spatiale, le plafond qui les surplombait dépassait de beaucoup la hauteur de l'escalier. Ici et là, de pâles silhouettes attendaient en silence, un livre ouvert devant elles.

Antonie conduisit une Émilie abasourdie jusqu'à l'un de ces fantômes. La matière bleue de son corps translucide rappelait celle d'un nuage en formation : par instants, on discernait le visage d'un homme d'âge mûr. L'âme lisait un livre rempli de symboles similaires à ceux que venait de voir Émilie. Absorbé dans cette occupation, l'homme ne prêtait aucune attention à ce qui l'entourait.

« Toutes les âmes sont-elles ainsi ? murmura Émilie.

– Elles sont à l'image du cœur qui les porte.

– Pourquoi personne ne se souvient d'être venu ici ?

– Parce que c'est un lieu de passage, et non une destination. L'âme devant toi ne sait pas que nous sommes là. Elle ne voit rien et n'entend rien, car seul le corps dispose de ces capacités. Elle n'est pas consciente de lire ; elle rêve. À son réveil, cette personne ne se souviendra de rien. Toutes les âmes oublient le début, et se réveillent avant la fin.

– À quoi bon rêver, si c'est pour tout oublier ?

– Parce qu'il faut rêver pour vivre. »

Émilie fut tentée de se pincer pour s'assurer que tout cela était bien réel. Des livres, des rêves, aucune technologie à l'horizon… Jamais son monde n'aurait généré une telle illusion. Elle était bien là, dans cette réalité parallèle.

L'âme se leva brusquement ; elle rejoignit la porte noire et se glissa entre les battants sans un regard en arrière.

« Où est-il parti ?

– Il est retourné dans son corps, sur Terre.

– Sur Terre ? Ne sommes-nous pas sur Terre, nous aussi ?

– La Bibliothèque est hors du temps et de l'espace. On n'y ressent ni la faim, ni la soif, ni la fatigue, et on peut y souhaiter n'importe quoi. C'est ce qui me permet de m'occuper de chaque âme, chaque nuit.

– Mais j'ai vu le ciel par la fenêtre… On ne peut pas être nulle part ! »

Antonie entrebâilla la porte.

Ce qu'Émilie avait pris pour des étoiles étaient des signes d'or, disséminés dans une étendue noire. Ils semblaient flotter dans le vide ; certains se déplaçaient, parfois trop rapidement pour être observés. Voie lactée d'un genre nouveau, peuplée de silence et de mystères, hors du temps et de l'espace.

« Que représentent ces signes ?

– Ils sont la langue universelle, dit Antonie en refermant la porte. Ce sont les symboles qui permettent d'écrire les rêves. »

Antonie tourna une clé de diamant dans la serrure formée par les deux panneaux de la porte, et retourna vers son bureau.

« Suis-moi. Je vais t'en apprendre plus sur la lecture des rêves. »

Lecture… Ce mot sonnait bien.

« Qu'est-ce que la lecture ? demanda Émilie.

– C'est une histoire silencieuse… Une pensée qui prend forme. »

Un livre apparut comme par magie dans la main tendue d'Antonie. Émilie se laissa tomber sur une chaise, tandis que la Bibliothécaire s'installait à son bureau.

« Pour les âmes, ces volumes que tu vois autour de toi sont des rêves. Pour toi et moi, ce sont des vies. Des existences, des univers, des histoires dans lesquels nous avons le pouvoir d'entrer. Et je vais t'accompagner dans ton premier voyage. »

Émilie se glaça. Les paroles de la Bibliothécaire lui rappelaient une sphère noire…

« Je ne veux pas disparaître, protesta-t-elle.

– Tu n'as jamais lu un livre, Émilie. Ce n'est pas comme le Cinéma Immédiat. Cette fois, c'est toi qui feras exister le rêve. »

Antonie lui tendit la main. Après une brève hésitation, Émilie lui donna la sienne, et l'histoire commença.

II

Un village apparaissait autour d'Émilie. Des maisons aux toits de chaume s'alignaient de part et d'autre d'allées fleuries. Les hommes portaient des pantalons près du corps, des chemises amples, des capes. Les femmes rivalisaient de beauté dans une farandole de pourpre, de vermeil et d'or.

Le bleu du ciel, l'ocre de la terre, le vert des arbres resplendissaient tant qu'ils l'éblouissaient. Les odeurs se disputaient son nez, senteurs de ferme et parfums de femmes, souvenirs de boulange et promesses de festins. Les sons s'entrechoquaient, pas des chevaux, roues de charrettes, cris d'enfants et bruissements d'étoffes.

L'attention d'Émilie se fixa sur une belle jeune femme, aux cheveux d'or et aux yeux d'azur. Assise dans un salon coquet, elle berçait tendrement son enfant.

C'est alors que surgit un être à l'aura malfaisante, dont la présence fit fuir le soleil. Une haute silhouette noire encapuchonnée, dont nul ne distinguait les traits. Dans la foule paralysée, un murmure s'échappa de toutes les lèvres, à peine audible au-dessus du vent. Un nom.

Le Voleur de Cœurs.

Hommes, femmes, enfants, il passait et emportait avec lui un morceau du cœur de ses victimes. Un trésor précieux, qu'il conservait on ne sait où, pour en faire on ne sait quoi. Selon les occasions, il prenait tout, ou se contentait d'un minuscule morceau. Cœurs durs et cœurs tendres, cœurs innocents et cœurs coupables, nul ne lui échappait.

Une malédiction planait sur ceux qu'il touchait. Même s'il n'emportait qu'un infime fragment de leur cœur, ses victimes étaient condamnées à une mort certaine. Il était la vieillesse, il était la mort, il était la fin.

Ce jour-là, personne ne fut épargné. La main du Voleur passa dans tous les foyers, et ponctionna tous les cœurs.

Émilie ne voyait rien s'échapper de la poitrine des villageois. Le Voleur ne les touchait pas, comment pouvait-il prendre leur cœur ? Et eux, pourquoi ne mourraient-ils pas sur-le-champ ? Pétrifiée, elle regarda le Voleur passer devant elle, s'arrêter, hésiter, puis continuer son chemin vers la jeune femme et son bébé.

Émilie aurait voulu l'arrêter. Elle aurait voulu vaincre la terreur qui l'immobilisait, empêcher le Voleur de se pencher au-dessus de la mère et de l'enfant.

Mais on n'arrête pas la main du destin.

L'enfant mourut sans un cri, dans les bras de sa mère. Puis le Voleur effleura la jeune femme, qui hurla.

La seule à protester.

La première à connaître le toucher du Voleur.

Son cœur devait être le plus grand trésor qui fût jamais, pour susciter dans cet être maudit une convoitise telle qu'il ne se contente pas de le survoler.

Le Voleur déroba l'exacte moitié du cœur de la mère désolée.

Sa mission accomplie, il disparut dans la nuit.

◆

Le lendemain matin, lorsque les rayons du soleil vinrent déchirer l'obscurité, il ne restait du village que des ruines décolorées. Ceux que la tristesse n'avait pas emportés s'étaient laissés vaincre par la folie, brûlant maisons et souvenirs, avant de succomber à leur tour.

La jeune femme serrait contre elle le cadavre de son enfant. Assise dans son salon aux vitres cassées, elle n'avait pas bougé depuis l'apparition du Voleur. Les cris et l'agitation de la nuit n'avaient eu aucun effet sur elle. Elle ne sentait pas la brise nauséabonde. Elle ne songeait même pas qu'elle était la seule survivante de l'attaque du monstre.

Émilie souffrait pour elle.

Les larmes de la jeune femme coulaient sans discontinuer. Elle fixait le vide, et pleurait, pleurait, pleurait. Elle souhaitait mourir…

Pourquoi n'était-elle pas déjà morte ? Le Voleur avait pris la moitié de son cœur. Comment survivait-elle encore ? Les rumeurs terrifiantes de la nuit résonnaient dans sa tête. La puanteur de la désolation parvenait jusqu'à elle. Pourquoi le feu ne l'avait-il pas attaquée ? Pourquoi l'oubli ne l'avait-il pas engloutie, comme les autres ? Pourquoi tant de questions, soudain, elle qui n'avait toujours eu que des certitudes ?

Pourquoi ce petit être innocent, mort dans ses bras ? Pourquoi le souvenir de cette main sur son cœur, froide comme la glace ? Pourquoi l'écho étranger de cette avidité, immense et sans fin ? Pourquoi cette haine qui ensemençait son cœur…

Elle voulait savoir pourquoi.

◆

La jeune femme quitta son village sans un regard en arrière. Elle devait rejoindre le Voleur. Elle l'obligerait à lui rendre son cœur. Que faire d'autre ? C'était cela, ou se laisser dévorer par le chagrin.

Mais par où commencer ?

Elle se décida pour la forêt. L'aura de mystère des vieux arbres voûtés l'attirait.

Elle s'enfonça sans crainte dans la fraîcheur des bois. Bruissement de feuilles mortes. Grincements d'arbres. Vent dans les fourrés. Un demi-silence à l'image de son cœur atrophié.

La jeune femme marcha trois jours et trois nuits. On ne dormait pas en ce temps-là. L'éveil était la seule condition possible, et la fatigue un mal que le Voleur de Cœurs empêchait quiconque de connaître. Bien qu'elle ne pût communiquer avec la jeune femme, Émilie ressentait toutes ses émotions comme si elles eussent été siennes. La soif. La faim. Les pieds meurtris. Les haillons qui ne la protégeaient pas de la morsure du froid. La poussière qui lui mordait les lèvres.

« L'Amour peut vaincre n'importe quel obstacle. »

Vaines paroles d'antan !

La demeure de l'Amour, pourtant, se tenait devant elle, merveille cachée dans la verdure.

L'Amour se promenait dans ses jardins. Deux grandes ailes de plumes sortaient de son dos, heureux flambeau d'une jeunesse éternelle.

En voyant cette misérable s'avancer vers lui, pâle, hâve, courbée par la détresse, l'Amour se précipita pour la secourir. Il lui prodigua les meilleurs soins possibles, et la pria de lui conter ses malheurs.

« Par pitié, étrangère, dis-moi qui tu es et d'où tu viens. Dis-moi ce qui t'es arrivé.

– J'ai oublié mon nom. Il y a eu cette joie... Irréelle. Puis l'être sans visage est arrivé. Il a volé la moitié de mon cœur. Dans son empressement, sa main de pierre m'a touchée... C'est le souvenir de cette noirceur qui m'empêche de mourir. Je veux comprendre. Ô Amour, sais-tu où se trouve le Voleur de Cœurs?

– Hélas, je l'ignore. Mais je ferai mon possible pour te guérir de sa malédiction. Il reste dans ton cœur une graine que le Voleur n'a pas prise. Je vais te la donner, afin qu'il ne puisse plus te la dérober. »

Joignant le geste à la parole, l'Amour passa la main au-dessus du cœur de la jeune femme. Quand il ouvrit les doigts, une graine rouge y était apparue.

« Elle est belle, n'est-ce pas ? dit l'Amour.

– J'ai oublié la beauté.

– Tu as oublié beaucoup de choses, Léonore.

– Léonore ?

– C'est mon deuxième cadeau. Un nom, pour te donner la force de continuer ton chemin. Car mon ami, le Temps, sait peut-être où se trouve le Voleur de Cœurs… Cependant, tu devras aller très loin pour le rencontrer.

– J'irai, ô Amour, dit Léonore. Mon chagrin est vivace, mais déjà je me sens plus forte. Je protégerai la graine.

– Adieu, et bonne chance. »

◆

Léonore se mit en quête du Temps.

Dans les villes, on la regarda comme une curiosité. On s'étonna qu'elle ait pu réchapper d'une rencontre avec le Voleur de Cœurs. On ne voulut pas lui offrir l'hospitalité : elle portait la marque du monstre qui signifiait la fin de toute vie. On craignait qu'il ne la poursuive pour achever son travail. Cette femme, ni heureuse, ni assez malheureuse pour se laisser mourir, représentait une énigme inquiétante. Personne n'avait jamais survécu au Voleur plus d'une semaine, et Léonore parcourait le pays depuis un mois. On la renseignait du bout des lèvres, pour qu'elle parte le plus vite, le plus loin possible.

Léonore ne prêta pas attention à cette hostilité : son objectif occupait toute sa pensée. Mais le Temps s'avéra difficile à chercher, car il était à la fois partout et nulle part. Pour le trouver, Léonore aurait dû aller dans toutes les directions à la fois.

Lasse de tant d'avis divers, meurtrie par le mur de bonheur qui protégeait chaque cité, elle décida de marcher vers le soleil, jusqu'à ce qu'elle meure ou atteigne le Temps. Dans sa main, la graine commençait à germer. Il était temps de tracer sa propre route.

Émilie ne se différenciait plus de Léonore. Elle marchait avec elle, sentait le poids de la graine dans sa main, observait la feuille qui grandissait chaque jour, subissait comme elle les ravages d'une vie nomade et solitaire. En devenant Léonore, elle ne se perdait pas : elle s'imaginait autrement.

Léonore chemina trois ans durant, vers un soleil qui ne se couchait jamais. Elle parcourut les forêts les plus sombres. Elle gravit les plus hautes montagnes. Elle vogua sur les mers les plus vastes. Par endroits, elle reconnut la marque du Voleur de Cœurs. Il laissait la mort dans son sillage ; des cadavres au long d'un sentier, des cités désertes, et la nuit, qui ne succédait au jour qu'après son passage. Le seul fléau du monde... Léonore en oubliait presque le Temps. Elle suivait la trace du Voleur, elle récupérerait son cœur…

Enfin, dans les ruines d'un palais effondré, elle rencontra le Temps. C'était un vieil homme, avec une longue barbe, vêtu d'une soutane brune trouée, qui s'appuyait sur un bâton pour avancer. Un homme si vieux, trop vieux pour avoir survécu au Voleur de Cœurs ; la vieillesse faisait partie des maux qu'il enlevait aux humains.

« Bonjour, ô Temps. Je m'appelle Léonore. J'ai survécu au Voleur de Cœurs, et je veux lui reprendre ce qu'il m'a dérobé. L'Amour dit que tu sais où il se trouve.

– Hélas, Léonore, j'ignore où réside le Voleur de Cœurs. Je ne fais que le suivre, sans jamais le croiser. Mais dis-moi, quel est cet arbrisseau que tu transportes avec toi ?

– C'est une graine que renfermait la moitié de mon cœur. L'Amour l'en a extraite, afin de la protéger du Voleur. Voilà trois ans que je suis à ta recherche, la graine a grandi.

– Tu devrais la planter. Ainsi, elle se développera mieux.

– Et si le Voleur la trouve ?

– Le Voleur ne repasse jamais deux fois au même endroit. Il sait que personne ne lui survit. Je ne crois même pas qu'il se souvienne de ton existence. Plante donc l'arbrisseau dans ces ruines d'humanité, il sera à l'abri, je t'en donne ma parole.

– Je ne veux pas l'abandonner.

– Tu peux rester avec moi. Nous nous tiendrons compagnie jusqu'à ce que ta graine soit devenue un arbre assez fort pour résister au Voleur. Alors, tu pourras reprendre ta route l'esprit tranquille.

– Ainsi soit-il. »

◆

Quinze années s'écoulèrent.
Le Voleur de Cœurs ne réapparut pas.

Imperceptiblement, la peine de Léonore s'estompa. Au fur et à mesure que grandissait l'arbrisseau, elle se remit à sourire et goûter à la vie. Elle n'oublierait jamais ce qu'elle avait perdu ; mais elle avait trouvé autre chose.

Elle se lia d'amitié avec le Temps, et découvrit que l'on pouvait vivre dans un bonheur imparfait. Pour ceux qui l'avaient élevée, il fallait vivre heureux, ou mourir. Le Voleur de Cœurs leur accordait un certain délai sur la Terre, et nul ne pouvait le modifier. Il en avait toujours été ainsi.

Pourtant, Léonore avait survécu. Pour comprendre, elle avait défié les lois du monde. Son cœur lui revenait malgré le Voleur.

Un jour, un grand événement survint dans la demeure du Temps. Une vieille amie, perdue de vue depuis des siècles, venait lui rendre visite. Il s'agissait d'une femme d'âge mûr, vive et douce, qui se nommait la Vie.

« Que fais-tu ici, ô Vie mon amie ? s'émerveilla le Temps. Je désespérais de te revoir un jour.

– Ô Temps, je suis aussi surprise que toi. Je ne suis jamais parvenue à suivre les traces du Voleur de Cœurs, jusqu'à aujourd'hui. Les racines de cet arbre ont creusé un chemin jusqu'à moi : je l'ai suivi, et me voici ! »

L'arbre de Léonore mesurait à présent plus de trois mètres de haut. Son tronc épais était fait du plus beau bois du monde. Son feuillage offrait un ombrage agréable à la chaleur du soleil. Ses feuilles murmuraient à la caresse du vent. C'est cette mélodie qui avait incité Léonore à le nommer Arbre aux Mille Murmures. Elle se hâta de raconter son aventure à la Vie.

« Laisse-moi te remercier, lui répondit celle-ci. Si tu n'avais pas eu le courage de surmonter ta blessure, j'aurais été condamnée à disparaître. En signe de ma gratitude, je vous conduirai, toi et l'Arbre aux Mille Murmures, dans le repaire du Voleur de Cœurs, le seul endroit où il ne pourra vous atteindre.

– Ô Vie, tu exauces mon plus cher désir. »

La Vie souffla sur l'Arbre aux Mille Murmures, et un superbe bourgeon de fleur apparut dans ses rameaux.

« Cueille cette fleur quand elle s'ouvrira, et vous serez pour toujours à l'abri du Voleur de Cœurs, et de la main des hommes. »

Conquérante, la Vie reprit le chemin du monde. Le Temps voulut l'accompagner : à présent, ils pouvaient voyager ensemble.

La fleur de la Vie s'ouvrit dès le lendemain matin. Il s'agissait d'un hellébore rouge, très parfumé, d'une beauté merveilleuse. Quand Léonore la cueillit, la tige se brisa avec un bruit sec.

Émilie tressaillit. Un sursaut inexplicable, loin dans sa mémoire… Mais elle n'avait pas le temps de se souvenir.

Les ruines du Temps s'estompaient, statues de poussières décomposées par la brise. Puis la terre disparut, et le ciel. Il ne resta bientôt que la lumière du soleil, bien que l'astre se fût évanoui.

L'Arbre aux Mille Murmures se trouvait dans une petite pièce aux murs de bois. Les rayons du soleil naissant l'éclairaient encore. Le souffle de la Vie agitait ses feuilles d'un mouvement perpétuel. L'hellébore s'était évanoui.

Léonore chercha le Voleur des yeux. Ne se trouvait-elle pas dans son antre ? À côté de l'Arbre aux Mille Murmures, elle remarqua une modeste porte noire. Peut-être se cachait-il derrière ?

Non.

La porte débouchait sur des ténèbres parsemées de signes d'or, ciel étoilé d'un genre nouveau. En bas, en haut, à gauche, à droite, il y avait des symboles partout, si bien que l'espace en perdait toute logique.

Léonore les regarda longtemps, sans ressentir ni la faim, ni le froid, ni la fatigue.

Son attention fut enfin attirée par un signe d'or, qui s'était mis en mouvement peu après qu'elle ait ouvert la porte. Un symbole magnifique, solide et brillant, qui se dirigeait droit vers elle. Tout juste étouffa-t-elle un frisson, quand les lignes d'or pénétrèrent dans son cœur, et prirent la place qui leur revenait.

Léonore se souvenait, à présent, de sa vie passée. Elle se rappelait sa maison fleurie, ses parents, ses amis. Elle se rappelait son village, ses joies d'enfant, ses jeux, ses projets…

Elle se rappelait son bébé. Elle se rappelait cet instant de bonheur absolu, le plus intense qu'elle ait jamais ressenti. Elle se rappelait l'arrivée du Voleur, et ce qu'il avait emporté avant de ravir la moitié de son cœur.

Mais à présent, rien ne l'empêchait de retrouver le cœur de son enfant, de lui rendre la vie…

Léonore scruta les lueurs de la nuit. Elle reconnaîtrait sûrement le cœur de son bébé au milieu des autres, il viendrait à elle, et son bonheur renaîtrait de ses cendres…

Ce fut en vain qu'elle s'abîma les yeux dans les arabesques d'or. Il y en avait tant… Elle était incapable les rendre à leurs propriétaires. Aurait-elle seulement pu conduire les victimes du Voleur ici ?

Alors que Léonore cherchait frénétiquement une solution, une ombre troubla les signes d'or. Elle reconnut le Voleur de Cœurs. Dans cet endroit étrange, il paraissait plus solide, et elle discernait les moindres détails de sa silhouette sans visage. Il ouvrit ses mains, paumes tournées vers le haut : des dizaines de lignes dorées s'en échappèrent, et vinrent enrichir le ciel de nouvelles étoiles.

Ce rituel achevé, le Voleur de Cœurs se tourna vers Léonore. Elle ne ressentait pas la peur : ici, le Voleur ne pouvait lui prendre son cœur. Son trésor se trouvait dans l'Arbre aux Mille Murmures, en sécurité, entre les murs de bois…

« Je croyais avoir volé ton cœur il y a bien longtemps, mortelle. Que fais-tu dans ma demeure ? »

La voix du Voleur n'était qu'un chuchotis, qui semblait venir de tous les côtés à la fois.

« Ô Voleur de Cœurs, je suis venue récupérer ce que tu m'as pris. Maintenant que je suis ici, je compte rendre aux autres hommes ce que tu leur as dérobé.

– Pauvre mortelle ! Tu ne pourras jamais rendre à mes victimes leur intégrité. Toi-même, tu n'es pas redevenue ce que tu fus, en récupérant ce que je t'ai pris !

– Je suis devenue plus forte, assez pour pouvoir te résister ! »

La voix de Léonore résonnait dans le vide laissé par les murmures.

« Je me souviens très bien de toi, mortelle. Tes rêves étaient si beaux que je t'ai effleurée, tant j'étais pressé de les prendre.

– Mes rêves ? Qu'est-ce que cela ?

– Tu n'as donc toujours pas compris, mortelle ? Je ne vole pas les cœurs. Je prends ce qu'ils renferment de meilleur, je dérobe vos rêves. Je les cache là où ils ne risquent pas de s'effriter, ni de disparaître…

– Tu nous tues pour pouvoir admirer nos rêves ?

– Je prélève en vous la seule chose qui soit digne d'intérêt, pour la placer dans l'éternité. Mais maintenant que tu as repris ton rêve, il est condamné à disparaître avec toi…

– Je trouverai un moyen pour le préserver, et pour rendre leurs rêves aux autres hommes.

– Ta quête est risible, mortelle. Même si tu es allée plus loin qu'aucun autre avant toi… Il ne restera bientôt plus de rêves à voler sur Terre. Je pourrai enfin retourner au sommeil que la naissance des hommes m'a volé, et reconstituer le songe qu'ils ont brisé en milliards de morceaux.

– Je t'en empêcherai ! »

Le Voleur de Cœurs se répandit en chuchotements autour de Léonore, et il lui sembla qu'il riait. L'air s'épaississait, un poids opprimait sa poitrine… Elle aperçut la porte de l'Arbre aux Mille Murmures, loin derrière elle. À peine eût-elle souhaité s'y rendre qu'elle y fut : elle se précipita dans la pièce et s'enferma au moyen d'une clé aussi dure que le diamant.

Pendant sa sortie, des centaines de silhouettes bleutées étaient entrées dans la pièce. Mais l'écho du claquement de la porte ne s'était pas encore évanoui qu'elles disparaissaient brutalement. C'est alors que Léonore remarqua le tertre de lumière qui se formait autour de l'Arbre aux Mille Murmures. Une lumière si vive qu'elle l'éblouissait… Et dont deux traits fusèrent en direction de ses mains.

La lumière se matérialisa en deux objets. Une plume rouge vif, et un objet rectangulaire que Léonore voyait pour la première fois.

◆

Les rêves. De quoi parlait le Voleur de Cœurs ? Ce rectangle brun et odorant, rempli de feuilles blanches, et cette plume rouge, que devait-elle en faire ? Ces silhouettes bleues, d'où venaient-elles ?

En désespoir de cause, Léonore ouvrit l'objet rectangulaire, et passa la pointe de sa plume sur la première feuille. Un trait rouge s'était dessiné à la suite de la plume !

Il n'existait rien de semblable sur Terre. Certains y créaient des chants et des danses, d'autres des bouquets de fleurs et des motifs architecturaux, et encore ces talents étaient-ils assez rares. Mais dessiner ainsi, librement... Léonore avait tant à dire ! Soudain, les possibilités lui parurent illimitées. Elle voulait dessiner l'Arbre aux Mille Murmures, l'Amour, le Temps et la Vie. Plus que cela, elle voulait raconter, dire son bonheur passé, sa rencontre avec le Voleur, son long périple, dire ce lieu étrange et incompréhensible où elle venait d'arriver.

Mais comment faire ? Que devait-elle tracer ? Et ces rêves au-dehors, ces rêves volés, qu'elle ne pouvait reprendre... Que se passerait-il si elle les recopiait ? Parviendrait-elle à les ramener sur Terre ? À les rendre aux cœurs d'où ils venaient ? Il fallait essayer.

Léonore sortit une nouvelle fois de la pièce en bois. Les lignes d'or, libérées de la présence malfaisante du Voleur, semblaient l'attendre. Elle choisit un symbole et entreprit de le recopier. Sa main malhabile manquait de force, et son premier essai ne la satisfit pas. Si elle rapportait des rêves abimés sur Terre, personne ne reconnaitrait les siens. Elle devait s'exercer jusqu'à ce que le résultat soit parfait.

Il lui parut faire une centaine d'essais, et tracer mille fois le même signe. Elle remplit plusieurs pages de ce symbole, avant d'atteindre un résultat digne de ce qu'elle espérait. Elle s'attela ensuite à d'autres rêves. Inlassable, elle gravait de sa plume les lignes mystérieuses, brûlant du désir de les immortaliser, et de les faire partager au reste de la Terre. Son tracé gagnait en puissance, et elle se mit à éprouver du plaisir en observant les rêves des hommes. Son œil n'y voyait plus un assemblage de traits hasardeux, mais des émotions, des visages, des souvenirs, des histoires, autant de parcelles de vies dérobées par le Voleur, autant de vides créés dans le cœur des hommes. Des vides si grands, parfois, que Léonore comprenait pourquoi leur propriétaire ne survivait pas à leur perte. À l'inverse, d'autres étaient si petits qu'elle trouvait absurde de mourir pour eux. Elle ne concevait pas que ses semblables manquassent à ce point de force, pour que le Voleur les tuât ainsi sans exception. Elle-même, ne lui avait-elle pas survécu, alors qu'il avait dérobé la moitié de son cœur ?

Le retour du Voleur de Cœurs mit un terme à ses réflexions.

Ombre dans les étoiles, il ouvrit sa main, et libéra les rêves qu'il venait de capturer. Léonore s'effraya de leur nombre, et le chuchotement du Voleur l'atteignit avant qu'elle ait pu regagner son sanctuaire.

« Que fais-tu encore ici, mortelle ? Quelle sont ces objets que j'aperçois dans tes mains ?

– Ils sont les fruits de l'Arbre aux Mille Murmures, ô Voleur de Cœurs. J'espère en faire des armes pour te combattre.

– Tu as recopié des rêves, mortelle ? Que comptes-tu en faire ? Rendre aux hommes le reflet de ce que je leur ai pris ne leur redonnera pas la vie. Ta quête est vaine.

– Tes paroles sont du poison. Je percerai le mystère des rêves, et je les redonnerai à tes victimes.

– Tu es bien ambitieuse, mortelle ! Mais je suis le seul à connaître l'art de créer des rêves. Quand le moment sera venu, je lierai entre eux les reliquats de vos cœurs, et je reconstituerai le rêve universel.

– Le rêve universel ? Que veux-tu dire ?

– Il y a bien longtemps, alors que le monde n'était pas, je dormais. Je dormais d'un sommeil éternel, et je rêvais. Je rêvais du plus beau songe qui fût jamais. Tu ne peux comprendre toutes les merveilles, toutes les émotions, tous les désirs qu'il rassemblait. Puis une étoile a brisé mon rêve, l'a fait éclater en milliards de morceaux. Ceux-ci ont abreuvé la Terre stérile, ils sont devenus autant d'êtres humains, imparfaits et inachevés. Paralysé par la douleur, j'ai vu ces êtres grandir, croître et se multiplier, et chaque génération dissipait un peu plus mon rêve brisé. Quand enfin j'ai découvert où les fragments de ce que j'avais perdu s'étaient réfugiés, j'ai entrepris de les récupérer. Afin de reconstituer le songe original, et de me perdre à nouveau dans sa contemplation. J'arrive à présent à la fin de ma quête. Bientôt, mon rêve sera recréé, et je retournerai au sommeil. »

Léonore sentit l'ombre l'envelopper. Une aiguille glacée tentait de violer son cœur. Elle vit la pièce de l'Arbre aux Mille Murmures, loin, très loin, signe d'or presque invisible au milieu des autres, et souhaita la rejoindre. Elle y fut, s'y engouffra, et tourna la clé pour se protéger du Voleur. Les silhouettes bleues s'étaient de nouveau regroupées autour de l'Arbre aux Mille Murmures, et disparurent avant que l'écho de la porte refermée se fut évanoui.

Léonore devait à tout prix comprendre le fonctionnement de ces symboles. Le Voleur de Cœurs avait parlé de sommeil. Elle ignorait de quoi il s'agissait, mais il semblait rêver au moyen du sommeil... Ainsi, si elle ne parvenait pas à retourner sur Terre pour reconstituer les cœurs volés, peut-être la Terre viendrait-elle les chercher, ici-même, au moyen du sommeil ? Dormir : en quoi cette activité pouvait-elle consister ?

Émilie oscillait entre la peur et l'excitation. Son cœur battait la chamade comme après une course effrénée. Léonore était si près de trouver la réponse tant désirée !

◆

Malgré son désir de percer le secret des signes d'or, Léonore craignait de refaire face au Voleur, et de ne pas pouvoir fuir à temps. Si elle sortait de cette pièce en refermant la porte, elle avait l'intuition qu'elle ne pourrait plus jamais y rentrer. Elle serait perdue au-dehors, à la merci de son ennemi... Si seulement cet endroit avait eu des fenêtres !

Sans qu'elle eût besoin de le formuler, son souhait se réalisa. Des fenêtres apparurent dans les murs de bois : de hautes fenêtres en ogive, telles qu'elle les imaginait, de chaque côté de la porte.

Léonore se retint de pousser un cri de joie. À présent, elle ne courait plus aucun risque...

Elle reprit son occupation, et recopia tous les rêves à sa portée.

Sa tâche s'acheva avec la fin des pages blanches. Cela coïncidait avec sa propre envie d'observer son travail de plus près.

Couvertes d'encre rouge, les pages présentaient un bel aspect. Figé de la sorte, le voile de mystère qui enveloppait les rêves semblait s'amincir. Léonore laissa ses yeux errer au hasard des pages. Des images fugaces effleuraient son esprit. Que lui manquait-il pour réussir ?

Peut-être allait-elle trop vite. Il lui fallait se concentrer sur un seul signe. De même qu'au commencement, elle n'en avait recopié qu'un seul, jusqu'à ce qu'il soit parfait... Léonore posa son doigt sur l'un d'eux et ferma les yeux. Elle devait laisser libre cours à son imagination. Son doigt suivait la trace de la plume... Toujours le même mouvement. Toujours le même parcours. Un triangle asymétrique, barré d'un petit trait sur sa base... L'entrée d'un lieu clos aux formes étranges.

De hauts murs gris pointant vers le ciel. Une bâtisse sinistre, avec une porte en fer. Des couloirs tordus qui partent dans trois directions.

Léonore sursauta. L'image était apparue soudainement dans sa tête, si réelle ! Elle avait senti le vent sur sa peau, entendu les grondements de l'orage... Il lui semblait s'être réellement rendue là-bas. Cette vision correspondait en tous points à ce que le symbole évoquait en elle : l'entrée d'un lieu clos aux formes étranges. La pluie, le tonnerre, le froid, tout cela provenait de son imagination, parce qu'elle ne concevait pas qu'un lieu difforme puisse être rassurant. Ses propres pensées s'étaient donc mêlées au rêve d'un autre...

« Mais un tel lieu n'existe pas sur Terre, se dit Léonore. Ce rêve est positif : il faut que j'essaie de le voir ainsi... Un jardin désordonné, par exemple. »

Léonore ferma de nouveau les yeux, en s'efforçant d'imaginer ce jardin. Il lui fallut plus de temps qu'au premier essai, mais cette vision finit par se matérialiser. Moins surprise que précédemment, elle prit le temps de l'observer.

Émilie vit l'herbe ensoleillée, où des papillons voletaient ici et là. Elle huma les parfums des fleurs autour d'elle. Elle sentit la chaleur du soleil sur sa peau. Léonore se pinça, pour voir si l'illusion disparaissait avec la douleur. Mais ce rêve avait la solidité de la réalité. Elle aurait pu s'y promener, et y rester autant de temps qu'elle le souhaitait. Elle respirait, elle avait de nouveau envie de boire et de manger. Comment cela pouvait-il être un songe ? Déjà, le souvenir de son doigt sur le symbole rouge s'évanouissait. Assurément, il s'agissait de la réalité.

Mais le Voleur de Cœurs faisait aussi partie de la réalité. Il apparut soudain devant elle, et le jardin s'assombrit. Les plantes noircirent, leurs contours se tordirent en craquant. La brise se transforma en chuchotements maléfiques. Elle avait froid. Elle avait peur. Elle ne pouvait pas sortir…

Léonore ouvrit les yeux. Elle était tombée. Le souvenir de sa peur était si vivace qu'elle en tremblait encore. La plume et les pages couvertes de signes gisaient à ses côtés. Elle avait dû les lâcher pendant son inconscience…

Léonore souhaita que ce lieu fût pourvu d'une table et d'une chaise. Elle avait besoin de ces signes extérieurs de repos et de stabilité.

Aussitôt, un bureau d'ébène et une chaise assortie apparurent à côté d'elle. Léonore s'y installa, à peine impressionnée par ce nouveau prodige.

Que fallait-il comprendre ? Un seul signe avait produit en elle deux visions opposées. Dans la deuxième, elle s'était crue retournée à la réalité. À tel point qu'elle avait perdu conscience… Était-ce cela, dormir ? Perdre volontairement le souvenir de la réalité ? Pour pouvoir pénétrer dans une autre réalité, celle des rêves… Laquelle était la vraie réalité ? Léonore sentait qu'il s'agissait de celle du réveil… Néanmoins, sur le moment, le rêve avait effacé tout le reste. Ces deux mondes semblaient incompatibles : pour que l'un existe, il fallait que l'autre soit oublié. Peut-être, avec de l'entrainement, pouvait-on les faire coexister ? Mais pourrait-on jamais les faire se fondre l'un dans l'autre ?

Non. Vouloir fondre le rêve à la réalité après que le Voleur de Cœurs les ait séparés, c'était vouloir réunir deux dimensions irréconciliables. Pour les rassembler, il eût fallu les détruire et les mêler en une troisième. Et encore nombre de débris s'échapperaient-ils, aspirés vers l'ailleurs...

Non, joindre le rêve à la réalité était impossible. Le seul moyen pour les hommes de retrouver ce que le Voleur de Cœurs leur avait dérobé était de dormir, et de rêver. À force de frôler leurs cœurs perdus, les humains finiraient peut-être par recréer ce qui leur manquait... Avec l'aide de l'Amour, du Temps et de la Vie.

Mais comment les faire dormir, eux qui étaient si loin ? Comment pouvaient-ils la rejoindre, et rêver avec elle ?

Léonore connaissait déjà la réponse à cette question. Qu'auraient pu être ces silhouettes bleues, sinon les êtres blessés par le Voleur de Cœurs ?

« Cependant, ils ne sont pas comme moi, dit Léonore. Seule une partie d'eux peut atteindre ce lieu... Tant pis. J'apprendrai à rêver à ces infortunés. Peut-être qu'ils survivront au Voleur, et entameront le parcours qui les conduira ici. Les rêves que je leur donnerai ne sont qu'une copie de ce qu'ils ont perdu ; ils devront atteindre ce lieu consciemment pour retrouver l'original. »

Émilie revenait à peine de l'intensité de ces découvertes. Elle avait percé le secret des rêves, et se sentait pleine d'une incomparable puissance.

Elle découvrirait le sens de tous les symboles. Elle les mélangerait, formerait toutes les combinaisons possibles entre eux, et chacun serait sûr, dans son sommeil, d'apercevoir son rêve perdu. Quand le Voleur de Cœurs reviendrait, elle ouvrirait sa porte, et accueillerait tous les êtres mutilés qu'il traînait dans son sillage.

◆

Le temps ne s'écoulait pas, mais si Émilie l'avait mesuré, elle l'aurait compté en années.

Des années, pour comprendre tous les sens possibles de chaque symbole d'or.

Des années, pour apercevoir dans ces rêves des points communs, universels, partagés par tous les êtres humains.

Des années, pour créer ce que Léonore nomma les livres, et inventer l'écriture.

Des années, et à présent on ne voyait plus l'Arbre aux Mille Murmures. Dans ce lieu sans contrainte où la Vie l'avait conduite, Léonore avait imaginé de belles étagères de bois, dans lesquelles elle rangeait les livres au fur et à mesure qu'elle les écrivait. L'Arbre n'était pas très éloigné de son bureau. Seul rêve qui n'appartint qu'à elle, Léonore préférait le cacher aux regards, afin que ni les hommes perdus ni le Voleur ne l'aperçoivent quand elle ouvrirait la porte. Son bureau se trouvait maintenant près d'un escalier, en bas duquel elle avait imaginé des tables et des bancs pour accueillir les silhouettes bleues. La porte noire n'avait pas été ouverte depuis ce qui semblait des années à Léonore. Des années…

Aujourd'hui, elle était prête. Elle venait d'achever le dernier d'une longue série de livres. Elle s'était relue, et réjouie de son talent.

Léonore posa sa plume rouge et rangea le volume qu'elle venait de terminer. Elle descendit les marches de bois, qui grincèrent sous ses pas d'une mélodie bien connue, et retint un frisson au moment d'ouvrir la porte.

Elle sortit au milieu des symboles d'or, dans l'attente du Voleur de Cœurs. Il était le seul à pouvoir plonger les hommes dans l'inconscience, et ils viendraient à elle en même temps que leur bourreau.

Léonore fut effrayée par la quantité de rêves qui s'étaient ajoutés à ceux qu'elle connaissait. Occupée à écrire, elle avait peu à peu cessé de chercher de nouveaux symboles, et n'observait plus les signes d'or à travers les fenêtres. Il y en avait tant dont elle ignorait le sens, qu'elle aurait encore pu passer des années à les étudier. Mais si elle tardait trop, il ne resterait personne à faire rêver… Le Voleur de Cœurs touchait au bout de sa quête. Il fallait à tout prix le faire reculer : lorsqu'il serait vaincu, il serait temps de découvrir le sens des rêves restants.

Léonore n'eut pas à attendre longtemps. Le chuchotis caractéristique du Voleur vint bientôt l'enlacer.

« Voici longtemps que nous ne nous étions croisés, mortelle. Je m'attendais à te retrouver sur Terre.

— Tu t'es trompé, ô Voleur de Cœurs. J'ai compris le fonctionnement des rêves, et j'ai trouvé le moyen de te vaincre.

— Ainsi, tes illusions ne t'ont pas quittée.

— Je sais quelle est l'étendue de mon pouvoir.

— Tu ne peux rien... Le temps est très proche où l'humanité sera réduite à néant.

— Tu ne pourras jamais reconstituer le rêve universel. Il en manquera toujours des fragments, trop éclatés pour que tu puisses les récupérer. Tu détruiras la Terre pour rien. Songes-tu seulement qu'en dérobant leurs rêves aux hommes, tu leur infliges le même traitement que celui que tu as subi ? Pour te venger de la course hasardeuse d'une étoile, tu détruis un monde innocent. Ne peux-tu te rendormir, et inventer par toi-même un autre rêve, ainsi que je l'ai fait ?

— Tu n'imagines pas l'étendue de ma douleur ! Ce que tu as éprouvé n'est rien, comparé au désespoir que me donnent tant de rêves maltraités par ta race ! Je récupérerai jusqu'à la dernière poussière du rêve universel, car l'humanité est trop misérable pour le mériter.

— N'as-tu pas songé que tu pouvais recréer ce rêve sans nous détruire ? N'as-tu pas réalisé que tu pouvais le dupliquer, grâce à l'écriture ? Viens, ô Voleur, entre dans mon sanctuaire, cesse de détruire, et vois si tu as le courage de créer. »

Le Voleur de Cœurs se répandit en lianes de mots qui tentèrent de figer Léonore. Mais son rêve était à l'abri, et rien ne pouvait entamer son cœur. Elle entra dans la salle de bois sans refermer la porte.

Une centaine de silhouettes bleues s'y étaient engouffrées, et paraissaient l'attendre au pied de l'escalier. La première à s'avancer vers elle ressemblait à un enfant, au visage infiniment triste. Il devait avoir perdu ses rêves d'aventures... Se fiant à cette intuition, Léonore lui donna un livre où le voyage et le merveilleux voguaient de concert sur un navire de marins au grand cœur. L'enfant le prit sans savoir qu'en faire. Léonore le guida jusqu'à une table, s'assit à côté de lui et l'aida à lire. Elle posa le doigt bleuté sur le premier symbole, et imagina le bateau qu'elle voulait montrer à son petit lecteur.

Le navire apparut aussitôt. Un voilier, pourvu de trois grands mâts, sur lequel vivaient des hommes rieurs vêtus d'habits chatoyants. À côté de Léonore, l'enfant, surpris, peinait à sortir de sa torpeur.

« Eh petit, l'interpella le capitaine. Que dirais-tu de devenir notre moussaillon, et de parcourir avec nous les mers du monde ?

– Je ne sais pas…

– Si, tu sais, dit Léonore, qui s'était rendue invisible. Tu es sur un bateau, regarde autour de toi ! Où veux-tu aller ? »

L'enfant resta silencieux. Au loin, Léonore maintenait son doigt appuyé sur le symbole. Au fur et à mesure que l'enfant observait le bateau, son doigt s'appuya contre le rêve avec plus de force. Jusqu'à ce qu'enfin, il passe de lui-même sur le symbole suivant.

Une fois le livre commencé, Léonore n'eut aucune difficulté à le faire progresser. L'enfant avançait de plus en plus vite, pressé par un besoin grandissant de connaître la suite de l'histoire. Elle ne lui parlait plus que pour lui indiquer le sens des symboles inconnus et empêcher qu'il ne les évite. Elle aurait voulu lui expliquer les interprétations de certains symboles particulièrement riches, mais il ne lui en laissait pas le temps. L'avidité l'emportait, il parcourait le monde, et il ne se souvenait pas de cette voix qui le guidait.

Léonore ouvrit les yeux au moment où le doigt de l'enfant quittait le rêve. Sa silhouette bleue se leva subitement et s'éloigna vers la porte. L'enfant paraissait moins triste, et elle espéra que ce départ représentait son éveil dans l'autre monde.

D'autres âmes l'attendaient encore. Léonore leur donna à lire ce que son intuition lui dictait, histoires d'amour, d'aventure, de magie, d'avenir. Hommes, femmes et enfants, elle les accompagna tous dans leur premier rêve. Au début, elle était la voix qui les maintenait endormis. Au milieu du livre, ils l'écoutaient à peine. Parvenus à la fin, ils ne l'entendaient plus.

Ils ressortirent d'un air apaisé, partant rejoindre leur corps à l'heure douloureuse de l'éveil. Certains disparurent avant que Léonore ait pu les faire rêver. Les plus atteints par le Voleur de Cœur ne restaient pas longtemps endormis avant de sombrer dans leur dernier repos. Léonore aurait voulu les retenir, mais ils s'évaporaient sans même sortir, fumée bleue que rien ne pouvait sauver.

Une fois toutes les âmes disparues, Léonore referma la porte. Elle espérait que les âmes reviendraient la voir. Il ne leur restait rien qui intéressât le Voleur : si elles lui survivaient, elles seraient hors de son atteinte. Quant au Voleur… S'il pénétrait en ce lieu, elle n'était pas sûre d'avoir la force de lui résister. Mais elle devait courir ce risque : elle était le seul espoir de ces âmes brisées. Elle rouvrit la porte.

◆

Pendant de longues années, Léonore ne vit plus le Voleur. Elle savait qu'il s'agissait d'années, car elle avait vu les âmes grandir au fil des nuits.

Elle n'avait jamais refermé la porte.

Heureuse du soin qu'elle avait mis à rougir autant de pages, elle disposait d'assez de livres pour que chaque âme puisse rêver chaque nuit.

Elle put à peine contenir sa joie en revoyant les premières âmes. De tous ceux qu'elle avait faits rêver, aucun n'était mort. Dépassant ses plus folles espérances, chaque âme avait retenu le moindre symbole entrevu durant son rêve. À présent, il suffisait à Léonore de leur choisir un livre, et encore les âmes les plus expérimentées le choisissaient-elles elles-mêmes. Comme celle de l'enfant, aujourd'hui devenu adulte, le plus ancien de tous les rêveurs.

Léonore lisait souvent en compagnie des âmes, qui dormaient de plus en plus longtemps. À son grand regret, certaines ne parvenaient pas à interpréter les symboles comme elle l'aurait voulu, et persistaient à voir des images négatives là où elles auraient pu choisir de parcourir une réalité agréable. Une poignée d'âmes développaient leur imagination au fil des rêves et gagnaient en puissance. D'autres, paresseuses, ne voulaient pas donner plusieurs sens aux symboles. Aussi leur lecture se restreignait-elle au fil des nuits, jusqu'à ce qu'ils refusent d'apprendre de nouveaux symboles. Il eût fallu que Léonore rêve avec eux continuellement pour les détourner de cet instinct, et elle n'en avait ni le temps ni l'envie. Elle s'était guérie elle-même ; si les âmes n'avaient pas l'intelligence de reconnaître ce qui les soulagerait, elle ne les forcerait pas.

À travers les yeux des rêveurs, Léonore put voir le monde. La Terre ressemblait désormais à l'ombre de ses souvenirs. Dévastée par le Voleur de Cœurs, elle était devenue sauvage et agressive. Nombre de paradis de verdure s'étaient transformés en déserts de glace et de sable, que la Vie paraissait ne jamais devoir atteindre. Les humains qui survivaient au Voleur de Cœurs formaient un peuple bien triste, en comparaison de celui que Léonore avait connu. La joie leur revenait par instants, tempérée par une mélancolie incompréhensible, et par des désirs dont l'ardeur n'égalait que l'absurdité. Le sommeil occupait à présent la moitié de leur vie. Parfois, certains se souvenaient de fragments de rêve. Ces fantaisies lointaines et irréalisables les amusaient et les intriguaient tour à tour.

Personne ne s'était mis en quête de l'Amour, du Temps et de la Vie. Néanmoins, l'humanité vivait, et le Voleur ne revenait jamais troubler ceux qui lui survivaient. Léonore avait atteint son but. Les âmes se présentaient par milliers toutes les nuits pour qu'elle les soigne, et cela la rendait heureuse.

Un dernier espoir résidait sur la Terre. Un seul village, que le Voleur n'avait pas encore trouvé. Comment empêcher que ces derniers êtres soient brisés ? Le Voleur découvrirait ce reliquat de bonheur, il le détruirait, c'était inévitable… Si seulement elle pouvait protéger ne serait-ce qu'une personne, et lui apprendre la vérité.

Alors que Léonore nourrissait ce désir, une voix chantante l'interpella.

« C'est une rose ! »

Ces mots provenaient d'une créature merveilleusement belle, dont Léonore avait entendu parler jadis, sans l'avoir jamais vue. Une fée… Constituée de lumière blanche, ses contours d'une précision parfaite, elle ne dépassait pas la taille d'une main, et vint voleter devant Émilie en prononçant ces mots. Elle était si belle… Émilie tendit la main pour la toucher. De tels êtres n'existaient pas dans son monde…

« Qui es-tu ? Depuis combien de temps es-tu ici ? »

La fée s'envola loin d'elle, légère, insouciante.

« Attends ! Ne pars pas ! De quoi parlais-tu ? »

Léonore se rua derrière la fée, qui s'enfuit dans les étagères de livres. La Bibliothécaire eut à peine le temps de la voir disparaître dans le tertre de lumière de l'Arbre aux Mille Murmures.

« Attends… »

Léonore avait oublié à quel point l'Arbre était beau. Le souffle de la Vie agitait toujours ses feuilles d'un vert éclatant. Son tronc n'avait jamais paru aussi solide. Le tertre de lumière ne s'était plus éteint depuis le commencement, fournissant des livres sans discontinuer… Étincelle qui rendait le rêve possible, et l'écriture réalisable.

Sur la branche la plus basse avait poussé une rose d'un jaune éclatant. Des gouttes de rosée perlaient sur les pétales de la fleur.

À ce spectacle, l'hellébore lui revint en mémoire. Son hellébore… La fleur de lys… Léonore voulait que quelqu'un la rejoigne, et ce souhait se réaliserait, ainsi que tous les autres.

Elle cueillit la rose avec la plus grande douceur. Elle retourna auprès des âmes, et sortit parmi les signes d'or. Elle étendit le bras pour laisser la fleur s'envoler, et la regarda disparaître avec un sourire plein d'espoir.

Quand la dernière silhouette bleue eut quitté les lieux, Léonore ferma la porte. Elle devait écrire des livres dignes d'être lus par son égal. Les âmes patienteraient ; le temps leur était peu de chose.

◆

Léonore écrivit trois livres avant d'être interrompue. Trois rêves, qu'elle considérait comme les meilleurs qu'elle eût créés.

Une lumière inhabituelle attira son attention vers les étagères. La rose jaune venait de s'y matérialiser. Léonore eut à peine le temps de la reconnaître, avant qu'elle ne devienne une lumière pure similaire à la fée. Puis elle grandit, s'épaissit, se transforma jusqu'à prendre forme humaine.

Il s'agissait d'un jeune homme beau comme le jour, aux cheveux de soleil et aux yeux de jais. Surpris, le regard encore embrumé de son premier sommeil, il ne comprenait pas ce qui venait de se produire.

Émilie voulait lui parler, elle voulait exister…

« Sois le bienvenu dans la Bibliothèque, sourit Léonore.

– Qui êtes-vous ?

– Je suis Léonore, la Bibliothécaire. Et toi, comment t'appelles-tu ?

– Je m'appelle Icare. Je ne comprends pas, où sommes-nous ? Que s'est-il passé ? J'étais avec Livie, il y a eu cette magnifique rose jaune et… plus rien.

– Tu n'as jamais rencontré le Voleur de Cœurs, n'est-ce pas ?

– Non... Je viens d'épouser Livie. Où est Livie ? Où sommes-nous ?

– Dans la Bibliothèque. J'ai trouvé cet endroit il y a longtemps, et je m'efforce de combattre le Voleur. C'est une longue histoire…

– Je ne comprends pas très bien. Tout est si flou dans ma tête… Cette fleur, pourquoi ai-je fermé les yeux en la touchant ? Quelle était cette faiblesse qui m'a envahi ? Et Livie, je dois retrouver Livie…

– Je suis désolée, Icare, mais je ne crois pas que cela soit possible. Un autre destin t'attend.

– Non ! Je ne veux pas vous écouter, je dois sortir d'ici ! »

Icare se précipita vers la porte de la Bibliothèque. Il devait retrouver Livie… Livie, son bonheur, sa vie. Livie, ses cheveux corbeau, ses yeux océan. Son rire cristallin, frais comme un courant d'eau vive… Livie.

À la vue des millions de symboles dorés flottant dans cet espace hors du temps, Icare tomba à genoux.

Livie, aux côtés de laquelle il désirait vivre jusqu'à la fin de ses jours… Jusqu'à l'arrivée du Voleur de Cœurs. Il avait bien entendu des rumeurs, selon lesquelles le pouvoir du Voleur diminuerait… Des voyageurs prétendaient lui avoir survécu.

D'autres ignoraient son existence, aussi incroyable que cela paraisse. Ils semblaient tous si tristes, comparés aux habitants de son village, et ils passaient une partie du jour à imiter les morts. Livie ne deviendrait jamais ainsi, non... Il se souvenait de ses rêves de gloire où, vainqueur du Voleur de Cœurs, il revenait en héros à son village avec son ami Dédale. Mais il avait choisi Livie... Pourquoi ce désir jadis brûlant se réalisait-il maintenant ? Livie ne voyait pas la rose, il n'aurait pas dû la toucher...

Émilie ne comprenait pas les tourments du jeune homme. Ils évoquaient, en moins puissants, le chagrin de Léonore à la perte de son enfant. Mais Livie n'était qu'une figure lointaine... Il fallait qu'Icare cède à l'aventure.

« Icare... Tu retrouveras Livie. Ton cœur n'a pas été brisé par le Voleur, tous tes rêves sont encore à ta portée.

– Je veux retourner auprès d'elle. J'ai fait mon choix, j'ai renoncé à l'inconnu... Pour Livie.

– Le choix ne t'appartient plus.

– Qui êtes-vous pour en être aussi certaine ?! »

Icare s'était levé. L'abattement et la colère déformaient son visage. La réponse de Léonore résonna étrangement dans la Bibliothèque.

« Je suis la seule à avoir jamais résisté au Voleur de Cœurs. Je suis la Bibliothécaire, rempart unique de l'humanité contre l'anéantissement. Chaque nuit, je fais rêver les âmes, dans l'espoir qu'elles reconstruisent leurs rêves brisés. J'ai désiré que tu sois là, pour protéger les rêves du dernier homme véritable, et lui transmettre mon savoir. Tu aurais préféré finir comme ces voyageurs que tu as entrevus, comme ces lambeaux d'humanité ? Crois-tu que tu aideras Livie, en subissant le même sort qu'elle ? Si tu retournes là-bas, le Voleur te prendra jusqu'à son souvenir. Vois ce que tu deviendras ! »

Léonore ouvrit l'autre battant de la porte noire, celui qui permettait aux âmes d'entrer dans la Bibliothèque. Une silhouette bleutée s'y engouffra. Ignorant le sursaut d'Icare, elle avança jusqu'au pied de l'escalier. Léonore fit apparaître dans sa main le livre dont elle avait besoin ; déjà, une deuxième âme attendait son tour.

« Tu vois ? C'est ce qui reste des êtres humains après le passage du Voleur de Cœurs. Des esprits séparés de leur corps, à la recherche de leur rêve volé. Je fais de mon mieux pour les guérir... Mais mon pouvoir s'arrête où commence le leur. Une chose est sûre, je compte me battre jusqu'à ce que le Voleur de Cœurs soit vaincu. »

Sans ajouter un mot, Léonore fit rêver les âmes qui s'amoncelaient dans la Bibliothèque.

Quand Icare l'interrogea sur les livres, la Bibliothécaire sourit.

Elle posa le doigt sur le symbole d'un lieu clos aux formes étranges, et entraîna le jeune homme dans son premier rêve.

Un voilier peuplé d'aventuriers impétueux, le soleil à l'horizon, les embruns de la mer, le vent dans ses cheveux... Le début d'un livre.

Icare ressortit transformé de cette expérience. Rêver, quelle merveille ! Jamais il ne s'était senti aussi libre, aussi vivant, aussi... Plein de lui-même. Ténébreux soleil, il brillait de mille feux nouveaux et brûlait de rêver encore. Livie... Livie le rejoindrait sous forme d'âme. Il l'aiderait à reconstituer son rêve brisé. Il apprendrait.

◆

Toute sa vie, Icare avait balancé entre la soif d'amour et le désir d'inconnu. Il venait d'épouser Livie quand il avait recueilli la rose de la Bibliothèque. Protégé de la main du Voleur de Cœurs, Icare ne désespérait pas de réunir un jour ses deux rêves. Rien ne pouvait briser sa résolution, et son ardeur n'égalait que la passion de Léonore.

Il apprit avec aisance l'alphabet des rêves, toutes les formes et les interprétations déterminées par Léonore. Il lut les livres qu'elle lui destinait, et découvrit le chagrin, le désespoir et la haine. Son cœur intouché s'y montra presque imperméable : il refusait d'admettre qu'une situation triste pût être irrévocable.

Léonore invita Icare à l'aider dans le décryptage des milliers de nouveaux rêves dérobés par le Voleur. Icare se délectait de cette occupation, et Léonore déversait ce savoir dans des rêves inédits. Car chaque nuit, les âmes affluaient en nombre dans la Bibliothèque, et les livres venaient à manquer.

Icare voulut aider Léonore à les écrire, mais il s'avéra incapable de manier la plume de la Bibliothécaire. Elle l'envoya chercher l'Arbre aux Mille Murmures, en vain : l'Arbre semblait se volatiliser dès qu'Icare tentait de le trouver.

« Je ne comprends pas, maugréa-t-il. Pourquoi ne puis-je pas écrire ? C'est tout ce qu'il me manque pour être à ton niveau. Jamais je ne pourrai être Bibliothécaire si je ne trouve pas cette maudite plume… Pourquoi l'Arbre n'apparait-il qu'à toi ?

– Hélas Icare, je l'ignore… Je ne comprends pas ce qui t'empêche de le voir. Il est là, derrière ces étagères…

– J'en ai assez de tourner en rond. Je voudrais faire naître sous ma plume ces fragments de rêve, comme toi…

– Continue à lire. Il doit te manquer quelque chose. »

Cet échec, si près du but, frustrait Émilie plus qu'elle ne l'aurait cru possible.

Pourquoi Icare ne parvenait-il pas à écrire ? L'Arbre lui avait donné sa plume si naturellement, la dernière fois… Léonore ignorait encore, à l'époque, que l'écriture serait son rêve. Elle n'était pas consciente de ce besoin, et l'Arbre aux Mille Murmures l'avait concrétisé avant qu'elle en ait eu la pensée… Avant ?

Non, la plume s'était matérialisée au moment précis où elle cherchait à vaincre le Voleur de Cœurs !

C'était ce désir qui manquait à Icare.

« Icare, as-tu revu Livie depuis ton arrivée ici ?

– Non. Je n'ai jamais reconnu quelqu'un de mon village…

– As-tu vraiment cherché ?

– Oui…

– As-tu bien observé les âmes ? T'es-tu plongé dans leurs rêves ?

– Je ne vois pas pourquoi… La ressemblance physique suffira à me mettre sur la voie.

– Rien ne prouve que les âmes revêtent ici l'apparence qu'elles ont sur Terre. Les nouveaux arrivants, à présent, ne sont plus que des nouveau-nés... Le Voleur de Cœurs a trouvé ton village : s'il y a des survivants, ils sont ici depuis longtemps. Ce qui veut dire...

– Que je n'aurai plus de répit avant d'avoir retrouvé Livie.

– Icare, attends.

– Je retrouverai Livie, même si j'y passe le reste de mes jours ! Je l'ai juré au commencement de mon apprentissage.

– Pour savoir ce qu'il en est, il suffit de le demander au Voleur de Cœurs. »

Léonore entraîna Icare hors de la Bibliothèque. Le chuchotis du Voleur ne se fit pas attendre.

« Te voilà enfin, mortelle... J'attendais que tu sortes de ta cachette. Mais qui t'accompagne ? Qui est cet homme dont je n'ai jamais vu le cœur ?

– Icare est mon nom. J'ai rejoint la Bibliothèque avant que tu n'attaques mon village. Ainsi, mes rêves sont pour toujours à l'abri de tes griffes.

– Pauvre fou... J'ai trouvé les tiens depuis longtemps. Ils errent sur la Terre, ombre aveugle de ce qu'ils furent. J'ai beau avoir brisé leur cœur, ces maudits survivent avec ce qui leur reste.

– Je te l'avais prédit, ô Voleur de Cœurs, intervint Léonore. Je t'ai dit que je t'empêcherais d'anéantir l'humanité, et j'y suis parvenue ! J'ai même sauvé un cœur de ta déchirure.

– Tu te crois donc à l'abri de ma colère ? N'aie crainte, l'heure viendra où je pénétrerai ton sanctuaire, et reprendrai mon bien. Je brûlerai ton arbre, et volerai le rêve du mortel qui t'accompagne. Mais avant... Il reste sur Terre un cœur qui me manque encore. Je le sens, je le poursuis depuis bientôt un an, j'ignore pourquoi il m'échappe. Quand je l'aurai trouvé, ton tour viendra... »

Le Voleur de Cœurs se répandit en murmures glacés autour de Léonore, qui entraîna aussitôt Icare dans la Bibliothèque.

En leur absence, les âmes avaient afflué au pied de l'escalier. Léonore voulut refermer la porte, mais Icare la retint.

« Tu dois la laisser ouverte.

— Mais le Voleur… S'il entre, si nous ne pouvons pas nous protéger… »

Léonore tremblait de peur. Elle sentait à peine le contact rassurant de la main d'Icare. Chaque rencontre avec le Voleur avait diminué sa force, et elle ne lui résisterait pas une quatrième fois. Quand elle posa les yeux sur Icare cependant, sa terreur retomba.

Ses yeux noirs reflétaient une volonté inébranlable ; son sourire lumineux était la seule relique de l'innocence qu'il venait de perdre.

« Le Voleur a dit qu'il lui manquait encore un cœur. Après ma disparition, Livie a dû partir à ma recherche… Si je retrouve les gens de mon village, leurs rêves m'apprendront ce qu'elle est devenue. Il n'est peut-être pas trop tard pour qu'elle me rejoigne… Tant que Livie sera hors de sa portée, le Voleur de Cœurs ne pourra rien contre moi. C'est elle, mon Arbre aux Mille Murmures… »

♦

Pour retrouver Livie, Icare devait percer le voile des âmes : alors, il reconnaîtrait les siens, et leur poserait la question qui le dévorait. Il apprit à déceler les peines et les rancœurs, les espoirs déçus et les joies éphémères ; bientôt, nulle crainte, nul désir, nul secret ne lui échappa. Il savait au premier regard quel livre soignerait le rêveur qui se tenait en face de lui, et savait aussi si ce livre existait dans la Bibliothèque.

Le succès ne se fit pas attendre : Icare reconnut bientôt, sous les traits d'une vieille femme, son ami de toujours.

« C'est Dédale ! Comment a-t-il pu en arriver là, lui qui était si actif, toujours à inventer quelque chose… Oh Dédale ! Tu dois me dire ce qui est arrivé à Livie. »

La vieille femme ne réagit pas.

« Tiens, dit Léonore en lui tendant un rêve. Il sera plus bavard au milieu d'un livre… Mais n'oublie pas, c'est un cœur brisé, et il ne se souviendra pas de tout. Tu ne dois pas le brusquer, tu pourrais lui faire faire un cauchemar…

— Je le connais bien, je ferai attention. »

Un lieu clos aux formes étranges… Dédale hésitait. Icare lui imposa leur village, avec ses rues pavées et ses jolies chaumières. L'imagination de Dédale suppléa au reste : les routes serpentines se noircirent de monde. Icare jeta autour de lui un regard surpris : les yeux rivés au sol, les passants marchaient en silence, toute trace de bonheur envolée.

Icare se précipita devant Dédale, déjà porté vers la suite du rêve, et tenta de lui barrer le chemin.

« Dédale ! Dédale, c'est moi, Icare ! Regarde ! Je suis là, j'ai échappé au Voleur de Cœurs ! Dédale… »

Mais Dédale ne l'écoutait pas.

Au loin, Icare immobilisa le doigt de son ami. Il devait le sortir de cette torpeur.

« Dédale ! Regarde-moi ! Ouvre les yeux ! Je suis Icare. »

Il fallut ce qui parut des heures à Émilie avant qu'Icare soit entendu. Il cria, menaça, supplia, et se retint juste à temps de frapper Dédale, qui prenait peur.

Enfin, une étincelle jaillit dans les prunelles du rêveur.

« Icare, c'est vraiment toi ? Tu n'es donc pas devenu une ombre ? Icare, tu n'es pas mort ?

– Non ! J'ai échappé au Voleur de Cœurs. Je compte le vaincre, Dédale, le faire disparaître pour toujours. Dédale, je t'en prie, sais-tu ce qui est arrivé à Livie ?

– Livie… Attention ! Le Voleur… Voler… Mais elle n'est plus là… Icare, il va te tuer ! »

Submergé par ses souvenirs atrophiés, Dédale luttait pour que le sens naisse de l'incohérence.

Après un long dialogue de sourds, Icare dut céder. Il n'obtiendrait rien de son ami tant que celui-ci n'aurait pas trouvé la voie de la guérison. Et il ne le pourrait qu'en progressant dans son rêve… Icare libéra le doigt de Dédale.

Aussitôt, le village fit place à l'atelier de son ami, qui se remit à la fabrication de sa dernière invention. Celle à laquelle il travaillait avant la disparition d'Icare… Des ailes. Icare avait oublié, cela faisait si longtemps…

Fasciné malgré lui, il observa Dédale alors qu'il assemblait les millions de plumes, fruit de plusieurs années de récolte. Des milliers et des milliers de plumes, de toutes les tailles et de toutes les formes, soigneusement rangées dans des boîtes autour de l'inventeur. Assemblées une par une sur des harnais de bois, qui devaient leur permettre de s'élever tous deux dans les cieux. Réunies au moyen d'une colle qui ne devait jamais céder. Presque terminées…

Le Voleur de Cœurs surgit du néant. Il tendit la main et l'approcha du cœur de sa victime.

Paniqué, Dédale mit une vitesse frénétique à sa création. Il devait finir. En achevant les ailes, il pourrait s'envoler, fuir loin du Voleur, retrouver Icare… La main du Voleur serait bientôt sur lui.

« Non ! s'exclama soudain Dédale. Si je les termine, si Icare les porte, il mourra ! Je ne dois pas… »

Luttant contre ses démons intérieurs, Dédale ne voyait pas son véritable ennemi. Icare se jeta contre la silhouette noire. Dédale sombra dans l'apathie, tandis que ses mains continuaient leur ouvrage. Dépourvue de force, sa voix brisée répétait les mots qui le torturaient.

« Non… Je le vois, à présent, je le sais, j'ai tué Icare. J'ai fini les ailes, nous sommes partis ensemble… Je lui avais dit de ne pas s'approcher du soleil… Icare… Je me souviens de toi, tes cheveux dorés brillaient, on aurait cru que l'astre du jour était ta couronne… Tu as volé, Icare, et j'ai cru voir un dieu tant tu étais beau. Puis une plume est tombée… Encore une… Ce n'était pas de la colle, mais de la cire, et la chaleur l'a fait fondre… Icare ! Ne t'approche pas du soleil, je t'en prie ! Je te vois tomber dans la mer comme un fétu de paille… Icare !!! Non !!! Je t'ai tué… Je te vois Icare, tu voles vers le soleil… J'ai fabriqué les ailes… Je ne dois pas…

– Non ! s'exclama Icare. Dédale, je t'en prie, aide-moi ! Je suis là, et c'est le Voleur de Cœurs qui risque de me tuer si tu ne m'aides pas ! »

Pris dans le feu de l'action, Icare avait oublié qu'il se trouvait au milieu d'un rêve. Il se battait avec le Voleur, qui cherchait à prendre son cœur. Icare tenta de le repousser, en vain. À ses côtés, Dédale continuait à fabriquer les ailes, incapable de s'arrêter malgré ses visions terrifiantes.

« Dédale !!! » hurla Icare.

Émilie luttait, prise entre les deux réalités. Elle voyait Icare projeté à terre, le Voleur de Cœurs au-dessus de lui, Dédale agenouillé aux mains ensorcelées. Elle voyait aussi Dédale porté par ses ailes au-dessus de la mer, bras tendu désespérément, tandis qu'Icare chutait vers l'océan au milieu d'un tourbillon de plumes, corps impuissant qui allait se fracasser contre les vagues. Elle ne savait plus ce qui était vrai, elle avait peur, le vent fouettait ses cheveux, le sel marin lui piquait les yeux...

« Dédale ! Tu n'as jamais terminé les ailes, je ne les ai pas portées ! Dédale ! Je suis là, à côté de toi, aide-moi, maintenant ! Tu peux le faire, tu peux me sauver ! Dédale !

– Il meurt, répétait Dédale sans voir. Je l'entends, il m'appelle... Mais si je tente de le rattraper, je mourrai avec lui... Icare ! »

Dédale achevait la dernière aile. Ses mains allaient trop vite pour être suivies par l'œil humain. Au fur et à mesure qu'il terminait, sa vision progressait, et il voyait à présent Icare englouti par les vagues. La main du Voleur ne se trouvait plus qu'à quelques centimètres du cœur d'Icare. Pris d'une ultime inspiration, il apostropha Dédale :

« Dédale ! Viens me chercher, ou je vais me noyer ! Détache tes ailes, viens dans la mer, nous nagerons ensemble vers le rivage ! Nous venons de nous envoler, Dédale, et je vois encore la tour d'où nous nous sommes jetés ! Viens, nageons vers le rivage ! »

Les mains de Dédale ralentirent leur ronde affolée. Émilie vit Icare se figer au milieu des flots.

« Nager vers le rivage... Mais Icare, nous ne savons pas nager ! Nous allons nous noyer !

– Non, Dédale, souviens-toi, nous avons appris à nager, ensemble, quand nous étions petits ! Nous nous sommes souvent baignés dans la mer, nous ne craignons pas ses vagues ! Et le soleil qui m'a fait tomber éloigne la tempête ! Viens, Dédale, abandonne tes ailes, rentrons à la maison ! Tu peux me sauver. Je t'en prie !!! »

Alors qu'il allait poser la dernière plume, Dédale suspendit son geste. La main du Voleur effleurait la poitrine d'Icare, prête à lui arracher le cœur. Lentement, Dédale leva les yeux vers son ami.

« Icare… Tu as raison, nous savons nager. J'ai même créé le bateau qui nous a portés jusqu'à cette tour… Il est amarré non loin. Je l'avais placé là au cas où il y ait un accident. Ce n'était qu'un premier prototype d'ailes, je ne voulais pas prendre de risque…

– Oui, Dédale, et maintenant tu dois venir m'aider. La houle est forte, et tu nages mieux que moi. Viens !

– J'arrive, Icare. »

Dédale lâcha son ouvrage. Le Voleur de Cœurs continuait à résister, mais Icare le sentit faiblir. Dédale rejoignit son ami : ensemble, ils repoussèrent le Voleur vers la porte. Lorsque les rayons du soleil le touchèrent, il s'évanouit.

Essoufflés comme après une longue nage, les deux amis se donnèrent une accolade passionnée.

« Icare… J'ai cru que je t'avais perdu pour toujours.

– Pardonne-moi Dédale, j'aurais dû t'écouter… Tu sais que j'ai toujours été le plus imprudent de nous deux.

– Icare, je n'inventerai jamais plus quelque chose qui puisse mettre ta vie en danger. Je m'en veux tellement…

– Tu as tort. Tu prends toujours les précautions qu'il faut. Tu dois continuer à inventer ! Pense aux vies que tes créations sauveront. Tu dois m'aider à faire rêver le monde, Dédale.

– Icare, je… Je ne sais pas. Tu as peut-être raison, mais j'ai si peur…

– Cherche dans tes souvenirs. Tu n'as pas à avoir peur. Le monde est toujours le même, le reste ne dépend que de toi… Je t'en prie, continue à travailler sur tes ailes. Je te promets que personne n'en souffrira.

– Oui… J'aimerais tant. J'en rêve…

– Alors fais-le. En souvenir de moi.

– Oui… Oui. Icare, je le veux vraiment. Je vais m'y atteler, dès maintenant. J'ai peur mais… Je dois vaincre cette crainte. Je volerai, comme nous nous l'étions promis. J'appellerai mon fils Icare, en souvenir de toi… »

La silhouette de Dédale commença à s'estomper. Il allait s'éveiller.

70

« Dédale, où est Livie ?

– Livie ? Livie… Je me souviens maintenant. Tu as toujours été amoureux d'elle, n'est-ce pas ?

– Oui, et je l'ai épousée. Où est-elle ?

– L'épouser… Vous étiez mariés. Puis tu as disparu… Oh, Icare, pourquoi as-tu disparu ?

– Où est Livie, dis-moi, que lui est-il arrivé ?

– Après ton départ, elle…

– Oui ? Qu'a-t-elle fait ?

– Elle est partie à ta recherche. Elle a quitté le village. Elle n'était plus là quand le Voleur de Cœurs nous a trouvés. »

Dédale était complètement transparent. Les larmes aux yeux, Icare tenta de le retenir. Perdu dans ses souvenirs renaissants, son ami ne réalisait pas qu'il partait. Une dernière lueur illumina son regard :

« Oh, Icare, je me rappelle à présent… Livie attend un enfant de toi. »

Icare ouvrit les yeux. Il ne savait plus où il se trouvait ; une main se posa sur son épaule.

« Icare ? Tu vas bien ? Tu sais où est Livie ? »

Livie…

Ses souvenirs le frappèrent comme la foudre.

Livie était enceinte. Elle était partie à sa recherche. Le Voleur de Cœurs errait sur la Terre, poursuivant le dernier cœur humain…

« Tiens-bon, Livie ! »

Icare monta les escaliers en courant et s'engouffra à toute allure dans les rayons de la Bibliothèque.

Léonore n'eut pas le temps de réfléchir davantage : déjà, une nouvelle âme faisait son apparition.

Une âme ?

Le Voleur de Cœurs.

Le Voleur de Cœurs était entré dans la Bibliothèque.

La terreur paralysait Léonore. Incapable de bouger, incapable de crier, elle regarda le Voleur venir vers d'elle d'un pas inéluctable.

Les murmures s'immisçaient en elle. Elle tenait à nouveau son enfant mort dans ses bras. Elle s'effondrait.

« Je t'avais dit, mortelle, que tu ne me vaincrais pas. J'ai fait disparaître ton humanité… Avant de relâcher son dernier rêve, je suis venu reprendre le tien, et celui du jeune homme que tu m'as volé. Je vais vous tuer tous les deux, et le rêve universel renaîtra de ses cendres… Adieu, mortelle. »

Le Voleur de Cœurs tendit vers Léonore sa main impitoyable. Il s'approchait, il allait l'atteindre, plus que quelques centimètres… Elle attendait de disparaître, happée par la noirceur de cet ennemi du genre humain. Quelques millimètres…

Le Voleur de Cœurs ne toucha pas Léonore.

Une plume d'or, plantée profondément dans le creux de sa main, l'en empêcha.

Une plume dont la couleur rappelait le jaune éclatant de la rose d'Icare.

Et c'était Icare qui brandissait cette plume, Icare qui, déjouant l'espace, avait pris la place de Léonore, et perçait à présent la main du Voleur de Cœurs. Icare qui, ignorant le cri d'outre-tombe poussé par la créature, retira sa plume et la planta une nouvelle fois, dans le cœur de son ennemi.

Le hurlement du Voleur de Cœurs s'étendit dans la nuit. Il durait encore, quand son corps d'obscurité se veina de lumière d'or. Il durait encore, quand la lumière sépara les ténèbres en millions de morceaux. Il durait encore, quand ces fragments pénétrèrent les âmes réfugiées dans la Bibliothèque, et toutes celles qui peuplaient la Terre.

Il s'éteignit, quand les ténèbres et la lumière eurent achevé de se fondre dans le cœur des hommes.

« Icare… Tu as réussi ! Tu as vaincu le Voleur de Cœurs… »

Icare se précipita vers la Bibliothécaire, les traits crispés par l'inquiétude.

« Léonore… Léonore, que t'arrive-t-il ? Il ne t'a pas touchée, n'est-ce pas ? Il n'a pas pu reprendre ton cœur ? L'Arbre aux Mille Murmures est resplendissant, il m'a donné ma plume, tout va bien… Léonore, pourquoi tes cheveux blanchissent-ils ? Pourquoi ta peau devient-elle toute ridée ? Léonore, tu vieillis à vue d'œil ! Que t'arrive-t-il ?

— Oh Icare, murmura Léonore. Icare, je sens que je pars…

— Mais le Voleur ne t'a pas touchée ! Pourquoi t'affaiblis-tu ainsi ?

— Parce que le Voleur de Cœurs n'est plus. Pendant tout ce temps, il a été ma seule raison de vivre… C'est pour comprendre que je lui ai survécu. Maintenant que tu l'as vaincu, j'ai compris tout ce que je désirais, et ma quête s'achève. Mon cœur ne m'appartient plus… J'ai perdu toute la passion qui me restait.

— Oh, Léonore, j'ignorais tout cela… Pourquoi ne m'as-tu pas prévenu ? Nous aurions pu nous contenter de repousser le Voleur…

— Non, Icare. La vie n'a de sens que parce qu'elle a une fin. Je suis heureuse de celle que j'ai menée, je veux te laisser la place. Tu es digne d'être le Bibliothécaire.

— Léonore… Il y a encore tant de choses que j'ignore. Ne me laisse pas seul…

— Tu n'as plus besoin de moi, Icare.

— Et Livie ? Comment l'amènerai-je ici, sans ton aide ? Le Voleur ne l'a pas trouvée, n'est-ce pas ? »

Icare lut la vérité dans le regard de Léonore, et poussa un cri déchirant.

« Je suis désolée, Icare.

— Mais il ne l'a peut-être pas tuée ! Elle viendra ici sous forme d'âme, comme tout le monde… Et l'enfant qu'elle portait, il est à l'abri, n'est-ce pas ?

— Icare… Le Voleur n'avait pas encore relâché le rêve de Livie hors de la Bibliothèque. Poussé par sa haine, je crains qu'il n'ait pris et sa vie, et celle de son enfant à naître.

— Alors ils sont perdus… Perdus pour toujours… »

Icare tomba à genoux. Ses épaules tremblaient, secouées de sanglots.

Léonore l'enlaça tendrement.

« Icare, écoute-moi. Livie et son enfant vivaient encore dans le Voleur de Cœurs quand tu l'as percé de ta plume. Tu as vu comme il s'est dissous dans le cœur des hommes. Le rêve et l'enfant de Livie ont fait de même : ils vivent à présent dans des millions d'âmes. Ils n'attendent que l'aide du Bibliothécaire pour renaître. Le germe de l'être le plus noir et celui de l'être le plus pur sont en chacun d'eux. Ils ont tous le pouvoir de faire se développer la bonne graine… Et toi, tu dois leur montrer le chemin. Crois-moi : avec assez d'amour et de temps, la vie trouve toujours le chemin du cœur. »

Icare resta longtemps immobile. Tant d'émotions, tant d'amour sans objet, et cette envie d'agir qui ne le quittait plus…

Écrire.

Sur la table devant lui, un livre vierge était apparu.

Icare se leva.

« Léonore, je ferai de mon mieux. Je n'abandonnerai pas les âmes, je te le promets. »

Léonore ne répondit pas. Émilie lut dans son regard la confiance la plus totale, et la fierté la plus éclatante.

La Bibliothécaire et son apprenti s'étreignirent une dernière fois.

Puis Léonore rejoignit les étagères chargées de livres, et disparut entre les rayons de la Bibliothèque. La lumière s'intensifia ; Icare était seul.

Attablé au bureau de Léonore, il saisit sa plume.

Lignes d'or sur page blanche, première lettre d'un premier rêve.

III

Émilie ne savait plus où elle se trouvait. Pourquoi Icare avait-il disparu ? Qui était cette femme qui la regardait en souriant ? Le Centre d'Éducation et le Revery gisaient dans les tréfonds de sa mémoire ; elle ne parvenait plus à démêler l'histoire de Léonore de la réalité.

« Vous êtes Antonie, dit-elle enfin.

— Oui, et tu n'es ni Léonore, ni Icare. »

Le livre dans les mains d'Antonie attira le regard d'Émilie. C'était un volume assez fin, d'une jolie couleur rouge, avec une plume dorée sur la couverture.

« C'est vous qui l'avez écrit ?

— Non.

— Et si c'était Léonore ? Ou Icare ?

— Peut-être. Mais cette histoire peut aussi avoir été inventée par n'importe quel Bibliothécaire.

— Inventée ?! Toutes ces émotions que j'ai ressenties, c'était tellement fort, cela ne peut pas avoir été inventé ! Icare et Léonore sont réels.

— J'en déduis que tu as aimé ta première lecture ?

— J'ai adoré ! Tous les livres sont-ils aussi bien ?

– Tous seront pour toi aussi réels que l'histoire de Léonore et d'Icare. Mais la question, à présent, est de savoir si tu acceptes de devenir mon apprentie. »

Apprentie Bibliothécaire… Apprendre à lire. Avoir sa propre plume. Cela paraissait si merveilleux…

« Si j'accepte, je resterai ici pour toujours ? Comme Icare ?

– Oui.

– Et… Je vieillirai d'un coup, comme Léonore ?

– Le temps de la Bibliothèque est celui de ton esprit. Si tu t'amuses, il passe vite. Si tu t'ennuies, il s'arrête. Si tu lis ou écris, tu grandis. Ton corps suit la progression de ton esprit : les Bibliothécaires ont le privilège de paraître ce qu'ils sont.

– Et je devrais rejoindre l'Arbre aux Mille Murmures un jour, comme Léonore ?

– Pas avant très, très longtemps. Lorsque ton esprit aura délaissé toute passion. Quand lire et écrire ne t'apporteront plus rien.

– Je lirai beaucoup de livres ?

– Autant que tu voudras. Et dans la plupart des cas, tu pourras agir dans les rêves. Tu ne seras pas une observatrice passive comme avec Léonore et Icare.

– J'aurai ma propre plume, pour écrire des rêves ?

– Oui, une fois que tu maîtriseras la lecture.

– Et dans les autres livres, je serai moi ?

– Oui. Dans la majorité des cas, tu resteras toi. »

Les yeux d'Émilie brillèrent d'excitation.

« Que racontent les autres livres ?

– Tout ce que tu peux imaginer. Ils parlent de magie, d'amour et d'aventure. De l'ordinaire et de l'extraordinaire. Ils racontent le chagrin, la joie, la vie. Ils rassemblent trop de personnages pour les compter.

– Et je pourrai vraiment leur parler ?

– Oui. Tu partageras chacune de leurs histoires, et tu les vivras comme si elles étaient tiennes.

– Je ne retournerai jamais sur Terre ?

– Non. Mais tu pourras partager les rêves des âmes, et voir le monde à travers leurs yeux. »

Tout cela paraissait incroyable. Revivre l'expérience de Léonore et d'Icare à l'infini, avec plus de livres qu'elle n'en pouvait compter... Explorer plusieurs mondes, et vivre dans une réalité qui avait du sens ! Tout cela rendait Émilie plus heureuse qu'elle ne l'avait jamais été.

Elle s'apprêtait à accepter l'offre d'Antonie, quand celle-ci ajouta :

« Il y a autre chose que tu devrais savoir avant de me donner ta réponse. Avant ton arrivée, j'ai eu un autre apprenti.

– Où est-il ?

– Il est retourné sur Terre. Je voudrais que tu me dises si tu l'as déjà vu. Il s'appelle Jean.

– Jean... »

Jean, n'était-ce pas cet homme qui avait tenté de l'aider, avant que l'enfer ne commence ?

« Je l'ai vu au Centre d'Aptitude. Mais je ne l'ai pas rencontré... C'était un message vidéo.

– Que disait le message ?

– Il s'adressait aux gens qui venaient d'arriver au Centre. J'ai été surprise, je m'attendais à un discours sur les avantages du Revery, et Jean a parlé d'une sorte de guerre. Il nous disait de prendre le Revery et de le rejoindre... »

Au fur et à mesure qu'elle racontait, Émilie se rappelait. Elle se remémorait la peur, la colère et le désespoir qui avaient failli lui faire perdre la raison.

« Le Revery était le seul moyen de sortir du CASS. Si on le refusait, on finirait par mourir. Mais je ne l'ai pas pris et la télé ne s'arrêtait pas, j'ai cru que je passerais ma vie enfermée là-bas... Alors j'ai voulu le prendre et... La fleur de lys est arrivée. »

Émilie frissonna.

« Je ne veux jamais y retourner.

– Tu n'y retourneras pas. Mais ton histoire soulève autant de questions qu'elle apporte de réponses...

– Pourquoi ?

– Jean cherchait sa plume auprès de l'Arbre aux Mille Murmures lorsqu'il est... parti. Cela s'est passé il y a longtemps. Après son départ, les âmes ont commencé à changer. J'ai vu le monde évoluer à travers leurs yeux : Jean s'est peu à peu infiltré dans l'esprit de chaque homme. Puis des âmes ont oublié la lecture, et ont cessé de rêver jusqu'à ce que mort s'en suive.

– Elles sont mortes parce qu'elles ne rêvaient plus ?

– Oui. Sans rêves pour nourrir son âme, un être humain sombre progressivement dans le désespoir. Il meurt d'abord à lui-même, puis au monde.

– Vous ne pouvez pas lui réapprendre à lire ?

– J'ai essayé, mais ces âmes-là ne retiennent pas ce que je leur montre. Il n'y a rien à faire...

– Vous pensez que c'est à cause de Jean ?

– Jean est apparu dans les rêves des âmes en même temps que le Revery ; je pense qu'il se sert de cet objet pour deviner leurs désirs. Il a déjà tué plusieurs centaines d'âmes et cherche à les empêcher de rêver, pour une raison qui m'échappe. Je voulais que tu saches que ta formation, si tu l'acceptais, ne serait pas totalement normale. Tu devras m'aider à arrêter Jean : je ne pouvais pas te laisser me rejoindre sans te prévenir que nous aurions à affronter un nouveau Voleur de Cœurs. »

Émilie peinait à croire que Jean puisse être aussi dangereux. Elle voulait apprendre à lire et écrire des histoires de son propre cru... Le reste viendrait plus tard.

« J'accepte. »

Antonie lui adressa un sourire rayonnant.

◆

L'apprentissage de la lecture se révéla aussi difficile qu'intéressant.

Antonie expliquait à Émilie le sens des symboles, en discutait avec elle, et retournait aux âmes quand l'esprit de son apprentie arrivait à saturation. Émilie repensait à ce qu'elle venait d'apprendre, jusqu'à ce qu'elle ait une question. Alors Antonie lui répondait, et le rituel se poursuivait. La Bibliothécaire n'introduisait pas de nouveaux symboles tant qu'Émilie ne se souvenait pas à la perfection des précédents.

« Il y a beaucoup de symboles, et tu ne liras correctement que si tu les maîtrises tous, avait dit Antonie au début de l'apprentissage. Tu te souviens du triangle à la base barrée ? Le symbole d'un lieu clos aux formes étranges.

– Oui.

– Tu as vu qu'il pouvait être interprété de plusieurs manières : un jardin, une prison, un bateau... C'est le cas de tous les symboles, et je voudrais te donner d'autres exemples. »

Dans un livre sorti de nulle part, Antonie désigna deux traits parallèles :

« Ce symbole évoque la confrontation. Il peut renvoyer à des personnes, à des animaux ou à des objets. Il peut être interprété comme une rencontre, un combat, une discussion, une dispute, un concours, un jeu, que sais-je encore. C'est au rêveur d'en décider. Le symbole d'à côté, le carré vide, indique un lieu fermé. Un lecteur peut le confondre avec la confrontation, et imaginer une rencontre sportive dans un stade, une discussion philosophique dans une université ou un duel à l'épée dans un château. Mais il peut aussi prendre ces deux symboles séparément, et rêver qu'il sort de chez lui pour rencontrer un ami, ou qu'il fuit vers un abri pour éviter de faire face à un adversaire.

– Et le symbole d'après ?

– Il peut s'ajouter aux deux autres ou être pris à part. Tout dépend de l'interprétation du lecteur. Certains ont des obsessions : ils associent toujours un symbole à une seule idée, et une série de symboles à une seule possibilité. D'autres sont moins précis, et on peut leur faire lire le même livre avec la certitude qu'ils en tireront des rêves différents. Chaque symbole ouvre la voie à une myriade d'interprétations.

– Alors l'histoire de Léonore et d'Icare pourrait être vécue d'une autre façon ?

– Non. C'est l'un des rares rêves qui ne nous laisse aucune liberté d'interprétation. Rare, car extrêmement difficile à réaliser... Je vais te montrer. »

Antonie fit apparaître l'histoire de Léonore et d'Icare. Les pages étaient recouvertes de symboles plus denses les uns que les autres. Des barres dans des cercles au milieu de triangles, des courbes, des droites à n'en plus finir, de minuscules dessins un peu partout dans des cadres aux formes variées, on ne voyait presque plus le blanc de la feuille. Comparées à celles-ci, les pages du livre précédent étaient presque vierges. Émilie en resta sans voix.

« Tu saisis la difficulté, sourit Antonie. Plus le symbole est simple, plus le lecteur est libre. Mais dans la Bibliothèque, les livres semblables à celui-ci, aussi précis du début à la fin, se comptent sur les doigts de la main. Pour qu'un rêve porte ses fruits, il doit se trouver entre ces deux extrêmes. Précis sans être univoque. Ouvert sans abandonner le lecteur à sa seule imagination. Il doit sculpter le sens dans son ensemble, et laisser au rêveur le soin des détails.

– Vous allez m'apprendre tous les symboles et toutes les combinaisons possibles ?

– Pas exactement. Je t'expliquerai le sens de chaque symbole, et je te montrerai les signes qui permettent de les préciser. Ces signes sont en nombre limité : ce sont les points communs que Léonore a trouvés à tous les rêves des hommes. Par exemple, la barre dans le triangle signifie qu'on se trouve à l'entrée du lieu imaginé. Tu devras retenir la fonction exacte de chaque signe, et les principaux sens de chaque symbole. Ensuite, tu pourras lire par toi-même. »

Émilie acquiesça. Symboles, signes, elle commençait à comprendre.

« Les symboles d'or dehors… Ce sont vraiment les rêves dérobés aux hommes ?

– Dérobés, je l'ignore… Mais oui, ce sont des fragments de rêve, et ils forment la langue universelle. Le langage des âmes.

– Et c'est Léonore qui a deviné leur sens ?

– Léonore ne les a pas tous étudiés. Son plus grand talent a été de différencier les symboles des signes, et d'établir une liste fermée de ces derniers. Les signes ne sont que des précisions : de temps, de point de vue, de couleur… Le sens est dans les symboles. Chaque Bibliothécaire s'efforce de comprendre le sens des symboles restants, et de transmettre ses découvertes à son apprenti. Cela faisait partie de mes occupations avant ton arrivée.

– Et vous avez découvert de nouveaux symboles ?

– Quelques-uns, répondit Antonie en souriant.

– Il en reste beaucoup à décrypter ?

– C'est une tâche sans fin. Dans la nature humaine, si certaines choses demeurent immuables, d'autres sont en perpétuel mouvement. Comment pourrais-je décrypter des symboles qui ont le comportement d'étoiles filantes ? Sans compter que certains disparaissent au fil du temps.

– Pourquoi ?

– Parce que les âmes les oublient.

– À cause de Jean ?

– À la base, il s'agit d'un processus très naturel, qui s'étend sur plusieurs siècles. Il est difficile de s'en rendre compte, car cela demande une surveillance constante de chaque âme. Depuis quelque temps cependant, les symboles disparaissent de plus en plus vite. Parfois des symboles très anciens, que je croyais éternels. »

Devant le regard perplexe d'Émilie, Antonie ajouta :

« Si je te parle d'honneur, cela évoque-t-il quelque chose en toi ?

– Rien du tout.

– C'est parce que ce concept n'a plus cours sur Terre depuis longtemps : les hommes l'ont oublié. »

L'honneur… Une belle sonorité, mais aucun film, aucun jeu ne l'avait évoqué devant elle.

« Une bonne stratégie consiste à surveiller le mouvement des symboles dorés. Il est en corrélation avec leur situation dans l'esprit des hommes. Imagine des modes, qui viennent et repartent, et ne laissent pas d'empreinte dans le temps si elles passent trop vite. »

Depuis, Émilie apprenait, symbole après symbole, signe après signe. La signification d'un symbole se retenait aisément : c'étaient les signes qui lui donnaient le plus de fil à retordre. Beaucoup plus nombreux qu'elle ne le croyait, leur sens variait selon l'endroit où on les positionnait.

Mais pour rien au monde Émilie n'aurait cessé d'apprendre. Au fur et à mesure qu'elle découvrait de nouveaux symboles, elle envisageait la vie sous un angle différent, comme si elle observait l'existence humaine depuis une autre planète. Bien que sans regrets pour le monde qu'elle quittait, il lui semblait étrange de ne sentir ni fatigue, ni faim, ni chaud, ni froid. Le temps lui paraissait tantôt long, tantôt court. Les livres qu'elle trouvait à un moment donné disparaissaient l'instant d'après. Elle se retrouvait au milieu des âmes alors qu'elle se promenait parmi les rêves. La grande porte noire et le bureau d'Antonie paraissaient les seuls repères stables de la Bibliothèque.

Il lui arrivait de regarder les âmes au point d'être éblouie par leur bleu brumeux. Elle adorait les voir lire, et se plaisait à imaginer derrière leurs traits des visages familiers. Elle écoutait, fascinée, les explications d'Antonie sur les joies et les peines des hommes, pendant qu'elle leur donnait à rêver ce qui les guérirait. Cela attisait d'autant plus son envie de lire et d'expérimenter par elle-même.

Chacune de ses promenades suscitait des réflexions et des questions différentes, auxquelles Antonie répondait toujours. Émilie s'attachait à la Bibliothécaire, calme et souriante, qui mettait autant de soin à répondre aux besoins de son apprentie qu'à ceux de ses rêveurs.

« Je ne comprends pas pourquoi les hommes sont malheureux. Ils rêvent toutes les nuits de ce qu'ils veulent, et sur Terre ils ont tout ce qu'ils réclament. Que leur manque-t-il ?

– C'est une question délicate. Avant, les hommes étaient malheureux pour beaucoup de choses : la laideur, la maladie, la solitude, la mort… Aujourd'hui, je dirais plutôt qu'ils manquent de liberté.

– Mais si vous les soignez toutes les nuits ?

– Tu oublies qu'ils ne rêvent pas comme nous. Et le meilleur Bibliothécaire de tous les temps reste impuissant si l'âme ne veut pas être soignée.

– Cela peut arriver ?

– Oui. Certaines âmes sont si tristes qu'elles refusent d'ouvrir les livres que je leur donne. Les plus difficiles à soigner sont celles qui ne savent pas qu'elles sont malheureuses. Elles interprètent tous les rêves de la même manière, et sautent les passages qui les dérangent. Si j'essaye de rêver avec elles, elles m'ignorent ou me contredisent.

– Vous ne pouvez pas insister ?

– Je suppose que je pourrais, mais je n'en ai pas envie. Et puis, trop rêver avec une seule âme peut être dangereux.

– Pourquoi ?

– La personne qui possède cette âme finirait par se souvenir de moi. Si j'apparaissais toutes les nuits dans ses rêves, elle se poserait beaucoup de questions. Et si plusieurs âmes se souvenaient de moi, et partageaient cette expérience sur Terre, qu'adviendrait-il ? Les gens pourraient prendre peur.

– Vous êtes-vous déjà trompée en donnant un livre à une âme ?

– Bien sûr ! Il m'arrive de faire des erreurs d'interprétation, quand je lis trop vite les besoins des âmes. »

Au fil des séances, Émilie apprenait des symboles et des signes de plus en plus évasifs. Elle se mit à interpréter des séries d'une, puis de deux pages, simples et complexes, univoques et polysémiques, qui basculaient sans prévenir du vague au précis, auxquelles elle devait donner une dizaine de sens cohérents.

Plus elle apprenait, plus sa curiosité s'accroissait, plus elle grandissait. De nouvelles questions surgissaient à chaque instant, aussitôt remplacées par d'autres. Émilie ne trouvait pas le temps de toutes les poser à Antonie.

« Pourquoi les hommes font-ils des cauchemars ? demanda-t-elle après avoir observé une âme en proie à des visions terrifiantes.

– Parce que leur imagination les porte dans ce sens.

– Mais cela les rend malheureux. Pourquoi les laissez-vous faire ?

– Nier la peur ne fait que la renforcer. Personne ne peut être heureux en faisant abstraction de la part sombre de son être. Le cauchemar est une forme de liberté : c'est l'occasion pour les âmes d'affronter le sens qu'elles donnent à la vie, et d'affirmer leur existence. On ne peut pas les forcer à faire de beaux rêves, sinon elles se réveillent.

– J'ai fait des cauchemars, et ils ne m'ont rien apporté de bon. Je rêvais qu'on me prenait à mes parents et qu'on me mettait dans une pièce isolée, où personne ne venait jamais. J'étais seule, j'avais peur, je criais, je voulais sortir. Rien à faire, la porte ne s'ouvrait pas, personne ne venait. Quand j'arrivais à sortir, j'étais perdue et personne ne me voyait, personne ne se souciait de moi. Je criais, j'essayais de courir. C'était inutile.

– Tu as fait ce rêve plusieurs fois ?

– Oui.

– C'est étrange, car je n'ai jamais donné à ton âme deux fois le même livre.

– Vous avez vu mon âme ?! s'écria Émilie.

– Je t'ai soignée comme j'ai pu. Tu étais souvent mélancolique : j'essayais de te donner des rêves amusants.

– Pourquoi ne m'avez-vous pas aidée ?

– Plusieurs milliards d'âmes viennent ici chaque nuit. Tu semblais triste, mais d'autres l'étaient infiniment plus que toi.

– Comment est-ce possible ? Tout le monde est heureux sur Terre. Grâce au Revery.

– C'est faux. La mort et le chagrin dévastent encore une partie de l'humanité. Et puis il y a les prisons que vous appelez Centres d'Aptitudes, la torture… Les âmes les plus affolées sont celles qui ne parviennent plus à rêver. »

◆

Après un long apprentissage, de nombreuses errances et de fructueuses observations, lorsqu'elle eut l'apparence d'une enfant de treize ou quatorze ans et qu'elle sut déchiffrer une page de toutes les manières possibles, Antonie annonça à Émilie ce qu'elle rêvait d'entendre.

« Vraiment ? répondit Émilie, les yeux brillants d'excitation. Je suis prête pour lire un livre ?

– Oui, sourit Antonie. Tu sais tout ce qu'il y a à savoir pour entrer dans une histoire.

– Que faut-il faire ?

– Jusqu'ici, tu as décrypté des séries de symboles, mais tu ne t'y es jamais plongée comme dans l'histoire de Léonore et d'Icare. Tu dois cesser de déchiffrer pour tenter d'imaginer.

– Imaginer ?

– Oui. Il faut te représenter en pensée ce que tu lis. Le plus simple est de mémoriser les premiers signes d'un livre, en choisissant une seule interprétation sur toutes celles qui sont possibles. Tu dois te représenter cette interprétation, cette histoire, avec assez de force et de réalisme pour y croire. Tu commenceras à lire sans t'en rendre compte, comme si tu t'endormais. Laisse libre cours à ton imagination ; si tu manques d'idées, inspire-toi de ce que tu connais. N'oublie pas de mettre ton doigt sur le livre pour ne pas te perdre.

– Quel livre vais-je lire ? »

Antonie tendit à Émilie un livre de plusieurs centimètres de large. Les dorures de sa couverture vert foncé formaient un tourbillon d'étoiles. Il sentait bon, une odeur de nature, de fraîcheur, qui donnait envie de fermer les yeux.

« Bonne chance… Et bonne lecture. »

Émilie s'enfonça parmi les rêveurs. De sa place, elle ne voyait plus la porte de la Bibliothèque. Noyée entre les âmes, elle souhaitait qu'Antonie la perde de vue, et que sa lecture n'appartienne qu'à elle. Le contact de son livre sur le bois de la table lui plut, ce son à la fois mat et doux, comme un bruit de pas.

Émilie eut vite fait de mémoriser le début du livre. Elle ferma les yeux et, le doigt sur la page, tenta de se représenter une série d'événements. Elle se la répéta plusieurs fois, sans succès. Elle réessaya plus lentement, puis plus vite, puis combina les symboles d'une autre manière, d'une autre encore et ainsi de suite. Elle imaginait, mais ce qu'elle imaginait ne prenait pas vie. Elle essaya pendant ce qui lui parut des heures.

Passé un temps, Émilie commença à se sentir stupide, et à s'énerver. Pourquoi ne se passait-il rien ? Pourquoi n'entrait-elle pas dans ce livre aussi facilement que dans l'histoire de Léonore et d'Icare ? Aucune de ses approches ne fonctionnait. Et les âmes semblaient lire si facilement autour d'elle…

Émilie se leva brusquement. Son chemin croisa aussitôt celui d'Antonie, qu'elle apostropha :

« Je n'arrive pas à lire ! J'ai essayé pendant des heures, j'ai imaginé toutes les histoires possibles. Comment font les âmes pour lire aussi facilement ?

– Les âmes ne voient que la surface : leur lecture est beaucoup moins exigeante que la nôtre. Les Bibliothécaire doivent apprendre à lire sans barrière, à entrer dans les rêves corps et âme. Tu ne parviens pas à entrer dans le tien car tu ne fais pas cet effort.

– Mais…

– La preuve en est que tu as observé les âmes à côté de toi, continua Antonie. Tu essayes de rêver comme une âme, et cela ne peut pas te satisfaire, puisque tu n'en es pas une ! Tu dois rêver avec la moindre parcelle de ton corps, et non avec ton seul esprit. »

Antonie s'éloigna sans un regard en arrière ; Émilie retourna s'installer, à la fois honteuse et agacée.

Le livre commençait dans un endroit où elle croyait se sentir bien sans l'être vraiment, et d'où quelqu'un qu'elle ne connaissait pas l'emmenait. Cela la surprenait, et il se produisait ensuite une série d'événements excitants, où elle courait sans savoir où aller, dans une atmosphère inquiétante, avant de rencontrer une fille dont un symbole donnait le portrait. Émilie avait imaginé qu'une âme l'emmène loin d'une station balnéaire, qu'Icare la conduise hors du village de Léonore, que le Voleur de Cœurs la pourchasse hors du CASS, et même qu'Antonie la fasse sortir de la Bibliothèque. Tous ses scénarii débouchaient sur les ruines du Temps, où elle rencontrait la fille inconnue.

Émilie s'était efforcée de croire à chacun de ces rêves et se les représentait sans difficulté. Pourquoi ne rêvait-elle pas ? Chacune des histoires qu'elle venait de créer lui semblait riche de développements. Elle voulait les vivre corps et âme. Mais elle voyait bien que le corps n'y était pas… Elle ne parvenait pas à s'imaginer dans des cadres aussi lointains.

« Si tu manques d'imagination, inspire-toi de ce que tu connais. »

Il lui répugnait d'utiliser ses souvenirs ; elle aurait préféré les oublier. Mais elle voulait trop lire pour se priver de cette possibilité.

Un endroit où elle ne se trouve bien qu'en apparence… Le CED se présente, et s'emboîte dans le symbole du rêve comme la pièce manquante d'un puzzle.

« Quelqu'un que je ne connais pas vraiment… Pourquoi pas Jean ? Il est peut-être dangereux, mais il m'a donné espoir au Centre d'Aptitude. Quant à cette inquiétude qui arrive après… Je pourrais me retrouver prise dans cette guerre qu'il a mentionnée. »

Cette fois, le puzzle est reconstitué.

Émilie ferme les yeux et pose son doigt au début du livre. Elle sent la trace de la plume sous son index.

Elle se souvient du CED, s'immerge dans ses couleurs, son odeur aseptisée, son silence relatif.

Elle revoit la salle des leçons, sa table, la chaleur.

Ses bras collent au bureau en plastique, elle sent sa propre odeur.

Elle imagine Jean, au bureau de l'éducateur.

Sa voix passionnée, son discours qui s'achève.

Le cours va bientôt se terminer.

Elle ne sent plus son doigt.

CHAPITRE 3 : LA PREMIÈRE STROPHE

I

La sonnerie fit sursauter Émilie. Éblouie par les couleurs de sa classe, elle ne quitta pas la salle en même temps que les autres. Pourquoi ses souvenirs étaient-ils aussi confus ? Elle voulait réfléchir, quelque chose d'important venait de se produire…

« Émilie ! Viens par ici.

– Jean ! »

Elle rejoignit l'éducateur, qui ferma la porte de la pièce.

« Émilie, je sais que tu t'apprêtes à refuser le Revery.

– Quoi ? »

Émilie eut un mouvement de recul, mais Jean la prit par les épaules, et continua de parler, si doucement qu'il chuchotait presque.

« Émilie, je n'ai pas beaucoup de temps. Tu dois absolument accepter le Revery et quitter le CED. Sinon, tu iras en Centre d'Aptitude. Tu seras seule là-bas, toute seule, et rien ne t'en fera jamais sortir. Tu comprends ? »

L'esprit embrumé, Émilie se contenta de fixer Jean d'un air éberlué. Celui-ci ne cessait de répéter son prénom.

« Émilie, tu dois me faire confiance. Je ne t'oblige pas à prendre le Revery ; je te le demande, parce que nous avons besoin de ton aide.

– De quoi parlez-vous ?

– Je ne peux pas t'en dire plus. Prends le Revery, et fais comme si de rien n'était. Je te recontacterai. Tu me le promets ?

– Je ne sais pas…

– Émilie, j'ai besoin de ta parole. Promet-moi d'accepter cette fichue machine et de ne rien dire à personne sur notre secret. Quand tu seras libre, tu en sauras un peu plus.

– Vous promettez de me recontacter ?

– Oui. Seulement si tu ne racontes rien à personne. Marché conclus ? »

Jean parlait avec véhémence, et la fixait d'un air inquiet. Émilie n'hésita pas longtemps avant d'acquiescer.

« C'est d'accord.

– Merci, Émilie. Je suis sûr que tout ira bien demain. »

Demain… Le Test d'Aptitude ! Émilie croyait pourtant l'avoir déjà passé… Oui ! Elle était même allée au Centre d'Aptitude, et…

« Émilie ! Il faut sortir. »

Émilie rejoignit sa chambre comme un automate.

Elle se retrouva au matin du Test d'Aptitude sans avoir eu le temps de réfléchir. La porte cria son nom, et elle s'y engouffra sans voir ses camarades.

L'examinateur lui posa des questions simples, auxquelles elle répondit avec succès. Puis, un grand sourire aux lèvres, il avança vers elle la boîte qui renfermait les deux perles noires. Émilie tendit la main, et s'immobilisa.

« Un problème ? » demanda l'inspecteur.

Une fleur blanche… Un instant de plénitude… Non. Jean comptait sur elle. Cette fois, elle n'aurait pas de deuxième chance.

Émilie saisit les perles et les enfonça dans ses oreilles. L'écran holographique se déploya devant elle, occupant tout son champ de vision. Un vaste cadre gris bleu, avec un unique carré arc-en-ciel au centre. Le carré s'agrandit et l'arc-en-ciel occupa tout le cadre.

« Bonjour Émilie, et bienvenue dans ton Revery ! »

C'était une voix douce, féminine, presque une voix d'enfant.

« Tu viens de regarder le carré Revery, et tu as ouvert mon menu, reprit le Revery. Je suis heureux de faire ta connaissance ! Je m'appelle Ryad, mais tu peux m'appeler autrement si tu veux.

– Non, dit lentement Émilie. Ca ira…

– Super ! Tu verras, je fonctionne très simplement. Pose tes yeux sur n'importe quoi pour y accéder, parle et je t'obéirai. Je suis là pour réaliser tes rêves !

– Mais… Il n'y a qu'un seul carré sur le menu principal.

– C'est parce que je ne te connais pas encore ! Parle-moi de toi, dis-moi ce que tu aimes et je te suggérerai des applications. On peut aussi aller faire un tour sur Internet, si tu préfères.

– Non, j'aime mieux discuter, dit Émilie.

– Parfait ! Alors… »

Une main toucha l'épaule d'Émilie et elle sursauta. Le Revery s'éteignit.

« Excuse-moi, dit l'examinateur. Mais il y a d'autres futurs technocitoyens qui attendent derrière toi. Ton Revery te plaît ?

– Oui ! s'exclama Émilie.

– Il s'éteint automatiquement dès que ton attention est focalisée ailleurs. Il se rallumera quand il te sentira concentrée sur lui.

– Comment ça ?

– Grâce aux vibrations de ton cerveau, bien sûr. Les perles détectent tout cela. Une fois que tu seras sortie d'ici, il se rallumera et te guidera jusqu'à ton appartement. Au revoir, et que tes rêves se réalisent.

– Au revoir. Que vos rêves se réalisent. »

La prédiction de l'examinateur se réalisa dès qu'Émilie eut posé le pied dans le couloir.

« Si on allait à ton appartement ? offrit l'arc-en-ciel déployé.

– Tu as entendu l'inspecteur ?

– Bien sûr. Ce n'est pas parce que je suis éteint que je suis sourd. Tu verras, je suis sûr que ton appartement te plaira. Je vais te guider en mode discret, ce sera plus simple. »

L'écran se réduisit en un petit rectangle en haut à droite de son champ de vision. Émilie se vit, point rouge dans le bâtiment du CED, et aperçut même un grossissement de l'étage où elle se trouvait. La représentation en trois dimensions lui permettait de se repérer instantanément.

« Pour commencer, monte dans le TGV du CED, dit Ryad. Prends l'ascenseur au fond du couloir, c'est le plus proche.

– Je sais. »

Émilie suivit les instructions du Revery, et se retrouva bientôt dans le train aérien qui traversait le CED, plusieurs dizaines de mètres au-dessus de la ville. Le paysage défilait sous ses yeux, mais son Revery ne lui laissa pas le loisir de l'admirer. Enfermée dans l'une des centaines de cabines en forme d'œuf que contenait le train, elle écoutait Ryad lui parler de son nouvel appartement, et répondait à ses questions.

Il ne leur fallut que quelques minutes pour arriver à destination. L'appartement d'Émilie était au cœur de la Cité des Merveilles, dans la partie inférieure d'un petit immeuble. Il comportait deux pièces : une salle de bains et un salon-chambre (sacha). Le sacha ressemblait beaucoup à sa chambre du CED, en plus sophistiqué : un canapé-lit, une grande table, de belles chaises, un Divêti et un Disali de qualité supérieure. Les fenêtres donnaient sur autre immeuble ; si leurs vitres respectives n'avaient pas été teintées, Émilie aurait pu voir le sacha de ses voisins d'en face.

« Il n'y a pas une très belle vue.

– Tout est possible si tu gagnes assez de points, répondit Ryad. Plus de hauteur, plus de pièces, une maison…

– Je sais. »

Émilie marqua un silence. Devait-elle partager avec Ryad son manque d'intérêt pour les jeux vidéo ? Le Revery était beaucoup plus élaboré que tout ce qu'elle avait pu imaginer. Déjà, elle commençait à l'envisager comme une personne.

« Si nous allions sur Internet ? proposa Ryad. Avec ce que tu m'as raconté dans le TGV, j'ai trouvé des jeux qui devraient te plaire. »

Émilie fut séduite dès le premier jeu. Il s'agissait de trouver des objets cachés dans de superbes décors, et Ryad jouait avec elle comme l'ami qu'elle n'avait jamais eu. Il la conseillait, la guidait, riait avec elle, commentait le jeu, et la nuit les surprit en pleine partie. Peu importait : Émilie joua sans compter les heures, et finit par tomber d'épuisement.

Elle s'éveilla tard le matin. Ryad lui souhaita le bonjour, déployant devant elle un visage ensommeillé aux couleurs arc-en-ciel. Émilie, les yeux piquants d'avoir trop joué la veille, sortit les perles de ses oreilles. Les fenêtres s'éclaircirent pour laisser passer la lumière du jour, et Émilie goûta avec délices son premier petit-déjeuner de technocitoyenne. Au-dehors brillait le soleil de l'été perpétuel. Les tartines à la confiture de fraise étaient les meilleures qu'Émilie ait jamais goûtées. Tout allait bien…

Un tour à la salle de bains, puis Émilie irait se promener dans la Cimer, dépenser ses points fraichement gagnés, parler avec Ryad…

« Émilie ! »

Émilie tressaillit violemment. Elle aurait crié si elle n'avait pas reconnu la voix de Jean. Mais d'où provenait-elle ?

« Émilie, j'ai placé une micro-caméra sur ta robe. J'attendais que tu sois hors de portée du Revery pour te contacter. »

Émilie vit avec horreur une minuscule araignée de métal sauter de son épaule sur le lavabo. Jean parla de nouveau, mais elle était trop éloignée pour le comprendre. Elle approcha son oreille de l'insecte espion.

« Émilie, si tu veux parler, chuchote pour que ton Revery ne puisse pas t'entendre.

– Pourquoi vous ne m'avez pas prévenue ? murmura Émilie avec colère.

– Je ne peux pas t'expliquer maintenant. J'ai un service à te demander, un service très important, et il va falloir que tu écoutes attentivement. Si tu m'aides, je te promets que je répondrai à tes questions.

Émilie hésita. Pouvait-elle faire confiance à Jean ? Il avait promis de la recontacter, et il tenait parole alors qu'elle ne pensait déjà plus à son propre serment… Mais elle n'avait pas à se plaindre d'avoir suivi ses conseils.

« C'est d'accord. Que voulez-vous ?

– Émilie, il faut que tu prennes rendez-vous pour faire examiner ton Revery. Ensuite, je passerai chez toi, et je ferai semblant de le regarder pour pouvoir te parler. »

Émilie réprima un soupir.

« C'est tout ?

– Pour le moment, oui. Prends rendez-vous et attend-moi. Je coupe la communication ; ne cherche pas à me recontacter. »

La micro-caméra sauta du lavabo et alla se terrer dans les canalisations. Émilie prit rendez-vous à l'aide de Ryad, qui tenta en vain de l'en dissuader.

« Je suis neuf, pourquoi veux-tu me faire examiner ?

– Pour être sûre que tout va bien. Je t'aime bien, je ne voudrais pas que tu tombes malade ou quelque chose de ce genre…

– Je te promets que je vais bien. Je suis une machine, je ne peux pas tomber malade. »

Émilie l'ignora et fixa le jeu de la veille, qui démarra aussitôt.

Une heure plus tard, le logo du prestataire de soin aux Reveries clignota devant elle, au moment où Ryad lui annonçait l'arrivée de son rendez-vous. La porte s'ouvrit : Jean se tenait devant elle, déguisé en réparateur de Reveries. Il la salua comme s'il la voyait pour la première fois. Quelques secondes plus tard, Ryad gisait éventré sur la table.

« Allez-vous enfin m'expliquer quelque chose ? lança Émilie.

– Je t'écoute. Que veux-tu savoir ?

– Vous m'avez dit que vous aviez besoin de mon aide. Vous m'avez poussée à prendre le Revery…

– As-tu à t'en plaindre ?

– Non.

– Alors continue comme si de rien n'était. Profite de la vie, et évite à tout prix de te faire envoyer en CASS. Je n'ai pas beaucoup de temps, je vais devoir remonter ton Revery. »

Jean lui tourna le dos pour ressouder les minuscules composants des perles. Émilie ne cacha pas son irritation :

« Vous m'avez demandé mon aide, et maintenant, vous refusez d'aller plus loin ! Vous m'avez menti.

– Non. Mais tu es encore trop jeune pour nous rejoindre. Grandis ; si tu parviens à rester libre sans te perdre toi-même, nous te recontacterons. Je te le promets.

– Vous m'avez déjà promis des explications. Mais je ne sais toujours pas qui vous êtes vraiment.

– Prudence est mère de sûreté. »

Les mains de Jean s'éloignèrent de la table. Ryad était presque remonté : ne restaient plus que deux moitiés de perle à réunir.

« Je sais que tout cela est frustrant et décevant. Mais sois patiente. Un jour, tu seras des nôtres. »

Émilie fit la moue.

« Pour te remercier de ton aide, je vais te révéler autre chose. Même éteint, ton Revery enregistre tout. Tes jeux, tes confidences, les gens que tu côtoies, ce que tu vois et ce que tu entends… Toutes ces informations sont transmises aux veilleurs, et les veilleurs signalent aux CASS tout comportement anormal. Si tu veux rester libre, n'oublie jamais cela. »

Émilie resta muette. Elle n'était plus si sûre de vouloir s'exiler du monde. Ryad lui plaisait. Jean faisait tant de mystère…

Clic !

La perle restante était emboîtée. Jean tendit le Revery à Émilie avec un sourire professionnel, et la rassura sur son état. Il partit sans trahir le moindre signe de leur conversation secrète.

« Tu vois bien que je n'avais rien ! railla aussitôt Ryad.

– Oh ça va, » bougonna Émilie.

D'un regard, elle se replongea dans le jeu des objets cachés.

◆

Dans les semaines qui suivirent, Émilie ne quitta pas son appartement. Elle gagnait et dépensait des points par centaines : pour accélérer sa progression dans un jeu, débloquer des bonus, améliorer ses personnages. Chaque jour apportait son lot de découvertes, et tout ce que Ryad lui proposait lui plaisait.

Des objets cachés, ils passèrent à des jeux d'exploration. La beauté des graphismes, la complexité de l'histoire, le développement des personnages, tout dépassait de loin les performances des jeux d'ordinateur.

Peu à peu, l'immensité d'Internet se dévoilait à Émilie. Guidée par Ryad, elle redécouvrit les films et la musique. Plus le temps passait, et plus les suggestions de son Revery se révélaient pertinentes. Les journées défilaient à un rythme effréné : Ryad tenait compagnie à Émilie quand elle jouait, pendant ses repas, et même lorsqu'elle prenait sa douche. Connecté aux objets de son appartement, il anticipait ses moindres besoins, la nourrissait avant qu'elle ait faim, l'hydratait avant qu'elle ait soif, la rafraichissait avant qu'elle ait chaud. La seule chose qu'il ne faisait pas était de l'envoyer se coucher.

Émilie ne bougeait presque pas, et dormait de moins en moins. Jean n'était plus qu'une ombre, qui ressurgissait sans raison, et s'évanouissait sitôt Ryad éveillé.

Un après-midi, alors qu'elle regardait un film, un rayon de soleil vint chatouiller l'épaule d'Émilie. Ryad assombrit les fenêtres, mais elle se leva.

« Attends ! Je voudrais regarder dehors.

– Il n'y a rien à voir. »

Émilie ordonna aux fenêtres de s'ouvrir et se pencha au-dessus du vide. Le soleil l'éblouissait, et la força à fermer les yeux. Une brise vint caresser ses joues, faisant jouer quelques mèches folles.

« Tu viens Émilie ? Tu ne veux pas connaître la suite du film ? »

Émilie ôta les perles de ses oreilles. Cela faisait une éternité qu'elle n'avait pas observé la rue, et son appartement lui parut soudain beaucoup trop sombre. Le soleil était réel, le vent dans ses cheveux, le contact frais du métal sous ses mains. Ses points et ses records étaient importants, oui… Mais pourquoi se sentait-elle aussi engourdie ? Son cerveau, si vif quand il s'agissait d'explorer des paysages holographiques, lui semblait maladroit dans la réalité. Elle qui se moquait jadis des passants hypnotisés, voilà qu'elle était devenue comme eux.

« Émilie, où allons-nous ? Que t'arrive-t-il, tu es malade ?

– J'ai envie de me promener.

« – Tu veux aller au CEL ? Tu as assez de points pour une séance de CIM ou de JEL.

– Non, je préfère rester dehors. Montre-moi le plan de la Cimer. »

Ryad s'exécuta, et la carte de la Cité des Merveilles se déploya devant elle. Des logos colorés se disputaient son attention, mais son œil hésitait. Au moment de prendre place dans le TGV, elle se décida pour le symbole d'arbre qui correspondait au parc. Guidée par Ryad, elle n'eut à changer de TGV qu'une fois, et s'absorba dans le paysage qui défilait sous ses yeux. Loin en dessous d'elle, elle discernait la foule de passants. De rares voitures volaient au-dessus d'elle, privilège des salariés, ou récompense de joueurs acharnés.

Enfin, Émilie se retrouva dans le parc. L'immeuble du TGV s'élevait en plein cœur de la verdure ; d'un style différent de ceux du centre de la Cimer, il était plus grand et plus beau. Émilie soupçonnait les habitants de n'être que des salariés, ou des joueurs très chanceux : le parc, immense, s'étendait à perte de vue sous leurs fenêtres. Elle s'enfonça dans les allées fleuries, fit le tour d'un étang et s'allongea sur l'herbe pour se reposer. Autour d'elle, beaucoup de couples s'enlaçaient. Un nombre honorable de promeneurs gardaient leur Revery déployé.

« Émilie ? »

Ryad parlait timidement, comme s'il craignait de se faire houspiller.

« Mmh ?

– Je crois que tu devrais sortir plus souvent. Cela te fait du bien.

– C'est vrai.

– Tu pourrais peut-être participer à un concours pour gagner un voyage ?

– Oui ! Un voyage dans l'espace. Voilà ce que je veux.

– Tu vises haut ! Les croisières en mer sont plus accessibles.

– L'océan ne m'intéresse pas. Les planeurs ne volent que dix mètres au-dessus de l'eau. »

Une fois de retour à l'appartement, Ryad proposa de nouvelles activités à Émilie. Sous son égide, elle s'inscrivit aux réseaux sociaux, et se laissa tenter par des CEL spécialisés. Elle n'avait pas eu l'occasion de tester les JEL, et sa première expérience l'enthousiasma. Debout au milieu d'une sphère, elle se mouvait dans une réalité interactive qui ressemblait à s'y méprendre au monde réel, et interagissait avec des joueurs du monde entier !

Le temps aidant, Émilie se fit quelques amis. Son quotidien, ponctué de jeux, de discussions et d'excursions, la satisfaisait pleinement. Ryad était toujours présent, ne serait-ce que par la musique qu'il diffusait quand elle était d'humeur à arpenter les rues.

♦

Une année s'écoula ainsi. Émilie ne vit pas le temps passer : il y avait toujours de nouveaux jeux à découvrir, de nouvelles personnes à rencontrer, des concours à remporter, des points à gagner. À cela s'ajoutaient des visites de planeurs, des excursions touristiques, des rassemblements autour des jeux vidéo, et chaque participation rapportait à Émilie les points qui lui manquaient pour acheter la dernière nouveauté.

Parfois, un filet de mélancolie venait perturber la mécanique de son cerveau repu. Ce pouvait être à son réveil, sous la douche ou quand elle marchait, au détour d'un rayon de soleil. Elle se souvenait de ce qu'elle était, avant le test d'aptitude. Elle se remémorait la petite fille solitaire, les rêves d'évasion... Jusqu'au TAP. Certaines parties lui échappaient, morceaux de vie croqués par le temps. Elle allait sur ses quatorze ans : il était normal qu'elle ne se rappelle pas tout avec précision.

Un jour, Ryad lui proposa d'aller au CIM, et il lui sembla stupide d'avoir attendu aussi longtemps pour le faire. Une fois assise au milieu de la sphère obscure, Émilie décida d'explorer le monde. Aussitôt, elle se coula dans l'esprit de Mina, une aventurière partie à la recherche d'extraterrestres.

C'était comme un rêve conscient : elle voyait le monde à travers les yeux de Mina, son cœur battait au même rythme que le sien, elle sentait la pluie tomber sur sa peau, et la chaleur de la forêt tropicale. Quand Mina se blessait, Émilie ressentait à peine la douleur ; quand elle courait, Émilie ne s'essoufflait presque pas. Elle vivait à travers les yeux de Mina, mais elle n'avait aucune influence sur elle. Quand Mina choisissait de traverser une mer de scorpions, alors qu'Émilie aurait préféré fuir, elle devait obéir. Quand Mina s'enflammait au lieu de réfléchir, Émilie ne pouvait lui susurrer les arguments qui l'auraient tirée d'affaire.

Il n'était rien qui agaçât Émilie autant que les incohérences. D'un naturel profondément logique, elle se désolidarisa de Mina à partir du moment où celles-ci firent irruption dans l'histoire. Et Mina qui lançait des insultes, au lieu d'analyser la situation ! Émilie voulait s'échapper, mais elle était prisonnière de l'histoire. Prisonnière d'un personnage qui n'était pas elle, étouffée...

Voilà pourquoi elle refusait d'aller au CIM ! La mémoire lui revint brutalement, et Mina disparut. Émilie se souvenait du CED, d'Ayli, de sa peur d'être écrasée, de son refus du Revery... Non. Jean l'avait sauvée.

« Si tu parviens à rester libre sans te perdre toi-même, nous te recontacterons. »

À présent, Émilie comprenait le sens de ces mots. Elle ne se laisserait pas écraser.

Elle ouvrit les yeux. Le CIM s'était interrompu. Émilie sortit du CEL, hébétée mais heureuse. Dans son oreille, Ryad paniquait.

« Émilie, que fais-tu ? Le film n'est pas fini ! Tu as interrompu le CIM en plein milieu, tu n'aurais pas dû...

– Le film ne me plaisait pas. »

Émilie fourra le Revery dans sa poche. Elle avait besoin de réfléchir, et marcher l'aidait à s'éclaircir les idées. Il lui semblait retrouver une amie d'enfance, une amie qu'elle avait juré de ne jamais trahir, et que Ryad lui avait fait oublier. Ryad... Émilie s'était tellement habituée à lui qu'elle avait fini par le considérer comme une personne. Mais c'était une machine, un simple amas de métal aux répliques préenregistrées, paramétré pour s'adapter aux goûts de la première personne qui le toucherait. Son nom était peut-être la seule chose aléatoire qu'il y eût en lui.

Enfant, elle s'était promis d'exister, de ne jamais devenir Ayli. Que valait-elle, aujourd'hui ? Était-elle toujours Émilie ?

Elle ne comptait plus les personnages qu'elle avait incarnés, passant d'une identité à une autre avec l'aisance d'un caméléon. Mais peu importait son nom, tant qu'elle pouvait parler pour elle-même. La CIM l'obligeait à se fondre dans un personnage, et elle détestait cela. Elle refusait de se taire quand la logique parlait pour elle.

Et puis… Il y avait ce vide en elle, quand elle n'était pas avec Ryad. Ce vide, quand elle voyait un ami trop longtemps, et qu'ils n'avaient plus rien à se dire. Un vide que les illusions ne parvenaient pas à remplir. Émilie se sentait seule. Elle n'avait rien fait de sa vie, et ne comptait pour personne. Pour accomplir sa seule ambition, voyager dans l'espace, elle avait calculé qu'elle devrait jouer dix heures par jour pendant dix ans, ou passer quinze ans d'affilée en excursions. S'il lui arrivait quelque chose, pas un seul de ses 300 et quelques amis ne s'en inquiéterait… Depuis un an, elle construisait des châteaux de sable, et voilà qu'elle prenait conscience de la mer à ses pieds.

Émilie ne voulait pas remettre les perles, mais elle était incapable de se diriger dans la Cité des Merveilles sans l'aide de Ryad. Dépitée, elle observa le chemin du retour avec attention.

Dans les jours qui suivirent, Émilie minimisa son utilisation du Revery. Elle passait ses journées à déambuler dans la Cité des Merveilles, mémorisant chacun de ses trajets. Elle s'était fixé comme objectif de connaître la ville par cœur, et visitait méthodiquement tous les quartiers. Elle fit le tour complet des trois parcs principaux, et s'aventura de plus en plus loin vers la périphérie, avec ses rues étroites et ses immeubles anciens.

Au bout de quelques semaines, Émilie pouvait se promener dans le centre de la Cimer sans l'aide de Ryad. Elle avait pris quelques couleurs, et se sentait plus en forme qu'auparavant.

Elle ne mettait presque plus Ryad. Quand il lui proposa de faire du sport, Émilie accepta, mais il lui manquait des points pour accéder au CES. Elle les obtint en jouant, et s'arrêta sitôt le total atteint.

Le CES occupait un ensemble d'immeubles non loin de chez elle, et le gymnase se trouvait au sommet de l'un d'eux. Émilie n'avait pas assez de points pour utiliser la piscine ; elle testa toutes les machines, mais se fatigua vite. Au moment de prendre le TGV, l'accès lui fut également refusé, faute de points. Interloquée, Émilie vérifia son compte : il ne lui restait que trois points. Il en fallait dix pour prendre le TGV.

« Ce n'est pas beaucoup, tu sais, commenta Ryad, qu'elle avait oublié de retirer. Une petite partie de n'importe quel jeu et tu remonteras à cent points.

– Je ne suis pas d'accord ! Je n'ai pas arrêté de jouer pendant un an, et tous mes points sont partis en fumée dans des illusions ! Maintenant que j'en ai besoin pour faire quelque chose qui me plaît vraiment, je n'en ai plus.

– Tu pourrais les économiser…

– Mais je n'ai pas envie de jouer, en ce moment. Ni de voir des films, ni d'aller sur les réseaux sociaux, ni de participer à l'une de tes excursions.

– Pourquoi es-tu en colère ? C'est à cause du CIM ? »

Émilie retira les perles et rentra chez elle à pied, non sans une certaine fierté.

En arrivant dans son appartement, Ryad lui signala un appel, qu'elle accepta aussitôt. Peut-être qu'un de ses amis se souvenait d'elle ?

Espoir déçu. Un certain Greg, qu'elle ne connaissait pas, apparut à l'écran.

« Bonjour Émilie ! Je m'appelle Greg. Je peux te parler quelques minutes ?

– Oui…

– Si tu es occupée, je peux rappeler à un autre moment.

– Non, je vous écoute. Qui êtes-vous ?

– Je suis éducateur au CED. Je t'appelle parce que je m'inquiète pour toi, Émilie. Ryad, m'a contacté. Il dit que tu ne lui parles plus, et qu'il ne comprend pas pourquoi.

– Ryad vous a dit ça ? »

Émilie se sentait trahie. Ryad… Elle avait beau s'être répété plusieurs fois qu'il ne s'agissait que d'une machine, une partie d'elle ne pouvait s'empêcher de le considérer comme un ami. Un de ces 300 amis qu'elle avait fini par laisser tomber… De quel droit était-il allé se plaindre au CED ?

« Même éteint, ton Revery enregistre tout… Toutes ces informations sont transmises aux veilleurs. »

Non, le Revery n'avait pris aucune initiative. Greg lui mentait. Les veilleurs la surveillaient, et avaient dû contacter le CED suite à son changement de comportement. Greg lui-même était peut-être un veilleur… Jean lui avait dit la vérité.

Émilie réfléchissait à toute allure. L'écran devant elle était une caméra. Chacune de ses hésitations, chacune de ses protestations étaient enregistrés. Était-ce ainsi que l'on repérait les gens inaptes ? En les espionnant par l'intermédiaire de leur Revery ? Mais Émilie n'était ni agressive, ni violente…

« Tu n'es pas d'accord avec ce que Ryad m'a rapporté ?

– Si, bien sûr. C'est juste que… Je suis surprise qu'il ne m'en ait pas parlé.

– D'après lui, vous rompez la communication dès qu'il tente de comprendre ce qui ne va pas.

– C'est vrai. Je… Le film du CIM ne m'a pas plu du tout, et j'y suis allée sur les conseils de Ryad.

– Pourtant, d'après les analyses de Ryad, vous étiez parfaitement dans le film jusqu'à ce que Mina rencontre Kay…

– Je vais en parler avec Ryad, vous avez raison. C'est un malentendu stupide. Je n'aurai pas dû m'emballer…

– Et cette soudaine passion pour les promenades ? Vous semblez avoir appris le plan de la Cimer par cœur.

– Oui… Comme j'étais fâchée avec Ryad, je voulais me déplacer sans son aide.

– Tout s'explique, » sourit Greg.

Émilie lui rendit son sourire. Elle avait opté pour des demi-vérités. Si Ryad « analysait » les signaux de son cerveau, elle ne pouvait se permettre de mentir…

« Je vais aller jouer, dit Émilie. J'ai besoin de points, et cela me réconciliera avec Ryad.

– Très bonne idée, la félicita Greg. N'hésite pas à me recontacter si tu ne te sens pas bien. Il ne faut pas garder ces choses-là pour toi. »

Quand Greg eut raccroché, Émilie résista à l'impulsion de jeter les perles par la fenêtre. Ainsi, on l'espionnait ? On l'analysait ? Et à présent, on songeait à l'envoyer en CASS…

Elle devait fuir la ville. Elle jouerait encore un peu, le temps de rassurer les veilleurs. Si seulement elle avait pu contacter Jean… N'avait-il pas dit qu'il reviendrait vers elle ? Peut-être qu'il l'observait, lui aussi, et savait ce qui venait de se produire…

◆

Émilie prétendit se réconcilier avec Ryad ; avoir un but l'aidait à garder son sang-froid. Elle s'inscrivit au club nature de la Cimer, et tenta toutes les excursions. Mer, forêt, montagne, désert… Les premières fois, elle se prit au jeu ; puis l'aventure sonna faux. Elle devait sans cesse recourir à Ryad pour se repérer, et n'apprit rien de substantiel sur la survie en pleine nature. C'était à qui prendrait la plus belle photo, arriverait premier à la course d'orientation, et ferait le plus d'acrobaties pour s'emparer du trésor caché.

Émilie mettait tout son talent à gagner des points pour s'offrir le matériel nécessaire à son escapade : Disali portable, sac de voyage, couvertures et kit de survie. Elle s'interdit de consulter les prix de ces accessoires : elle irait les acheter sur place, et partirait dans la foulée. Quand on s'apercevrait de sa disparition, il serait trop tard.

Au fur et à mesure que le score d'Émilie augmentait, Ryad la pressait de dépenser ses points. Il lui suggérait des activités de plus en plus tentantes, et Émilie faillit engloutir 20 000 points dans une simulation de voyage spatial.

« Allez, inscris-toi, tu en rêves depuis tellement longtemps !

– Ce n'est pas un vrai voyage dans l'espace…

– C'est une simulation parfaite ! Et c'est beaucoup moins cher. Il te faudrait un temps fou pour réunir un million de points…

– Si je joue assez longtemps, j'y arriverai.

– Oui, dans dix ans et trois mois… Remarque, si tu arrêtais de te promener deux heures par jour, tu pourrais gagner deux ans.

– Je sais. »

Émilie mit les perles dans ses poches et partit marcher dans la Cimer. D'agréables, ces balades quotidiennes étaient devenues essentielles. Le contact avec la réalité l'aidait à résister aux pièges de l'illusion. L'espace... Elle avait eu le malheur de révéler ce rêve à Ryad, et il le retournait contre elle. Comme s'il craignait qu'elle économise trop de points.

Cette impression s'accrut au fil des semaines : plus le score d'Émilie augmentait, moins Ryad lui laissait de répit. Il allait jusqu'à l'interrompre dans ses jeux pour lui proposer des réductions sur les activités qui l'intéressaient, et devenait de plus en plus frénétique.

Quand Émilie eut atteint les 50 000 points, elle estima qu'il était temps de mettre son plan à exécution. Elle se rendit dans le quartier marchand, et ordonna à Ryad de la guider jusqu'à une boutique de voyage. Le Disali le moins cher coûtait 40 000 points, et elle eut à peine assez des 10 000 restants pour se procurer un sac et une couverture. Les perles dans ses poches, elle remonta dans le TGV, et se rendit à l'arrêt le plus excentré de la Cimer. C'était un quartier d'habitation aux immeubles plus petits que la moyenne.

Émilie trouva sans difficulté l'avenue des Cadeaux, l'une des six qui conduisaient hors de la ville. Son sac sur le dos, elle inspira une bouffée d'air frais. La nuit tombait. Devant elle, l'avenue touchait l'horizon ; son cœur cognait dans sa poitrine. C'était maintenant ou jamais... Elle sortit les perles noires de sa poche, et les jeta dans une rue adjacente. Puis elle accéléra le pas, pour mettre le plus de distance possible entre le Revery et elle.

Elle était libre.

Elle avait toutes les peines du monde à ne pas sauter de joie.

La longueur de l'avenue ne l'effrayait pas : elle se sentait capable de faire le tour du monde. Autour d'elle, les gens se laissaient conduire par les perles noires, et elle savourait fièrement sa liberté.

Au bout de quelques heures, ses jambes commencèrent à protester. Elle se sentait fatiguée, et l'avenue des Cadeaux s'étendait toujours aussi loin. Émilie pensait atteindre la forêt beaucoup plus vite... Au club nature, ils y étaient en une demi-heure d'avion. Mais si elle s'endormait dans la rue, on la rattraperait... Et elle ne sortirait jamais du CASS.

« Tu sembles égarée. Où est ton Revery ? »

L'interpellation venait de l'homme en face d'elle. Son visage impassible et son costume irréprochable le désignaient immédiatement comme un salarié.

« Je l'ai perdu, bredouilla Émilie. Je le cherche depuis plusieurs heures…

– Perdu, bien sûr. Et pourquoi ce sac-à-dos ?

– Je voulais faire une excursion. J'ai perdu Ryad en route, je n'ai vraiment pas fait exprès…

– Ryad ? »

Émilie se maudit.

L'homme attrapa son sac alors qu'elle tentait de fuir ; elle dégagea ses bras de justesse et se précipita dans la rue la plus proche. Il fallait qu'elle trouve une cachette, et vite ! Pourquoi avait-elle révélé le nom de son Revery ? Droite, gauche, gauche, droite, elle tournait à chaque bifurcation. Il devait bien y avoir un coin de pénombre, quelque part… L'homme se rapprochait. Des robots soldats surgirent devant elle, qu'elle évita au dernier moment. Elle s'aperçut trop tard qu'elle venait de s'engouffrer dans une impasse… Elle allait percuter le mur, quand elle vit une mince ouverture à sa gauche. L'impasse était un trompe-l'œil ! En la voyant disparaître, ses poursuivants poussèrent un cri de surprise. Mais ses poumons criaient grâce, elle n'avait nulle part où se cacher… Soudain, une porte s'ouvrit :

« Entre ! »

Émilie se rua dans l'obscurité. La voix lui agrippa le bras :

« Suis-moi, vite ! »

Émilie sentit le sol se dérober sous ses pieds. Une trappe ! Elle dévala l'escalier à toute allure, percutant les murs à chaque tournant, et heurta son guide de plein fouet quand il s'immobilisa.

« Je vais allumer. Reprends ton souffle, le Masque ne doit pas nous entendre ! »

Lentement, la faible lumière de deux veilleuses dévoila une fille aux cheveux noirs et à la peau sombre. Elle chuchota :

« Tu l'as échappé belle ! Tu peux me remercier.

– Qui es-tu ?

– Je m'appelle Narga. »

Elles poursuivirent leur descente le plus silencieusement possible. Le cœur d'Émilie tambourinait contre sa poitrine ; elle craignait que le bruit ne parvienne jusqu'à ses poursuivants. Elle se força à calmer sa respiration.

Enfin, elles atteignirent le bas de l'escalier, et débouchèrent sur un long couloir noir et blanc. Il ressemblait à s'y méprendre à un couloir d'habitation. Narga fit entrer Émilie dans une pièce au bout du corridor. Un salon sommaire dépourvu de fenêtres, où deux personnes les attendaient. Une femme d'une trentaine d'années, aux yeux bleus, ses longs cheveux blonds relevés en queue de cheval, et quelqu'un qui ressemblait à…

« Antonie !! »

La scène se figea.

« Comment connais-tu son nom ? demanda Narga.

– Mais tout le monde la connaît ! Enfin c'est… Elle est… Elle m'a… »

Émilie avait beau faire, elle ne se souvenait plus.

« Mais dites-le ! Vous savez… »

Pourquoi ne se rappelait-elle pas ? Elle connaissait Antonie… Où l'avait-elle rencontrée ?

« Mon nom est Antonie, en effet, sourit l'intéressée. Même si par ici, on m'appelle plutôt l'Ancienne.

– L'Ancienne ? »

Un homme coiffé d'un béret vert foncé fit irruption dans la pièce.

« Lilas, ils n'ont pas vu l'immeuble où elle est entrée. Cerise, Djamal, Li et Mary surveillent les caméras. Il faut faire la vue rapprochée.

– Viens avec nous, » intima la dénommée Lilas à Émilie.

Émilie suivit la femme blonde et l'homme au béret dans une salle remplie de caméras et d'ordinateurs, avec au centre un grand plateau rond.

« Monte là-dessus, ordonna Lilas. Fais semblant de courir ; tu es à bout de souffle et terrifiée.

– Zen, Lilas, tempéra une femme brune, assise derrière un des ordinateurs. On a le temps, les robots sont paumés. »

Lilas ne répondit pas et se mit derrière un ordinateur, imitée par l'homme au béret.

107

« Cours, Émilie, » lui lança-t-il.

Encore essoufflée et sous le coup de la peur, Émilie mima sans réfléchir ce qu'on lui demandait : courir, s'arrêter, tourner, frapper une porte invisible et s'y engouffrer en sautant hors du plateau.

« Tu peux y aller, l'informa la femme brune. Je vais te raccompagner…

– Je m'en occupe, » dit Lilas.

De retour dans le salon, les yeux de Lilas envoyaient des éclairs.

« Narga, je peux savoir ce qui t'a pris ?

– Lilas, c'est trop tard, la coupa Antonie. Émilie est avec nous maintenant.

– Maintenant oui ! Nous aurons de la chance si nous vivons jusqu'à demain.

– Ils ne l'ont pas vue entrer. Va aider les autres, je m'occupe du reste.

– Si Narga bouge encore le moindre petit doigt, je te jure que je la tue. »

Lilas tourna les talons d'un pas rageur et claqua la porte.

« Nous avions le temps, plaida résolument Narga. Ils allaient la rattraper…

– Je sais. Mais maintenant, ils ont repéré l'impasse, et ils poseront sûrement une caméra devant la porte de l'immeuble. Tu viens de ruiner l'une de nos meilleures cachettes…

– Et de me sauver la vie, intervint Émilie. Sans toi, je serais repartie au CASS.

– D'où connais-tu le nom de l'Ancienne ?

– C'est sans importance, déclara Antonie. Tu es des nôtres, à présent. Les autres vont rester en poste jusqu'à ce que le danger soit passé ; cela nous laisse le temps de t'en apprendre un peu plus sur les Clandestins.

– Les Clandestins, c'est notre groupe, l'informa Narga. Nous nous battons pour la liberté.

– Pour être exacte, nous luttons contre un système, précisa Antonie. Une entité invisible, qui nous opprime sans raison, et dont nous cherchons la tête.

– Une entité invisible ? Mais l'homme qui me poursuivait…

– C'était un Masque. »

Masque. Le mot plaisait à Émilie ; il ravivait en elle une flamme oubliée.

« C'est ainsi que nous appelons nos ennemis, poursuivit Antonie. Les Masques supervisent les veilleurs et organisent les arrestations. Au-dessus, ce sont les Ombres, qui tentent de nous infiltrer et gèrent presque tous les salariés. Les Fantômes arrivent en dernier : ils surveillent les inventeurs, et décident du prix de chaque chose. »

Masques, Ombres, Fantômes... Émilie n'aurait jamais imaginé devoir affronter une telle organisation.

« Pourquoi voulaient-ils m'arrêter ?

– Tu es trop indépendante : ton Revery ne te maîtrisait plus.

– Ryad ne m'a jamais maîtrisée. Il avait de bonnes idées, c'est tout...

– Moi aussi, j'ai eu un Revery, dit Narga. Ils formulent leurs ordres comme des suggestions, et si tu désobéis, ils alertent les éducateurs. Tu aurais vu la réaction de Lucky, quand j'ai refusé de manger la première fois...

– Lucky ? C'était ton Revery ?

– Oui. À propos, quand on te donnera un faux Revery, ne commet surtout pas l'erreur de l'appeler Ryad. Chaque Revery est unique, tu ne savais pas ?

– J'ai oublié. C'est devenu tellement naturel de l'appeler Ryad... Mais j'ai compris la leçon. »

Émilie peinait à se raccorder au présent. Il lui semblait qu'une vie entière s'était écoulée depuis qu'elle avait quitté Ryad.

« Je ne comprends pas. Pourquoi Greg et cet homme se sont-ils mêlés de ma vie ? Je n'ai rien fait de mal.

– C'est un mystère pour nous aussi, la réconforta Antonie. Nous ignorons pourquoi ces hommes craignent la liberté de pensée. Nous supposons qu'ils ont un chef, quelque part, et une raison pour agir ainsi, mais... Elle nous a toujours échappé.

– Nous résistons, c'est ce qui compte, dit Narga.

– Combien êtes-vous ?

– Douze, avec Narga et toi. Sur toute la ville, nous devons être dans les 300 personnes.

– Vous ignorez le compte exact ?

– L'ignorance est la condition de notre survie. Si l'un d'entre nous est capturé, il ne pourra pas révéler aux Ombres plus d'une dizaine de noms.

– Toi et moi, nous sommes les deux seules enfants clandestines sur toute la Cimer, compléta Narga. Notre sauvetage n'était pas au programme.

– Pourquoi ?

– Les Clandestins ne sauvent pas les enfants. Nous ne sommes pas rentables : cela demande trop de formation et trop de surveillance pendant trop longtemps. Les Clandestins ne nourrissent pas des bouches inutiles. »

Narga parlait comme si elle avait entendu ces arguments un grand nombre de fois.

« Mais les Clandestins font de vrais sauvetages ? Ils empêchent les gens d'être envoyés au CASS ?

– Quand ce sont des adultes, oui. Nous recherchons surtout des salariés, mais tous les cerveaux sont bons à prendre.

– Les salariés... Je croyais qu'ils servaient les Masques et les autres.

– Ce sont des esclaves qui s'ignorent ; ils ne sont pas au courant de notre existence. De même que les dix millions d'habitants de la Cimer. »

Dix millions de personnes... Contre 300 Clandestins. Comment pouvaient-ils croire que leur combat avait la moindre chance d'aboutir ?

« À part les sauvetages, que faites-vous ?

– Espionnage, trafic en tout genre, contrefaçon... Tu apprendras cela en temps et en heure. »

L'arrivée de la femme brune qui avait enregistré Émilie mit fin à leur conversation.

« C'est bon, ils ont perdu la piste. C'était juste, Narga ; je pense que Lilas va nous en vouloir un bon bout de temps.

– Cerise, tu es la meilleure !

– Mouais. Je me demande encore pourquoi j'ai fait ça. »

Narga serra la femme dans ses bras.

« Émilie, tu peux remercier Cerise. Sans elle, je n'aurais jamais pu te sauver.

« – Vous êtes gonflées, marmonna un homme qui venait d'entrer. Vous êtes là à vous glorifier, alors que vous venez de risquer notre vie à tous.

– C'est bon, Chris, maugréa Cerise. Émilie n'avait plus de Revery, plus de sac. Elle venait droit vers nous ; il suffisait d'avoir un bon timing.

– À quelques secondes près, ce n'est plus du timing, c'est de la folie.

– Je m'en moque, dit Narga. J'ai sauvé la vie de quelqu'un, tu ne peux pas en dire autant. »

Clac !

La gifle partit si rapidement qu'Émilie sursauta. Elle ne venait pas de Chris, mais d'Antonie. Narga, les yeux brillant de larmes contenues, fixait la vieille femme d'un air farouche.

« Pas de ça, Narga. Nous avons tous risqué notre vie par ta faute, ce soir. Tu n'as pas intérêt à l'oublier. Maintenant, on reprend le rythme habituel. Tous au lit. Dans cinq heures, il faudra relayer les autres. »

Le regard dur, les traits crispés, Antonie s'était métamorphosée. Narga partit sans demander son reste, suivie par Chris et Cerise.

« Je vais te montrer ta chambre, Émilie. »

Elles parcoururent des sous-sols beaucoup plus vastes qu'Émilie l'aurait cru, alternant couloirs et grandes salles, avant de parvenir à sa chambre. La gifle se rejouait en boucle dans l'esprit d'Émilie. Elle ne comprenait pas. La violence, sans écran pour l'éloigner, l'avait frappée de plein fouet. C'était la première fois qu'on giflait quelqu'un devant elle.

« Tu es la bienvenue parmi nous, Émilie. »

La douceur familière était revenue, tempérée par un voile de tristesse.

« Narga a raison, tu peux la remercier.

– Vous l'avez giflée…

– Je n'avais pas le choix. Je ne peux pas la laisser se comporter en ingrate.

– Elle m'a sauvée…

– N'oublie jamais ce que tu lui dois. »

◆

Le lendemain, Émilie fut réveillée par Narga. Le sourire aux lèvres, rien dans son attitude ne trahissait la gifle de la veille.

« Debout la dormeuse ! Je suis officiellement chargée de ta formation, et on commence tout de suite. »

Narga conduisit Émilie dans un salon différent de celui de la veille, où trônait un Disali antique. Quatre personnes en train de déjeuner les saluèrent. Émilie reconnut l'homme au béret, avec sa peau mate, ses yeux noisette et ses cheveux bouclés. Il y avait aussi une femme pétillante, rousse aux yeux gris, et deux hommes, l'un à la peau noire comme celle de Narga, l'autre aux yeux bridés avec de longs cheveux noirs.

« Tiens, voici celle qui a failli tous nous faire tuer, ironisa ce dernier.

— Nous avons sauvé Émilie, répondit Narga. Tu devrais être fier, Li.

— C'était un acte irréfléchi et dangereux. Ne t'avise pas de recommencer. »

Li se leva de table. Narga lui lança un regard noir.

« Je suppose que vous êtes tous d'accord avec lui ? lança-t-elle lorsque la porte se fut refermée.

— Narga, tu n'aurais jamais dû agir ainsi, dit la femme rousse. Nous t'avons fait confiance, et tu as risqué nos vies. Je ne comprends pas comment Cerise a pu céder…

— Tu parles comme si je vous avais trahis.

— Ce que Mary veut dire, intervint l'homme noir, c'est que tu as été irresponsable. Ce n'est pas un comportement digne d'un Clandestin.

— J'étais devant les caméras avec Cerise, Émilie allait se faire tuer, et il aurait fallu ne rien faire ? J'en ai assez de voir les gens se faire arrêter sans pouvoir intervenir.

— Moi aussi, mais ce n'est pas en fonçant tête baissée qu'on trouvera une solution. Nous sommes un groupe. Seuls, nous ne pouvons rien faire.

— Djamal a raison, intervint Mary. À cause de toi, nous allons rester coincés ici des mois, et tout ça pour une recrue sans aucune formation.

112

– Je formerai Émilie, vous verrez ! Un jour, vous me remercierez de l'avoir sauvée.

– En attendant, tu devrais te taire et t'excuser, » répliqua Djamal.

Il quitta la pièce avec Mary, les laissant seuls avec l'homme au béret.

« Et toi, Cosme ? maugréa Narga. Tu vas aussi me faire la morale ?

– Je pense que tu as compris la leçon, ne compte pas sur moi pour la répéter. »

Narga esquissa un sourire.

« Tu penses que les autres vont m'en vouloir longtemps ?

– Je ne sais pas. Mais tu as intérêt à rester discrète.

– Oui, oui… J'ai vu Lilas tout à l'heure. Elle m'a dit que je ne verrai plus la lumière du jour avant la fin de l'année.

– Tu ne seras pas la seule. Le quartier est quadrillé, on va tous devoir arrêter les sorties pendant quelques mois.

– Je vous remercie de faire cela pour moi, dit Émilie. Quand je me suis enfuie, je ne m'attendais pas à tomber sur une telle organisation.

– Tu n'y es pour rien, tu ne savais pas, la rassura Narga.

– Tu n'es pas obligée de me croire, mais nous sommes tous heureux que tu sois là, sourit Cosme. Même Lilas.

– Que va-t-il se passer, maintenant ?

– Nous allons t'apprendre tout ce qu'un Clandestin doit savoir, expliqua Cosme. Narga sera chargée de ta formation… Supervisée par certains d'entre nous. »

Il se leva.

« Le devoir m'appelle. À tout à l'heure. »

Il rangea son béret à regret et partit.

« Il porte toujours ce chapeau ? demanda Émilie.

– Toujours, répondit Narga. Sauf quand il est en mission à l'extérieur, parce que c'est un accessoire complètement démodé… En parlant d'accessoire, si je te montrais comment te déguiser pour sortir sans te faire repérer ? »

Émilie suivit Narga dans une salle toute en longueur, contenant trois Divêtis et un imposant attirail de maquillage.

Perruques, rouges à lèvres, fonds de teint, mascara, rien ne manquait.

Narga s'empara d'un fond de teint et entreprit de se métamorphoser. Sa main experte ne gaspillait pas d'énergie : elle éclaircit sa peau, épaissit ses sourcils, enlaidit son nez, enfila une perruque et ordonna au Disali de l'habiller « en homme ». Elle en sortit avec un jean noir et un T-shirt beige. Elle déploya son Revery et se mit à marcher en parlant toute seule, sa voix transformée. L'incarnation parfaite d'un garçon en route vers le CEL…

Émilie ne cacha pas son admiration.

« On ne te reconnait pas du tout ! Comment fais-tu ? »

– C'est moi qui lui ai tout appris.

– Michèle ! Je croyais que tu dormais… »

Une femme d'une quarantaine d'années aux cheveux châtains venait de les rejoindre. Elle examina le déguisement de Narga d'un œil critique.

« Ta démarche est un peu ampoulée. Tu surjoues… Sois plus naturelle.

– Tu ne me cries pas dessus ? Après ce que j'ai fait hier…

– Il n'est plus temps d'en parler. Émilie doit être formée le plus vite possible, au cas où nous aurions à nous déplacer à l'improviste.

– Je peux m'en occuper. »

Michèle jaugea Narga du regard.

« Inculque-lui les bases. Ensuite, je prendrai la relève. »

Narga n'attendit pas que Michèle soit partie pour commencer ses explications.

« Un bon déguisement est un déguisement banal. Tu dois ressembler à quelqu'un d'inintéressant : l'originalité est proscrite. Il y a deux méthodes pour te déguiser. La première est à l'ancienne, c'est ce que je viens de faire. Tu mets des vêtements monotones, et tu te maquilles. Il faut masquer les traits remarquables de ton visage : on ne doit pas voir la moindre cicatrice, ni le plus petit grain de beauté. Il faut t'enlaidir aussi, mais pas trop. N'oublie pas les lunettes, elles sont à la mode et elles permettent de cacher ton visage.

– Et l'autre méthode ?

– Elle consiste à utiliser un caméléon. C'est un petit appareil qui projette sur toi quelqu'un d'autre, à l'aide d'un hologramme ultra-perfectionné. Nous n'en avons que trois, que nous avons volés il y a quelques années. »

Narga bondit vers l'un des murs de la pièce, qu'elle frappa d'un coup sec. Un tiroir caché s'ouvrit. Elle en sortit un petit objet, similaire à un dé, avec autant de boutons que de faces.

« Chaque bouton te permet de choisir une partie de ton corps. Il y a les vêtements du haut et du bas, la couleur de peau et le visage, plus un bouton avec des personnages pré-créés. Tout ce que tu as à faire, c'est le prendre dans ta main et choisir ton déguisement : il le projette sur toi directement. Je vais te montrer. »

Narga appuya sur le bouton des personnages préenregistrés et se métamorphosa en une femme d'une quarantaine d'années, corpulente, l'œil et le cheveu ternes, au visage ordinaire, avec un sac marron passe-partout. Émilie n'en croyait pas ses yeux. La femme parla d'une voix grasse, très différente de celle de Narga.

« Le caméléon n'a qu'un seul inconvénient : il doit toujours être en contact avec ta peau. Regarde, je le pose et hop ! Je redeviens moi. »

Dès que le doigt de Narga fut séparé du petit objet, sa coquille de femme s'évanouit.

« Si tu lâches le caméléon, tout est à refaire. Même si tu le reprends tout de suite, tu dois réappuyer sur le bouton pour que ton déguisement revienne. Le plus simple est de le porter en bracelet, comme ça il tient même quand tu cours ! Regarde, il y a un petit anneau, là, pour l'accrocher. »

Émilie restait muette d'émerveillement.

« Une dernière chose. Tu auras beau changer d'apparence, cela ne servira à rien si tu oublies le plus important. Ce qui compte, c'est d'accorder ton caractère et ton attitude au personnage que tu prétends être. Si tu marches d'un air bizarre, même méconnaissable, tu seras repérée en quelques secondes. Il faut avancer normalement… Mais attention : si tu es trop souriante et paisible, on se doutera de quelque chose.

– Les gens paraissent plutôt calmes, pourtant.

– Tu les as déjà observés ? Ils marchent d'un air absent, se crispent et se relâchent sans raison. Ils sont concentrés sur leurs jeux, ou en pleine conversation avec leur Revery… Mais ils ne sont pas paisibles, simplement heureux d'être là.

– C'est vrai. Ils n'ont pas le temps de penser à ça : leur Revery se charge de les occuper. »

Narga sourit.

« Tu peux imiter n'importe qui, tant que tu ne surprends personne.

– Il faut penser à beaucoup de choses en même temps.

– Oui, et s'entraîner dès maintenant ! »

Émilie ne vit pas le temps passer. Elle ne s'était jamais déguisée, et y prenait un plaisir inédit. Les Clandestins possédaient même des vêtements non intégrés aux Divêtis, qu'il fallait mettre à la main ! Émilie s'empêtrait avec les chaussettes, les lacets, les nœuds, les manches des pulls et les jambes des pantalons. Elle mettait un temps fou à s'habiller, et s'amusait beaucoup.

Parfois, elle entraînait Narga sur la pente de l'invraisemblable, et toutes deux s'amusaient à enfiler les vêtements les plus improbables, et à donner des ordres impossibles aux Divêtis.

« Habille-moi comme la princesse d'*Amour Impossible* !

– Oh oui ! Et moi, je veux ressembler à un monstre de *Winning the Battle 2*.

– Une grenouille !

– Un vaisseau spatial. »

L'appareil, incapable de leur obéir, générait les vêtements les moins utilisés de son répertoire, et le résultat était criant d'inaptitude, pour leur plus grand bonheur.

Mais Narga savait aussi se comporter en professeur exigeant, et corrigeait Émilie inlassablement.

« Non ! Tu mets trop de fond de teint, on dirait un pot de peinture.

– J'ai déjà vu des filles comme ça dans la rue.

– Précisément. Elles attirent l'attention, parce qu'elles ne sont pas naturelles. Alors démaquille-toi et recommence. »

Après le déguisement, elles travaillèrent la démarche, et Michèle se chargea personnellement d'apprendre à Émilie comment répondre aux questions embarrassantes.

« Tu ne dois jamais être prise au dépourvu. Ceux qui n'ont rien à cacher ont réponse à tout. Je te conseille d'opter pour des demi-vérités : tu auras plus de facilité à y croire qu'à des mensonges purs, et c'est cela qui convaincra les Ombres de ta bonne foi. Tes chances d'en réchapper sont à peu près nulles, mais il faut jouer le jeu jusqu'au bout.

– Même si tu es capturée, ce n'est pas la fin des Clandestins, expliqua Narga. Tant qu'il y a de la vie, il y a de l'espoir.

– En parlant de capture, reprit Michèle, si tu sens un danger, ne te mets jamais à courir. Pour nous avertir qu'il y a un problème, étire-toi.

– M'étirer ?

– C'est notre signal de détresse, clarifia Narga. Mais si tu l'utilises trop tard, nous n'aurons pas le temps de mettre les hologrammes en place, et personne ne viendra.

– Auquel cas, tu n'auras plus qu'à attendre paisiblement la mort, commenta Michèle. Si tu cours, tu es perdue : aucun Clandestin ne courra le risque de t'ouvrir sa porte, et les robots te rattraperont. Tu peux considérer ton sauvetage comme l'exception qui confirme la règle. »

Michèle adressa à Narga un regard appuyé.

« Et si je m'étire à temps...

– On te fera signe, répondit Narga.

– Il arrive quelquefois que les gens aptes s'étirent, commenta Michèle. C'est donc un signal à la fois voyant et discret. »

Quand Émilie sut manier le pinceau aussi bien que le caméléon, le faux Revery vint s'ajouter à sa panoplie. Il ressemblait beaucoup à Ryad, avec un autre nom et moins d'applications.

« Je sais déjà utiliser un Revery.

– Et tu vas apprendre à faire semblant de l'utiliser, répondit Michèle. En mission, parler pour ne rien dire est plus compliqué qu'il n'y paraît. »

Émilie ne trouva rien à redire. Elle n'arrivait pas à déterminer si elle aimait ou non Michèle, mais c'était un bon professeur, constant et intraitable, qui n'élevait jamais la voix. Elle trouvait toujours le bon mot pour les rappeler à l'ordre avec Narga, et leur montrer ce qu'elles ignoraient quand elles croyaient tout savoir.

♦

Au bout d'un mois, Émilie s'était parfaitement adaptée à son nouveau mode de vie. Elle se levait tôt le matin pour suivre l'entraînement de Michèle. L'après-midi, elle surveillait les caméras pendant de longues heures sous l'égide de Cerise, qui lui apprit à repérer les Masques et les robots parmi les passants. En dépit d'une apparente tranquillité, le quartier était toujours étroitement surveillé, et aucun des Clandestins ne sortait plus.

Émilie ne les avait jamais vus au complet. Sous terre, les caméras étaient leur seul repère pour suivre la course du soleil, et ils s'organisaient pour que trois d'entre eux soient toujours éveillés, quelle que soit l'heure. Li, Cerise, Djamal et Lilas faisaient plutôt partie de l'équipe de nuit, tandis que Cosme, Mary, Christopher et Michèle s'activaient le jour. Antonie répondait toujours présente. Émilie et Narga étaient hors catégorie : elles se joignaient aux équipes selon les ordres de Lilas.

Narga ne quittait pas Émilie d'une semelle. Pour se faire pardonner par les autres, ou pour leur montrer qu'elle avait eu raison, elle semblait déterminée à faire d'Émilie une Clandestine hors-pair. Émilie connaissait maintenant les souterrains par cœur, et aurait peut-être trouvé une telle amitié encombrante, si elle n'en avait pas eu aussi désespérément besoin.

Chaque Clandestin était spécialisé dans un domaine, et ils la formaient à tour de rôle. Après Cerise et Michèle, Lilas prit le relais pour lui apprendre à fabriquer un Revery. Elle en voulait toujours à Narga, et refusa de la laisser accompagner Émilie dans cette nouvelle étape. Ce fut donc avec une certaine nervosité qu'Émilie la suivit jusqu'à « l'atelier », une pièce très bien éclairée qui ressemblait à un laboratoire d'antan.

« Les Reveries sont fabriqués par des machines, commença Lilas. L'homme n'y met jamais la main, toutes les informations sont stockées dans des serveurs auxquels les Reveries se connectent à distance, via satellite. Un Revery peut se connecter à n'importe quel objet depuis n'importe où. Tu connais le Répertoire Universel ?

– Oui.

– Il contient notre ADN, et toutes les données nous concernant. Identité, taille, couleur des yeux, état de santé, il répertorie à la fois nos caractéristiques physiques et administratives. En avion, en CATECO, c'est via le Répertoire que nous sommes identifiés. Les Reveries sont créés avec le code ADN de leur propriétaire : comme nous ne pouvons pas nous déplacer sans eux, les Masques savent toujours où nous sommes. Ils savent qui prend le TGV, qui va au CEL, qui habite où... Et ils croisent ces données avec ce que nous mettons nous-mêmes dans le Revery. Nos goûts, nos envies, notre état d'esprit... Tout ce que le Répertoire ne peut pas leur dire, le Revery le leur apprend. Les Masques se servent de ces connaissances pour normaliser la société. Si tu ne rentres pas dans ces normes, tu es par définition anormal. Inapte... Parce que tu ne fais pas partie du groupe.

– C'est ce que j'ai ressenti au CIM. En sortant, je me sentais vide. J'avais l'impression qu'on voulait m'effacer, que je ne valais rien en dehors du monde de Mina... Comme si ma vie ne comptait pas.

– Tu as vu juste. »

Émilie risqua un sourire. Elle avait eu raison de se méfier de Ryad. Elle se sentait supérieure au monde entier... Jusqu'à ce que Lilas lui montre comment assembler un Revery.

Armée d'une pince et d'une loupe d'horloger, Lilas tenait la perle vide d'une main et saisissait avec l'autre les composants à placer. Ils étaient si petits qu'Émilie les voyait à peine. Sans lever les yeux de son ouvrage, Lilas poursuivit ses explications.

« Comme nous avons besoin de nous déplacer, nous fabriquons de faux Reveries. Ils ressemblent aux vrais, à ceci près qu'ils ne réagissent pas à l'empreinte digitale. Ils envoient aux serveurs des imitations de l'information qu'ils cherchent, pour leur faire croire que tout est en règle. Quand on prend le TGV par exemple, les serveurs contrôlent le RUL via nos

Reveries, afin de vérifier notre identité. C'est pareil pour les autres moyens de transport : c'est un contrôle purement physique, ils ne croisent pas ces données avec notre dernier jeu vidéo ou l'historique de nos vacances. On leur envoie une copie du RUL qu'ils prennent pour l'original.

— Je ne suis pas sûre de comprendre…

— Les serveurs voient notre reflet. Et ils ne prennent pas la peine de nous toucher pour vérifier que c'est bien nous. »

Le visage d'Émilie s'éclaira.

« C'est génial ! Comme le déguisement, mais informatique…

— Exactement. Mais avant de créer ta fiche du Répertoire, il faut fabriquer le tiroir pour la ranger. Le Revery. Comme ceci ! »

Lilas tendit la perle achevée à Émilie. Elle ressemblait à s'y méprendre à une vraie, lisse, sans aspérités, brillante…

« Fais l'autre. C'est un vieux prototype ; quand tu le maîtriseras, tu pourras faire ton propre Revery. »

Émilie acquiesça et se mit à la tâche.

À peine eut-elle posé son œil devant la loupe qu'elle se découragea. Il y avait plusieurs centaines de pièces ! Comment Lilas pouvait-elle les assembler aussi vite, et en discutant d'autre chose ?

« C'est l'un de mes talents. J'ai toujours adoré les puzzles… Pour commencer, il faut réunir les bords. Les bouts extérieurs de la perle. »

Émilie s'exécuta. Avec les conseils de Lilas, elle parvint après plusieurs longues heures à construire le quart de la perle. Ses cheveux, qui retombaient sans cesse devant ses yeux, la gênaient, et elle comprit pourquoi Lilas maintenait toujours les siens dans une queue de cheval.

Alors qu'elle la suivait à la cuisine, les yeux papillotants d'avoir observé de si petits composants toute la journée, Émilie se demanda si la clandestine n'était pas un robot. Un être humain ne pouvait pas fabriquer une perle aussi vite : c'était proprement impossible.

Dans les jours qui suivirent, Émilie ne se découragea pas. Au contraire, le défi du Revery lui plaisait. Elle voulait reconstituer la perle. Quand elle y travaillait, elle laissait libre cours à ses pensées, et oubliait ce qui lui déplaisait. Dans le microcosme de la perle, les bouts de métal dorés prenaient des allures de personnages, dont les mouvements de ses mains faisaient avancer l'histoire. Le Revery prenait forme, le récit touchait à sa fin, et alors venait l'autre perle. Il fallait tout recommencer, encore et encore, plus vite à chaque fois, pour connaître les pièces par cœur. Mais l'histoire n'était jamais deux fois la même, bien que les personnages se ressemblent... Le temps n'existait plus. Seule comptait l'image perdue, le bout de réalité à reconstruire.

Après deux semaines d'entraînement, Émilie était capable de monter une perle en une journée. Les longues heures passées avec Lilas la lui avaient rendue sympathique, même si la jeune femme remontait sa garde sitôt revenue auprès des autres.

« Tu mets de la bonne volonté dans ce que tu fais. C'est bien. Je pensais que tu détesterais l'atelier... Narga a eu beaucoup de mal avec les perles. J'ai cru qu'elle n'y arriverait jamais.

– J'aime assembler les pièces. C'est logique. L'esprit se libère et se concentre en même temps... Comme dans un rêve.

– Si ce n'était que moi, je fabriquerais des Reveries à la chaîne. Finalement, c'est peut-être pour cela que je me bats... Pour pouvoir faire des puzzles. »

Lilas esquissa un sourire. Émilie mit à profit cette légèreté pour poser l'une des questions qui la turlupinaient.

« Vous êtes toujours en colère, pour mon sauvetage ? »

Le visage de Lilas redevint grave.

« Ne te méprends pas, Émilie. Je ne peux pas regretter de t'avoir sauvé la vie. Mais Narga n'aurait jamais dû agir comme elle l'a fait. Elle nous a tous mis en danger.

– Comment est-elle arrivée parmi vous ?

– Un peu comme toi. Elle a commencé à se méfier de son Revery, elle a voulu fuir. Elle n'avait pas encore été repérée par les Masques quand elle est passée devant notre immeuble. Au même moment, Cerise rentrait de mission. Elle l'a faite entrer. Les Masques l'ont recherchée quelque temps, mais ils n'ont pas pu deviner dans quel quartier elle avait véritablement disparu. Comme la porte de notre immeuble n'était pas filmée, ils ne l'ont vue ni entrer, ni sortir... Maintenant, c'est fini. Cerise les a vus poser une caméra l'autre jour. À cause de Narga, nous avons perdu l'un de nos meilleurs atouts, et nous avons dû rompre le contact avec Jean, alors que c'est notre seul salarié.

– Mais vous m'avez sauvée…

– Nous avons risqué notre vie pour toi, alors que tu n'as rien à nous apporter. Aucune information, aucun talent, aucune des caractéristiques que nous recherchons chez ceux que nous sauvons.

– Je suis différente, et chaque différence compte. »

Une boule serrait la gorge d'Émilie. Elle reprit son travail sur le Revery. Elle n'aurait pas dû vivre… Non, elle ne devait pas penser cela. Un jour, elle prouverait à Lilas qu'elle avait tort.

L'arrivée de Cosme interrompit ce silence pesant. Lilas renvoya Émilie auprès de Narga.

Une fois hors de l'atelier, Émilie s'immobilisa. Pourquoi ne pouvait-elle pas rester ? Sa différence était une force… Et l'obéissance était une norme. Elle revint à pas de loup vers la porte laissée entrouverte.

« Le problème, disait Lilas, c'est que nous ne menons aucune action d'envergure. Chacun de notre côté, nous sauvons des gens, nous espionnons les Masques et quelques Ombres… Mais les Fantômes continuent à nous échapper. Notre existence est en sursis. En concentrant nos efforts et nos moyens, nous pourrions infiltrer un Centre d'Aptitude, j'en suis certaine ! Les gens inaptes rejoindraient notre cause, le mouvement s'étendrait… Je ne vois pas l'intérêt de se battre si c'est pour vivoter. »

Dans la voix de Lilas perçait une détermination d'acier.

« Je sais ce qui te fais dire ça, répondit Cosme.

– Mes parents ont été envoyés en Centre d'Aptitude quand j'avais sept ans, Cosme. J'ai été sauvée parce qu'ils étaient Clandestins. J'en ai assez de rester les bras croisés, de voir tous ces gens qui connaissent un sort identique au leur. Il est arrivé la même chose à ta femme et à ta fille, et je sais que tu es de mon avis. Nous devrions nous rassembler…

– Tu sais bien que nous sommes en minorité. Certains pensent qu'à force de sauver et d'entraîner des gens, nous constituerons une armée assez puissante pour faire face aux Masques.

– L'approche frontale a déjà été tentée. Nous connaissons tous le résultat.

– Je suis d'accord avec toi. De toute façon, au rythme où nous allons, nous serons morts de vieillesse avant d'être aussi nombreux que les Masques. »

Il y eut un bref silence.

« J'y retourne, dit Cosme. Je voulais juste te prévenir que les recherches pour Émilie se font moins fréquentes. Encore quelques mois et nous pourrons sortir. »

♦

Lorsqu'Émilie eut achevé son Revery, Cosme entreprit de lui expliquer comment créer le reflet que verraient les serveurs. Narga à ses côtés, il s'installa devant un écran aussi grand que lui, et ne put retenir un sourire devant l'ahurissement d'Émilie.

« Belle bête, n'est-ce pas ? Nous sommes là pour que tu apprennes à le faire fonctionner.

– Pourquoi est-il aussi énorme ?

– Pour qu'aucun détail ne nous échappe. »

Émilie regarda autour d'elle. Des enchevêtrements de câbles bordaient le plafond de la pièce pour se glisser dans les salles adjacentes. Dans l'une d'elles se trouvait le plateau d'enregistrement.

« Lilas t'a expliqué comment nous nous organisions pour échapper aux serveurs de surveillance. C'est dans cette salle que nous créons et enregistrons nos fausses identités. Nous injectons ces données dans le Revery par câble ; tout autre réseau serait repérée par les satellites. »

Cosme montra à Émilie un petit fil noir, qui se fixait à la perfection dans les perles du Revery.

« Tu vas choisir toi-même les données que tu veux transférer. Mais avant, nous allons tourner un film et un jeu vidéo, et enregistrer une musique, pour que tu voies le travail que cela représente. Tu devras aussi faire une fiche du Répertoire. Et pour compléter le tout, tu créeras ton prototype de vêtement, à injecter dans nos Divêtis, et un plat de ton choix, pour le Disali.

– Pourquoi faut-il que je fasse autant de choses ?

– Parce que chaque détail compte. Tu dois connaître ton Revery sur le bout des doigts : la moindre hésitation peut être fatale.

– Quel est le rapport avec les Disalis et les Divêtis ?

– Nous les avons coupés du réseau, et ils ne se renouvellent plus. Il faut ajouter des programmes à la main pour avoir un Divêti à la mode… »

Émilie fixa le béret de Cosme et se retint de rire.

« Quant au Disali, c'est pour varier les plaisirs. Tiens, voilà à quoi ressemble un aliment Disali, en vrai. »

Cosme toucha une série d'icônes, et le sourire d'Émilie s'effaça. Des milliers de lignes et de couleurs s'étaient affichées à l'écran, formes inextricables et tordues lui rappelant l'une des sciences qu'elle aimait le moins : les mathématiques.

Avec l'aide de Cosme et de Narga, Émilie élabora le scénario de son premier film. Il fallait absolument qu'il ressemble à un vrai, avec toutes les inepties et les incohérences que cela supposait. Au début, Émilie s'en désola, car elle aurait aimé inventer une histoire intelligente, mais il était si drôle d'imiter la réalité que ses regrets ne durèrent pas.

Le film s'intitulait *Le Revery disparu*, et racontait l'histoire d'un Revery volé à une certaine Méya, par son ancien ami devenu inapte. Son nouvel ami, Saërn, partait le retrouver pour elle, car elle sombrait dans le désespoir et menaçait de devenir inapte à son tour.

« Non, vraiment, dit Émilie en tentant de reprendre son sérieux. Saërn ne peut pas sauter d'un avion comme ça, et atterrir sans se blesser parce que son Revery a manipulé la gravité…

– Quoi, tu préférerais que le méchant le cueille dans ses bras ? suggéra Narga.

– Moi je trouve que c'est une bonne idée, dit Cosme. On ne donne jamais trop de pouvoir à un Revery…

– Bon, admettons. On a donc une course-poursuite dans le TGV, avec Saërn qui saute de wagon en wagon à plusieurs centaines de mètres de haut. Ensuite, course-poursuite dans l'aéroport, avec Saërn qui prend les commandes de l'avion via son Revery, fait ami ami avec lui et traverse l'océan Pacifique pour retrouver le méchant.

– Lequel, enchaîna Cosme, s'est caché dans un paquebot de luxe pour rejoindre un vaisseau spatial…

– Mais Saërn sait tout, dit Narga, et saute de l'avion pour intercepter big M sur le bateau.

– Je voudrais que le combat final ait lieu dans l'espace, reprit Émilie. C'est beaucoup plus *in*, je trouve.

– Bonne idée ! s'exclama Narga. Au sommet de la Terre…

– Oui, renchérit Émilie. Avec Saërn déguisé en super robot sauveur du monde, parce que bien sûr son ex a volé le Revery de Méya pour conquérir le monde.

– Il ne faudra pas oublier le baiser de fin, » dit Cosme avec un sourire.

Émilie et Narga partirent d'un nouvel éclat de rire. Tout cela était tellement ridicule !

« Et Méya reste dans l'appartement pendant tout le film ? souligna Narga.

– Oui, dit Cosme. Il ne faut qu'un seul héros…

– De toute façon, elle n'a pas de Revery, elle ne peut pas sortir, dit Émilie.

– Non. Mais vu qu'elle a un Disali, elle n'est pas en danger. L'absence de son Revery la rend folle, c'est tout.

– On ne pourrait pas faire intervenir les Masques ? Et Saërn viendrait la sauver juste à temps…

– Non. Tu ne dois surtout pas critiquer le système. Méya devient folle toute seule, aucune menace ne doit peser sur elle à part l'absence de son Revery. Les CASS n'existent pas dans les films.

– C'est un mensonge, » déclara Émilie.

Tout sourire envolé, d'étranges images lui revenaient en mémoire. Cosme soupira.

« Je sais que c'est agaçant de raconter une histoire qui ne veut rien dire. Un mensonge à propos d'un mensonge… Mais peut-être qu'un jour, tout cela changera.

– Comment ? Je t'ai entendu avec Lilas l'autre jour. Les autres Clandestins ne croient pas que cela changera. »

Pris de court, Cosme resta coi. Puis il leur adressa un grand sourire.

« Tu sais quoi ? Le jour où il n'y aura plus d'espoir, je jetterai mon béret. »

Narga pouffa, et Émilie ne put s'empêcher de sourire.

À présent que leur histoire était construite, restait à la réaliser. Ils ne la joueraient pas : les Clandestins ne se filmaient que pour tromper les caméras de surveillance. Leurs enregistrements servaient à camoufler un sauvetage, et permettaient d'égarer les Masques sur de fausses pistes. Pour les vidéos fictionnelles, ils se servaient de l'animation, et c'est ici que la taille de leur ordinateur se faisait valoir. Cosme maîtrisait parfaitement les logiciels de création, et apprit à Émilie à s'en servir, ce qui revenait à donner des ordres à l'ordinateur.

« Je veux créer une fille, » dit Émilie.

Un mannequin gris s'afficha à l'écran. Il tournait lentement sur lui-même.

« Elle s'appelle Méya, poursuivit Émilie. Elle a seize ans, elle mesure 1m60, elle est rousse aux yeux violets. »

Au fur et à mesure qu'elle parlait, l'ordinateur s'exécutait, et le mannequin prenait forme. Quand elle eut achevé ses deux personnages, Émilie raconta leur histoire point par point, et le logiciel la réalisa en suivant ses indications. Il possédait des milliers de décors et d'actions préenregistrées, de sorte qu'Émilie n'eut pas besoin d'en inventer. Des options telles que « scène d'action », « scène d'amour » ou encore « scène comique » combinaient les mouvements à sa place et lui épargnaient d'entrer dans le détail.

« Saërn monte au sommet de l'immeuble et scène d'action pour rejoindre l'avion. Puis scène de dialogue avec son Revery, scène d'action pour sortir de l'avion et tomber sur le bateau. Scène comique avant de partir dans l'espace… »

Et l'ordinateur d'obéir, en exécutant les événements mieux qu'Émilie n'aurait su le faire. En une semaine, le film fut terminé. Émilie le trouvait déplorable, et n'avait pas l'impression de l'avoir créé. Comme un jeu vidéo qu'elle aurait terminé à peine commencé, grâce à un code pour arriver au dernier niveau…

« Ce n'est pas très gratifiant, concéda Cosme. Une histoire stupide sur un sujet banal… Le film parfait pour aller sur ton Revery.

– Un jour, je raconterai de vraies histoires.

– Je n'en doute pas. Mais maintenant, tu dois remplir ton Revery de jeux et de fausses identités. »

La semaine suivante se passa en explorations informatiques. Films, amis imaginaires, photos, musiques, jeux, Émilie devrait connaître son Revery par cœur, pour pouvoir se comporter dans la rue comme n'importe quel passant.

Les jeux vidéo et les musiques s'avérèrent aussi faciles à réaliser que le film. Il suffisait à Émilie de fredonner une mélodie inventée, et l'ordinateur la transformait en chanson populaire, du genre de celles qui sortent tous les jours. Quant aux jeux, elle créait les personnages et l'histoire de la même manière qu'un film, et ordonnait simplement à l'ordinateur de « passer en mode jeu ». Elle décidait ensuite du type de jeu : de plateformes, de combat, de rôle, d'aventure, mixte…

« C'est le principe, lui expliqua Cosme. Pour être approuvés, les jeux et les films doivent être interchangeables. Une histoire d'amour doit pouvoir devenir un jeu de combat, et réciproquement. Prend *Amour Impossible* : tu peux en faire un tétris, où il faut reconstituer le pont. Un jeu de plateformes, où ton personnage saute de point en point sur des ponts de plus en plus complexes. Un jeu de combat, où Jason combat les soldats de Viper et les méchants animaux pour avancer. Un jeu d'aventure, où il explore la ville pour récupérer les matériaux afin de construire le pont… Tu comprends ?

– Oui, dit Émilie avec un regard sombre. Tout devient n'importe quoi, et rien ne veut dire quoi que ce soit.

– Bienvenue dans le technomonde ! » s'exclama Narga.

Restaient les programmes du Disali et du Divêti. Il s'agissait toujours de donner des ordres à l'ordinateur : la seule différence, c'est que les données préenregistrées étaient limitées, et qu'on ne pouvait pas en ajouter. Émilie inventa une robe et un sandwich, sans dissimuler à quel point cette absurdité la révoltait.

Vint enfin le temps de se filmer. Avec Christopher, Émilie perfectionna son enregistrement. Elle apprit à faire fonctionner le logiciel, et à diriger des hologrammes en temps réel dans la Cimer. L'ordinateur l'assistait, mais elle devait veiller à respecter le point de vue de toutes les caméras.

« L'idée est de prendre les Masques à leur propre piège, expliqua Christopher. En remplaçant leurs enregistrements par les nôtres, on peut leur faire croire à peu près n'importe quoi. Il ne faut pas en abuser, parce que nous n'avons pas de prise sur toutes leurs caméras. Une vidéo de trop, une seule incohérence, et c'est fini. Ils remonteront à la source de la vidéo anormale, et trouveront le salarié infiltré qui l'a injectée dans leur système.

– Jean ?

– Dans notre cas, oui, Jean. Le jour de ton sauvetage, nous avons tenu sa vie entre nos mains... Et il a tenu la nôtre entre les siennes.

– Un hologramme est vraiment indétectable ?

– La vitesse de détection dépend de la qualité de l'hologramme. Les caméras que nous avons disposées dans la Cimer permettent de créer des hologrammes sommaires de ce qu'elles filment. Ils sont toutefois détectables au premier coup d'œil appuyé : ils brillent légèrement et manquent de consistance. Pour détecter un hologramme sur plateau, en revanche, il faut remarquer que l'angle de la lumière et l'orientation de son ombre ne concordent pas. C'est beaucoup plus difficile. »

Mais Émilie ne se satisfaisait plus de berner la réalité. Pendant plusieurs mois, elle s'était amusée sans réfléchir ; à présent, les questions revenaient. Elle voulait comprendre comment les Clandestins en étaient arrivés là, et pourquoi ils ne pouvaient pas vivre au grand jour. Pourquoi se revendiquer de l'inaptitude... Alors qu'ils passaient leur temps à imiter les gens aptes.

Émilie avait pris l'habitude de soumettre ce genre de questions à Antonie, car elle trouvait en elle l'oreille la plus attentive, et les réponses les plus satisfaisantes. Elle était le fil qui la guidait hors du labyrinthe, constant, solide, infaillible.

« Je ne comprends pas. Pourquoi ne peut-on pas être libres ? Pourquoi le technomonde veut-il tout contrôler ?

– C'est le mystère que nous cherchons à résoudre. Le système veut rendre tout le monde heureux, et dès que quelqu'un l'est véritablement, on l'envoie en Centre d'Aptitude.

– Pourquoi ? Je me suis lassée de mon Revery ; je n'ai jamais menacé personne…

– C'est précisément ton bonheur que le technomonde considère comme une menace…

– Alors qu'il prétend me rendre heureuse ! »

Émilie posait enfin le doigt sur l'incohérence qui l'éludait depuis plusieurs semaines. Antonie lui sourit.

« Tu verras que les plus grands mensonges de l'Histoire reposent souvent sur un simple abus de vocabulaire. Le technomonde veut rendre les gens insouciants, et non heureux.

– Quelle est la différence ?

– Le bonheur est une sensation consciente ; l'insouciance est une forme d'indifférence inconsciente. En étant véritablement heureuse, tu deviens indépendante du système Revery : le technomonde ne peut plus contrôler tes désirs, et c'est pour cette raison qu'il cherche à t'arrêter.

– Mais je ne le menace pas directement !

– Tu es une menace potentielle, car tu pourrais tenter de convaincre d'autres personnes de se séparer de leur Revery. Le technomonde ne prend pas de tels risques.

– Vous parlez du technomonde comme s'il s'agissait d'une personne.

– Je suis persuadée que quelqu'un commande les Masques, les Ombres et les Fantômes. Cette personne s'est dissimulée derrière le système qu'elle a mis en place pour contrôler l'humanité. Derrière le technomonde.

– Pourquoi vouloir tout contrôler ? Nous pourrions simplement être heureux…

– Beaucoup d'hommes veulent dominer leurs semblables ; cette quête de pouvoir est rarement cohérente. C'est un instinct brutal et irréfléchi, que l'on est obligé de combattre pour rester libre. »

L'explication d'Antonie se tenait. Le technomonde mentait : son véritable objectif était de contrôler les désirs des hommes, et non de les rendre heureux. L'écart entre le bonheur et l'insouciance était pourtant si mince qu'Émilie peinait à saisir la différence.

« Ce sont deux états d'esprit distincts, expliqua Antonie. L'insouciance disparaît sitôt que tu en prends conscience, tandis que le bonheur en devient d'autant plus intense. Un peu comme le chaud et le froid.

– Je ne comprends pas très bien.

– Le chaud et le froid résultent en partie de conditions extérieures incontrôlables, et en partie de toi-même : ils te gêneront d'autant plus que tu y penseras. Il est des cas exceptionnels : si tu vis au pôle Nord, ou au cœur du Sahara, le froid et le chaud deviennent partie intégrante de ta vie, et tu ne pourras jamais les ignorer. Ce qui ne t'empêche pas de leur résister, et de vivre avec eux. Le technomonde, lui, s'évertue à nous faire croire que la vie est impossible sans climatisation ni chauffage. Il nous encourage à nier nos forces, et à exagérer nos faiblesses, pour mieux faire de nous des esclaves. Mais tout le monde a le pouvoir de vivre, et tout le monde a le pouvoir d'être heureux…

– Vous dites que nous sommes des esclaves… Cependant, nous n'avons pas réellement de maître. Nous n'obéissons aux ordres de personne.

– Que fais-tu des suggestions de ton Revery ?

– Je n'étais pas *obligée* d'obéir… Pourtant, plus je les ignorais, plus il insistait.

– Et au début ?

– Au début, je lui obéissais tout de suite.

– Pourquoi ?

– Ce qu'il proposait semblait si attrayant. Les graphismes des jeux et des films étaient beaux et… Cela me donnait envie. Je n'avais pas le temps de m'ennuyer.

– Tu n'avais pas non plus le temps de vivre.

– Non. Je passais toutes mes journées à l'appartement. Je n'étais pas toujours heureuse ; parfois, je m'acharnais sur les jeux vidéo et… J'étais toujours dans l'attente de quelque chose.

– Le Revery est conçu pour cela : entretenir le désir. Sous couvert de rechercher le bonheur, nous sommes devenus les esclaves de nos propres désirs. Si nous ne sommes pas satisfaits, nous sommes malheureux. Si nous sommes malheureux, nous ne pouvons pas vivre. Il fait trop chaud, et soudainement on ne peut plus le supporter. Boire ne suffit plus : il faut la climatisation, sinon la vie devient insupportable. Mais on dit 'être heureux', et non 'avoir heureux'... Le technomonde a transformé les hommes en enfants gâtés, en êtres faibles et insupportables. L'insouciance est un mélange d'égoïsme et d'indifférence : un sentiment normal pour les enfants, et néfaste aux adultes. Grandir, c'est savoir accepter ses responsabilités ; aujourd'hui chacun ne songe qu'au prochain jeu qu'il va s'acheter. »

Antonie débordait de mépris.

« Je croyais que réaliser ses désirs rendait heureux, souligna Émilie.

– C'est faux. Le désir est par nature éphémère et fluctuant : à peine réalisé que le voilà remplacé par un autre. Tu n'arriveras jamais au bout de tous tes désirs. Et si par malheur tu y parvenais, la vie n'aurait plus aucune saveur. Tu ne dois pas chercher à réaliser tes désirs trop vite. C'est comme un monstre à plusieurs têtes : plus tu les coupes, plus elles sont nombreuses, plus le combat devient difficile. Il s'agit de réfléchir à ce que tu souhaites : de faire grandir et mûrir une poignée de désirs qui te tiennent à cœur, et de les concrétiser au bon moment. L'attente intensifie le désir, et prolonge la satisfaction qui en résulte. C'est précisément cela qui rend heureux. Un peu comme si tu laissais le monstre grandir au lieu de vouloir le tuer, et qu'il finisse par devenir ton ami... La difficulté, mais aussi la clé du bonheur, réside dans le contrôle de tes désirs. La solution n'est pas de t'en débarrasser en les réalisant.

– C'est de maîtriser ses désirs qui rend heureux, alors ?

– Non, même si c'est une étape essentielle. Pour durer, ton bonheur ne doit pas dépendre entièrement de tes désirs. Ton humeur en découle, car l'humeur est semblable au désir, changeante comme lui. Le système nous ment, et fait en sorte de nous faire confondre la joie et le bonheur, la maussaderie et le malheur. Or l'humeur, mauvaise ou bonne, ne peut pas être constante. Ce n'est pas une situation en soi : il faut que l'essentiel de ton bonheur repose sur des sentiments plus stables, comme l'affection que tu portes aux gens que tu aimes, ou le plaisir que tu prends à manger et à respirer, à dormir et à rêver, à vivre en somme. C'est de cela que tu dois te souvenir, lorsque tu as l'impression d'être malheureuse. C'est ce qui te permettra de relativiser, et de minimiser ta peine. »

Avec un sourire ambigu, Antonie conclut :

« Pour répondre à ta question première, Émilie... Le technomonde emprisonne les gens inaptes parce que leur bonheur ne dépend pas d'un bout de plastique. »

Ces paroles hantèrent longtemps Émilie, qui se fâchait de ne pas les comprendre aussi bien qu'elle l'aurait voulu. Heureuse, malheureuse, désir, humeur, pourquoi, comment ? Que venait faire le Revery au milieu de cette farandole de mots, de concepts à la fois évidents et indéfinissables ?

Émilie préférait se laisser aller au plaisir du présent, plutôt que d'entortiller son esprit dans ces réflexions impossibles. Pourtant elles la reprenaient par surprise, à ces moments d'attente et de solitude qui sont le lot de quelques minutes quotidiennes, et elle ressentait de nouveau ce besoin irrépressible de comprendre... Puis cette frustration, en constatant que tout cela la dépassait. Alors, elle retrouvait le cours du présent.

◆

La formation d'Émilie se poursuivit avec Li. Pirate informatique sauvé in extremis par les Clandestins, il maniait les formules les plus complexes avec une déconcertante facilité. Les programmes utilisés par Cosme et Christopher lui revenaient en grande partie. Il accueillit Émilie avec un enthousiasme plus que modéré, et ne fit aucun effort pour rendre son sujet attrayant.

« La programmation est une question de logique, répétait-il d'une voix traînante. Des mots qui dialoguent de manière cohérente. Comme les mathématiques. »

Émilie était bien incapable de percevoir une quelconque logique dans les longues suites de 0 et de 1 qui défilaient devant elle au fur et à mesure de la dictée de Li. Étrange litanie, avec ses « more » et ses « only », peuplée de mots exotiques sans signification. Tout juste Li lui en donna-t-il le secret, avant de la mettre devant un écran pour qu'elle énonce elle-même son programme. Mais les séries de 0 et de 1 ne faisaient qu'accroître sa perplexité.

L'ordinateur transcrivait ses moindres mots en chiffres. En désespoir de cause, Émilie voulut lui dicter de vrais mots, plutôt que du langage de programmation. Si elle repérait un sens, le moindre sens dans l'étalage de 0 et de 1, alors elle pourrait *lire*… À peine eut-elle répété trois fois le mot « château » que Li lui tomba dessus.

« Je peux savoir ce que tu fabriques ?

– Je cherche une logique dans les chiffres.

– Dans les chiffres ? Je croyais t'avoir dit qu'il s'agissait de mots.

– Je ne retiens pas les mots. Si je pouvais les lire…

– Tu crois que personne n'y a pensé avant toi ?

– J'ai dit trois fois le même mot, et j'ai eu la même série de chiffres, se défendit Émilie.

– Oublie. J'ai tout essayé ; comprendre ces chiffres est impossible. Il y en a trop. Il faut retenir les mots, c'est tout.

– Et symboliser les mots ? Les écrire ? Il doit bien y avoir un moyen de figer cette langue bizarre…

– Avec quoi ? Tu vois du papier et des crayons, quelque part ? Je te rappelle qu'ils ne sont plus fabriqués depuis plus d'un siècle. »

Le dépit dans le ton de Li surprit Émilie. Elle ne s'attendait pas à rencontrer ce genre de frustration chez un pirate…

« Je pensais que vous préfériez les écrans aux livres.

– Tu as entendu parler des livres ? Il y a déjà longtemps qu'ils les ont retirés du programme du CED…

– Sur Internet. Mais ce n'est pas resté longtemps, et je n'ai jamais retrouvé la personne qui en parlait.

– Tu m'étonnes. Il a dû être déclaré inapte dans la seconde qui a suivi.

– Pourquoi avez-vous rejoint les Clandestins ? Vous auriez pu devenir inventeur…

– Non. Les jeux m'ennuient, et je ne m'intéresse pas aux robots du quotidien. Ce que j'aime, c'est créer, faire naître le sens du chaos… Quand j'ai vu que les jeux de l'État ne me convenaient pas, je me suis mis au défi de les surpasser. J'ai volé des points pas mal de temps avant d'être repéré… J'avais la belle vie. Quand on m'a convoqué pour un test sanitaire, je n'ai pas été dupe… Je suis allé à l'autre bout de la ville, et je suis tombé sur Djamal, qui m'a conduit tout droit ici.

– Cela ressemble beaucoup à mon sauvetage.

– Détrompe-toi. Les Clandestins ont soigneusement programmé mon enlèvement. Djamal se faisait passer pour mon ami depuis un bon mois, et j'ai été convoqué au CES une semaine trop tôt. Je n'étais pas poursuivi par tous les veilleurs de la ville.

– Vous n'avez toujours pas pardonné Narga.

– Elle n'est pas seule dans l'histoire. Nos vies sont dans la balance, et elle risque tout sur un coup de tête… Parce que 'c'est l'occasion ou jamais'. »

Le visage de Li se durcit.

« Je refuse de mourir pour rien. Elle n'a pas intérêt à l'oublier.

– Elle m'a sauvé la vie, murmura Émilie.

– Youpi, ironisa Li. Il faut te former à tout et te surveiller en permanence. C'est vrai qu'on s'ennuyait, avant ton arrivée. Maintenant remets-toi à ta programmation. »

Émilie eut l'impression de travailler des mois à son programme, qui devait permettre aux chapeaux des personnages de jeux vidéo de ne pas tomber en pleine course.

« Un détail en apparence, mais il arrive que les veilleurs zooment sur les Reveries, et ils ont l'art de repérer les invraisemblances. »

Heureusement, Li accepta que Narga l'aide à terminer. Après des dizaines d'heures, des centaines de « delete » et beaucoup de « but », il s'estima satisfait, et leur rendit leur liberté.

Émilie retourna ensuite avec Cerise.

« Allons-nous encore regarder les caméras ?

– Un bon Clandestin a toujours l'œil ouvert. Ne méprise pas les caméras, sans elles tu ne serais pas ici.

– Je confirme, renchérit Narga. Avant ton arrivée, ma tâche principale consistait à surveiller les caméras… C'est comme ça que je t'ai vue arriver.

– Et puis, tu ne sais pas tout… »

Cerise sortit de sa poche une sorte d'araignée métallique.

« Les insectes espions ! s'exclama Émilie. Je vais apprendre à les fabriquer ?

– Et, accessoirement, à les contrôler. »

Monter une caméra araignée s'avéra aussi ardu que fabriquer un Revery. Émilie ne se laissa pas démoraliser : pendant plusieurs semaines, elle s'exerça avec acharnement, jusqu'à ce que le petit appareil tienne debout et obéisse à ses ordres télécommandés. Ses mouvements étaient bien moins fluides que ceux de l'araignée de Jean, mais Émilie débordait de fierté.

Quand il fallut s'entraîner à le diriger, ce fut une nouvelle difficulté. Pour ne pas risquer de casser le matériel, Émilie maniait l'araignée dans une simulation informatique. Habituée à voir les personnages qu'elle dirigeait, elle n'aimait pas le point de vue de la caméra, qui n'était qu'un œil gigantesque. Elle évoluait dans un environnement plus vrai que nature, avec des commandes directionnelles ultra sensibles, et mourut un nombre incalculable de fois. Écrasée par des pieds invisibles, happée par le courant d'air des voitures et des TGV, elle glissait sur les immeubles de verre et se retournait quand elle heurtait un obstacle de plein fouet.

« Quand je pense que l'araignée de Jean s'est jetée dans le lavabo… Comment a-t-elle pu y survivre ? »

Émilie venait de mourir pour la 321ème fois.

« Uno, c'était moi qui maniais l'araignée, répondit Cerise. Deuxio, je ne me suis pas *jetée* dans le lavabo. Je suis descendue au pas de course.

– Mais ce n'était pas ta voix…

– Chris ne t'a rien appris ? On n'enregistre pas que des hologrammes.

– Jean se souvenait de notre échange.

– C'est Djamal qui est venu te voir. Il portait un caméléon. »

Émilie resta bouche bée.

« Il ne m'en a jamais parlé…

– Djamal est en contact avec beaucoup de monde.

– Pourquoi est-il venu me voir ? Je veux dire, pourquoi toute cette histoire de rendez-vous et d'examen du Revery ?

– Pour mettre à jour notre réseau Internet. Nous ne sommes pas connectés au véritable Internet : si on ne se met pas à jour, toutes nos informations vont devenir fausses. Dans ces conditions, autant se rendre tout de suite au CASS... Une fois par mois, Jean sélectionne un enfant potentiellement inapte et greffe une micro-puce sur son Revery. Si tout fonctionne, l'enfant se retrouve seul dans son appartement deux jours plus tard ; alors Mary ou Djamal viennent ouvrir le Revery et récupérer la puce, qui a eu le temps de copier les pages d'Internet qui nous intéressent. Comme le Revery enregistre tout, nous devons être très prudents. En deux jours, il n'a pas eu le temps de noter les habitudes de son propriétaire, et un rendez-vous de maintenance peut encore paraître vraisemblable.

– Et vous n'avez jamais eu de problème ?

– Parfois, les gamins refusent de jouer le jeu. Au mieux, on abandonne la micro-puce dans leur Revery ; au pire, ils dénoncent Jean au CASS.

– Quoi ? s'exclama Émilie. Mais Jean est salarié...

– Les gamins ne réalisent pas que leurs accusations sont sans fondement, dit tristement Cerise. Jean ne leur révèle rien, et leur conversation n'est pas filmée.

– C'est faux, protesta Émilie. Il m'a parlé de la guerre...

– Tu te mélanges les pinceaux. Jean tient le même discours à tous les enfants : qu'ils sont spéciaux, que le Centre d'Aptitude est dangereux, et qu'ils l'aident en prenant le Revery. Un discours presque irréprochable. N'est-ce pas son travail de faire en sorte que les enfants passent le test ? Qu'importe un mensonge de plus ou de moins.

– Qu'arrive-t-il aux enfants qui le dénoncent ? demanda Narga.

– On les prend pour des menteurs, et on les surveille de plus près. La plupart du temps, ils finissent en CASS.

– Bien fait. »

Émilie posa la manette de commande de l'araignée virtuelle.

« Le CASS est un endroit horrible. Personne ne devrait y aller.

– Ce sont des traîtres, dit Narga, surprise. Pourquoi voudrais-tu les protéger ?

– Ils ne savent pas ce qu'ils font.

– On leur offre la chance de s'en sortir et ils nous trahissent…

– Le monde entier n'est qu'un vaste jeu pour eux ! Vous leur demandez quelque chose, ils vous revoient une fois puis plus rien. Vous leur donnez de faux espoirs, voilà pourquoi ils se vengent.

– Ça suffit pour aujourd'hui, les coupa Cerise. Émilie, va te détendre un moment. Narga, tu restes avec moi surveiller les caméras. »

Émilie partit sans demander son reste. Ses pas la conduisirent au salon, où elle se laissa tomber sur un vieux fauteuil élimé.

« Tu sembles contrariée, Émilie. Que t'arrive-t-il ? »

Plongée dans ses pensées, Émilie n'avait pas remarqué Antonie. Elle lui rapporta la conversation qu'elle venait d'avoir avec Narga et Cerise.

« Vous utilisez les enfants comme des objets, » conclut-elle.

Enfant… Ce mot sonnait étrange, dans sa bouche. Un âge oublié, dont elle se souvenait après l'avoir perdu ; une époque insouciante, encore récente… Et pourtant, un gouffre l'en séparait. Était-ce cela, grandir ? Perdre ses illusions, et apprendre l'impuissance ?

« Quand je vous ai rejoints, au début, j'ai cru que nous changerions les choses. Mais au final, nous ne faisons rien, n'est-ce pas ? La lutte est tellement inégale…

– Tu n'as pas le droit de désespérer, Émilie, répondit Antonie d'une voix ferme. Nous nous battons à notre niveau, et c'est déjà énorme. Nous savons tous que des centaines d'enfants meurent chaque jour dans les Centres d'Aptitude. Crois-tu que nous les sauverons en pleurant ?

– C'est un endroit tellement horrible… Pourquoi n'essayez-vous pas de l'infiltrer ?

– Nous essayons. Mais avant de bâtir une maison, il faut construire les fondations. Bientôt, elles seront assez solides pour nous permettre de nous mesurer à un Centre d'Aptitude. Alors, nous pourrons regarder vers l'avenir.

– Et en attendant…

– En attendant, chaque vie sauvée compte. Tu es bien placée pour le savoir.

– Narga…

– Narga croit de toutes ses forces que nous réussirons. Sa désinvolture est la façade qui protège son espoir. »

Émilie garda le silence. Elle s'en voulait de s'être emportée contre Narga. Elle lui devait la vie… Mais leur discussion avait éveillé des souvenirs douloureux. Des images enfouies dans son cœur à vif, qui lui donnaient envie d'anéantir tous les Centres, tout de suite. Plus de murs, le ciel bleu… La liberté.

« Les obstacles doivent te pousser à avancer, Émilie. Alors, rien ne pourra t'arrêter. »

◆

L'apprentissage avec Cerise dura près de deux mois. Deux mois pour apprendre à manier l'araignée sans se faire voir, à la diriger sans à-coups, à orienter la caméra convenablement. Deux mois, entrecoupés de conversations avec Mary et Djamal, les deux Clandestins en charge des recrutements. Cloîtrés au sous-sol suite au sauvetage d'Émilie, ils passaient beaucoup de temps en compagnie de Cerise, qui n'avait jamais trop d'yeux pour l'aider à surveiller les quelques cinquante caméras clandestines de la Cité des Merveilles.

« Nous les avons placées au fil de nos errances, expliqua Mary. Dix en tout surveillent cet immeuble : l'entrée, les rues adjacentes, le TGV au-dessus de nous… Les autres sont dans des coins stratégiques de la Cimer, là où nous faisons en sorte de recruter des Clandestins. Le parc, le centre-ville, certains CEL…

– Nous essayons de toujours rester visibles lors de nos sorties, compléta Djamal. Comme ça, si quelque chose tourne mal, vous êtes tout de suite prévenus.

– Vous ne surveillez pas les Masques et les Ombres ?

– L'immeuble des veilleurs est trop bien protégé pour y poser une caméra. Quant aux Ombres, nous ignorons où elles se cachent.

– Vous ne savez pas où elles logent ? répéta Émilie, incrédule.

– Officiellement, elles n'existent pas, lui rappela Mary. Nous avons souvent tenté de les filer ou de leur coller une araignée, mais elles se téléportent à chaque fois.

– Cela voudrait dire qu'elles n'habitent pas dans la Cimer, et qu'elles vont à leur travail en se téléportant, remarqua Narga.

– Les Ombres sont des salariés, dit Djamal. Ils gagnent assez de points pour vivre dans des villas loin de la Cimer, et leur travaille consiste précisément à fureter un peu partout pour surveiller des salariés non avertis. Pas étonnant qu'ils passent leur vie à se téléporter.

– Mais s'ils partent, il faut bien qu'ils arrivent, non ? souligna Émilie. Il faudrait les suivre quand ils sortent des cabines…

– Nous y avons pensé, madame la détective, mais la chance ne nous a pas souri, » dit Mary.

Il y eut un silence, ponctué par le 840ème décès d'Émilie. Un insecte l'avait attaquée dans le parc.

« Je croyais que la téléportation était compatible avec les robots.

– Je te vois venir, répondit Cerise. Mais tu oublies que notre réseau ne passe pas par les satellites. Nous sommes limités à l'enceinte de la Cimer. Si nos araignées se téléportent avec les Ombres, la connexion est coupée. »

Régulièrement, la menace des Masques venait planer devant leurs caméras. Ils poursuivaient leurs rondes autour de l'immeuble, monstres de travail inlassables, facilement repérables au milieu de l'insouciance générale. Quand une année se fut écoulée depuis la disparition d'Émilie, leurs allées et venues s'espacèrent. Un jour s'écoula, puis deux, puis une semaine, et aucun salarié ne vint ternir ce nouvel espoir.

« Ils abandonnent, exulta Mary. Nous allons bientôt pouvoir sortir…

– L'entrée est surveillée, maintenant, tempéra Djamal. Nous devrons être très prudents.

– Je n'en peux plus de rester enfermée. Je veux voir la lumière du jour.

– Oui, et c'est peut-être exactement ce qu'ils attendent. Un faux pas.

– On peut toujours déménager.

– Vous voulez dire rejoindre un autre groupe ? dit Narga. Ce serait fantastique !

– Tu rêves, Mary.

– L'Ancienne m'a dit que certains groupes possédaient assez d'espace pour loger jusqu'à trente personnes. Pourquoi pas nous ?

– Parce que nous n'avons rien à offrir en échange. Pas d'angle mort, pas de Centre de Transport à proximité, pas d'issue de secours…

– Nous avons Li.

– Et deux enfants.

– Un jour tu regretteras ces mots, Djamal, objecta Narga. Émilie et moi nous sommes pleines de ressources…

– Oui, et à cause de vous nous avons passé un an sous terre. Alors ne m'en veux pas si je préfère me passer de vos ressources. »

Comme souvent, Djamal mêlait l'humour à la rancune.

« Qu'allez-vous faire, une fois dehors ? demanda Émilie. Recruter de nouveaux Clandestins ?

– Reprendre contact avec Jean, pour commencer, répondit Mary. S'il peut nous orienter sur des inaptes intéressants, cela nous épargnera beaucoup de filatures.

– Comment faites-vous pour communiquer avec Jean ? Il a toujours son vrai Revery…

– Il en a aussi un faux. Il ne l'utilise qu'en extérieur, une heure par ci, une heure par là…

– Les Ombres ne le soupçonnent pas ? demanda Narga.

– Il ne les trompera pas indéfiniment, prédit Djamal. Tous les infiltrés finissent par se trahir.

– Vous l'avez recruté comment ? voulut savoir Émilie.

– Il était là avant moi ; je n'ai jamais posé la question.

– Si Jean tombe, nous n'aurons plus d'espion salarié. Vous en trouverez un nouveau ?

– Nous essayons toujours de recruter des salariés. Mais c'est presque mission impossible, ils sont tellement surveillés… Eux-mêmes ne soupçonnent pas à quel point les Masques et les Ombres les encadrent.

– Et les autres ? Les non salariés ? C'est Jean qui vous les indique ?

– Oui, dit Mary. Les éducateurs sont les experts de l'inaptitude : c'est à eux que les veilleurs remontent les signes avant-coureurs, pour un premier entretien, et leur opinion entre en ligne de compte dans la suite des événements. S'ils estiment que c'est une fausse alerte, la surveillance dure quelques mois puis s'éteint, à moins d'un autre imprévu. S'ils pensent que l'inaptitude est réelle, l'affaire se finit presque systématiquement au CASS. Sans l'aide de Jean, nous devrions trouver les inaptes par nous-mêmes : observer les gens, repérer les plus prometteurs, leur poser une araignée et, enfin, leur parler. Il faut prendre tellement de précautions… Une recrue représente facilement un an de travail.

– Au moindre faux pas, tout bascule, souligna Djamal. C'est pour cette raison que nous laissons les enfants de côté : ils sont trop imprudents. »

Narga répondit par un haussement d'épaules indifférent.

« Comment comptez-vous vaincre les Masques et les Ombres ? Je veux dire, imaginons que tout fonctionne bien, que nous soyons assez nombreux pour la suite. Quel serait le programme ? Rien d'imprudent, j'espère. »

Djamal lui lança un regard noir.

« Je ne sais pas, avoua Mary. Nous n'en parlons presque jamais.

– Une guerre ouverte n'est pas envisageable, dit Djamal. Nous n'avons pas d'armes assez puissantes… Et même en étant plus nombreux, nous ne battrons jamais les armées de robots des Ombres.

– Et puis, nous avons déjà attaqué un Centre d'Aptitude, une fois, et ça s'est très mal terminé, ajouta Cerise. C'était il y a une vingtaine d'années, l'Ancienne me l'a raconté. Plus de cinq mille Clandestins ont participé à l'opération, et seule une centaine en ont réchappé. Les autres sont tous morts pendant l'attaque… Le mouvement clandestin a bien failli disparaître. Les Ombres ont monté la population contre nous, et contre les gens inaptes. Le résultat était exactement l'inverse de ce que nous recherchions…

Il a été décidé que nous ne tenterions plus rien jusqu'à nouvel ordre.

– Qui l'a décidé ? Qui commande les Clandestins ?

– Je ne sais pas. Chez nous, il n'y a que l'Ancienne et Lilas. Lilas dit qu'elle obéit à l'Ancienne ; quand je lui ai posé la question, l'Ancienne a dit qu'elle regardait vers l'avenir…

– Elle m'a dit la même chose, observa Djamal.

– À moi aussi, dit Mary. Cela doit être un code… Pour que nous ne puissions rien dire si nous sommes capturés.

– Et pour que nous ayons un indice si quelque chose tourne mal, » compléta Narga.

Un mois plus tard, les Masques n'étaient toujours pas réapparus : Lilas jugea que Djamal et Mary pouvaient tenter une ouverture. Une sortie d'observation, pour voir si quelque chose d'anormal se produisait. Ce fut une des journées les plus tendues qu'Émilie ait connues depuis son arrivée : tous les Clandestins étaient à l'affût, au cas où les Ombres leur tendraient un piège. Émilie, Michèle, Antonie et Narga assistèrent Cerise aux caméras, pendant que Lilas, Cosme, Christopher et Li manipulaient les hologrammes.

Djamal et Mary suivirent chacun un chemin différent. Pas un quartier de la Cimer n'échappa à leurs explorations ; Djamal alla jusqu'à s'approcher de l'immeuble des veilleurs, pour voir si rien n'avait changé depuis son dernier passage.

Ils rentrèrent et ressortirent plusieurs fois dans la semaine, sous des apparences variées. La nuit venue, ils se relayaient, et ne croisèrent pas la moindre cravate. Ils maintinrent ce rythme deux semaines, équipe de nuit, équipe de jour, jusqu'à ce que Lilas estime que le danger était bel et bien passé.

Sa déclaration fut accueillie par un immense soulagement, et Antonie proposa d'organiser une petite fête avant la reprise officielle de leurs activités.

« C'est une bonne idée, acquiesça Lilas. Je remplacerai Cerise aux caméras pendant quelques heures.

– Nous nous relaierons, proposa Antonie. Il est juste que chacun ait sa part de joie. Nous nous battons précisément pour pouvoir vivre ces moments-là. »

La fête eut lieu le soir même. Pour l'occasion, Li avait relevé ses cheveux en queue de cheval. Cosme, en plus de son béret, avait une fleur sur sa chemise. Michèle portait une splendide robe fuchsia ; Cerise avait opté pour une jupe courte, assortie d'une veste à carreaux. Fidèles à leur élégance habituelle, Christopher, Mary et Djamal arboraient chemise et jean. Antonie, sa tresse remontée en chignon, rajeunissait de dix ans avec son pantalon couleur pêche. Sous l'effet conjugué de la boisson et de la détente, les esprits s'échauffaient, les langues se déliaient.

« Tout de même, on a eu de la chance, lança Djamal. J'étais persuadé qu'on ne tiendrait pas dix jours après l'arrivée d'Émilie.

– Et moi donc, renchérit Li. Si Lilas ne m'avait pas retenu, j'aurais fait un carnage.

– C'est du passé, dit Cerise. Maintenant, Émilie est une vraie clandestine, et nous allons tout remettre en marche. Entre Narga et elle, nous serons assez pour surveiller les caméras, et vous pourrez tous vous concentrer sur autre chose. Que dirais-tu de rejoindre Mary et Djamal, Chris ?

– Je ne sais pas. Il y a Michèle et… Nous attendons un enfant. »

Il l'enlaça tendrement, tandis que leurs compagnons se regardaient avec des yeux ronds.

« Un bébé, c'est génial ! s'exclama Narga.

– Youpi. Mais je vous préviens tout de suite que je ne compte pas faire la nounou, lâcha Li.

– Quel dommage, ironisa Christopher. Nous espérions tellement que tu accepterais.

– Un bébé, c'est… C'est énorme, déclara Mary. C'est compliqué mais… Comme dirait l'Ancienne, c'est pour ça que nous nous battons.

– Exactement, sourit Antonie. Pour pouvoir regarder vers l'avenir. »

Li haussa les épaules.

« Pour ma part, je regarde vers le futur proche, et nous sommes encore loin du compte. Si on veut arriver à quelque chose, il faut arrêter de former des gamins, et je ne parle pas d'en élever un.

– Nous avons rejoint les Clandestins pour être libres, répliqua Michèle. Pas pour continuer à attendre.

– Je trouve ça plutôt cool, dit Cerise. La vie continue, c'est l'important.

– Mouais. Je partage l'avis de Li, maugréa Djamal.

– Et moi non, dit Cosme. Michèle, Christopher, je vous félicite du fond du cœur. »

Quelque chose dans l'intensité de son sourire noua la gorge d'Émilie.

Ce fut le moment qu'Antonie choisit pour aller remplacer Lilas. Quand elle les rejoignit, elle félicita les futurs parents avec une ardeur mesurée mais sincère. La conversation dévia sur les plans d'avenir des uns et des autres. Après la clandestinité, quand ce jour de liberté hypothétique arriverait enfin, que feraient-ils ?

« J'irai dans l'espace, annonça Émilie.

– Je redeviendrai réalisateur, opina Cosme. Et je ferai des histoires intéressantes.

– Je partirai à l'aventure, déclara Narga. Je voyagerai partout, pour découvrir le monde.

– Moi aussi, dit Djamal. J'ai toujours rêvé d'explorer la Terre. Si on m'avait autorisé à le faire hors des clubs nature, jamais je n'aurais été déclaré inapte.

– Et moi donc, renchérit Mary.

– Nous faisons déjà ce que nous voulons faire, sourit Michèle. Fonder une famille.

– Vous avez bien raison, approuva Cerise. Dès que j'en aurais l'occasion, je ferai comme vous.

– Et toi, Li ? demanda Émilie. Que voudrais-tu faire après les Clandestins ?

– Je ne sais pas. Je ne me projette pas si loin ; cela ne sert à rien.

– Tu dois bien avoir un rêve, insista Narga. Sinon, tu ne te battrais pas.

– Tu parles d'un rêve. C'est une impossibilité, oui… »

Mais la curiosité le cernait, et Li ne résista pas longtemps.

« J'aimerais percer le secret de l'écriture, avoua-t-il à contrecœur.

— J'espère vraiment que tu réussiras, dit Émilie avec ardeur.

— Et toi, Lilas ? voulut savoir Narga. Que feras-tu quand nous aurons gagné ?

— Je ne sais pas. Je ne crois pas que je puisse être autre chose que clandestine.

— Tu ne voudrais pas avoir des enfants ?

— Ou faire des puzzles ?

— C'est une idée, » sourit Lilas.

La discussion se poursuivit agréablement toute la soirée, jusqu'à ce qu'Antonie les rappelle à l'ordre.

Émilie et Narga faisaient partie de ceux qui reprendraient le travail au petit jour, et partirent se coucher.

« Ce bébé, c'est quand même incroyable, dit Émilie à Narga lorsqu'elles furent seules dans leurs chambres.

— Je suis vraiment contente pour eux !

— Cosme a eu l'air bizarre, quand Christopher a annoncé la nouvelle. Même après, quand il les a félicités… Son sourire m'a fait de la peine.

— Les Ombres ont tué sa femme et sa fille. Je ne connais pas les détails, je sais juste qu'il travaillait, et qu'il était absent quand elles ont disparu. Il ne le montre pas, mais elles lui manquent beaucoup. Même après toutes ces années.

— Et toi ?

— Quoi, moi ?

— Lilas m'a raconté comment tu étais arrivée chez les Clandestins. Tu avais des parents ?

— Non, je suis une Absolue. Jusqu'à mes cinq ans j'ai été louée, puis je suis partie au CED. À dix ans, j'ai eu Lucky ; au début, je me suis bien amusée avec lui. Mais j'avais eu ma dose de jeux vidéo au CED, je voulais explorer le monde, le vrai. Comme Djamal et Mary. J'ai fait les clubs nature, j'ai essayé de m'échapper… Quand j'ai compris que Lucky me surveillait, j'ai décidé de partir le plus loin possible et de l'abandonner. Je venais de le jeter quand Cerise m'a fait signe de la suivre. À bien y réfléchir, j'ai été très naïve, elle aurait pu être un Masque. Mais elle m'a souri et… Grâce à elle, mon intégration parmi les

Clandestins s'est très bien passée. Lilas, Djamal et Li ont râlé, les Masques et les Ombres ont fait quelques rondes, mais les hologrammes leur ont fait croire que j'avais poursuivi mon chemin longtemps après être passée devant l'appartement.

– Pourquoi m'as-tu sauvée ?

– Comment ça ?

– Pourquoi moi, et pas quelqu'un d'autre ? Pourquoi risquer ta vie, alors que tu avais déjà laissé plein d'inaptes se faire capturer ?

– Tu en poses, de ces questions, s'agaça Narga.

– J'ai besoin de savoir. Je n'avais aucun talent qui justifie ton acte : tu t'es fâchée avec tout le monde, tu as failli nous faire prendre…

– Je ne sais pas. Je n'ai pas réfléchi, j'ai suivi mon instinct… Le même qui m'a dit de faire confiance à Cerise il y a trois ans. »

Narga eut un sourire énigmatique.

« C'est peut-être parce que je suis une Absolue. Nos gènes sont choisis pour que nous soyons irréfléchis… Comme des animaux affamés.

– Tu dis n'importe quoi. Tous les Clandestins ici sont des Absolus, sauf Lilas ; tu vois Li suivre son instinct ?

– Bien sûr. L'instinct de Li le porte vers la sécurité et l'autoconservation : on ne peut pas dire qu'il y résiste. »

Émilie et Narga s'endormirent dans un dernier éclat de rire, empli d'espoirs et de doutes informulés.

◆

Un mois s'écoula : les Clandestins reprirent ce que l'arrivée d'Émilie les avait forcés à interrompre, et ils furent bientôt sur la piste de nouveaux inaptes. Au bout de deux mois, Lilas convoqua tout le monde pour une réunion exceptionnelle, pendant qu'Antonie relayait Cerise, Émilie et Narga aux caméras.

« Vous savez que Djamal et Mary sondent les inaptes qui nous intéressent, annonça Lilas. Nous devrions attendre encore quelques mois avant de tenter quelque chose, mais il y a un imprévu. L'un de nos inaptes est un pirate informatique, un petit génie d'à peine quinze ans, et il est parvenu à pirater un Revery.

– Tu parles de Thomas ? intervint Mary. Je sais qu'il est doué, mais tout de même…

– Il s'est connecté au Revery de Jean, et il est arrivé à usurper son identité à distance.

– C'est impossible, dit Li. Les barrières de sécurité des Reveries sont trop complexes, il faudrait des codes d'une complexité inouïe pour les traverser, ou bien une chance à laquelle je ne crois pas.

– Tu doutes de la parole de Jean ?

– Non, mais… Comment sait-il que le gamin a piraté son Revery ?

– Jean n'arrivait plus à ouvrir son Revery. Rien. Et quand l'écran a daigné se déployer, ce n'était pas le sien. Il a eu droit à quelques moqueries avant que les perles ne s'éteignent, et depuis plus rien.

– Je suppose que cet exploit n'est pas passé inaperçu ? releva Djamal.

– Non. Thomas est convoqué dans trois jours. Jean lui a évité l'arrestation immédiate par miracle.

– Trois jours, c'est de la folie ! s'exclama Michèle. On ne pourra pas le sauver, Jean a risqué sa vie pour rien.

– Il est persuadé du contraire. J'en ai longuement discuté avec l'Ancienne, et nous sommes tombées d'accord avec lui. Thomas est peut-être le maillon qui va faire basculer le combat en notre faveur…

– Je n'y crois pas, répéta Li.

– Je n'y croyais pas non plus, mais Jean et l'Ancienne m'ont convaincue. Nous tournons au ralenti, il est temps de faire quelque chose, et ce garçon pourrait tout changer…

– Comment comptes-tu t'y prendre ? demanda Cerise. L'entrée est filmée, et Thomas va être plus surveillé qu'un salarié. Je suis d'accord avec Michèle, c'est de la folie.

– Rappelle-moi qui a aidé Narga à sauver Émilie ? »

Cerise grommela.

« Je sais que c'est de la folie, dit Lilas. Mais imaginez les bonds que nous pourrions faire… Unir les Clandestins à travers le monde, construire ce réseau planétaire indépendant des satellites sur lequel Li bloque depuis des années.

– Je ne sais pas, Lilas, répondit Christopher. C'est excessivement risqué.

– C'est un risque que je suis prêt à prendre, dit Cosme. Nous sommes sages depuis plus d'un an, j'en ai assez.

– Je suis d'accord, approuva Mary. Si j'avais su plus tôt ce dont il était capable, Thomas serait déjà parmi nous !

– Nous ne serons pas seuls, assura Lilas. Jean a contacté d'autres Clandestins. Il doit encore me le confirmer mais, si tout se déroule comme prévu, nous ne reviendrons pas à cet appartement.

– On déménage ? s'enthousiasma Narga.

– Ne t'emballe pas. Nous serons trois à partir chercher Thomas. Djamal le conduira à sa vraie cachette, Michèle se fera passer pour lui et l'Ancienne la mènera dans une autre, tandis que d'ici nous générerons les hologrammes. Mary suivra pour nous avertir si quelque chose tourne mal. Trois autres Clandestins feront le trajet jusqu'ici pour nous remplacer.

– Définitivement ? demanda Christopher.

– Nous devons prendre le moins de risques possibles. Nous nous retrouverons quand la surveillance se sera calmée.

– Cela peut prendre des années.

– N'exagère pas. Si nous recrutons un surdoué, c'est précisément pour que tout s'accélère. »

Christopher poussa un profond soupir.

« Si d'autres Clandestins se joignent à nous, cela change la donne, dit lentement Michèle. Nous aurons plus d'hologrammes, et plus de chances de duper les Masques.

– J'approuve, opina Cerise. Mais comment communiquerons-nous avec eux ?

– Jean fera le relais avec son ancien groupe, et l'Ancienne avec ses propres connaissances.

– C'est complètement insensé, dit Djamal. Mais je suis partant. »

Li et Christopher durent s'incliner face à la majorité.

Durant les trois jours qui suivirent, tout le monde ne pensa plus qu'à Thomas. Michèle, Djamal et l'Ancienne explorèrent à fond sa personnalité, tandis que Mary essayait de glaner auprès de Jean des miettes d'information de dernière minute. Les araignées de Cerise cernaient son appartement dans l'espoir de le filmer en vue rapprochée, en vain. Li, Christopher, Cosme et Lilas déployèrent des trésors d'ingéniosité pour créer des hologrammes à son image, et préparer tous les films susceptibles de servir. Émilie et Narga se sentaient quelque peu inutiles au milieu de cette agitation ; Cerise, occupée à contrôler quatre araignées simultanément, leur avait laissé la pleine maîtrise des caméras, mais il ne se passait rien qui leur donnât l'impression de servir à quelque chose.

Le jour du sauvetage sembla se précipiter vers eux. Les adieux furent brefs, aussi normaux que possibles. Seul, le baiser de Michèle et Christopher trahit la tension ambiante au moment du départ. Djamal sortit, puis, quelques mètres plus tard, Antonie et Michèle, et enfin Mary. Émilie et Narga suivirent leur progression avec anxiété, pendant que Cerise, pâle de concentration, dirigeait ses araignées. Pour plus de précaution, chacun d'eux portait sur son vêtement une micro-caméra.

L'enlèvement de Thomas se passa sans encombre. Il rejoignit Djamal au pied de son immeuble ; au premier angle mort, Michèle prit son apparence, tandis qu'Antonie et Djamal échangeaient la leur. En parallèle, les Clandestins de substitution de l'autre groupe entamèrent leur marche, suivis par deux des araignées de Cerise. Ils gagnèrent leur cachette au moment où Djamal, Thomas, Michèle et Antonie arrivaient à destination.

Narga partit leur ouvrir, et beaucoup de choses se produisirent en même temps. L'un des Clandestins l'immobilisa, tandis que les deux autres se ruaient dans les escaliers, suivis par des robots sortis de nulle part. Ailleurs, Thomas se retournait contre Djamal, qui s'effondrait à terre. Mais le bruit du gaz somnifère était couvert par les cris d'Antonie et Michèle, qui luttaient contre les Ombres.

« Jean est un traître ! »

Émilie distingua clairement les paroles d'Antonie. Elle entendit deux coups secs, et la vit s'écrouler avec Michèle, un mince filet de sang dans leurs cheveux. Au loin, la voix de Jean donnait des ordres. Sur une autre caméra, Narga gisait au sol, inanimée. Plus loin, c'était Mary, que des robots éloignaient de la vue des passants. Émilie ne réagit pas. Ce n'était pas la réalité. Ce ne pouvait pas être vrai. Des films, des illusions, bientôt elle se réveillerait, et le sauvetage n'aurait pas eu lieu. Il n'aurait jamais lieu.

Cerise l'arracha de devant l'écran. Dans le couloir, les robots défonçaient les portes. Tout le monde criait, tout le monde courait, des étincelles jaillissaient de câbles éventrés, des coups de feu silencieux s'abattaient sur eux. Émilie se retrouva sans savoir comment devant le Divêti. Elle sentit à peine les mains de Cerise la pousser dans l'appareil à double fond, un nouveau coup de feu, le bruit d'un corps qui tombe.

Enfin, son cerveau reprit le dessus, et elle se mit à courir. Courir, courir, loin, loin dans le couloir obscur.

II

Émilie respirait goulûment. Elle venait de s'écrouler, après une demi-heure de course effrénée.

Les images la hantaient, le film se rejouait et elle les voyait tous s'effondrer à nouveau. Djamal, Antonie, Michèle, Narga, Mary. Elle revoyait Cerise l'entraîner vers les salles de déguisement, leur repaire saccagé, le passage secret, dans lequel elle s'engouffrait sans chercher à comprendre. Et Cerise... Elle n'entendait pas ses pas derrière elle. Elle ne voulait pas savoir. Elle devait courir...

À ses côtés, Cosme, Lilas, Christopher et Li s'étaient laissés glissés au pied du mur, pantelants. Elle distinguait à peine leur visage.

Le souterrain ne résonnait que de leurs halètements partagés.

Lilas fut la première à retrouver la parole.

« Les autres ? demanda-t-elle entre deux souffles. Émilie, que s'est-il passé ? »

Émilie n'en croyait pas ses oreilles. Quatre paires d'yeux la fixaient avidement. Comment pouvaient-ils ne pas savoir ?

« Émilie, tu dois nous dire, insista Christopher. Tu as vu ce qui est arrivé à Michèle ?

– Je crois que nous pouvons tous lire la réponse sur son visage, dit sombrement Cosme. Nous sommes les seuls survivants.

– Non ! »

Christopher la prit par les épaules.

« Émilie, dis-moi que ce n'est pas vrai ! »

Mais Émilie ne parvenait pas à parler. Parler rendrait les choses encore plus réelles…

« Émilie. »

La voix de Lilas. Un bras réconfortant autour d'elle. Il n'en fallut pas davantage pour faire jaillir les larmes et les mots.

Quand Émilie eut achevé son récit, il y eut un long silence.

Christopher pleurait. Cosme, Lilas et Li fixaient le vide.

« Cela ne peut pas être vrai, murmura Émilie.

– Ça l'est, dit Li. Jean nous a tendu un piège. Pensez-vous que d'autres Clandestins ont été pris ?

– Jean travaillait avec nous depuis très longtemps, répondit Lilas. Il n'aurait pas patienté ainsi de sa propre initiative : sa traîtrise doit s'inscrire dans un plan plus vaste pour faire tomber tous les Clandestins de la Cité des Merveilles. Je… Je n'aurais pas pu le prévoir.

– Bien sûr que non, dit Cosme. Personne n'aurait pu. Mais je ne peux pas me résoudre à croire que nous sommes les seuls survivants.

– Que fait-on, maintenant ? demanda Li. Les robots vont finir par nous rattraper, nous ne devons pas nous éterniser ici.

– J'ai fait exploser l'entrée, et c'était un mur porteur, dit Lilas avec un sourire mauvais. Si les calculs de mes prédécesseurs sont bons, deux étages se sont effondrés sur notre cachette. Nous serons sortis d'ici avant qu'ils aient fini de déblayer.

– Où irons-nous ? dit Li. Nous n'avons plus de cachette, plus de matériel…

– Allons voir le chef, proposa Émilie.

– Le chef ? répéta Lilas.

– Oui. Celui qui est au-dessus d'Antonie.

– J'ignore où il vit.

– Ce n'est pas difficile à deviner, lança Li. À chaque fois qu'on lui posait la question, l'Ancienne disait de regarder vers l'avenir. Autant nous dire tout de suite qu'il vivait dans la Cité du Futur.

– La Cifu ? dit Cosme. Je n'y avais jamais pensé, mais maintenant que tu le dis… C'est une des plus grandes villes du monde, si ce n'est la plus grande. Un repaire rêvé pour le meneur des Clandestins…

– Peu importe, s'énerva Lilas. Vous ne voyez pas que nous sommes totalement démunis ? Pour aller là-bas, il faudra nous téléporter, et nous n'avons que nos faux Reveries sur nous. Qu'arrivera-t-il si nous nous sommes trompés ? Si personne ne vient à notre secours ? C'est beaucoup trop dangereux…

– Tu veux agir aussi, non ? la coupa Cosme.

– Oui, mais…

– Alors saisis ta chance. Nous n'avons rien à perdre.

– Et les autres ?

– La Cimer est finie. S'il reste d'autres Clandestins, ils auront eu le même indice que nous, et ils fileront vers la Cifu.

– Je suppose que nous n'avons pas d'autre solution, » soupira Lilas.

Ils se remirent en route ; Christopher les suivit sans émettre la moindre protestation. Le visage humide, les épaules tremblantes, il continuait à pleurer. Cosme fit de son mieux pour le réconforter.

Émilie refusait de penser. Elle voulait trouver un abri, se reposer, fermer les yeux. Oublier, fuir loin, très loin de la Cité des Merveilles.

Après une marche interminable, ils atteignirent un escalier.

« En haut de ces marches se trouve le fond d'un placard d'évier, dans un appartement du rez-de-chaussée, expliqua Lilas. C'est une issue de secours, la porte d'entrée est à sens unique, tout comme ce placard. Une fois sortis, nous ne pourrons plus revenir en arrière…

– Même si des Ombres nous attendent à la sortie, nous n'avons pas le choix, dit Cosme. Et je refuse de mourir de faim.

– Que ferons-nous ensuite ? demanda Li.

– L'appartement est pourvu de tout le nécessaire. Disali de voyage, sacs, vêtements de rechange et maquillage. Nous nous reposerons un peu, et demain matin nous rejoindrons la Cité du Futur. »

Ils montèrent l'escalier en colimaçon, Christopher toujours muré dans le chagrin. Bientôt, il y eut un frottement, et un rectangle bleu nuit se dessina dans l'obscurité. Ils s'extirpèrent tant bien que mal hors du placard à double-fond.

Il devait être une ou deux heures du matin, et l'appartement était plongé dans l'obscurité.

« Nous allons tous nous coucher, annonça Lilas. Inutile de monter la garde ; si les Ombres connaissaient l'existence de cet appartement, nous le saurions déjà. Mieux vaut que nous profitions tous de ces quelques heures de répit pour nous reposer : la journée de demain sera longue. »

♦

Émilie n'eut pas le temps de rêver ; déjà Lilas l'éveillait.

« Émilie, nous partons dans deux heures. Nous te laissons la perruque ; elle est brune, tu n'as plus qu'à foncer un peu ta peau. N'oublie pas de faire tes mains et tes poignets. »

Émilie se leva, l'esprit brumeux. Elle aurait souhaité que ses idées ne s'éclaircissent pas, pour maintenir éloignées cette douleur aiguë et ces images intolérables. Christopher, méconnaissable sous son déguisement, avait cessé de pleurer ; il mangeait un sandwich d'un air déterminé.

« Tu as pu dormir ? lui demanda-t-il.

– J'aurais voulu que cela dure plus longtemps. Je ne rêvais pas, j'étais bien.

– Émilie, j'ai pensé à quelque chose. J'aimerais avoir ton avis.

– Oui ?

– Les autres ne sont peut-être pas morts.

– Mais je les ai vus… »

La gorge d'Émilie se noua.

« Attends, écoute-moi jusqu'au bout. Monter un coup de filet d'une telle envergure, un plan sur toute la Cimer, juste pour nous tuer à la fin, ce n'est pas très vraisemblable, tu ne crois pas ?

– Je ne sais pas…

– S'il s'agissait juste de nous tuer, les Ombres auraient agi plus tôt. Je pense qu'elles voulaient aller plus loin : découvrir nos cachettes, nos méthodes, démanteler entièrement le réseau.

– Et alors ?

– Alors, leur mission était peut-être de nous capturer, pas de nous tuer. Les robots n'ont pas utilisé leurs pires armes…

– Christopher, je ne sais pas…

– Comment peux-tu être sûre qu'ils n'étaient pas endormis quand tu les as vus ? »

Le désespoir dans la voix de Christopher faisait de la peine à Émilie. D'un autre côté… Oui, quelle preuve avait-elle que ses amis étaient morts ?

« C'est possible, dit-elle lentement. J'ai entendu du gaz là où se trouvait Djamal… Mary et Narga étaient inanimées, mais elles ne portaient aucune trace de coup. Pour Michèle et Antonie…

– Oui ?

– Elles ont voulu se battre. Les robots ont visé leur tête. Elles saignaient. »

Christopher pâlit.

« Cela ne veut rien dire. Il y a encore de l'espoir.

– Espoir de quoi ? dit sombrement Li. Tu préfères que Michèle soit torturée plutôt que morte ?

– Peut-être, répliqua furieusement Christopher.

– En tout cas, pour Cerise, il n'y a aucun espoir. Même si les robots ne l'ont pas tuée, deux étages de pierre se sont effondrés sur elle.

– Ce n'est pas le moment d'évoquer de tels sujets, intervint Cosme. Nous partons bientôt, et nous sommes couverts de maquillage ; si nous voulons rester en vie, nous ne devons pas pleurer.

– Cosme a raison, dit Lilas. Christopher, je veux y croire moi aussi. Mais pour savoir la vérité, il faudrait…

– Prendre le Centre d'Apprentissage de l'Aptitude, oui. Et je compte bien en parler au grand manitou des Clandestins. »

Il allait être dix heures lorsqu'Émilie acheva de se tamponner la nuque avec un coton. Elle serait la fille de location de Cosme et de Christopher, tandis que Lilas et Li se feraient passer pour des passants indépendants.

Tout était prêt ; à regret, Cosme rangea son béret dans le sac que lui tendait Lilas.

« Tu ne pourrais pas le laisser là ? observa-t-elle. Nous avons suffisamment de problèmes pour nous passer d'accessoires douteux...

– Hors de question. Tu as bien des jeux de puzzle sur ton Revery. »

Quelque part dans les tréfonds de son âme, Émilie sourit.

« Nous allons dans la cabine du centre-ville, c'est une des plus fréquentées, dit Lilas. Nous irons à pied, je veux retarder au maximum le prochain contrôle de nos Reveries. »

Cachée derrière une plante verte, la porte de l'appartement se réintégra dans le mur en se refermant. Quelques pas plus tard, ils marchaient à la lumière du jour. À dix heures passées, la ville fourmillait d'activité. Cosme et Christopher se tenaient la main, Émilie à leurs côtés. Une dizaine de mètres derrière eux, Li et Lilas suivaient.

Émilie valsait entre les applications chatoyantes de son Revery. Elle connaissait par cœur le moindre recoin de ses perles noires. Elle voyait comme au bout d'un très long tunnel les boutiques aguicheuses et les publicités géantes. Son regard s'attarda sur un magasin de décorations pour Revery. Des coques bleues, roses ou vertes, de diamant, d'acier et de plastique, cerclées d'or et brodées de velours, des milliers de coques se disputaient la moindre parcelle du magasin. Elle entrevit son reflet, et réalisa avec stupeur qu'elle mettait le nez dehors pour la première fois depuis son entrée parmi les Clandestins. Mais l'air frais était impuissant à dissiper la peur et le chagrin qui lui nouaient les entrailles.

Il leur fallut plus d'une heure pour atteindre les cabines de téléportation collectives. Dix immenses espaces rectangulaires éclatant de couleur, où deux cents personnes tenaient facilement. De longs tubes de métal formaient les arêtes de chaque rectangle. Le tout se situait dans un bâtiment colossal, aussi coloré à l'intérieur qu'à l'extérieur. Pour se repérer dans ce macrocosme bariolé, le plafond reproduisait la disposition des cabines en miroir.

Pour se rendre à la Cité du Futur, ils devaient emprunter la cabine rose. L'arche de détection qui en marquait l'entrée ne trouva rien à leur reprocher, et les cinq minutes restantes avant le départ s'égrenèrent lentement. Enfin, le métal qui les entourait se mit à briller d'une lumière éblouissante…

Émilie eut l'impression que rien n'avait changé. Elle se laissa entraîner vers la sortie, concentrée sur son Revery. Cosme, Christopher, Li et Lilas se tenaient non loin d'elle. La masse des voyageurs les forçait à avancer à pas de fourmis. Lentement, la sortie se rapprochait…

La voix du haut-parleur s'éleva dans les airs.

« Mesdames, Messieurs. Il semblerait qu'un groupe d'arrivants ne soit pas en règle. Nous vous demandons de bien vouloir patienter quelques instants, et de rester à l'intérieur du CET, pendant que nous effectuons les contrôles nécessaires. Nous vous remercions de votre compréhension. »

L'estomac d'Émilie se noua. Elle vit les mains de Cosme et de Lilas se crisper très légèrement.

« Allan Sanders ? » les interpella une voix d'homme.

C'était le nom d'emprunt de Christopher.

Il se tourna vers le salarié qui venait de l'interpeller :

« C'est moi. Il y a un problème ?

– Rien de grave, répliqua l'homme. Voudriez-vous nous suivre avec votre compagnon et votre fille locative ? Il s'agit d'une simple formalité. Nous aurons aussi besoin de Sandy Pierce et d'Alban Got. »

Li et Lilas affichèrent des visages surpris. Ils suivirent le Masque alors que le haut-parleur annonçait :

« Mesdames et Messieurs, l'incident est à présent terminé. Nous vous prions de nous excuser pour la gêne occasionnée. »

L'homme les conduisit vers une petite porte, à l'opposé de la sortie. Encerclés par des robots, ils n'avaient aucune chance de s'enfuir. Les entrailles d'Émilie étaient nouées de terreur. Ils traversèrent plusieurs bureaux grouillants d'activité, jusqu'à un local isolé, sans fenêtre, où les attendaient un autre salarié. Une Ombre. Le Masque se retira sans ajouter un mot.

« Eh bien, il semblerait que les Clandestins se décident enfin à sortir de leurs trous.

– Je ne vois pas de quoi vous voulez parler, dit Lilas.

– Vous allez comprendre très vite. Black ! »

Avant qu'ils aient pu esquisser le moindre geste, l'un des robots s'empara de Christopher et l'électrocuta. Immobilisés par les autres robots, ils furent contraints de regarder leur ami se tordre de douleur. Ses hurlements leur vrillaient les tympans, mais ils se débattirent en vain.

« Non !

– Arrêtez, vous n'avez pas le droit !

– Laissez-le tranquille ! »

Les hurlements cessèrent. Christopher tremblait ; sans le robot, il se serait écroulé. Émilie ne luttait plus contre la machine, qui menaçait de lui tordre le bras ; elle se retenait tout juste de crier de douleur.

« Je n'ai pas de temps à perdre, reprit froidement l'Ombre. Vous êtes le dixième groupe de Clandestins que nous cueillons aujourd'hui ; je veux savoir ce que vous venez faire à la Cifu.

– Nous sommes de simples touristes, supplia Lilas. Laissez-nous partir.

– Puisque vous insistez. Black, occupe-toi d'Émilie. »

Plus rapide que la pensée, la douleur submergea Émilie. Elle ne s'entendait pas crier ; elle se contorsionnait en vain entre les bras de métal, elle n'était que feu et souffrance. Que cela cesse, par pitié, qu'on la tue tout de suite…

« Arrêtez, je vous en prie ! » hurla Cosme

Le feu disparut, aussi soudainement qu'il était arrivé. Émilie ne sentait plus ses membres.

« J'écoute, dit l'Ombre. Pourquoi la Cifu ?

– Nous sommes en fuite. Nous avons choisi cette ville au hasard. »

Nouveaux hurlements. Le robot s'acharnait sur Christopher.

« Nous avons eu plus d'arrivées clandestines ici que partout ailleurs ces dernières vingt-quatre heures. J'en déduis que votre leader se cache quelque part ici. Mais personne n'a été capable de me dire où. Je vous conseille de vous montrer plus coopératif, ou vous le regretterez.

– À quoi bon ? haleta Christopher. Vous nous tuerez de toute façon.

– C'est vrai. Mais si vous parlez, je vous garantis une mort rapide.

– Nous ne savons rien de plus que vous, » lança Cosme.

Émilie cria. Le feu revenait.

« Vous êtes sourd ? beugla Li. Notre seul indice était de regarder vers l'avenir. C'est cela, et rien d'autre, qui nous a conduit jusqu'ici ! Nous n'avions aucune idée de ce que nous ferions une fois arrivés… »

Pour la troisième fois, la souffrance de Christopher emplit la pièce. Mais ce cri était différent des précédents. Sous les yeux horrifiés d'Émilie, le robot jeta leur ami à terre. Une grande plaie lui traversait le ventre. Christopher n'avait plus la force de crier ; il gémissait. Autour de lui, la moquette se teignait de rouge.

Émilie tremblait. Les larmes dégoulinaient de son visage.

« Black. »

Le Revery de l'Ombre se déploya, gris aux yeux de tout autre que son propriétaire.

« Tu peux les envoyer au CASS. Ils sont sans intérêt. »

Il quitta la pièce sans un regard en arrière. Quelques secondes plus tard, le Masque qui les avait interpellés les rejoignit. Il brandit une télécommande : l'étreinte des robots s'adoucit.

« Je suis désolé pour votre ami. Je vais vous aider à fuir.

– Quoi ? répondit Lilas d'une voix brisée. Vous êtes un Clandestin ?

– Je n'ai pas le temps de vous expliquer. Faites-moi confiance. Je sais où se trouve l'avenir. »

Leur confiance déchirée se moquait des mots. Mais qu'avaient-ils à perdre ? Ils étaient aussi démunis face à l'espoir que face à la mort.

« Que devons-nous faire ? murmura Cosme.

– Les robots vont vous reconduire à la sortie. La petite prend mon caméléon. Je vous guiderai. L'avenir est tout proche du Centre de Téléportation. »

Quatre robots les escortèrent hors des bureaux. Trop hébétés pour lui faire leurs adieux, ils laissèrent sans protester le cadavre de Christopher à la charge des machines qui l'avaient tué.

Quelques secondes plus tard, le soleil de l'été perpétuel dardait ses rayons sur eux ; autour d'eux, la ville grouillait de vie. C'était l'heure de pointe à la Cité du Futur : ils se fondirent facilement dans la masse. Émilie sentit à peine leur sauveur glisser le caméléon dans sa main ; la métamorphose du salarié en homme aux cheveux gris en jean et Tee-shirt passa totalement inaperçue. Leur groupe se fraya tant bien que mal un chemin vers l'hôtel le plus proche, une tour immense, qui dépassait de loin les immeubles les plus imposants de la Cité des Merveilles. L'hôtel trônait au coin d'une gigantesque place, si long et si haut qu'on n'en voyait pas le bout.

Ils traversèrent le hall d'entrée jusqu'à l'ascenseur, où leur guide pressa un bouton invisible.

Les portes s'ouvrirent sur un couloir très sombre, qui évoquait une entrée de cave. Ils s'enfoncèrent dans la pénombre. Des deux côtés du couloir, on distinguait d'innombrables portes. Le Clandestin les fit entrer par l'une d'elles, et les mena jusqu'à une salle toute en longueur, qui rappelait les antiques cinémas qu'Émilie avait vus en photo au CED. Au fond de la pièce, là où aurait dû se trouver l'écran, trônait une table rectangulaire, autour de laquelle une vingtaine de personnes parlaient avec animation. Dans les rangées de siège en contrebas régnait un chaos relatif. Des dizaines de Clandestins allaient et venaient, échangeant des informations d'un air anxieux et fébrile.

Enfin, leur guide replia son Revery.

« Asseyez-vous et restez là. Taméo va bientôt arriver.

– Attendez, commença Lilas.

– Je dois partir. L'heure est grave, il faut que je voie les autres infiltrés ; mais ne vous inquiétez pas. Ici, vous êtes en sécurité. »

L'homme s'évanouit avant qu'ils aient pu ajouter un mot. Ils se laissèrent tomber sur les sièges en mousse. Leur couleur rouge sombre rappelait à Émilie le sang de Christopher. Elle ferma les yeux.

« D'où venez-vous ? »

La question émanait d'un jeune homme blond, qui interrogeait tout le monde d'un air inquiet depuis plusieurs minutes.

« Cité des Merveilles, répondit Cosme. Et toi ?

– Cité des Prodiges. Avez-vous rencontré d'autres Clandestins de là-bas ? Cipro, vous devez connaître…

– Non. Nous venons d'arriver. Que s'est-il passé ?

– Un sauvetage qui a mal tourné. Notre infiltré nous a trahis…

– Tu es le seul survivant ?

– Je ne sais pas. J'étais aux caméras. Les autres… Tous les autres… Je les ai vus, je ne pouvais rien faire… Je me suis enfui par l'issue de secours. Je voulais aller les chercher, mais les robots…

– Ne t'affole pas, gronda Li. C'est pareil pour nous. »

Une porte sur le côté de l'estrade s'ouvrit, et le silence tomba sur la salle. Dix personnes rejoignirent les vingt déjà attablées ; Émilie reconnut leur sauveur. L'homme au centre de la table prit la parole.

« Je m'appelle Taméo. Je commande les Clandestins. Antonie, Cléo, Bob, Marina, Joseph Karim et Némi étaient mes correspondants parmi vous. »

Le silence gagna en intensité. Chacun reconnaissait un nom parmi ceux évoqués.

« Nous ne maîtrisons pas encore l'étendue des dégâts, mais nous savons ce qui s'est passé. Les Ombres ont monté un piège à l'échelle planétaire, qui visait à provoquer des sauvetages dans chaque ville au même moment. La trahison était coordonnée afin de provoquer votre fuite en masse vers notre point de ralliement. En parallèle, les Fantômes ont fait évoluer les serveurs vers un degré de contrôle jamais atteint. C'est pourquoi tous ceux qui nous ont rejoints via les transports en commun ont été pris. Mes propres infiltrés viennent tous de perdre leur couverture. Ceux qui l'ont pu ont sauvé quelques-uns d'entre vous. »

Taméo marqua un silence. Le crâne tatoué, l'œil gris, la lèvre fine, sa courte barbe brune laissait voir les cicatrices de sa peau abimée. Doté d'une impressionnante musculature, il parlait d'une voix ferme, et arborait l'expression de ceux qui ont tout vécu.

« Mon cœur saigne autant que le vôtre. Je vous demande d'être patients. Reprenez des forces, et ne perdez pas espoir. L'heure n'est pas encore à la vengeance : nous devons rester discrets, et attendre le moment propice avant de frapper. Patience, et confiance, seront vos maîtres-mots dans les jours qui viennent. »

Taméo quitta la scène d'un pas lourd, suivi par quelques Clandestins.

Lilas, Cosme, Li et Émilie retrouvèrent celui à qui ils devaient la vie. Il regroupa une cinquantaine de personnes, dont le Clandestin de la Cité des Prodiges, et les conduisit jusqu'à leur dortoir, à l'autre bout des souterrains.

« Je m'appelle Léonard. Suite à ce qui vient de se produire, nous allons devoir réorganiser toute notre activité. Toutes les sorties sont désormais interdites : nous devons mettre l'accent sur les ateliers de fabrication et la surveillance des caméras. Nous arrêtons la production de Reveries : nous devons concentrer tous nos efforts sur les insectes espions. Aujourd'hui, je m'occuperai de vous enregistrer, et de vous interroger pour mieux vous connaître. Des questions ?

– Que compte faire Taméo ?

– Je l'ignore. Mais faites-lui confiance, il ne nous laissera pas longtemps dans l'ombre. Il attend simplement de mieux connaître ses forces pour préparer son prochain coup. Triompher ou périr, telle est sa devise. »

Le reste de la journée s'écoula lentement. Sans surprise, Lilas fut mise à l'atelier de fabrication, tandis que Cosme et Li rejoignaient les rangs des programmateurs. Émilie fut reléguée aux caméras.

Dans les jours qui suivirent, elle fit son travail sans ouvrir la bouche. Son corps se remettait lentement de la torture, et son esprit cherchait refuge dans l'indifférence. Pendant son sommeil, ses amis disparus revenaient la hanter. Elle se réveillait en sueur, le corps ensanglanté de Christopher encore imprimé sur sa rétine. Une nuit, alors qu'elle était secouée de sanglots, Cosme vint la réconforter. Il la serra dans ses bras, sans rien dire, jusqu'à ce qu'elle se soit calmée.

« Ils me manquent à moi aussi, chuchota-t-il. Ils sont morts d'une manière atroce, mais dis-toi que maintenant, ils ne souffrent plus. Et souviens-toi de ce qu'a dit Christopher. Certains sont peut-être encore en vie.

– Mais ils sont dans des CASS... Torturés, eux aussi...

– L'important, c'est qu'ils vivent, et que nous libérions le CASS à temps pour les revoir.

– Mais Taméo n'a encore rien dit...

– Je pense qu'il compte s'attaquer à un CASS. Les Ombres nous ont poussés dans nos retranchements : si nous ne devenons pas plus forts qu'elles, nous allons disparaître. Fais confiance à Taméo. Il nous dira bientôt quels sont ses plans. »

Émilie ne répondit pas, et Cosme resta à ses côtés jusqu'à ce qu'elle se rendorme.

◆

À la fin de leur première semaine à la Cité du Futur, Taméo convoqua tous les Clandestins dans l'ancien cinéma. La pièce comptait plusieurs centaines de personnes.

« Les Clandestins existent depuis près de vingt ans, commença-t-il. Il y a vingt ans, notre mouvement s'est soudé, et ceux qui se battaient pour la liberté ont décidé d'agir ensemble. Nous avons attaqué un Centre d'Apprentissage de l'Aptitude, et nous avons perdu. J'ai cru que ce jour marquait la fin de tout, mais ce fut le début d'une résistance souterraine, qui a perduré jusqu'à aujourd'hui.

« Nous sommes moins nombreux qu'il y a vingt ans. Suite à l'attaque des Ombres, nous sommes même plus affaiblis que jamais. Mais nous sommes vivants. Notre cachette n'a pas été trahie : nous pouvons à nouveau regarder vers l'avenir.

« Depuis des années, nous résistons en secret : il est temps de revenir à l'air libre. Les Ombres sont certaines de leur victoire : nous allons les laisser se bercer de cette illusion, et cesser définitivement les sauvetages. Clandestins, le moment est venu de nous attaquer à un Centre d'Apprentissage de l'Aptitude.

« Comprenez-moi bien. Les guerres ouvertes sont finies. Cette fois, nous agirons de l'intérieur, pour infiltrer le Centre au nez et à la barbe des Ombres. Cette étape ne sera que la première d'une longue marche vers la victoire. Ce Centre, et les autres, tomberont jusqu'à ce qu'il n'en reste plus un. Nous allons devenir les nouvelles Ombres, et rallier tous les inaptes à notre cause. Quand les Fantômes s'en apercevront, il sera trop tard.

« Nous sommes les Clandestins. Nous sommes le dernier rempart du monde contre l'esclavage. Les mois qui viennent seront longs et difficiles ; mais si nous voulons vivre, il est temps de regarder vers l'avenir ! Triompher ou périr, Clandestins, êtes-vous avec moi ? »

Un tonnerre d'acclamations répondit à la diatribe de Taméo.

« Nous vengerons nos amis, et nous ferons payer aux Ombres leur traîtrise. Je vous le promets ! »

Taméo se leva au milieu des applaudissements. Comme la fois précédente, Léonard se chargea de leur transmettre les ordres.

« Vous quatre, dit-il à Li, Émilie, Cosme et Lilas, rejoignez Taméo par l'estrade. Il a des questions à vous poser. »

Ils retrouvèrent le chef des Clandestins dans un grand bureau.

La carte de la Cité des Merveilles apparut sur un écran.

« Je compte infiltrer le CASS de la Cimer, lança Taméo. Vous êtes les seuls survivants de cette zone, et je voudrais vérifier quelques détails avec vous. »

Taméo les interrogea sur les caméras de surveillance, l'agencement géographique du Centre et les habitudes de la population. Il donnait l'impression de déjà connaître la ville. Quand ils évoquèrent le CASS, d'étranges souvenirs revinrent à Émilie.

« C'est tout ce que je voulais savoir, conclut Taméo. Merci. »

Li, Cosme et Lilas se levèrent, mais Émilie, qui était restée silencieuse tout au long de l'entretien, ne bougea pas, et prit son courage à deux mains.

« Il y a autre chose. »

Taméo répondit par un regard perplexe, tandis que Lilas murmurait :

« Émilie, de quoi parles-tu ? Nous avons tout dit, viens, nous devons laisser Taméo travailler.

– Quand on entre dans le Centre d'Aptitude, il y a une grande allée, entourée de cabines de téléportation individuelles. Les gens inaptes sont accueillis par des robots, et conduits dans une chambre dans les étages.

– Continue.

– Ils ne sont pas torturés. Ils restent enfermés seuls avec un Revery, et une télévision. Au début, ils croient qu'ils peuvent résister, mais ils deviennent fous.

– Émilie, comment peux-tu savoir cela ? souffla Cosme.

– Et puis, il y a ce message, quand les gens arrivent. Je ne sais pas si on a tous le même, mais c'est un mensonge. C'est Jean qui parle, et il nous dit de rejoindre la résistance, et de prendre le Revery.

– Et que se passe-t-il quand on le prend ? demanda Taméo.

– Je ne sais pas. »

Un long silence suivit les paroles d'Émilie.

« Je suppose qu'elle ne sait pas cela par vous, dit Taméo.

– Non, répondit Lilas. Nous n'avons jamais réussi à faire entrer ne serait-ce qu'une araignée espion dans un Centre…

– J'ai pensé que cela vous intéresserait de savoir, dit Émilie. Peu importe comment je suis au courant… Il faut prendre le CASS. Si nous sommes assez rapides, nous sauverons peut-être nos amis.

– Je ne vois pas pourquoi elle mentirait, lâcha Lilas, abasourdie.

– Elle ne ment pas. Je suis déjà entré dans un Centre, tout concorde. Mais j'ignorais l'existence d'un tel message…

– Peu importe, répéta Émilie. Je connaissais le nom d'Antonie avant d'arriver chez les Clandestins, et je sais ce qu'il y a dans un Centre d'Aptitude. C'est tout ce qui compte. »

Taméo haussa les épaules.

« Tu es trop jeune pour être un agent double. Je te remercie pour ces informations ; à présent, retournez avec Léonard. Je sais tout ce dont j'ai besoin. »

Ses compagnons auraient voulu la presser de questions, mais Léonard les en empêcha. Lilas venait d'être promue chef d'atelier, et devait rejoindre le groupe qui élaborait le nouveau prototype d'araignée espion. Li et Cosme avaient eux aussi des tâches précises, et Émilie fut renvoyée aux caméras.

Cette situation aurait duré longtemps, si l'imprévu ne s'était pas manifesté le soir même. Il prit la forme d'un rêve que fit Émilie.

C'était un rêve sans images, sans couleurs, sans objet, sans aucune sensation autre que celle de l'ouïe. Un rêve que rien ne précédait, que rien ne suivait, et dans lequel Émilie sombra sitôt couchée, saisie d'une fatigue inhabituelle.

À son réveil, elle ne se souvenait que d'une voix, qui lui avait répété les mêmes mots, toute la nuit, jusqu'à ce qu'elle les sache par cœur et les récite sans effort. Une voix inconnue, et pourtant Émilie était certaine de l'avoir déjà entendue. Quand elle ouvrit les yeux, les mots ne disparurent pas. Au contraire, ils s'affirmèrent.

Devant Li, Cosme et Lilas, ils jaillirent.

« Que seras-tu, dis-moi, quand la mort frappera ?
Seras-tu l'onde douce et guérissant les maux ?
Seras-tu la tempête qui va sur les eaux ?
Seras-tu cette écume toujours au-delà ?

Que seras-tu, dis-moi, quand la mort partira ?
Seras-tu le feu blanc qui consume le froid ?
Seras-tu la cendre, braise noire, sombre lueur ?
Seras-tu l'étincelle illuminant les cœurs ?

Que seras-tu, dis-moi, quand la vie reviendra ?
Seras-tu le souffle sibyllin de l'éther ?
Seras-tu le témoin de nos vies ici-bas ?
Seras-tu tourbillon venu changer la terre ?

Que seras-tu, dis-moi, ayant été cela ?
Je serai la magie, venue du fond de toi. »

Un silence ahuri suivit ces mots. Émilie eut l'impression de sortir d'une transe et cligna plusieurs fois des yeux. Confuse, elle plongea les mains dans ses poches, et sentit ses doigts se

166

refermer sur autre chose que du vide. Sa gêne se mua en étonnement.

« Qu'est-ce que c'était ? demanda Lilas.

– Tu l'as inventé ? Pourquoi ? interrogea Li.

– C'est beau, commenta Cosme.

– Je ne sais pas, répondit Émilie. C'était mon rêve. Oui, voilà, quelqu'un m'a répété ces mots toute la nuit… Et maintenant… »

Émilie sortit de sa poche ce qu'elle venait d'y trouver. Lentement, elle déplia un matériau très fin, blanc, sur lequel étaient tracés d'étranges symboles noirs…

« Des mots, murmura Li. C'est de l'écriture…

– C'est un poème, affirma Cosme. J'en ai entendu parler quand je travaillais. Nous nous en servions parfois, pour les jeux vidéo… Mais je ne croyais pas qu'on pouvait en faire d'aussi longs, d'aussi… parfaits. Qui peut bien l'avoir écrit ?

– Mais c'est impossible ! s'exclama Lilas. Personne ne sait plus écrire depuis longtemps, et cette chose… C'est du papier, non ? On n'en trouve plus nulle part…

– D'où vient ce poème, Émilie ? »

Les yeux de Li brillaient d'excitation.

« Tu es sûre que ces mots écrits correspondent au poème ? Réfléchis bien, cela voudrait dire que nous pouvons percer le secret de l'écriture…

– Je ne sais pas… Je me suis endormie, j'ignore comment ce papier est arrivé là. Mais je crois que tu as raison, Li… Les mots, le poème, l'écriture, tout cela ne fait qu'un.

– Nous devons aller travailler, trancha Lilas. Nous en reparlerons ce soir. »

Émilie ne cessait de se répéter les mots, craignant de les oublier, et redécouvrant à chaque tentative, avec un plaisir surpris, qu'ils ne lui échappaient pas. « Que seras-tu, dis-moi… » Qui parlait ? À qui appartenait cette voix ? L'onde, la tempête, l'écume, la cendre, le souffle, la magie, Émilie n'avait jamais entendu de mots aussi parfaits… Un poème… Poème, c'est si beau ! Mais quelle est l'utilité d'un poème ?

« Lilas, tu fais ce que tu veux, mais je ne vais pas travailler. »

Le visage de Li était transfiguré par une détermination presque frénétique.

« Tu ne te rends pas compte ? Si j'arrive à écrire des codes au lieu de les réciter, je pourrai en faire de si compliqués que ceux des Reveries paraîtront simples en comparaison. Si j'écris, je n'ai pas besoin de me souvenir ! Et imagine ce que nous pourrions faire, si nos Reveries transmettaient des messages muets, des textes que nous serions les seuls à pouvoir déchiffrer ?

– Mais ces mots ne veulent rien dire, martela Lilas.

– Je vais en parler à Taméo.

– À quoi bon ?

– Je veux qu'il me laisse essayer de les déchiffrer.

– Cosme, aide-moi à le raisonner…

– Je ne sais pas, Lilas. Ces mots sont sortis de nulle part, Émilie ne peut pas les avoir inventés. Et ce papier dans sa poche, c'est pour le moins étrange. Taméo devrait être informé.

– Je le suis déjà. »

Taméo venait d'entrer dans la cuisine.

« Tous les souterrains sont filmés, ajouta-t-il en guise d'explication. Émilie, fais voir ce papier. »

Émilie récita le poème pendant que Taméo examinait délicatement la mince feuille blanche. Il la retourna, la caressa, la sentit, ses sourcils plus froncés que jamais.

« Quelqu'un t'a-t-il donné ce papier avant ton arrivée ici ?

– Nous le saurions, intervint Lilas. Nous ne l'avons pas quittée des yeux pendant la fuite, et ses vêtements sortent tout droit de vos Divêtis. Peut-être le papier y était-il déjà…

– Impossible.

– Il n'y a pas que le papier, quelqu'un m'a répété ce poème toute la nuit, insista Émilie. Quelqu'un qui devait savoir que je ne saurais pas le lire… Et il a laissé ce papier comme une preuve.

– Une preuve de quoi ? demanda Cosme.

– Une preuve que je n'ai pas rêvé, que ce poème existe, qu'il a un sens. »

Les mots dansaient dans l'esprit d'Émilie. Elle était persuadée d'avoir raison. Comprendre l'écriture, oui… Mais plus important encore, comprendre les mots, dont le choix ne relevait pas du hasard.

« Vous devez impérativement décrypter ce papier. Si nous perçons le secret de l'écriture, plus rien ne nous arrêtera.

– Je ne serai d'aucune utilité, protesta Lilas. Laissez-moi rejoindre le groupe de travail… »

Un regard de Taméo la fit taire.

« Veillez à ce que vos compagnons ne partent pas dans des directions invraisemblables. »

♦

« Je ne comprends pas où tu veux en venir, Émilie, répéta Li. Pourquoi le sens de ce poème t'intéresse-t-il ?

– C'est une question ! lança Émilie. Une série de questions, et la réponse est la magie…

– Mais qu'est-ce que la magie ? Ce mot ne veut rien dire ! Taméo nous a chargés de décrypter le poème, pas de le comprendre… »

Ils travaillaient sur le poème depuis une semaine. Confinés dans une petite pièce loin des caméras, Taméo leur avait ordonné de garder le secret sur leur recherche. Émilie avait laissé ses compagnons se torturer autour des petites lettres noires (car les mots, d'après Li, étaient formés de lettres) pendant qu'elle réfléchissait au sens du poème. Alors que ses amis stagnaient, les idées commençaient à lui venir, et elle souhaitait les partager avec eux.

« Reprenons du début, dit Li. Ce poème est composé de strophes. Les strophes comprennent plusieurs lignes, et les lignes sont faites de plusieurs mots, eux-mêmes constitués de lettres. Nous bloquons sur la corrélation numérique entre les mots et les lettres. Nous sommes partis du postulat une lettre pour un son…

– Sauf qu'un son unique peut être représenté par des lettres différentes, soupira Lilas. Nous avons mille fois fait le tour de la question…

– Nous ne prenons pas les choses dans le bon ordre, insista Émilie. S'il s'agissait juste de nous apprendre à écrire, pourquoi n'ai-je pas simplement rêvé du code ? Ce papier n'est qu'un élément secondaire. Il faut chercher les réponses aux questions de chaque strophe.

– Parce que tu as déjà entendu parler de magie, toi ? ironisa Li.

169

– Ce mot me dit quelque chose, intervint Cosme. Un jour j'ai fait des recherches poussées sur Internet, pour trouver de l'inspiration, et je suis tombé sur ce mot. Magie. Concrètement, ça ressemblait beaucoup à des super-pouvoirs, et à ce truc très à la mode en ce moment, la bionique. Vous savez, dans ces jeux et ces films où les personnages font des choses incroyables... Voler, lire dans les pensées, courir à une super-vitesse... Quand ce n'est pas un don naturel inexplicable, cela vient de technologies extra-terrestres.

– Inexplicable, répéta lentement Émilie. Et si c'était cela, la magie ? La science de l'inexplicable ?

– Et la magie serait un peu comme l'explication de tous les super-pouvoirs, ajouta Cosme.

– Mais le poème ne parle que d'eau, de feu et d'air ! protesta Li. En quoi cela nous concerne-t-il ? Et d'un point de vue logique, ces questions ne veulent rien dire.

– La magie est la science de l'inexplicable, ce poème n'est pas censé obéir à la logique, observa Émilie. Peut-être apprendrons-nous à lire et à écrire en cherchant la réponse à ces questions ?

– Mais où voulez-vous chercher ? dit Lilas. Vous comptez parcourir toutes les mers du monde ?

– Le poème ne parle pas que de mer, il parle aussi de mort, de guérison, de tempête. Peut-être pourrions-nous aller dans une zone réputée pour ses tempêtes ?

– Et comment crois-tu que nous irions ? Tu vas tirer un bateau d'une de tes poches ?

– Taméo doit en avoir un.

– Mais enfin, Émilie, nous allons infiltrer un Centre d'Aptitude ! C'est de la folie de partir maintenant. Alors que les Clandestins se lèvent enfin...

– Je ne crois pas que ce soit si évident, commenta Cosme. Quelqu'un ou quelque chose a communiqué ce poème à Émilie, précisément maintenant : ce n'est pas un hasard. La dernière strophe parle de changer la terre...

– Mais pourquoi personne n'a jamais entendu parler de cette magie ? protesta Li. Pourquoi personne n'est allé la chercher, si elle peut être toutes ces choses à la fois ?

– Parce que c'est un secret, répondit Cosme. Comme la lecture ou l'écriture. Un mythe. Que les Ombres protègent jalousement.

– Nous le saurions si cela se jouait au niveau des Ombres, lâcha Lilas. Nous les espionnons assez pour ça.

– Que fais-tu des Fantômes ? Ils sont sûrement au courant.

– Taméo nous a confié une mission précise. Pourquoi tout abandonner dans une quête insensée ?

– Insensée ? Mais c'est justement ce que nous cherchons, du sens ! s'exclama Émilie.

– Du sens ?

– Oui, à notre vie, au mouvement clandestin, à tout ! »

Émilie s'enflammait. Il lui semblait crucial de suivre les instructions du poème, aussi floues et incompréhensibles soient-elles. Elle ignorait pourquoi, mais elle se rappelait d'une fleur de lys surgissant d'un Revery...

« Les méthodes de Taméo ne me plaisent pas, dit soudain Cosme.

– Je ne vois pas... commença Lilas.

– Il espionne ses propres hommes, et je suis prêt à parier qu'il n'hésiterait pas à sacrifier des vies s'il le fallait. Nous nous battons pour la liberté, mais si nous employons les mêmes méthodes que nos ennemis, en quoi sommes-nous différents d'eux ? Ces mots n'ont pas été choisis au hasard. Après ce que les Ombres nous ont infligé, nous avons besoin d'aide. Et il y a beaucoup de Centres d'Aptitude à infiltrer... Nous serons revenus avant la fin.

– Tout cela est tellement vague, soupira Li. Ce papier est bien réel, mais pour moi, les mots ne représentent rien.

– Je veux être au cœur de l'action, dit Lilas. Ce poème et ce papier ne m'importent pas. Partez explorer les mers si vous voulez ; je reste ici. Je ne vous retiens pas. »

Lilas se leva.

« Nous sommes libres, après tout. »

Le soir même, Taméo exigea qu'ils lui rendent compte de leurs progrès.

Li se lança dans une explication complexe, qu'il conclut en disant qu'il faudrait copier les lettres sur ordinateur pour avancer plus vite.

« Tout est question de probabilité. Donnez-moi une semaine, et vous verrez.

– Lilas, Cosme, Émilie, vous ne semblez pas convaincus.

– Ce poème est impossible, répondit Lilas. Et je suis incapable d'accorder foi à l'invraisemblance.

– Cosme ?

– Li a raison sur beaucoup de points. Mais je rejoins aussi l'avis d'Émilie. Ce poème n'est pas apparu n'importe quand. Nous venions d'apprendre que vous alliez vous attaquer à un CASS. Nous étions prêts à tout donner pour réussir... L'apparition de ce poème, au moment où vous nous redonnez espoir, a quelque chose de providentiel.

– Si les mots étaient différents, je dirais que ce texte peut tout aussi bien avoir une origine diabolique.

– Vous voulez parler des Fantômes ? demanda Lilas.

– Exact. Leurs recherches sont si mystérieuses que je les crois capables de tout.

– Que faites-vous de la magie ? dit Émilie.

– C'est précisément ce qui me retient d'accuser les Fantômes. Ces mots sont beaucoup trop flous pour venir d'une source aussi dangereuse. Ils ne sont pas une invitation à la guerre mais à l'exploration, qui est l'extrême inverse de ce que prône tout notre système.

– Mais ? dit Li.

– Mais je ne suis sûr de rien, et cette incertitude me déplaît.

– La magie est la science de l'inexplicable, souligna Émilie. Et... »

Elle s'interrompit. Une inspiration soudaine venait de la traverser.

« Très concrètement, nous savons déjà à quoi sert la magie ! À part l'écriture et la lecture, elle permet de faire apparaître des objets là où on veut, au moment précis où on le veut. Elle permet de parler dans les pensées et dans les rêves... J'ai rêvé ce poème d'une manière anormale, et je n'ai pas senti le papier dans ma poche avant de l'avoir récité. Comme si tout était parfaitement coordonné ! Vous ne seriez pas intéressé par un tel pouvoir ? Aucune invention technologique ne pourrait rivaliser avec. Les Clandestins seraient invincibles !

– Te rends-tu compte de ce que tu dis, Émilie ? s'énerva Lilas. Faire apparaître des objets de nulle part, parler dans la tête des gens… C'est parfaitement irréalisable !

– Parce que c'est de la magie. La science de l'inexplicable. »

Émilie sentait qu'elle avait touché juste. La magie lui paraissait si proche, si extraordinaire ! Elle réalisait pour la première fois l'ampleur de l'inexplicable. Le silence qui régnait dans la pièce vibrait de mystère : c'était l'un de ces moments où tout semble possible.

« Je n'arrive pas à croire que tu aies convaincu Taméo ! s'exclama une nouvelle fois Lilas. Et je ne comprends pas pourquoi il insiste pour que je me joigne à vous !

– Lilas, l'infiltration du Centre d'Aptitude prendra du temps, tempéra Cosme. Taméo nous donne un an, nous devrions être revenus…

– Un an ?! J'attends ce moment depuis des siècles, et voilà que je dois partir explorer les mers à la recherche d'un moyen pour… Faire apparaître les objets de nulle part. Merci vraiment, quelle utilité !

– Je ne te le fais pas dire, renchérit Li.

– Vous exagérez. Si nous pouvions subtiliser des Reveries, faire apparaître des fausses preuves ou des pièces d'identités…

– Mais c'est impossible !

– C'est de la magie, soupira Cosme.

– C'est ridicule.

– Taméo ne possède qu'un seul bateau, et il accepte de nous le prêter, dit Émilie. Un Clandestin nous conduira…

– Je ne me plains pas, dit Li en haussant les épaules. J'aurai un ordinateur portable pour continuer mon travail, je n'en demande pas plus. J'aurais eu plus de moyens ici mais… Tant que Taméo me laisse travailler sur l'écriture, je m'estime satisfait.

– Pas moi, persista Lilas. Quand je pense qu'il veut que je vous accompagne…

– Tu es celle qui connais le mieux les Clandestins, tempéra Cosme. Taméo souhaite que tu viennes parce que c'est en toi qu'il a le plus confiance. »

Lilas soupira.

« Le poème est réel, la magie existe, nous allons forcément trouver quelque chose, déclara Émilie. Et c'est grâce à la magie que nous gagnerons. Pas grâce à des faux Reveries, des faux Masques, une fausse réalité. Grâce à la vérité. »

Lilas sortit de la pièce d'un pas rageur.

« Elle se calmera, affirma Cosme.

– Bien sûr. Une promenade en mer, cela nous démange tous depuis longtemps. »

Li ne cachait pas son ironie, mais Émilie était certaine d'avoir décelé autre chose dans sa voix. Il rejoignit Lilas, bientôt suivi par Cosme.

« Tu viens, Émilie ?

– J'arrive. Je voudrais rester seule un moment.

– D'accord. À tout à l'heure. »

Émilie ne se sentait plus de joie. Elle aurait voulu courir, partir dès le lendemain matin… Depuis qu'elle avait entendu le poème, elle ne faisait plus de cauchemars. Elle regrettait toujours ses amis, mais son cœur vibrait d'un espoir nouveau. Pour la première fois depuis sa fuite, elle envisageait sérieusement qu'ils aient survécu. Au moins Narga, Mary et Djamal… Elle ne voulait plus penser à Antonie et Michèle, à Cerise et à Christopher. C'était trop intolérable…

En allant se coucher, Émilie traversa la salle de cinéma. Elle saisissait chaque occasion d'emprunter ce chemin : cette pièce lui plaisait, avec son haut plafond et son côté désuet. En passant près de l'estrade, elle entendit des voix. Cela provenait du bureau de Taméo. La porte était entrouverte ; Émilie s'approcha à pas de loups. Elle reconnut les voix de Taméo et de Léonard.

« Tu les laisses vraiment partir ? C'est une histoire à dormir debout… Et c'est notre seul bateau !

– Nous l'avons volé sans savoir, il ne sert à rien et il m'encombre. Il ne me manquera pas.

– Et s'ils se font capturer ?

– Je suis prêt à prendre le risque.

174

– Mais c'est de la folie ! S'ils sont torturés, s'ils révèlent ce qu'ils savent…

– Les Ombres savent déjà que nous sommes dans la Cifu. C'était le but de leur piège. Tu les as faits entrer par l'hôtel, n'est-ce pas ? Nous comblerons l'accès. Les souterrains s'étendent sur plus de dix immeubles. Quant au CASS, ils ne peuvent rendre la surveillance plus stricte qu'elle ne l'est déjà. Et puis, ils pourraient trouver quelque chose.

– Et c'est toi, Taméo le certain, qui dit ça ?

– Je veux savoir d'où vient ce poème. Ce n'est pas normal, ce papier dans la poche de la petite. Il y a forcément quelque chose, on ne sait plus écrire depuis plus d'un siècle ! Je ne parle même pas de composer des poèmes…

– Mais pourquoi avoir obligé Lilas et Li à les accompagner ? Leurs talents sont précieux, et Lilas est clandestine dans l'âme.

– C'est précisément pour cette raison que je veux l'envoyer là-bas. Si jamais ils trouvent quelque chose, c'est elle qui saura le mieux comment l'utiliser. Quant à Li, il ne pense qu'à déchiffrer ce bout de papier.

– Leurs vies en elles-mêmes ne comptent pas, je suppose…

– Il faut savoir faire des sacrifices. J'ai plus à perdre qu'eux dans cette affaire.

– Oui, triompher ou périr, je te connais.

– Précisément. Je mènerai les Clandestins jusqu'au bout, et je ne négligerai aucun détail. Ils partiront la semaine prochaine. »

III

Le grand départ eut lieu une semaine plus tard. Faute de Revery adéquat, ils rejoignirent le port le plus proche en voiture volante. La chance était avec eux : ils furent noyés au milieu de flots de touristes, et ne mirent que trois heures pour atteindre la mer.

Émilie n'avait rien dit à ses amis au sujet de la discussion surprise entre Léonard et Taméo. La magie l'obsédait, tempérée par la peur d'être capturée, et elle ne voulait pas se polluer l'esprit.

Armés chacun d'un caméléon, ils garèrent la voiture au lieu indiqué par Taméo, et rejoignirent le rivage à pied. Émilie ne chercha pas à dissimuler son admiration devant les bateaux titanesques stationnés dans la baie. Des paquebots aussi grands que des immeubles, aux couleurs chatoyantes, respirant le luxe et le confort. Des groupes émergeaient sans interruption de ces colosses blancs, le visage illuminé, déterminés à s'offrir une croisière, et Émilie lut sur leur visage l'ombre de ses vieux démons. Mais Ryad n'existait plus. Elle avait d'autres ambitions, désormais.

Ils parcoururent la jetée à la recherche du navire qui correspondait à la description de Taméo, et le trouvèrent au milieu des bateaux que les touristes louaient à la journée. Plus petit que la moyenne, noir et blanc, avec un côté désuet, Émilie priait pour qu'il n'attire pas l'attention d'un veilleur trop zélé.

Ils embarquèrent et ordonnèrent au bateau de partir. En bons touristes, ils s'allongèrent sur le pont pour bronzer pendant que l'appareil s'exécutait. Ils ne cessèrent de jouer leur rôle qu'une fois les immeubles côtiers devenus aiguilles dans l'horizon.

« Où allons-nous ? »

Le Clandestin qui venait d'émerger des cabines était un homme grand et musclé, au teint bruni par les embruns, les yeux bridés et les cheveux grisonnants. Il s'appelait Italy.

« Taméo m'a dit que vous m'informeriez de notre destination le moment venu. Nous atteindrons bientôt le grand large ; j'attends de connaître notre cap. »

Italy parlait avec un mélange d'irritation et d'impatience. Avant d'accepter de partir, il avait dû discuter âprement avec Taméo.

« Nous cherchons un endroit où il y a beaucoup de naufrages, dit Cosme. Nous avons reçu certaines… indications. Qui pourraient nous aider à trouver un moyen d'infiltrer plus vite le Centre d'Aptitude. Ces pistes indiquent un lieu sujet aux tempêtes, à la mort et… Au calme, qui les précède et les entoure. C'est pourquoi nous avons pensé à un endroit célèbre pour les naufrages qui s'y sont produits. Vous en connaissez un ?

– Peut-être, répondit Italy. Quelles sont les indications exactes ? »

Taméo leur avait vivement déconseillé de mentionner la magie devant Italy.

« C'est un homme très rationnel. Si vous lui parlez du poème trop tôt, il est capable de faire demi-tour. Je l'ai convaincu de vous emmener ; à vous de vous charger du reste. »

Émilie et ses compagnons s'étaient efforcés d'anticiper au mieux les questions d'Italy ; restait à espérer que ses réactions soient conformes à ce qu'ils imaginaient.

« Les indications exactes n'ont pas d'importance, dit Lilas. À quel endroit pensez-vous ? »

Italy semblait osciller entre la colère et la curiosité. Il soupira.

« Je ne peux pas croire que je me suis lancé là-dedans. Vous ne savez vraiment pas où vous allez ?

– S'il vous plaît, dites-nous à quel lieu vous pensez, plaida Émilie. Nous saurons si cela correspond à notre destination.

– Je connais beaucoup d'endroits réputés pour les naufrages, mais un me semble particulièrement correspondre à vos instructions : il est aussi vague et incertain qu'elles. Le Cimetière des Naufragés.

– Le Cimetière des Naufragés ? répéta Cosme. De quoi s'agit-il ?

– C'est là que s'est produit le dernier naufrage de notre histoire. Lorsque la mer est claire, il paraît qu'on voit tellement d'épaves au fond de l'eau qu'on ne peut les compter. Cela fait au moins cent ans que plus aucun bateau n'y passe ; c'est trop près des côtes, et la mer n'est pas assez chaude pour s'y baigner.

– Pourquoi autant de bateaux ont-ils sombré à cet endroit ? demanda Lilas.

– Je l'ignore. Le dernier naufrage était dû à une tempête, mais c'est inhabituel pour cette zone.

– Où avez-vous entendu parler de tout cela ? demanda Li.

– Dans une autre vie, j'étais veilleur sur un bateau. J'ai surpris des conversations étranges.

– Et avec des indications aussi vagues, vous avez été capable de deviner l'emplacement de cet endroit ? Le Cimetière des Naufragés, c'est ça ? »

Lilas ne cachait pas sa méfiance.

« Le nom, je le tiens de ceux qui en ont parlé devant moi. Quant à l'emplacement… Le dernier naufrage de l'histoire de l'humanité, ce n'était pas si difficile à deviner, avec de la jugeote. Et vous êtes mal placée pour m'accuser d'imprécision.

– Bien vu, commenta Li. Pour ma part, je vous crois. Le Cimetière des Naufragés, cela me convient très bien.

– À moi aussi, opina Cosme. Je pense que nous sommes sur la bonne voie.

– Plus vite nous serons partis, plus vite nous reviendrons. »

Italy tourna les talons. Lorsqu'il eut disparu, la conversation reprit.

« Nous avions fait des recherches, chuchota Lilas, contrariée. Nous n'avons rien découvert de tel, comment Italy peut-il connaître toutes ces choses ?

– Tu sais bien qu'Internet est filtré, répondit Li. Italy a été salarié, il n'avait pas les mêmes restrictions que nous.

– Le Cimetière des Naufragés, je trouve que ça sonne plutôt bien, » ajouta Cosme.

Lilas poussa un long soupir et les quitta sans ajouter un mot. Li lui emboîta le pas, impatient de se remettre au travail.

« Penses-tu que Lilas va rester longtemps dans cet état ? demanda Émilie.

– La mort de l'Ancienne et des autres l'a ébranlée. Et puis il y a eu cet horrible épisode avec Christopher… Mais elle refuse d'en parler. Elle doit se dire que c'est de sa faute, comme d'habitude, et si l'infiltration du Centre échoue, ce sera de sa faute aussi, précisément parce qu'elle n'était pas là. Lilas se culpabilise pour beaucoup de choses. Elle a beau se montrer sûre d'elle, elle est rongée par le doute. Ne la juge pas trop sévèrement. »

La mélancolie s'abattit sur Émilie sans prévenir. Elle revit soudain ses amis inconscients, le cri d'Antonie, les hurlements de Christopher… Sa gorge se noua.

« Tu peux pleurer, tu sais, » lui dit Cosme d'une voix douce.

Ses yeux brillaient.

« Laisse couler ton chagrin si tu veux qu'il s'atténue. Le temps se chargera du reste. »

– Le temps, » répéta Émilie en ravalant ses larmes.

Elle venait de se souvenir de quelque chose.

« Comme dans l'histoire de Léonore, murmura-t-elle.

– L'histoire de qui ? dit Cosme.

– Oh, rien. Je… je ne suis pas très sûre.

– Comme tu voudras. »

Il la regardait avec une curiosité mêlée de gentillesse.

« Je vais voir Lilas, reprit-il en sortant son béret. À tout à l'heure. »

Émilie s'accouda au bastingage. C'était sa première croisière, et l'océan la fascinait.

Par endroits, les rayons du soleil se reflétaient si vivement dans les vagues qu'ils l'éblouissaient, diamants inaccessibles.

Ailleurs, l'astre du jour paraissait caresser l'écume, et l'eau se changeait en tapis mouvant.

Berceuse inscrite dans l'espace, le roulis du bateau décuplait cette harmonie.

Malgré sa tristesse, Émilie se sentait bien.

◆

La vie sur le bateau ne tarda pas à devenir routinière. Émilie partageait avec Cosme de longues promenades sur le pont. Li travaillait sur le poème, et Lilas passait le plus clair de son temps avec Italy, afin de comprendre comment fonctionnait leur humble frégate. Leur navire était loin d'égaler les prouesses techniques de ses contemporains, mais on y avait ajouté un champ magnétique assez complexe pour le protéger des radars et des satellites.

Une semaine après leur départ, Émilie et Cosme abordèrent pour la première fois le sujet du Cimetière des Naufragés.

« Crois-tu que nous trouverons quelque chose là-bas, Cosme ?

– Je l'espère de toutes mes forces. »

Cosme souriait.

« L'histoire d'Italy m'en a rappelé une autre, et il y a trop de coïncidences entre les deux pour que ce soit le fruit du hasard.

– Raconte !

– J'ai entendu parler d'un endroit qui pourrait être le Cimetière des Naufragés par ma femme, Ania, qui tenait elle-même l'histoire de la grand-mère d'une amie. On ne sait plus quelle aïeule a répandu la légende la première, mais elle s'est passée du temps où les navires étaient encore dirigés par des hommes, et où la mer du Nord n'était pas exclue des croisières. C'était un voyage idéal pour des touristes avides de nouveauté. À l'approche des côtes, ils se sont précipités sur leurs Reveries pour immortaliser le paysage, vierge de toute civilisation. Mais quelque chose d'autre les attendait derrière le bastingage. La mer était devenue transparente. Pas de cette transparence propre aux

180

îles tropicales, non, ici il s'agissait d'une transparence argentée, translucide. Qui laissait voir le fond de l'eau, des dizaines de mètres sous la surface. Il faisait jour, pourtant ce n'était pas le soleil. Sous l'eau, aussi réels que toi et moi, se trouvaient des centaines de bateaux. Des épaves de toutes les époques, à perte de vue. Certains navires n'avaient jamais été aperçus de mémoire d'homme, et semblaient venir de civilisations disparues.

– Les touristes n'ont pas pris de photos ?

– Si. Mais on ne voyait pas de bateaux dessus. Juste la surface de l'eau.

– Et leur témoignage ? Pourquoi n'y en a-t-il aucune trace ?

– Parce que presque tous les passagers sont morts dans la tempête qui s'est brutalement déclenchée quelques secondes plus tard. Le paquebot a coulé, et les survivants ont été rejetés sur les côtes. Sur mille personnes, seules dix ont vécu pour raconter l'histoire. On a attribué leur vision à un post-traumatisme, d'autant plus probable qu'ils avaient tous vu des bateaux différents, et que la distance à laquelle ils prétendaient les avoir vus ne correspondait pas à celle mesurée par les satellites. L'un d'eux a poussé la folie plus loin que les autres, et a prétendu avoir vu des silhouettes humanoïdes avant de s'évanouir.

– Mais c'est incroyable !

– Tous les dix ont raconté à peu près la même chose, les bateaux et la silhouette mis à part. Une tempête s'est subitement déclenchée alors que tout le monde se penchait au-dessus de l'eau, une tempête terrible, qui a renversé le bateau avant qu'ils aient eu le temps d'enfiler des gilets de sauvetage. Ils se sont retrouvés sous l'eau sans avoir pu réfléchir. Ils avaient l'impression d'être tirés vers le fond. Ils se sont débattus et ne sont pas parvenus à atteindre la surface. Cependant, ils ont survécu. C'est à ce moment-là, juste avant de perdre connaissance, que l'un d'eux a dit avoir vu un visage qui le regardait, impassible. Il en parlait comme d'une vision terrifiante, et disait que cette chose n'était pas humaine. Même si elle possédait des traits similaires aux hommes. Il avait été marqué par ses yeux, je crois. Des yeux bleus sans pupille, d'un bleu magnifique mais… étranger.

– Étranger ?

– Oui. Ce qu'il a vu n'était pas humain, il en était convaincu.

– Et les autres survivants ne s'en souviennent pas ?

– Non. Peut-être étaient-ils trop effrayés pour admettre ce qu'ils avaient vus. Mais tu ne trouveras aucune trace de cette histoire sur Internet, ajouta Cosme en prévenant la question d'Émilie. Les autorités ont tout fait pour étouffer la vérité. On se souvient du naufrage comme un attentat des rebelles, et l'occasion pour le système de s'attaquer plus sérieusement aux transports de luxe et à la régulation climatique. Figure-toi que c'a été le dernier naufrage…

– Pourquoi n'en as-tu pas parlé plus tôt ?

– Pour être honnête, je ne m'en suis pas souvenu avant qu'Italy l'évoque. Je n'ai jamais utilisé cette histoire quand j'étais salarié, je sentais qu'elle ne plairait pas, alors je l'ai enfouie dans ma mémoire. Cette magie, ce pouvoir qui permettrait de faire des choses inexplicables… Cela concorde avec le poème, n'est-ce pas ?

– C'est plus qu'une simple concordance ! C'est… C'est parfait. Tu en as discuté avec Li et Lilas ?

– À quoi bon ? Ils ont d'autres objectifs. »

Ils échangèrent un silence méditatif. La beauté du spectacle nocturne tempérait l'excitation d'Émilie. Au milieu de l'océan étoilé, l'inexplicable paraissait plus palpable que jamais.

« L'Ancienne a eu raison d'organiser cette fête, avant que les Ombres ne passent à l'attaque, murmura Cosme. À force de rester au milieu des Clandestins, j'ai peur d'oublier pourquoi nous nous battons. »

◆

Une créature aux yeux bleus… Émilie considérait la magie comme une capacité que seuls les humains pouvaient détenir : elle n'avait pas envisagé que leur voyage les mène à la rencontre de créatures inconnues.

Leur faudrait-il passer par les mêmes épreuves que les touristes survivants pour trouver la magie ? Que devraient-ils faire ensuite ? Les rescapés ne semblaient pas avoir rapporté quoi que ce soit de leur voyage. S'ils avaient eu la magie, ils auraient sûrement empêché le massacre des Clandestins, il y a vingt ans. Et si jamais Li, Cosme, Lilas ou Italy ne survivaient pas… Si elle-même y trouvait la mort ? S'ils rencontraient des êtres de magie, il faudrait leur parler… Seraient-ils obligés de se noyer pour les découvrir ? Comment communiqueraient-ils, sous l'eau ?

Émilie imaginait toutes les possibilités. Les récits d'Italy et de Cosme étaient comme les deux pièces d'un puzzle que le poème aurait commencé, et que le Cimetière des Naufragés complèterait.

Si seulement Lilas avait pu le voir ainsi… Mais elle devenait un peu plus taciturne au fur et à mesure que leur destination approchait. Elle ne sortait de sa cabine qu'aux repas, et ne parlait presque pas. Dans la journée, elle cessa même d'aller voir Italy. Émilie n'aimait pas la voir dans un tel état ; un matin, elle prit son courage à deux mains et se rendit dans sa cabine.

« Lilas, je sais que tu es triste de ne pas être avec les autres Clandestins pour infiltrer le Centre d'Aptitude. Mais je voudrais te convaincre que nous avons fait le bon choix.

– C'est gentil, Émilie, mais je ne crois pas que tu puisses faire grand-chose.

– Pourquoi ?

– Parce que je ne me soucie pas seulement du Centre d'Aptitude.

– Qu'y a-t-il, alors ? »

Lilas détourna les yeux.

« C'est à cause d'Antonie et des autres ?

– Je m'en veux pour ce qui nous est arrivé à tous, lâcha enfin Lilas. Mais ce n'est pas la seule raison. Pourquoi cela t'importe-t-il tant ?

– Je n'aime pas que tu sois triste.

– C'est l'avenir du mouvement clandestin qui me préoccupe. Si nous arrivons à infiltrer un Centre d'Aptitude et à créer une rébellion d'envergure, que se passera-t-il ? J'ai confiance en Taméo, mais infiltrer le Centre, s'ouvrir à tant de monde… Nous prenons un risque énorme. Et parfois, je n'arrive plus à savoir, pourquoi refuser de posséder un Revery ? Cela n'engage à rien, les gens vivent mieux, peut-être qu'au fond nous sommes vraiment des fous…

– Non, protesta Émilie. Le système nous ment, et les Clandestins se battent pour la vérité. Antonie me l'a expliqué. Le Revery est pratique, mais il ne rend pas heureux ; il rend dépendant. Ceux qui en prennent conscience sont emprisonnés, et…

– Et nous ne savons pas pourquoi, compléta Lilas. Nous espionnons les Masques et les Ombres, mais que savons-nous des Fantômes et de leurs motivations ? Rien. Nous ignorons pourquoi le système nous interdit d'accéder au vrai bonheur. J'ai peur, Émilie, peur qu'à tout moment notre vie ne s'effondre. Trop de choses nous échappent. Et si les Clandestins atteignent leur but, et que nous provoquons une guerre…

– Il n'y aura pas de guerre : nous aurons la magie. L'impossible, n'est-ce pas exactement ce que nous recherchons ?

– L'Ancienne portait bien son surnom, tu sais. Ses aïeux ont vécu l'arrivée du technomonde, et se sont transmis l'histoire de génération en génération. Les grands progrès ont amené avec eux les plus terribles guerres que le monde ait connues. Les pays se sont mis à se battre pour en avoir le secret. Chacun voulait être le plus avancé, et on tuait ceux qui ne défendaient pas les bons idéaux. Les morts se comptent en milliards. Avec ce fameux progrès, les inégalités ont disparu de la surface de la Terre, ainsi que l'économie qui fait fonctionner les pays. Il y a eu des conséquences positives à cela : maintenant, tout le monde a un niveau de vie équivalent. Plus personne ne meurt de faim ou de froid. Mais le prix à payer a été terrible, parce qu'en cessant de dépendre de ces besoins pour vivre, nous sommes devenus les esclaves de nos autres désirs. Des légumes insouciants, scotchés à leur Revery, voilà ce que nous sommes. Je crains que les Clandestins ne soient vus comme des tortionnaires par la majorité apte de la planète, éliminés avant d'être écoutés. Il faudra plus que des arguments ordinaires pour réveiller la foule, mais si notre combat se solde en bain de sang, nous aurons perdu. Et voilà que Taméo nous envoie à l'autre bout du monde chercher une chose dont ont ne sait même pas ce qu'elle est… C'est le comble de l'inutilité.

– Je ne crois pas, rétorqua Émilie. Ce poème pose des questions sur la vie et la mort. Pour trouver les réponses, il faut donner un sens à ces deux contraires : la magie. Un pouvoir inexplicable que même les Fantômes ne pourront pas dominer. »

Donner un sens à la vie... Cela concordait parfaitement avec le poème. Les yeux de Lilas pétillaient d'une légère surprise.

« Cela semble logique, d'une certaine manière. Trouver le sens profond de la vie et du combat des Clandestins... Mais de là à parler de magie...

– C'est comme un puzzle à reconstituer. On ne comprend le sens de chaque pièce qu'à la fin. »

Émilie éprouvait le besoin de dire, de redire ces mots tant de fois répétés. Elle le fit pour elle autant que pour Lilas.

« Que seras-tu, dis-moi, quand la mort frappera ?
Seras-tu l'onde douce et guérissant les maux ?
Seras-tu la tempête qui va sur les eaux ?
Seras-tu cette écume toujours au-delà ?

Que seras-tu, dis-moi, quand la mort partira ?
Seras-tu le feu blanc qui consume le froid ?
Seras-tu la cendre, braise noire, sombre lueur ?
Seras-tu l'étincelle illuminant les cœurs ?

Que seras-tu, dis-moi, quand la vie reviendra ?
Seras-tu le souffle sibyllin de l'éther ?
Seras-tu le témoin de nos vies ici-bas ?
Seras-tu tourbillon venu changer la terre ?

Que seras-tu, dis-moi, ayant été cela ?
Je serai la magie, venue du fond de toi. »

◆

Suite à sa conversation avec Lilas, Émilie envisageait le combat des Clandestins et sa propre quête sous un nouvel angle. Elle voulut partager ses découvertes avec Li, qui travaillait sur le poème avec acharnement. Si seulement il pouvait comprendre que le sens importait plus que l'écriture elle-même…

Il ne leva pas la tête quand Émilie entra dans sa cabine. Il était parvenu à faire intégrer les lettres à l'ordinateur, et lui dictait des algorithmes complexes pour générer toutes les combinaisons mots/sons possibles. Pour plus de concentration, il gardait ses fenêtres closes ; la seule source de lumière provenait de son écran, et peinait à dissiper l'obscurité.

« Je progresse, annonça-t-il avec enthousiasme quand Émilie fut à côté de lui. J'ai dégagé deux types de lettres, les dures et les souples. Les dures représentent des sons comme 'm', 'v', 't', 'b', elles se prononcent toujours pareil. Pour les souples, c'est plus compliqué : elles se combinent entre elles et la prononciation dépend de la combinaison. Il y a 'i', 'a', 'oi', 'oin'…

— Li, tu ne crois pas que le sens du poème a aussi son importance ? Cosme m'a raconté une histoire incroyable…

— Oui, je suis au courant. Mais franchement, les légendes tarabiscotées au sujet de créatures magiques, je n'y crois pas beaucoup. Il a dû tomber sur le même site qu'Italy du temps où il était réalisateur, voilà tout…

— J'ai parlé avec Lilas. La magie représente le sens de la vie, et du combat des Clandestins. Tout est lié… »

Li détourna la tête de son écran.

« Émilie, tu perds ton temps. Je ne suis ni un aventurier, ni un idéaliste. J'aime ce qui est logique et rationnel. Si je vous ai suivis, c'est uniquement pour pouvoir travailler sur l'écriture en paix. C'est le rêve de toute ma vie, et rien ne pourrait m'en détourner.

— Mais le sens…

— Pour moi, le sens ne représente rien. C'est une signification aléatoire attribuée à un assemblage de mots. Autrefois, avant que nous ne parlions tous la même langue, le sens des mots variait selon les cultures, et évoluait dans le temps. N'est-ce pas la preuve qu'il n'y a pas de vrai sens ?

— Tu parles du passé. Aujourd'hui, c'est différent, nous avons le langage universel, et le sens ne dépend que des personnes…

— Précisément. Le sens est subjectif. Il n'est ni vérifiable, ni mesurable. C'est une voie stérile, où tout le monde à raison, puisqu'il y a autant de sens que d'individus ! J'aime les défis et les énigmes. La recherche métaphysique est trop incertaine pour m'intéresser.

– Mais une fois que tu auras décrypté le poème, que feras-tu ?

– J'inventerai de nouvelles lettres, je révolutionnerai la programmation, je mettrai en place des systèmes que même les Fantômes ne pourront pas contrer…

– Et si les Clandestins gagnent ?

– Je ne sais pas. Je trouverai bien quelque chose… Je perfectionnerai l'existant, j'irai toujours au-delà. Je ne me pose pas la question.

– Et cela te rend heureux ?

– Je parlerais plutôt de jubilation. Pour moi, la vie n'est qu'une succession de défis…

– Mais tu vis hors du monde ! Tu ne viens jamais te promener sur le pont, c'est tout juste si tu manges avec nous, tu ne profites de rien…

– J'ai au moins vingt ans de plus que toi, Émilie. Je n'ai pas de leçons à recevoir de toi. J'ai toujours été seul ; sans l'intervention des Masques, jamais je n'aurais rejoint les Clandestins. Maintenant, laisse-moi travailler. »

Émilie remonta sur le pont, et rumina ses pensées en regardant la mer. Pourquoi Li refusait-il d'ouvrir les yeux ? Pourquoi éprouvait-il ce besoin écrasant de logique ? Elle aimait la logique, mais celle de Li était froide et abstraite comme les programmes qu'il créait…

Ce soir, ils mangèrent encore une fois sans lui.

Le lendemain matin, la terre était en vue. Au signal des radars, tout le monde se précipita sur le pont ; ce fut Cosme qui aperçut la rive en premier.

« Regardez, là-bas ! »

Son doigt pointait vers la proue du bateau. Au loin, on distinguait une longue bande de terre, terminée par d'abruptes falaises, et couverte de forêts. Le bateau allait bon train et la terre se rapprochait. La mer avait revêtu un manteau d'acier et de soie, l'exact opposé de l'habit turquoise et ensoleillé vanté par le Revery.

« Sommes-nous arrivés, Italy ? demanda Émilie. Vous aviez dit que le Cimetière des Naufragés était près des côtes.

– À l'heure actuelle, nous devrions flotter au-dessus de lui. »

Émilie, Cosme et Lilas se penchèrent au-dessus du bastingage, dans l'espoir d'apercevoir les épaves de la légende. Italy et Li ne se donnèrent pas la peine de les rejoindre.

« Je ne vois rien, finit par admettre Émilie.

– Moi non plus, renchérit Cosme.

– Moi non plus… répéta Lilas.

– Et ce n'est pas une surprise, compléta Li.

– Moi, je vois une tempête approcher, » intervint Italy.

Tous levèrent aussitôt la tête. Le ciel d'un bleu sans aspérités se couvrait de nuages. La mer de velours grondait, se fracassant contre la coque du bateau.

« La magie, » pensa Émilie.

En croisant le regard de Cosme, elle sut que la même pensée leur traversait l'esprit.

La tempête qui se créait sous leurs yeux atteignit très vite une violence apocalyptique. Le terme même de « tempête » semblait inapproprié pour la décrire. Les vagues déplaçaient le bateau comme un fétu de paille. Le vent menaçait de les faire s'envoler. La foudre s'abattait sans prévenir, assourdissante. L'eau venait fouetter leur peau, coupante et glaciale. Comment cela pouvait-il être une simple tempête ? Une telle puissance n'existait que dans les films… Ce chaos sorti du néant ressemblait à la fin du monde.

Émilie s'agrippait de toutes ses forces à la rambarde. Des cris résonnaient autour d'elle, appels au secours, ordres ou hurlements de terreur, elle l'ignorait. Elle mettait toute son énergie à rester accrochée au bastingage. Elle ne sentait plus ses mains, mais elle savait qu'elle ne devait pas lâcher. Tenir. Coûte que coûte. Fermer les yeux. Oublier le monde plongé dans l'obscurité. Oublier la lueur des éclairs surnaturels. Ignorer le froid. La douleur. La peur.

Des mains puissantes tentaient de l'emmener. Italy ? Cosme ? Si elle desserrait les doigts, elle tomberait, engloutie par la mer déchaînée.

Le bateau tanguait, et l'eau assaillait Émilie, lui volait sa respiration. Elle ne savait pas nager. Elle ne devait pas lâcher.

« Émilie !! »

Cosme. Ses mains. Il hurlait son nom au-dessus du tonnerre. Il voulait l'aider. Mais elle ne le voyait pas… Elle ne devait pas lâcher. Ses mains. Elle se sentait emportée malgré elle. Son corps n'était que crispations. Soudain, un craquement sinistre. Un éclair qui traverse ses paupières. Des cris, plus forts. Le tonnerre. Elle ne tangue plus, elle tourbillonne. Tempête de sensations. Les mains, tout à coup, ne sont plus là.

Elle ouvre les yeux. Le navire a été coupé en deux. Cosme a disparu. La partie du bateau où elle se trouve s'enfonce dans l'eau. L'eau, partout autour d'elle, agressive, sauvage, étouffante. Mais elle ne peut pas fermer les yeux. Elle doit retrouver Li, Cosme et Lilas. Une peur terrible lui noue les entrailles. Une immense vague s'abat sur elle. Tout est submergé.

Elle lâche.

Elle bat des mains et des pieds pour remonter. Elle est si lourde… Elle a si froid… Cosme. Lilas. Li. Elle ouvre de nouveau les yeux, que l'eau a fermés. Ils piquent, c'est flou. Un éclair ! Elle voit sombrer une ombre. Elle avance vers la silhouette. Elle ne doit pas la perdre. Souviens-toi de ces inconnus dans l'histoire, ils ont lutté jusqu'au bout. N'abandonne pas. Elle ne sait pas nager. Peu importe, elle avance. Un autre éclair. L'ombre se rapproche ! Des débris du bateau flottent autour d'elle, ils la heurtent. Il faut persévérer. Même si elle n'a pas la force de remonter à la surface. L'eau l'emprisonne. Ses poumons brûlent. Mais elle avance. Si elle ne rattrape pas l'ombre maintenant, elle sera perdue à jamais. Elle tâtonne. Elle tente de nager. Nouvel éclair. C'est Cosme ! Dans un dernier effort, elle le rejoint. Elle s'agrippe à lui ; souvenir du bastingage. Ses yeux brûlent. Elle étouffe. De l'eau dans la bouche, le nez, elle étouffe. Elle meurt, elle veut mourir, elle a mal. D'une main, elle tient Cosme. L'autre cherche désespérément la surface ; battre des pieds. C'est trop loin. Elle rouvre les yeux, pour savoir. Dernier éclair.

Des yeux durs comme la pierre. Un visage d'une beauté de neige. Un buste de femme. Une queue de poisson, translucide, des étoiles dans la mer. Dernier battement. Émilie pleure. La magie.

◆

La mer. Bruissement écaillé de l'eau sur les galets. Si Émilie entend, elle n'est pas morte. Morte. La mer. Cosme, Li, Lilas !

Émilie ouvrit les yeux. Étendue sur la plage, bras et jambes écartés, le bleu éclatant du ciel l'éblouissait. Elle se redressa lentement, cherchant ses compagnons des yeux. Cosme, Lilas et Italy respiraient à ses côtés. Où était Li ?

Ils avaient atteint les côtes. Au-dessus d'eux s'élevaient d'immenses falaises blanches, surplombées par des arbres. Sans doute la forêt de conifères observée depuis le bateau... Le bateau ! En un éclair, tout revint à Émilie. Le craquement, l'eau, le visage. Ils émirent tous leurs conclusions à la fois :

« Le bateau ! dit Italy.

– Li ! s'exclama Lilas.

– Émilie ! s'écria Cosme.

– La magie ! s'exclama Émilie.

– Où est Li ? reprit Lilas. Vous pensez que la mer a pu le rejeter sur une autre partie du rivage ? Nous devons le chercher ! »

Ils se levèrent en titubant, et longèrent péniblement le rivage. Émilie avait mal partout, et grelottait dans ses vêtements humides. Quand ils eurent sondé la plage jusqu'aux falaises en vain, Lilas voulut poursuivre les recherches de l'autre côté, mais Italy l'en empêcha.

« Nous venons d'échapper à un naufrage. Nous sommes trempés et épuisés. Nous devons nous mettre à l'abri et nous réchauffer. Nous reprendrons les recherches quand nous serons remis. »

Lilas tenta de protester, mais ses genoux se dérobaient sous elle, et elle dut se rendre à l'évidence. Ils se trouvaient à près d'un escalier escarpé serpentant jusqu'au sommet de la falaise, reste incertain de l'époque où les touristes fréquentaient cet endroit. Italy insista pour le gravir, afin que leur abri bénéficie de la protection des arbres. Une fois en haut, ils cheminèrent de longues minutes avant de s'arrêter sous un vaste sapin, dont les branches faisaient comme un toit au-dessus de leurs têtes. Italy sortit un vieil Enflamtou de sa poche et le posa au milieu du cercle qu'ils venaient de former. Le petit cube noir dégageait une chaleur étonnante pour sa taille. Émilie se laissa tomber, épuisée, partagée entre l'inquiétude pour Li et la joie de sa découverte. Cosme sortit son béret de l'intérieur de sa veste, trempé mais intact.

« Tu ne l'as pas perdu ? s'exclama Lilas.

– J'ai eu le temps de le ranger avant qu'il ne s'envole.

– J'en ai vu une, dit Émilie. Une de ces créatures dont tu as parlé, Cosme. Je suis sûre que c'est elle qui a déclenché l'orage.

– Émilie… J'ai perdu connaissance dans l'eau. Je te cherchais…

– Je ne pouvais plus respirer, j'avais très mal aux yeux, mais je les ai gardés ouverts. Au moment où je croyais que j'allais mourir, j'ai regardé la surface et je l'ai vue, là, juste au-dessus de moi. Elle était gigantesque. Je distinguais son visage… Elle avait des yeux bleu azur. Ses cheveux et sa queue de poisson ressemblaient au ciel étoilé. Et…

– Émilie, c'est impossible…

– Nous avons trouvée la magie, Lilas. C'est cette créature qui la possède… C'est elle qui a créé la tempête.

– Créé la tempête ? répéta Italy.

– Laissez-moi vous expliquer, » intervint Cosme.

Il relata l'expérience des touristes à Italy. Un silence méditatif s'ensuivit.

« Et c'est ce que tu as vu ? demanda enfin Italy à Émilie, incrédule.

– Oui. C'est sûrement cette femme qui nous a sauvés ; aucun de nous n'a pu remonter seul à la surface…

– C'est le seul fait qui me paraît inexplicable, dit Italy. Lorsque l'orage s'est déclenché, j'ai cherché à maintenir le bateau en équilibre. Lilas s'est ruée vers les cabines, Cosme essayait de m'aider et Émilie se cramponnait au bastingage. Li a été emporté par une vague, je l'ai perdu de vue. Lilas est ressortie des cabines et s'est faite projeter dans l'eau elle aussi. J'ai vu Cosme qui tenait Émilie, avant d'être précipité par-dessus bord. Dans l'eau, j'ai cherché Li et Lilas, en vain. Je pesais anormalement lourd, et j'ai perdu connaissance quelques minutes après être tombé.

– Moi aussi, répliqua Lilas. Je suis allée dans les cabines chercher les Reveries et les caméléons, mais la mer était partout, je n'ai pas pu tout récupérer. Une fois dans l'eau, j'ai ressenti cette même impression d'enfoncement. J'ai fermé les yeux pour ne pas être déconcentrée… J'ai cru que ma dernière heure était arrivée.

– Italy, pouvez-vous expliquer comment s'est déclenché l'orage ? demanda Émilie.

– Non. J'ai entendu dire que ce phénomène était fréquent dans le Sud autrefois, à cause des écarts brutaux de température ; c'est la première fois que j'assiste à une telle chose dans l'Est. Et cette tempête ne s'est pas formée comme une tempête normale.

– Nous avons trouvé la magie, répéta Émilie. C'est la seule explication possible.

– Tu n'espères tout de même pas que la magie est la cause de tout ça ! s'insurgea Lilas. Nous ne voulons pas d'un pouvoir aussi destructeur. Nous ne savons toujours pas ce qui est arrivé à Li…

– C'est tout de même étrange, souligna Cosme. Le dernier naufrage remonte à plus d'un siècle, et une tempête anormale se déclenche ici, encore une fois…

– Cette femme que j'ai vue, ce n'est pas une hallucination. La magie est là. Nous devons trouver un moyen de la rejoindre.

– Ce n'est pas notre priorité, dit Lilas. Nous devons nous reposer et partir à la recherche de Li. »

Italy, qui ne se séparait jamais de son Pavour (PAck VOyage URgence), acheva leur abri en un rien de temps, et leur distribua des sacs de couchage. Lilas, qui avait eu la présence d'esprit de récupérer le Disali portable, leur procura des sandwiches et de l'eau. Émilie, déterminée à poursuivre les recherches dans le Cimetière des Naufragés, ne protesta pas quand il fut suggéré d'aller se coucher, bien qu'il soit à peine six heures de l'après-midi.

Elle s'éveilla à ce qui lui parut être l'aube. À travers les branches de leur abri de fortune, elle distinguait quelques étoiles, qui brillaient dans un firmament pâlissant. Ses compagnons dormaient encore ; ce qu'elle avait vu l'obsédait trop pour qu'elle fasse de même. Sans bateau, rejoindre la créature risquait de s'avérer difficile, mais Émilie était prête à nager s'il le fallait. Peut-être pourrait-elle la voir depuis le rivage ?

Elle sortit de leur abri sans réveiller personne. Les bruits de la forêt se mêlaient au lointain mugissement des vagues, et une odeur de sapin flottait dans l'air, portée par un vent piquant. La fraîcheur ambiante, les sons qui se répondaient achevèrent d'éveiller Émilie, et elle retrouva aisément son chemin jusqu'à la mer. Elle descendit prudemment l'étroit escalier de pierre, glissant pour son pied inexpérimenté.

Une fois arrivée sur la plage, elle trouva un rocher plat, légèrement surélevé, sur lequel elle s'assit en essayant d'oublier le froid. Le rivage encadrait étrangement l'horizon. Plus d'un mois s'était écoulé depuis son départ... Un mois. Où en étaient les Clandestins de leur infiltration ? Narga, Mary et Djamal étaient-ils encore en vie ? Qu'auraient-ils pensé du poème ? Narga aurait sûrement accepté d'y croire... « Que feras-tu, dis-moi, quand la mort frappera ? » La mort a frappé, maintenant. Pour Antonie, Michèle, Cerise, et Christopher... Et Li qui ne réapparaissait pas...

Émilie sentit sa gorge se nouer. Flux et reflux des vagues.

« Seras-tu l'onde douce et guérissant les maux ? »

Ses larmes coulaient, silencieuses, rythmées.

« Seras-tu la tempête qui va sur les eaux ? »

La tempête, la terrible tempête qui avait failli lui coûter la vie. Elle avait eu si peur... Et Li... Au moment où il commençait à toucher au but...

« Seras-tu cette écume toujours au-delà ? »

Écume insaisissable, éphémère, tentatrice... À l'image de l'explication qui aurait pu résoudre le mystère du Cimetière des Naufragés. La mer, l'écume, quelle était la réponse ? Pourrait-elle revoir cette femme, à une aussi grande distance ? Le soleil se levait à peine et l'océan, plongé dans la pénombre, prenait des allures fantasmagoriques.

Le bercement de l'eau fit perdre à Émilie le fil du temps. De nombreuses pensées la traversaient, cercle infini de questionnement. L'horizon qui s'éclaircissait un peu plus à chaque instant n'apportait rien de nouveau ; la lumière semblait chasser le mystère.

Absorbée dans sa rêverie, Émilie sursauta en entendant ses compagnons l'appeler. Le bruit de leurs pas ne lui était pas parvenu, masqué par celui de la mer.

« Émilie ! Nous étions inquiets pour toi, lui reprocha Lilas. Ne t'éloigne pas sans prévenir.

– Je me suis levée à l'aube, je ne voulais pas vous réveiller. Quelle heure est-il ?

– Huit heures.

– Il fait encore si sombre !

– Parce que l'hiver approche, intervint Italy. Les jours raccourcissent.

– Nous devons chercher Li, dit Lilas. Séparons-nous, et balayons la plage. »

Ils cherchèrent Li toute la matinée, et une partie de l'après-midi, en vain.

« Il doit être sur une autre partie de la côte, répéta Lilas. C'est une très grande île, nous devrions passer par la forêt pour aller de l'autre côté…

– Lilas…

– Cosme, nous n'avons aucune preuve que Li soit mort.

– Et aucune qu'il soit vivant, compléta Italy.

– Nous devons poursuivre les recherches.

– Notre survie défie les lois de la logique, Lilas. Si Li était vivant, il serait avec nous. Nous avons parcouru toute la plage ; la mer ne peut pas l'avoir rejeté de l'autre côté des falaises, et vous le savez. »

Lilas poussa un long soupir.

« La femme que j'ai vue sous l'eau pourra nous dire ce qui lui est arrivé, murmura Émilie.

– Émilie, c'est impossible… Et de toute façon, nous ne pouvons pas retourner au Cimetière des Naufragés.

– Il y a un moyen, » dit Italy.

Il sortit un petit cube jaune de son long manteau bleu nuit. Il le pressa entre son pouce et son index et le jeta à terre. Avant d'avoir touché le sol, l'objet s'était métamorphosé en un bateau en plastique assez grand pour accueillir six personnes.

« Batopor. Bateau portable. J'en ai toujours un sur moi quand je navigue.

– Italy, vous êtes génial, lança Émilie.

– Nous allons pouvoir faire le tour de l'île ! s'exclama Lilas. Au moins, nous serons sûrs d'avoir fait tout notre possible pour retrouver Li.

– Ne compte pas sur moi, protesta Émilie. Le Cimetière des Naufragés est de ce côté, et je suis d'accord avec Italy. Li… Li n'a pas survécu au naufrage.

– Je ne penserai plus à ce Cimetière ni au poème tant que je n'aurai pas fait le tour de cette île.

– Allez-y avec Italy, proposa Cosme. Je reste ici avec Émilie pour surveiller le Cimetière des Naufragés. Si vous ne trouvez rien aujourd'hui, demain nous utiliserons le bateau pour retourner sur les lieux du naufrage. Émilie a vu quelque chose : nous ne devons négliger aucune piste. »

Lilas accepta, et partit avec Italy, pendant qu'Émilie et Cosme déplaçaient leur camp de fortune sur la plage, afin de poursuivre leur veille durant la nuit. Ils scrutèrent l'horizon jusqu'au crépuscule, sans résultat. Lilas et Italy revinrent bredouilles de leur expédition, et les rejoignirent au moment où la nuit tombait. Ils acceptèrent de relayer Émilie et Cosme pendant la deuxième partie de la nuit et s'endormirent aussitôt, pendant que leurs compagnons continuaient à abîmer leurs yeux dans l'eau noire.

Les minutes passèrent, s'étendirent en heures. Émilie laissait son regard errer parmi les vagues, tentant de suivre l'écume. Elle ne pouvait s'empêcher de bâiller… Ses paupières se fermaient malgré elle, lourdes de sommeil. Elle lutta un long moment, puis finit par se lever.

« Tu vas te coucher ? lui demanda Cosme.

– Je vais dans l'eau, cela me réveillera. Je n'arrête pas de somnoler, je ne verrai rien dans cet état et la chaleur de l'Enflamtou n'aide pas.

– Fais attention.

– Ne t'inquiète pas. Je veux me réveiller, pas me noyer. »

Elle eut vite rejoint la mer, à quelques enjambées de son rocher. Dès qu'elle y eut mis les pieds, elle se sentit plus alerte que jamais. L'eau était glaciale. Le froid lui rappela l'orage. Le manque d'air, l'étouffement... Émilie frissonna.

Le froid.

La nuit.

Le silence.

Hors du monde.

Hors du temps.

Flux et reflux des vagues, si constant qu'on ne l'entend plus... Non, cette musique apaisante la berce toujours... Musique ? Mais cela ne ressemble pas au bruissement des vagues... Émilie dévora l'horizon du regard. Rien.

« Cosme, tu entends ?

– Quoi ?

– Cette musique ! »

Cosme se redressa brusquement.

« Mais c'est vrai, c'est de la musique ! Quand a-t-elle commencé ?

– Je ne sais pas, je n'ai pas entendu le début ! J'ai l'impression qu'elle ne s'est jamais arrêtée. Comme si je l'écoutais depuis ce matin... Depuis que j'ai ouvert les yeux.

– Elle me fait le même effet ! D'où provient-elle ?

– Il me semble qu'elle vient de la mer, mais je ne vois rien...

– Attends. »

Cosme courut prendre leurs Reveries. Malgré le vacarme de ses pas sur les cailloux, Lilas et Italy ne s'éveillèrent pas. Émilie mit le Revery en mode grossissant et fut submergée par l'océan. Elle ne vit que les vagues habituelles, plus grandes, plus proches. Sans se démonter, elle regarda ailleurs, changeant de point sans répit. Elle devait trouver la source de cette mélodie enchanteresse. Comment avait-elle pu l'ignorer ?

C'est alors qu'elle les vit.

Des femmes, peut-être une dizaine, qui chantaient en cercle dans le clair de lune.

C'était l'une d'elles qu'elle avait vue sous l'eau. Un buste de femme, dénudé, le plus beau qui soit. Des lèvres de saphir, un nez droit, une tête idéale. Des yeux d'un bleu d'azur, qui s'éclaircissaient en leur centre pour suggérer une pupille. Les cheveux de ces créatures extraordinaires semblaient parsemés d'étoiles. On devinait parfois, au détour d'une vague, leur splendide queue de poisson. Elles dansaient, elles volaient, s'élevant vers les cieux, plongeant dans les abysses.

Et leur chant… Leur chant touchait Émilie au plus profond de son être. Il était à leur image ; subjuguant ; énigmatique ; ensorcelant. Résonnait en elle un passé lointain, fabuleux, insondable comme le fond des mers… Harmonie. Absolu. Hypnotisée par le chant de ces femmes, Émilie oublia tout le reste, s'oublia elle-même. Elle n'existait plus.

◆

Quelqu'un la secouait. Il lui semblait entendre Lilas.

« Émilie ! Émilie ! Réveille-toi ! »

Elle ne voulait pas. Elle était si bien, seule, dans l'obscurité. Le silence.

« Émilie ! »

Lilas s'inquiétait. Pourquoi ? Émilie ouvrit les yeux.

« Italy, elle est réveillée ! Cosme aussi ?

– Non, il respire mais dort profondément.

– Émilie, regarde-moi, dit Lilas. Tu peux parler ? »

Les yeux d'Émilie erraient, hagards, paisibles. Le ciel, Lilas, la falaise. Mais ses autres sens lui revenaient, et elle se sentait ankylosée d'être restée trop longtemps allongée sur cette plage rocailleuse. Elle se redressa.

« Émilie ! s'exclama Lilas. Tu vas bien ? Dis quelque chose ! Que s'est-il passé ? Nous vous avons trouvés dans la mer avec Cosme, vous auriez pu être emportés par les vagues, et vous étiez gelés ! Nous essayons de vous réveiller depuis une heure, et il est déjà trois heures de l'après-midi ! Je ne comprends pas pourquoi nous avons dormi aussi tard… C'est la faim qui nous a réveillés. Réponds-moi, Émilie ! »

Lilas la secoua légèrement par les épaules. Mais Émilie ne l'entendait plus.

La faim. Elle ne pouvait plus penser à autre chose.

« J'ai faim. »

Elle s'entendit parler d'une voix éraillée.

Non loin d'elle, Italy essayait de réveiller Cosme. À droite, une immense étendue bleue. À gauche, Lilas qui, après avoir fouillé dans leur sac, revenait vers elle, un sandwich et un verre d'eau à la main.

Italy vint s'asseoir auprès d'elles.

« Cosme refuse de se réveiller. Je réessayerai tout à l'heure.

— Émilie, que s'est-il passé cette nuit ? »

Émilie garda le silence. Ses pensées reprenaient lentement leur cours, et elle peinait à se souvenir de quoi que ce soit. Elle se sentait si bien, dans cette apaisante amnésie. Elle avait fait un rêve étrange... Elle était avec une femme et un homme qui l'entouraient d'affection... Le Centre d'Éducation lui revint en mémoire. Et puis... Comment appelait-on cet endroit déjà ? La mer ? La mer. Le bateau. L'orage, le Cimetière des Naufragés, la femme aquatique... La magie. Les Clandestins, Jean, Taméo, Antonie, Christopher, le Centre d'Aptitude, le Revery, la fleur de lys. Tout était si confus...

« Hier, nous avons regardé la mer, dit-elle enfin.

— Oui, répondit Lilas. Italy et moi sommes partis nous coucher. Vous êtes restés éveillés pour essayer de voir cette femme que tu as cru apercevoir pendant le naufrage. Nous vous avons retrouvés dans l'eau... »

Le puzzle se reconstituait.

« Il y a eu l'orage, se souvint Émilie. Le bateau s'est brisé. J'étais dans l'eau... pour retrouver Cosme... Et j'ai vu cette femme. »

Un frisson d'excitation parcourut Émilie, et elle se souvint.

« Nous les avons vues ! s'exclama-t-elle.

— Vous avez vu quoi ? La femme dont tu parlais ?

— Oui, et elles sont plusieurs ! Hier, nous attendions... Je m'endormais, je suis allée dans l'eau et je me suis rendue compte qu'il y avait de la musique...

— De la musique ? répéta Lilas.

— C'était comme si elle avait toujours été là, mais je venais d'en prendre conscience. Pareil pour Cosme.

— L'a-t-il entendue aussi ?

– Oui, il a sorti des Reveries, nous avons utilisé le mode grossissant et… Nous les avons vues. »

À ce souvenir, Émilie éprouvait une crainte mêlée d'admiration. Mais elle ne parvenait pas à se rappeler la mélodie chantée par ces femmes de la nuit…

« Elles n'apparaîtront pas le jour, dit-elle d'un ton catégorique.

– Quoi ?

– Ces femmes. Ce sont des créatures de la nuit. De jour, on ne verrait pas leurs cheveux briller comme des étoiles… La lumière du soleil est trop forte. »

Le visage de Lilas affichait la plus totale incrédulité.

« Nous les avons vues, reprit calmement Émilie. Leurs cheveux et leurs yeux brillaient, elles dansaient et elles chantaient… La musique la plus belle que j'aie jamais entendue. Ce doit être pour cette raison que nous avons tant dormi. Elles nous ont bercés. »

Émilie soupira d'aise et de mélancolie.

« Quand Cosme se réveillera, il te dira la même chose.

– Ce qui m'étonne le plus, c'est qu'après avoir été aussi longtemps endormie, tu paraisses encore si fatiguée, commenta Italy.

– Je n'ai pas l'impression d'avoir dormi. Il me semble revenir d'une longue absence…

– Continue à te reposer. »

Lilas voulut protester, mais il l'interrompit :

« Que veux-tu qu'elle nous dise de plus ? Elle nous a raconté ce qu'elle pense avoir vu. Il ne nous reste plus qu'à attendre le réveil de Cosme. »

Épuisée, Émilie s'endormit dès qu'elle eut fermé les yeux.

Cosme ne s'éveilla pas avant six heures du soir. Il avait l'esprit aussi embrumé qu'Émilie, et ne dit rien avant d'avoir bu et mangé. Après ces quelques heures de véritable sommeil, Émilie se sentait beaucoup mieux.

« Cosme, tu te souviens de ce qui s'est passé, hier ? lui demanda Lilas alors qu'il finissait son sandwich.

– Hier… »

Cosme fronça les sourcils.

« Cosme, dit Émilie. Souviens-toi. La mer. Le naufrage. Les Clandestins… »

Il tourna les yeux vers elle. Au fur et à mesure qu'elle parlait, son visage s'éclaira. Émilie énuméra leurs souvenirs communs un par un, jusqu'à ce que Cosme redresse la tête et dise :

« Les femmes de la mer. »

Émilie sourit.

« Tu te souviens ?

– Oui, tout me revient. Merci, Émilie. J'avais l'esprit tellement confus… Lilas, nous les avons vues.

– Émilie nous a déjà raconté. C'est assez difficile à croire…

– C'est pour ça que j'ai tout filmé.

– Comment as-tu fait ?! s'émerveilla Émilie. J'étais comme hypnotisée, je n'y ai absolument pas songé…

– C'est la dernière pensée que je me souvienne avoir eue avant de… partir. Tu n'aurais pas trouvé nos Reveries par terre ? demanda-t-il à Lilas.

– C'est un miracle que les vagues ne les aient pas emportés. Voilà le tien. »

Cosme activa le Revery. L'image des femmes aquatiques s'afficha. Elles apparurent telles qu'Émilie et Cosme les avaient vues, dansant au gré des flots. La surprise la plus totale se lisait sur les visages d'Italy et de Lilas. Rien de comparable à l'hypnotisme de la veille : le Revery n'avait pas enregistré le chant des créatures. Seul leur parvenait le bruit du vent et de la mer.

« Pourquoi ne peut-on pas les entendre ? demanda Émilie.

– Je ne sais pas, répondit Cosme. Mais vous voyez bien que leurs lèvres bougent : c'est parce qu'elles chantent. Un chant si pur, si… parfait, que j'en ai oublié ma propre existence. Il ne peut pas être enregistré… Et il ne doit pas l'être. Imaginez si les Masques le passaient en boucle… Le monde entier ne s'en remettrait pas. La voilà, la magie… Le pouvoir de l'inexplicable.

– Ce n'est pas la première fois que je vous entends parler de magie, intervint Italy. À présent, je vois mieux de quoi il s'agit…

– Taméo est au courant, l'informa Émilie. J'ai rêvé d'un poème, et c'est ce qui nous a mis sur la voie.

– Nous devrions préparer le bateau, au cas où les femmes reviennent cette nuit, » suggéra Lilas.

Il était encore tôt, mais il faisait nuit noire. Italy regonfla le bateau en un rien de temps, et fit monter Émilie, Lilas et Cosme.

« Vous ne venez pas ? demanda Lilas à Italy.

– Si Cosme et Émilie disent vrai, vous allez perdre connaissance en écoutant ces femmes. Qui ramènera le bateau ici ? Nous risquerions de dériver, ou de périr noyés pour peu qu'elles déclenchent un nouvel orage. Elles ont tué Li, nous devons être méfiants. Je vais me boucher les oreilles, et je vous ferai revenir à temps grâce à la direction télécommandée. Vous savez déjà comment fonctionne le moteur.

– Vous êtes un bon marin, vous ne perdez jamais le Nord, » répondit Cosme en souriant.

Italy haussa les épaules. Lilas démarra le bateau et partit droit vers le large. Cosme et Émilie la guidèrent vers l'endroit où ils avaient aperçu les femmes aquatiques.

Ils attendirent un long moment en silence. Scrutant les abysses, ils tentaient d'apercevoir quelque chose, un vestige de navire, une silhouette sous-marine. Comme le soir précédent, ils s'oublièrent dans l'horizon. La lune, plus belle encore que la veille, resplendissait. Ses rayons transperçaient l'obscurité des flots. Se pouvait-il que la lumière aille si loin sous l'océan ? On aurait cru qu'un projecteur se cachait sous leur bateau… Leur éclair de compréhension collectif n'eut pas le temps de se muer en mots : déjà, le spectacle leur coupait le souffle.

Des navires. Trop nombreux pour être comptés, ils se dévoilaient tels des fantômes dont on aperçoit d'abord les contours. Des bateaux récents, qui rappelaient celui sur lequel ils étaient arrivés. Des bateaux plus anciens, si vieux qu'Émilie se demanda comment ils pouvaient flotter. Leur coque n'était pas de métal mais de bois. Ils possédaient des voiles et des mâts, comme dans les vieilles gravures du Centre d'Éducation. L'un d'eux était constitué d'une immense boule de bois, avec des voiles sur toute sa partie supérieure, comme une fleur. Un autre évoquait un paon faisant la roue. Un troisième possédait un mât si haut que sa coque paraissait minuscule. À ses côtés gisait un navire dont les voiles ressemblaient à des ailes d'oiseau. Les immenses paquebots de luxe n'étaient pas non plus absents, imposants, monstrueux. Sculptures brisées gisant au fond des mers, tous avaient subi les ires du même orage, et chacun en conservait des marques... L'éclat lunaire s'intensifiait. Le temps disparaissait...

Les femmes apparurent. Elles sortaient des épaves, et remontaient vers leur frêle embarcation. Dos blanc, queue de poisson, élégance. Leur tête puis leur corps émergèrent des flots. Avant que quiconque ait pu dire un mot, elles se mirent à danser. Il semblait à Émilie qu'elles chantaient depuis des heures. Vues d'aussi près, elles étaient incroyablement belles. Leurs longs cheveux étoilés se répandaient de part et d'autre de leur visage parfait. Leurs yeux, pupille blanche au milieu du bleu, fixaient le lointain et ne cillaient jamais. Leurs bras d'une pureté diamantine virevoltaient autour d'elles. Lorsqu'elles s'élevaient vers les cieux, on voyait leur buste de femme se poursuivre en queue de poisson, scintillante, d'un bleu irréel, semblable à leurs cheveux. Si on les regardait avec attention, on pouvait remarquer quelques différences entre leurs traits. Jeunesse, douceur, menace trahies par d'infimes détails. Et leur voix... Bien que leurs lèvres bleues fussent ouvertes, leur chant donnait l'impression de venir de très loin. D'ailleurs. Son omniprésence les enveloppait. Émilie se souvint d'avoir voulu parler à ces femmes, mais pourquoi ? Ses pensées tournaient au ralenti. Elles chantaient si bien... Si elle ouvrait la bouche, sa voix briserait leur harmonie. Elle souhaitait les regarder, jusqu'à la fin des temps.

◆

Émilie s'éveilla dans un état amnésique. Les yeux fermés, elle ne pensait à rien. Pourquoi ne pas rester ainsi ? Le temps n'existait plus.

Des visages surgissaient dans son esprit. Antonie. Michèle. Narga. Mary. Djamal. Cerise. Christopher. Elle devait aider les Clandestins. Il faut trouver la magie pour infiltrer le Centre d'Aptitude avec Taméo. Li est mort...

Émilie ouvrit les yeux. Le crépuscule dans un triangle bleu. L'abri sous la falaise.

Cosme et Lilas gisaient à ses côtés. Le bateau d'Italy reposait contre la falaise, formant un abri supplémentaire contre le vent. En l'entendant bouger, Lilas tourna la tête vers Émilie. Un tas de sandwiches avait été déposé près d'elles. Toutes deux mangèrent en silence ; Italy, alerté par leurs mouvements, releva le bateau. Un courant d'air froid s'engouffra dans le renfoncement rocheux.

« Vous dormez depuis presque une journée. Vous allez bien ?

– Je crois, balbutia Émilie.

– Je ne sais pas, répondit Lilas.

– Vous semblez épuisées. Mais vous avez dormi beaucoup plus longtemps que le premier jour...

– Que s'est-il passé ?

– Quand le bateau est parti, je vous ai surveillés grâce au Revery. Je les ai vues sortir de l'eau et vous encercler. C'est incroyable, je n'en reviens toujours pas ! »

Les yeux d'Italy brillaient d'excitation.

« Bien que j'aie eu les oreilles bouchées, je les ai entendues. Leur chant était si beau...

– Il était différent de l'autre nuit, intervint Émilie. Il n'évoquait pas les mêmes impressions.

– Je n'ai pas pu résister, poursuivit Italy. J'ai eu la force de vous faire revenir avant d'être complètement hypnotisé, mais c'est un miracle... Quand le bateau s'est mis à bouger, elles n'ont pas réagi, comme si elles ne vous voyaient pas. Mais leur danse s'est accélérée, jusqu'à former un tourbillon, un puissant maelström. Elles-mêmes n'étaient plus qu'un flou étoilé. Leur chant continuait comme si de rien n'était, et j'aurais sombré si je n'avais pas dû vous ramener. Le maelström est devenu énorme... Puis elles sont retournées sous l'eau. Une grosse vague vous a propulsés jusqu'ici. Le chant résonnait toujours ; lorsque le bateau a touché terre, je me suis écroulé. J'ai dû me réveiller vers midi. Vous n'aviez pas bougé et vous étiez glacés, alors je vous ai mis dans l'abri en essayant de conserver la chaleur à l'aide du bateau. Je n'ai pas voulu faire de feu, la fumée pourrait nous faire repérer. Mais Cosme ne s'est pas encore réveillé... »

Émilie avait l'impression d'être revenue au lendemain de l'attaque des Ombres. Incapable de sourire, la gorge serrée, elle luttait pour ne pas pleurer. Un coup d'œil à ses compagnons lui indiqua qu'ils étaient dans le même état qu'elle.

« Nous ne leur avons pas parlé, reprit-elle enfin.

– Je ne sais pas si nous le pouvons, commenta Lilas. Elles sont si… différentes…

– Nous devons trouver un moyen.

– Nous ne pouvons pas résister à leur chant, souligna Italy. Il est trop puissant… D'autant que les effets ont l'air de s'aggraver à chaque nouvelle nuit. Même si vous vous bouchez les oreilles, vous les entendrez, et tout en dehors d'elles sera silence.

– Mais nous devons leur parler, insista Émilie. Ce sont elles, la magie.

– Vous ne devriez pas y retourner ce soir, maintint Italy. C'est dangereux, nous sommes épuisés…

– Et nous mourons d'envie de les entendre encore une fois, dit tristement Lilas.

– Nous avons besoin de sommeil. Cosme n'est même pas remis de la nuit dernière. Je veux y retourner autant que vous mais… Nous ne savons pas quelles sont les limites de leur pouvoir, et je crains qu'il ne nous prenne au piège. Puisque ces femmes apparaissent tous les soirs, nous pourrons toujours aller les voir demain, quand nous aurons repris des forces.

– Vous avez raison, céda Lilas. Cette nuit, nous devrions dormir. Et nous boucher les oreilles, pour plus de précaution.

– Et si elles ne réapparaissent pas demain ? demanda Émilie.

– Nous aviserons. Mais je pense que nous avons assez risqué nos vies pour aujourd'hui.

– Très bien, céda Émilie. Avec quoi va-t-on se boucher les oreilles ?

– J'ai utilisé la mie du pain des sandwiches. »

Ils partirent se coucher les oreilles pleines de mie, et Italy repositionna le bateau à la verticale pour les garantir du froid. Émilie entendait bien continuer à penser à ces femmes mystérieuses, mais à peine se fut-elle allongée qu'elle partit, sans crier gare, au pays des rêves. Elle y parcourut des lieux étranges, des endroits qui ne pouvaient exister dans ce monde. Jean les hantait parfois, Jean, ainsi qu'un jeune homme inconnu aux cheveux noir corbeau et aux yeux gris.

À son réveil, il lui fallut du temps pour se souvenir du présent, et de ce qu'elle faisait dans un abri de fortune près de la mer. Et puis... Comment pouvait-elle s'être éveillée au crépuscule ? Elle aurait dormi vingt-quatre heures ?

Émilie tira un sandwich et une bouteille d'eau du petit Disali, bientôt imitée par Lilas. Pendant un long moment, aucune d'elles n'ouvrit la bouche. Émilie repensait à ce qu'elle avait vu en rêve, à toutes ces images, à Jean et au garçon inconnu. Cela lui avait paru si réel...

« Nous avons dormi longtemps, lança enfin Lilas.

– Oui, répondit Émilie. Ce doit être parce qu'elles ont de nouveau chanté. »

Émilie peinait à retrouver l'ordre de ses priorités. Elle se sentait perdue.

« Je me sens bizarre, reprit Lilas. J'ai l'impression d'avoir rêvé très longtemps.

– Moi aussi. Et... Je me sens vieille.

– Pareil pour moi.

– Que fait-on, maintenant ?

– Nous devrions sortir et respirer un peu d'air frais. »

Émilie et Lilas s'extirpèrent de leurs sacs de couchage, et furent assaillies par le froid dès qu'elles eurent quitté leur abri. Elles longèrent la plage pour se dégourdir les jambes.

Le vent sur sa peau, les galets humides et instables, les éclaboussures de l'eau, Émilie grelottait et revivait tout à la fois. La lumière du soleil lui semblait n'avoir jamais été aussi belle, au milieu du ciel en feu et des nuages aux couleurs irréelles. Le monde criait la vie ; elle finit par oublier le froid, et put réordonner ses pensées déboussolées.

« Je n'en reviens pas, dit Lilas. Comment est-il possible que de telles créatures existent sans que personne ne soit au courant ?

– Il y a eu ces touristes, répondit Émilie.

– Oui, et on ne les a pas crus... Il ne restait aucune trace de leurs films, aucune preuve. Personne ne croira jamais à de tels phénomènes sans preuve... C'est tellement inexplicable ! Ces créatures semi-humaines qui peuvent vivre sous l'eau, ce chant qui nous rend totalement impuissants... Ce n'est pas normal. Ce n'est pas logique.

– C'est de la magie. Pourquoi veux-tu y trouver une explication scientifique ?

– Parce que la connaissance rassure, tandis que l'inconnu effraie. La science répond à tes questions, et t'aide à comprendre le monde, comme une lumière qui chasse les ténèbres de la violence et de l'ignorance. L'erreur de notre système est de la mettre sur un piédestal, loin de l'amour et de la liberté. Et ces créatures marines… Elles remettent en question les principes les plus élémentaires. Mais la magie n'est peut-être que l'étape qui précède la science.

– Leur chant… commença Émilie.

– N'est pas enregistrable, donc pas transportable. Quand bien même il le serait, je vois mal comment on pourrait s'en protéger. Et de toute manière, parler sous l'eau, sans aucun matériel…

– Tu réfléchis encore trop scientifiquement. Leur chant… Leur chant parle à notre cœur, à notre âme, et c'est par ce moyen que nous devons y répondre.

– Si nous voulons parler, il faudra pourtant utiliser notre voix. Et elle n'est pas de taille à se confronter à la leur.

– Puisqu'on ne peut pas les interrompre, nous pourrions peut-être essayer de parler les premiers… Mais nous devons trouver les mots justes. Des mots normaux ne suffiront pas. C'est un peu comme… Une formule magique.

– Une formule magique ?

– Il y a bien des formules chimiques, non ? Si tu respectes la formule, tu obtiens un résultat qui dépasse la simple addition des éléments. Mais pour trouver une formule, il faut tâtonner ; elle ne devient évidente qu'après-coup. Ici, c'est pareil : si tu utilises les bons mots, dans le bon ordre, ces créatures magiques t'écouteront.

– Et quels sont ces mots ?

– Je ne sais pas. Il faut chercher…

– Nous pourrions commencer par trouver leur nom, suggéra Lilas. Sinon, elles ne sauront pas que nous nous adressons à elles. 'Femmes mystérieuses', 'créatures magiques', ce ne sont pas des noms.

– C'est vrai, sourit Émilie. Un nom et une formule magique… À quatre, ce ne devrait pas être si difficile. »

Lilas lui rendit son sourire.

« Nous devrions retourner auprès de Cosme et d'Italy. »

Quand elles arrivèrent, la nuit achevait de tomber. Italy et Cosme venaient de s'éveiller. Ils mangèrent et burent en silence, l'air hagard. Ce fut Italy qui retrouva la parole en premier.

« Elles ont encore chanté. Je me sens vidé de mes forces.

– Oui, répondit Lilas. As-tu l'impression d'avoir rêvé très très longtemps ?

– Oui… J'aimerais me souvenir, mais je n'y arrive pas.

– Moi non plus, intervint Cosme, la voix rauque de s'être tu pendant deux jours.

– T'es-tu réveillé depuis que nous sommes allés les voir chanter ? lui demanda Émilie.

– Non. Mais nous y retournons ce soir, n'est-ce pas ? Une troisième fois ?

– Cosme, dit doucement Lilas. C'était hier soir, la troisième fois. Tu ne t'es pas réveillé, et nous avons décidé de nous reposer. Nous nous sommes bouchés les oreilles ; malgré cela, nous avons dormi une journée entière. Tu as donc dormi pendant deux jours, sans interruption.

– Deux jours ?! s'exclama Cosme. On dirait que je suis plus sensible que vous à cette magie… Peut-être parce que je suis un homme. Ces femmes ont un effet… Différent, sur nous.

– Je suis d'accord, approuva Italy.

– Quels sont nos plans, maintenant ? demanda Cosme.

– Nous devons parler à ces femmes, répondit Émilie.

– Mais si nous sommes incapables de résister à leur chant…

– Nous parlerons les premiers, dit Lilas.

– Nous devons répondre à leur chant, et à leur danse.

– Leur répondre ? dit ironiquement Italy. Parce que tu crois qu'elles nous écouteront ? Nous ne savons même pas si elles nous voient.

– Nous devons trouver la formule magique. Comme en chimie… Avec les bonnes molécules, vous pouvez former quelque chose de nouveau. Ici, nos molécules sont des mots, et il faut trouver la formule qui les rendra magiques !

– Nous devons aussi deviner le nom de ces femmes, compléta Lilas. Pour qu'elles nous entendent. Qu'elles sachent que nous nous adressons à elles.

– Je suppose que c'est la piste la plus logique que nous ayons, soupira Italy. Même si je doute que l'on puisse communiquer avec ces créatures à l'aide de choses aussi banales que des mots.

– Les mots peuvent devenir des compliments comme des injures, observa Cosme. De même qu'en chimie, une seule molécule peut servir des buts opposés. »

◆

Dans les jours qui suivirent, Émilie, Cosme, Lilas et Italy consacrèrent toute leur énergie à la résolution de l'énigme qu'ils s'étaient fixée. Ils continuèrent à se boucher les oreilles la nuit, mais le retour à la normale de leur rythme de sommeil prouvait que les femmes mystérieuses avaient cessé de venir chanter.

Cela ne les inquiéta pas. S'ils utilisaient la bonne formule, ils retrouveraient aisément les étranges créatures du Cimetière des Naufragés. Ils ne prirent pas la peine de monter la garde : si une Ombre les avait repérés, ils auraient été arrêtés depuis longtemps.

Le Disali leur fournissait l'alimentation nécessaire, bien qu'elle manquât de variété, et l'Enflamtou suffisait à les maintenir au chaud. Ils s'étaient rapatriés sous le sapin où ils avaient dormi la première nuit. À l'aide des indications d'Italy, ils avaient construit une cabane de fortune, dont le bateau constituait l'un des murs. Loin de la mer, il faisait moins froid, et ils parvenaient à passer les nuits presque sans frissonner. Le climat était l'une des préoccupations constantes d'Italy, qui ne perdait rien de son pragmatisme en ces temps de réflexion collective.

« L'hiver approche, leur répéta-t-il une énième fois, et nous n'y résisterons pas. Nous devons nous dépêcher de trouver cette formule magique et de partir d'ici.

– Je sais, répondit Lilas. Mais nous ne pouvons pas partir maintenant. Nous n'aurons pas de deuxième occasion.

– Cela va faire trois semaines que nous sommes ici, et deux que nous réfléchissons, protesta Italy. J'aimerais parler à ces créatures mais…

– Nous ne pouvons pas baisser les bras ! s'exclama Cosme. Vous vous rendez compte de ce que nous avons trouvé ? »

Leur discussion prenait une direction maintes fois explorée. L'absence de nouvelles pistes mettait tout le monde à l'épreuve, et les humeurs s'impatientaient. Mais il fallait persister ; après tout, les formules s'étaient-elles jamais découvertes facilement ?

« Essayons encore une fois, dit Cosme. Au moins de trouver le nom de ces femmes.

– Nous avons déjà essayé, et aucune de nos suggestions ne convient, soupira Lilas. Magiciennes, Créatures de la Mer, Enfants de l'Océan…

– Il y aussi les noms inventés, l'interrompit Cosme. Magimer, Créocéan, Femmer, Femmagie…

– Et tous ces noms sont aussi ridicules les uns que les autres, conclut Italy.

– J'ai peut-être une idée, suggéra Émilie. Nous avons réfléchi au sens de ces noms, mais pas aux sons… Ces femmes chantent sans se servir des mots : il faudrait un nom dont la sonorité traduise à la fois la beauté, le mystère et la transcendance… Même si ce nom ne veut apparemment rien dire.

– Je ne sais pas, répondit Lilas. Je suis vraiment à court d'inspiration.

– Les connotations des sonorités, cela varie beaucoup selon la sensibilité de chacun, commenta Cosme.

– Et la formule ? Quelqu'un a des idées pour la formule ?

– Il faudrait déjà savoir si les mots qui s'y trouvent ont du sens ou du son, » souligna Lilas avec amertume.

Une lueur traversa les yeux de Cosme.

« Peut-être que ce sont les deux…

– Que veux-tu dire ? demanda Émilie.

– La formule. Les mots qui la composent doivent avoir à la fois du sens et du son… Lilas, c'est ça !

– Je ne comprends pas…

– Du sens et du son, ne vois-tu pas ? Il y a quelque chose qui réunit ces deux éléments !

– Et c'est...

– Un poème, bien sûr ! » s'exclama Cosme.

Les yeux d'Émilie et de Lilas s'illuminèrent.

« Et le poème, nous l'avons déjà ! Émilie, tu t'en souviens toujours ? Récite-nous la première partie, notre formule est là ! »

Ils étaient assis sur un large rocher au bord de la falaise, à cette heure agréable de l'après-midi où le soleil et l'Enflamtou suffisaient à les réchauffer. Une bouffée d'excitation traversa Émilie.

« Que seras-tu, dis-moi, quand la mort frappera ?

Seras-tu l'onde douce et guérissant les maux ?

Seras-tu la tempête qui va sur les eaux ?

Seras-tu cette écume toujours au-delà ?

– Ce sont des questions ! s'exclama Cosme. Je suis certain que la formule que nous cherchons n'est autre que la réponse à ces questions...

– C'est brillant, renchérit Italy. Je n'avais jamais entendu d'aussi jolies phrases.

– C'est le poème dont Émilie a rêvé, répondit Lilas.

– Tout concorde ! s'écria Émilie. Il ne nous reste plus qu'à trouver le nom des sirènes ! »

Tous les visages se tournèrent vers elle, sourires figés.

« Que viens-tu de dire ? dit lentement Italy.

– Je ne sais pas, balbutia Émilie.

– Sirène, c'est bien ce que tu as dit ? insista Lilas. D'où te vient ce nom ?

– Je ne sais pas. C'est... c'est sorti tout seul.

– Comment est-ce possible ? renchérit Cosme. Comment l'as-tu trouvé ? C'est un nom... parfait ! Comme le poème. Sirène... La beauté, le mystère, la transcendance. Pourtant, cela ne veut rien dire...

– Je ne sais pas, répéta Émilie. J'ai l'impression de l'avoir toujours eu en moi... Le poème a dû le faire ressortir... »

Émilie se sentait perplexe. Elle avait le sentiment de se dédoubler, comme si une autre venait de parler à sa place, et de trouver ce mot, qui les tenait en échec depuis tant de jours.

« Sirène, reprit Italy, c'est un beau nom. C'est certainement le leur. Et la réponse au poème… 'Que serai-je, dis-tu, quand la mort frappera ?'

– 'Je serai sirène, et mon chant t'apaisera.'

– 'Je serai sirène, et mon chant te détruira.'

– 'Je serai sirène, et mon chant te trouvera.' »

Leurs mots furent suivis d'un silence surpris. Aucun d'eux ne savait ce qui les avait poussés à parler, ou à employer un tel vocabulaire. À l'image de la sirène surgie d'Émilie, les vers leur avaient échappé malgré eux. Tous éprouvaient une semblable incompréhension, et la même impression de faire partie d'un tout. D'un destin inéluctable, auquel il eût été dangereux de chercher une raison. Une menace semblait flotter dans l'air, incompréhensible, ombre de la crainte provoquée par le chant des sirènes.

« Nous irons ce soir, dit Lilas. Nous danserons comme elles, et chacun dira son vers. »

Émilie se leva, et partit en direction de l'escalier qui menait à la plage. Le crépuscule ne tarderait pas. Elle voulait être seule… Depuis qu'elle avait entendu le chant des sirènes, des visions à la fois inconnues et familières la hantaient, de livres, de signes d'or et de dangers lointains. Mais elle ne devait pas se souvenir…

Ils se rejoignirent devant leur ancien abri près de la mer. L'heure était venue. Il faisait nuit noire, pourtant la fatigue ne les atteignait pas. Ils s'abstenaient de parler, crainte de briser l'harmonie, et de perdre la formule.

Ils naviguèrent un temps indéfini, puis s'arrêtèrent. Émilie fut la première à se glisser dans l'eau houleuse, sans gilet de sauvetage, faisant fi de sa peur et du froid glacial qui l'étreignait.

Ils imitèrent tant bien que mal la danse des sirènes. Ballottés par les vagues, ils luttèrent de brefs instants, avant de trouver leur rythme, formant une ronde avec l'océan. Ils s'efforçaient de pas ressentir le froid, de ne pas voir les lèvres bleues qui murmuraient, comme les sirènes, un chant de toute éternité. Et le temps parut ne jamais s'être écoulé.

« Que serai-je, dis-tu, quand la mort frappera ?

Je serai sirène, et mon chant t'apaisera.
Je serai sirène, et mon chant te détruira.
Je serai sirène, et mon chant te trouvera. »

Ils ne comptèrent pas le nombre de fois où ils répétèrent ces mots. Mais rien ne se produisit. Ils réitérèrent les mêmes mouvements, les mêmes paroles. Mais rien ne se produisit. Ils voulaient continuer. Mais la force leur manqua. Épuisés par la danse, engourdis par le froid, ils se sentirent envahis par le doute.

Soudain, ils furent aspirés vers le fond de l'eau. Le Cimetière des Naufragés apparut, tel qu'ils l'avaient vu la première fois, avec une incroyable netteté, projeté hors de l'obscurité par une lumière anormale. Ils se dirigeaient vers lui à toute vitesse, entraînés par un tourbillon invisible. Ils s'enfoncèrent parmi les épaves qui reposaient dans les profondeurs ; leur vitesse s'intensifia, et il leur parut être Lilliputiens dans un cimetière de géants. Ils n'avaient pas le temps d'admirer ; ils continuaient à avancer.

Émilie craignait de heurter le sol marin de plein fouet… Puis elle comprit.

Empilées les unes sur les autres, formant une colossale montagne de navires, les épaves s'étendaient vers les abysses. Les ténèbres les engloutissaient. La surface n'était plus qu'une faille bleue perdue au milieu de ces nouveaux gratte-ciel. Émilie ne voyait plus ses compagnons. Elle s'efforçait d'ignorer la pression sur ses oreilles et sur ses poumons, le manque d'air, le froid, la pénombre. La douleur s'intensifiait, le voyage devenait de plus en plus oppressant… Puis l'intolérable cessa.

IV

Émilie respira avec délectation. Elle se trouvait dans un somptueux palais. Une longue allée de marbre blanc, pavée de nacre et soutenue par une colonnade de perles, s'offrait à son regard. Derrière elle, une fantastique arche de corail. Au-delà, on apercevait le Cimetière des Naufragés, sous lequel le palais semblait enseveli. On devinait les premiers bateaux, intrigants, fantomatiques, luisant d'éclats surnaturels. Nulle barrière ne les en séparait. Ce qui signifiait…

« Vous avez demandé à nous rencontrer, » dit une voix derrière eux.

Une sirène.

Mesurant au moins deux mètres, elle avait un buste aux formes parfaites. Ses longs cheveux s'enroulaient autour d'elle jusqu'à sa taille, qui se poursuivait en une longue queue de poisson d'un bleu étoilé. Celle-ci se terminait en deux nageoires ondulées, presque transparentes.

Son beau visage les fixait, dépourvu de toute émotion. Ses lèvres bleu nuit tranchaient sur sa peau de perle. Ses yeux d'azur lui dévoraient le visage. De minces membranes d'un bleu très clair reliaient entre eux les longs doigts de la sirène, complétant le tableau de cette extraordinaire créature.

« Merci de nous avoir laissés entrer. »

La sirène tourna lentement la tête vers Émilie.

« Vous avez prononcé les justes paroles. Venez nous rejoindre. »

La sirène leur tourna le dos, et nagea vers le fond du couloir. Stupéfaits, Émilie, Cosme, Lilas et Italy la suivirent. L'eau conservait sur eux quelques-uns de ses effets, et ils avançaient au ralenti, gênés par leurs bagages, distancés par la sirène.

« Nageons, suggéra Italy. Nous irons plus vite. »

Sa proposition s'avéra judicieuse, et l'eau leur opposa moins de résistance que de coutume.

De chaque côté du couloir, des arches laissaient voir de nombreuses salles, plus mystérieuses les unes que les autres. Émilie entrevit d'immenses coquillages aux formes extraordinaires, une perle aux dimensions colossales, et des objets rectangulaires familiers…

Au bout de l'allée de marbre, une arche, plus imposante que celle de l'entrée, marquait la frontière d'une salle titanesque. Son plafond en coupole, divisé en trois parties, répondait aux motifs de mosaïque qui recouvraient le sol. Neuf sirènes les attendaient, réparties dans un cercle que vint compléter celle qui les guidait. Le mur qui les entourait rassemblait toutes les nuances du bleu. Tantôt le bleu d'une nuit de pleine lune, tantôt celui de l'océan tropical qu'illuminent les rayons du soleil, tantôt le bleu de diamant et d'acier sur lequel ils avaient vogué. Émilie et ses compagnons se placèrent au centre du cercle des sirènes.

Un long silence d'observation mutuelle s'installa.

« Nous vous souhaitons la bienvenue, humains, dit la plus grande des sirènes. Voilà longtemps que vous ne nous aviez rendu visite.

– Nous ne sommes pas les premiers à venir ici ? s'exclama Lilas.

– Votre dernier passage remonte à quelques milliers de vos années.

– Milliers ? Vous existez depuis tant de temps ?

– Nous avons toujours existé. Nous existerons toujours. Peu importe qu'il s'agisse de nos aïeules ou de nos descendantes. Les sirènes forment un seul peuple.

« – Est-ce vous qui avez provoqué la tempête ? demanda Italy.

– Nous avons créé l'orage. Nous avons obéi aux voies du destin.

– Le destin ? C'est pourtant à cause de vous qu'il y a un Cimetière des Naufragés. Sinon, pourquoi votre palais y serait-il enseveli ?

– Cimetière des Naufragés. Nom étrange pour un endroit si plein de vie, intervint une nouvelle sirène.

– Nous sommes sa cause, mais pas sa raison d'être, expliqua la sirène qui avait parlé la première. Nous créons les tempêtes. Certains navires y périssent, d'autres non. Ils sont les vestiges du passé, la preuve du présent, l'indice de l'avenir. Tous portent la marque du destin.

– Et Li... Vous ne l'avez pas sauvé, n'est-ce, pas ? demanda Lilas.

– Le destin en a décidé autrement. »

La voix des sirènes ne trahissait aucune émotion. Face à des êtres aussi différents, les accusations de Lilas fondirent comme neige au soleil.

« Sirènes, nous sommes venus vous demander de l'aide, reprit-elle.

– Est-ce de l'or que vous cherchez ?

– Ou du pouvoir ?

– Nous voulons aider les Clandestins à s'emparer d'un Centre d'Apprentissage de l'Aptitude. De tous les Centres, pour être précise. Nous voulons renverser le système du technomonde. »

Les sirènes restèrent muettes.

« Vous... Vous savez de quoi il s'agit ? demanda Émilie.

– Nous savons tout, répondit la plus grande des sirènes.

– Le passé, dirent en chœur trois autres sirènes.

– Le présent, ajoutèrent trois nouvelles voix.

– L'avenir, » conclurent les trois qui n'avaient pas encore répondu.

Émilie ne savait plus où donner de la tête, car aucune de celles qui parlaient à l'unisson n'étaient côte à côte.

« Nous savons ce qui fut, ce qui est et ce qui sera, reprit la première sirène.

– Mais alors, vous savez ce qui se passe à la surface, dans notre monde ! s'exclama Lilas. On emprisonne et on tue les gens parce qu'ils pensent différemment, on brise les familles…

– Toujours, les humains se battent et s'entretuent, dit tristement une des sirènes qui avait prononcé le mot « passé ». N'apprendront-ils jamais rien de l'Histoire ?

– Ils ne le peuvent, répondit l'une de celles qui revendiquaient le « présent ». Ils vivent de contradictions. Ils font la guerre pour défendre la paix. Ils nourrissent la haine pour justifier l'amour. Ils confondent la mort et la vie. C'est un ensemble de forces contraires, qui dansent au bord des abysses.

– Certains, parfois, demandent notre aide, dans l'espoir d'établir un équilibre.

– Et cette aide, vous nous la donnerez ? insista Lilas.

– Nous aidons tous ceux qui le demandent, répondit la plus grande des sirènes. Nous avons le pouvoir d'intervenir sur le temps et l'espace. Nous ne pouvons toucher ni l'esprit ni le cœur des hommes.

– Mais votre chant est tellement beau…

– Il peut être fatal ; à cette exception près, ses effets disparaissent avec le silence.

– Fatal ? répéta Cosme.

– Si vous nous aviez écoutées, la troisième nuit, vous seriez morts. Mais vous avez dormi.

– Vous nous avez vus, quand nous sommes venus en bateau ? demanda Émilie. Pourquoi ne pas nous avoir laissés vous parler ?

– Nous ne connaissons pas les humains tant qu'ils n'ont pas prononcé les justes mots.

– La formule magique ?

– Si vous préférez.

– Pour en revenir à notre problème, insista Lilas, pouvez-vous nous aider ?

– Nous pouvons abolir l'espace, et arrêter le temps. »

Arrêter le temps… Émilie redoubla de crainte et de respect envers les sirènes. Leur chant tuait ou figeait à l'envi : si tel était leur souhait, elles auraient pu anéantir la race humaine…

« Pourriez-vous utiliser votre chant sur le maître des Fantômes ? suggéra-t-elle. Et sur tous les Masques et les Ombres ?

– Ce serait inutile, Émilie, répondit Cosme. Nous sommes victimes d'un système de pensée. C'est un état d'esprit qui dépasse les seuls salariés, les sirènes ne peuvent rien y faire.

– Et nous connaissons notre ennemi, renchérit Italy. Si nous le faisions disparaître trop vite, il pourrait y avoir une révolution, voire une guerre civile… Contentons-nous d'aider Taméo à s'emparer des Centres d'Aptitude.

– Il faudrait nous concerter avec lui, commenta Cosme. Tout cela est tellement incroyable…

– Même avec un pouvoir aussi inattendu que celui des sirènes, il ne déviera pas de son plan premier, déclara Italy. Pas sans connaître son ennemi.

– Je suis d'accord, » approuva Lilas.

Elle ajouta à l'adresse des sirènes :

« Serait-ce possible ? Pourriez-vous nous donner un moyen de prendre les Centres les uns après les autres ? »

Les sirènes offrirent d'emprisonner leur chant dans de petites perles, aussi fragiles que des œufs. Il suffirait de les briser pour le libérer, et ainsi arrêter le temps vingt-quatre heures, dans le monde entier.

Émilie ne comprenait pas pourquoi ils se contentaient de si peu. Avec l'aide des sirènes, renverser les Ombres et leur maître serait enfantin. Elle ne concevait pas que la population ou le système puissent poser problème. Et le pouvoir des sirènes offrait tant de possibilités !

« Pourquoi ne pas intervenir dans le passé ? proposa-t-elle. Nous pourrions empêcher le système d'exister…

– Il nous est interdit d'altérer le cours du passé, et de changer l'Histoire.

– Mais en nous aidant maintenant, vous modifiez l'avenir…

– Le Présent et l'Avenir sont instables. L'Histoire n'y est pas encore écrite.

– Et si nous revenons lorsque le moment sera venu de s'attaquer au maître des Fantômes ?

« – Les humains ne peuvent atteindre notre royaume qu'une fois dans toute leur vie. S'ils repartent, c'est sans retour. Telle est la règle.

– Et si nous attendions ici que Taméo soit prêt ?

– Si vous demeurez ici, ce moment n'arrivera jamais, » intervint une sirène de l'avenir.

À ces mots, ses compagnes se retournèrent vers elle, leur neutralité laissant place à un mélange de surprise et de curiosité. L'une des sirènes du passé, qui semblait fort contrariée, ne put retenir une exclamation.

« Amarante ! La connaissance de l'avenir ne doit jamais influencer les décisions humaines.

– Le soupçon du possible intervient cependant dans chacun de leurs actes.

– Paix, dit la grande sirène. Les humains ne sont pas concernés par ce débat. »

Tous les regards revinrent à Émilie, Cosme, Lilas et Italy, auxquels la grande sirène demanda :

« Quelle est votre décision ?

– Nous prendrons les perles qui permettent d'arrêter le temps, répondit Lilas. Nous partirons dès qu'elles seront prêtes.

– Une dernière question, intervint Italy. Comment rejoindrons-nous Taméo après notre départ ?

– Il est en notre pouvoir d'abolir l'espace.

– Alors… Vous pourriez faire venir Taméo ici ! s'exclama Émilie.

– Il n'a pas prononcé les paroles qui lui donnent le droit d'entrer.

– Dans ce cas, nous apparaîtrons directement dans le Centre d'Aptitude, dit Cosme. Que notre attaque concorde ou non avec celle de Taméo, le résultat sera le même : s'il n'est pas prêt, il aura vingt-quatre heures pour prendre possession du Centre.

– Quand les perles seront-elles prêtes ? demanda Lilas.

– Quand le prix sera payé, pour que les perles puissent être chantées.

– Un prix ? répéta Italy, qui ne semblait qu'à moitié surpris.

– Vous devez nous donner, en émotions, ce qu'en paroles nous exprimerons. Vous devez nous donner, en souvenirs, ce qu'en temps nous figerons. Vous devez nous ouvrir votre cœur, pour que le partage soit équitable.

– Je ne comprends pas très bien, répliqua Lilas. Des émotions et… Des souvenirs ? Vous en avez besoin pour créer les perles ?

– Vos vies seront la trame sur laquelle nous tisserons notre chant. Une de vos années, c'est là le temps que nous demandons.

– Nous devrons vous donner un an de souvenirs ? s'insurgea Italy.

– C'est peu, en regard du temps universel.

– Et comment allons-nous faire pour vous donner cela ? demanda Cosme.

– Renouvelez-vous votre réponse ? dit la plus grande des sirènes. Acceptez-vous notre aide telle que proposée ?

– Bien sûr, » s'empressa de dire Émilie.

Ses compagnons ne manifestèrent pas un enthousiasme similaire. Mais partager ses souvenirs ne posait aucun problème à Émilie. Elle montrerait aux sirènes la vie avec Ryad, son apprentissage parmi les Clandestins, et libre à elles de voir ce que les Ombres leur avaient infligé…

« Avant de me prononcer, j'aimerais savoir où en est l'opération de Taméo, dit Italy. Est-ce possible ?

– Venez, » répondit une sirène du présent.

Sans attendre leur approbation, elle nagea vers le couloir par lequel ils étaient entrés. Émilie, Cosme, Lilas et Italy la suivirent. Le sol de nacre créait des reflets enchanteurs sur le marbre blanc, qui rappelaient ceux de la salle centrale aux murs changeants. La douceur des colonnes de perle donnait envie de les caresser. En levant les yeux, Émilie remarqua que le plafond suivait exactement les formes du sol, si bien qu'on ne pouvait les différencier. Ils auraient pu nager à l'envers sans s'en rendre compte.

Leur guide les conduisit près de la perle gigantesque entrevue à leur arrivée. Auprès de ce trésor, même la sirène, pourtant beaucoup plus grande que n'importe quel homme, paraissait petite. La perle, d'une rondeur parfaite, leur renvoyait des reflets déformés.

« Cette perle vous montrera ce que vous désirez voir. Vous verrez votre ami, mais ne pourrez ni lui parler, ni lui faire prendre conscience de votre présence. Êtes-vous prêts ?

– Comment devons-nous procéder ?

– Touchez la perle. Pensez à lui. Il apparaîtra. »

Ils posèrent la main sur la surface fraîche et douce de la perle. Émilie eut l'impression d'être aspirée à l'intérieur de l'immense sphère. Les murs s'arrondirent et des meubles se dessinèrent, des meubles terrestres, qui rappelaient...

« Le bureau de Taméo ! » résonna la voix de Lilas.

Taméo apparut, plongé dans des schémas complexes sur son Revery. Il ne manifesta aucune émotion lorsque quatre personnes se matérialisèrent à ses côtés, et n'entendit pas l'exclamation de Lilas, pas plus que les autres Clandestins présents dans la pièce.

Un coup à la porte les fit sursauter, et un Clandestin vint occuper la dernière chaise libre. Taméo leva les yeux de son Revery.

« L'infiltration du Centre a commencé il y a trois mois. Nous avons observé les Masques nuit et jour, nous sommes au courant de tous leurs mouvements. Nous savons ce qu'ils recherchent, et sur quels jeux il faut miser. Nos équipes techniques ont créé un Revery parfait, qui devrait pouvoir berner les Ombres. Il donne droit à l'un de nos appartements ; nous avons créé l'historique nécessaire à la vraisemblance et, lorsqu'il sera activé, il sera relié au réseau. Nous sommes prêts à lancer l'infiltration.

– Je persiste à croire que cette opération nous perdra, dit une femme. Les Ombres ont renforcé les contrôles...

– Vous avez vous-même contrôlé la transparence de notre Revery, lui rappela Léonard. Nous ne pouvons pas faire mieux : si cela ne fonctionne pas, rien ne fonctionnera.

– Charles sera chargé de l'infiltration, dit Taméo, avec un signe de tête à l'adresse du Clandestin qui venait de les rejoindre. Il déclenchera le Revery dans une semaine, lorsque les préparatifs seront achevés. Nous communiquerons via son Revery, avec le code que vous connaissez tous. D'ici un an, il sera parfaitement infiltré. De notre côté, nous allons poursuivre les faux enregistrements, et préparer l'infiltration d'autres Clandestins. Le suivi demande un travail énorme : nous nous limiterons donc à quatre personnes. Les infiltrés s'empareront du Centre petit à petit : nous les rejoindrons quand les caméras et toutes les formes de surveillance du Centre seront sous notre contrôle. Il s'agira d'isoler rapidement les Masques et Ombres restants, et d'avoir des remplaçants prêts à prendre la relève.

– Comment ferons-nous pour voler leurs Reveries ? Il nous faut leurs empreintes digitales…

– Le prototype de gants sur lequel nous travaillons sera prêt ; un prélèvement ADN suffira.

– C'est assez, » dit Lilas.

Émilie retira sa main de la perle. La voix et les contours de Taméo s'estompèrent, l'image redevint une, et il lui sembla s'éveiller.

La sirène les reconduisit dans la pièce centrale, où la discussion se poursuivit. Cosme, Lilas et Italy voulaient en apprendre davantage sur les souvenirs qu'ils devraient partager pour permettre aux sirènes de créer leur chant magique. Désormais certains que Taméo avait besoin de temps pour préparer la prise du Centre d'Aptitude, ils s'étaient résignés à cette idée, mais refusaient d'ouvrir les portes de leur mémoire à l'inconnu.

« Il s'agit d'un partage, et non d'un vol, fut la réponse des sirènes. Ce que vous nous donnerez ne disparaîtra pas. »

Elles les conduisirent de nouveau dans le couloir par lequel ils étaient arrivés, et leur montrèrent la pièce où ils dévoileraient leurs souvenirs.

Il s'agissait d'une salle ronde aux murs recouverts de coquilles de nacre, et où l'on pénétrait par le plafond. Un miroir transparent flottait en son centre. Dépourvu de cadre, il renvoyait un reflet d'une fadeur anormale.

« Voici le Miroir de la Mémoire, leur expliqua l'une des sirènes du passé. Tenez-vous devant lui, souvenez-vous, et votre mémoire se déversera dans la nacre. Pour chanter ce que vous demandez, nous aurons besoin d'une année de souvenirs… »

La sirène leur indiqua une coquille de nacre d'environ quarante centimètres de diamètre. En voyant que la plus grande, accrochée sur une des parois de la salle, devait être d'une largeur avoisinant les huit mètres, Émilie comprit pourquoi les sirènes considéraient leur en demander peu. Cependant, elle aperçut aussi des coquilles plus petites : certaines n'excédaient pas un centimètre de long. Le mélange de toutes ces tailles déformait sa perception. Lilas interrompit ses réflexions par une nouvelle question :

« Devrons-nous nous relayer devant ce miroir sans interruption ? »

La sirène acquiesça.

« Afin de former une unité, vos souvenirs doivent être renfermés dans une même coquille. Seul le résultat devra égaler un an : à chacun de vous d'estimer ce qu'il doit, et ce qu'il peut donner. Si c'est la durée de ce processus qui vous inquiète, sachez que la magie qui vous permet de survivre dans notre palais vous protège des effets du temps. Vous ne ressentirez ici ni la faim, ni la soif, ni la fatigue, et ne vieillirez pas.

– Vous devez être seuls devant le Miroir de la Mémoire, ajouta une sirène du présent. Vos souvenirs et vos émotions ne doivent pas se mêler entre eux : ils perdraient leur singularité.

– Vous parlez d'émotions, observa Cosme. Je croyais qu'il ne s'agissait que de souvenirs.

– Nous nous efforçons de garder une trace de l'Histoire des humains, expliqua une sirène du passé. Les faits, leurs causes et leurs conséquences se devinent aisément. Mais nous sommes étrangères aux émotions humaines, à l'éphémère qui vous habite, et sans lequel il n'est nulle histoire. Les souvenirs humains nous aident à comprendre ce que nous préservons : les faits qui ressurgiront comptent autant que les émotions que vous avez éprouvées alors. Le Miroir sculptera ces unions passagères dans la pureté d'une nacre éternelle.

– Nous chanterons pour vous lorsque vous commencerez à partager vos souvenirs. Cela peut être maintenant, ou plus tard. Pour nous, le temps n'existe pas. »

Les sirènes s'apprêtaient à partir, quand Lilas les retint :

« Attendez ! Je vais le faire tout de suite.

– Lilas, dit Cosme avec douceur, je peux passer en premier. De toute façon, aucun de nous n'y échappera…

– Non. Je veux m'en débarrasser tout de suite.

– Soit, dit une sirène. Si tel est ton désir, place-toi devant le Miroir, et souviens-toi. Quand le moment sera venu de céder ta place, nous avertirons tes compagnons. Maintenant, nous partons, afin de ne pas forcer ta mémoire. »

Les sirènes, entraînant avec elle Émilie, Cosme et Italy, sortirent par le plafond qui faisait office de porte. Une fois dans le couloir, ils furent reconduits à la salle centrale, et se retrouvèrent seuls avec la grande sirène.

« Tant que votre amie sera devant le Miroir de la Mémoire, il vous est interdit de la rejoindre. Vous pouvez à votre guise explorer les trois couloirs, le présent, le passé, l'avenir. Sachez toutefois que vous ne devez pas intervenir dans un temps qui n'est pas le vôtre. »

Au fur et à mesure qu'elle les nommait, la grande sirène pointa du doigt les couloirs correspondants. Lilas se trouvait dans celui du présent.

« Nous vous ramènerons ici lorsque le moment viendra pour l'un d'entre vous de partager ses souvenirs. »

La sirène nagea vers le couloir du présent, et les laissa seuls à la croisée des temps.

◆

Pendant un long moment, chacun resta plongé dans ses méditations. Ce fut Cosme qui brisa le silence.

« Que faisons-nous maintenant ? Attendrons-nous Lilas ici ?

– Tu plaisantes ? répondit Émilie. Nous sommes dans le royaume des sirènes... Je compte bien l'explorer jusque dans ses moindres recoins.

– C'était aussi mon idée, sourit Cosme.

– Je vais retourner dans le couloir du présent, renchérit Émilie. Il y a tant de salles qui m'intriguent... Et vous ?

– J'aimerais voir le couloir du passé, » opina Cosme.

Italy ne répondit pas. Émilie et Cosme se tournèrent vers lui : pour la première fois depuis qu'Émilie le connaissait, il hésitait.

« Je ne sais pas, dit-il enfin. Peut-être que... J'aimerais revoir le Cimetière des Naufragés. Avec toutes les épaves... Alors... Je vais retourner dans le couloir par lequel nous sommes entrés. »

Empressé et maladroit, Italy nagea vers le couloir du présent. Émilie échangea avec Cosme un regard perplexe. Elle rejoignit Italy, qui s'était arrêté à l'entrée de l'allée de nacre. Une sirène se tenait devant eux.

« Nous voudrions explorer le couloir du présent, » lança Émilie.

La sirène tourna vers elle ses yeux silencieux.

« Pourriez-vous nous guider ? reprit Émilie sans se démonter. Italy aimerait voir le Cimetière des Naufragés, à l'extérieur…

– Vous devez passer par un autre couloir, répondit enfin la sirène. Les navires qui demeurent sous les eaux n'appartiennent plus au présent. Pour s'y rendre et pouvoir en revenir, il faut remonter le temps. »

Sans un mot, Italy se dirigea vers le couloir du passé.

Émilie se retrouva seule avec la sirène, qui continuait à l'observer. Elle prit son courage à deux mains et la parole une nouvelle fois.

« Pourriez-vous m'en apprendre davantage sur le couloir du présent ?

– Que veux-tu savoir ?

– Je ne sais pas par où commencer…

– Si ta curiosité n'est pas ciblée, elle ne peut être satisfaite. »

Émilie réfléchit. Quelle question, de toutes celles qui se bousculaient dans son esprit, poserait-elle en premier ?

« Le Miroir de la Mémoire se trouve dans ce couloir, se décida-t-elle. Nous vous donnons nos souvenirs, pourtant cette pièce n'est pas dans le couloir du passé… Pourquoi ?

– Le couloir du passé est dédié aux faits qui ont marqué l'Histoire, et sur lesquels nulle intervention n'est possible. Le passé est révolu. Vos souvenirs sont fuyants et incertains ; révolus, jamais. Le doute demeure ; ils sont donc à l'image du présent.

– À l'image du présent…

– Le présent oscille entre le passé et l'avenir. Ce qui fait sa permanence est sa continuité. Les émotions humaines en font partie, car elles se répètent, en dépit des générations qui se succèdent. »

Émilie n'était pas sûre de comprendre les paroles de la sirène.

« Vous avez dit tout à l'heure que… Nos émotions vous aidaient à comprendre le passé. Comment le peuvent-elles, si ce sont toujours les mêmes ? Pourquoi en avez-vous besoin pour chanter ?

– Tu poses deux questions qui sont liées ; mes réponses le seront également. Nous sommes étrangères aux sentiments humains, car les nôtres ne sont pas marqués par l'éphémère. Longs à naître, une fois fixés dans notre cœur, ils y restent jusqu'à notre mort. Ils peuvent considérablement différer d'une sirène à une autre. Les vôtres sont tout le contraire. Communs à tous ceux de votre espèce, chaque seconde les voit changer, se poursuivre, renaître, disparaître et recommencer. Nous sommes comme des lignes droites qui ne convergent jamais ; vous êtes une infinité de cercles qui se chevauchent. Ce qui nous intéresse dans vos émotions est le rapport qu'elles ont au monde, au temps et aux autres êtres humains. Sans vos histoires, nous ne pourrions comprendre ce qui fait l'Histoire. Vos émotions nous inspirent un chant unique, et nous donnent prise sur un temps qui ne nous est rien. Si nous chantions pour figer le temps sans vos souvenirs, nous pourrions l'arrêter un millénaire, et cela ne serait pour nous qu'une seconde. C'est grâce à vous que notre magie sera mesurée, et ne touchera pas vos alliés. »

Émilie marqua une nouvelle pause.

« Quel est votre nom ? »

Les yeux de la sirène se durcirent imperceptiblement, et Émilie craignit d'avoir commis un impair. Après de longues minutes, la sirène parla enfin :

« Nos noms sont précieux. Nous ne les partageons pas volontiers.

– Je suis désolée, balbutia Émilie. Je ne voulais pas être indiscrète. Pour les humains, donner son nom est assez naturel… C'est une manière d'être connu et retenu par les autres. Et vous vous ressemblez tellement que nous avons du mal à vous différencier…

– Je m'appelle Azurée. »

Émilie sourit, surprise et reconnaissante.

« C'est un très beau nom.

– Mes sœurs me l'ont donné lorsque je suis venue au monde.

– Vous naissez et mourez comme les humains ?

– Nous vieillissons comme eux, mais beaucoup plus lentement. Quand le moment est venu pour l'une d'entre nous de quitter ce monde, elle chante son dernier chant et donne tous ses souvenirs, toutes ses connaissances à celle qui la remplacera. Nous créons ensemble la magie de notre nouvelle sœur, ses cheveux, ses yeux, ce qui deviendra sa queue de poisson. Sa partie humaine, son cœur, sa voix lui sont transmis par celle qui s'en va. Au fur et à mesure que celle qui part chante, elle disparaît, et finit par se dissoudre dans l'eau. Ainsi le savoir accumulé ne se perd jamais ; nous restons les mêmes en devenant autres.

– Mais en quoi différez-vous de celle qui vous a précédée ?

– Nous avons son savoir, notre cœur lui ressemble ; pourtant, nous ne portons pas un nom identique. Nous connaissons le nom de toutes les sirènes qui ont vécu avant nous. Aucun ne se répète. Ainsi le veut notre magie.

– Chez les humains, aucun nom n'est unique, mais il n'y a pas une telle transmission… observa Émilie.

– Elle ne se fait pas de la même façon, » se contenta de dire Azurée.

Brève méditation.

« Si une sirène ne peut naître que lorsqu'une autre meurt, il y en a toujours le même nombre, n'est-ce pas ?

– Nous resterons dix jusqu'à la fin des temps. Cet équilibre ne doit pas être rompu. Nous ne nous réunissons que pour chanter à la surface, et assister à la fin de l'une de nos sœurs.

– Nous vous avons vues, vous étiez si belles… Et votre chant était si merveilleux. Mais je n'arrive pas à m'en souvenir…

– Notre chant n'est pas humain. Nul ne peut le figer.

– Pourquoi ne chantez-vous pas toutes les nuits ?

– Nous venons pour marquer l'arrivée d'un nouveau navire, dans ce que vous appelez le Cimetière des Naufragés. Nous chantons pendant les trois nuits qui suivent son naufrage, célébrant le passé, le présent et le futur de ce nouveau monument. Nous chantons la nuit, car la beauté du ciel nocturne inspire davantage notre cœur, et c'est de lui que nous tirons la magie de notre chant.

– Mais pourquoi détruisez-vous les bateaux ? Pourquoi…
Tuez-vous des humains ?

– Ce n'est pas le fait de notre volonté. Si un navire est marqué par le destin, nous devons sculpter un obstacle, une tempête, un écueil, et laisser le sort décider.

– Le destin ? Mais cela ne veut rien dire…

– Nous ne pouvons rien face au destin. À ceux qui survivent nous tentons d'offrir, s'ils l'acceptent et en sont dépourvus, le don de la vie.

– Le don de la vie ?

– Un talent qui aide ceux qui le possèdent à dépasser les moments difficiles. Un don permettant de voir plus loin, de savoir la valeur de la vie.

– Vous parlez de ceux qui en sont dépourvus… Cela signifie-t-il que certaines personnes ont le don de la vie sans vous avoir rencontrées ?

– En effet. Certains humains naissent avec, ou le développent au cours de leur existence, suite à des circonstances particulières, comme toi. »

Émilie fixa Azurée, surprise. Elle aurait voulu poursuivre, mais une question imprévue interrompit le cours de sa pensée.

« Le poème ! Savez-vous d'où il vient ?

– Autrefois, les êtres de magie ne se cachaient pas du regard humain. Puis vous avez peu à peu cessé de croire en nous, et nos sentiments ont changé. Nous avons décidé de disparaître de la surface de la terre. Toutefois, nous avons jugé bon de laisser des indices à qui nous chercherait. Si quelqu'un s'en montrait digne, il nous trouverait. Trois êtres, représentant chacun un peuple de magie, ont créé les trois strophes qui composent le poème, avant de les laisser se perdre dans la matière. On dit que c'est un humain, le dernier qui ait cru en nous, qui y a mis une conclusion.

– Un humain les a réunies ? Est-ce lui qui a mis ces mots par écrit ?

– Cette histoire est légende même pour nous, et les faits sont perdus. J'ignore comment ce poème est arrivé jusqu'à toi.

– Pourquoi ne pas avoir conservé aussi la solution de chacune des énigmes ?

– Elle ne peut se figer. Le poème est destiné à éprouver et à guider les humains qui prétendent nous rencontrer : chacun y voit un sens unique, aussi la solution est-elle différente pour tous ceux qui se présentent. La transmettre lui ferait perdre son sens.

– Mais comment pouvez-vous savoir que l'énigme a été comprise si la formule magique change à chaque fois ? insista Émilie.

– Ce n'est pas sa signification qui change, mais sa forme. Pour nous atteindre, les humains doivent parler avec leur cœur, et peser chaque mot de ce que tu appelles la formule. Répéter ne suffit pas. Il faut recréer. En vous posant des questions, nous vous forçons à deviner.

– C'est en trouvant votre nom que le reste du poème est venu, se souvint Émilie. Sirène. Ce nom aussi, vous nous l'avez fait oublier ? Si c'est le cas, comment ai-je pu m'en souvenir ?

– Vous l'avez perdu de vous-mêmes. Néanmoins, il hante chacune de nos paroles lorsque nous chantons : c'est pourquoi tu as pu le recréer.

– Pourtant, je n'arrive pas à me souvenir de vos chants. J'ai un sentiment confus de beauté irréelle, aucune mélodie, aucune parole.

– La musique du cœur n'use pas des notes de l'esprit. La transformer en mots prend du temps. »

Émilie réfléchit un long moment avant de répondre. À chaque fois qu'elle l'interrogeait, Azurée faisait surgir de nouvelles questions : il était difficile de toutes se les rappeler.

« Cette histoire de destin et de tempête... Je ne comprends toujours pas.

– Alors vois par tes propres yeux. »

Sans attendre la réponse d'Émilie, la sirène remonta le couloir du présent. L'eau ne lui opposait aucune résistance ; elle ne nageait pas, elle ondulait. Grâce et justesse. L'harmonie incarnée.

Elles dépassèrent la chambre de la perle et entrèrent dans une pièce aux vastes dimensions. Ses murs d'un blanc marmoréen étaient ornés de motifs mystérieux, où se croisaient toutes les couleurs de l'arc-en-ciel. D'une forme sphérique, la salle donnait à Émilie l'impression de se trouver à l'intérieur d'une immense bulle chatoyante. Quand elle se posa sur le sol, le plafond lui parut étonnamment haut. Autour d'elle, les couleurs dansaient, et il lui semblait que la sphère entière bougeait.

« Vois-tu cette nuée bleue ? »

Azurée lui indiqua une sorte de brume bleu nuit qui flottait au centre de la pièce. Au milieu de tous ces motifs, Émilie ne l'avait pas remarquée.

Elle s'éleva jusqu'à la substance intrigante… La distance qui l'en séparait ne se réduisait pas.

« Puis-je… toucher ? »

Azurée acquiesça. Émilie tendit la main vers ce qui lui faisait penser à un nuage et, sans qu'elle comprît pourquoi, son bras se déplaça vers la droite, manquant largement la matière bleue. Elle réitéra son geste et cette fois sa main partit vers la gauche. Elle recommença : de nouveau sa cible lui échappa sans se mouvoir. Chacune de ses tentatives se solda par le même échec.

« Je n'arrive pas à l'atteindre.

– Nul ne le peut, répondit Azurée, car toucher le ciel est impossible.

– Le ciel ?

– Les premières sirènes chantaient si bien qu'elles ont ému le ciel. Celui-ci pleura tant qu'il s'assécha, et l'un de ses morceaux tomba dans la mer. C'est ce fragment que tu as sous les yeux, et nous nous trouvons dans le Noyau de la Nuée. Lorsqu'une tempête se prépare, la brume bleue emplit la pièce, et appelle celles d'entre nous qui devront chanter pour elle. Les sirènes désignées chantent l'apocalypse et, pendant un instant, deviennent l'océan. Les humains apparaissent ici, maigres silhouettes ; ils nous aperçoivent parfois. Quand la nuée cesse d'appeler, nous nous taisons, et ramenons ceux qui vivent encore à la surface.

– Cela explique que je vous ai vues, si grandes, sous l'eau ! J'étais dans cette sorte de brume…

– La nuée déforme les perceptions.

– Pourquoi restez-vous invisibles pour certains humains ? Et pourquoi n'allez-vous pas plus souvent à la surface ?

– Sous l'eau, quand la mort guette, certains préfèrent fermer les yeux. D'autres, même s'ils les gardent ouverts, ne regardent pas au bon endroit. Quant à la surface, nous y allons pour chanter le passage d'un navire marqué par le destin ; jamais en d'autres occasions. Cela fait partie du pacte que nous avons conclu lorsque nous avons choisi de disparaître. Nous nous sommes interdit d'encourager les humains à nous chercher.

— Êtes-vous obligées de chanter les naufrages ?

— Notre chant est le monde. Sans lui, tout ne serait qu'oubli. C'est un rituel qui doit demeurer. »

Ainsi les tempêtes se créaient indépendamment de la volonté des sirènes. Tout était question de destin… Émilie peinait à saisir le sens de cette notion. Cette nuée était-elle douée d'une volonté propre ? Se pouvait-il que le dernier naufrage ait eu lieu afin que Cosme et Italy en entendent parler, des années plus tard ?

« Si vous créez ces orages en fonction du destin, reprit-elle, cela signifie que vous intervenez sur l'avenir…

— Tu te demandes si ceux qui t'ont précédée ont été sauvés par hasard, répondit Azurée. Tu t'interroges sur les causes et les conséquences qui entourent ton présent. Sache que le destin demeure un mystère, même pour nous. Il se forge dans le présent, et non dans l'avenir ; rien n'est écrit tant que le présent n'est pas révolu. Nombre de destins se perdent, se croisent et s'entredétruisent, métamorphoses perpétuelles. Quels qu'ils soient, ils ont le mérite d'exister. Je pense que si la nuée bleue nous appelle, c'est parce que ceux qui croisent son chemin le demandent, au plus profond de leur être. Je crois qu'en vérité ce sont les humains qui trouvent la tempête, et non l'inverse. Vous cherchez à être éprouvés, vous avez perdu le sens, vous voulez le retrouver.

— Vos… Sœurs ne sont pas de cet avis ?

— Certaines le sont. D'autres croient au hasard. D'autres y voient des interprétations multiples… Comme la possibilité d'un destin.

— La sirène qui est la plus grande d'entre vous… Est-ce votre reine ?

— Elle est, de nous toutes, la plus expérimentée. Nous la considérons comme notre guide, et respectons ses décisions. Quand le temps viendra pour elle de partir, ses souvenirs iront à notre nouvelle sœur. La sirène la plus ancienne d'entre nous prendra sa place, et sortira de son temps de prédilection.

– Son temps de prédilection ?

– À notre naissance, en plus de ses souvenirs, nous héritons de la place dans l'ordre du temps de celle qui nous a précédée. Nous sommes au nombre de dix ; trois d'entre nous habitent chaque couloir, étudient chaque époque, immortalisent chaque instant. Nos rôles diffèrent trop pour être échangés. La division est nécessaire : les trois dimensions ne doivent pas être mêlées, car alors le temps n'existerait plus. Mais si elles ne se rejoignaient jamais, le temps ne s'écoulerait plus ; c'est ce lien ténu qui permet à la plus âgée d'entre nous, le moment venu, de se dégager de son temps pour investir les autres. La dixième sirène maintient la cohésion de l'ensemble.

– Mais quel est votre rôle, exactement ? insista Émilie. À quoi servent toutes ces salles ?

– Viens. Vois. Apprends. »

Azurée sortit du Noyau de la Nuée, et mena Émilie jusqu'à une autre salle, proche de l'entrée du palais. La sirène se lança dans une longue explication, ponctuée de silences et de questions de la part d'Émilie. Quand le sujet lui parut compris, Azurée nagea vers une autre pièce, beaucoup plus loin, et le processus recommença. Ainsi, Émilie accompagna Azurée de salle en salle, de pièce en pièce, de chambre en chambre, jusqu'à ce que plus aucune partie du couloir n'ait de secrets pour elle.

◆

Les sirènes consacraient une pièce entière à la résurrection des souvenirs du Miroir de la Mémoire : le Cœur de la Conscience.

Au premier abord, cela ressemblait à un atelier de sculpture aux modèles plus vrais que nature.

Au fur et à mesure que l'on se promenait entre les silhouettes fantomatiques, qui se découpaient nettement sur le marbre noir, la salle se faisait galerie. C'était un tunnel d'où surgissaient différentes parties du corps humain, composées de marbre blanc et de petits coquillages. Plusieurs mannequins complets peuplaient le milieu du couloir, avec un vide à la place du cœur. L'attention d'Émilie fut attirée par une statue un peu plus grande qu'elle.

Il s'agissait d'un homme aux proportions parfaites. De fines algues sombres figuraient ses cheveux, et deux petites perles noires remplaçaient ses yeux, d'une profondeur troublante. Le corail apportait une rougeur délicate au buste marmoréen. Des coquillages finement striés lui servaient d'ongles. Une fleur d'un rose suave représentait sa bouche.

Les autres mannequins possédaient des visages similaires, bien qu'aucun n'arborât la même expression. Joie, tristesse, méditation, surprise, amour, haine, mélancolie, espoir, rien ne semblait manquer, jusqu'aux larmes de cristal qui brillaient dans quelques regards. Partout des yeux, des bouches, des poses qui rendaient hommage à l'art des sirènes. Bien qu'immobiles et muets, ces êtres semblaient vivants. Certains ne sortaient qu'en partie de la paroi de marbre, figés avant d'être achevés. Des bras, des mains, des visages se tendaient de toutes parts, et l'on aurait voulu les saisir pour aider ces inconnus à se séparer de la pierre.

« Nous recréons ici les humains dont l'âme élude notre compréhension, expliqua Azurée. Parfois, l'apparence suffit à raconter une histoire. Lorsque ce n'est pas le cas, nous plaçons les souvenirs de nacre dans le cœur des statues. Alors elles prennent vie et répondent à nos questions comme un véritable être humain, rejouant à l'infini le fragment de mémoire qui leur est confié.

– Comment se fait-il que vous peiniez tant à comprendre les sentiments humains ? demanda Émilie. Vous les étudiez depuis si longtemps, et vous dites que ce sont toujours les mêmes.

– C'est leur inconstance qui nous est étrangère. Chez les humains, des émotions apparentées revêtiront mille expressions ; chez nous, une seule. Les sirènes du passé s'attachent à relier ce que vous ressentez aux événements de votre Histoire. Elles viennent souvent en ces lieux, afin de relier leur certitude à notre continuité. Les sirènes de l'avenir ont elles aussi recours au Cœur de la Conscience, lorsque le futur les intrigue.

– Alors chacune d'entre vous… Construit des humains à tour de rôle ici ?

– Cette tâche revient au présent. L'histoire d'un corps humain est un éternel recommencement. »

Avant de rejoindre Azurée, Émilie ne put s'empêcher de serrer la main de l'homme qui se tenait près d'elle. Elle sursauta en éprouvant la chaleur, la douceur et la souplesse de cette main de marbre.

◆

Après le Cœur de la Conscience et le Noyau de la Nuée, Émilie pénétra dans la Voie de la Vie.

Des milliers d'animaux formaient une spirale qui s'étendait dans les trois dimensions. D'un bleu scintillant semblable aux cheveux des sirènes, ils ressemblaient à des constellations qui auraient pris vie.

Les tunnels s'entrecroisaient de manière imprévue, et bientôt Émilie n'eut plus aucun repère spatial. Plus elle s'éloignait de ce qu'elle considérait comme le sol, moins les animaux lui paraissaient familiers. Certains avaient disparu depuis longtemps. Jouer, chasser, dormir, voler, courir, aimer, tous vivaient, éternels, indifférents à la présence d'Émilie et d'Azurée.

Les tunnels fourmillaient de sons et d'odeurs. Émilie toucha un lion qui sommeillait et sentit la chaleur de son corps, la fraîcheur de l'ombre où il reposait, la douceur rugueuse de son pelage sauvage, l'odeur de fauve qu'il exsudait. Elle glissa ses doigts le long d'une baleine et sentit les remous de l'eau autour de ses mains, alors que l'imposante créature passait au-dessus d'elle, menaçant de l'emporter dans son sillon. Elle enfourcha un cheval, et un souffle d'air frais s'invita dans ses cheveux alors que les muscles de l'animal le propulsaient vers l'avant dans un galop effréné. Elle tint le petit corps chaud et tremblant d'une souris au creux de sa main, effleura un aigle qui planait parmi les vents glacés. Du plus petit insecte au mammifère le plus imposant, de l'ordinaire au légendaire, toutes les espèces de la Terre se trouvaient réunies, recréées par la magie des sirènes.

Ne manquaient que la couleur et le cadre, pour que l'illusion soit complète.

« Ferme les yeux et imagine ce que tu ne vois pas, » suggéra Azurée.

Émilie s'exécuta. Aussitôt, elle vit ce qui lui manquait. Savane, forêt tropicale, désert, montagnes… Elle ne parvenait pas à déterminer si cette illusion provenait de son imagination, ou s'il s'agissait d'une nouvelle forme de magie.

Peu importait le moment où ces êtres avaient existé. Seul comptait l'écoulement continu de la vie.

« L'évolution est une transformation qui n'est pas révolue, » expliqua Azurée.

Les plantes se répartissaient dans la Voie de la Vie selon le même principe. Les fleurs, dont cette coloration insolite n'enlevait rien de la délicatesse, dégageaient des parfums plus enchanteurs les uns que les autres. Azalées, roses, orchidées, lotus, asphodèles, pâquerettes, boutons d'or, campanules, glycines, hellébore, jasmin, elles caressaient ou retenaient Émilie à son passage, poussaient en grappes, sortaient du sol, tombaient du ciel et sentaient si bon qu'elle aurait voulu les cueillir. Le vent dansait parmi les feuilles des arbres, qui volaient de part et d'autre, plus vraies que nature, pluie d'étoiles. L'odeur du pin, marine et chaleureuse, le chêne, qui rappelait la terre humide, les arbres fruitiers aux senteurs de sucre et aux fleurs printanières, les cascades de lierre… Les paupières closes, Émilie s'imaginait sans peine au milieu d'un paradis chatoyant. Le bleu de la mer rappelait déjà tellement celui du ciel !

◆

La salle suivante contenait les objets rectangulaires qu'Émilie avait aperçus lors son premier passage dans le couloir du présent.

D'une taille titanesque, avec un plafond en voûte, la pièce, aux parois bleues veinées de corail rouge, s'ouvrait sur une allée d'étagères parallèle au couloir. Sur les murs étaient accrochés une infinité de tableaux. Ici et là, disposés à intervalles réguliers, des sculptures nées de la main de l'homme et quantité d'instruments de musique complétaient ce merveilleux parcours. Émilie eut un frisson en s'approchant de ce qui ressemblait à…

« Des livres, dit Azurée. De la littérature qui, réunie avec la musique, la peinture et la sculpture, complète le portrait de votre art. Bien que chacun de ces objets soit achevé, ils s'inscrivent dans le présent, car ils revivent à chaque nouveau regard qui se pose sur eux, et tente de les comprendre.

– Je... J'ai déjà vu des livres... murmura Émilie. Mais pas dans mon monde... »

Ce lieu qu'elle recherchait depuis si longtemps, qu'elle devinait comme derrière un voile, et qui faisait le lien entre le Centre d'Apprentissage de l'Aptitude et les Clandestins...

« L'Âme de l'Art, reprit Azurée, contient la totalité de votre univers. Y entrer, c'est le faire revivre. »

Émilie nagea vers le rayon le plus proche. La beauté était partout, mais elle n'avait d'yeux que pour les livres. Ils lui paraissaient aussi attirants que dans son souvenir, avec leur couverture de cuir, ocre, brune ou verte, leurs lettres d'or et leurs embruns de mystère. Elle ouvrit un des volumes... Elle ne savait pas déchiffrer les petits signes noirs.

« Pourtant, j'ai appris à lire...

– Ces livres ont été écrits par des humains. Il s'en trouve ici de toutes les langues connues. Tu ne peux pas les lire, car le langage dont tu te souviens est celui du monde, et non des hommes. Il est en cela proche de nos chants, dont seule la mélodie touche l'oreille humaine. Il s'en sépare, car pour exister il doit rester secret. »

Émilie plongea ses yeux dans ceux de la sirène, essayant de voir au-delà de leur bleu opaque. Azurée savait-elle à quel point ce langage différait des autres ? Savait-elle ce qui lui était arrivé pendant cette obscure transition ?

« Vous pourriez m'apprendre à lire ? demanda Émilie avec ferveur. Ici le temps n'existe pas...

– Ton amie va bientôt donner son dernier souvenir, l'interrompit Azurée. Le moment est venu de retourner à la croisée des temps. »

Entraînée par un tourbillon, Émilie fut irrésistiblement emmenée vers la base de la salle centrale, où Cosme et Italy l'attendaient avec la reine des sirènes.

« Votre amie donne son dernier souvenir. Lequel d'entre vous lui succédera ? »

Il y eut un silence alors que chacun d'entre eux reprenait ses esprits. Ce fut Cosme qui devança ses compagnons.

« J'irai. »

La sirène disparut avec lui aussi efficacement que lors d'une téléportation.

« Impressionnant, murmura Italy.

— Cela me paraît presque normal, après tout ce que je viens de voir… Es-tu allé dans le Cimetière des Naufragés ?

— Oui. J'ai vu des bateaux extraordinaires… Mais toutes ces histoires enfouies sous l'océan me font froid dans le dos. Je trouve cette atmosphère trop silencieuse… Je ne sais pas.

— Tu as exploré le passé, et le passé est révolu. C'est ce que m'a expliqué la sirène : le passé ne change pas, ce sont des faits certains que l'on peut établir. Mais si tu vas vers le présent… Tu verras, c'est un endroit incroyable. Plein de vie… Et de mystère. »

La réplique d'Italy fut interrompue par la réapparition de la reine des sirènes, accompagnée de Lilas. Sur son visage, la tristesse le disputait à cette expression égarée propre au réveil.

« Lilas ! s'exclama Italy. Tu vas bien ?

— Oui… murmura Lilas. Je suis contente de vous voir… Mais comment avez-vous fait pour me remplacer si vite, devant le Miroir ?

— Les sirènes nous ont dit que le moment était venu, » expliqua Émilie.

Lilas ne répondit pas. Elle n'était pas revenue de ses souvenirs. La sirène prit la parole :

« Le don que nous a fait votre amie est plus précieux qu'elle l'imagine, et nous l'en avons remerciée. Libre à vous de poursuivre votre exploration. »

La sirène disparut de nouveau, sans entendre le cri d'Émilie.

« Attendez ! »

Italy et Lilas se tournèrent vers elle.

« Qu'y a-t-il ? questionna Italy. Que voulais-tu lui dire ?

— Je voulais lui demander son nom. Les sirènes ont de si beaux noms… »

Émilie s'interrompit, et dévisagea Lilas. Maintenus par son éternelle queue de cheval, ses longs cheveux blonds flottaient autour de son visage. Pâle, ses yeux bleus semblaient hantés par un indicible chagrin. Un mur invisible la séparait de ses compagnons.

« Lilas, tu as l'air... fatiguée. As-tu donné beaucoup de souvenirs ?

– Au début, j'avais surtout une idée précise de ce que je voulais garder pour moi, dit lentement Lilas. Les premiers souvenirs que j'ai donnés sont plutôt ennuyeux. Je refusais de m'ouvrir à des créatures aussi loin de moi. Puis, à force d'être seule, j'ai commencé à me relâcher. Des souvenirs plus intimes sont remontés à la surface. Le Miroir me montrait tout, et mes émotions dégageaient une force inhabituelle. Au bout d'un certain temps, je ne contrôlais plus rien. J'ai déversé une partie de moi là-bas, un flot ininterrompu de souvenirs que je ne croyais même pas posséder. Et j'ai ressenti tant d'émotions que je pensais avoir enfouies pour toujours... J'ai revécu des sentiments que j'aurais voulu ne jamais connaître. Je ne sais pas si cela m'a fait du bien ; maintenant, je me sens vide. C'est perturbant... comme si je n'étais pas mon propre maître. Comme si je ne contrôlais pas mes décisions. Et à présent... Les sirènes sauront, elles aussi. »

Lilas baissa les yeux et serra ses bras autour d'elle, comme le ferait quelqu'un qui tente de se protéger du froid. Italy posa les mains sur ses épaules. Elle redressa la tête.

« Lilas, personne au monde n'est capable de se contrôler en toutes circonstances. Chaque force a ses limites : il faut les assumer et aller de l'avant. »

Le visage d'Italy se fendit d'un sourire contagieux qu'Émilie n'avait jamais observé chez lui. Lilas le fixa un long moment avant de se relâcher, en souriant timidement.

« C'est étrange, reprit-elle. Je ne sentais pas vraiment que j'allais donner mon dernier souvenir. Mais mes émotions s'apaisaient, comme la fin d'une tempête, et le calme allait revenir lorsque Cosme et la sirène sont apparus. La sirène m'a remerciée de tous les souvenirs que j'avais donnés et... m'a ramenée ici. »

Après un bref silence, Lilas ajouta :

« J'espère que tout ira bien pour Cosme.

– Lilas, il faut que tu explores le palais des sirènes, lui recommanda Émilie. Italy est allé dans le couloir du passé, et moi dans celui du présent, il y a des choses fabuleuses à voir…

– Ne t'inquiète pas pour Cosme, dit Italy. Ce n'est pas le genre d'homme à se laisser détruire par ses souvenirs. »

Lilas sourit.

« Je vais dans le couloir du passé, » les informa Émilie.

Soudain, elle se souvint de ce qu'elle avait découvert dans l'Âme de l'Art. Se pouvait-il que tout ne soit qu'un rêve ? Cela semblait pourtant si réel, si vivant… Peut-être qu'au fond, sa première rencontre avec Antonie était le véritable rêve. Mais cette histoire de secret… Pourquoi Azurée n'avait-elle pas été plus explicite ?

« Peu importe, se dit-elle. Rêve ou réalité, je dois en profiter autant que possible ! »

Émilie sourit, et nagea vers le couloir que les sirènes désignaient comme celui du passé.

◆

La longue allée qu'Émilie s'apprêtait à explorer ressemblait à celle du présent. Les colonnes restaient de perles, mais les murs étaient devenus de nacre, faisant d'autant plus ressortir le chemin désormais de marbre blanc. L'omniprésence de la nacre donnait au couloir un aspect doux et hypnotisant. Cela rappelait à Émilie les vagues, à la surface, qui changent de couleur selon l'heure du jour, et ne sont jamais immobiles. Au bout du couloir, très différent des épaves fantomatiques sur lesquelles débouchait le présent, brillait un bleu ciel qui rappelait la lumière de l'horizon.

Émilie nagea vers la salle la plus proche. À perte de vue s'étendait une collection d'objets. Elle en connaissait certains, les plus récents, et en découvrait d'autres pour la première fois. Armoires anciennes de bois poli, un Disali et un Divêti primitifs, chandeliers, lampes à huile, mappemondes antiques et modernes, vêtements relayant la succession des modes, tables et chaises, lits, voitures et diligences, bagues, colliers, pièces de bronze, d'or et d'argent, miroirs, décorations variées, accessoires divers, il y avait tant d'objets... La pièce égalait la longueur du couloir, mais s'élevait en hauteur comme les bateaux du Cimetière des Naufragés. Émilie n'en discernait pas la fin. Perdue dans ses pensées, elle caressa l'or et la soie, effleura le cadre des miroirs, testa le Disali, en parfait état de marche, de même que les ordinateurs qui le jouxtaient. Elle avançait lentement dans l'allée, désireuse de tout toucher, nageant au-dessus des armoires, noyée au milieu du bric-à-brac d'odeurs et de sensations qui l'étreignaient. Elle aurait longtemps poursuivi ce chemin, si une voix ne l'avait interrompue.

« Que fais-tu ici, humaine ? »

Émilie sursauta.

« J'explore cette galerie. Il y a plein d'objets que je n'ai jamais vus, c'est tellement étrange ! »

La sirène continua à la fixer sans mot dire.

« Vous êtes une sirène du passé. Pourriez-vous me parler de ce couloir et... Me montrer les salles ?

– Pourquoi souhaites-tu avoir un guide ? »

La sirène paraissait plus âgée qu'Azurée, d'une beauté moins dévastatrice, et plus douce. D'une certaine manière, elle ressemblait à Antonie. Émilie se sentait plus encline à lui faire confiance, et à lui demander son nom. Elle médita sa réponse un certain temps, afin de ne pas commettre d'erreur.

« Seule, je peux voir toutes les salles de ce couloir, mais si j'ignore leur utilité, je n'en retiendrai rien... Ce ne seront que des images. Azurée m'a dit que le passé était révolu, alors que le présent est dans la continuité. Vous étudiez les faits et... je ne comprends pas très bien ce que vous cherchez. Toute l'Histoire passée est déjà écrite... Alors à quoi vous occupez-vous ? Quelle est votre mission ?

– Tu peux deviner par toi-même ce à quoi nous dédions cette galerie. »

Émilie examina la collection d'objets.

« Vous entreposez ici ce que vous trouvez dans les bateaux ? hasarda-t-elle.

– Ta pensée est juste, répondit la sirène. Ne pourrais-tu tout découvrir ainsi ?

– Mais je ne sais pas tout. Ne serait-ce que dans cette galerie, je vois de nombreux objets pour la première fois, et j'ignore à quoi ils servent... »

Émilie s'interrompit.

« C'est cela, votre mission ! Du moins, une de vos missions. Trouver l'histoire de chacun de ces objets. Vous devez avoir une perle comme celle du présent, mais pour aller dans le passé... »

Le sourire d'Émilie s'effaça. Aller dans le passé... Les sirènes ne pouvaient-elles vraiment qu'y assister, comme dans le présent ? Si elle avait pu changer ne serait-ce qu'un seul souvenir...

« Nous ne devons pas interférer dans l'Histoire des humains, commenta la sirène qui semblait avoir lu ses pensées. Il t'est interdit d'intervenir dans un temps qui n'est pas le tien.

– Même pour sauver des vies ? insista Émilie. Cela ne changerait pas grand-chose au présent... Les Clandestins travailleraient toujours sur le Centre d'Aptitude.

– Si tes compagnons vivaient, la tristesse ne vous aurait pas menés jusqu'à nous. Et sans notre aide, l'avenir serait autre.

– Comment pouvez-vous en être certaine ?

– L'avenir et le passé sont plus proches que tu ne le crois.

– Mais pourquoi m'en parlez-vous ? Vous vous êtes fâchée contre la sirène de l'avenir, Amarante, parce qu'elle nous a dit de ne pas rester ici trop longtemps, sinon Taméo échouerait... »

Un voile de culpabilité traversa le visage de la sirène.

« Je vous ai révélé son nom, elle me le reprochera... Il nous est interdit d'influencer vos décisions ; nous pouvons seulement enrichir vos connaissances. Amarante n'aime pas les humains, elle vous a délibérément révélé un avenir alternatif sur lequel vous pouviez agir, en sachant ce que vous décideriez suite à ses paroles. Elle ne veut pas vous accueillir ici plus que nécessaire... »

Les yeux de la sirène se perdirent dans le lointain, sa pupille bleu clair se dilatant jusqu'à couvrir son œil tout entier. Après un long moment, ses yeux redevinrent normaux.

« Un humain a-t-il déjà changé le passé ? demanda Émilie.

– Plusieurs, répondit la sirène. Ils sont venus chercher notre pouvoir à cet effet. Tous l'ont amèrement regretté, car ils n'ont jamais trouvé le moyen de rejoindre leur nouveau présent. Pour cela, il aurait fallu qu'ils nous reviennent ; or, leurs actions étaient telles que leurs nouvelles personnalités n'ont pas cherché à nous rejoindre. Ils sont condamnés à les suivre, fantômes d'un avenir qui n'est plus, incapables d'agir sur leur existence, attendant la mort qui les libérera de cette impuissance. Ils assistent à leur vie comme des étrangers, et on ne les considère pas plus que des ombres. »

Émilie frissonna. Cesser d'exister, observer sa vie comme à travers une perle géante…Elle aurait tout donné pour ressusciter Antonie, Michèle et les autres mais elle n'était pas prête à sacrifier autant à cette fin.

« Pourquoi Amarante n'aime-t-elle pas les humains ? reprit-elle.

– Tu devras le lui demander toi-même. Je t'ai déjà appris son nom, je ne souhaite pas la trahir davantage.

– Azurée m'a dit que vous attachiez une grande importance au nom… »

La sirène la fixa de ses yeux inexpressifs. Émilie ne se démonta pas.

« Je m'appelle Émilie. J'aimerais que vous utilisiez mon nom. Je voudrais connaître le vôtre aussi… Parce que cela me ferait plaisir de savoir qui vous êtes pour m'aider à me souvenir de vous, quand je serai partie. »

La sirène resta muette un long moment. Émilie se tut, s'efforçant de soutenir ce regard bleu impénétrable.

« Mon nom est Mélisande.

– Mélisande, » répéta Émilie.

Ce nom lui évoquait le passé. Au contraire, « Azurée » paraissait hors du temps, et « Amarante » suggérait l'incertitude de l'avenir. Émilie sourit.

« Merci. Acceptez-vous de me guider dans le couloir du passé ?

– Peut-être. »

Il sembla à Émilie que le ton de Mélisande s'était adouci.

« Tu t'interroges sur ce que tu appelles notre mission. Tu peines à trouver un intérêt à l'Histoire. Tu as deviné une partie de nos occupations, mais tu restes ignorante de notre raison d'être. N'as-tu pas appris l'Histoire, dans ton monde ?

– Nous avons eu quelques leçons d'Histoire de la technologie, se souvint Émilie. Nous avons parlé d'époques très lointaines, sans électricité ni ordinateurs et sans Reveries. On nous a dit que c'était le commencement de l'humanité, et que depuis nous n'avions jamais cessé de progresser. L'éducateur nous montrait des images et des films qui parlaient du passé, en nous expliquant à quel point la vie était difficile à l'époque, parce qu'il y avait très peu de confort et de distractions. On nous a beaucoup parlé du développement de la technologie. »

Émilie s'interrompit, fouillant davantage sa mémoire. Tout semblait si lointain...

« On nous a dit qu'il y avait eu des guerres, finit-elle par ajouter. Et que le progrès technologique avait fait disparaître la guerre, en rendant tout le monde heureux.

– Ta vision de l'Histoire est étriquée et réductrice.

– Je sais que cette histoire de bonheur est un mensonge. Antonie me l'a appris. Le bonheur ne peut pas se posséder.

– Antonie t'a bien enseigné. Maintenant viens ; vois ce que tu ne connais pas ; écoute la réponse à ta question. »

Mélisande s'avança dans la galerie et saisit l'un des objets qui s'offraient à elle. Émilie n'y aurait accordé aucune attention mais, lorsque Mélisande commença à lui raconter son histoire, elle n'eut d'yeux et d'oreilles que pour elle, envisageant ce que lui montrait la sirène sous un jour nouveau.

« Vois-tu cette pierre taillée ? Les hommes s'en servirent au commencement, pour fabriquer des vêtements, et tuer les animaux qui les leur procuraient. Cette pierre appartenait à un jeune homme désireux de s'illustrer sous les yeux de sa promise. Armé de cette seule roche, il voulut affronter les bêtes les plus dangereuses, et choisit un lion pour première cible. Il parvint à tuer la bête au prix de sa vie ; son aimée, prise de désespoir, s'empara de la roche pour s'en transpercer le cœur. La mer a pris possession de l'endroit où ces faits ont eu lieu, et c'est ainsi que la pierre nous est arrivée. »

Mélisande prit une autre curiosité, et en expliqua les origines à une Émilie captivée.

« Vois-tu ces pièces rondes ? C'est de la monnaie. Vous ne l'utilisez plus sous cette forme aujourd'hui, mais pendant des siècles elle a représenté le pouvoir pour ceux de votre espèce. Elle permettait de tout acheter, de l'essentiel au superflu. La pièce que voici provient d'un navire dont le maître était richissime. Il fit construire ce bateau avec l'expresse envie d'y enfouir toutes ses richesses, pour les mettre à l'abri du monde, car il en possédait tant, et depuis si longtemps, qu'il en avait perdu le sens commun. Le bateau fut fait, il s'y embarqua. Dans sa folie, il n'avait pas prévu d'espace pour autre chose que de l'or, et en effet le navire en était si plein qu'il n'aurait rien pu contenir d'autre. L'homme partit avec un unique marin. Une fois en haute mer, la peur le prit, il craignait qu'on ne le vole, et tua celui qui l'accompagnait. Ainsi rassuré, il fut quelque temps sans penser à rien d'autre qu'à son bonheur. Mais bientôt, les vivres vinrent à manquer. Il eut faim, et soif, et il s'étonnait que personne ne pourvoie à ses besoins. Il ne savait pas naviguer ; il fut bientôt perdu au milieu des mers. Il mourut lentement, et sombra avec son navire, toujours incapable de comprendre pourquoi l'or ne suffisait pas. C'est ainsi que ces pièces nous sont arrivées.

« Vois-tu cette mappemonde ? Elle guidait un explorateur intrépide. Il fit un voyage de trop, dans l'espoir d'y graver toutes les terres manquantes, pour prouver au monde qu'il avait raison. C'est ainsi que ce globe nous est arrivé.

« Vois-tu cette robe ? Elle appartenait à une princesse qui la portait le soir de son anniversaire, célébré en plein océan. Mais le vêtement était trop lourd, la princesse y était trop serrée, le bateau tangua, le vent souffla, l'innocente chavira, et son habit, ce magnifique habit préparé pour l'occasion, l'entraîna vers le fond des eaux. C'est ainsi que cette robe nous est arrivée.

« Vois-tu cette poupée ? Autrefois les enfants imaginaient la faire parler, et lui faisaient vivre toutes sortes d'aventures. Grâce à eux, ce jouet prenait vie, et ils l'emmenaient dans leurs pérégrinations. L'enfant qui possédait celle-ci naviguait sur un bateau qui n'atteignit jamais la fin de son voyage, et il mourut en la serrant dans ses bras. C'est ainsi que cette poupée nous est arrivée.

« Vois-tu cette armoire ? Un jeune couple, qui voulait refaire sa vie à l'autre bout du monde, s'embarqua sur un navire assez grand pour transporter de tels meubles. Ils déposèrent dans ce grand coffre de bois tous leurs secrets, et toutes les possessions qui leur restaient, heureux d'avoir pu les réduire à si peu de choses. Le destin frappa, et le navire périt, mais le couple survécut, et parvint à rejoindre la terre. Ils pleurèrent leur perte, car elle les condamnait à s'établir au-dessous de la condition à laquelle ils étaient habitués. Puis ils découvrirent la vie sous un angle imprévu, et regagnèrent ce qu'ils avaient perdu. C'est ainsi que cette armoire nous est arrivée.

« Vois-tu cette diligence ? Autrefois, elle permettait aux gens peu fortunés de parcourir de longues distances pour se rencontrer. Celle-ci a transporté beaucoup de passagers. Une femme a travaillé pendant dix longues années, économisant chaque sou, pour pouvoir payer le voyage jusqu'à la ville lointaine où son fils unique habitait. Il lui fallut trois mois pour rejoindre son enfant, mais il avait vécu loin d'elle pendant si longtemps qu'il ne fut pas réjoui de la voir. Il lui fit un accueil si glacial que la pauvre vieille mourut de chagrin quelques semaines après son arrivée. Et beaucoup, comme elle, ont voyagé longtemps pour revoir ceux qu'ils aimaient, sans réaliser que la distance creuse autant les cœurs que les mœurs. Un jour enfin, cette diligence fit son dernier voyage : elle devait rejoindre un musée des objets de l'ancien âge, mais la nuée en décida autrement. C'est ainsi que cette diligence nous est arrivée. »

À chaque nouveau récit, Mélisande et Émilie progressaient vers l'extrémité opposée de la galerie. La sirène détaillait les histoires qui lui paraissaient les plus signifiantes ; parfois, elle devinait les questions d'Émilie et se contentait de lui expliquer comment les humains utilisaient tel ou tel objet. La plupart du temps, elle lui faisait des récits inattendus, trouvant le moyen de parler de toutes les époques et de toutes les fins auxquelles les humains destinaient ce qu'ils fabriquaient.

Émilie découvrait l'Histoire d'une manière inédite, et il lui semblait que le voile à travers lequel le Centre d'Éducation avait filtré le monde se déchirait, lui permettant de mieux voir, et de voir juste.

Poupée, mappemonde, armoire, lit, collier, pierre taillée, trahison, or, amour, guerre, tant d'émotions, tant de récits, tant d'objets, tant de personnes qui avaient traversé la terre, et dont les sirènes exhumaient les histoires des brumes du temps. Tant de choses qu'elle ignorait, et qu'elle ne comprenait pas. Les Clandestins, la magie, quelle était leur place dans l'Océan des Objets ?

« Tu as entendu beaucoup d'histoires, reprit Mélisande. Tu as désormais un aperçu de ce qu'a pu être la vie sur la Terre : considère ceci comme l'utilité du passé. Te faisant envisager le monde sous d'autres angles, il t'aide à voir au-delà de ton présent ; il t'indique la place de ton époque dans le cycle du temps. Une éternité ne suffirait pas à explorer le passé, car chaque instant qui s'écoule vient s'y ajouter. L'établissement des faits n'est que le début ; nous devons ensuite comprendre leur enchaînement, et les comparer entre eux. De là naissent tous les futurs possibles, que nous élaborons de concert avec nos sœurs de l'avenir. Telle est notre raison d'être. Nous lions les causes à leurs conséquences. La finitude à l'infini. Le passé au futur.

– Quel est le lien entre ce passé et notre présent ?

– Ta société cherche à contrôler ses membres en annihilant toute volonté. Elle recentre le monde sur le désir individuel. Votre système veut interdire le malheur, et les chemins qu'il juge susceptibles d'y conduire, tels que la frustration des désirs et l'excès de réflexion. Comme tout jugement, cette idéologie a ses limites ; le passé les prouve, aussi vous le fait-on oublier. Toutefois, les racines du technomonde sont profondément ancrées dans le passé. Votre besoin de confort et de sécurité vient d'une longue expérience de la guerre et de la famine. La monnaie a longtemps régenté les moindres aspects de votre vie, assez pour que vous souhaitiez la transformer, et donner à chacun sa chance. Et cette diligence rappelle les temps anciens où la famille existait encore, et où l'amour était assez fort pour résister au temps et à l'absence… Aujourd'hui abolis par la téléportation. »

◆

Quand Émilie retourna dans le couloir du passé, l'allée de nacre lui parut étrangement vide, après tant de temps passé au milieu des souvenirs. Ce qu'elle venait d'entendre prenait forme, et elle était curieuse d'en apprendre davantage.

La pièce suivante la laissa béate de surprise. Il lui paraissait être entrée dans un œuf. Un œuf colossal, titanesque, si grand qu'elle n'en distinguait pas le sommet. Creusées dans sa paroi d'un bleu crépusculaire, d'innombrables niches contenaient quantité de coquillages. Devant Émilie se trouvait un nouvel œuf, à l'extérieur duquel on apercevait une autre pléiade de niches. Elle y pénétra pour découvrir un troisième œuf.

Émilie traversa une vingtaine d'œufs, dont la taille ne décroissait pas, et dont chaque mur, intérieur et extérieur, contenait des niches remplies de coquillages. Entre eux, un large espace permettait de circuler. Émilie ne parvint à la dernière façade de niches que pour réaliser qu'il s'agissait d'un énième œuf, dans lequel elle ne pouvait entrer. Elle le longea, convaincue de croiser une série d'autres portes qui, en toute logique, donneraient sur le fond de la salle qui les contenait toutes. Cependant, elle eut beau nager plusieurs fois autour de l'œuf central, elle ne vit pas d'autre enfilade d'entrées que celle au bout de laquelle se discernait la silhouette de Mélisande.

« Tu n'atteindras jamais l'opposé du point où nous sommes, l'informa Mélisande.

— Et si je vais au sommet de l'œuf ? insista Émilie. Je devrais au moins voir l'ensemble de la pièce.

— Cette salle n'a pas de fin : si tu pars, tu pourrais nager éternellement sans revenir à ton point de départ. Nous sommes dans l'Histoire de l'Humanité : c'est un endroit dont même une sirène ne pourrait compléter le tour. Comme son nom l'indique, c'est ici que nous entreposons votre Histoire, l'histoire de chaque être humain.

— De chaque être humain ? Mais il y en a des centaines de milliards…

— Toute vie doit être retenue. Depuis que nous existons, nous consacrons une partie de notre temps à préserver l'histoire de tes semblables : chacun des coquillages qui se trouvent ici renferme une vie. Une vie dont nous avons chanté les faits, sans en extraire aucune émotion. À moins que l'être auquel elle appartient ne soit venu en ces lieux, et ne nous ait offert ses souvenirs... Tu as dû voir la salle où nous avons sculpté l'humanité. Le présent donne aux statues leur forme générale. Le passé y appose ses marques. L'avenir y crée ce doute qui lui est propre. Alors seulement, la statue est complète.

– C'est pour cette raison que ces gens paraissaient si vivants. Ils ont réellement existé... » murmura Émilie, interloquée.

Elle se souvenait fort bien du Cœur de la Conscience, de cette chaleur qui l'avait surprise...

« Ne te méprends pas, continua Mélisande. Nous ne pouvons fabriquer la vie humaine. Votre cœur est à la fois imitable et imprévisible : là est notre limite, et votre bonheur.

– Notre bonheur...

– Peut-être ces mots te paraissent-ils exagérés. Mais j'ai chanté tant de vies, je suis certaine de ce que je pense. »

Émilie ne savait que répondre à cette affirmation. Une autre question la taraudait, et sa curiosité l'emporta sur son incompréhension.

« Si toutes les vies humaines sont ici, la mienne doit être quelque part. »

Mélisande tendit la main. Sa paume se remplit de lumières bleutées, auréolées d'or. Lorsqu'elles se dissipèrent, elles laissèrent place à un petit coquillage d'une élégance très simple. Émilie sut qu'il s'agissait du sien.

« Ces coquillages sont uniques, expliqua Mélisande. Ils partagent avec l'existence humaine leurs ressemblances et leurs différences. Tu peux écouter si tu le souhaites. »

Émilie porta le coquillage à son oreille. Tiède et doux, un frisson d'excitation la parcourut lorsqu'elle le saisit.

Elle entendit un bruissement qui rappelait celui des vagues... Avant de percevoir une voix de sirène, reconnaissable à son inégalable pureté. Une voix qui semblait venir de très loin, comme émergée d'entre les profondeurs confondues de la mer et du passé. Émilie ne discerna aucune parole, mais le chant de la sirène lui évoqua des images très distinctes. Elle songea à une famille, un homme, une femme et une petite fille, elle-même. Ils l'élevaient avec affection et délaissaient leur Revery. La petite fille leur était enlevée alors qu'elle n'avait pas encore quatre ans. Elle venait d'apprendre le mot « papillon » avec sa mère, quand son père les rejoignait. Une épidémie se répandait parmi la population et, par précaution, chacun devait être contrôlé. Le couple se rendait au Centre d'Éducation et donnait l'enfant à une éducatrice, avant de se rendre aux salles d'analyse. Ils n'en reviendraient jamais, ayant à leur insu été déclarés inaptes. Ils mouraient au Centre d'Aptitude quelques mois plus tard.

Le Centre d'Éducation élevait la petite fille. Elle posait quelques questions épineuses sur ses parents, puis s'en désintéressait, pour se consacrer aux jeux vidéo et aux réseaux sociaux. On la rendait autonome assez rapidement. Son naturel solitaire attirait sur la fillette l'attention des éducateurs, qui surveillaient ses errances informatiques et orientaient les messages publicitaires qu'elle recevait, afin de normaliser son caractère. Leur préoccupation grandissait à l'approche du test d'aptitude, atteignant son apogée la semaine qui le précédait, lorsqu'elle les questionnait au sujet des gens inaptes. Les éducateurs discutaient longuement entre eux, percevant la fillette comme un échec annoncé et l'envoyant avec une résignation soulagée dans un Centre d'Aptitude.

Arrivée à ce moment de l'histoire, Émilie éloigna le coquillage de son oreille et ne l'entendit plus. Elle ne souhaitait pas revivre la suite. Elle ressentait un mélange de tristesse et de colère. Elle ne connaissait pas assez ses parents pour qu'ils lui manquent, elle les considérait presque comme des êtres imaginaires, et pourtant…

« Veux-tu en voir plus ? »

Émilie acquiesça. La sirène sortit de l'Histoire de l'Humanité et nagea en direction du Cimetière des Naufragés. Elle s'immobilisa devant une perle immense, semblable à celle qui leur avait permis d'assister à la réunion de Taméo.

« Touche la perle avec le coquillage. »

Émilie s'exécuta. Dès que les deux objets entrèrent en contact, un homme et une femme apparurent au milieu de la perle, qui sembla soudain emplir tout l'espace. Ils s'embrassèrent, et une petite fille se matérialisa dans les bras de la femme. Le couple indiquait via Revery que le robot de l'appartement ne devait pas s'occuper de leur fille, car ils s'en chargeaient eux-mêmes. D'un blond qui le disputait au châtain clair, les yeux bleus, Émilie retrouvait chez sa mère quelques-uns de ses traits. Elle partageait avec son père ses yeux marron sans avoir hérité de ses cheveux bruns. Le nez, la bouche, la forme du visage, chacun d'eux lui ressemblait à sa manière.

La perle étalait sous les yeux d'Émilie plus d'un an de souvenirs. La tendresse dans les yeux de ses parents lui noua la gorge. Elle ignorait qu'un être humain fût capable d'aimer avec une telle intensité...

Arriva le moment fatidique de la séparation. Émilie vit ses parents téléportés dans un Centre d'Aptitude, menés dans des chambres individuelles. La télévision leur diffusait le même message qu'elle, lui aussi prononcé par Jean. Les parents d'Émilie hésitaient à le croire, tant cela paraissait invraisemblable. Mais ils s'inquiétaient pour leur fille. Chacun de leur côté, après avoir tenté en vain de sortir de leur chambre, ils prenaient le Revery. Plus élaboré que les Reveries habituels, il créait un univers virtuel d'un grand réalisme, qui emplissait toute la pièce. Il ne contenait ni jeux, ni réseaux sociaux : une simple représentation de la réalité.

Les parents d'Émilie, d'abord incertains, se persuadaient vite qu'il s'agissait du monde réel. On venait les chercher, ils croyaient se retrouver puis repartir vers le Centre d'Éducation, où ils récupéraient leur fille. Dans les faits, ils restaient dans le Centre, debout, agissant par l'intermédiaire de leurs yeux sur leur environnement virtuel. Ils ne s'en rendaient pas compte : la séduction de cet univers était telle qu'elle leur faisait oublier la réalité de leur enfermement. Ils ne parvenaient pas à sortir du Revery, confondaient les deux mondes, ne pensaient plus à s'alimenter et tous deux, à quelques jours d'écart, finissaient par mourir d'épuisement. Sans avoir réalisé qu'ils n'étaient jamais sortis du Centre. Convaincus jusqu'à la dernière seconde qu'ils vivraient éternellement. Parodie monstrueuse d'un rêve impossible...

Émilie ne pleurait pas. La tristesse qui l'étreignait était à la fois au-delà et en-deçà des larmes. Le Centre d'Éducation l'avait faite grandir sans émotions, sans identité, et même maintenant elle ne pouvait pleurer pour ce qu'elle ne connaissait pas. Son chagrin allait à la petite fille qu'elle ne se souvenait pas avoir été et à ses parents inconnus, tués par l'illusion, assassinés pour des mensonges, morts en vain. Pour rien...

Quand la voix de Mélisande s'éleva dans les eaux, elle lui sembla venir de très loin.

« L'amour maternel fait partie des sentiments propres aux humains. Les sirènes y resteront toujours étrangères...

— Je ne suis pas sûre de comprendre cet amour non plus, murmura Émilie. Je suis triste pour cette petite fille comme si ce n'était pas moi... Et je suis en colère pour ses parents, mes parents, parce que tout cela n'a servi à rien, et ne veut rien dire. Si j'avais su, je ne me serais pas sentie aussi seule... »

Émilie repensa au papillon. Ainsi ne s'agissait-il pas d'un rêve... L'amour maternel, disait Mélisande. Peut-être le connaîtrait-elle, un jour. Peut-être aurait-elle des enfants. La pensée lui venait à l'esprit pour la première fois.

« Vous dites que les sirènes ne savent rien de l'amour maternel, reprit Émilie. Cela veut-il dire que certaines émotions ne vous sont pas inconnues ?

— Les sentiments que nous partageons avec les humains se comptent sur les doigts d'une main. Ils s'articulent autour des deux pôles que sont l'amour et la haine.

— L'amour ? répéta Émilie. Vous pouvez tomber amoureuses des humains ? Vous en êtes pourtant si différentes...

— Comment pourrions-nous partager un tel sentiment avec une sœur ? souligna Mélisande. Quoiqu'il y trouve souvent une triste fin, l'amour n'est pas empêché par les différences qui nous séparent des hommes.

— Une triste fin... Parce que les humains meurent avant les sirènes ?

— Nous maîtrisons le temps. Cependant, la constance n'est pas le propre de l'homme... Parfois, il souhaite repartir sur Terre. À certaines conditions, son retour peut être rendu possible ; mais il oublie, et ne revient jamais.

— Alors, nous pourrions revenir dans votre royaume ? dit Émilie.

— Il faudrait qu'au moins l'une d'entre nous l'accepte. »

Une ombre couvrait le regard de Mélisande.

« Avez-vous déjà aimé un humain ? »

À l'expression de la sirène, Émilie devina la réponse. Elle savait qu'elle prenait un risque : les sirènes ne donnaient pas leur nom à n'importe qui et, très certainement, ne livraient pas leur passé à la légère.

Le silence qui s'instaura fut de plomb et mit Émilie mal à l'aise.

« Vous n'êtes pas obligée de me répondre, articula-t-elle. Cela ne me regarde pas. »

Elle baissa les yeux, incapable de soutenir plus longtemps le regard glacé de Mélisande.

« Allons dans ce que tu appelles le Cimetière des Naufragés, » dit enfin la sirène.

Sans attendre la réponse d'Émilie, Mélisande lui tourna le dos et repartit dans le couloir du passé. Émilie la suivit, serrant toujours le petit coquillage dans sa main.

◆

Mélisande l'attendait à l'entrée du Cimetière des Naufragés. Lorsqu'Émilie la rejoignit, la sirène s'engagea dans le labyrinthe d'épaves.

Alors que l'entrée du couloir du présent semblait ensevelie sous les bateaux, celle du couloir du passé dominait le Cimetière tel un promontoire, et bénéficiait des lointains rayons du soleil. La perspective restait aussi trompeuse qu'à la surface : en descendant au niveau des navires, Émilie fut une nouvelle fois surprise par l'extension verticale du Cimetière des Naufragés.

Mélisande plongea dans les profondeurs du labyrinthe. Après avoir quitté le splendide bleu turquoise de ces eaux supérieures, la nervosité d'Émilie laissa place à l'admiration la plus totale. Au lieu de la semi-obscurité qu'elle appréhendait, elle se retrouva plongée dans un monde aux couleurs chatoyantes et bigarrées. Poissons incroyables, coraux extraordinaires, le couvert des épaves abritait toutes sortes de plantes aquatiques plus étonnantes les unes que les autres. Le point de vue des sirènes s'expliquait : considéré sous cet angle, le Cimetière des Naufragés portait fort mal son nom.

Nombre de lumières à la source inconnue éclairaient les épaves. En suivant Mélisande, Émilie ne put s'empêcher de remarquer les objets que recelaient encore quantité de navires. Parfois, elle crut apercevoir des coffres et des pièces d'or, mais elle ne s'arrêta pas pour s'en assurer.

Mélisande cessa de nager. Elle regardait un bateau ancien, suffisamment grand pour contenir une quarantaine de personnes. Émilie observa le navire, essayant de l'imaginer avant son naufrage, avec une voile intacte, un mât entier et une coque complète. Porté par la magie des sirènes, il flottait dans les profondeurs, et ne touchait aucun autre bateau.

« C'est le navire sur lequel est arrivé l'homme que j'aime, » dit Mélisande.

Émilie n'en croyait pas ses oreilles. Elle retint un sourire de gratitude, et se disposa à écouter l'histoire de la sirène.

« La nuée nous a appelées à son approche, et nous avons chanté pour lui. Nous avons créé un écueil qui a transpercé le bateau par le fond. Ainsi l'exigeait la nuée. Tous les passagers sont morts, sauf lui. Dans sa lutte, il nous a vues. Souvent, les humains prennent peur lorsqu'ils nous aperçoivent sous l'eau, si imposantes, inattendues. Lui n'était que fasciné, et il m'apparut que son regard et le mien s'étaient toujours cherchés. La nuée s'est rétractée, nous l'avons sauvé. Il se remit du naufrage et, le lendemain, nous chantâmes l'arrivée de son navire. Il nous vit. Le deuxième soir, il nous attendait. Il a plongé pour nous rejoindre. Mais l'effet de notre chant ne s'atténue pas sous l'eau : enchanté, il oublia de se maintenir à la surface. Notre chant fini, il était au seuil de la mort. Mes sœurs l'ignorèrent, comme nous le faisons des humains qui n'ont pas prononcé les justes paroles. Je le sauvai, contre mon usage, et me fondis dans les vagues qui le déposèrent sur le rivage. Le soir suivant, il ne réapparut pas. Après avoir chanté avec mes sœurs, je ne pus résister à la tentation de rejoindre la terre pour m'assurer qu'il avait survécu. Ne le voyant pas sur la plage, je m'enfonçai dans la forêt.

– Vous pouvez aller hors de l'eau ? s'étonna Émilie.

– La partie magique de notre être est modulable à l'infini. »

Illustrant son propos, la queue de poisson de Mélisande se mit à rétrécir puis se divisa en deux longues jambes. La sirène semblait étrangement petite sous cette forme, mais ne perdait rien de sa beauté. Le bleu de ses jambes aurait pu passer pour une longue jupe.

« Chacune de nous est libre de choisir ce à quoi elle veut ressembler. Cependant, notre préférence va toujours à la même forme. Sans doute parce qu'elle est si propre au lieu où nous vivons, et si proche de notre nature. Nous pouvons explorer la terre à notre guise… Toutefois, la chaleur du soleil épuise notre magie, et nous prendrait la vie si nous sortions de l'eau durant le jour. »

Mélisande marqua un silence avant de reprendre, sans se défaire de ses jambes :

« Je me moquais du risque que j'encourais en parcourant si tard la surface. Une heure restait avant le lever du soleil. Chaque minute me rapprochait de lui. De ce désir qui enflammait mon cœur à chaque pas que je faisais, qui grandissait au fur et à mesure que j'avançais, qui me saisissait pour la première fois de ma vie. Alors que la lueur de l'aube approchait, je le trouvai, au sommet de la falaise surplombant l'océan. Il dormait, frappé par les échos de notre dernier chant. À sa vue, je ne fus plus maitresse de moi. Au moment où je penchai mon visage sur le sien, le premier rayon du soleil apparut. Contre toute logique, il ouvrit les yeux... Je sus à cet instant ce que destin signifiait. Nous nous embrassâmes. Le silence seul fut témoin de nos amours. Je le sentais revivre, alors que ma lumière commençait à s'éteindre. Quand le soleil acheva de se lever, j'étais au bord de la mort. Je fermai les yeux sur lui, prête à m'en aller, heureuse au-delà de toute expression, quand il me souleva dans ses bras. Sans une parole, il nous jeta dans les flots.

« À l'instant où les eaux eurent recouvert mon corps, je sentis la vie revenir en moi. Lui, inconscient, oscillait entre la lumière et l'ombre. Je le protégeai grâce à mon pouvoir retrouvé, et l'emmenai dans notre palais. Bien qu'il n'eût pas prononcé les justes paroles, je les sentais gravées dans son cœur. Son cœur qui, miraculeusement, s'était ouvert à moi. Cela suffisait pour lancer le sortilège qui le protègerait. Je le soignai et le ramenai à la vie. Mes sœurs ne tentèrent plus de me dissuader, car nous partageons toutes la mémoire d'un amour. Amarante me mit en garde contre d'éventuels avenirs, en espérant que je saurais les empêcher d'advenir.

« Pendant un temps qui eût dû n'avoir jamais de fin, nous nous aimâmes. Nous avons discuté l'équivalent de jours et de nuits entiers, exploré tous les océans du globe et brûlé des feux de mille et une amours. Il m'a offert sa vie ; je lui ai donné mon être. Nous nous aimions avec une force qui dépassait nos volontés réunies.

« Jusqu'à ce qu'un jour, il s'interroge sur le temps écoulé depuis notre rencontre. Je l'informais à regret que plusieurs centaines d'années avaient passé dans son présent. Il croyait n'être ici que depuis quelques jours, et cette vérité l'horrifia. Il était homme : sa première pensée fut pour sa famille, disparue des siècles auparavant. Il connaissait notre pouvoir et me demanda de retourner dans le passé, afin de les revoir une dernière fois. La perle venait de le rendre témoin du chagrin causé par sa disparition. Il souhaitait avertir les siens, afin de préserver leur bonheur, avant de me rejoindre pour le restant de nos jours.

« Tu connais la raison qui nous interdit de renvoyer les humains dans leur passé. Lui n'y échappait pas, et je ne la lui cachais pas moins qu'à toi. Mais je le voyais dépérir, et son malheur m'affectait. La culpabilité le rongeait, enfant terrible de l'éphémère que j'appelais en vain du côté de l'éternité. Il devint l'ombre de lui-même ; je finis par lui céder. Je croyais à notre amour, aussi élaborai-je une magie qui lui permettrait de revenir auprès de moi, une fois son passé changé. Il lui suffirait de répéter trois fois mon nom. J'y avais associé ce que tu appelles la formule magique : n'ayant jamais dit les justes paroles, il les aurait ainsi prononcées pour la première fois. Nous savions tous deux que s'il retournait dans le passé, il risquait de m'oublier. Nous avons tous deux cru que la force de notre destin rendait cette éventualité impossible. Ainsi s'en fut-il dans le passé, et il n'en est jamais revenu. »

À ces mots, le visage de Mélisande dégagea une tristesse telle que la gorge d'Émilie se noua. Ses yeux s'humectèrent en dépit de l'eau qui l'environnait, et elle pleura avant d'avoir pu se retenir.

Un poids insoutenable broyait son cœur. Elle peinait à respirer, elle ne voulait plus vivre… Non. Ce chagrin n'était pas elle. Elle existait, elle ne se laisserait pas écraser. Mais elle souffrait tant… Elle ferma les yeux. Elle devait se retrouver. Il fallait que la tristesse disparaisse, ou elle n'y survivrait pas… C'était donc cela, l'éternité ? Le sort terrible réservé aux sirènes… À l'inverse de l'homme, que le temps guérit malgré lui, leurs malheurs ne connaissaient pas de fin. Mélisande aurait pu perdre son amant à l'instant : sa peine demeurait aussi vive qu'au premier jour. Rien ne la consolerait : le temps restait sans effet sur elle. Un être humain, lui, aurait guéri… Incapable de rester heureux, incapable de rester malheureux. Le temps crée l'amour, et sans lui, impossible de reformer le cercle de la vie…

Émilie luttait contre le désespoir de Mélisande. Elle devait briser le silence qui s'instaurait, obstruant. Si seulement elle avait pu aider la sirène…

« Pourquoi l'avez-vous laissé partir ?

– Lui ne risquait pas de se perdre dans son passé. Il voulait intervenir dans un temps postérieur à notre rencontre ; le changement qu'il voulait apporter n'était pas destiné à influencer son avenir. Deux paramètres qui ne s'appliquent pas au commun des mortels.

– Mais il a échoué…

– Seul notre amour pouvait souffrir des conséquences de son acte, continua la sirène. La logique voulait qu'il ne m'oublie pas, mais les voies du temps sont incertaines. Il est arrivé chez les siens après le naufrage de son bateau. Surpris de son prompt retour, ils ont festoyé. Il a passé le reste de sa vie à se demander ce qu'il voulait leur dire, et à regarder la mer en cherchant ce dont il devait se souvenir. Il n'a jamais pris femme, persuadé de découvrir un jour cette vérité qu'il sentait si proche. Il a été envahi par une mélancolie qui ne l'a jamais quitté.

– Mais ce passé n'est pas vraiment révolu. La perle peut toujours le faire revivre…

– Tu n'interviendras pas dans le passé, que ce soit pour sauver tes amis ou pour le ramener lui, répliqua Mélisande. Quel que soit ton but, tu risquerais de l'oublier une fois arrivée. Dans les deux cas, cela te serait fatal ; pour le second, même si tu conservais ta mémoire, cela ne servirait de rien. Pour sortir du passé dans lequel il est enfermé, pour attendre avec moi cette fin qu'est la mort, il doit se souvenir de mon nom par ses propres moyens, comme vous avez découvert les justes paroles par les vôtres. C'est la condition nécessaire au fonctionnement de la magie. Les mots ne prennent leur sens que s'ils viennent du cœur, de l'intérieur. Il ne fait plus partie de ce présent. Peut-être est-ce là son véritable destin. »

Émilie peinait à saisir les paroles de la sirène. Il lui semblait manquer quelque chose qui, pour Mélisande, allait de soi.

« S'il est *enfermé* dans le passé, reprit Émilie, cela signifie qu'il peut en *sortir*, n'est-ce pas ? Il n'est pas vraiment mort... »

Exprimer ses pensées à voix haute les rendait plus claires.

« Ce passé-là n'est pas révolu, c'est bien cela ?

— En effet, murmura Mélisande. Le temps est une illusion... Il n'est ni irrévocable, ni absolu. C'est le plus important des secrets que nous protégeons.

— Alors cela signifie que la mort n'est pas définitive ! s'exclama Émilie. Ni celle de mes amis, ni celle de mes parents, ni... Ni la sienne ! Il savait que même s'il perdait la mémoire, il aurait toujours le temps de la retrouver et de revenir, parce que vous protégeriez son souvenir dans le présent, dans votre présent ! Mais... »

L'élan d'Émilie retomba.

« Je ne peux pas retrouver mes parents et mes amis de la même manière, continua-t-elle. Parce que s'ils survivaient, je ne serais pas ici... Ils ne sont pas rattachés à l'éternité. Ils n'ont pas cette chance. Leur passé est bel et bien révolu. »

Émilie tenta de sourire. Elle aurait voulu redonner espoir à la sirène... Le visage de celle-ci resta de marbre.

« Tu réfléchis. C'est la clé d'une pensée juste. »

Un nouveau silence s'installa. Émilie ne se découragea pas.

« Ne pourrait-il pas avoir un indice ? »

Les yeux de Mélisande s'éclaircirent.

« Vous avez dit qu'il devait se souvenir de votre nom par ses propres moyens, reprit Émilie. Parce que nous vous avions trouvées de la même manière, et que les mots doivent venir du cœur. Mais nous avions un indice. Nous avions le poème. Pourquoi ne pas lui donner une piste similaire ? Je suis sûre que la première strophe du poème suffirait... »

Émilie s'interrompit, frappée par l'expression de Mélisande.

« C'est au destin d'en décider, répondit la sirène d'une voix de glace. Nous n'avons pas le droit d'interférer. La liberté est fille de l'éphémère, et n'a pas sa place dans notre cœur. Jamais. »

Émilie cessa de chercher des contre-arguments. La douleur était trop forte. L'interdiction, trop absolue.

« Viens. Les Épaves Élysées recèlent de nombreuses autres histoires. »

Sans attendre de réponse, la sirène s'enfonça dans cette poétique appellation.

Mélisande raconta quantité de récits sur les passagers dont les bateaux reposaient au fond de l'eau. Plus encore que l'Océan des Objets, les épaves aux formes extraordinaires firent voyager Émilie dans des contrées lointaines, à l'exotisme auréolé de mystère. Plus elle en apprenait, plus elle voulait en savoir. Néanmoins, l'histoire de Mélisande ne disparut jamais de son esprit.

◆

Quand Émilie revint des Épaves Élysées, il lui suffisait de poser les yeux sur un navire pour élaborer toutes sortes d'aventures ; rien ne pouvait plus arrêter son imagination. Après cette escapade, la nacre et le marbre du couloir du passé lui paraissaient fades.

En passant devant la perle géante, Émilie fut rattrapée par le présent. Le globe lui rappela ses parents, Taméo, les Clandestins, la magie. Son arrêt ne passa pas inaperçu à Mélisande.

« Tu t'attardes près de la salle destinée à l'observation de ce qui n'est plus. Souhaites-tu y retourner ?

– Je ne sais pas, répondit Émilie. J'aimerais revoir mes parents, mais je n'arrive pas à imaginer ma vie avec eux... Tout à l'heure, quand j'ai vu ce qui leur était arrivé, j'ai été en colère. Maintenant, après avoir écouté toutes ces histoires, la mienne semble banale. Tous ces gens noyés en mer, perdus, retrouvés, désespérés, amoureux… Je ne sais plus quelle est ma place. »

Émilie parlait sans tristesse. Que signifiait ce mot, tristesse ? Une goutte d'eau, comparée à l'océan du désespoir de Mélisande… Bien qu'il se fût depuis longtemps refermé, le cœur de la sirène avait laissé sur elle une empreinte indélébile.

« Le moment approche de retrouver tes amis à la croisée des temps. »

La sirène tendit la main : Émilie sentit une agréable chaleur envahir ses doigts, repliés sur le petit coquillage. Elle ouvrit la main et ne vit qu'un nuage d'étincelles bleutées.

« Tu ne peux le garder, expliqua Mélisande. Nul n'est maître de son existence. »

Émilie ne répondit pas, et elles rejoignirent la croisée des temps. Avant d'y entrer, Mélisande prit la parole une dernière fois.

« Ne révèle pas à tes amis le secret que tu as découvert dans les Épaves Élysées. Beaucoup d'êtres humains se damneraient pour accéder à l'éternité ; cela ne peut que les rendre malheureux. L'amour d'une sirène est une magie rare et dangereuse. Au revoir, Émilie. »

Avant d'avoir pu dire un mot, Émilie se sentit enlevée par un courant amical, et emmenée vers le sol de mosaïque, où Italy se posait également.

« Il est de nouveau temps de vous réunir pour vous séparer, dit la reine des sirènes. Qui devons-nous emmener ? »

Italy se manifesta le premier, et la sirène disparut avec lui. Lilas, qui attendait à l'entrée du couloir du présent, nagea aussitôt vers Émilie.

« J'espère qu'Italy ne sera pas trop ébranlé par cette expérience.

– Ne t'inquiète pas. Rien ne peut faire fléchir quelqu'un comme Italy. Dans quel couloir êtes-vous allés, tous les deux ?

– Celui du présent. Nous avons vu la Voie de la Vie… C'était extraordinaire. Nous sommes aussi allés dans cet endroit rempli de livres et de peintures. Et puis… »

Une sombre détermination voila le visage de Lilas.

« Mes parents sont morts. Je l'ai vu dans la perle du présent.

– J'ai vu les miens aussi, » murmura Émilie.

Elle sentit le regard de Lilas peser sur elle.

« Dans la perle du passé, ajouta-t-elle. Je n'avais plus repensé à eux depuis longtemps…

– Je me doutais que les miens n'avaient pas survécu. Je ne suis pas surprise. Mais je tuerai les Ombres responsables de leur mort. De mes mains. »

La dureté de Lilas fit frissonner Émilie.

Le silence fut interrompu par le retour de Cosme et de la sirène.

« Tes souvenirs ne seront pas perdus, humain. Nous les chanterons et les ferons vivre longtemps après ton départ. »

À l'adresse d'Émilie, la reine des sirènes continua :

« Quand votre ami aura fini, il ne restera plus que toi. Tu rejoindras directement le Miroir de la Mémoire. »

La sirène disparut sans laisser à Émilie le temps de l'interroger.

« Cosme, tu vas bien ? » demanda Lilas.

Émilie se tourna vers lui et oublia ses questions rituelles. Cosme fixait le sol comme s'il rêvait d'y être enterré.

« Cosme ! s'exclama Émilie. Cosme, réponds-nous ! Regarde-nous, s'il-te-plaît ! »

Cosme cligna des yeux en entendant la voix d'Émilie, et releva la tête.

« Émilie… Lilas. Je vais bien. J'ai juste… conclu sur un mauvais souvenir. Ce Miroir déchaine les émotions avec une telle force… Je ne m'y attendais pas. Je n'ai pas l'impression de m'être souvenu de quoi que ce soit, c'est comme si j'avais tout revécu… »

Cosme sourit et soupira en même temps.

« Je vais bien, répéta-t-il. Laissez-moi seulement retrouver mes esprits. »

Cosme enfonça son béret sur sa tête et ferma les yeux. Lorsqu'il les rouvrit, il sourit.

« Je vais bien, dit-il pour la troisième fois. Que ferons-nous en attendant Italy ?

– Tu devrais explorer le couloir du présent, suggéra Émilie. Tu as suffisamment pensé au passé pour le moment.

« – C'est une bonne idée, » renchérit Lilas.

Elle esquissa un sourire.

« Et vous, qu'allez-vous faire ? demanda Cosme.

– Je vais me tourner vers l'avenir. »

La menace dans le ton de Lilas effaça le sourire fragile de Cosme.

« Tu devrais retourner dans le passé, Lilas, suggéra Émilie. Mais pas ton passé. Celui des autres, celui que nous avons oublié...

– Je n'ai pas l'impression d'en avoir besoin.

– Moi, je crois comprendre, intervint Cosme. Lilas, tu n'as pas l'air d'être dans ton état normal. Est-ce le Miroir de la Mémoire qui t'affecte toujours ?

– Non, je suis revenue à des considérations plus actuelles.

– Lilas, s'il-te-plaît, insista Émilie. Ne te laisse pas envahir par la vengeance. Il y a... Il y a autre chose. »

Lilas fixa longuement Émilie, et son visage s'adoucit.

« Nous verrons.

– Nous irons ensemble dans le couloir de l'avenir, proposa Cosme. Quand nous serons plus paisibles. »

Lilas soupira.

« Tu vas y aller maintenant, je suppose ? lança-t-elle à Émilie.

– Oui. Je crois que je suis prête. »

Émilie sourit avant de s'élancer vers la seule entrée qui lui était encore inconnue. Le couloir de l'avenir, le lieu du changement... Qui pouvait dire ce qui allait s'y produire ?

◆

Lorsqu'Émilie atteignit la galerie, sa curiosité fut occultée par son émerveillement. Chacun des couloirs du palais des sirènes avait été sculpté de manière signifiante : le marbre rappelait la continuité, et les perles, la variété. Pour représenter l'incertitude propre à l'avenir, les sirènes avaient choisi la nacre. Un tunnel de nacre, soutenu par des colonnes de perles. Les reflets de la croisée des temps s'y poursuivaient par un jeu de miroirs, de sorte que ses parois paraissaient en perpétuel mouvement. Le marbre n'était présent que dans le détail, ornant les extrémités des colonnes et le contour des arches. Au bout, on apercevait un bleu turquoise peuplé de vies gigantesques : l'océan.

« C'est beau, murmura Émilie.

– C'est trompeur, » répondit une voix non loin d'elle.

Émilie se retourna. La sirène dont émanaient ces paroles se tenait à sa droite, silhouette bleue dans une salle bleue. Il s'agissait d'Amarante. Les reflets joueurs de la nacre, empêchant le regard de se fixer, la rendaient invisible à l'œil distrait.

« Bonjour, dit aussitôt Émilie. Je ne vous avais pas vue, je vous demande pardon. Je suis Émilie…

– Tu connais déjà mon nom, répliqua Amarante. Sans ma sœur, ne crois pas que tu l'aurais appris. Un nom est précieux : il ne doit pas se donner à la légère. »

Amarante se tut. L'engager dans une conversation serait difficile…

« Mélisande m'a dit que vous n'aimiez pas les humains, hasarda Émilie.

– Elle est trop chaleureuse avec les humains. Cela ne peut lui être bénéfique.

– Elle m'a parlé de l'homme qu'elle aime, expliqua Émilie. Il pourrait revenir, si quelqu'un lui donnait un indice… »

Amarante ne répondit pas ; ses yeux semblaient lancer des éclairs. Devant un tel hermétisme, Émilie préféra changer de sujet.

« Pourriez-vous me parler du couloir de l'avenir ?

– Explore et vois par toi-même. Tu n'as nul besoin de guide.

– Azurée m'a conduite dans le présent et Mélisande m'a fait découvrir le passé. J'aimerais que vous m'expliquiez l'avenir. Je sais que vous étudiez le changement et l'incertain… Mais si j'explore seule, je n'en apprendrai pas davantage.

– Ta curiosité n'est pas intéressée, constata Amarante. C'est étrange et triste ; tu n'as nulle part où regarder.

– C'est vrai, répondit lentement Émilie. Dans votre palais, je veux tout comprendre ; j'ignore pourquoi j'ai envie de savoir. Je veux aider les Clandestins, mais j'ai l'impression que ce n'est qu'un passage avant d'aller… Plus loin. J'ai beaucoup appris en venant ici ; les histoires du passé m'ont permis de mieux apprécier la mienne, et le présent m'a montré à quel point le monde est merveilleux et mystérieux. Je suis certaine que l'avenir a des choses à m'apprendre. Je ne sais pas ce que je cherche… Mais je trouverai.

– Ta réponse est inhabituelle. Les humains croient toujours trouver ; rares sont ceux qui comprennent que la recherche est la clé. Viens. »

Amarante conduisit Émilie dans une salle familière. Comme celles du passé et du présent, cette pièce ne contenait qu'une seule et immense perle où, certainement, se dévoilait le futur.

« Nous explorons ici les avenirs alternatifs, expliqua Amarante. Nous les examinons en fonction des choix qui sont faits dans le présent, et dans le passé. Vois par toi-même ; imagine un avenir.

– Je voudrais savoir ce qui serait arrivé si les Ombres ne nous avaient pas infiltrés, et si nous étions restés avec Taméo. »

La perle s'ouvrit sur une scène où tous ses compagnons vivaient. Plusieurs années s'écoulaient. Antonie finissait par mourir de vieillesse. Christopher et Michèle avaient deux enfants. De nouvelles recrues rejoignaient les Clandestins, dont Thomas. Lilas se lassait de la routine et rejoignait Taméo à la Cité du Futur. Émilie, Cosme, Narga, Djamal et Mary l'accompagnaient, tandis que Li et Cerise restaient. L'infiltration d'un Centre d'Aptitude se décidait, mais Émilie ne rêvait pas du poème et ne se lançait jamais à la recherche de la magie. Après quelques années, le moment décisif approchait.

Cependant, un nouveau traître était né. Alors que l'infiltration allait se conclure, Émilie et ses compagnons se faisaient prendre et tuer par les Ombres. Ces événements se déroulaient à la fois très vite et lentement, fantômes aussi réalistes que ceux des autres temps, évoluant en tourbillon autour d'Émilie. Elle ne put retenir un cri en voyant ses amis tomber sous les coups des Ombres, en entendant leurs hurlements au milieu des tirs et de la bataille qui faisait rage. Elle retira brutalement sa main de la perle, qui reprit sa teinte immaculée.

« Nous aurions de nouveau été trahis ? s'exclama-t-elle. Comment cela peut-il finir ainsi ?!

– La nature humaine jamais ne change, déclara Amarante. Toutefois ce n'est là qu'un des avenirs possibles. Réitère ton souhait et la perle te montrera un autre devenir. Si tu laisses le hasard faire les choix importants, si tu ne sais pas ce que tu veux voir, tu n'assisteras pas deux fois aux mêmes éventualités. C'est pourquoi l'avenir est difficile à prédire. Toujours, il change. Telle est sa raison d'être. »

Émilie échangea un bref regard avec Amarante.

Cette fois-ci, elle ne verrait pas le futur des Clandestins. À quoi bon, si la perle lui montrait soit l'aléatoire, soit ce qu'elle voulait voir ? Elle découvrirait la vérité bien assez tôt. Et la magie rendait inévitable le triomphe des Clandestins… Non, à présent elle voulait savoir ce qu'il adviendrait si on donnait à l'amant de Mélisande le bon indice, et si celui-ci revenait auprès de la sirène. L'histoire de Mélisande l'avait émue plus que n'importe quelle autre, plus que la réalité elle-même… La sirène avait menacé de l'engouffrer dans son cœur, et Émilie voulait l'aider autant que les Clandestins. Sinon, sa tristesse languirait toujours en elle. Elle se moquait de la manière dont cet homme trouvait l'indice, pourvu qu'il lui parvienne, et laissa la perle décider alors qu'elle y posait sa main pour la deuxième fois.

Amarante apparut à ses côtés, une Amarante humaine qui se tenait près d'un lit où dormait un homme qui devait être lui. Toute la nuit, elle lui susurrait la première strophe du poème. Inlassablement. Puis elle repartait, juste avant le lever du soleil. À son réveil, il se remémorait le poème. Il y réfléchissait des jours et des jours, le répétant sur le rivage. Enfin, il se souvenait. Il prononçait le nom de Mélisande. Il revenait au royaume des sirènes, et la joie de Mélisande connaissait aussi peu de bornes que son chagrin. Ils s'enlaçaient, pour toujours. L'image de leur bonheur semblait n'avoir pas totalement disparu de la pièce lorsqu'Émilie retira sa main de la perle et se tourna vers la véritable Amarante.

« Tout n'est pas perdu. Mélisande pourrait le retrouver, et vous êtes peut-être la seule de vos sœurs à l'envisager.

– Il l'a oubliée. Il est indigne de son amour.

– Mais cet homme est essentiel au bonheur de Mélisande ! C'est leur destin. Vous savez la vie qu'il est condamné à mener sans elle… Et elle sans lui. Au plus profond de lui, elle existe, et je suis sûre qu'il rêve d'elle sans pouvoir la nommer. Il a droit à une seconde chance, à un indice… Comme nous.

– Vous n'avez pas eu de seconde chance, trancha Amarante.

– Le destin nous a sauvés du naufrage. Je considère cela comme une chance. »

Amarante plongea son regard dans celui d'Émilie, qui ne détourna pas les yeux. Elle voulait à tout prix convaincre la sirène. Elle refusait de partir sans rien tenter. Il fallait que l'histoire de Mélisande finisse bien, sinon… Ce désespoir était trop intolérable, trop injuste. Émilie sentait la détermination poindre en elle, cette volonté qui l'avait déjà menée si loin... Mélisande devait retrouver l'amour.

Enfin, Amarante rompit leur échange visuel.

« Viens. »

Émilie obéit, incapable de déterminer si Amarante s'était laissée atteindre.

◆

La sirène l'attendait près de la sortie du palais. En la rejoignant, Émilie remarqua que le bleu plein de vie aperçu à son arrivée avait été remplacé par une épave imposante du Cimetière des Naufragés, d'une élégance futuriste, aux jolies couleurs noisette. Se promettant d'observer avec plus d'attention lors de son prochain passage, Émilie reporta son attention sur Amarante.

La sirène la conduisit dans une pièce à leur gauche. Une fois à l'intérieur, ce fut un nouvel émerveillement. Aucun mur, aucun plafond, rien ne délimitait la salle. Le sol même n'apparaissait pas. Autour d'Émilie flottait une fumée insolite, volutes confuses de bleu nuit, de mauve et de rouge. Ici et là brillaient des lumières bleues, presque blanches, semblables aux étoiles vues depuis la Terre. Innombrables, infinies et fascinantes.

Émilie tenta d'en toucher une. Volait-elle ? Nageait-elle ? Elle ne faisait aucune différence. Elle se rapprocha d'une étincelle bleue et tendit les doigts. Une agréable tiédeur envahit sa main. La lueur bleue parut se dilater, grandit et laissa voir des silhouettes dorées, semblables à des fantômes. Les deux hommes ainsi formés se mirent à parler une langue qu'Émilie ne comprenait pas. La vie du plus jeune défila ensuite, se ralentissant de temps à autre, jusqu'à ce qu'il meure à un âge avancé. Puis l'étoile reprit sa forme initiale.

Émilie se tourna vers Amarante, et constata avec surprise que la poursuite de la lumière bleue l'avait considérablement éloignée de la sirène. Les nuages indécis lui faisaient perdre le sens de l'espace, et les étoiles bleutées ne lui fournissaient aucun repère.

Émilie se délecta du spectacle un long moment, avant de rejoindre la sirène, avide d'explications. Elle traversa de nombreuses lumières à son passage, et ce furent autant d'histoires qui se déroulèrent devant ses yeux.

« Voici les Avenirs Alternatifs, expliqua Amarante. Ces lueurs que tu vois sont des avenirs qui ont perdu toute chance d'exister. Ils sont révolus, et demeurent ici pour ne pas être oubliés. Ils se déroulent à un rythme plus lent, lors des scènes cruciales qui définissent le futur en question, cependant tu peux tout écouter en détail si tel est ton désir. Les nuées que tu vois de part et d'autre sont nécessaires à la conservation de ces vies : seul l'air est assez changeant pour servir de support à l'avenir qui n'est plus.

– Comment ces futurs apparaissent-ils ici ? Est-ce vous qui les chantez ?

– Nous chantons ce qui aurait pu être. Ainsi se forme la lumière.

– Quand savez-vous qu'un avenir devient inaccessible ?

– Chaque seconde définit un choix. Chaque nouvelle vie en élimine des milliers d'autres. Chaque mort sculpte l'avenir.

– Chaque vie en élimine des milliers d'autres ? répéta Émilie sans comprendre.

– Nous chantons ici l'existence de ceux qui ne naîtront jamais. »

Émilie se figea, prise de vertige. Se trouvaient racontées dans cette salle toutes les vies de ceux qui auraient pu naître si le destin, ou le hasard, l'avait voulu… Tous les êtres qui pouvaient résulter de l'union d'un homme et d'une femme… Cela laissait soupçonner une telle quantité de lueurs bleutées qu'une éternité n'aurait pas suffi à les explorer. Tant de vies, tant de possibles, tant d'horizons pour ceux qui furent, qui sont et qui auraient pu être… Émilie préféra changer de sujet. Elle devait retrouver une perception normale de l'espace et du temps. Dans une telle immensité, elle craignait de se perdre…

Une considération pragmatique l'aida à se rattacher à la réalité.

« D'où vient cette fumée ? Ce n'est pas de l'air, puisque nous sommes sous l'eau… Ce ne serait pas logique.

– La magie possède ses propres lois. Elle n'obéit pas à la logique telle que vous l'entendez. »

La réponse d'Amarante fit surgir une nouvelle question.

« Je ne suis pas sûre de savoir ce qu'est la magie. Je ne connaissais pas ce mot avant d'entendre le poème. J'ai cru qu'il s'agissait d'une sorte de super-pouvoir bionique… Jusqu'à ce que je vous voie. Mais vous êtes des sirènes ; vous n'êtes pas la magie. Votre chant est magique… J'ai considéré que le poème l'était, parce je ne m'expliquais pas son apparition. Mais la magie elle-même, à quoi ressemble-t-elle ?

– C'est une question à laquelle nul ne peut répondre, car chacun énonce sa propre définition. Dans votre tradition, la magie est ce que la raison ne peut expliquer. S'il faut s'en tenir à ceci, la magie existe en chaque être dont le raisonnement est sans logique. L'amour, ou la folie… Néanmoins vous avez tendance à associer la magie au pouvoir. Au super-pouvoir, physique ou intellectuel. Ici, la définition se complexifie, car elle mêle deux concepts. La puissance et la raison. C'est à toi de trouver les limites : jusqu'où veux-tu que la magie te porte ? »

Émilie ne sut que répondre. Sa logique partait en fumée. La magie ne consistait pas simplement à faire se produire l'inexplicable… Elle revêtait de multiples formes. D'après le poème, la magie venait du cœur. Émilie n'y avait pas accordé d'importance, persuadée que ce tour de mots n'était qu'une conclusion élégante. Aucun d'eux ne possédait de super-pouvoir… Que signifiait tout cela ? Pour aider les Clandestins, encore fallait-il savoir quelle magie utiliser… Magie bionique ou magie du temps ? Ou autre chose ? Mais il y avait au moins un projet, pour le succès duquel la magie à employer ne faisait aucun doute.

« L'avenir de l'homme qu'aime Mélisande ne se trouve pas ici, n'est-ce pas ? »

Amarante ne put réprimer un geste de contrariété. Émilie continua :

« Je sais que vous ne l'avez pas chanté. Le sentiment qui lie cet homme à Mélisande l'a fait rentrer dans une sorte d'éternité, qui propulse son passé dans votre présent et l'empêche d'être révolu. Son avenir restera indéterminé tant que Mélisande vivra. »

La sirène garda le silence. Émilie ne la quitta pas des yeux, luttant de toutes ses forces contre la gêne qui l'envahissait, comme à chaque fois qu'elle plongeait son regard dans ce bleu de glace. Elle devait convaincre Amarante d'agir. Amarante, qui les avait incités à ne pas demeurer trop longtemps parmi les sirènes, et qui haïssait le malheur de sa sœur. Amarante, l'enfant sauvage du destin... La sirène semblait sonder l'âme d'Émilie. Son regard lui rappela cet orage apocalyptique.

« Mes sœurs ont choisi de ne pas intervenir dans l'histoire de Mélisande. Elles considèrent qu'elle est libre de ses choix, et responsable de leurs conséquences. Nous possédons toutes les souvenirs de sirènes ayant connu l'amour, dont la force varie selon l'ancienneté. Certaines d'entre nous voulaient intervenir pour aider cet homme. Nous avons songé à l'indice, moi plus que toute autre, car Mélisande est très chère à mon cœur. Cet être humain l'a brisée, et c'est pourquoi je le méprise. Tous, je vous méprise. On ne peut avoir confiance en vous, vous et votre lamentable faiblesse. Lorsqu'au moins vous accordez une valeur digne de ce nom à votre vie, vous êtes incapables d'aller au-delà. Vous avez besoin de la guerre et de la mort pour révéler votre force. Autrement, vous vivez dans l'erreur. Je voudrais aider cet homme pour sauver Mélisande... Mais il est homme. Et si l'indice ne suffit pas, le cercle se fermera. Mélisande en mourra.

– L'indice fonctionnera. Il a passé sa vie à essayer de se souvenir de Mélisande...

– Et si ce n'est pas le cas ? Si Mélisande disparaît ? Son désespoir est sa seule réalité. Elle a toujours été profondément soumise aux lois du destin. Et prendre le risque... Pour un homme ! Comment ce misérable ose-t-il prétendre à l'absolu ? Je refuse de me soumettre à cette éventualité.

– J'ai ressenti la tristesse de Mélisande, insista Émilie. Pendant un instant, je n'ai plus voulu vivre… Et cela vous affecte encore plus parce que vous êtes une sirène. Mais il faut y croire ! Leur amour est absolu. Donnez-lui un indice, il se souviendra d'elle. Avec l'art, l'amour est la seule chose capable d'élever l'être humain au-dessus de sa condition. »

Émilie s'enflammait.

« Je vous en supplie ! Ce serait tellement facile de la rendre heureuse. Si leur amour était mort, leur avenir ensemble serait l'une de ces lumières bleues. Empêchez cela… Si vous accordez une quelconque valeur à la vie, vous devez aussi attacher de l'importance au bonheur… L'une sans l'autre ne signifie plus rien. Le risque vaut la peine d'être pris ! »

Amarante la fixait toujours. Émilie sortit de la salle. Elle désirait tellement qu'Amarante comprenne ! Il fallait donner un indice à cet homme, c'était la bonne voie…

De retour dans le couloir, son regard tomba sur l'entrée du palais. Elle y voyait d'effrayants poissons lumineux, dans une eau d'un noir d'encre.

« L'avenir ne s'ouvre jamais deux fois sur le même spectacle. Il donne sur l'ensemble de l'océan. Ce que tu y vois est vivant, comme lui, et changeant, à l'image de ce qui nous y relie. »

Émilie ne répondit pas. Elle se demandait à quel endroit l'eau pouvait être si sombre, et si le cœur de Mélisande l'était autant.

♦

Après avoir observé les ténèbres, Émilie rejoignit Amarante, qui l'attendait vers le milieu du couloir.

Elles entrèrent dans une salle aux allures de galerie. Un corridor noir et blanc. Du noir le plus impénétrable, et du blanc le plus pur. Sans forme, sans début et sans fin. Droites, courbes, cercles, triangles, sphères, cubes, pics et pointes, entrelacs de lignes et confrontation d'angles. Dureté, souplesse, douceur, beauté, laideur, étrangeté, cachés dans les trapèzes et les spirales… Émilie manquait de mots pour tout décrire. Les murs se mêlaient au sol, le haut se fondait dans le bas, nul repère ne demeurait.

« Voici le Souffle des Sirènes, expliqua Amarante. C'est ici que nous chantons. Pour le passé, le présent et l'avenir. Ici, notre chant se fait perle, coquillage ou lumière, et vient à être. Nous y gravons nos paroles et y sculptons nos mélodies. Ici, le cœur et le corps ne font qu'un. L'intérieur est l'extérieur. Ici, vos souvenirs arrêteront le temps. »

Avant qu'Émilie ait pu répondre, Amarante se mit à chanter. Un chant doux, un chant chaud, qui rassura Émilie. Elle ne vit plus les angles et les pics. Elle flottait dans un univers de courbes et de cercles, où le noir et le blanc se complétaient. Soudain les formes du couloir faisaient sens, et il lui semblait qu'il en avait toujours été ainsi. Auparavant elle était aveugle, car elle était sourde : maintenant elle voyait, car elle entendait. Elle voyait un feu par une froide soirée d'hiver, elle voyait une famille heureuse et unie. Elle voyait la paix. Elle voyait l'unité.

Puis la musique changea. Elle vit les pics, la peur, courut et s'y heurta. Elle sentit les angles, la haine, la violence. Les spirales et les rayures l'agressaient. Elle était perdue…

La musique changea encore.

Et encore.

Et encore.

Tristesse, joie, amour, excitation, peur, nostalgie, Émilie perdit le compte de ses émotions. Amarante jouait avec son cœur. Le Souffle des Sirènes était l'extension physique de cette magie immatérielle. Le blanc et le noir prenaient vie comme des danseurs ; ils agressaient, charmaient ou apaisaient selon le désir de la musicienne.

Jusqu'à ce qu'enfin revienne le silence.

La voix d'Amarante rappela Émilie à la réalité.

« Le Souffle des Sirènes transcrit dans l'espace les effets de notre chant sur le cœur humain. Son expression ne connaît pas de limites.

– Pourquoi cette salle est-elle dans le couloir de l'avenir ?

– Notre chant s'inscrit dans le devenir : il n'est jamais figé. Jusqu'à la dernière note, nos mélodies restent imprévisibles. »

Émilie ne répondit pas. Soulagée de reprendre possession de ses mouvements affectifs, elle luttait contre l'hypnotisme de la voix d'Amarante.

La puissance des sirènes l'emplissait d'admiration... Et de crainte. Émilie ne parvenait pas à comprendre ce qui les retenait d'intervenir dans l'Histoire humaine. Elles auraient pu exercer un contrôle absolu. Comme les Masques, les Ombres et les Fantômes...

« Mais les sirènes ne sont pas libres, songea Émilie. C'est le destin qui décide. »

Le destin... Ce mot était entouré des brumes de l'insaisissable. Émilie s'apprêtait à poser la première d'une longue série de questions lorsqu'Amarante reprit la parole.

« Il est temps d'ouvrir la porte de tes souvenirs au Miroir de la Mémoire. »

Le Souffle des Sirènes se fondit en un tourbillon.

Émilie sursauta en voyant qu'Italy se tenait devant elle. La reine des sirènes descendit du sommet de la salle. Elle fit signe à Émilie d'approcher, puis effleura l'épaule d'Italy, qui paraissait épuisé. À son toucher, il s'éleva au-dessus du Miroir de la Mémoire, et tous deux sortirent de la pièce des souvenirs.

♦

Émilie se tenait seule devant le Miroir.

Elle examina la salle avant de revenir à son reflet. Elle s'attendait à ce qu'on lui donne des explications, à ce qu'on lui dise comment procéder... Elle voulut se retourner encore une fois quand son image l'arrêta. Elle ne s'était plus regardée dans une glace depuis... Depuis la fuite vers la Cité du Futur. Trois années devaient s'être écoulées depuis son départ du CED, après le test d'aptitude. En toute logique, elle aurait dû osciller entre douze et treize ans. Bien qu'elle n'eût pas l'impression d'avoir cet âge, elle n'imaginait pas ressembler à ce qu'elle était devenue. Une jeune fille d'à peine moins de quinze ans, aux cheveux blond cendré pris dans une natte élégante, qui lui tombait jusqu'au milieu du dos. Comment avait-elle pu grandir autant sans s'en apercevoir ? Où étaient passées les cinq dernières années de sa vie ? S'agissait-il d'un effet secondaire de son séjour chez les sirènes ?

Non. Elle se sentait plus âgée depuis un certain temps déjà… Depuis l'attaque des Ombres. Depuis l'orage aussi, qui avait failli lui coûter la vie. Elle ne pouvait pas avoir autant grandi sans s'en rendre compte…

Cela venait-il de ce lieu rempli de livres à l'existence fantomatique ? Comment avait-elle rencontré Jean, exactement ? Il était le responsable de toute cette histoire. Pourtant, elle ne se souvenait pas d'un seul de ses cours…

Alors qu'elle fouillait sa mémoire, le miroir s'anima. Jean apparut, expliquant à Émilie qu'elle devait prendre le Revery. Elle se souvenait de son trouble, de ce sentiment que tout allait trop vite…

Mélisande. Elle ne pouvait pas continuer à souffrir ainsi, à errer dans cette terrible solitude. Cela lui rappelait trop Léonore, Icare, les malheureux événements causés par le Voleur de Cœurs. Cela ne devait pas se reproduire. Pas alors que le bonheur se trouvait à portée de main, à portée de mot.

Mélisande.

Émilie n'aurait pas cessé d'y penser si une voix n'était venue interrompre le reflet de ses méditations.

« Merci, Émilie. »

Elle se retourna en tressaillant. La plus sage des sirènes se tenait devant elle. Absorbée dans le flot de ses souvenirs, Émilie ne songeait à rien d'autre depuis… Longtemps ? Quelques secondes ? Elle l'ignorait. Tout juste se rappelait-elle l'endroit où elle était.

« Tu nous a donné des souvenirs précieux. »

La sirène joignit les mains, comme pour recueillir l'eau d'un ruisseau. Une lueur bleutée les éclaira, avant de se dissiper sur une superbe coquille de nacre. La sirène esquissa un sourire, et la nacre rejoignit ses sœurs autour du Miroir de la Mémoire.

« Avant de te ramener auprès de tes amis, je tiens à te remercier. Cette coquille de nacre nous sera utile bien au-delà de ce qu'elle nous permet de vous offrir, et nous souhaitons y ajouter ce modeste présent. »

À ces mots, celle que son sourire désignait plus que jamais comme la reine des sirènes ferma ses yeux incroyables. Émilie sentit une agréable chaleur se répandre dans l'une de ses mains, où se matérialisa un petit objet arrondi et pointu. Il s'agissait d'un coquillage torsadé, d'une blancheur immaculée.

« Nous avons glissé dans ce coquillage un chant composé pour toi. À présent, il est temps de rejoindre tes amis. L'heure du départ approche.

– Quel est votre nom ? »

La sirène regarda Émilie d'un air amusé. Elle semblait s'attendre à sa question.

« Eurydice. »

Les murs entourant le Miroir de la Mémoire disparurent, remplacés par ceux de la croisée des temps.

Lilas, Cosme et Italy l'attendaient, prêts à partir.

« Émilie ! Comment vas-tu ?

– Tu as l'air pâle…

– Je vais bien. »

Il lui semblait que quelqu'un d'autre parlait à sa place. La voix de la sirène, le nom d'Eurydice résonnaient dans sa tête. Peu à peu, les événements reprenaient leur cours chronologique. Bientôt, ils seraient réunis avec les Clandestins… La mélancolie laissée par Mélisande le disputait à l'excitation du présent revenu.

« Nous avons vu Taméo, Émilie. »

Cosme parlait, et à ces paroles elle ouvrit les yeux. Il n'avait pas enlevé son béret.

« Les Clandestins sont prêts. Le Centre est infiltré. Il ne manque que le chant des sirènes pour que l'opération réussisse. Nous partons.

– Vous partez, » reprit Eurydice.

Émilie compta dix sirènes, et reconnut celles qui lui avaient confié leur nom. Elles se différenciaient nettement de leurs sœurs. Comment avait-elle pu les confondre ?

« Voici les perles contenant le chant que vous nous avez demandé. Seuls ceux qui ne sont pas vos alliés l'écouteront, et pour eux le temps cessera vingt-quatre heures durant. Le reste est entre vos mains. »

Eurydice leur tendit une magnifique boîte en cristal. Elle contenait plusieurs rangées de perles d'une rondeur parfaite.

« Tant que les perles seront dans ce coffret, elles ne pourront être brisées. Vous seuls pouvez les utiliser, car c'est à vous qu'elles appartiennent. Vous en possédez cinquante, qui sont autant d'occasions d'intervenir sur votre destin, et d'agir avec sagesse. Réfléchissez avec discernement... Ce fut une rencontre plaisante, humains. Adieu, et que la fortune vous soit favorable. »

Quand Eurydice eut conclu, les sirènes tendirent leurs mains. Elles se mirent à briller d'une lumière bleutée. En même temps, la voix de la plus avisée d'entre elles parla dans l'esprit d'Émilie, et elle sut que Cosme, Lilas et Italy l'entendaient aussi.

« Le cadeau que nous vous avons remis repose dans votre cœur. Ainsi, il est pour jamais à l'abri des aléas de votre existence. Pour le faire apparaître, il vous suffit de le chercher au bon endroit… Chacun de nous conserve ainsi un souvenir de l'autre. »

Émilie sentit à regret le coquillage disparaître de sa main.

Son dernier regard fut pour Mélisande : elle y concentra tout ce qu'elle lui souhaitait, dans l'espoir que la sirène comprenne.

La lumière bleue s'intensifia jusqu'à devenir aveuglante.

Quand la clarté s'estompa, Émilie reconnut immédiatement l'espace chatoyant où ils venaient d'arriver.

Les cabines de téléportation du Centre d'Apprentissage de l'Aptitude.

CHAPITRE 4 : LA DEUXIÈME STROPHE

I

Un jeune homme les regardait fixement. N'ayant pas été programmé pour réagir à ce genre d'apparition, le robot hésitait.

Un bruit de verre brisé résonna, et le brouhaha ambiant cessa.

Cosme, Italy, Lilas et Émilie sortirent de la cabine. Plusieurs dizaines d'êtres figés les entouraient. L'air même semblait s'être arrêté.

À travers les hautes fenêtres de la salle, on apercevait un ciel crépusculaire, où les nuages ne bougeaient plus. Seules leurs respirations troublaient le présent pétrifié.

Des bruits de pas résonnèrent derrière eux. Ils reconnurent Charles, le Clandestin infiltré. Très pâle, il courait vers eux en jetant des coups d'œil effrayés aux statues de chair.

« Charles ! le héla Lilas.

– Qui êtes-vous ? Comment connaissez-vous mon nom ?

– Nous n'avons pas le temps de t'expliquer, coupa Italy. Conduis-nous à Taméo. Les Clandestins doivent prendre possession du Centre : nous avons arrêté le temps pour vingt-quatre heures. Où est Taméo ?

– Il surveille le Centre, il a dû voir… »

Charles n'acheva pas. Les cabines de téléportation s'activaient. Le chef des Clandestins apparut, accompagné d'une cinquantaine de personnes.

« Clandestins, voici le moment d'agir, dit Taméo d'une voix amplifiée par son Revery. Les explications viendront plus tard. Nous avons vingt-quatre heures pour prendre possession des lieux. Je veux trois équipes techniques pour reprogrammer les caméras, les robots, les contrôleurs d'identité et les cabines de téléportation. Deux autres équipes avec Charles et Léonard : vous vous chargez des Masques et des Ombres, vous videz cet endroit et libérez les détenus que nous avons repérés. Maintenant ! »

Les Clandestins se dispersèrent aussitôt, laissant Taméo seul avec Cosme, Italy, Lilas et Émilie.

« Je vous félicite… Mais j'ai l'impression que vous n'êtes pas au mieux de votre forme. »

Taméo disait vrai. Les effets de leur séjour chez les sirènes s'estompaient, et la fatigue s'abattait sur eux. Alourdis par leurs bagages et leurs vêtements trempés, ils grelottaient.

« Allez à la Cifu, reposez-vous et attendez-moi. »

Ils apparurent dans une cabine à deux rues de l'hôtel clandestin. Émilie ne se réhabituait pas à la pesanteur ; elle eut l'impression de marcher en plein rêve alors qu'ils se glissaient dans la foule de passants immobiles. Les jeux sur Reveries, les trains et les publicités géantes des immeubles étaient figés en pleine action.

Ils descendirent dans les sous-sols et regagnèrent leur dortoir. Émilie s'endormit dès qu'elle fut allongée, l'esprit débordant de souvenirs qui eurent vite fait de se transformer en rêves décousus.

À son réveil, il lui fallut un long moment pour retrouver la mémoire. Le jour de la veille lui paraissait si loin, si long… Elle déjeuna avec Lilas, Cosme et Italy, dans un silence embrumé.

Quand ils eurent fini, la porte s'ouvrit doucement et deux voix familières les interpellèrent.

« Lilas… Cosme… Émilie… »

Pâles, amaigries, des ombres sous les yeux, Mary et Narga étaient méconnaissables.

Un instant plus tard, ils tombaient dans les bras les uns des autres, en larmes, sous le regard amical d'Italy et de Léonard.

« Allez-y doucement, dit celui-ci. Nous les avons libérées hier soir, mais elles sont encore très fatiguées. Quand je suis entrée dans leur chambre, elles m'ont pris pour une hallucination...

– Et pour Djamal ? Antonie et Michèle ? » demanda Lilas.

Léonard secoua la tête.

Il leur fallut plusieurs heures pour récapituler tout ce qui s'était produit depuis l'attaque des Ombres. Narga et Mary pleurèrent silencieusement la mort de leurs compagnons, puis la magie ramena un peu d'émerveillement dans leur regard éteint.

« Je n'arrive pas à croire que vous soyez en vie, répéta Lilas. Nous étions persuadés que les Ombres vous avaient tuées...

– Je croyais que j'étais la seule survivante, murmura Mary. J'ignorais que Narga et Djamal étaient dans le Centre... Ils ne m'ont posé aucune question, rien, ils attendaient que je meure. La télévision me rendait folle... Parfois, le Disali cessait de fonctionner pendant des jours, jusqu'à ce que je sois sur le point de mourir de faim.

– Chez moi aussi, souffla Narga. Comme s'ils faisaient des tests... Au début, ils alternaient le volume de la télévision, puis ils m'ont privée d'eau, de nourriture, d'hygiène... Cela revenait au dernier moment. Ils ont envoyé des hologrammes me parler...

– Il y avait Cerise, l'Ancienne, Michèle... Puis c'a été Christopher et Djamal... Plusieurs fois, j'ai voulu mourir, mais l'envie de vivre reprenait toujours le dessus, à cause de la faim et de la soif.

– Vous auriez pu prendre le Revery, murmura Émilie.

– Non, c'était trop facile, dit Mary. Il devait y avoir un piège, je ne voulais pas être prise...

– Il y a bien un piège, intervint Léonard. Les Reveries du Centre sont différents des autres ; ils sont paramétrés pour générer un monde virtuel hautement réaliste, assez réaliste pour tromper les cinq sens... Si vous aviez pris le Revery, vous vous seriez laissé mourir sans vous en rendre compte. »

Un long silence suivit le récit de Mary et Narga.

« Nous avons trouvé les sirènes, nous avons les perles, assena Émilie. Nous allons libérer les Centres d'Aptitude… Et le poème a deux autres strophes. Nous avons une chance de gagner.

– Pour le moment, vous devez reprendre des forces, répondit Léonard. Taméo viendra vous voir dès que nous aurons assuré notre prise sur le CASS. D'ici là, reposez-vous sur moi. »

Taméo les rejoignit deux semaines plus tard. Les traces laissées par le Centre d'Aptitude disparaissaient lentement des visages de Narga et Mary. Pâle, de grands cernes sous les yeux, le chef des Clandestins commença l'entretien sans préambule.

« Je veux savoir tout ce qui s'est passé depuis votre départ. »

Avec l'aide d'Émilie, Cosme et Italy, Lilas lui conta le naufrage et la disparition de Li, la formule surgie du néant, les sirènes, le Cimetière des Naufragés, le palais sous-marin et ses splendeurs, les perles et les souvenirs, et pas une fois Taméo ne les interrompit. Ils lui montrèrent la vidéo enregistrée par Cosme au premier soir, les splendides créatures aux cheveux de ciel, la boîte de cristal et ses quarante-neuf perles.

« Ce que vous avez fait est extraordinaire, dit-il quand ils eurent achevé. Je vous demanderai de n'en parler à personne… Et de continuer sur cette piste.

– La prise du Centre d'Aptitude s'est bien déroulée ? demanda Lilas.

– C'est une réussite. Le CASS est entièrement sous notre contrôle. Nous avions bien préparé le terrain : nous avons à présent cinq Masques et une Ombre infiltrés. Ils ont peu de contact avec les autres salariés, mais les maintenir en poste demandera une vigilance constante. Il ne faut pas moins de dix personnes par infiltré pour que rien ne transparaisse du côté des serveurs officiels…

– Comment ça ? dit Mary. Les faux Reveries ne suffisent plus ?

– La trahison de la Cimer faisait partie d'un plan beaucoup plus vaste, expliqua Cosme. Les serveurs ont été améliorés et comparent toutes les informations en temps réel avec leurs propres sources : générer des informations à partir d'un faux Revery ne suffit plus. Il faut que cela corresponde à la réalité.

– Autrement dit, on ne peut plus utiliser les transports en commun à moins d'être un vrai technocitoyen, reformula Italy.

– Exact, répondit Taméo. J'ai profité de ce que vous aviez arrêté le temps pour migrer toutes mes équipes dans le CASS de la Cimer. Il ne reste plus personne ici.

– Comment avez-vous fait pour revenir à la Cifu ? releva Narga.

– Nous sommes parvenus à construire une cabine de téléportation privée. Elle ne peut transporter qu'une personne à la fois, et elle est reliée directement au CASS. Mais nous devons faire attention : le CASS est régulièrement contrôlé par des Ombres de l'extérieur.

– Et les détenus ? voulut savoir Mary.

– Nous avons commencé à les libérer. La plupart d'entre eux sont à moitié fous ; ils se rétablissent lentement, mais certains sont irrattrapables. Il en arrive des dizaines chaque jour ; je songe à les rapatrier ici. Le CASS n'est pas fait pour les séjours longue durée ; nous allons devoir faire un gros travail logistique. Mais ce n'est pas votre souci. Vous devez continuer à travailler sur le poème. La magie des sirènes correspondait à la première strophe : il en reste deux à élucider. Nous n'avons pas de temps à perdre.

– Que fait-on pour l'écriture ? demanda Cosme. Les travaux de Li ont été perdus dans le naufrage…

– Laissez l'écriture de côté pour le moment. Vous travaillerez dans la Cifu : Léonard sera votre référent. Si vous avez besoin de quoi que ce soit, adressez-vous à lui. Il me tiendra informé de l'avancée de vos travaux. Vous devez décrypter la deuxième strophe le plus rapidement possible. »

◆

« Les instructions sont donc cachées dans le poème, dit Mary après que ses compagnons lui aient conté leur élucidation de la première strophe. Émilie, quelle est la suite ?

– Que seras-tu, dis-moi, quand la mort partira ?
Seras-tu le feu blanc qui consume le froid ?
Seras-tu la cendre, braise noire, sombre lueur ?

Seras-tu l'étincelle illuminant les cœurs ?

– C'est flou, commenta Lilas. La première strophe parlait de la mer sans ambiguïté. Là il pourrait s'agir d'un volcan, d'une montagne, d'une grotte...

– Le feu blanc, le froid, cela rappelle la neige, énonça Émilie.

– Mais un feu blanc, cela n'existe pas, commenta Narga. Et même si nous nous limitons à la neige, cela ne nous dit pas par où commencer... »

Ils énumérèrent tous les endroits susceptibles de correspondre, et résolurent de poursuivre leurs recherches sur Internet.

Ils cherchèrent plusieurs jours en vain, jusqu'à ce que Léonard, fraîchement sorti d'une réunion avec Taméo et les autres dirigeants clandestins, les convoque pour faire le point.

Les Clandestins étaient parvenus sans peine à rallier les prisonniers du Centre à leur cause. Mais les inaptes qui arrivaient après la prise du Centre venaient pour un examen médical, une enquête de satisfaction, un jeu audiovisuel : tout sauf une guerre. Déterminés à prouver leur aptitude et à rentrer chez eux, ils ne voulaient pas entendre parler de clandestinité. Les Clandestins les logeaient dans des chambres vides, et passaient des jours à les convaincre avant qu'ils acceptent d'être formés. Ils devaient composer avec l'égoïsme des amoureux, l'orgueil des pirates informatiques, la violence des brutes, l'indépendance des aventuriers et l'insouciance des enfants. Une fois raisonnés, toutes ces personnes devaient être formées, et le manque d'effectif des Clandestins se faisait cruellement sentir. Après un bref entretien, les inaptes étaient affectés à des tâches que déterminaient leurs capacités et les besoins clandestins.

Les nouveaux venus faisaient l'objet d'une surveillance constante. Mêlés aux Clandestins chevronnés, ils se laissaient peu à peu gagner par la loyauté, mais l'opération prenait du temps, et l'espace finirait par manquer.

« Nous ne pouvons pas nous attaquer au prochain CASS tant que les nouveaux arrivants ne seront pas fiables. Il nous faudrait assez d'effectifs pour faire tourner le CASS de la Cimer tout en préparant l'infiltration du prochain Centre... Nous allons avoir besoin de beaucoup de temps, or nous recevons cinquante nouvelles personnes par jour, et la place risque de manquer avant que nous ne soyons prêts. Taméo veut absolument que vous repartiez chercher la magie.

— La deuxième strophe est beaucoup plus vague que la première, répondit Lilas. Nous avons fait toutes les recherches possibles, il y a au moins cinquante endroits d'où nous pourrions partir…

— Ce n'est pas ce que Taméo veut entendre… Vous devez finir ce que vous avez commencé.

— Que s'est-il dit d'autre, à la réunion ? demanda Italy.

— Taméo nous a parlé d'un Centre d'Aptitude spécial. Le Corvati, pour Centre d'ObseRVATIon. C'est un endroit où l'on envoie les individus qui résistent au Revery après l'avoir touché. Ils sont très peu nombreux, moins d'un par an. Nous les soupçonnons d'y envoyer aussi les Clandestins quand ils veulent les questionner… Bien sûr, nul n'en est jamais revenu. Pour l'atteindre, il faut un code d'accès, les coordonnées géographiques ne sont pas enregistrées dans le système. Nous pensons qu'il s'agit d'un repaire de Fantômes… Mais ce n'est pas notre priorité.

— Je sais ce que Taméo espère, répliqua Italy. Mais aucune magie ne peut influencer les opinions des gens. Celle qui nous a aidés à prendre le Centre avait un pouvoir très concret ; on pourrait la comparer à des ultrasons paralysants. Une arme assez forte pour nous permettre de vaincre rapidement ; voilà ce que nous devons nous attendre à trouver.

— Il est encore trop tôt pour juger de l'étendue de la magie, protesta Émilie. La deuxième strophe pourrait nous surprendre…

— Encore faudrait-il savoir où aller, souligna Lilas.

— D'après les calculs de Taméo, il nous reste un an avant que le CASS et la Cifu soient saturés. Et ce n'est pas tout : selon les rapports des espions de la Cifu, nous devons nous attendre à une nouvelle manœuvre des Ombres.

— Qu'ont-ils prévu ? demanda Mary.

— Leur dernière mise à jour portait sur les contrôles dans les transports en commun. La prochaine touchera les caméras… Tous les passants seront contrôlés à chaque passage devant l'une d'elles.

– S'ils font ça, aucun Clandestin ne pourra plus mettre le pied dehors, » prédit Mary.

La consternation se lisait sur tous les visages. La progression des Masques ne cesserait-elle donc jamais ? Bientôt, ils contrôleraient chaque respiration, chaque cellule, chaque atome de vie sur Terre…

« Quand cette mise à jour sera-t-elle lancée ? demanda Cosme.

– Nous ignorons la date exacte, mais ce ne sera pas avant quelques mois. Vous devez mettre ce temps à profit pour chercher la magie. Il faudra peut-être un an pour que nos informaticiens mettent au point des programmes capables de répondre à toutes les caméras d'une ville, et assurer votre suivi sera beaucoup plus compliqué. Quand on sait la part d'aléatoire que comporte votre mission… Plus tôt vous partirez, mieux ce sera. »

Un silence pesant suivit le départ de Léonard.

« Nous devons partir, lança Émilie. La solution du poème ne nous apparaîtra pas si nous restons ici…

– Nous sommes tous d'accord avec toi, Émilie, soupira Lilas. Mais où veux-tu aller ? Nous ne pouvons pas choisir un endroit au hasard. Se déplacer est devenu tellement compliqué, nous n'avons pas droit à l'erreur…

– La deuxième strophe parle de neige et de feu, déclara Cosme. Nous avons énuméré tous les endroits susceptibles de correspondre, mais nous n'avons pas réfléchi à la raison d'être de ces deux éléments… Rappelez-vous les sirènes : chaque vers avait un sens précis qui ne nous est apparu qu'après-coup. Cela correspondait aussi à notre état d'esprit : nous venions de perdre des amis très chers, nous étions déchirés entre le chagrin et la colère… Cette fois, nous devons trouver ce que représente la deuxième strophe *avant* de partir.

– Le feu bionique de la vengeance ? suggéra Mary.

– Cela me plairait bien, mais je crains que ce ne soit pas la bonne voie, répondit Lilas.

– Le feu et la neige, cela peut signifier beaucoup de choses, reprit Cosme. Le chaud et le froid, la passion et l'inertie, la vie et la mort… Du cœur de la bataille au foyer de l'hiver, c'est tout un symbole. »

Le visage d'Émilie s'éclaira. Le cœur de la bataille, n'y étaient-ils pas justement ? Au beau milieu de la lutte clandestine… Et il leur fallait rejoindre le foyer de l'hiver, où le feu réchauffe et protège. Le feu, une lueur d'espoir pour ceux qui souffrent du froid… Et qui ont oublié de vivre.

Alors qu'elle exposait cette idée à ses compagnons, l'enthousiasme d'Émilie retomba.

« Cela ne nous donne pas un point de départ précis. Il y a tellement d'endroits où il neige, avec des stations de ski ultra touristiques…

– Nous n'avons qu'à commencer par les extrêmes, proposa Narga. Les pôles, ce n'est pas à la mode, avec six mois de nuit et six mois de jour. Mais la montagne… Tu ne crois pas que c'est l'endroit idéal pour allumer un feu magique ? Et plus on va haut, plus il fait froid. La montagne la plus froide est donc aussi…

– La plus haute ! Tu es géniale, Narga.

– Je ne sais pas, répondit Lilas. Nous avons déjà pensé à l'Everest, nous nous sommes renseignés, et cela n'a rien donné…

– Nous n'avions pas envisagé les choses sous un aspect symbolique, dit Cosme. Sous cet angle, l'Everest me semble beaucoup plus intéressant… La plus haute montagne du monde, prendre du recul pour mieux trouver la solution… Cela correspond parfaitement à notre présent.

– Je n'y connais rien en symbolique, déclara Mary. Mais l'Everest est un de mes rêves. Je suis avec vous !

– Cette hypothèse ne vaut pas moins qu'une autre, opina Italy. Et nous n'avons plus le temps d'attendre. »

◆

Dans les jours qui suivirent, ils se répartirent les recherches pour récolter un maximum d'informations. Italy et Mary étudièrent la géographie de l'Everest, Émilie et Narga se renseignèrent sur l'homme des neiges et tout autre vestige de folklore local, Lilas et Cosme se documentèrent sur l'équipement de haute montagne.

Le mont Everest était au centre d'un colossal complexe touristique qui s'étendait sur toute la chaîne de l'Himalaya. Détenteur d'un record de hauteur depuis longtemps battu par les constructions humaines, c'était un haut lieu du tourisme. Une station géante avait été bâtie au sommet du mont : l'Everking. Ville cosmopolite, elle offrait, en plus des commodités propres aux SPONA (SPOrts de Neige Améliorés), des tours en navette au-dessus du mont, que l'on pouvait également escalader par des chemins aménagés en RTR (Randonnée en Tapis Roulant) qui partaient de l'Everqueen, la ville au pied de l'Everest. Toute la montagne était balisée par les ondes, à l'exception d'un versant laissé à l'état sauvage.

L'équipement fourni par les clubs nature pour l'ascension du mont dépendait du degré de difficulté voulu. Pour les moins sportifs, il y avait la voïto, sorte de moto dont les sièges rappelaient ceux d'une voiture, et les planches automatiques, skis et surfs capable de remonter la pente et d'éviter les obstacles de leur propre initiative. Le HPN (Hisseur Perce-Neige) permettait de gravir les falaises les plus escarpées sans fournir le moindre effort ; enfin, la COQA (COmbinaison de Qualité Alpine) et le RAL (Respirateur d'ALtitude) constituaient les partenaires indispensables de toute expédition.

Taméo demanda à les voir dès que Léonard l'eut mis au courant de leur projet, et voulut connaître les raisons qui les avaient poussés à choisir l'Everest.

« Je ne chercherai pas à vous contredire, dit-il quand ils eurent achevé. Au vu du peu d'informations dont vous disposez, l'Everest me paraît un choix aussi bon qu'un autre.

– Internet ne contenait rien sur le Cimetière des Naufragés, et pourtant nous étions deux à en avoir entendu parler, observa Cosme. Je ne crois plus au hasard, et j'ai l'intuition que l'Everest est un bon choix.

– Quelques Clandestins sont implantés dans l'Everqueen. Ils ont résisté à l'attaque des Ombres, ils vous accueilleront. Cependant, vous téléporter là-bas ne sera pas une mince affaire.

– Nous devrons explorer la montagne à pied, affirma Lilas. Mais si nous pouvions nous faire passer pour des touristes, cela nous permettrait de mieux nous préparer.

– L'un de vous doit rester ici pour briser les perles des sirènes.

– Je resterai, intervint Cosme.

– Quand as-tu décidé cela ? s'étonna Lilas.

– Peu importe. Ma décision est prise.

– Parfait, trancha Taméo. Je vais vous faire créer de fausses identités, et organiser votre transfert à l'Everqueen. Vous aurez de vrais Reveries ; votre escapade va nous demander un travail de suivi considérable, et vous devrez remettre vos connaissances de camouflage à niveau auprès de Léonard. Dehors, vous n'aurez pas droit à la moindre erreur. Quoiqu'il arrive, ni vous ni vos Reveries ne doivent tomber entre les mains des Ombres : s'il le faut, jetez-les dans le vide, et vous avec... Sous la torture, ils vous feraient tout avouer. »

Ils commencèrent leur formation avec Léonard dès le lendemain. Mary avait de longues années de pratiques derrière elle, mais les autres durent remettre leurs connaissances à jour, et réapprendre à marcher d'un air insouciant. Cette fois, il ne s'agissait pas de traverser un port : il faudrait se comporter en touriste chaque jour pendant plusieurs semaines, sous le regard aiguisé de caméras toujours plus performantes.

Bien qu'il ne les accompagnât pas, Cosme les aidait de son mieux. Narga et Émilie revinrent plusieurs fois à la charge pour tenter de le faire changer d'avis.

« Italy pourrait rester, ou même Lilas, suggéra Narga après un énième refus. Pourquoi faut-il que ce soit toi qui t'occupe des perles ?

– Parce que... J'ai retrouvé la trace d'Ania, soupira Cosme.

– Je croyais que les Masques l'avaient capturée, murmura Narga.

– Ils l'ont envoyée dans le Centre d'Aptitude de la Cimer, puis elle a été transférée au Centre d'Observation. »

Le regard de Cosme se perdit dans le lointain.

« Je l'ai connue quand j'étais réalisateur. Ania détenait des records sur nombre de mes jeux préférés : nous sommes entrés en contact via les réseaux sociaux. Puis nous nous sommes rencontrés, et notre amour est né petit à petit. La première fois, je l'ai aperçue à travers mon Revery, et elle à travers le sien. Je n'avais jamais regardé quelqu'un ainsi, à travers deux écrans holographiques ; mon Revery était mon seul compagnon... Ce jour-là, je portais un béret pour la première fois. Nous nous sommes reconnus en même temps, et nous avons éteint nos écrans. Première erreur je suppose... Elle était prestataire de réseaux sociaux, et nous avons trouvé amusant de nous marier. Nous étions riches, nous en avons profité. Nous avons fait des voyages, loué des villas, parcouru le monde, jusqu'à ce que les points viennent à manquer.

« Nous nous sommes remis au travail, mais quelque chose avait changé. Les histoires que j'inventais me paraissaient vides, et créer des réseaux ne l'intéressait plus. Je me suis mis à élaborer des scénarii plus complexes, avec des personnages ambigus, et Ania m'encourageait. Quand elle m'a annoncé qu'elle était enceinte, et je me suis mis à déborder d'idées. Elle a porté elle-même l'enfant, une fille, et j'inventais pour Ania et elle mille histoires que je voulais débordantes de sens. Les Ombres n'approuvaient pas : d'après eux, ce genre d'histoire n'intéresserait personne. Mes fictions faisaient montre d'idées isolées, au lieu de répondre à des besoins universels. Qui se souciait d'avoir un enfant, de l'aimer, de vouloir le protéger ? Tout ce qui intéressait les joueurs était de sauver le monde, d'être admirés et adulés par l'univers entier, d'avoir de véritables modèles. Peu importait le sens, que l'ennemi soit un homme ou un monstre, que le monde vaille la peine d'être sauvé. Mes personnages se posaient trop de questions. Ania m'a incité à persévérer, à défendre mes idées. Elle-même avait quitté son travail, dégoûtée par les relations artificielles et ineffectives.

« Nous avons fait des recherches sur le Répertoire Universel, et sommes tombés sur des statistiques enthousiastes qui annonçaient l'écrasante domination des Absolus. Nous le savions déjà mais... Le voir en chiffre, et présenté ainsi, nous a effrayés. Pourtant, nous étions nous-mêmes des Absolus... Notre enfant nous faisait prendre conscience de ce que nous avions manqué.

Le CED nous a appelés pour savoir si nous allions bien… C'est à ce moment-là que nos doutes se sont multipliés.

« À quelque temps de là, nous avons été contactés par les Clandestins. Ils nous ont incités à la prudence, et encouragés à infiltrer l'Institut qui nous employait. Ania a tenté de reprendre son emploi, et je m'étais résolu à retourner à mes premières histoires, quand nous avons reçu une convocation pour risque d'épidémie au CES. Vous savez, le Centre de Soins. Les Clandestins m'ont empêché d'y aller : j'ai décalé le rendez-vous, mais Ania s'y est rendue avec notre fille… Le soir même, j'étais parmi les Clandestins et j'apprenais la vérité. »

Les poings de Cosme se contractèrent, et ses yeux brillèrent d'un éclat féroce.

« Je les aurais tués. Je comprends ce qui les a conduits à faire ce choix, à me privilégier pour laisser tuer ma famille, mais… Sans l'Ancienne, je ne les aurais jamais pardonnés.

« Les Ombres ont estimé que ma fille était trop âgée pour être reconvertie et l'ont envoyée avec Ania dans le Centre. Cela fera bientôt dix ans. Elle aurait une quinzaine d'années aujourd'hui. Elle n'a pas survécu, tandis qu'Ania… Je ne peux pas me permettre de lâcher cette piste. Je veux être certain que nous parviendrons au Centre d'Observation le plus vite possible. Voilà pourquoi je reste avec Taméo. »

La gorge d'Émilie s'était nouée. La tristesse de Cosme lui rappelait ce qu'elle avait ressenti dans une autre vie, en voyant un bébé mourir dans les bras de sa mère… Suite au meurtre d'une certaine Livie… Après le départ de l'amant de Mélisande.

Ils devaient poursuivre leur quête de la magie. Arrêter les Masques, les Ombres et les Fantômes, mettre fin à ce système absurde.

II

Ils partirent deux semaines plus tard. Ils maîtrisaient la géographie, l'histoire et l'équipement nécessaire à l'ascension de l'Everest. S'ils entretenaient des doutes sur le succès de leur expédition, ils n'en parlèrent pas.

Ils déclenchèrent leur Revery dans le hall d'entrée de l'hôtel. Ils personnifiaient cinq touristes, cinq amis du réseau social *Dans la peau* qui s'offraient un voyage, et échangèrent des banalités pendant qu'ils se rendaient aux cabines de téléportation. Ils parvinrent à l'Everqueen sans encombre, et suivirent le flux de visiteurs vers la sortie principale. Émilie, l'estomac nouée, craignait à tout instant d'être interpellée par les haut-parleurs. Elle ne devait penser à rien, « joue avec ton Revery pour t'occuper l'esprit », avait dit Léonard.

Une immense chaine de montagnes s'étendait devant le perron du Centre de Téléportation. La plus proche, la plus haute et la plus impressionnante était le mont Everest. Éblouissantes de pureté, les montagnes enneigées pointaient leurs pics vers le ciel, leur relief nettement découpé sur le bleu de l'azur. Le mont Everest, culminait, resplendissant. Au sommet de chaque montagne trônaient des immeubles de verre et de grands paliers multicolores : les stations touristiques, parmi lesquelles se trouvait l'Everking.

Après avoir ordonné à leurs Reveries de photofilmer le paysage, ils se rendirent à la base clandestine de l'Everqueen, située sous un hôtel.

Un homme les fit entrer par une porte secrète dans le coin du hall, découvrant un escalier qui descendait dans les fondations de l'immeuble. Ils débouchèrent sur une petite cuisine éclairée au néon, de laquelle partaient trois portes supplémentaires.

« Je m'appelle Siméon, lança l'homme lorsqu'ils furent installés. Je suis le référent de Taméo. Il m'a dit que vous cherchiez une arme dans l'Everest et que je devais vous aider. Je suis habitué à ne pas poser de questions, mais ce sont les instructions les plus confuses qu'il m'ait jamais données. Allez-vous m'en dire plus ?

– Ce serait trop compliqué, répondit Italy. Mais faites-nous confiance : nous sommes des Clandestins de longue date, et nous avons apporté à Taméo une aide inespérée lors de la prise du CASS. Cette aide même que nous espérons trouver à l'Everest. »

Siméon poussa un long soupir.

« Depuis l'attaque des Ombres, nous ne sommes plus qu'une cinquantaine sur tout l'Himalaya. Taméo nous a fixés des objectifs d'espionnage très clairs, et nous sommes à peine assez nombreux pour nous y tenir. Vous êtes notre première priorité mais… Maintenir l'espionnage pendant tous ces mois a été très difficile. Je m'en voudrais beaucoup de gâcher tout ce travail pour un objectif aussi flou.

– N'ayez pas d'inquiétude, l'assura Lilas. Pour le moment, nous aimerions vous poser quelques questions, et visiter l'Everking.

– Nous voudrions savoir si des événements inhabituels se sont produits autour du mont Everest, ces dernières années, enchaîna Mary. Comme des avalanches à répétition, des accidents, des tempêtes…

– Ou des histoires sans queue ni tête, ajouta Émilie. N'importe quelle légende attachée à ce lieu. Même si cela ressemble à de la bionique…

« – Nous n'avons pas eu d'avalanches depuis plusieurs dizaines d'années, pas d'accidents de montagne non plus. Pour ce que j'en sais, ces événements n'avaient rien d'inexplicable. Maintenant, les régulateurs climatiques empêchent les avalanches. Des blizzards sont parfois organisés sur le mont, pour les sensations fortes, mais c'est tout. Quant au folklore local, à part l'homme des neiges dans les shows tempête, il n'y a rien. C'est un endroit très touristique, ce n'est pas propice au mystère…

– Vous n'auriez rien en rapport avec le feu ou… la cendre ? demanda Narga.

– On ne fait plus de feu ici depuis des lustres. La nuit, ce sont les projecteurs qui brillent sur l'Everest, pour le spectacle sons et lumières.

– Tant pis, soupira Mary. C'est autant de perdu du côté des légendes. Allons visiter l'Everking : plus nous irons vite, moins nous risquons d'être soupçonnés par les Masques.

– La navette n'est pas très loin d'ici, répondit Siméon. Je ne vous accompagne pas, mon Revery ne passe plus. Bonne chance. »

En cette fin d'après-midi, l'éclat du mont Everest était réduit à une douce luminescence, qui permettait de le fixer sans en être ébloui. La navette leur offrait une vue imprenable sur les falaises, les crevasses, les gouffres, les plateaux et les arêtes monstrueuses… Ici et là, projecteurs et arbres artificiels prétendaient rehausser la beauté du mont. Des humains microscopiques, skieurs, randonneurs et amateurs de manèges polluaient le manteau immaculé de la montagne.

Trois immenses disques argentés composaient l'Everking. Le plus bas, et le plus vaste, fixé plusieurs dizaines de mètres sous le sommet, abritait des manèges, des montagnes russes et le départ des pistes de ski. L'étage intermédiaire était destiné aux hôtels de luxe et aux villas de location. Au centre de l'étage de plus élevé, où se posa la navette, culminait le pic de l'Everest. Dès qu'elle fut sortie, Narga se précipita vers les barrières de sécurité et se pencha vers le vide, ivre de joie.

Émilie entendait à peine le bruit de ses pas sur le sol souple de l'Everking. Elle portait une chemise, un pantacourt et des baskets, et regrettait déjà de n'avoir pas opté pour une tenue plus légère. Il ne fallait pas se laisser abuser par la neige environnante : le régulateur climatique faisait bien son office. Le sommet du mont Everest ne dépassait la plateforme que d'un mètre environ. Un touriste, le pied posé dessus, les mains sur les hanches, prenait la pose, prêt à se faire immortaliser par le Revery de sa compagne. La fausse neige offrait un contraste étonnant avec les tongs et le short à fleurs de ce pseudo-aventurier.

Autour du pic, les gens faisaient la queue pour regarder le paysage à travers des télescopes géants. Émilie alla examiner le secteur de la montagne qui lui revenait. L'endroit était bien trop touristique pour qu'ils débusquent ne serait-ce que l'ombre d'une forme de magie... Elle laissa son regard vagabonder au-delà de son Revery. Certaines parties de l'Himalaya n'étaient pas ouvertes aux visiteurs : on les maintenait vierges pour garantir aux touristes des photofilms de qualité. À cette fin, tout un versant de l'Everest avait été préservé : le seul sur lequel il n'y ait ni arbre, ni homme. Derrière les montagnes, on apercevait encore une bonne partie du soleil. Pendant quelques secondes, il brilla d'une lumière verte... Le temps sembla se figer. Une lumière verte ? Comment était-ce possible ? Émilie cligna des yeux. Le jaune éclatant de l'astre du jour l'aveuglait. Elle était pourtant certaine d'avoir vu une lueur verte...

« Une lumière verte ? » répéta Lilas.

Ils venaient de rentrer à l'immeuble, et Émilie s'était empressée de parler du rayon vert.

– Je l'ai vu aussi ! s'exclama Narga.

– Je l'ai aperçu également, dit Italy. Le soleil brillait anormalement fort et je me suis retourné.

– Je n'ai rien vu, commenta Mary. Je tournais complètement le dos au soleil, ce n'était pas ma zone de surveillance.

– Pareil pour moi, avoua Lilas. Croyez-vous que c'est un signe ?

– Le rayon vert est un phénomène extrêmement rare, et observable presque uniquement en mer, expliqua Italy. Je suis très surpris d'en avoir vu un aujourd'hui ; je suis certain que ce n'est pas un hasard. Nous sommes au bon endroit.

– Cela ne nous dit pas où nous devons chercher, observa Mary. L'Everking est exclu, on ne peut ni aller ni venir librement à moins de 500 mètres.

– C'est pourtant là que nous avons vu le rayon vert, objecta Narga. La solution de la deuxième strophe doit se trouver quelque part au sommet de l'Everest.

– L'Everking n'est pas le véritable sommet, dit Émilie. Il est trop facile d'accès, trop touristique, trop... technocivilisé. La solution de la deuxième strophe est quelque part sur le versant sauvage de la montagne. C'est lui que je regardais quand j'ai vu le rayon vert.

– Tu as peut-être raison, approuva Italy. L'Everest forme un tout : nous ne devrions pas nous focaliser sur le sommet.

– Autrement dit, nous devrons escalader l'Everest par nos propres moyens, et prier pour trouver la solution à la deuxième strophe en cours de route, résuma Lilas.

– Nous sommes trois à avoir vu ce rayon vert, alors si tu ne nous crois pas...

– Je vous crois, Narga. Mais c'est une ascension très dangereuse, et il va falloir cibler nos explorations.

– Pourquoi ? Si ce sont des créatures magiques, elles seront au courant de notre présence dès que nous entrerons sur leur territoire. Elles nous trouveront, et il suffira de les décider à nous parler en résolvant l'énigme du poème. C'est ce que vous avez fait pour les sirènes...

– Le cadre était très différent, répondit Italy. Nous étions beaucoup plus libres. Je ne sais pas comment te l'expliquer, mais le poème était profondément lié à la manière d'être des sirènes. Ici, il s'agit d'autres créatures. Elles fonctionnent selon des règles qui leur sont propres, et les comparer aux sirènes ne mènera nulle part. C'est un peu comme si nous devions tout recommencer à zéro.

– Nous repérerons des points sur le versant sauvage, et nous n'explorerons que ces endroits-là, trancha Lilas. Je refuse de vadrouiller au péril de ma vie : si nous escaladons l'Everest, c'est avec un objectif précis.

– Ils ont vu un rayon vert, la rassura Mary. C'est un signe... Nous ne risquerons pas notre vie pour rien. Mais pour savoir où aller, nous allons devoir multiplier les excursions au club nature, les randonnées et les circuits en voïto. »

Restait à faire le tour du matériel disponible.

« Nous avons une voïto, mais elle ne suffira pas, les informa Siméon. Sur le versant hors-piste, il y a des falaises abruptes et très dangereuses. Nous avons un hisseur et cinq combinaisons, vous avez de la chance. Quant à l'entraînement, je vous apprendrai tout ce que je sais… Et je vous conseille de pratiquer le club nature à haute dose. »

◆

L'Everking offrait à ses visiteurs de nombreuses activités ; afin de minimiser les contrôles Revery, ils se les répartirent entre eux, exception faite du club nature, qui était leur seul moyen de pénétrer sur le versant sauvage de l'Everest, et qu'ils devaient tous tester.

Émilie, Narga et Mary furent les premières à tenter l'excursion « aventure » hors du régulateur climatique. Un robot leur donna une combinaison blanche, et les fit passer par un sas métallique à l'entrée de l'Everking. Sitôt sorties, un vent glacial les paralysa. Quelques mètres derrière elles, les gens se promenaient en T-shirt…Comment pouvait-il y avoir un tel écart de température entre des points aussi proches ?

Bien que sa combinaison ne laisse pas la moindre partie de son corps à l'air libre, Émilie résistait difficilement à la morsure du froid. Elle s'avança le long du chemin de ronde, et se pencha au-dessus de la barrière. Le bruit de ses pas résonnait sur la grille antidérapante. Sous ses pieds, la neige recouvrait une pente presque verticale. Parfois, de petites plaques blanches glissaient et se dispersaient dans les airs. Émilie disposait d'une heure pour rejoindre l'autre bout du parcours. Elle filma le paysage avec son Revery, examinant la moindre parcelle de montagne. Neige, pierre, glace, bleu, blanc, noir, si seulement elle avait pu apercevoir quelque chose… Mais aucun signe de vie, aucune irrégularité ne vint heurter son regard.

Dans la semaine qui suivit, ils eurent aussi peu de chance les uns que les autres. Ni les randonnées en tapis roulant, ni les descentes à ski, ni les tours en navette ne leur permirent de détecter quelque chose d'inhabituel. En revanche, l'excursion « nuit sous la tente » fut riche en leçons sur les conditions de vie naturelles dans l'Everest, et leur permit de déterminer définitivement quels endroits ils exploreraient durant leur ascension.

Restait à programmer leur itinéraire avec Siméon.

« Vous devez partir de là, dit-il en indiquant un point sur la carte du Revery. C'est le seul endroit de l'Everqueen où nous puissions désactiver les faisceaux de surveillance. Nous dévierons les projecteurs pour qu'ils n'éclairent pas votre itinéraire, et nous les remettront en place après votre passage. Vous devrez voyager de nuit, et vous reposer le jour.

– Nous déposerons la voïto ici, poursuivit Italy en désignant un point non loin de la première falaise qu'ils auraient à escalader. Nous poursuivrons avec le hisseur et les câbles.

– La tente est très efficace. Mais il fait -40 hors de l'Everking, l'ascension sera très difficile. Même avec les combinaisons spéciales. »

Il leur fallut plusieurs jours pour tout organiser, y compris la reprise de leurs Reveries par les Clandestins de l'Himalaya, qui rejoindraient ensuite les équipes de Taméo. Ils partiraient à l'assaut de l'Everest avec les anciens Reveries, et resteraient en contact avec Siméon pendant leur ascension.

◆

Enfin, le jour du départ arriva.

Ils se rendirent à l'Everqueen en fin d'après-midi, au moment où le tourisme battait son plein. À cette heure, impossible d'espionner un ennemi ou de filer quelqu'un ; les caméras renvoyaient aux veilleurs un flot ininterrompu de couleurs et de mouvements.

Conduits par Italy, leur voïto s'éloigna progressivement jusqu'à une zone hors-champ, plantée d'arbres artificiels. Cinq Clandestins les y attendaient : ils échangèrent Reveries et caméléons, et repartirent dès qu'Italy se fut arrêté.

Ils camouflèrent leur voïto et patientèrent, rendus presque invisibles par leurs vêtements clairs ; ils sortiraient de la station pendant le spectacle nocturne sons et lumières.

Ils attendirent pendant quatre heures. Le spectacle battait son plein ; des hordes de touristes dévalaient leurs dernières pentes, indifférents aux ténèbres qui contrastaient avec la lumière des projecteurs. La musique des attractions et les cris de joie occultaient tout autre son.

Ils enfourchèrent la voïto, et Lilas suivit le chemin d'ombre prévu par Siméon. Les traces de leur passage s'effaçaient grâce à des brosses fixées à l'arrière de l'appareil. Au bout de quelques instants, Lilas s'arrêta et brandit un spray vers le vide. De fines lignes rouges se dessinèrent devant eux. À leur gauche, les lignes s'interrompaient, laissant un vide juste assez large pour que la voïto s'y faufile. Une brèche vers la liberté qui ne durerait que quelques minutes... Lilas s'y engouffra, et chacun prit soin de ne pas interférer avec les faisceaux de feu figés dans leur élan.

Ce fut sans un regard en arrière qu'ils s'élancèrent vers la piste blanche.

Bientôt, l'obscurité les enveloppa. Émilie, soigneusement emmitouflée dans sa combinaison, ne sentait presque pas le froid ; juste une légère fraîcheur, un picotement qui l'empêchait de s'endormir, et la mettait en joie.

Italy guidait Lilas grâce au Revery, et Mary l'aidait à éviter les obstacles, que l'obscurité rendait presque impossible d'anticiper. Narga et Émilie étaient chargées de guetter la moindre parcelle de magie alentour.

Ils cessèrent d'avancer dès les premiers rayons de l'aube, et passèrent leur première nuit à l'abri des derniers arbres artificiels du versant. Le sol mousseux de la tente faisait office de lit, et la salle de bains constituait leur seule commodité (un trou dans le sol, couplé à un astucieux système de douche). Leur petit Disali de voyage les accompagnait. Ils se relayèrent pour monter la garde, et partirent au retour de la nuit.

Le surlendemain, ils avaient dépassé les zones les plus risquées, et se trouvaient dans un no man's land que ne fréquentaient plus les clubs nature. Ils voyaient enfin le véritable Everest, celui où le froid annihilait toute vie, et où seules les éminences rocheuses interrompaient la monotonie des pentes blanches. Dans le lointain cependant, chaque regard apportait son lot de nouveautés, leur permettant de mesurer le chemin parcouru. De l'Everqueen, ils n'apercevaient que la lueur qui montait vers les cieux, mais de lointains échos de musique leur parvenaient encore.

Au bout de trois nuits de route, ils atteignirent leur première falaise. Ils ne la virent qu'au dernier moment, et l'auraient probablement percutée sans les avertissements d'Italy. L'immense masse noire se fondait dans les ténèbres, son sommet invisible depuis leur emplacement.

Il neigeait abondamment. Un silence impénétrable les enveloppait. Ils dissimulèrent la voïto à l'endroit prévu par Siméon et longèrent le bloc de ténèbres qui barrait leur chemin. Leur cœur vibrait d'une même appréhension, d'une même impatience. La falaise était le premier lieu qu'ils avaient décidé d'examiner.

Italy prépara le hisseur sous les yeux impatients de ses compagnons. L'appareil ressemblait à une araignée. Un cerceau, muni de prises pour les mains et les pieds et pourvu d'un harnais de sécurité, autour duquel s'articulaient de longues pattes mécaniques. On pouvait le diriger soi-même en s'y connectant avec son Revery, ou le laisser faire en mode automatique. Équipé d'un système GPS très sophistiqué, le hisseur mémorisait tous ses trajets. Il était capable de détecter une fissure à risque dans une paroi rocheuse à plusieurs mètres de distance.

« J'y vais, lança Mary.

– Sois prudente, répondit Italy. Les risques sont réels. »

Mary enfourcha l'araignée et se fondit avec aisance dans les ténèbres. Elle revint une heure plus tard, bredouille mais radieuse, au moment où le jour s'annonçait.

Ils surveillèrent la falaise toute la journée en vain, et passèrent la nuit à se relayer sur le hisseur pour aller l'observer de plus près.

Un frisson d'excitation parcourut Émilie quand vint son tour d'utiliser l'appareil. Il se déplaçait avec des mouvements fluides, ses longues pattes de métal agrippant la roche glacée sans hésiter. Le sol s'éloignait à toute vitesse. Klang ! Klang ! Le hisseur trouvait des prises où elle ne voyait rien, et lui donnait l'impression de voler au-dessus de la roche. Cette exaltation était très différente de ce qu'elle avait ressenti pendant les séances d'escalade avec le club nature : il faisait nuit, elle était libre et le mystère lui tendait les bras.

Cependant, cette joie fut de courte durée. Ils eurent beau effectuer des relevés topographiques, attendre, écouter, réciter la deuxième strophe du poème, rien ne se produisit. La falaise était glacée, venteuse et inhospitalière.

Ils s'autorisèrent trois nuits avant de poursuivre leur chemin, vers un abri à quelques heures de marche de la falaise.

Émilie rejoignit Narga pour le dernier tour de garde, en fin d'après-midi. Le soleil teintait les montagnes d'or. Un vent glacial, que leurs combinaisons réduisaient à une simple brise, faisait s'envoler la neige. Chaque soir, Émilie se gorgeait de ce spectacle ; elle espérait que ce soir, en haut de la falaise, serait différent. Elle voulait désespérément trouver la magie.

« On peut voir l'Everqueen d'ici, murmura-t-elle. Les immeubles semblent si petits !

– Pourtant les attractions me paraissaient immenses, répondit Narga. J'y suis allée, une fois, avec des parents de location. Je n'avais jamais réalisé qu'il faisait aussi froid, dans la neige… »

Narga se perdit dans une mélancolie inattendue.

« Parfois, je me demande ce qui serait arrivé, si j'avais eu de vrais parents. Après tout, les Absolus ne sont pas vraiment humains ; ce sont des machines qui nous ont fabriqués, en choisissant les gènes qui s'apparieraient le mieux… Je n'aurais jamais dû naître, alors ai-je le droit d'exister ? La société m'avait réservé une place. Parmi ces gens sur l'Everqueen, parmi les technocitoyens de la Cité des Merveilles… Mais j'ai cassé ma laisse, et au lieu de m'appâter pour me faire revenir, ils ont essayé de me tuer. Et ces touristes, en bas, tout le monde, partout, continue à vivre heureux comme si de rien n'était…

– Ce bonheur que tu jalouses est une illusion. Ce n'est qu'une joie éphémère. Une fois rentrés chez eux, ces gens ne seront pas satisfaits. Le système le leur interdit. Ils doivent toujours désirer autre chose, vouloir mieux, vouloir plus. Crois-tu que ces touristes soient conscients de leur chance ? Qu'ils prendront le temps de s'arrêter, de se retourner, de se dire 'je suis heureux' ? Non. La moindre contrariété suffit à le leur faire oublier. Et s'ils ont le malheur d'y réfléchir, ils se rendent compte qu'ils sont seuls. Vides. Alors ils se jettent sur leur Revery pour s'emplir de nouveaux désirs. Ou ils s'investissent dans quelque chose qui leur donne l'impression d'exister, jusqu'à ce qu'on les envoie en Centre d'Aptitude... Les Masques vendent du bonheur en boîte : si on se le procure en illimité, on devient hors-la-loi. Le technomonde veut nous faire croire que le bonheur est un état de fait, alors que c'est un état d'esprit.

— J'ai été heureuse pendant les premières années de ma vie. Quand j'ai découvert que Lucky rapportait tout au CED, j'ai eu l'impression d'être trahie. Je me suis sentie seule, malheureuse, alors que rien ne m'avait jamais contrariée. Pourtant, j'ai toujours entendue que les Absolus étaient programmés pour être heureux... Suis-je une anomalie ou une rescapée ? Mais rescapée de quoi, puisque personne ne m'a créée, personne ne m'a voulue ? Sauf Cerise... Et Cerise n'existe plus.

— Tu n'es ni une anomalie, ni une rescapée. Tu es humaine... Ce qui compte, c'est ce que tu es, pas ce que tu aurais dû être ou ne pas être. Tu existes : on t'a refusé ta place parce que tu n'es pas une machine. Et Cerise existera tant qu'on se souviendra d'elle... N'oublie pas que les touristes de l'Everqueen et les technocitoyens de la Cité des Merveilles ont autant de liberté qu'un carré de *Tétris*. »

Une lueur de reconnaissance brilla dans les yeux de Narga. Émilie sourit, et récita la deuxième strophe du poème, en frôlant le papier qui ne quittait jamais sa poche.

> « Que seras-tu, dis-moi, quand la mort partira ?
> Seras-tu le feu blanc qui consume le froid ?
> Seras-tu la cendre, braise noire, sombre lueur ?
> Seras-tu l'étincelle illuminant les cœurs ? »

Ces mots la rassuraient comme une berceuse oubliée. Ils la frustraient comme une mélodie sans nom, sans paroles ni signification. Cette flamme blanche, désignait-elle le soleil au milieu des nuages ? Et la cendre, représentait-elle une terre qu'il aurait brûlée ? Quant à l'étincelle... Plusieurs fois depuis leur arrivée dans la région de l'Everest, elle avait ressenti de chaleureuses montées d'émotion. Mais le terme d'« étincelle » ne correspondait pas à cette description. Une étincelle ne réchauffait pas. Une étincelle brillait pendant une fraction de seconde, aussi fuyante qu'une illusion... Un rayon vert... Une forme de magie ?

La montagne s'étendait à perte de vue, monde en noir et blanc, gris, bleu, spectaculaire. Leur prochaine étape était un gouffre glacé...

◆

Ils se remirent en route à la tombée de la nuit. Sans voïto, ils progressaient beaucoup moins vite. Ils avançaient péniblement, entravés par le poids de leur matériel et l'abondance de neige. Le manque d'air se faisait sentir ; en dépit de leur équipement, ils étaient obligés de marquer des haltes régulièrement.

Les nuages couvraient le ciel en permanence. Un froid glacial, implacable et pénétrant les assaillait sans relâche. Leurs combinaisons les protégeaient bien, mais l'atmosphère devenait de plus en plus pesante. Le paysage changeait en restant le même ; très vite, tout ne sembla plus que répétition.

Il leur fallut trois nuits pour atteindre la crevasse qui avait retenu leur attention. Un gouffre de dix mètres de large, dont le fond se perdait dans les ténèbres même de jour. Mary fut la première à descendre le long de ses murs de neige, indifférente au vent qui sifflait dans les profondeurs.

Trois heures durant, elle explora les abysses. Son Revery retransmettait ce qu'elle voyait à ses compagnons ; dans la pénombre verte, rien ne bougeait, et le seul événement notoire se produisit au moment ou Mary ressortait de la crevasse. Un immense bloc de glace se détacha de la paroi opposée, et partit s'écraser dans les profondeurs. Émilie frissonna en songeant à ce qui aurait pu arriver si Mary s'était trouvé au-dessous. Italy suggérait déjà de ne plus se lancer dans de telles expéditions, mais Mary balaya son inquiétude d'un revers de mots.

« Le hisseur est conçu pour détecter ces éboulements quelques secondes avant qu'ils se produisent. En cas de danger, ils mettent automatiquement les grimpeurs en sécurité. Il faut que vous descendiez, c'est une expérience unique. L'air gèle dans vos poumons, tout est si silencieux… C'est étouffant, et en même temps on se sent vivant. Petit, seul, insignifiant, mais vivant. »

Toutefois, le gouffre se révéla aussi infructueux que la falaise. Ils ne pouvaient s'aventurer au fond sans le hisseur, crainte des éboulements, et scrutèrent en vain les parois de glace. Ces gardiennes muettes donnaient aussi peu de prise à leur imagination qu'aux pattes de leur hisseur, et ils reprirent leur route trois nuits après s'être arrêtés.

De grands moments d'incertitude venaient entamer l'espoir d'Émilie. La marche l'épuisait, la douleur la faisait douter d'elle-même. Mais le rayon vert brillait en elle, et chaque matin était une nouvelle victoire.

Les nuits calmes se raréfiaient : l'hiver battait son plein. Le vent les fouettait inlassablement ; la neige obstruait leur vision et entravait leurs pas. Ils devaient souvent crier pour se faire comprendre, par-dessus le vacarme des bourrasques aventureuses.

Le hisseur devint une nécessité. Les pentes avaient cédé la place aux pistes escarpées, et ils utilisaient les câbles de Siméon pour se rattacher les uns aux autres, se laissant conduire par l'araignée métallique.

En une occasion, la force du vent fut telle qu'Italy fut délogé du hisseur. Son harnais de sécurité le retint, et il se balança dans le vide jusqu'à ce que l'appareil l'ait remonté.

« Cela devient vraiment dangereux. Nous avons encore deux gouffres, trois falaises et un glacier à explorer…

– Nous ne pouvons pas abandonner, dit Émilie.

– Souviens-toi du rayon vert, » renchérit Narga.

Toutefois, les deux gouffres et les deux falaises suivants s'avérèrent aussi dépourvus de magie que les précédents.

Le glacier ne leur apprit rien non plus, mais il procura à Émilie l'une des plus merveilleuses sensations de sa vie. Alors qu'elle trônait seule avec le hisseur au sommet du pic de glace, elle ordonna au cerceau de se retourner, et eut le souffle coupé par la beauté du spectacle qui s'offrait à elle. C'était une nuit claire ; les cristaux neige brillaient d'un doux éclat d'argent. Les lumières dorées de villes éparpillées scintillaient dans le lointain. La terre à ses pieds, la blancheur autour d'elle, dans les cieux, le gris des nuages et le bleu de la nuit. L'Himalaya, l'infini. Ils n'avaient pas trouvé la magie, non... Mais ils se rapprochaient. Elle ne devait pas perdre espoir.

Deux nuits plus tard, ils atteignirent la dernière falaise qu'ils souhaitaient examiner. Le point le plus haut de leur itinéraire, et la fin de leur périple.

Ils se trouvaient non loin de la bulle climatique de l'Everking. La lueur des projecteurs se devinait sur les versants voisins du leur. Leur exploration se solda par le même échec que les précédentes, et ils se réunirent dans la tente à l'approche de l'aube.

« Nous devons nous recentrer sur le poème, dit Italy. Nous avons vu un rayon vert, nous sommes au bon endroit... Il suffit de réfléchir. 'Le feu blanc qui consume le froid', cela vous parle-t-il davantage à présent ?

— La neige me fait souvent l'effet d'une brûlure, commenta Lilas. Le feu caché dans le froid me rappelle la morsure de la glace, l'étau qui se resserre autour de nous...

— En même temps, nous sommes le feu, commenta Émilie. Nous brûlons dans le froid en nous éteignant peu à peu... Du moins, c'est ce qui arriverait sans nos protections.

— Le vers sur la cendre me fait penser à la Terre, répondit Italy. Ce noyau de feu entouré d'ombre, vous voyez ce que je veux dire ? Comme une braise recouverte par la cendre. Une planète.

— Que pensez-vous de l'étincelle ? demanda Narga. Pensez-vous que nous l'ayons déjà vue, avec le rayon vert ?

— Peut-être, répondit Italy. Ce rayon était un déclencheur, il nous a encouragé à aller de l'avant... Quel est ton avis, Mary ?

— Je ne sais pas. Je vous ai déjà dit que je ne vous accompagnais pas pour des mots.

— Mets-y du tien, Mary, insista Narga. Tu n'as pas envie de voir la magie ?

– Tu parles de magie… Je ne me souviens que du début de votre strophe. 'Que seras-tu, dis-moi, quand la mort partira ?' Mais la mort n'est pas partie. J'ai l'impression qu'elle ne me quitte jamais. »

Un silence gêné suivit ces paroles. Mary fixait le sol, le regard terne.

« Toutes les nuits, je rêve du CASS et des hologrammes que j'ai vus là-bas. L'Ancienne, Cerise, Djamal, Chris, tous ces morts qui me hantent… Nous étions bien, à la Cimer. Maintenant, les Ombres menacent de tout envahir et même ici, sur le toit du monde, nous ne sommes pas à l'abri. »

Pâle comme une statue, tout l'enthousiasme de Mary semblait s'être évaporé. Italy, Lilas, Émilie et Narga s'efforcèrent de la réconforter.

« Toute cette expédition, pour moi, ce n'est qu'une fuite en avant, poursuivit-elle. Vous parlez de magie, de sirènes, mais que peuvent les mots contre l'absence ? Je ne supporterai pas de retourner avec Taméo et de réfléchir sur ce maudit poème à longueur de temps. Je suis seule, toujours seule, j'ai besoin d'agir pour oublier.

– Tu as survécu au Centre d'Aptitude, Mary, tu n'es plus seule, déclara Lilas. Nous sommes là, bien vivants, et nous allons trouver la magie. »

Émilie dormit mal ce jour-là. Les paroles de Mary avaient réveillé des souvenirs douloureux, auxquels elle était plus vulnérable que de coutume. Cerise la poussait dans le souterrain avant de mourir ensevelie, Christopher hurlait, Antonie et Michèle mouraient sous ses yeux… Non. Elle devait se concentrer sur le poème. Le feu, la cendre, l'étincelle, que signifiaient ces mots ? Réfléchir. La raison était le seul moyen de garder l'émotion à distance. Les sirènes ne pleurent pas…

« Les sirènes vivent dans l'eau. La mer est facile à trouver ; insaisissable, mais éternelle. Tandis que le feu… Sa nature est de consumer, de disparaître et de faire disparaître. Il n'existe que par la destruction. Comme les Ombres… Non. Le feu naît lorsque deux forces se heurtent. L'étincelle et ce qu'elle brûle, qui deviendra cendre pour être brûlé à nouveau. Le feu n'est pas un cercle complet, comme l'eau. C'est un cercle brisé, reformé par quelque chose qui lui est extérieur. Italy a raison, la Terre est une bonne image. L'explosion première. Le soleil, le feu, le rayon vert... Et la Terre redeviendra poussière dans des millions d'années. Jusqu'à ce que l'histoire recommence... Mais quelle est la place de la magie dans tout cela ? Les sirènes ont le temps et l'espace, que reste-t-il d'autre ? »

Émilie s'efforçait encore de répondre à cette question quand le sommeil la prit.

La nuit suivante, un blizzard d'une violence inédite les assaillit avant qu'ils aient pu sortir de la tente. Leur abri menaçait de s'envoler, et ils eurent toutes les peines du monde à l'immobiliser. La neige griffait leurs combinaisons, la force du vent les empêchait d'avancer, l'air entrait à peine dans leurs poumons et ils ne s'entendaient pas parler.

« C'est peut-être un autre signe, haleta Narga. C'est la première fois que le temps est aussi violent...

– Mais nous ne pouvons pas aller sur la falaise dans un blizzard pareil ! s'exclama Lilas. La tempête nous balaierait comme des fétus de paille. Nous devons attendre...

– Attendre quoi ? souligna Mary. Qu'un bloc de glace s'effondre sur nous ? Nous devrions déplacer la tente...

– La falaise est un abri contre le vent, observa Italy. Si nous allons en terrain découvert, la tente ne résistera pas. Même avec un Revery, c'est trop dangereux de nous déplacer dehors, le terrain est instable...

– Le hisseur peut détecter ces failles.

– Il ne peut transporter qu'une personne à la fois, cela ne sert à rien, insista Lilas.

– Narga dit que ce blizzard est un signe magique. Vous ne voulez pas vérifier ? Votre bateau a bien été pris dans une tempête, non ?

– C'était différent, dit Italy. Nous n'avions pas le choix, l'orage s'est abattu sans prévenir...

– Vous préférez attendre que la tente s'envole ?

– Nous l'avons assurée, elle devrait résister. »

Mais plus ils tentaient de la retenir, plus Mary devenait agressive, son chagrin nourrissant sa témérité.

« Mary, arrête ! finit par s'écrier Lilas. Tu te conduis comme une enfant, garde ton calme !

– Je ne supporte plus de rester enfermée, Lilas. Je veux voir la lumière du jour, je veux être libre ! Je ne me sacrifierai plus pour les autres, c'est terminé. Regarde le résultat ! Nos amis sont morts, et nous sommes perdus à l'autre bout du monde ! »

Un éboulement tout proche les fit chanceler. Un grondement sinistre qui rappelait le fracas apocalyptique de la tempête des sirènes, et offrit à Mary l'occasion qu'elle guettait. Elle s'empara du hisseur et se rua hors de la tente.

Italy et Lilas se précipitèrent derrière elle.

« Émilie, Narga, vous restez ici ! »

Leurs paroles résonnaient encore dans la tente quand, un instant plus tard, la terre trembla à nouveau. Narga lança un regard effrayé à Émilie.

« Je vais les chercher. Nous ne pouvons pas les attendre ici, c'est trop dangereux. »

Émilie ne tenta pas de l'en dissuader. Elle refusait de croire à ce qu'elle venait de vivre ; ces dernières minutes ne pouvaient pas être réelles. Mary désespérée, le monde qui s'effondrait autour d'elle… Les Clandestins disloqués, une nouvelle fois.

Elle avait froid, elle avait mal, pourquoi cette vie n'était-elle pas un cauchemar dont elle se réveillerait bientôt ? Un cauchemar… Un rêve… Une salle remplie de livres, où Antonie vivait encore…

Un coup de feu.

Le regard vide d'Antonie.

Du sang rouge sur la chemise blanche de Christopher, qui grandit, grandit, l'avale tout entier.

Li au fond de l'océan.

Ses parents dont la vie s'éteint, doucement, doucement…

« Chacun de nous conserve ainsi un souvenir de l'autre. »

Émilie n'eut pas le temps de penser. Déjà, elle l'entendait.

Le chant des sirènes.

Bien que nulle parole ne s'y distinguât, il évoquait des images merveilleuses.

Il ne ressemblait à aucune des mélodies chantées après leur naufrage.

Elle revoyait les sirènes. Leur magnifique queue de poisson. Leur visage parfait. Leur pureté.

Elle revoyait leur splendide palais de marbre blanc, de perles et de nacre.

Elle revoyait la nuée bleue dans la mer, les animaux étoilés de la Voie de la Vie, la galerie d'histoires extraordinaires, les épaves incroyables du fond de l'océan.

Elle revoyait la salle mystérieuse des Avenirs Alternatifs, le Miroir de la Mémoire, l'Histoire de l'Humanité. Elle sentait de nouveau la main tiède et douce de l'homme artificiel au Cœur de la Conscience. Elle revivait l'amour que lui portaient ses parents, inconditionnel, absolu.

Elle revisitait l'Âme de l'Art. Ses milliers de livres. Ses milliers de rêves. Ses milliers de vies.

Elle croisait le regard d'Antonie, et soudain tout devint clair.

Lorsqu'Émilie revint à elle-même, il lui parut sortir du palais des sirènes une deuxième fois. Elle peinait à réinvestir le temps et l'espace. Elle s'émerveillait de ce qu'elle venait de comprendre.

Le départ de la mort n'indiquait rien de précis ; comme le disait Mary, la mort ne les quittait jamais vraiment. Ils recherchaient une magie capable de changer le cœur humain… Or, de quoi se composait celui-ci ?

De deux forces, songea Émilie alors qu'elle rangeait la tente. Deux forces opposées qui s'attiraient, se repoussaient, s'équilibraient mutuellement. Le bien et le mal, l'amour et la haine, la matière et le néant. Deux forces qui contenaient leur être, et qui résumaient l'univers, symbolisées respectivement par le feu et la cendre. Le feu, brûlant, réchauffant, et la cendre, reliquat de poussière et de fumée. Au centre les réunissait l'étincelle. Partie de l'un, fragment de l'autre. L'idée, la foi, ce dévouement imprévisible qui saisit les êtres au détour des mots… Le rayon vert. Cette étincelle était la clé qui ouvrirait la porte du royaume caché dans la deuxième strophe du poème.

Peu importait où ils se trouvaient. La mort était partout... Le mont Everest les avait mis à l'épreuve. Il s'agissait d'un obstacle différent de celui des sirènes. Plus intériorisé, plus personnel, tout aussi difficile à franchir. Le silence et le froid forçaient chacun à rentrer en soi... Et peu se connaissaient assez pour affronter leurs peurs, leurs espoirs, leur être et le jugement que la montagne les obligeait à faire.

Pour entrer, pensa Émilie en achevant de replier la tente, il suffit d'admettre ce que nous sommes. Ces deux parts qu'il y a en nous, ces deux forces qui nous séparent. Alors naîtra l'étincelle. Le rayon vert qui ouvrira la porte.

La nécessité obligea Émilie à interrompre sa réflexion. La tente était dans son sac à dos. Elle devait rejoindre Mary, Italy, Lilas et Narga. À sa gauche, elle discernait la falaise menant au sommet de l'Everest. À sa droite, quelque part dans la neige, l'attendait un autre à-pic rocheux qu'ils avaient escaladé pour parvenir jusqu'ici.

Elle alluma son Revery.

« Mary, Lilas, Italy, Narga ? Vous m'entendez ? Répondez ! »

Écran noir.

« Non... Non, non, non ! Ils ne peuvent pas avoir éteint leur Revery ! »

Les yeux d'Émilie filèrent au visage de Siméon, qui grandit et s'anima.

« Émilie ? Que se passe-t-il ?

– Les autres ont disparu, leurs Reveries ne répondent pas... Tu peux les repérer ?

– Non, je ne vois rien, on dirait que leur Revery est hors-service... Émilie, ce blizzard n'est pas normal, tu dois absolument rester cachée... »

Émilie coupa la communication. Mary, Italy, Lilas, Narga, prisonniers... Le chemin à suivre était tout tracé.

Elle s'approcha de la falaise glacée. Elle scrutait la brume à travers ses lunettes de protection. Son cœur bondit lorsqu'elle vit le mince filament blanc traversant le bloc sombre, corde de guitare malmenée par les vents.

C'était un câble très long, et dont chaque extrémité se fixait dans les plus solides minéraux. À intervalles réguliers, de gros nœuds fournissaient des prises aisées aux grimpeurs. À Narga, Italy et Lilas, partis à la recherche de Mary…

Émilie ne réfléchit pas davantage. Tout indiquait un piège, et aurait dû l'inciter à fuir ; mais le chant des sirènes résonnait en elle.

Alors qu'elle progressait, Émilie eut l'impression que le temps se dilatait. En cas de faux mouvement, la corde ne la retiendrait pas. Le vent se jouait d'elle, et la plaquait contre la glace. Malgré sa combinaison, le froid l'engourdissait. Ses joues la brûlaient. Ses lèvres piquaient. Elle ne sentait plus ses mains. Elle avait mal à la tête…

Dans son esprit embrumé, l'aboutissement de leur expédition, la survie de ses amis, leur réconciliation et la victoire des Clandestins se liaient inextricablement. Ils n'attendaient qu'elle, Émilie, pour se concrétiser, là-haut, sur le toit du monde. Elle n'avait pas le droit d'échouer. Pas si près du but. Lorsque la montagne cesserait, tout s'arrangerait…

À quelques mètres d'elle, une voix appelait. Émilie cria, bougea ses membres engourdis pour attirer l'attention de la silhouette qui glissait sur la falaise.

Le hisseur.

Mary.

Le bras tendu vers Émilie, elle se rapprochait. Aucune d'elles ne vit le bloc de glace, bien qu'il fît plus de deux mètres de haut. Elles n'entendirent pas la montagne gronder, elles ne sentirent pas la falaise trembler. Le hisseur ne bougea pas, et Mary ne sut jamais le fin mot de l'histoire.

Le projectile l'effaça de la falaise.

Loin au-dessus d'elle, des navettes emplies de touristes voguaient dans le ciel ensoleillé. Leurs passagers observaient l'immense nuage avec curiosité.

L'absurdité d'une telle réalité s'abattit sur Émilie comme une chape de désespoir. Ses dernières forces lâchaient. À quoi bon ? Mary était morte. Elle tendait le bras, et elle disparaissait. Rayée de l'Everest, comme si elle n'y avait jamais été.

Face à la montagne déchaînée, recroquevillée sur le câble, Émilie ne savait plus. Pourquoi existait-elle ? Le monde était si vaste, peuplé de tant de vies… Qui était-elle ? Que valait-elle ? Lâcher la corde eût été si facile… Elle pourrait dormir, enfin. Respirer sans lutter, à pleins poumons. Partir. Quitter le froid, les pierres qui lui transperçaient les côtes, la neige qui la déchirait… Lâcher prise. Retrouver Mary.

Mais alors qu'elle fermait les yeux, prête à sombrer dans l'oubli, Émilie se souvint. Elle se souvint du naufrage, et de la valeur de la vie. Du Noyau de la Nuée, des paroles d'Azurée.

« À ceux qui survivent, nous tentons d'offrir le don de la vie. »

Je veux exister.

Quand Émilie aperçut la silhouette de l'Everking, elle tomba sans connaissance.

◆

Il faisait chaud. Il faisait bon. Il faisait jour.

Jour ?

Émilie ouvrit les yeux.

Ce qu'elle vit ressemblait à un plafond d'appartement.

Elle voulut se lever mais se heurta à une barrière transparente. Un tube de verre.

Celui-ci s'ouvrit au moment où Émilie se tournait vers la source de la lumière, à sa droite.

Italy, Lilas et Narga la regardaient, et semblaient tous trois très inquiets.

Émilie aperçut au ralenti les deux robots qui les encadraient.

Un homme se tenait à côté d'Émilie. Une Ombre. Reconnaissable à son élégance irréprochable, un léger rictus déformait son visage de marbre. Il lui tendit la main pour l'aider à se lever. Elle l'ignora et descendit lentement du lit.

Quelque chose lui démangeait le cou. Elle y passa la main et sentit un collier arrondi, épais et froid. Narga, Lilas et Italy en portaient un identique, noir et sans jointure visible.

« C'est par mesure de précaution, expliqua l'Ombre. Au cas où vous vous perdiez encore. »

309

Émilie l'examina et se figea en voyant dans sa main une arme semblable à celle de Jean. L'arme qui avait tué Antonie et Michèle.

« Au risque de me répéter, dit Lilas, nous ne sommes pas des espions.

– Certes. Des touristes qui auraient voulu visiter l'Everest, et se seraient laissés surprendre par le blizzard... Vous dites être descendus de la dernière navette ?

– C'est exact, mentit Italy.

– Nous tenons un compte exact de nos voyageurs. Nous n'aurions pas pu repartir sans vous. Aucune de nos caméras ne vous montre dans les nacelles de ces derniers jours... Et nos alarmes nous auraient signalé toute escapade.

– Nous sommes en vacances ici pendant un mois, dit Italy. Nous avons voulu tenter une excursion seuls...

– Vous êtes donc les parents *Dans la peau* de ces deux jeunes filles ? Elles ne vous ressemblent pas beaucoup. »

L'Ombre désigna Narga d'un signe de tête : sa peau brune démentait tout argument.

« Ces deux ringards voulaient s'amuser à avoir une fille blanche et une fille noire, » lâcha-t-elle.

L'Ombre sourit froidement, et se tourna vers Émilie.

« Tu ne dis rien. Comment te sens-tu ?

– Je vais bien. Pouvez-vous nous laisser partir ?

– Que faisiez-vous là-bas avec une TEHAMO, deux COQA et deux RAL ?

– N'est-ce pas évident ? soupira Lilas. Mon compagnon vous le disait à l'instant. Nous voulions partir en excursion hors de l'Everking. Nous sommes venus en navette avec de quoi tenir confortablement pendant au moins une nuit et nous nous sommes discrètement écartés du groupe. Nous savions que c'était interdit mais nous n'avons pas pu résister. C'était un cadeau pour les enfants, vous comprenez ? Nous comptions repartir avec la prochaine navette, et la tempête nous a surpris. Nous nous étions éloignés pour ne faire qu'un avec la nature... En voyant le blizzard, nous nous sommes demandé s'il ne valait pas mieux rentrer. Jenny est partie avant que nous ayons pu décider, elle en avait assez. Nous l'avons suivie pour la raisonner, en laissant

Sandy derrière pour sa sécurité. C'est un endroit dangereux, tout de même. »

L'Ombre éclata d'un rire sans joie.

« Quelle imagination, cracha-t-il. Vous croyez sincèrement que de simples *touristes* auraient pu se procurer du matériel de haut niveau sans que nous le sachions, pour partir seuls à l'assaut du mont Everest ? Je suppose que les rebelles vous ont montré les pistes à éviter. Ils ne doivent pas savoir que les régulateurs climatiques permettent de créer des tempêtes, sinon vous ne nous seriez pas tombés dans les bras ainsi. »

L'Ombre devina leur incrédulité et rit de plus belle.

« Oui, les régulateurs sont aussi des manipulateurs atmosphériques. Ils génèrent des nuages à volonté… Mais on ne laisse pas ce genre d'information à la portée des extrémistes. Cessez de jouer la comédie : je sais pertinemment que vous êtes des rebelles. Des gens de la plus totale inaptitude, qu'il faut enfermer et exterminer. Même si vous préférez vous appeler… Clandestins. »

Lilas et Émilie ne purent retenir un sursaut. Si un doute demeurait dans l'esprit de l'Ombre, cela aurait suffi à les trahir.

« Toi, reprit l'Ombre en pointant son doigt sur Narga, tu es Nargalova Ivanovitch, qui a permis à Jean de gagner la confiance des rebelles grâce au suivi de ton enlèvement. Une Absolue sacrifiée au plus grand bien... Et, par conséquent, dégénérée.

« Itali Kamino, tu es en fuite depuis longtemps déjà. Disparu peu après votre attentat raté d'il y a vingt ans, on se doutait que tu referais surface. Mais un meurtrier ne mérite pas la liberté, Itali.

« Liliana de Pierrefont, enlevée alors que tu étais enfant et endoctrinée. Tu vas être difficile à sauver…

« Et enfin, termina l'Ombre en posant sa main sur l'épaule d'Émilie dans un geste qui lui évoqua la serre d'un rapace, la petite orpheline échappée il y a bientôt trois ans. Le dernier sacrifice de Jean, Émilie…

– Et vous, qui êtes-vous ? le coupa Narga. Une machine à tuer ? Un être humain ?

– Nargalova, tu sais à quoi sert ce collier ?

311

– À nous torturer ? suggéra cyniquement Lilas. Ou à suivre nos moindres mouvements ? La technologie a tellement progressé, à l'heure actuelle tout est multifonction.

– Nous ne sommes pas des barbares, répliqua l'Ombre. Beaucoup plus simplement et efficacement, ce collier contient un sérum de vérité. Il dispose également de toutes les fonctions que vous venez de mentionner ; pourquoi s'en passer ? Mais pour être complet, je me dois de préciser que ce charmant bijou diffuse aussi poisons et somnifères en tout genre. Et nous savons tous que pour faire parler les plus expérimentés, le mieux est encore de menacer les moins forts... »

Italy, poings serrés, fixait l'Ombre d'un regard inquiétant.

Émilie était terrorisée. Elle allait être torturée. Ils révéleraient tout. Les Clandestins étaient perdus…

Comment avait-elle pu songer à lâcher la corde, là-bas, sur la falaise ? Comment avait-elle pu mépriser ainsi la valeur de la vie ?

Elle se souvint de la loi des sirènes. Ne jamais intervenir dans l'Histoire humaine. Elles savaient ce qui se passait, les laisseraient-elles mourir ici ? Lisaient-elles sur son visage, en ce moment même, la déchirure de son cœur ? Mary était morte. Antonie, Michèle, Cerise, Djamal… Colère.

Émilie se tourna vers le propriétaire de la main qui lui sciait l'épaule.

« Pourquoi faites-vous cela ?

– Les rebelles représentent une menace que nous devons éliminer. Pour que la société vive en paix.

– Nous ne voulons pas la guerre. Nous voulons seulement être libres. Comme vous.

– Qui es-tu pour parler de liberté ? Vous êtes bornés par vos idéaux. Ils vous aveuglent, et vous voudriez que tout le monde pense comme vous. Pourquoi vous isolez-vous de la société, en vous posant en marginaux ?

– C'est vous qui nous isolez ! s'exclama Narga. En nous assassinant, en nous emprisonnant et en nous empêchant d'aimer !

– Ah, voilà la grande question, répondit l'Ombre d'un air suffisant. Nous ne tuons personne, ce sont les gens qui se

312

condamnent. Ils croient avoir des sentiments uniques, et s'excluent de la société. Nous tentons de les ramener dans le droit chemin, et de protéger les autres de cette déviation. Mais la folie n'est pas facile à guérir…

– Quelle folie ? demanda Émilie, véhémente.

– Celle qui te pousse à poser des questions, se moqua l'Ombre. Mais s'il faut tout expliquer, j'appelle folie le refus de toute technologie, pour aller vivre en sauvage comme si la modernité n'existait pas. C'est anti-progressiste. Si tout le monde s'y met, l'Histoire se répétera. Les guerres recommenceront. Les massacres pour des raisons vaines et matérialistes, l'errance misérable que nos ancêtres considéraient comme une vie. La technologie donne un sens à notre présence sur Terre. En nous permettant de réaliser tous nos désirs, elle nous laisse la voie libre pour être heureux. Les gens comme vous font marche arrière. Ils sont persuadés que la liberté réside dans l'autolimitation, dans l'auto-emprisonnement. Pire, ils tentent de convaincre le monde qu'ils ont raison. Nous sommes là pour empêcher de telles aberrations masochistes.

– Je me suis simplement lassée de mon Revery, et vous avez voulu m'envoyer en Centre d'Aptitude, protesta Émilie. Vous avez entravé le chemin qui menait à mon bonheur parce qu'il ne correspondait pas au vôtre. Pourquoi ?

– Tu ne te rends pas compte de ce que tu rejettes. Une machine qui devine tous tes besoins, qui t'occupe en permanence, te dis tout ce que tu dois faire pour être heureuse. C'est comme un ami, un ami qui te connais mieux que toi-même. Notre système refuse à quiconque l'injustice d'être privé de cet ami. Le technomonde interdit le malheur et la solitude.

– Interdire la solitude ? répéta Lilas. Pourquoi empêchez-vous les gens de s'aimer alors ?

– Parce qu'ils accordent de l'importance à un être humain, périssable, imparfait, médiocre. Ils se rendent vulnérables aux peines que la société cherche à éradiquer. Des géniteurs qui s'attachent trop à leur enfant : lorsque la mort survient, que reste-t-il ? Des rivières de larmes. Nous refusons cela. Nous voulons un bonheur sans tache, et si le prix à payer est un peu moins d'amour, nous l'acceptons. Il ne s'agit pas d'être indifférent à tout. Simplement de profiter, et de consacrer son enthousiasme à des données durables. Ainsi, quand survient la maudite mort, elle ne détruit que celui qu'elle touche. Les autres en sont quelque peu affectés, notre nature le veut, mais pas plus que si nous avions brisé un objet rare et cher. Notre bonheur est intact. Nous continuons à dormir du sommeil des innocents. Tandis que vous, regardez-vous. Il suffit que vos géniteurs disparaissent, ou vos concubins, vos amis même, et vous passez le restant de vos jours à les regretter. Si nous vous les avions laissés, ils auraient fini par mourir, comme le veut l'ordre des choses. Et vous en auriez été dévastés. Vous y auriez perdu une bonne partie de votre bonheur, pour toujours. Regarde Lilas, regarde ton état et celui de Nargalova, et compare-les à celui d'Émilie. Vous vous morfondez dans les remords, les regrets et les espoirs impossibles, tandis que cette petite en est à jamais protégée par nos soins. Nous l'avons au moins gardée assez longtemps pour en arriver là. Elle ne fait pas, n'a pas fait et ne fera pas le deuil de ses géniteurs… Parce que nous l'avons empêchée de les aimer. Elle est libre. Sans tache. Tandis que vous avez été enfermées par ceux que vous persistez à chérir. Pour Nargalova bien sûr, cela n'aurait pas dû se produire, disons que c'est… Une anomalie. Un bug… Comme cela arrive parfois aux machines. Mais Émilie, elle, représente naturellement tout ce que nous cherchons à créer. »

Narga et Lilas fixaient Émilie comme si elles la voyaient pour la première fois. Émilie brisa le silence laissé par les paroles de l'Ombre.

« C'est faux, lâcha-t-elle.

– Pardon ?

– Je regrette de ne pas avoir connu mes parents. Ils m'aimaient si fort qu'avec eux, je n'aurais pas eu besoin de Revery. Je ne me serais pas sentie si seule pendant six ans. Et à leur mort, j'aurais pleuré les larmes que vous m'avez volées. Cette tristesse prouve que ma vie a un sens. Dans le technomonde, le sens n'existe pas. Les histoires ne veulent rien dire. Tout est vide !

– Pauvre idiote, rétorqua l'Ombre, tu ne peux pas comprendre. Ce n'est pas vraiment une surprise ; l'anomalie Nargalova t'a contaminée. »

Émilie détourna les yeux, tenant d'ignorer la poigne d'acier qui lui brisait l'épaule. Elle fixa Narga, Italy et Lilas, plus consciente que jamais de tout ce qu'elle éprouvait à leur égard. Elle inspira profondément.

« Que serai-je dis-tu, quand la mort partira ?
Je serai la chaleur qui fait vivre et qui tue,
Je serai le néant, l'origine et la fin,
Je serai ce tremblement éperdu, l'espoir. »

Un grondement sourd résonna dans la pièce, telle une pierre pesante traînée sur un sol de roche.

Émilie ne fut pas la seule à percevoir ce son. Tout le monde vit s'ouvrir, au milieu de la salle, une sombre porte de pierre sortie de nulle part. Derrière s'étendaient les entrailles d'un couloir illuminé par des torches.

Émilie fixait le passage avec une telle intensité qu'elle prit un temps de retard sur la réalité. D'un même mouvement, Narga et Lilas arrachèrent leurs armes aux robots qui les encadraient. L'Ombre attira brutalement Émilie à lui. Le tir de Lilas le toucha en pleine poitrine et il s'écroula. Italy se rua sur le robot qui venait de frapper Narga à la tête, alors que Lilas bataillait avec le dernier restant.

Émilie fut prise d'une étrange langueur. Il lui sembla que les mouvements de ses amis se ralentissaient.

« Vite, allez-y ! » cria Lilas alors que le robot la projetait à terre et l'immobilisait.

Émilie courut vers le couloir. Les trois mètres qui l'en séparaient parurent immenses.

Ses jambes s'alourdissaient.

Elle devait dormir.

Ses yeux se fermaient malgré elle.

Des gens criaient.

Plus qu'un mètre…

Elle sauta.

315

III

Le noir.

Le silence.

« Émilie. Émilie, réveille-toi. »

Une voix d'homme.

« Émilie. »

Le sol, dur et froid.

« Émilie ! »

La pierre. La douleur dans son épaule, partout.

« Émilie, tu m'entends ? »

Elle ouvrit les yeux. Une silhouette au-dessus d'elle, des traits éclairés par une flamme vacillante. Elle voyait flou.

« Italy ? »

Elle reprenait peu à peu ses sens.

« Comment te sens-tu ?

– Endolorie, mais vivante. »

Émilie se redressa. La tête lui tourna ; sa vision gagna en netteté.

Elle regarda autour d'elle, s'habituant à la semi-clarté ambiante. Italy, accroupi à côté d'elle. Plus loin un autre corps étendu. Le souvenir d'un bras tendu dans le blizzard…

L'estomac d'Émilie se noua.

« Mary est morte.

– Que s'est-il passé ?

– Elle venait vers moi. Si elle ne m'avait pas vue, elle aurait peut-être évité le bloc de glace… »

Italy lui passa un bras autour des épaules.

« Où sont Narga et Lilas ?

– Narga est juste là, répondit Italy. Elle ne s'est pas encore réveillée. Le robot l'a assommée ; avec l'effet du somnifère elle risque de ne pas se remettre aussi vite que nous.

– Le somnifère… Ils nous ont endormis ?

– Avec les colliers. L'Ombre les a déclenchés pour qu'ils diffusent des somnifères paralysants. Heureusement il n'a pas utilisé les électrochocs…

– Et Lilas ?

– Elle n'a pas eu le temps. »

Émilie se raidit. Elle répugnait à poser l'ultime question, mais elle devait être sûre… Elle allait parler quand une goutte chaude lui tomba sur la main. Une larme.

« Italy… »

Il serra les poings.

« Le robot lui a arraché l'arme, reprit-il mécaniquement. J'étais en train d'aider Narga ; je me suis détourné et celui que nous combattions lui a porté un grand coup à la tête alors qu'elle tirait sur lui. Tout s'est passé en une fraction de seconde… Nous avons eu de la chance que les robots aient été pris au dépourvu. Lilas m'a crié de sauver Narga et de partir avec elle. Le robot restant la maintenait à terre. Le somnifère se diffusait dans mes veines, il ne me restait que quelques secondes. Je ne pouvais pas les sauver toutes les deux… Lilas était prise par le robot, je n'avais pas la force pour la libérer. J'ai porté Narga et j'ai couru. Je t'ai vue sauter dans le passage comme un fantôme, et j'ai perdu connaissance après être entré.

– Au moins, elle n'est pas morte…

– J'espère qu'elle tiendra jusqu'à notre retour. Il faut nous dépêcher. Qui sait combien de temps s'est déjà écoulé ? »

Italy prit Narga dans ses bras, et ils avancèrent dans le tunnel en silence. Plusieurs fois, Émilie crut discerner des portes dans la pénombre.

« Des humains ! De vrais humains, tu as vu ? cria soudain une voix flûtée.

– Oui ! » s'enthousiasma une deuxième voix.

Émilie et Italy scrutèrent le souterrain, en vain.

« Qui est là ? demanda Italy. Montrez-vous ! »

Des rires étouffés lui répondirent.

Une silhouette féminine surgit d'entre les rochers, une dizaine de mètres devant eux. Elle avait la peau, les yeux et les cheveux d'une jolie couleur noisette, et portait un habit vert pomme aux motifs floraux, qui laissait la majeure partie de son corps dénudé. Une autre créature la rejoignit, la peau, les cheveux et les vêtements blancs, les yeux d'un gris très clair, accoutrée de façon tout aussi bizarre. Les deux femmes ne mesuraient pas plus d'un mètre.

« Avons-nous le droit de leur parler ? demanda celle aux cheveux blancs.

– Ils sont arrivés ici, non ? fit l'être qui les avait interpellés. Et la reine ne nous a rien interdit. Oooh, des humains, comme dans les histoires, c'est incroyable ! »

Dans son enthousiasme, la jeune fille à la peau noisette se mit à trépigner, anormalement vite. Sa compagne en blanc poussa un soupir amusé.

Tout se passa si rapidement qu'Émilie n'eut pas le temps de réagir. Alors que la fille noisette s'agitait frénétiquement, la blanche devint un faucon et fondit sur elle, serres en avant. Aussitôt, sans cesser de pousser de petits cris, la guillerette créature se changea en lynx et riposta. Le faucon devint un aigle et se jeta sur le félin qui, à peine revenu de son dernier saut, se transforma en gorille dans l'espoir d'assommer son adversaire. Alors que les combattants se heurtaient de plein fouet, l'aigle vola vers les parois de la roche et reprit sa première apparence juste à temps pour éviter la collision. Le gorille disparut lui aussi pour laisser place à la fille noisette.

« Cette fois, c'est moi qui gagne ! s'esclaffa-t-elle.

– Pas sûr, riposta la fille blanche avec un sourire en coin, mais cesse de glousser, c'est exaspérant. »

Ces mots furent suivis par de nouveaux éclats de rire.

« Excusez-moi, intervint Émilie, mais quelle sorte de… créatures êtes-vous, exactement ?

– Nous sommes des nymphes, répondit la créature blanche, vous ne vous en souvenez plus ?

– Ils sont humains, ricana la fille noisette, ils n'ont aucune mémoire. »

Émilie continua sans se démonter et, espérant que les nymphes ne réagiraient pas à la manière des sirènes, lança :

« Je m'appelle Émilie, et vous ?

– Je suis Ruby, répondit la nymphe noisette. Et elle c'est Brumeline. Elle est trop sérieuse pour parler, alors je réponds à sa place. »

La dénommée Brumeline fondit sur Ruby en se métamorphosant en pivert. Mais elle n'eut pas le temps de la piquer, et évita de justesse une énorme araignée qui se fit ours et tenta de la frapper avec ses pattes. Le pivert devint une huppe et se mit à voleter partout autour de l'ours, l'attaquant avec son bec. L'animal finit par pousser un grognement de lassitude et redevint Ruby, alors que Brumeline reprenait sa première apparence. Au grand étonnement d'Émilie, toutes deux éclatèrent de rire, et restèrent un moment incapables de parler.

« Ce n'est pas bientôt fini, ce vacarme ? » les interrompit une voix chantante.

Un nouvel être venait d'apparaître au détour du couloir, de la même taille que les deux nymphes. La peau claire, les cheveux blonds et les yeux bleus, portant un sac en bandoulière, vêtu d'un pantalon s'arrêtant aux mollets et d'un haut tous deux bleu clair, il ressemblait à un jeune homme… Aux oreilles et au menton fort pointus.

« Oh, Ricin, te voilà, dit Brumeline d'une voix riante.

– Tu as vu, nous avons trouvé des humains ! renchérit Ruby. C'est incroyable ! »

Les yeux de Ricin s'écarquillèrent plus que ne l'auraient pu ceux d'un humain normal. Émilie esquissa un sourire.

« Bonjour Ricin, je m'appelle Émilie, et voici Italy. »

Ricin sursauta et rougit puis, remarquant Narga, il demanda avec une excessive sollicitude :

« Qui est la jeune fille dans vos bras ? Est-elle blessée ?

– Oui, répondit Italy. Vous pouvez la soigner ?

– Bien sûr. C'est le moins que je puisse faire, pour vous soulager d'avoir dû supporter ces deux harpies. Il faut leur pardonner, elles sont encore jeunes. »

À ces mots, Ruby éclata de rire et la silhouette de Brumeline perdit en netteté, comme si elle résistait à l'envie de se métamorphoser de nouveau pour faire taire sa compagne. Ricin les ignora et examina Narga alors qu'Italy la déposait devant lui. Après l'avoir observée avec attention, il tira de son sac une poignée de poudre et la lui fit respirer. Narga fronça les sourcils, et commença à bouger.

« Comment te sens-tu, Narga ? s'enquit Italy. Tu as été violemment frappée, vas-y doucement…

– Ça va… Où sommes-… »

Narga venait d'apercevoir Ricin, Ruby et Brumeline.

« Permettez, humains, que je vous conduise à nos souverains, proposa Ricin. C'est ce que ces deux éventées auraient dû faire. »

Brumeline et Ruby lui lancèrent un regard narquois, et un troisième combat ébouriffant éclata, sous les yeux éberlués de Narga. Les nymphes ne réagissant pas aux imprécations de Ricin, celui-ci tira de son sac un liquide dont il les aspergea. Les nymphes reprirent aussitôt leur apparence première. Elles continuèrent à se battre, non sans injurier Ricin à l'unisson.

Le petit homme les ignora et continua son chemin désormais libre, pendant qu'Italy et Émilie mettaient Narga au courant de ce dont ils avaient été témoins. Brumeline et Ruby les suivirent sans interrompre leurs chamailleries.

Narga n'eut pas le loisir de pleurer le destin de Mary. Elle s'inquiétait du sort de Lilas et rejoignit l'avis d'Italy : les créatures magiques devaient leur accorder leur aide au plus vite.

« Ne soyez pas trop présomptueux, humains, les coupa Ruby. Notre reine décidera de ce qui vaut mieux pour nous tous.

– De même que notre roi, compléta Ricin.

– Nous verrons bien, résonna la voix cristalline de Brumeline. Je ne serais pas contre un peu d'aventure ! »

– De l'aventure ?! s'insurgea Italy. C'est une question de vie ou de mort ! Nous avons escaladé la montagne la plus haute du monde pour vous trouver…

– Les nymphes ont toujours châtié ou récompensé selon leur caprice, ça ne va pas changer aujourd'hui.

– Nous les elfes ne sommes pas aussi changeants. Nous soignons tous ceux qui le demandent.

– Les elfes ? reprit Narga. C'est ainsi qu'on vous appelle ?

– Il n'y a pas qu'eux, petite. »

La voix inconnue qui venait de se joindre à eux avait une sonorité rocailleuse. Ricin s'immobilisa : un être d'une cinquantaine de centimètres se trouvait en travers de leur passage. La peau jaunâtre parsemée de verrues, les dents pointues, les yeux globuleux, le nouveau venu se distinguait en tous points de Ricin, avec sa peau de pêche et son joli costume bleu.

« Hors de ma route, Ibiscus. J'escorte ces humains auprès de nos souverains, annonça l'elfe.

– Laisse-moi vous accompagner, » ricana le dénommé Ibiscus.

Ricin l'ignora et reprit sa marche.

« Ibiscus est un gnome, les informa Brumeline avec un léger dédain dans la voix. Méfiez-vous en comme de la peste.

– Il est un gnome comme je suis une dryade, tempéra Ruby. Il faut nous traiter avec respect, c'est tout.

– Dryade ? répéta Émilie.

– Nos souverains vous expliqueront ce qu'ils estiment nécessaire, trancha Ricin. Nous voici arrivés. »

Ils se trouvaient devant une porte de bois ronde, cadrée d'or, avec au centre deux anneaux d'argent. Les nymphes riantes s'y précipitèrent en courant et tirèrent chacune un anneau.

La porte donnait sur une salle carrée, si haute qu'Émilie en percevait à peine le sommet. Une salle aux murs pailletés d'or, d'argent, de bronze et de pierres précieuses. Un sol recouvert de mousse, de neige, de feuilles mortes et de fleurs. Un plafond duquel descendaient de longues lianes de lierre, et d'élégantes stalactites de pierre et de glace. Au centre, deux promontoires de diamant évoquaient des trônes. Deux silhouettes, l'une noire et l'autre blanche, se tenaient sur ces derniers.

Partout autour d'eux, de gauche à droite, de haut en bas, volaient, sautaient, criaient, couraient des milliers de créatures magiques, autant de nymphes et d'elfes, de gnomes et de dryades, et Dieu sait quoi d'autre. Des centaines d'animaux emplissaient la pièce de leurs cris, engagés dans d'innombrables affrontements, parfois si rapides que l'œil ne pouvait les suivre.

Au sol, elfes, gnomes et autres étranges bonshommes couraient en tous sens, au milieu de fumées multicolores, d'explosions, de rires et de cris. Certains se couvraient de galets, d'autres de plantes et d'herbe.

Ici et là, des êtres hauts de plus de deux mètres, qui semblaient autant de blocs de pierre, se mouvaient lentement, en émettant des sons graves et secs qui rappelaient les éboulements rocheux.

La pièce était immense, pleine de bruits étourdissants et d'un joyeux chaos qui fit passer leur arrivée inaperçue.

Émilie, Narga et Italy eurent des difficultés à suivre Ricin sans se faire renverser. Au fur et à mesure qu'ils se rapprochaient des deux figures centrales, le silence se fit, et des milliers de créatures insolites fixèrent les nouveaux venus.

Ils se trouvaient à présent devant les souverains de ce petit peuple.

À leur droite se tenait celle qui devait être la reine des nymphes. Elle aurait pu passer pour une humaine, à ceci près que sa peau était blanche comme de la neige, si blanche qu'elle se confondait avec le voile immaculé recouvrant son corps. Ses yeux en ressortaient d'autant plus, noirs comme l'ébène, sans pupille, tels deux sombres saphirs ornant son beau visage. Ses ongles noirs rappelaient les serres des rapaces. La taille haute, ses traits évoquaient ceux des femmes asiatiques, ressemblance confortée par ses longs cheveux noirs et brillants.

La peau du roi s'approchait autant du noir que la génétique humaine le permettait, rehaussant la blancheur de ses yeux et de ses ongles. Ce monarque évoquait l'Inde, avec ses traits fins, son visage élégant et ses cheveux blancs qui retombaient en cascade sur ses épaules. Dans la force de l'âge, bien proportionné, il portait un simple pagne noir, et Émilie ne put retenir un frisson devant le vide de son regard.

Exacts opposés l'un de l'autre, le roi et la reine se complétaient, incarnant avec justesse la deuxième strophe du poème.

La salle entière était anormalement immobile, figée comme si le chant des sirènes venait de retentir.

Ce fut Narga qui rompit le silence.

« Je m'appelle Narga, et voici Italy et Émilie. Nous sommes venus vous demander de l'aide.

– Vous êtes les bienvenus, répondit la reine. Je suis Makabé, la plus ancienne nymphe de cette terre, et la plus expérimentée des sylphides. À mes côtés se tient Manouch, le plus avisé des génies et le plus habile des mages.

– De quel droit devrions-nous vous accorder de l'aide ? demanda le roi.

– Nous avons fait un long voyage… commença Émilie.

– L'une de nos amies est en danger, la coupa Italy. Si vous la sauvez, nous vous donnerons ce que vous voudrez.

– Mais sais-tu, dénommé Italy, que trois jours se sont écoulés depuis ton entrée en ces lieux ?

– Trois jours ? répéta Italy d'une voix blanche. Le temps ne s'arrête-t-il pas ici, comme chez les sirènes ?

– Vous avez donc rendu visite aux sirènes ? dit Makabé.

– Le temps diffère en chaque univers magique, lâcha Manouch.

– N'y a-t-il pas moyen de savoir comment va Lilas ? insista Italy. Il faut la sauver au plus vite.

– Tu es bien présomptueux, humain, de réclamer ainsi nos dons.

– Que voudriez-vous en échange de votre aide ? interrogea Narga.

– Nous n'avons besoin de rien, dit la reine en souriant. Nous avons tout ce qu'il nous faut ici. Restez avec nous et réjouissez-vous ! »

Un tonnerre d'applaudissements et de cris de joie saluèrent les paroles de Makabé.

Aussitôt, des tables apparurent de nulle part, chargées de victuailles délicieuses aux fumets envoûtants. Chaque repas s'assortissait à l'une des saisons de la pièce. Manouch et Makabé descendirent de leur trône en riant. Le tumulte éclata de nouveau, joyeuse anarchie intemporelle.

Italy voulait continuer à argumenter, mais les souverains avaient disparu. Émilie ne pouvait se défendre d'une douleur lancinante à l'estomac, que les plats odorants disposés autour d'elle ne contribuaient pas peu à aiguiser.

« Si nous allions manger ? » suggéra-t-elle.

Italy lui lança un regard incrédule. Narga sourit.

« C'est une bonne idée !

– Nous ignorons l'effet que cette nourriture pourrait avoir sur nous, rétorqua Italy. Et Lilas est en danger. Nous n'avons pas le droit d'attendre !

– Mais Italy, nous n'avons pas le choix, répondit Émilie. Il faudra du temps pour les convaincre de nous aider…

– Du temps ? Nous ne savons même pas à quelle vitesse il s'écoule ici !

– L'un de nos jours équivaut à six des vôtres, » les informa une jolie voix.

Elle appartenait à une nymphe d'une trentaine de centimètres de haut, aux cheveux bruns relevés en un chignon faussement décoiffé, et aux yeux d'un bleu qui rappelait celui des cieux par un matin d'hiver. Vêtue d'une robe ample aux couleurs de coucher de soleil, avec ses ailes de papillon translucides et sa peau brune, c'était une merveille de beauté.

Sans se laisser démonter par leur expression éberluée, la nymphe continua :

« Je m'appelle Aveline. Je n'ai pu m'empêcher d'écouter votre discussion… »

La nymphe rougit.

« Notre nourriture n'est pas dangereuse pour les humains. Elle n'aura pour conséquence que de vous laisser repus et somnolents ! Ne vous en faites pas, vous êtes les bienvenus ici.

– C'est vraiment gentil, répondit Narga. Mais notre amie est en danger…

– En ce qui la concerne, je ne peux pas vous aider. »

La nymphe haussa les épaules et sourit.

« Vous aurez l'occasion de reparler avec Manouch et Makabé. En attendant, pourquoi ne pas profiter de l'abondance qui vous entoure ? Venez goûter aux joies de l'été ! »

Sans attendre de réponse, Aveline se transforma en un immense cheval alezan, assez grand pour qu'Émilie, Narga et Italy s'y installent à leur aise, et s'agenouilla pour les inviter à l'enfourcher. Narga ne se fit pas prier. Elle saisit avec enthousiasme la crinière d'Aveline, et balaya d'un revers de main les hésitations de ses compagnons.

« Nous n'aiderons ni Lilas, ni Taméo en mourant de faim. »

Leur splendide monture les conduisit dans la partie de la salle représentant l'été, aux murs d'or et au sol fleuri, avec des tables chargées de tous les fruits du monde, mûrs à souhait et délicieusement parfumés, accompagnés de boissons aux couleurs arc-en-ciel.

Aveline fit descendre ses passagers avant de reprendre sa première apparence, et se posa entre les plats avec légèreté. Installées de part et d'autre de la table, quantité de créatures s'alimentaient, recourant à des méthodes plus ou moins orthodoxes. Dryades, elfes, gnomes, mages, sylphides, chaque être constituait une nouveauté, et aucun ne se ressemblait. Beaucoup fixèrent un instant Émilie, Italy et Narga, puis se détournèrent d'eux, curiosité passagère.

Certains s'approchèrent afin de mieux les dévisager. Émilie sourit et mordit dans une pomme d'un rouge éclatant. Elle n'avait jamais rien mangé d'aussi bon !

« Tu es allée chercher les humains, Aveline. »

Ce constat provenait d'une créature d'un mètre de haut, au buste d'homme et aux jambes de bouc. La paire de cornes d'une vingtaine de centimètres sur sa tête rappelait les bois d'un cerf. La peau noisette, les cheveux noirs assortis au pelage de ses jambes, le nouveau venu s'invita dans leur cercle et s'empara d'une grappe de raisin. Ses yeux étaient d'un noir brillant qui rappelait ceux de la reine Makabé, ses jambes se terminaient en sabots et ses cornes se torsadaient à peine.

« Bienvenue, Elyo ! lança Aveline. Voici la demoiselle Émilie, la demoiselle Narga et le seigneur Italy.

– Je les ai entendus se présenter, merci, répondit Elyo.

– Vous devez avoir plein de questions ! reprit Aveline.

– Tu lis dans nos pensées ! s'exclama Narga. Pour commencer, es-tu une sylphide ou une nymphe ou... autre chose ?

– Je suis une nymphe, comme toutes les créatures féminines ici, et je fais partie des dryades. Mais j'aurais pu être une sylphide, une muse, une naïade, ou une sorcière.

– Il y a tant de créatures parmi vous ? Chez les sirènes, c'était beaucoup plus simple.

– Les sirènes manquent totalement d'imagination, grommela Elyo.

– Elyo est un génie, expliqua Aveline. Les génies sont le pendant masculin des nymphes. Plus précisément, c'est un faune ! Sinon, il y a les farfadets, les elfes, les gnomes, les gobelins, les trolls, les lutins, les feux follets, les ondins et les mages.

– D'où venez-vous ? demanda une nymphe qui devait être une sylphide.

– Comment avez-vous ouvert la porte ? demanda un elfe qui rappelait Ricin.

– Pourquoi voulez-vous notre aide ? dit un autre.

– Vous avez perdu une amie ? résonna une nouvelle voix.

– Parlez-nous du monde des humains !

– Oh oui, comment est-ce, là-bas ?

– Nous sortons si peu !

– Les paysages sont beaux ?

– On s'amuse bien ?

– Quel est votre nom, déjà ? »

Les questions et remarques se succédaient si vite qu'ils n'avaient pas le temps de répondre à tout le monde. De plus en plus d'êtres venaient s'attrouper autour d'eux ; Narga, contaminée par leur enthousiasme, répondait à tout à tort et à travers, et Émilie se trouva bientôt à raconter leur aventure à un public passionné. Tout intéressait ces petits êtres, dont aucun ne dépassait le mètre de haut. De nouveaux arrivants ne cessaient de les rejoindre, tandis que d'autres partaient au milieu et revenaient à la fin, aussi fallait-il toujours recommencer.

Seul Italy ne prit pas de part aux réjouissances.

Sous l'effet de la boisson, il s'enflammait, et demandait à qui voulait l'entendre de l'aider à sauver Lilas. Dryades, elfes, sylphides, faunes, nymphes et génies en tout genre ne furent pas longs à élaborer un plan de sauvetage échevelé, plein de magie et de rebondissements.

« Je me transformerai en loup…

– Avec ma poudre, aucune porte ne nous résistera.

– Ma potion nous rendra invisibles…

– Et je deviendrai un aigle si grand que je pourrai tous vous ramener ici. »

Soudain, Italy se leva et clama :

« Mes amis, c'est entendu, allons la sauver ! Venez avec moi demander l'accord de vos souverains. »

Toutefois, à peine eut-il fait quelques pas qu'une musique tonitruante s'éleva dans les airs. Nombres de créatures poussèrent des cris de joie, et en un clin d'œil, le public d'Émilie et Narga disparut. Sylphides, sorcières, lutins, gobelins et autres farfadets se lancèrent dans une danse effrénée, sur la terre et dans les airs. Partout dans la pièce titanesque surgissaient des musiciennes, aux instruments plus étranges les uns que les autres, qui jouaient, dansaient et chantaient.

Émilie ne pouvait nier que la musique fût entrainante. Très vite, des dizaines de petites mains l'embarquèrent avec Narga dans une ronde frénétique qu'Italy, debout, avait rejointe dès les premières notes.

Cette musique n'aurait pu différer davantage de celle des sirènes. Rythmée, joyeuse, imprévue, quand la seconde semblait infinie, éthérée, irréelle. Le chant des sirènes ne se prêtait pas à la danse : il était trop beau pour être suivi. La musique des nymphes et des génies, elle, dégageait une chaleur, une gaieté telles qu'on était obligé d'y céder. Il fallait se lever, danser et oublier.

Émilie fut prise dans une farandole qui tournait de plus en plus vite. Elle ne se souciait plus de rien et riait à gorge déployée, chantant, sautant, virevoltant en tous sens. Elle se sentait si heureuse ! Elle ne faisait plus qu'un avec la musique, et se pliait à ses moindres à-coups. Elle se retrouva au milieu de l'automne et dansa dans une rivière de vin, puis passa par l'hiver et glissa telle une patineuse sur un océan de sucre glace, avant de finir au printemps où un agréable jet d'eau claire vint la rafraîchir.

Et toujours elle dansait, riait, s'amusait, ne tenant pas en place. Plus de temps pour réfléchir, les créatures qui l'entouraient ne lui donnaient aucun répit, et son corps criait grâce. Mais peu importait que la tête lui tournât, qu'elle voulût se reposer : la joie l'emportait malgré elle, il fallait continuer, danser et oublier.

◆

Émilie refusait d'ouvrir les yeux. Elle était si bien dans cette obscurité, loin…

Non, quelque chose la gênait au niveau du cou. Un objet épais, dur et lisse. Qui le lui avait mis ?

Soudain, la mémoire lui revint. La peur, la fuite, la douleur, les nymphes… Lilas et Mary. Émilie ouvrit les yeux.

Elle se trouvait dans un lit arrondi, aux draps tissés de feuilles et de fleurs d'arbre. Sa chambre, plongée dans la pénombre, ressemblait à une clairière. Les murs étaient des arbres, leur feuillage constituait le plafond et de l'herbe recouvrait le sol. Un rideau de lianes remplaçait la porte.

Émilie se leva, pieds nus sur l'herbe fraîche. Attirée par la lumière, elle traversa les lianes et entra dans une autre chambre, où Narga discutait avec Elyo et Aveline.

« Bonjour Émilie, la salua Aveline.

– Je vais voir si l'autre est réveillé, dit Elyo en se dirigeant vers un autre rideau de lianes.

– Tu as bien dormi ? s'enquit Aveline. Elyo a aménagé vos chambres à la va-vite, j'espère que ce n'était pas trop inconfortable.

– J'ai très bien dormi, sourit Émilie, et les chambres sont magnifiques. C'est Elyo qui les a faites ?

– Elyo est un faune, expliqua Aveline. Comme tous les êtres masculins de notre peuple, les génies, il maîtrise un élément. En l'occurrence, ce sont les plantes et tout ce qui s'y rapporte ! Il n'a eu qu'à demander pour que les graines s'exécutent et fabriquent vos chambres. Je l'ai conseillé pour certaines choses bien sûr… Songez que sans moi, il vous aurait fait un seul lit pour trois ! Heureusement, je suis plus au fait des usages humains que lui. »

Le sérieux d'Aveline arracha un sourire à Narga. L'arrivée d'Italy interrompit leur conversation. Triste et fatigué, Émilie se demanda s'il avait dormi.

« Bonjour, Italy ! lança Aveline.

– Je m'inquiète pour Lilas, répondit Italy en guise de salut. J'aimerais parler au roi et à la reine rapidement.

– Je ne sais pas s'ils sont disponibles… commença Aveline.

– De toute façon, ils ne vous aideront pas, la coupa Elyo.

– Comment peux-tu en être si sûr ? protesta Narga. Nous avons beaucoup à offrir…

– Nous pourrions leur raconter des histoires, suggéra Émilie.

– Ha ! Ne me fais pas rire, nous ne sommes pas comme les sirènes qui se satisfont de si peu. Et de toute façon, vous avez déjà tout dit hier soir.

– Pourquoi restes-tu avec nous alors ? » rétorqua Narga.

Elyo haussa les épaules d'un air arrogant et détourna les yeux, alors qu'Aveline lui lançait un regard de réprimande.

« Ce n'est pas ce qu'Elyo voulait dire, rectifia-t-elle à la place du faune. Bien sûr, certains d'entre nous ne sont pas très curieux. Mais Elyo et moi partageons un intérêt très vif sur ce qui nous entoure. Vous nous fascinez !

– Italy, je ne pense pas que nous puissions faire grand-chose pour Lilas dans l'état où nous sommes, le réconforta Émilie. Je suis sûre qu'elle s'en sortira. Elle a le chant des sirènes en elle, n'oublie pas. En attendant, pourquoi ne pas en apprendre un maximum sur cet univers ? Nous avons la chance d'avoir rencontré Aveline et Elyo, qui sont disposés à nous aider !

– Vous aider, je n'irais pas jusque-là, » la corrigea Elyo.

Émilie crut néanmoins déceler un sourire sur son visage renfrogné.

« Pourquoi portez-vous ces drôles de colliers ? demanda Aveline.

– Vous pourriez nous aider à les retirer ? dit Italy.

« – Vous ne pouvez pas les enlever par vous-mêmes ? interrogea Elyo.

– Les Ombres nous l'ont mis de force, expliqua Narga. Des ennemis. Ceux qui détiennent notre amie.

– Mais c'est un collier terriblement laid ! » dit Aveline d'un air horrifié.

Narga la dévisagea avec une incrédulité non feinte. Elyo reprit, sur le ton d'un professionnel :

« De quoi sont-ils faits ?

– Métal et plastique.

– Je ne comprends pas le langage du métal. Mais je sais à qui m'adresser ! »

Elyo se dirigea vers l'un des murs de la chambre et marmonna des paroles inintelligibles, qui ressemblaient davantage à des craquements de bois qu'à des suites de mots. Les arbres s'écartèrent pour le laisser passer.

« Elyo est un faune, répéta Aveline, amusée par les mines surprises de ses compagnons. Pour lui, c'est facile… Je suis sûre qu'il est allé chercher Ignominius le gobelin. Il est aussi doué avec le métal qu'Elyo avec les plantes ! Il vous débarrassera de ça en un rien de temps. Qui peut être assez méchant pour vous mettre de force un collier aussi horrible ? »

Narga réexpliqua leur histoire à Aveline, qui n'avait pas retenu les récits de la veille.

Les événements s'étaient enchaînés si vite depuis leur dispute sur le mont Everest… Émilie débordait de questions sur les créatures magiques de ce monde souterrain. Après les profondeurs de la mer, visiteraient-ils les entrailles de la terre ?

« Aveline, demanda-t-elle, où sommes-nous, exactement ? Comment sommes-nous entrés dans ton royaume ?

– Vous avez prononcé la formule magique, et les portes se sont ouvertes.

– La formule magique ? répéta Italy. Il suffit de la dire pour que la porte s'ouvre ?

– Combien d'entrées y a-t-il ici, que faut-il faire précisément pour les ouvrir ? renchérit Émilie. Et comment s'appelle cet endroit ?

– Oh, notre monde a porté beaucoup de noms. D'après la reine, Avalon est un des plus populaires chez les humains.

– Avalon ? Je n'ai jamais entendu ce nom.

– J'aurais dû parler au passé. Après tout, les humains nous ont oubliés…

– Et pour y entrer ? insista Italy.

– Chez les sirènes, la formule ne suffisait pas, précisa Émilie. Il fallait en comprendre le sens. Les mots ne comptaient pas réellement.

– Pour ouvrir les portes d'Avalon, c'est pareil, expliqua Aveline. Il faut croire à la réalité des mots. Les portes de notre royaume sont partout dans le monde, mais dans des lieux choisis. Quand quelqu'un souhaite entrer, il doit se rendre à l'endroit approprié, puis prononcer la formule d'usage, et croire de tout son cœur à ce qu'il cherche. On raconte que, parfois, croire pourrait suffire, mais je ne le pense pas. Il faut pouvoir formuler ce que l'on cherche. Notre peuple existe et, si l'on se contente d'énoncer la formule sans reconnaître cette vérité, Avalon reste clos. Au contraire, si la personne qui parle est emplie de ce qu'elle dit, si elle s'y abandonne de tout son être, alors son cœur entre en résonnance avec celui de notre royaume, et les portes s'ouvrent. Pendant quelques-unes de vos minutes, tous les humains peuvent alors pénétrer à Avalon, pour peu qu'ils se trouvent à proximité d'une porte. Car le cœur d'Avalon, lorsqu'il chante avec celui d'un être humain, chante aussi avec celui de tous les hommes. Mais ils ne s'en rendent pas compte, à moins d'être près d'une porte… Dans votre cas, ceux que vous appelez les Ombres ont mémorisé la formule, mais je ne crois pas qu'ils puissent entrer. Ils ne me semblent pas capables de croire en la magie. Votre amie, en revanche, pourrait nous rejoindre… Si elle se trouve près d'une porte.

– Je doute que ce soit le cas, dit Italy d'une voix sombre.

– Aveline, dit Émilie, n'y a-t-il aucun moyen d'aller chercher Lilas depuis Avalon ?

– Il est toujours possible de faire entrer quelqu'un de l'intérieur. Mais il faut que cette personne soit près de l'une de nos cent portes. Dans ce sens-là, seule la porte que vous utilisez s'ouvrira, bien sûr.

– Ne peut-on pas créer une porte ? demanda Italy avec un regain d'espoir.

– Je ne sais pas trop, hésita Aveline. Les portes sont ici comme les continents à la surface de la Terre. Elles bougent lentement, se font et se défont au fil de nos siècles et de l'évolution du monde. Vous pouvez ouvrir une nouvelle voie comme se crée un continent, ou la faire et la défaire comme une île. Tout dépend de ce que vous voulez. Dans tous les cas, vous aurez besoin de l'aide des gobelins, des trolls, des gnomes, des ondins, des lutins et des feux follets. Au minimum.

– Nous créerons une île alors. Plusieurs s'il le faut. Nous trouverons Lilas. Où sont ces créatures que tu viens de mentionner, et quel est leur pouvoir ? »

La réponse d'Aveline fut interrompue par le retour d'Elyo. Un être à la peau très pâle l'accompagnait, les doigts longs et fins, les yeux globuleux, chauve, avec un petit nez pointu. Ses oreilles ressemblaient à de grosses aiguilles coniques. Le nouveau venu se tenait courbé et portait une sorte de toge blanche. L'extrême maigreur de ses membres, jointe à son aspect général, donnait l'impression qu'il n'avait jamais vu la lumière du soleil.

« Bonjour, les salua-t-il d'une voix aigre-douce. Je suis Ignominius, gobelin, pour vous servir.

– Ignominius ! s'exclama Aveline. J'étais sûre que c'était toi qu'Elyo irait consulter. Messire Italy m'interrogeait justement sur le pouvoir des gobelins !

– Dans ce cas, monseigneur, laissez-moi vous éclairer, répondit Ignominius. Nous, gobelins, sommes les alliés naturels des gnomes et des trolls, et avons le pouvoir de parler au métal. Nous savons le moyen de le faire grossir et multiplier, diminuer et disparaître, nous pouvons le sculpter à notre guise. En un mot, il nous obéit au doigt et à l'œil. Mais Elyo m'a parlé de vos colliers. Puis-je les examiner de plus près ? »

Émilie, que les doigts en patte d'araignée du gobelin intriguaient, l'invita à s'approcher. Son toucher, précis, net et acéré, lui donnait impression qu'Ignominius faisait partie du collier. Comme si ses doigts s'étaient intégrés au métal, comblant un vide invisible, et rendu évident après-coup.

Ignominius voulut également palper les colliers d'Italy et Narga avant de donner son verdict.

« Acier et plastique. Avec clips internes commandables à distance. Je détecte également un signal électrique et divers types de liquides prêts à l'emploi, dont le mélange n'aboutirait à rien de bon. Je ne rentrerai pas davantage dans la constitution d'un objet aussi grossier. Votre race a perdu bien de son talent dans l'art du métal. Le plus simple pour enlever ces horreurs est encore de faire ça. »

Sans attendre questions, réponses ou commentaires, le gobelin prononça un mot inintelligible de deux syllabes. Leurs colliers s'ouvrirent avec un claquement qui semblait une réponse au gobelin.

« On dirait que le métal vous parle ! lança Émilie, admirative.

– C'est le cas. Nous autres génies naissons chacun avec une prédisposition magique, qui varie selon notre type : les faunes comme Elyo ont un ascendant naturel sur le végétal, les gobelins sur le métal, les trolls sur le minéral, les gnomes sur la terre et les pierres, les feux follets sur le feu, les ondins sur l'eau, les elfes sur l'art de soigner, les mages sur l'esprit, les lutins sur l'air, les farfadets sur la nourriture. Manouch, notre roi, est mage. Nous ne pouvons pas échanger nos talents, mais nous pouvons augmenter notre maîtrise afin de la rendre plus puissante, plus rapide, plus complète. Les plus doués sont dignes d'assister le souverain, et le plus sage d'entre nous le remplacera le moment venu.

– Quelle est la différence entre les trolls et les gnomes ? demanda Narga.

– Le troll s'attache à la montagne, à la roche résistante et forte. Il sculpte les monuments les plus imposants. Le gnome, lui, est proche de la terre et des pierres précieuses. Il est tout dans le soin du détail.

– Vous avez dit être l'allié naturel des trolls et des gnomes… Y a-t-il des affinités innées entre vos pouvoirs ?

– Comme entre toutes forces de la nature. Minéraux et métaux sont indissociables... Ainsi les trolls, aussi impressionnants que les rocs qu'ils dominent, aussi terribles qu'eux dans leur colère, savent extraire minerai et métal des

333

entrailles de la terre. Les gnomes dissocient, trient et sculptent les pierres précieuses. Les gobelins se chargent des métaux, les mêlant aux gemmes dans d'extraordinaires créations. Ensemble, nous bâtissons le Château Chantant.

– Le Château Chantant ? répéta Émilie.

– Suivez-moi, et voyez. »

Ils sortirent par le mur d'arbres, et suivirent le gobelin dans un beau couloir de pierre, abondamment éclairé, parsemé de portes plus fantaisistes les unes que les autres.

« Comment fonctionne votre magie et celle d'Elyo ? demanda Émilie. S'agit-il seulement de mots magiques qu'il faut connaître ?

– Oui et non, répondit Elyo avant que le gobelin ait pu parler. Pour qu'un élément te comprenne, tu dois user d'un langage qui lui ressemble. Quand tu lui parles, le mot doit être le résultat que tu souhaites obtenir. Je dis le mot : j'entends par là tant les sonorités que la manière dont tu le prononces. Ignominius parle au métal d'un ton sec, décisif et sans retour. Le bois, lui, est tout en souplesse et en douceur. Un gobelin ne peut pas reproduire ce langage, il est trop éloigné de sa nature.

– Je peux être doux, protesta Ignominius. Quand je parle à de l'or liquide, par exemple.

– Et on ne peut pas reproduire votre pouvoir en répétant vos formules ? insista Narga.

– Il faudrait que tu entres en résonance avec l'élément qui t'intéresse, commenta Elyo. Si tu veux donner aux mots la tonalité correcte, tu dois devenir semblable à ce que tu veux maîtriser. Te crois-tu capable de te faire bois, roche, métal ou feu à volonté ? Sans compter qu'il faut les mots, les mots justes, et les comprendre demande déjà un art consommé. Les plus puissants d'entre nous, acheva le faune avec un soupir d'envie, sont capables de se métamorphoser en ce qu'ils maîtrisent. En arbre, en pierre, en or…

– Nous voici arrivés, les informa Ignominius en ouvrant une lourde porte de bois et de pierre. Voici la cave du Château Chantant. »

Ils se trouvaient dans une grotte immense, si haute et si vaste qu'on aurait pu y construire plusieurs immeubles.

Se remarquaient d'abord des créatures dont la plus petite mesurait au moins deux mètres, aux couleurs aussi nuancées que celles de la terre, aux excroissances aussi multiples qu'insolites. On eût dit que les trolls avaient été taillés dans un bloc de pierre, et abandonnés sans finition.

Venaient ensuite les gobelins, semblables à Ignominius, avec leur peau cireuse, leur dos voûté, leurs longs doigts tranchants et leurs oreilles pointues. Puis les gnomes, plus petits, au milieu des pierres précieuses.

Des hommes d'une quarantaine de centimètres, aux cheveux décoiffés et nageant dans des vêtements blancs, gris et jaunes, riaient aux éclats et couraient en tous sens, amassant dans un coin de la salle, près d'une porte gigantesque, les gravats du travail des trolls. Ils triaient les rochers et les pierres précieuses et les emportaient au loin, tourbillons volants qu'ils dirigeaient à leur gré. Elyo les désigna comme des lutins.

Enfin, l'attention d'Émilie fut attirée par de petits êtres que seul le mouvement paraissait faire exister. Certains hauts comme la flamme d'une bougie, d'autres occupant l'espace d'un feu de cheminée, ils possédaient un corps minuscule, pas plus grand qu'un doigt, avec une tête d'une grandeur disproportionnée. Émilie devina qu'il s'agissait des feux follets. En examinant la salle, elle se rendit compte avec effarement qu'ils en constituaient la seule source de lumière. Leurs constantes allées et venues, verticales, horizontales et diagonales, couplées à la puissance fluctuante de leurs flammes chatoyantes, donnaient vie à la cave, interdisant au repos et à l'obscurité de s'y installer.

Il semblait que le silence soit lui aussi banni, et le bruit étourdissant qui régnait dans les lieux contint les questions d'Émilie. C'était un mélange d'éboulements rocheux, de chants métalliques, de cris, de rires et de crépitements. Les trolls bougeaient peu, mais de manière soudaine, frappant la roche sans crier gare, marchant d'un pas qui faisait vibrer le sol. Ils faisaient exploser les murs, laissaient les gnomes en extraire les matériaux et les refermaient. Ils parlaient à la grotte au moyen de paroles tonnantes et assourdissantes. Les plus talentueux pouvaient faire surgir des rochers de nulle part. Ils taillaient les plus belles pierres pour en faire des rectangles parfaits, de toutes les tailles et de toutes les couleurs naturelles imaginables.

Les ondins, avec leur corps bleu pâle, leurs cheveux d'algue et leurs yeux verts, humidifiaient la terre pour les uns et les autres, et bâtissaient eux-mêmes de splendides statues de glace, tandis que les faunes s'occupaient à travailler le bois.

Les gobelins occupaient le milieu de la cave, avec autour d'eux une concentration de feux follets. Les premiers faisaient fondre dans le feu des deuxièmes le métal que leur apportaient les lutins, après que les gnomes l'ait extrait des gravats. Les gobelins touchaient sans douleur les matériaux brûlants et les transformaient en grandes plaques lisses, ou en modestes objets d'art.

Non loin, des gnomes travaillaient avec leurs dents des pierres précieuses dont la plus petite excédait la taille d'une noix. Ils leur donnaient une infinité de formes, sans but ni signification apparents, que venaient compléter les montures d'or, d'argent et de bronze des gobelins.

Les feux follets semblaient n'avoir d'autre rôle que d'éclairer l'ouvrage des uns et chauffer celui des autres. On voyait leurs frêles silhouettes chanter et danser en des rondes effrénées au cœur des feux les plus grands, abrités dans des fours de pierre. Quelques-uns brillaient d'un tel éclat qu'ils en devenaient blancs, mais aucun ne se confondait entièrement avec le feu. Si leur corps semblait fait de lumière, celle-ci variait à l'infini pour former des visages on ne peut plus nets, rendant ainsi unique chaque feu follet.

Ignominius les mena vers la porte près de laquelle travaillaient des lutins. Émilie eut le temps de les voir soulever sans le toucher le métal qu'un gnome couleur ocre faisait sortir du sol.

Ils pénétrèrent ensuite dans une petite salle pavée, illuminée par une mince fenêtre. À peine Ignominius eut-il fermé la porte de la cave qu'ils n'entendirent plus aucun bruit, et cessèrent de ressentir les effets de la chaleur. Le gobelin perçut leur étonnement et sourit.

« Vous venez de voir la cave du Château Chantant.

– Il y a d'autres pièces ? » s'enthousiasma Narga.

Ignominius acquiesça, mais Italy le coupa.

« Excusez-moi, tout cela est très intéressant, et je vous écouterais avec plaisir si nous avions le temps. Mais nous devons sauver Lilas. Il faut commencer le tunnel éphémère qui la délivrera !

– Il n'appartient à aucun d'entre nous de prendre cette décision, répondit Elyo. Vous devez en référer à nos souverains.

– Bien, répliqua Italy. Allons voir Manouch et Makabé.

– Nous devrions d'abord en apprendre plus sur eux, le retint Émilie. Souviens-toi, ils ne semblaient pas très enclins à nous aider, hier.

– J'en ai assez d'attendre, lâcha Italy. Lilas est là-bas depuis bientôt deux semaines.

– Pouvez-vous nous en dire davantage sur le roi et la reine ? intervint Narga.

– Bien sûr, fit Aveline en souriant. Makabé est celle que les nymphes ont choisie pour les représenter. Elle est la plus accomplie de nous toutes, capable de se métamorphoser en animal invraisemblable. C'est ainsi que se mesure le talent des nymphes. Nous ne pouvons pas acquérir des pouvoirs qui ne sont pas dans notre nature, mais les plus douées d'entre nous peuvent mélanger leurs transformations, au point de devenir les animaux les plus extraordinaires. Ainsi Makabé, nymphe du ciel et des oiseaux, peut se faire phénix, roc ou oiseau imaginaire encore jamais vu, ce dont une sylphide comme Brumeline, qui vous a accueillis hier, est incapable. Je suis sûre qu'elle ne pourrait même pas se transformer en un oiseau d'une taille anormale. Et la taille est le paramètre le moins inhabituel à changer, qu'il s'agisse de plumes, d'écailles ou de fourrure.

– Si j'ai bien compris, chaque nymphe maîtrise une seule catégorie de transformations, et chaque génie possède un type de pouvoir, récapitula Émilie. Mais qu'en est-il des sorcières et des muses ? Qui répartit ces magies ? Vous en héritez à votre naissance ? Ou…

– Laisse Aveline répondre à tes questions avant d'en poser de nouvelles, humaine, ou nous ne progresserons pas, » la coupa Elyo.

Aveline sourit et tourna sur elle-même.

« C'est vrai, je risque d'oublier des choses si tu m'en demandes trop ! Pour répondre à tout, le plus simple est de te faire un exposé général sur la vie des nymphes. Nous naissons à peu près comme les humains, de l'amour de deux êtres. À l'état pur que nous adoptons au début et à la fin de notre vie, il n'existe pas de différence entre les dryades, les naïades, les sylphides, les muses et les sorcières. Nous ne sommes qu'une seule et même entité. La vie. La matière. De même, gnomes, gobelins, trolls, elfes, farfadets, feux follets, lutins, mages, tous les génies revêtent une forme identique à leur naissance et à leur disparition. Celle de la mort, de l'anti-matière. Au cours de notre existence, nous reprenons cette forme pure seulement pour nous aimer, dans le Cœur d'Avalon. Alors, celui-ci prend une partie de chacun de nous, afin de créer un nouvel être dont nous ignorons tout. Du Cœur sortent de nombreuses créatures neuves : les sorcières et les mages leurs donnent ensuite les sens et l'émotion. Nous naissons formés, mais vides : ils nous emplissent, et nous rejoignons nos semblables.

« Au cours de notre vie, seul notre esprit change. Notre corps, lui, n'a qu'une seule forme. Nous n'avons pas ce que vous appelez parents ou enfants ; il n'est pas rare que des plus âgés s'entichent de plus jeunes, et réciproquement. De toute façon, l'amour naît de manière tellement aléatoire entre nous qu'il est inutile de lui chercher une logique. Nous pourrions être éternels, si le Cœur ne nous rappelait à lui. Il y a aussi les accidents et les disputes qui nous déciment parfois… Nous naissons donc sans savoir quel amour nous a créés, et la raison pour laquelle nous prenons une forme plutôt qu'une autre reste un mystère.

« Pour ce qui est de nos pouvoirs, de même que les génies sont chacun capables de parler à un élément différent, les nymphes maîtrisent chacune un type de métamorphose. Les dryades se plaisent à revêtir les habits des forêts. Elles peuvent prendre la forme de n'importe quel animal à fourrure, et de n'importe quel insecte. L'eau est l'élément des naïades, capables de se transformer en tout animal pourvu d'écailles ou de nageoires. Les sylphides habitent l'air, et prennent l'apparence de tout ce qui a des plumes et des ailes.

« Quoique notre forme naturelle soit humanoïde, avec l'expérience nous aimons la personnaliser. Je préfère être plus petite avec des ailes de papillon. Les naïades aiment prendre l'apparence des sirènes, bien qu'elles n'aient rien d'autre en commun avec elles que de vivre dans l'eau. Les sylphides ressemblent à ce que vous appeliez autrefois des anges. Les muses sont les maîtresses de tout ce qui touche à la musique, au chant et à la danse. Elles peuvent imiter n'importe quelle voix humaine, et devenir l'instrument de musique de leur choix. Certaines disputent même la suprématie musicale aux sirènes. Les plus douées d'entre elles savent se changer en mélodie, et aiment à traverser l'esprit de qui les entoure. Enfin, la métamorphose humaine est l'apanage des sorcières, qui seules peuvent changer leur visage. Les sens et le corps leur appartiennent, elles les dominent et les dirigent selon leur bon plaisir. Mais leur pouvoir n'a pas d'effet sur les animaux.

« Les nymphes peuvent aussi fusionner entre elles, pour se métamorphoser en une seule créature qui mélangera leurs caractéristiques. Un lézard ailé, un lion avec des écailles, un oiseau avec plusieurs visages humains… Mais cela demande du talent, et une bonne entente. Nous passons notre vie à développer notre pouvoir, les génies dans leur Château Chantant, les nymphes dans leur Paradis Perdu. Au milieu de tout ça viennent l'amour, les petits problèmes de tous les jours et les chamailleries.

– Et Manouch et Makabé…

– Makabé est sylphide, et Manouch est mage. Ils sont le génie et la nymphe les plus aboutis d'Avalon, et c'est de l'assentiment général de tous qu'ils ont été désignés pour succéder à leurs prédécesseurs. Leur expérience les rend capables de décider ce qu'il y a de mieux pour notre peuple… Et ils sont les seuls à avoir rencontré d'autres humains que vous.

– Nous devons vraiment leur parler, dit Narga. Savez-vous où ils sont ?

– On ne peut jamais en être certain, répondit Elyo. Manouch et Makabé savent se rendre invisibles, et ils sont un peu partout…

– Finissons la visite du Château Chantant, et partons à leur recherche ensuite, suggéra Émilie. Ainsi, ils verront que nous nous intéressons vraiment à Avalon.

– Lilas est en danger de mort, protesta Italy. On ne peut pas se permettre d'attendre une seconde de trop…

– Lilas a le chant des sirènes en elle, insista Émilie. On ne pourra pas la sauver aujourd'hui, ni demain. Tu dois voir de tes propres yeux jusqu'où va la magie des génies, et comment nous pourrions l'utiliser. »

Italy poussa un bref soupir, et finit par acquiescer.

◆

L'escalier où Ignominius les conduisit s'embellissait au fur et à mesure qu'ils montaient. Les marches de pierre brute s'élargissaient, devinrent granit puis marbre. Les rampes grossières en fer forgé se firent de bronze, élégants serpentins parsemés d'or, et ils débouchèrent sur une pièce gigantesque.

D'immenses colonnes, chacune constituée d'un type de pierre différent, se déployaient sur plusieurs centaines de mètres devant eux. Quartz, granit, onyx, basalte, obsidienne, mica, porphyre, marbre, grès, schiste, mais aussi diamant, opale, rubis, saphir, émeraude ou ambre. Des colonnes d'un seul bloc, ou incrustées de millions de pierres précieuses. Des colonnes gravées de lignes et de figures fantaisistes, ou taillées à coup de pioche. Des colonnes aussi fines que des tresses de pierre, ou épaisses comme un tronc d'arbre centenaire. Plus ou moins décorées, tant de colonnes qu'on ne pouvait les compter, et aucune ne se ressemblait.

Les murs, le sol et le plafond étaient à l'image des colonnes : changeants, anarchiques et harmonieux.

Petits soleils fusant de toutes parts, des milliers de feux follets éclairaient la salle. Gnomes, gobelins, lutins et trolls venaient ici finir leur travail. Les crépitements et les sifflements de courants d'air se mêlaient au chant de la roche ; Émilie entendait chaque son sans que l'un prenne le pas sur l'autre, étrange et délicieuse mélopée du Château Chantant.

Au mur adjacent à l'escalier de la cave était accolé un escalier tout d'or, d'argent et de bronze. Ils en gravirent les marches, à peine à leur taille mais parfaitement adaptées à celle des créatures qui les accompagnaient, et le cœur d'Émilie s'emballa de nouveau au spectacle qui les accueillit.

Des fenêtres de plusieurs mètres de haut surplombaient une large vallée. Prairies, forêts et rivières rompaient la monotonie des collines, que venaient agrémenter des villages aux toits de chaume. Au loin, des montagnes encadraient le vallon. Un ciel bleu parfait. Un soleil dont les rayons traversaient les nuages moutonneux. Jeu idéal entre l'ombre et la lumière, qui se disputaient la verdure des pâturages.

À l'intérieur du Château, les objets rivalisaient de luxe. Des tapisseries et des rideaux de mille couleurs, soie, velours, satin, broderies d'or et d'argent, décoraient les murs. Sous leurs pieds brillait un sol de cristal, derrière lequel se devinaient les colonnes polychromes, illuminées par les feux follets. En guise de plafond, de splendides poutres de bois sculptées soutenaient des dizaines de tourelles et de tours.

Éparpillées dans la pièce, débordant de coffres aux formes plus originales les unes que les autres, des babioles insolites attirèrent ensuite leur attention. Bagues, colliers, boucles d'oreilles, vêtements divers et variés, et quantité d'objets à l'utilité inconnue. Lutins, faunes, gnomes et gobelins s'activaient de leurs mains industrieuses. Craquements de poutres, vent dans les tours, petites pierres que l'on taille, bois que l'on sculpte, étoffes que l'on file, tel était le chant du dernier étage du Château Chantant.

« Je croyais que nous étions sous terre, observa Narga.

– C'est le cas, répondit Ignominius. Ce que vous voyez à l'extérieur est le Paradis Perdu des nymphes. Pour plus d'agrément, elles ont recréé le ciel et le soleil.

– Pouvons-nous aller… commença Émilie.

– Non, la coupa Italy. Nous avons vu le Château Chantant, partons à la recherche du roi et de la reine. »

Alors qu'ils retournaient vers la cave, Émilie ne put se retenir de poser de nouvelles questions à Ignominius.

« Tous les génies vivent-ils dans le Château Chantant ?

– Non. Nous préférons fabriquer nos nids dans un recoin de tunnel, et l'embellir au fil du temps et des amitiés. Comme les chambres qu'Elyo vous a confectionnées.

– Et ce que vous construisez ne disparait jamais ?

– Bien sûr que si. À notre mort, toute la magie que nous avons faite s'évanouit. C'est pour cela que le Château Chantant et le Paradis Perdu ne seront jamais finis : il faut chaque jour refaire ce qui disparaît.

– C'est étrange, observa Narga. Penser que vous mourez comme nous...

– C'est ce qui achève de nous rapprocher des humains, intervint Aveline. S'il y a une loi qui s'applique à tout Avalon, c'est que nous sommes mortels, et capables de donner la mort. Même si nous n'avons pas le droit de nous entretuer... Lorsque cela arrive, c'est un sacrilège, qui doit être jugé par nos souverains. Ils convoquent une assemblée de tous les êtres... Ils ordonnent au coupable de se justifier, puis nous demandent de lui répondre. Cela donne lieu à un déchainement de magie, dont les souverains ne protègent la cible qu'au dernier moment. Ensuite, l'accusé est laissé à sa terreur. Si elle ne le mène pas aux Tunnels Désolés, elle le conduit parfois à rejoindre le Cœur... Certains d'entre nous pardonnent et oublient, tandis que d'autres ressassent et continuent à accuser. La juste mesure est loin d'être l'apanage de chacun...

– Comment pouvez-vous *choisir* de rejoindre le Cœur ?

– Ce que vous appelez la mort n'est pas une fin définitive à nos yeux, expliqua Elyo. Elle est simplement un passage pour rejoindre le Cœur d'Avalon. Toute notre vie, il nous interroge ; lorsque nous le jugeons opportun, nous répondons à son appel. C'est un acte que tous respectent, mais que nul ne peut imposer, sauf s'il y a meurtre.

– Hier, Ruby et Brumeline n'arrêtaient pas de se battre. Il y avait tant de nymphes et de génies qui faisaient la même chose... Pourquoi vous battez-vous sans arrêt ?

– Le Foyer des Festins est le seul endroit où nous nous réunissons à intervalles réguliers, dit Elyo. Les combats que vous avez vus sont amicaux : ils nous permettent de mesurer nos pouvoirs et nos progrès, de nous comparer les uns aux autres.

342

Dans le passé, certains souverains organisaient des combats à mort… C'était un autre temps. Depuis que nous ne fréquentons plus les humains, il n'y a plus de meurtre parmi nous. La violence a été bannie, et toute dispute sérieuse est jugée au Domaine de la Décision. »

Aveline approuva d'un vigoureux hochement de tête.

« Qui a bâti le Foyer des Festins et le Domaine de la Décision ? demanda Italy. Est-ce la même personne qui décide de la construction des souterrains qui vont vers la surface ?

– Vous devez comprendre qu'Avalon a une volonté propre, intervint Ignominius. Nous n'y construisons pas tout impunément. Les lieux dont vous parlez datent des origines, nous ne savons plus qui les a conçus, ni même si quelqu'un les a imaginés, car leur magie est de celles, légendaires, qui sont éternelles. Peut-être étaient-ils là, simplement, comme la Terre, le fruit d'un processus long et impénétrable. Peut-être les premiers êtres sortis du Cœur les ont-ils élevés, comme les premiers tunnels, guidés par la Terre elle-même. Une chose demeure : construire sans l'approbation de la Terre, c'est s'exposer à sa colère.

– Je ne comprends pas, dit Narga.

– Nous pouvons parler à la terre et creuser de nouvelles voies, l'informa Elyo, mais si nous n'avançons pas à son rythme ni dans sa direction, ces souterrains disparaîtront. Ils s'effondreront sur eux-mêmes, et trolls, gnomes et gobelins n'y pourront rien. D'une part car leur magie n'est plus ce qu'elle était, d'autre part car ni les génies, ni les nymphes ne peuvent s'opposer longtemps aux volontés des éléments. En cas de dispute, la Terre l'emporte toujours. »

Narga continuait à froncer les sourcils, perplexe, mais Italy l'éclaira.

« Les plaques tectoniques. Elyo et Ignominius veulent dire que si leurs souterrains ne suivent pas les formes et les entrelacs naturels de la croûte terrestre, ils sont voués à l'échec, car le mouvement des plaques les fera disparaître. À cette profondeur, ce n'est pas comme à la surface, les tunnels sont des fils tendus qu'un simple tremblement peut briser. Et même si les génies ont le pouvoir de contrôler les éléments, ils n'ont pas celui de lutter contre la Terre elle-même, d'autant moins que leur magie est plus faible qu'auparavant. C'est de la Terre qu'ils tirent leur force : la contrer serait comme combattre leur propre pouvoir. »

Elyo et Ignominius jetèrent à Italy un coup d'œil intéressé. Son désir de sauver Lilas le rendait muet, mais pas aussi sourd qu'il le prétendait. Narga ne cacha pas son admiration.

« Comment as-tu compris aussi vite ?!

– J'écoute et j'observe. Et puis j'ai un peu navigué… Même si le bateau se débrouillait tout seul, il fallait un minimum de connaissances théoriques. »

Ils pénétrèrent dans le Foyer des Festins, aussi splendide que la veille, aussi inattendu que le Château Chantant. Nombre de créatures s'y restauraient déjà.

« Vous n'avez pas faim ? demanda Émilie. Nous pourrions…

– Continuer à chercher le roi et la reine après avoir déjeuné ? la coupa Narga. On ne sauvera pas Lilas en nous affamant. »

Elle s'installa à la table la plus proche, au milieu de la partie automnale du Foyer des Festins. Ils venaient d'y déboucher, après avoir suivi un long tunnel illuminé par des torches, et garni de fleurs. Émilie échangea un regard avec Italy, qui haussa les épaules.

« Nous ne ferons rien l'estomac vide, concéda-t-il.

– Sage pensée ! » renchérit Aveline.

Alors qu'ils rejoignaient Narga, Émilie remarqua que les plats différaient de ceux de la veille. Cidre, vin, tartes, compotes de pommes et de raisin, crêpes, champignons et toutes sortes de plats chauds aux odeurs alléchantes.

« Qui prépare toute cette nourriture ? demanda-t-elle en s'installant.

– Des farfadets, bien sûr, répondit Aveline. Ils sont spécialistes des préparations culinaires et mélanges en tout genre. Nous sommes comme les humains, continua-t-elle en avalant un raisin, nous devons boire et manger pour vivre.

– La magie ne vous permet-elle pas de dépasser ces limites ? interrogea Narga.

– Je pourrais faire pousser des fruits, dit Elyo, mais manger Aveline si elle se transforme en lapin risque de poser problème. »

Elyo attendit que les rires se soient calmés avant de reprendre. Nombre de créatures s'étaient rassemblées autour d'eux. Émilie reconnut un lutin et un gnome, et devina que le dauphin qui sautait au-dessus d'eux devait être une naïade. Elle tenta de ne pas se laisser envahir par la mélodie des muses, préparant ses prochaines questions.

« On ne peut pas faire pousser de la viande et du poisson, ni nous entretuer pour en avoir. Il faut les faire apparaître, et c'est le pouvoir des farfadets. Les moins doués créent des ingrédients qu'ils cuisinent, les plus talentueux sont capables de faire sortir le plat préparé de nulle part. Tiens, regarde là-bas, voilà un farfadet ! »

Elyo désignait un homme joufflu au corps parfaitement rond, portant un gilet brodé d'or et un chapeau pointu. Il faisait apparaître des pâtisseries au miel à tour de bras, en saluant ses goûteurs à chaque compliment. Le regard d'Émilie s'attarda sur les muses à sa gauche. Elles étaient vêtues de longues robes aux couleurs claires, et rassemblaient toutes les couleurs du genre humain. Quand elles ne chantaient pas, elles jouaient de la musique : bras, jambes, poitrine devenaient tour à tour cordes de guitare ou de harpe, flûte ou touches de piano. Si les mélodies leur plaisaient, elles prenaient possession de tout leur corps.

En face d'Émilie se tenaient des mages et des sorcières. En dehors de leur taille, seuls leurs ongles, leurs yeux et leurs cheveux les différenciaient des êtres humains normaux : parfois blancs comme ceux de Manouch, ils exploraient les moindres recoins du spectre des couleurs. Cheveux bleus, yeux rouges et ongles verts, violets, jaunes et marron, orange, blancs et noirs, il n'y avait pas une seule combinaison d'oubliée.

« Laisse-moi leur expliquer pour les sorcières et les mages, Elyo, ce n'est pas ton domaine, » lança un mage en riant.

Le faune fit semblant de se renfrogner. Le mage, blanc, roux et blond aux yeux violets et or, et aux ongles multicolores, continua :

« La magie telle que nous la pratiquons se divise en deux branches, amis humains, le corps et l'esprit. Nous influençons les émotions, les sorcières manipulent les corps. À eux deux, un mage et une sorcière font ce qu'ils veulent de n'importe qui, et les plus forts d'entre nous sont assez doués pour n'avoir pas besoin de leur pendant. Manouch est le meilleur. Si vous l'offensez, il vous rendra fous, et Makabé n'aura plus qu'à vous manger ! »

L'assemblée éclata de rire.

« Votre pouvoir peut agir sur les humains ? demanda Émilie.

– Admire plutôt ! » s'exclama une sylphide en tendant le bras.

Avant qu'Émilie ait pu faire quoi que ce soit, des paroles étranges résonnèrent dans sa tête. Elle se raidit alors que la nymphe parlait, à elle et à elle seule…

« Deviens moineau ! » crut-elle entendre.

Elle voulut répondre ; son corps ne lui appartenait plus. Il lui semblait être un bloc d'argile à sculpter. Elle se mit à rétrécir, sa vue se fit perçante, ses bras se rétractèrent, des plumes la recouvrirent, et elle se retrouva moineau.

Italy et Narga, immenses à côté d'elle, la regardaient de haut, étonnés, et toute l'assemblée hurlait de rire.

« Vraiment, Brumeline, tu es incorrigible, » résonna la voix d'Aveline.

Émilie voulait la chercher des yeux mais la peur et la stupeur la paralysaient. Elle n'osait pas bouger.

« Rends-lui sa forme, insista Aveline. Sinon, je demande à un elfe de mettre fin à ton sort…

– Oh, si on ne peut plus s'amuser… »

De nouveaux rires retentirent alors qu'Émilie reprenait le contrôle de son corps et tournait la tête vers Brumeline. Là où la nymphe s'était tenue volait un faucon, et son objectif ne pouvait être plus clair. Les instincts les plus primitifs d'Émilie lui hurlaient de fuir ; elle s'efforça de battre des ailes. Aussitôt le faucon fondit sur elle, et elle comprit à quel point voler était naturel. Comme marcher, ou respirer. Ce fut cependant Narga qui mit à profit cette seconde de fulgurance : elle referma sa main sur le moineau, ramenant Émilie vers elle avant que le faucon ne la touche.

Il y eut des cris confus, Narga la lâcha, Émilie, désorientée, tomba sur le banc. Elle se releva d'un coup sec et vit un moineau figé à la place de Narga. Son amie lui adressa un clin d'œil complice avant de s'envoler. Le faucon voulut la suivre : un jet de liquide venant de Ricin la fit redevenir nymphe, alors qu'Émilie se sentait quitter sa forme de moineau. Sa vision lui parut se troubler, sa taille augmenta si vite qu'elle en eut le vertige.

Autour d'elle régnait la plus grande agitation. Un chat aux ailes d'abeille et une pie aux serres et au bec anormalement développés dévastaient la table dans un combat féroce. Le chat prenait le dessus, quand un hurlement retentit au-dessus de leurs têtes. Narga avait repris son apparence en plein vol, et s'écrasa à quelques mètres d'eux. Émilie se figea… Puis perdit toute notion de réalité en voyant son amie se relever, indemne.

« Belle intervention, Galatée, » dit une voix dans le dos d'Émilie.

La reine des nymphes se tenait juste derrière elle, souriante. Manouch, impénétrable, attendait à quelques pas de là. Makabé s'adressait à une sorcière en face d'eux, noire aux cheveux bleus et aux yeux jaunes, qui répondit dans un haussement d'épaules :

« Disons que mon sort est arrivé à temps pour renforcer ses os. »

Narga les rejoignit d'un pas de somnambule. Le chat et la pie ne bataillaient plus, pétrifiés près du roi des génies.

« Le moment est venu de discuter, sourit Makabé. Venez. »

Italy, Émilie et Narga la suivirent, Manouch fermant la marche. Dès que celui-ci leur eut tourné le dos, Aveline et Brumeline reprirent leur combat sans donner signe d'avoir été interrompues. Les autres s'en mêlèrent, et personne ne leur accorda un regard alors qu'ils quittaient le Foyer des Festins.

♦

Makabé ouvrit une porte de plumes dans le souterrain. Ils entrèrent dans une pièce aux dimensions modestes, où deux trônes faisaient face à trois fauteuils. Le sol était un tapis de pierres précieuses polies, le mur un entrelacs de sculptures boisées.

« Pourquoi ma transformation s'est-elle arrêtée ? demanda Narga.

– Brumeline n'est pas assez talentueuse pour maintenir une métamorphose tout en affrontant une dryade du niveau d'Aveline. Galatée la sorcière t'a jeté un sort qui t'a évité un douloureux accident.

– J'ai volé, je n'en reviens pas…

– C'est une expérience qu'il vaut mieux éviter de tenter dans le tumulte d'un combat magique, répondit Manouch d'un air moqueur. Être le centre d'intérêts divergents a souvent des effets… Improbables.

– Le combat entre Aveline et Brumeline ne risque-t-il pas de s'envenimer ? s'inquiéta Émilie.

– Sois sans crainte : Aveline et Brumeline finiront par se fatiguer, la rassura Makabé. Notre peuple est incapable de garder son sérieux et n'a aucun sens de la mesure. La moindre boutade est susceptible de dégénérer en démonstration de force, et nombre de combats qui se veulent véritables finissent autour d'une table amicale. Nous sommes ainsi, imprévisibles et changeants. »

Émilie sentait que Makabé lui cachait une partie de la vérité.

« Nous souhaitons sauver une amie, intervint Italy. Nous avons besoin de votre aide.

– Ignominius et Aveline t'ont déjà exposé les problèmes qui se poseront à toi, répondit Manouch.

– Oui. Et je ne souhaite pas lutter contre la Terre. En réunissant assez de forces, je suis sûr que nous pourrons créer un chemin éphémère…

– Je ne vois pas ce que nous gagnerions à vous aider.

– Que voudriez-vous en échange ? lança Narga.

– Vous me demandez de mettre mon peuple en danger d'être broyé par la Terre ou blessé par vos semblables, pour aider une infinitésimale portion d'êtres humains à retarder l'inévitable. Rien ne saurait payer un tel sacrifice.

– Mais Lilas risque de mourir ! s'indigna Narga.

– C'est l'inévitable de nos deux espèces, répéta Manouch. Et quitte à le retarder, je préfère que ce soit pour les miens plutôt que pour elle. »

Il parlait d'un ton froid, sans âme. Makabé continuait de sourire. Émilie peinait à déchiffrer le visage des souverains, avec leurs yeux vides et mystérieux.

« Qu'en pensez-vous ? lança Italy à la reine des nymphes.

– Je ne vois pas de faille dans le raisonnement de Manouch. Pourquoi risquer l'existence des nôtres ? La mort nous attend tous à son heure. Si votre amie l'a rencontrée, pourquoi la retenir ? Et pourquoi raccourcir le temps dont dispose notre peuple ? Quand bien même Avalon n'aurait aucune perte à déplorer, à quoi bon ? Votre amie vivrait encore un peu, et après ? La loi demeure : si vous quittez Avalon, vous ne pourrez jamais y revenir. »

Émilie se souvint de la réflexion échevelée qui avait suivi les propos des sirènes à ce sujet.

« Les nymphes et les génies peuvent-ils sortir d'Avalon autant de fois qu'ils le désirent ?

– En effet. En d'autres temps, nos chemins se seraient peut-être recroisés, répondit Makabé.

– En d'autres temps ?

– Oui. Aux temps où la race humaine croyait à l'extraordinaire. Aux temps où nos existences s'enrichissaient mutuellement. Des temps révolus.

– Si vous restez cachés, comment pourrions-nous croire en vous ? protesta Narga.

– Pourquoi sortir quand vous refusez de nous voir ? rétorqua Makabé.

– Excusez-moi, intervint Italy, mais pourrions-nous revenir à Lilas ? Nous n'avons pas pris de décision, et…

– Pour moi, la décision est toute prise, l'interrompit Manouch.

– Pour vous peut-être, dit Narga, mais pour Aveline ? Et Elyo ? Et Ignominius ? Et tant d'autres dont j'ignore le nom ? Parlez-vous au nom de tout votre peuple ?

– Nous sommes des guides, non des dictateurs, répondit Makabé. Nos ordres sont suffisamment rares pour qu'ils y obéissent, mais chacun est libre de suivre son bon vouloir. Avalon n'est pas une prison.

– Que prévoyez-vous de faire ? interrogea Manouch. Creuser un tunnel jusqu'à votre amie et prendre d'assaut sa prison avec notre aide ? Nous gagner à votre cause, et étendre votre pouvoir ?

– C'est l'idée, rétorqua Italy.

– Pas du tout ! s'exclama Narga. Nous ne cherchons pas le pouvoir… Nous ne sommes pas des Ombres.

– Il ne sert à rien de se voiler la face, lâcha Italy. Si nous voulons les combattre, nous devrons recourir à leurs méthodes.

– Non, protesta Narga. Nous utilisons la magie, pas le mensonge et la torture.

– Nous voulons la liberté. Pour l'obtenir, on ne peut se contenter d'être bon et généreux.

– Cela ne fait pas de nous des Ombres ! s'exclama Émilie. Nous cherchons à ouvrir les yeux des hommes, pas à les endormir sur des mensonges ! Nous nous battons pour avoir le droit d'exister.

– En somme, conclut Narga, nous nous battons pour ne pas devenir des légumes. Pour pouvoir aimer sans limite…

– Et pour redonner à la tristesse sa juste place, acheva Makabé. Alors pourquoi sauver votre amie en dépit du destin ? Vous vous contredisez.

– Ce n'est pas le destin qui a emprisonné Lilas, rectifia Italy, ce sont les Ombres. Et c'est précisément ce que nous refusons : confondre un sort inéluctable avec la main de meurtriers.

– Êtes-vous au courant de la situation dans notre monde ? » demanda Narga après un bref silence.

Manouch haussa les épaules.

« Nous savons que vous ne croyez plus en nous, et que vous êtes heureux ainsi. Certains d'entre vous protestent, en marge du reste de la société, et disparaissent… Mais il en a toujours été de la sorte. La masse humaine, elle, est satisfaite. Le peuple ne connaît plus ni la peur, ni la faim, ni le froid, ni le chagrin. De notre côté, nous vivons dans le bonheur et dans l'insouciance. Pourquoi intervenir sur le cours des choses, quand tout va si bien ? Vous feriez de piètres souverains.

– Si nous tentons de convaincre votre peuple de nous aider à délivrer Lilas, vous nous laisserez faire ? insista Italy.

– Nous ne les mettrons pas en garde contre vous, répondit Makabé toujours souriante. Les hommes ne nous avaient pas demandé de l'aide depuis longtemps ; nous observerons vos démarches avec intérêt.

– Hier soir, j'ai déjà convaincu plusieurs personnes, dit Italy en se levant. Je n'ai qu'à aller les retrouver.

– Fais comme bon te semble, humain, » répondit Manouch, narquois.

Avant que l'un d'eux puisse poser une autre question, le roi des génies se leva et quitta la pièce. Makabé se transforma en colibri, si rapidement qu'ils eurent à peine le temps de la voir traverser le salon pour se faufiler derrière la porte.

Italy se leva et reprit aussitôt son refrain : sauver Lilas.

◆

Émilie, Narga et Italy regagnèrent le Foyer des Festins. Nymphes et génies banquetaient, Aveline et Elyo parmi eux, Ignominius éclipsé. D'humeur joyeuse, la dryade et le faune les accueillirent comme si de rien n'était, et firent mine de ne pas entendre les instances d'Italy.

« Réjouis-toi, lui disait Aveline, tu auras tout le temps de t'inquiéter plus tard.

– Les humains ne savent pas s'amuser, » renchérissait Elyo, ivre.

Et les muses leur donnaient raison, installant insidieusement la joie dans leur cœur.

Une idée cherchait à poindre dans l'esprit d'Émilie, mais la musique l'empêchait de se concentrer. À la fin du repas, Italy les entraîna au loin.

Ils empruntèrent l'un des multiples souterrains partant de la salle des banquets, cette fois tapissé de plumes, ce qui donnait aux torches une brillance inhabituelle. Ayant relaté à Aveline et Elyo leur entrevue avec les souverains, Italy attendait leur réaction. Elle ne fut pas celle qu'il espérait ; d'abord indifférente, elle empira au fil de la discussion, qui s'envenima quand il voulut insister. Aveline devint pâle et silencieuse, tandis qu'Elyo donnait libre cours à son agressivité.

351

« Que gagnerions-nous à t'aider ? railla le faune. Nous trouvons les choses très bien comme elles sont. Manouch et Makabé ont raison.

– Tu trouves bien que ton peuple ne vive pour rien qui le dépasse, qu'il s'enlise dans des futilités ? lança Narga. N'as-tu pas l'impression d'étouffer ? Tu ne me feras pas croire que parcourir la surface de la Terre ne vous manque pas. Vos chamailleries ne mènent nulle part ! »

Narga fut interrompue par un grondement haineux de la part du faune. Des branches s'enroulèrent autour de ses jambes, puis de ses bras, la ligotant efficacement. Des feuilles recouvrirent sa bouche pour l'empêcher de parler.

« Arrête ! » s'exclama Aveline.

Le faune se figea.

La dryade, écumante, se métamorphosait en horrible caricature d'elle-même. Vieillie, avec un visage couvert de verrues, des lèvres desséchées, des cheveux crasseux et des dents pointues. Ses mains recouvertes de poils se terminaient en griffes, avec une queue et des jambes de panthère. Elle arrivait à présent à la hauteur d'Italy, dépassant le faune de trois bonnes têtes.

« Regarde-toi ! le houspilla-t-elle d'une voix suraiguë. Incapable de garder ta dignité, parce qu'une humaine te lance à la figure les vérités que tu t'efforces d'ignorer !

– Aveline… commença Elyo.

– Tais-toi ! hurla la créature en leur vrillant les oreilles. La petite voit ce que tu refuses d'admettre depuis des années ! Notre peuple se meurt, nous nous dissipons en puérilités, nos pouvoirs s'amoindrissent ! Crois-tu que l'un de nous arrive à la cheville de Manouch et de Makabé ? Je n'en peux plus d'ignorer cela. Je veux sortir et me frotter au monde avant de n'en avoir plus envie ! Mais la curiosité nous quitte, Elyo, elle disparaît, et avec elle la faculté d'apprendre et d'évoluer. Et toi, tu te prétends heureux, alors que tes talents peinent à combler le gouffre de tes lacunes ! Tu abuses de ton pouvoir à la première occasion ! Nous ne grandissons plus. Par notre propre faute, nous sommes devenus des inutiles !! Bientôt le monde n'aura plus besoin de

nous. Avalon s'éteint, parce que nous ne croyons en rien !
RHAAAAA !!! »

Le cri de rage que poussa la créature glaça Émilie de terreur.
Le bois qui emprisonnait Narga tomba en tas de brindilles mortes
sur le sol. Mais déjà, Elyo répondait. Le faune grandissait et
vieillissait en même temps. Sa peau s'assombrissait, des nœuds
similaires à ceux des arbres se formaient à ses articulations, sur
ses joues, sur son menton qui se couvraient de barbe. Ses cornes
grandissaient et se torsadaient, avoisinant les cinquante
centimètres. Ses yeux noirs insondables, tout son corps durci et
tordu comme une branche, lorsqu'il parla, sa voix ressemblait au
craquement sinistre d'un arbre mort.

« Je ne laisserai jamais personne m'insulter ! De quel droit
cette humaine se permet-elle de nous juger ?! Son peuple est
aussi décrépit que le nôtre, c'est par leur faute que le mal est
arrivé ! Qui ne vit que pour le confort ? Qui est prêt à toutes les
bassesses pour satisfaire ses caprices ? Qui s'est éloigné du
monde au point de ne plus le connaître ?

– Et qui a résisté ? siffla à son tour Aveline. Qui s'est opposé
à cela ? Qui s'est laissé endormir par une vie sans histoires ?
Personne n'a protesté contre ce changement !

– Nous ne pouvions rien faire !

– Nous sommes prisonniers d'Avalon, oserais-tu le nier ?
Ceux qui veulent sortir en sont incapables ! Ce n'est pas normal.

– C'est la faute des hommes. Leur science nous est néfaste !

– Je te répète que c'est nous qui sommes cause de leur
déclin ! »

Elyo poussa un grondement terrifiant, auquel Aveline
répondit par un hurlement à glacer le sang. Les deux créatures se
percutèrent, tels deux titans, et Émilie fut projetée à terre par le
choc de leur rencontre.

Un silence pesant règne sur le tunnel. Émilie n'ose pas
bouger. Des plumes retombent lentement autour d'elle. Les
forces du monde sont suspendues.

Émilie serait restée longtemps pétrifiée si un bruissement
n'avait troublé sa transe, et une feuille chatouillé sa main.

Elle sursauta.

Des plantes poussaient autour d'eux, et un frisson la traversa alors qu'elle les examinait. On aurait dit une hideuse imitation de la nature. Créations aberrantes au parfum de mort, elles évoquaient des monstres qui n'auraient jamais dû voir le jour. Des ronces noires aux épines tordues qui tuaient leurs propres fleurs, des fruits à l'odeur empoisonnée, de l'herbe couverte de fourrure, des arbres qui poussaient en émettant des bruits secs de cassure, alors qu'ils se fissuraient pour mieux grandir, laissant voir une sève qui rappelait le sang…

Narga se leva d'un bond.

« Il faut aller chercher les autres. Ce qui se passe là n'est pas normal.

– À qui veux-tu t'adresser ? demanda Italy en se relevant.

– Viens, le pressa Narga, je ne veux pas rester ici.

– Besoin d'aide ? » intervint une voix nasillarde.

Ignominius venait de les rejoindre, accompagné d'un mage, d'un elfe et d'une vingtaine de feux follets. Ces derniers se ressemblaient beaucoup, et l'elfe n'était autre que Ricin. Le mage, inconnu, arborait les traits d'un Amérindien, aux cheveux rouges et aux yeux verts.

« Cela faisait longtemps qu'on ne s'était plus battu sérieusement, dit un feu follet de sa voix d'enfant. J'ai hâte d'être à la Décision ! »

Avec de joyeux crépitements, il se précipita sur les plantes. Les autres le suivirent, et ils les réduisirent en cendres en quelques secondes, sans brûler une seule plume. Ricin déversa une fumée violette sur Aveline, puis sur Elyo. Au bout de quelques secondes, ils se mirent à remuer, reprenant leur apparence originale. Le temps qu'ils retrouvent leurs esprits, les feux follets s'étaient éclipsés, sans doute partis chercher autre chose à brûler. L'elfe et le mage restèrent.

Ignominius les conduisit tous quelques mètres plus loin, et ouvrit une porte d'or cachée derrière les plumes. Quelques instants plus tard, ils s'installaient au milieu d'une pièce élégante, parée de splendides tapisseries. Aveline et Elyo, entre la rancune et le remords, évitaient de se regarder.

Voyant que personne ne se décidait à aborder le problème, Émilie se lança.

« Elyo, Aveline, vous avez tous les deux raison. Il y a autant d'erreurs de notre côté que du vôtre… Cela ne mènera nulle part de chercher à savoir lequel de nos peuples est le plus coupable.

– Je suis d'accord, approuva Narga.

– Aveline, poursuivit Émilie, tu as dit qu'Avalon s'éteignait.

– Je me demande où tu vas chercher de telles idioties, Aveline, ironisa le mage.

– Ne me dis pas que tu n'as rien remarqué, Amo, » répondit la dryade en lui adressant un regard noir.

Elle avait presque repris son apparence habituelle, à l'exception de sa taille réduite et de ses ailes insectoïdes. Émilie ne s'habituait pas à ce qu'elle mesure un mètre au lieu de trente centimètres. Très pâle, décoiffée, sa chaleur au parfum d'été semblait l'avoir totalement quittée.

« Nous perdons peu à peu nos pouvoirs, continua-t-elle, parce que nous perdons le goût d'apprendre et d'explorer. Déjà nous nous aimons moins souvent, ne l'as-tu pas vu ? La plus douée des nymphes peut tout juste effleurer les métamorphoses extraordinaires. Aucun génie ne parvient à se fondre dans son élément. Toi-même, Amo, tu n'es capable d'aucune illusion durable sur les esprits. Ricin, tu es un bon soigneur…

– Et pourtant incapable de vaincre la mort, soupira l'elfe. Je sais, Aveline.

– Comment l'un de nous peut-il prétendre succéder un jour à Manouch et Makabé ? Ils sont les derniers représentants accomplis de notre peuple.

– Tu exagères, intervint Ignominius. D'aucuns sont plus doués que tu ne le prétends.

– Non, le contredit Elyo en soupirant. Elle a raison. Elle m'en parle depuis longtemps… Rien ne sert de nier l'évidence. Je ne progresse plus sur la voie des faunes depuis des années et…

– C'est pareil pour nous tous ! le coupa Amo.

– Je suis incapable de subir plus d'un assaut sous ma forme la plus puissante, » acheva le faune sans tenir compte de l'interruption.

Un silence gêné s'abattit sur les êtres magiques. Un mutisme teinté d'inquiétude, comme si une terrible malédiction menaçait de s'abattre sur eux.

« Ta forme la plus puissante ? hasarda enfin Narga. Que veux-tu dire ? C'est la forme que tu as prise tout à l'heure ? Je croyais que les génies ne pouvaient pas se métamorphoser.

– Tout le monde ici, à Avalon, a deux formes, deux apparences, disons... Constantes, expliqua Ricin. Une apparence courante, que certains d'entre nous ne quittent jamais. Et une apparence singulière, plus puissante mais aussi plus difficile à contrôler. Quand nous prenons cette forme, il devient très ardu de retenir nos élans les plus primaires. La magie déferle en nous. Les génies ne font plus qu'un avec leur langage ; les nymphes s'abandonnent à une multitude de transformations simultanées. Quand cela arrive, les nymphes deviennent alors harpies, et les génies, démons.

– Vous avez sans doute remarqué que la métamorphose chez les nymphes est une seconde nature, enchaîna Aveline. Nous peinons à exprimer nos sentiments par des mots. Devenir animal nous permet de les simplifier. Au fur et à mesure que nous grandissons, notre cœur se complexifie, et apprend à concilier des émotions contraires. À notre sortie du Cœur d'Avalon, il nous est impossible d'exprimer plus d'un sentiment à la fois. À la moindre contradiction, nous nous métamorphosons. Les dryades ont une préférence pour les félins, gracieux et féroces à la fois. Ils leur permettent d'allier force, beauté et danger. Les sylphides aiment être rapaces, et les naïades adorent devenir anguilles, quoiqu'elles soient incapables de conserver longtemps une apparence unique. Les muses changent sans cesse d'instrument, et les sorcières de visage. Au fur et à mesure que les nymphes gagnent en maturité, leurs pouvoirs s'accroissent. Leurs métamorphoses durent et se complexifient, s'étendent vers l'extraordinaire et s'appliquent à d'autres qu'elles. Toutefois, la simplicité émotionnelle qui nous est propre ne disparait jamais. Aussi, lorsqu'un animal à lui seul ne suffit pas à exprimer ce que nous ressentons, nous mêlons plusieurs traits que la nature n'a jamais fait se rencontrer. Ainsi naissent les harpies, mais aussi les dragons, les chimères, les licornes et toutes sortes de créatures ailées. Les ailes ont le mérite de magnifier un grand nombre d'animaux… Et nous permettent d'affronter dignement les sylphides. Quant aux naïades, leur naturel fuyant les porte rarement au combat. Lorsque cela se produit, elles sont des adversaires redoutables. Enfin, je parle de combat, vous voyez ce à quoi je fais référence. Vous savez que rien de tout cela n'est sérieux. Nos luttes sont aussi vite commencées qu'oubliées. Elles sont sans raison et sans avenir.

— Ce qui n'est pas le cas des combats singuliers, comme celui que vous venez de voir, souligna Ricin. Manouch et Makabé ont interdit de tels affrontements, car ils finissent souvent en catastrophes. Pour vous donner un exemple, si Elyo avait perdu le contrôle, il serait devenu un arbre, sans possible retour en arrière. Aveline aurait pu se laisser envahir par ses émotions négatives, tuant tous ceux qui se trouvaient sur son chemin. Les harpies tendent à devenir folles à la vue du sang, et se précipitent dans les endroits les plus sombres en semant la désolation sur leur passage. Certains démons et harpies ont perdu la raison, et vivent dans les parties les plus reculées d'Avalon… Tout le monde les évite comme la peste, et les souverains s'assurent qu'ils ne blessent personne. Un elfe digne de ce nom pourrait les forcer à reprendre leur apparence originelle…

— Elyo, tu t'es plaint de ne pas avoir été capable de subir plus d'un assaut d'Aveline, lança Italy.

— Oui, confirma l'intéressé. Un démon et une harpie devraient être capables de tenir l'un contre l'autre beaucoup plus longtemps que ce que vous avez vu. Au moins une heure, pour un génie et une nymphe de notre niveau. Un seul assaut, c'est ridicule. Notre pouvoir magique est ridicule. Et je ne vois qu'une seule explication à cela : le Cœur d'Avalon, la source de notre magie, faiblit.

— Comment peux-tu en être sûr ? intervint Amo. Comment sais-tu que cela ne résulte pas simplement de notre manque d'entraînement ?

— Connais-tu quelqu'un qui supporterait plus d'un assaut, le roi et la reine exceptés ? demanda Ignominius. Une poignée de feux follets a suffi à brûler la magie sauvage. Ricin n'a pas dû insister pour qu'ils reprennent leur forme courante. Tout cela aurait dû être beaucoup plus compliqué... »

♦

Dès le lendemain, la dispute entre Aveline et Elyo fut jugée au Domaine des Décisions.

Cette salle ressemblait à un immense sablier, avec un lac en guise de sol et, plus surprenant, de plafond. De ces deux extrémités pointaient les visages des naïades et des ondins. Dans les hauteurs, les sylphides ne tenaient pas en place. Le reste des créatures magiques se répartissaient dans les autres places. Ceux qui le pouvaient accommodaient leur siège à leur confort, aussi la paroi de la pièce donnait-elle l'impression d'être en mouvement. Au niveau de l'étranglement central se tenaient Elyo et Aveline. Manouch et Makabé occupaient deux trônes face à face, au même niveau que le faune et la dryade. Émilie, Narga et Italy se glissèrent juste au-dessus d'eux.

En devenant harpie et démon, Elyo et Aveline avaient enfreint une interdiction officielle. Ils devaient se justifier, mais leurs explications déclenchèrent peu de réactions.

Quand ils eurent conclu, un silence lourd d'anticipations précéda la réponse des deux souverains.

« Vous n'auriez jamais dû vous laisser emporter par une telle dispute, déclara Manouch en lançant à Émilie et à ses compagnons un regard mauvais. Si les humains sont la cause de combats singuliers, ils doivent être bannis.

– Non ! protesta Aveline. Nous sommes responsables de nos actes.

– Nous ne combattrons plus, renchérit Elyo. Nous sommes tombés d'accord.

– Dans ce cas, vous devrez veiller à ce qu'aucun autre combat singulier n'éclate à cause d'eux à Avalon, opina Makabé. Vous êtes chargés de surveiller les humains ; si le moindre incident se produit, ils seront bannis, et vous recevrez une punition exemplaire. Telle est ma Décision. »

Déçus, génies et nymphes se retirèrent en masse. Quelques-uns eurent des froncements de sourcils perplexes avant de partir, laissant le mystère leur échapper comme une bataille perdue d'avance. Émilie tenta le tout pour le tout.

« Le combat singulier s'est bien terminé parce que vous perdez vos pouvoirs. Que comptez-vous faire pour sauver Avalon ? »

La fuite des créatures se ralentit, et les monarques la vrillèrent du regard.

« Les combats singuliers doivent disparaître, affirma Manouch. Utiliser la force pour justifier la raison, c'est s'abaisser au rang animal. Perdre le contrôle de soi signifie qu'on ne le méritait pas.

— Avalon se meurt, résonna la voix claire de Makabé. Il est impossible de lutter.

— Avalon meurt heureux, tempéra Manouch. Toute vie, toute civilisation doit avoir une fin. Seule compte la paix ; nous protégeons notre peuple.

— En le laissant mourir…

— La mort est l'aboutissement logique de la vie.

— Logique, et non prématuré. Les humains ont déclenché un combat singulier, ils ont ravivé la magie…

— Dans notre monde, nos moindres désirs se réalisent, et le chagrin est interdit par la loi, intervint Narga. Nous nous battons pour que chacun vive comme il l'entend, et surtout pour que vivre retrouve un sens... Avec vos pouvoirs, vous pourriez nous aider à ouvrir les yeux de beaucoup de gens. Et vous retrouveriez peut-être le goût de vivre, à votre tour ?

— Tu caches une partie de la vérité, humaine, répondit Manouch. La liberté est un prix légitime à payer en échange d'un bonheur parfait.

— Un ciel sans nuages n'est plus un ciel, et on finit par ne plus l'apprécier à sa juste valeur, remarqua Makabé.

— Il suffit de ne jamais oublier cette valeur, rectifia Manouch. Et le plaisir ne se ternira pas.

— À défaut du reste du monde, nous devons sauver Lilas, insista Italy.

— Vous avez notre accord pour cela. Mais le prochain combat singulier que vous déclencherez sera le dernier. Telle est ma Décision. »

Manouch sauta de son trône, ralenti dans sa chute par les courants d'air des lutins, et plongea au milieu des naïades. Makabé soupira, puis ferma les yeux et devint cormoran. Elle se précipita vers le sommet du sablier et se jeta dans l'eau.

◆

Dans les jours qui suivirent, Elyo et Aveline se plièrent sans protester à la décision des souverains. Aidés par une partie des êtres qui avaient assisté à la fin du jugement, ils accompagnaient partout Émilie, Italy et Narga, mais n'eurent jamais besoin d'intervenir pour calmer une dispute, tant le peuple d'Avalon se sentait peu concerné par sa propre fin.

Italy passait le plus clair de ses journées à tenter de rallier nymphes et génies à sa cause première : sauver Lilas. Ignominius, Elyo et quelques autres l'aidaient de leur mieux. Le gobelin avait réussi à rallier assez de forces pour commencer le tunnel ; mais, quand la Terre ne réduisait pas leur travail à néant, le petit peuple d'Avalon se chargeait de le faire reculer, par mégarde ou par amusement. Quoiqu'un nombre conséquent de volontaires se présentent chaque jour, peu restaient sur la durée. Leur magie, faiblarde, ne tenait pas longtemps non plus ; c'était un travail sans fin, à recommencer chaque jour. Italy enrageait en silence, et entretenait le fol espoir que Lilas survive à ses trois premiers mois d'emprisonnement.

Narga, prise d'affection pour Amo, le suivait dans ses pérégrinations. Son chemin croisait parfois celui d'Émilie, qui se dédiait comme elle à l'exploration d'Avalon, guidée par Aveline.

Ignominius, aidé d'amis choisis, avait agrémenté leurs chambres de ce que la magie d'Elyo ne pouvait leur apporter, les accommodant au goût de leurs occupants.

Émilie souhaitait que sa chambre mêle toutes les magies. Des fleurs et des pierres précieuses, reliées par des filaments d'eau et de feu, dansaient sur ses murs, tandis que toutes les pierres du monde formaient son carrelage. Elle empruntait chaque jour une porte différente pour sortir de son nid, et s'émerveillait tous les matins de s'éveiller dans un si bel endroit.

Narga, elle, se contentait de ruisseaux d'eau et de feu, qui s'entremêlaient sans se rencontrer. Elle chantonnait devant son miroir, et rejoignait le Foyer des Festins par un des deux chemins, l'un long et l'autre court, qui partaient de sa porte.

La chambre d'Italy paraissait sombre après l'éclat des deux autres. Constituée de roche et de bois, parcourant tous les tons du noir au brun noisette, elle avait un effet apaisant sur qui y pénétrait. Son unique porte donnait près du tunnel destiné à libérer Lilas.

Émilie obtint rapidement d'Aveline qu'elle la conduise au Paradis Perdu. L'une des entrées de ce dernier se trouvait au détour d'un couloir, aussi inattendue que la cave du Château Chantant.

C'était une forêt à l'angle d'un souterrain de sable blanc ; un entrelacs d'arbres et de buissons, si denses qu'ils masquaient tout paysage. Émilie s'y enfonça tant bien que mal. Ronces et arbrisseaux la griffaient, comme une barrière végétale destinée à empêcher les importuns d'entrer. Émilie n'en voyait pas la fin et, sans les encouragements d'Aveline, elle aurait rebroussé chemin. La forêt s'étendait aussi loin que portait son regard…

Soudain, le bois sombre disparut.

Une prairie venait d'apparaître, zébrée de ruisseaux scintillants. L'herbe était si verte, et le ciel si bleu, qu'Émilie en fut éblouie. Un tapis de fleurs s'étendait à ses pieds, et parfumait l'air autour d'elle. Des oiseaux gazouillaient, et quelques biches levèrent la tête à son approche. Des papillons chatoyants et irisés voletaient çà et là ; Émilie aperçut même quelques lapins. Des poissons faisaient claquer l'eau des rivières. Le soleil la réchauffait amicalement, tandis qu'une brise légère jouait avec ses cheveux. Il se dégageait de toute la scène une paix et une joie de vivre inhabituelles.

« Qu'en penses-tu ? »

Une jeune femme se tenait à ses côtés. Les yeux jaunes, les cheveux d'un roux éclatant, la peau d'un blanc rosé, vêtue d'une jolie robe bleu pâle, qui lui dégageait les épaules et marquait sa taille d'une ceinture d'or, l'inconnue dégageait une aura de beauté et d'étrangeté. Elle laissa Émilie muette d'admiration.

« Je m'appelle Galatée. Nous nous sommes entrevues l'autre jour.

– C'est vous qui avez sauvé Narga ? Vous étiez différente...

– J'aime changer d'apparence quand je quitte le Paradis Perdu. Et je t'en prie, ne me vouvoie pas quand je suis sous cette forme ! Réserve ça à mes jours de grand-mère. »

Émilie éclata de rire.

« Bienvenue dans le Paradis Perdu, reprit Galatée.

– Paradis Perdu. Il me tardait tant de le découvrir... J'aime ce nom. Même si nous ne sommes pas perdues... »

Et pourtant, cet endroit ne semblait-il pas trop parfait pour être réel ? Au dehors, les fleurs ne sentaient pas aussi fort, et la musique qui accompagnait ce paysage... La musique ? Par-delà le murmure du vent et le chant de l'eau claire, Émilie remarqua soudain l'harmonie recherchée de flûtes, de violons et de hautbois. Cependant, aucun son ne nuisait à l'autre : elle les écoutait comme avec trois paires d'oreilles...

« La musique est le fait des muses, bien sûr, sourit Galatée. Le ciel résulte entièrement du pouvoir des sorcières ; le vent dans les arbres, ce sont les lutins. Les odeurs viennent des faunes. Les oiseaux sont des sylphides, les poissons des naïades et les autres animaux des dryades. Tu peux tout entendre en même temps car je t'ai dotée d'oreilles extraordinaires.

– Ne fais pas attention, Émilie, elle est bizarre mais pas méchante, » nargua la voix d'Aveline.

Un papillon qui voletait non loin d'elles révéla la présence de leur amie.

« Tu ne m'avais pas vue, railla la dryade à l'adresse de Galatée.

– Quand bien même j'aurais été assez aveugle pour passer sans te voir, tu bats des ailes si fort que je ne pouvais pas t'ignorer plus longtemps, répondit la sorcière sur un ton narquois. En revanche, si j'étais restée invisible...

– Tu empestes tellement que n'importe qui t'aurait devinée.

– Tu peux te rendre invisible ? lança Émilie à Galatée, impressionnée.

– Ne t'a-t-on pas dit que les sorcières maîtrisaient les corps ? Nulle prouesse physique ne m'est impossible, et je peux la faire accomplir au premier nourrisson venu. Je peux paralyser, rendre invisible ou élastique…

– Pourrais-tu me faire voler ? » intervint Narga.

Elle venait de les rejoindre, main dans la main avec Amo.

« Amo me faisait visiter le Paradis Perdu, je ne savais pas que vous y étiez aussi !

– Je ne peux pas te faire voler, répondit Galatée. Seule une sylphide a le pouvoir de te donner des ailes.

– Et voler sans changer d'apparence ? J'ai adoré être oiseau l'autre jour, mais je me suis sentie un peu vulnérable en moineau.

– Alors deviens aigle, ou demande à Makabé de te donner des ailes d'ange, répliqua Galatée. Sinon, trouve une fée qui exaucera ton vœu…

– Une fée ? répéta Émilie. Aveline ne les a pas mentionnées, ni personne d'autre depuis notre arrivée.

– Elles ne vivent pas ici. Elles sont ailleurs. Comme les sirènes.

– Tu veux dire que les fées sont la troisième…

– Peu importent les fées, la coupa Aveline. Allons admirer le reste du Paradis Perdu ! »

La dryade se métamorphosa en un superbe pur-sang arabe et fondit vers l'horizon au galop. Narga resta un instant songeuse, avant de se laisser entraîner par un Amo joueur. Galatée retint Émilie alors qu'elle s'apprêtait à les suivre.

« Avant de partir, cligne des yeux. Comme je savais que tu arrivais, j'ai un peu orienté ta vision, en plus de ton ouïe… »

Émilie obéit. En rouvrant les yeux, elle aperçut des sylphides qui dansaient dans les airs, des dryades qui les imitaient dans les arbres et au milieu des fleurs, et des faunes qui faisaient de même, au son de la musique des muses. Les naïades et les ondins jouaient dans l'eau, et leurs rires vinrent se mêler aux mélodies qui peuplaient ses oreilles redevenues normales. Avant qu'elle ait pu dire un mot, Galatée lui prit l'épaule ; un frisson d'excitation la traversa.

La sorcière sourit et fila dans la prairie.

Émilie voulut la suivre, et comprit. Avec ce frisson, Galatée lui avait offert un cadeau. Un fragment du pouvoir des sorcières. La musique s'accélérait, et elle ne put retenir un cri de joie.

Elle courait, sans ressentir aucune limite, aucune fatigue, aucun essoufflement.

Elle courait si vite que le paysage se floutait !

Le vent caressait son visage, fouettait ses cheveux, elle vibrait de vie et Galatée courait à ses côtés, sans effort, légère, avec des foulées si longues qu'elle paraissait voler.

Ruisseaux, prairies, collines, Émilie perdit le compte de ce qu'ils traversaient.

Aveline les attendait à l'orée de la forêt. Elles n'eurent pas le temps de chercher Narga et Amo que deux faucons fondaient sur eux. Ils étendirent leurs ailes au dernier moment, juste avant de percuter le sol, et Narga se tint devant eux, une sylphide à ses côtés. Avoisinant le mètre coutumier des habitants d'Avalon, les yeux bleu pâle, ses longs cheveux blancs brillant d'un éclat argenté, elle portait un justaucorps gris clair parsemé de motifs noirs. D'immenses ailes de plumes la maintenaient dans les airs, silhouette gracieuse à la mine songeuse.

« Merci ! Mille fois merci !! s'exclama Narga.

– Tu semblais avoir apprécié ta première expérience, justifia la sylphide d'un air doux, et voler est tellement plus rapide !

– C'est de la triche, haleta Amo qui venait d'arriver. Il y en a au moins une qui aurait pu m'aider… »

Les yeux de Narga brillaient de plaisir. Le plaisir le plus total qu'ait jamais affiché son visage depuis qu'Émilie la connaissait. Une vague de bonheur déferla en elle alors qu'elle envoyait à Galatée un regard radieux.

« Je m'appelle Aurore, » les informa la sylphide.

La discussion s'engagea de nouveau, mouvementée, agitée, bruyante. Ils s'enfoncèrent dans la forêt riante, et longèrent la rivière jusqu'à une somptueuse cascade. On croyait difficilement à une grotte souterraine : de hauts arbres se dressaient autour d'eux, des rayons de soleil venaient réchauffer leurs bras nus. Alors qu'ils se promenaient au milieu des fleurs, de la mousse et des tapis de trèfles, Émilie songea que ce lieu méritait bel et bien l'appellation de Paradis Perdu.

Ils croisèrent des faunes, qui entretenaient les plantes, l'herbe et les forêts. Aux sorcières revenaient le ciel, l'horizon et toutes les illusions du Paradis Perdu. Des dryades et des sylphides peuplaient la terre de vie, tandis que les naïades se chargeaient des ruisseaux, créés grâce aux ondins qui orientaient les eaux souterraines. Ces derniers étaient plus nombreux dans le Paradis Perdu que dans n'importe quelle autre partie d'Avalon. Avoisinant les cinquante centimètres, leur peau, leurs yeux et leurs longs cheveux exploraient toutes les nuances du bleu et du vert. Leurs membres très fins n'étaient jamais immobiles ; leurs mouvements ressemblaient à une danse sans fin. Le lien qui les unissait aux naïades dépassait la simple affinité entre faunes et dryades, ou sylphides et lutins : ils étaient nécessaires à leur existence, et elles les couvraient en retour de cajoleries et d'attentions.

Les chaumières éparpillées sur leur chemin représentaient les derniers vestiges du passage des hommes dans la mémoire des nymphes. Émilie ne put retenir une exclamation admirative devant ce qui ressemblait au Château Chantant, caché au milieu des arbres. Un colossal bâtiment de pierre, aux étendards déchirés, dont le lierre décorait les murs. Joyaux de cette couronne, des tours pointaient vers le ciel leurs aiguilles aux dorures passées.

« Un ancien Château Chantant, expliqua Galatée. Autrefois, nous étions si nombreuses que nous en avions plusieurs, et le Paradis Perdu était beaucoup plus grand. Nous avions la nuit, la mer, les tropiques, l'aube et le crépuscule, la montagne, la banquise, la pluie, la steppe, la neige, le désert... Mais nous ne sommes plus assez puissantes pour maintenir autre chose qu'un ciel d'azur et quelques paysages voisins. Et il ne reste qu'un seul Château Chantant... »

Les rivières, les forêts et les crêtes rocheuses étaient ce que Galatée appelait des paysages voisins : la vallée riante constituait le Paradis Perdu. Quoique réduit, cet environnement restait d'une richesse étonnante. Émilie se baigna dans les sources rafraichissantes de forêts parfumées. Elle joua l'équilibriste entre les branches d'arbres immenses. Elle se promena sur des sentiers d'herbe fleurie, et vola jusqu'aux nuages sur le dos d'un cheval ailé formé par Aurore et Aveline.

« Deux d'entre nous se sont rendues ainsi parmi les humains, expliqua Aurore. Ils ont cru qu'elles n'étaient qu'une créature et les ont baptisées Pégase. Elles étaient si fortes et s'aimaient tant qu'elles sont restées plusieurs années ainsi, pour aider les humains à combattre un groupe de harpies particulièrement violentes qu'ils appelaient chimère. Elles seraient restées plus longtemps si une dryade, jalouse, ne s'était déguisée en insecte géant pour les piquer. Leur cavalier d'alors a failli en mourir et elles ont préféré partir pour ne plus faire courir de risques à personne... Et parce qu'elles se lassaient d'être Pégase. Mais les nymphes ont toujours aimé se transformer en créatures fantastiques pour faire rêver les humains. »

Et en effet, pensa Émilie alors qu'elle mettait pied à terre, elle n'avait jamais rien vu d'aussi beau que le cheval de neige aux ailes immenses qui caracolait devant elle, concentré de force et de grâce. Aveline et Aurore se séparèrent en riant, reprenant leur forme habituelle.

Se transformer en créatures enchanteresses ne constituait pas le seul don des nymphes. Elles prenaient un malin plaisir à revêtir des apparences monstrueuses. Corps suintants et visqueux, pattes grouillantes, dents et griffes acérées, rien n'était épargné pour devenir laid et dangereux, mais aucun talent n'égalait le pouvoir des harpies.

« Les plus fortes d'entre elles peuvent devenir n'importe quoi, soupira Aveline avec une pointe d'envie. Elles peuvent mélanger toutes les caractéristiques, toutes les métamorphoses possibles, les plumes, les ailes, les écailles... Le feu aussi, alors qu'il n'est pas animal. Elles ne connaîtraient aucune limite. Mais cela demande un tel pouvoir... »

Émilie aperçut des elfes, en quête d'ingrédients pour concocter leurs remèdes. Poudres, fumées et potions étaient leur apanage ; ils s'en servaient pour soigner les blessures. Leur puissance se mesurait à leur capacité à contrer n'importe quel effet magique. Jadis, les plus doués, non contents de forcer harpies et démons à reprendre leur forme initiale, pouvaient donner la vie et la mort. Ils vivaient non loin du Château

Chantant, dans une grotte aérienne, au milieu des effluves colorés, des chaudrons odorants et des plantes mises à sécher. Des cheminées naturelles formaient des puits de soleil par où entrait la lumière.

Le Château Chantant s'avéra aussi somptueux vu de l'extérieur que de l'intérieur. Ses tours d'or et d'argent, écarlates et scintillantes, ses murs disparates à la géométrie impossible, ses cours pavées d'autant de dalles qu'il existait de types de pierres laissèrent Émilie pantoise. Sa porte d'entrée surtout, colossale, majestueuse, contenant à elle seule assez de richesses pour acheter la Terre. Tous les génies et nymphes s'y croisaient dans un joyeux mélange, et chacun appliquait sa magie à l'entretien du lieu.

Les muses rejoignaient parfois le Château Chantant. Elles aimaient à parfaire leurs talents dans ses somptueux jardins. Quand elles ne chantaient pas en plein air, elles recherchaient la résonnance des grottes du Paradis Perdu, près des cours d'eau ou en hauteur.

« Nous passons notre vie à apprendre la musique et la danse, leur expliqua une muse du nom de Valdéa. Nous nous efforçons de tout exprimer en mélodies, à la fois l'atmosphère d'un lieu et l'état de ceux qui s'y trouvent. Avant, les hommes nous vénéraient, et nous aimions les aider à trouver l'inspiration… Pour les atteindre, nous avions souvent recours aux génies artisans du Château Chantant, qui emprisonnaient nos mélodies dans leurs objets. Nous sommes aussi chargées de maintenir l'ambiance festive du Foyer des Festins. Sans nous, Avalon serait bien triste. »

Les muses n'étaient pas les seules nymphes à conférer aux créations des gnomes et des gobelins les plus étonnantes propriétés. Les sorcières s'y plaisaient également. Émilie entendit ainsi parler d'une bague qui rendait invisible, d'une clé qui se tâchait et se nettoyait sur commande, d'une pantoufle qui refusait d'être enfilée par un autre que son premier propriétaire, et d'un fuseau qui plongeait dans un profond sommeil quiconque s'y piquait le doigt.

L'expérience la plus étrange d'Émilie fut sans conteste son passage chez les mages, qui vivaient en bordure du Château

Chantant. Maîtres de l'esprit, ils ensorcelaient les hommes et pouvaient seuls les guérir de la folie. Les plus talentueux inventaient des souvenirs, et implantaient des projets d'avenir dans les pensées de qui bon leur semblait. D'après leurs dires, Manouch aurait pu transférer définitivement une identité d'un corps à un autre.

Ils habitaient dans une grotte voisine de celle des elfes. Aucun bruit ne provenait de l'extérieur ; les feux follets ne suffisaient pas à dissiper l'obscurité. Les gouttes d'eau résonnaient entre leurs pas. Il y avait des voix, des murmures qui venaient des murs… Pourtant, rien n'obstruait les niches irrégulières, humides et satinées. Émilie frissonna.

« Ces grottes sont propices aux illusions de l'esprit, résonna la voix d'Amo. Nous aimons nous réfugier dans leur obscurité, et susurrer des sortilèges à la pierre. Elle les préserve assez longtemps pour que nous puissions observer leurs effets dans le temps… Cela faisait une éternité que nous n'avions pas eu l'occasion de nous exercer sur des être humains. »

Émilie ferma les yeux. Un mélange confus de sentiments s'était emparé d'elle, de l'amitié et du dédain pour des gens inconnus, des souvenirs qu'elle ne possédait pas, une envie soudaine de partir loin d'Avalon en croisière sur un paquebot de luxe. Résister à ces impulsions lui coûtait beaucoup.

« Nous sommes chargés de transmettre les souvenirs et les histoires aux nouveaux venus en Avalon, reprit Amo. C'est un rôle très important. Nous donnons à chacun une identité. Une pincée des émotions du monde, pour qu'ils puissent se les approprier. Sans nous, ils seraient des coquilles vides, auxquelles il faudrait des lustres pour éprouver quelque chose. Ils auraient le temps de mourir bien avant… Je ne sais même pas s'ils voudraient vivre. Va dans le Cœur d'Avalon, tu comprendras. »

Une fois sortie de la grotte, Émilie fut saisie d'un vertige. Les paroles d'Amo lui semblaient irréelles. Après tout, il aurait pu lui implanter ce souvenir… Elle se pinça pour revenir à la réalité. Le vent sur sa peau, le ciel azuré, le bruit des graviers sous ses pas, Aveline, Narga, Aurore, Galatée à ses côtés…

« J'aimerais voir le Cœur d'Avalon.

– Oui, approuva Narga, ce lieu m'attire aussi. Mais ce passage chez les mages était étrange…

– Les sorcières ont l'habitude, dit Galatée. Nous savons mieux nous protéger d'eux que n'importe qui d'autre, sauf les elfes. Enfin, entre le corps et l'esprit, je ne sais pas vraiment qui gagnerait en combat singulier… »

Émilie frissonna à l'idée d'une rencontre entre ces forces.

« À quoi ressemblent les mages, quand ils se transforment en démons ? demanda Narga.

– Ce n'est pas très beau à voir, répondit Galatée d'un air triste. Il suffit de regarder… »

La sorcière s'interrompit, tout sourire envolé.

« Nous devrions leur montrer, intervint Aveline d'une voix calme.

– Nous montrer quoi ? » interrogea Émilie.

Galatée hésita. Aveline répondit à sa place, une lueur de défi dans le regard :

« Les Tunnels Désolés.

– Je ne sais pas… commença Galatée.

– Ils veulent visiter Avalon, ils doivent tout voir.

– Manouch et Makabé…

– Ils ne nous ont pas interdit d'y aller. Et je vois mal comment nos amis pourraient empirer la situation là-bas !

– Je viens avec vous, résonna la voix éthérée d'Aurore. Nous ne serons pas trop de trois pour les protéger. »

♦

Le lendemain matin, Émilie, Narga et Amo rejoignirent les trois nymphes à l'entrée des Tunnels Désolés.

Rendus invisibles par Galatée, ils furent conduits dans le souterrain par Aveline, revenue pour l'occasion à sa véritable apparence.

Le tunnel se divisait en plusieurs embranchements, et la dryade les empruntait sans aucune régularité. À droite, à gauche, au milieu, à l'extrême droite, de nouveau au milieu, deux fois à droite puis à gauche, milieu… Les décorations se raréfiaient au fur et à mesure qu'ils avançaient. Les torches devinrent de plus en plus distantes.

Émilie n'avait jamais marché aussi longtemps sans rencontrer personne dans le royaume d'Avalon. Enfin, Aveline ralentit le pas.

De part et d'autre dans la pénombre luisaient des yeux inquiétants. Des yeux rouges, jaunes, verts, violets, sans âme. Des silhouettes malodorantes, murmurantes, biscornues, suintantes, tout en angles. Des corps rampants, gémissants, aux doigts crochus.

Aveline, Aurore, Galatée et Amo passèrent sans s'arrêter, entraînant avec eux Émilie et Narga, paralysées d'effroi, dans ce souterrain qui semblait n'avoir pas de fin.

Ils débouchèrent dans une caverne aux murs orangés, et furent engloutis par la terreur. D'énormes feux follets aux traits violacés lévitaient dans la salle. Des harpies hurlaient, se jetant les unes contre les autres, avec des visages hideux et déformés, leurs membres couverts de fourrure, d'écailles, de plumes. Leur nez était devenu un bec aquilin ou une truffe canine, leurs cheveux des filaments de vieille toile d'araignée. De la bave sortait de leur bouche, leurs voix suraiguës et visqueuses crachaient des paroles incompréhensibles.

Des trolls beuglaient d'une voix de tonnerre. Des gobelins vieillis aux doigts en épée transperçaient des gnomes pâles aux allures vampiriques. Des lutins enragés agressaient des ondins à la peau noire, nauséabonde et visqueuse. Des farfadets cannibales se battaient contre des elfes empoisonneurs. Des muses désincarnées, tordues en instruments maléfiques, dissonantes, s'évertuaient à produire des sons monstrueux, ongles sur tableau, fer contre porcelaine. Des sorcières à plusieurs visages tournaient leur tête comme des chouettes, leur chevelure animée, leurs traits contorsionnés en grimaces. Des mages devenus vieillards hurlaient, aveuglés par une éternelle crise de folie. C'était une logorrhée de paroles perdues, dénuées de sens et de cohérence, cris de déchéance jetés à la face du monde.

Aveline, Aurore, Galatée et Amo forcèrent Émilie et Narga à avancer. Des têtes se retournèrent sur leur passage ; ils reçurent des mots, comme autant de gifles.

Une rafale de vent les expulsa hors de la caverne, sur plusieurs mètres le long des Tunnels Désolés, où harpies et démons épuisés se mouraient.

Quand ils furent hors de danger, Émilie et Narga s'effondrèrent. La sorcière leva leur invisibilité et les nymphes se laissèrent tomber au sol, Galatée le visage défait, Aveline de marbre, Aurore attristée. Amo s'adossa au mur, renfrogné. Ils restèrent longtemps silencieux.

« Les Tunnels Désolés, finit par lâcher Aveline. La honte d'Avalon.

– Nous n'y pouvons rien, murmura Galatée.

– Bien sûr que si, balbutia Aurore.

– Depuis combien de temps ces… créatures sont-elles là-bas ? demanda Émilie.

– Pas très longtemps, dit Aveline. Ce sont des harpies et des démons qui ne peuvent plus revenir à leur forme courante. Il en arrive de nouveaux tous les jours, et il en meurt beaucoup tous les jours aussi. Manouch et Makabé ont interdit ces transformations mais… Il y a une partie du peuple d'Avalon qui devient fou à force de rester si longtemps enfermé sous terre. Le Paradis Perdu, le Château Chantant, c'est magnifique, mais… Cela ne suffit pas. La transformation en démon ou harpie n'est pas un gage de force, n'importe qui en est capable sous l'effet de la colère et de la frustration. Les Tunnels Désolés accueillent ceux qui veulent se transformer en dépit de la Décision de Manouch et Makabé. Certains bravent l'interdiction par curiosité, et ne reviennent jamais. D'autres y sont bannis à la Décision. Ils ne se battent jamais longtemps, et ils meurent vite.

– Manouch et Makabé se servent de ces Tunnels comme exutoire et comme prison. Les êtres qui n'ont pas la force de vivre s'y retrouvent enfermés par leurs propres angoisses… Ils estiment que seule une minorité d'Avalon est concernée, mais c'est faux. Plus d'un quart de notre peuple meurt dans les Tunnels Désolés. Plus d'un quart naît chaque jour, et disparaît le lendemain.

– Tu exagères…

– Arrête de te voiler la face, Galatée. C'est pour cela, ajouta Amo à l'adresse d'Émilie et de Narga, que votre ami n'arrivera jamais à construire son tunnel. Nous mourons trop vite… Un mois, c'est la durée de vie moyenne à Avalon depuis…

– Trop longtemps, compléta Aurore. Depuis trop longtemps nous laissons les nôtres dépérir s'ils sont trop faibles, ou trop forts. Les Tunnels Désolés sont le seul défi qui nous reste…

– C'est comme une maladie en germe, reprit Amo. Si on ne la soigne pas, un jour elle nous consumera tous. »

◆

Quelques jours plus tard, Aurore conduisit Émilie et Narga au Cœur d'Avalon. Aveline avait préféré rejoindre Elyo et Italy.

Émilie s'en voulait d'abandonner Italy une nouvelle fois, mais elle était persuadée qu'ils ne parviendraient à rien s'ils ne prenaient pas le temps de connaître Avalon. Elle ne cessait de repenser aux Tunnels Désolés : l'existence de tant de malheur et l'indifférence générale du peuple d'Avalon la laissaient dans la plus grande perplexité. Comment tant de beauté, tant de joie pouvaient-ils cohabiter avec une telle misère, une telle décrépitude ? Quand Émilie avait trouvé la solution à la deuxième strophe du poème, elle imaginait une séparation manichéenne, et la coexistence de tels contraires lui semblait tristement absurde. Voir le Cœur l'aiderait peut-être à élucider cette énigme…

« Aurore, pourrais-tu nous en dire plus sur le Cœur d'Avalon ? demanda Narga. Nous savons que c'est le lieu où vous exprimez votre amour et où naissent ceux de votre peuple. C'est beaucoup, et pourtant… J'ai l'impression qu'il y a autre chose.

– Tu verras bien quand tu y seras avec Amo.

– Vais-je pouvoir aller dans le Cœur en étant seule ? demanda Émilie.

– Bien sûr. Pour aimer, pas besoin d'être deux, et le Cœur est surtout l'espace du voyage… Ah, voilà Roméo ! »

Un lutin sorti de nulle part fit valser Aurore, puis ils se lancèrent dans une étrange litanie. Leurs paroles ressemblaient à une brise. Un courant d'air, plus fort, plus sonore à chaque instant. Il s'amplifia jusqu'à devenir mistral, puis tempête. À l'image de ces mots, auxquels il obéissait tel un animal, un souffle de vent se leva autour d'eux, qui gagnait en puissance. La terre se souleva en tourbillon. Les voix réunies d'Aurore et de Roméo dominaient le vent.

Émilie ferma les yeux pour se protéger de la poussière qui l'assaillait, mordant chaque parcelle de sa peau. Elle eut le temps de voir Amo et Narga s'enlacer...

Puis ce fut le néant.

Elle ouvrit les yeux et ne vit rien.
Le noir.
Le silence.
Non, venu de nulle part, là, un point blanc.
Pas un point, une goutte. Une goutte qui avance sans discontinuer. Laissant dans son sillage d'autres gouttes. Et chacune trace un chemin, creuse un sillon qui ne disparait pas.
Une blancheur de lait, qui se mêle à l'obscurité.
Harmonie.
Ces deux forces opposées se nourrissent, s'affrontent, se complètent.
Émilie a perdu de vue la première goutte blanche. Elle se tient maintenant au milieu d'un immense entrelacs de sillons blancs et noirs. Filet éphémère, les chemins immaculés sont bientôt recouverts par le noir. Ils se reforment au fur et à mesure, ailleurs.
Un arôme empli de fraîcheur envahit Émilie. Elle tend l'oreille. Aussitôt, une assemblée de murmures s'élève dans les airs, incompréhensibles et apaisants, poésie muette de la complétude.
Émilie veut avancer. Elle ne sent pas le sol sous ses pieds. Elle marche, et ne se rapproche pas des sillons d'ombre et de lumière qui l'entourent, au-dessus, en-dessous, partout. L'absence d'horizon l'empêche de se fixer sur un repère.

Bientôt, des frôlements rejoignent les murmures, des sensations légères, à peine perceptibles, qui aiguillent Émilie dans toutes les directions. Elle tend la main et sent avec surprise une surface lisse et tiède. Elle est à côté de ces minuscules sillons, qu'elle croyait observer de loin !

Elle les suit. Quand sa main quitte le blanc pour le noir, la surface se refroidit. Les chemins vont de l'avant, à l'infini. Le temps ne la presse pas. Ici, rien ne compte que l'éternité. Peu importe que l'on soit humain, nymphe, génie ou sirène. Seul ou à deux...

Émilie ferme les yeux. Sa main semble se fondre avec la surface sillonnée, son bras, son corps tout entier. Elle se sent légère et, à présent, elle croit flotter dans les airs...

Elle ouvre les yeux. Ce n'est pas une impression, elle vole ! Elle vole au sommet du Foyer des Festins, et son corps si léger est un hymne à la vie. Elle pousse un cri de joie et fond vers le sol. Elle se sent vivante, vivante au point d'exploser ! Le sol se rapproche à toute vitesse, mais elle ne risque rien. À la dernière minute, elle change de trajectoire et file danser avec les flocons de neige, puis elle traverse un mur et se retrouve dans le Château Chantant où, invisible, elle course les lutins et les feux follets. Elle sort par la magnifique porte d'entrée dans le Paradis Perdu et se fait prendre à l'illusion du ciel, qu'elle veut rejoindre. Il se fait terre mais elle continue, toujours plus haut, toujours plus vite jusqu'à ce que la terre disparaisse, jusqu'au sommet du mont Everest, jusqu'au vrai ciel, et là c'est une nouvelle inspiration. Elle s'élève encore, comme pour prendre son élan, dévorant le paysage des yeux, et fond vers le pied du mont, se grisant de vie et de vitesse, pour remonter en piqué, vers les nuages. Lorsqu'elle est assez haut, elle s'élance vers le paysage. Elle dépasse montagnes et villes avec une facilité déconcertante, elle se joue des Ombres et de leurs barrières, elle rit de leur prétendue supériorité, car elle est libre !

Soudain, le monde s'obscurcit. La nuit tombe. Les harpies et les démons sortent de terre. Elle ne peut plus voler. Elle est au sol, paralysée. Elle voit Italy pleurer la mort de Lilas, Mary éjectée par un rocher, Mélisande abandonnée, ses parents fous, les cadavres des Clandestins à ses pieds, les murs du Centre d'Aptitude, sombres et menaçants, l'écran du Revery qui va l'engloutir. Elle est triste, elle a peur, elle ne peut plus bouger… Une voix résonne dans sa tête. « Que seras-tu, dis-moi, ayant été cela ? Je serai la magie, venue du fond de toi. Que seras-tu, dis-moi, ayant été cela ? Je serai la magie, venue du fond de toi. Que seras-tu, dis-moi, ayant été cela ? Je serai la magie, venue du fond de toi ! »

Maintenant, c'est elle qui crie ces mots. Les mots du rêve, les mots du sens ! Elle les envoie autour d'elle comme des éclairs, et une fleur de lys traverse l'écran. Antonie l'attend derrière les murs croulants du Centre d'Aptitude. Ses parents sont paisibles. Mélisande n'est plus seule. Harpies et démons reprennent leur forme originale. Elle continue à répéter les mots. Ce sont ses armes, des armes qui tuent et qui donnent la vie. Elle avance vers le Centre encore debout, à côté duquel pleure Italy, elle va de plus en plus vite, et bientôt elle vole à nouveau, mais ce n'est plus la même légèreté, c'est la pointe acérée de son espoir, qui transperce les portes et les murs, que rien ne peut arrêter. Elle plonge dans les fichiers du Centre. Les paroles s'écrivent, les mots apparaissent, deviennent une image, la Terre, un continent, un pays, une ville, un bâtiment qu'elle transperce lui aussi, et à l'intérieur se trouve Lilas, bien vivante, et elle continue sa course vers son oreille, et elle crie son nom.

« Lilas ! »

Quand Émilie ouvrit les yeux, il lui sembla s'éveiller d'un long sommeil. Elle avait retrouvé Lilas…

Elle se tenait dans une salle inconnue, lumineuse, en bas de laquelle flottait un orbe immense, une sphère de lumière qui rappelait le soleil, avec sa chaleur à double tranchant. Lilas… L'avait-elle entendue ?

Les parois de cette salle ronde étaient autant de plateformes d'argile, où convergeaient de petits groupes. Sur les plus proches de ce globe qui devait être le Cœur d'Avalon, Émilie distinguait des mages et des sorcières. Des lumières sortaient du Cœur, rayons électriques au ralenti. Les nouveaux arrivants prenaient forme avant d'avoir touché terre. Elle avait volé si vite, s'était sentie si heureuse… Elle avait trouvé le sens. Elle avait gagné…

Sur les plateformes les plus éloignées, des couples s'éveillaient. Ils arboraient la même expression qu'elle, surprise et comblée. À ses côtés gisaient Narga et Amo.

« Voici le Cœur d'Avalon, résonna la voix d'Aurore. Avez-vous aimé votre voyage ?

— Tu n'étais pas avec Roméo ? demanda Émilie.

— C'est un lutin. On ne le retient jamais longtemps. »

Aurore sourit au réveil d'Amo et Narga, qui se levèrent, béats de plaisir.

« C'était extraordinaire… soupira Narga.

— N'est-ce pas ? » dit Amo.

Ils s'embrassèrent.

« Je vais y aller, reprit Amo. Il faut que je m'occupe des derniers arrivés. »

Il leur adressa un sourire flamboyant, et partit rejoindre les autres mages.

« Oh Aurore, merci ! s'exclama Narga.

— Contente que cela t'ait plu.

— Ce que nous avons vu… C'était réel ?

— Le Cœur seul n'est que ténèbres ; les chemins que chacun y trace sont la lumière.

— C'est pour cette raison que les gouttes blanches bougeaient sans cesse ! s'exclama Émilie. Ce sont les nymphes et les génies qui explorent le Cœur… Et nous y sommes entrées aussi, comme eux ?

— Une fois dans le Cœur, nous ne faisons qu'un avec lui. Au moment de partir, il retient une parcelle de ce que nous lui avons livré, et la métamorphose pour créer un nouvel être.

— Tu veux dire que grâce à nous… Une nymphe ou un génie est né ? » dit Narga, stupéfaite.

Aurore acquiesça.

« Vous avez vu où est allé Amo, avec les mages et les sorcières, près du Cœur ? Les enfants de votre voyage sont parmi les nouveaux arrivants. Les mages leur donnent l'émotion, les sorcières, les cinq sens. Ils n'hériteront rien de vous. C'est ainsi à Avalon. La vie naît du voyage…

– Cela me rappelle les Absolus, dit Narga. Sauf que leur naissance… Notre naissance, est le résultat d'un calcul de Revery. »

Revery. Émilie n'avait plus entendu ce mot depuis longtemps. Prononcé ici, en pleine magie, il semblait sacrilège.

« Ne t'inquiète pas, Narga. Que tu sois le fruit des mathématiques ou du hasard, cela ne fait pas une grande différence. La pensée n'est pas génétiquement programmée. Tu es toi. Tu existes, et c'est cela qui compte. Tu existes, parce que tu penses.

– Merci, Émilie, dit Narga en souriant. Amo me dit la même chose mais en moins… humain. Aurore, tu n'as pas répondu ! Ce que le Cœur nous a montré est-il réel ?

– Peut-être. Le Cœur d'Avalon contient le monde entier : nul ne peut prédire ce que son voyage va lui révéler.

– Que se passe-t-il quand on y entre à deux ? demanda Émilie.

– Nous partageons nos visions, dit Narga. Chacun guide à tour de rôle, jusqu'à l'arrivée…

– L'harmonie, » compléta Aurore.

Émilie sourit. Convaincue de la réalité de ce qu'elle avait vécu, elle brûlait de le raconter. L'euphorie, puis cette peur, c'était la parfaite transcription de ce qu'elle avait traversé depuis le début de son aventure, et en ce qui concernait Lilas…

« Vous devez savoir que votre voyage n'appartient qu'à vous, les informa la sylphide. Vous êtes libres de le divulguer ou de le retenir. Nous devons partir maintenant, et laisser la place à d'autres. »

Aurore ouvrit une porte de plumes dans la paroi d'argile.

Elles marchèrent dans un silence agréable. Leurs pas les guidaient vers un large tunnel, aux murs de terre ocre, blanche, brune, noire. Émilie se souvint d'un gâteau créé par son Disali dans une autre vie, et sourit.

Aurore, devenue chouette, s'apprêtait à les quitter.

« Le voyage est la réponse au doute ! » lança-t-elle avant de disparaître.

– Elle est étrange, murmura Narga.

– Quoi ?

– On ne sait jamais quelle direction elle va prendre. Un peu comme Amo... »

Narga rêvait dans le lointain, ouverte à tous les possibles. Émilie, elle, se sentait plus éveillée que jamais. L'heure était venue de se consacrer au sauvetage de Lilas, et aux Clandestins. Le tunnel que creusait Italy depuis maintenant un mois ne se trouvait pas très loin, elle reconnaissait les lieux...

« Narga, suis-moi. Je dois absolument vous parler, à Italy et à toi. »

◆

Quelques explications plus tard, et quelques centaines de mètres plus loin, Émilie, Narga et Italy s'installèrent dans la chambre de ce dernier. En examinant son ami, Émilie remarqua à quel point il avait changé. Le désespoir hantait son regard, l'épuisement creusait son visage ; tout en lui exsudait l'abattement le plus complet.

« Italy, je sais où est Lilas.

– Je le sais aussi, répondit Italy d'une voix morne. Elle est dans ce Centre d'Observation dont nous ne connaissons pas l'emplacement, et cela fait six mois qu'elle est prisonnière... Mais la question est de savoir si elle est...

– Lilas est vivante. Elle est dans une salle de CES, sur un lit, entourée d'étranges appareils.

– Comment le sais-tu ? balbutia Italy.

– Je l'ai vue. Dans le Cœur d'Avalon.

– Dans le Cœur...

– J'ai volé jusqu'à elle. Je suis allée dans un Centre d'Aptitude normal, puis j'ai plongé dans les fichiers informatiques, et ils m'ont indiqué l'emplacement du Centre d'Observation. J'y suis entrée et j'ai trouvé Lilas. J'ai crié son nom : je suis certaine qu'elle m'a entendue. »

Narga observait Émilie avec une expression indéchiffrable. Italy plongea sa tête dans ses mains. Émilie ne s'attendait pas à une telle réaction.

« C'est ce que tu as vu ? demanda Narga.

– Oui. Pas toi ?

– Non. J'ai vu autre chose…

– Je ne sais plus quoi faire, lâcha Italy. Le tunnel n'avance pas. Nous ne sommes pas assez nombreux… Ces créatures sont tellement insouciantes ! Elles se moquent bien de tout ce qui peut lui arriver ! Même Elyo et Aveline… Il n'y a personne. Personne… »

Ses mains se crispèrent. Narga posa sa main sur son épaule.

« Italy… Ne t'inquiète pas…

– Je n'ai plus assez d'espoir pour cela.

– Italy, de quoi parles-tu ? demanda Émilie. Est-ce… Lié à ce qu'a dit l'Ombre ? »

Les yeux emplis de remords, le visage humide, les épaules abattues, Italy était l'ombre de lui-même.

« Ça n'a rien à voir, tenta de le réconforter Narga. C'était un accident, ou de la légitime défense… Pas un meurtre. C'est de l'histoire ancienne…

– Non. Tout est lié. »

Italy poussa un long soupir.

« Je suis un Absolu. J'avais une vingtaine d'années quand on m'a proposé d'être salarié sur un bateau, comme veilleur. À l'époque, pour plus d'efficacité, ceux qui surveillaient les croisières de luxe embarquaient avec les passagers. Je suis donc devenu veilleur, sur des paquebots pouvant contenir plusieurs milliers de personnes. Avec une trentaine d'autres salariés, nous devions relever la moindre anomalie, le moindre détail qui aurait pu sortir de l'ordinaire, pour les transmettre au Masque dont nous relevions. Nous surveillions ce que les passagers disaient, ce qu'ils faisaient… aucune partie des bateaux n'était hors-champ. Selon nos critères, les Reveries sélectionnaient les vidéos les plus susceptibles de nous intéresser. On nous disait qu'il s'agissait d'études statistiques, comment aurions-nous pu soupçonner quoi que ce soit ? À l'inverse du Masque, nous n'étions pas au courant de l'existence des Clandestins. Sans compter que mes observations ne me semblaient pas indiscrètes. Des couples qui se font et se défont, des passagers qui préfèrent le pont à la cabine et réciproquement, des gens vêtus de manière originale, sans oublier les éternelles proportions d'utilisation du Revery…

« Plusieurs passagers m'ont marqué, par leur bonheur, leur tristesse ou leur originalité, comme ceux par qui j'ai entendu parler du Cimetière des Naufragés. J'ai retenu le nom de quelques-uns d'entre eux. Un jour, entre deux croisières, l'idée m'est venue de les rechercher dans le Répertoire Universel. Tous, sans exception, avaient été envoyés dans un Centre d'Apprentissage de l'Aptitude. Quoique les raisons invoquées n'eussent rien d'invraisemblable et qui eût pu inculper mes rapports, j'ai senti un horrible doute m'envahir. J'ai consulté les fichiers de la compagnie, pour trouver d'autres noms. Toutes les personnes dont je me souvenais, en bien ou en mal, avaient subi le même sort. Je ne savais pas quoi penser. Je voulais croire aux coïncidences, mais je n'ai pas pu me départir d'un mauvais pressentiment. C'est alors que mon supérieur est venu vers moi. Il semblait connaître mes doutes, et m'a rassuré. Il trouvait des explications rationnelles à chacune de mes objections.

« Puis il y a eu cette histoire, ce Centre d'Aptitude attaqué par ceux qu'ils appelaient des rebelles, les Clandestins. Le monde entier a vu ces vidéos horribles, avec des morts, du sang partout, la panique, les cris. Il n'y avait plus eu d'affrontements mortels depuis des dizaines d'années ! Il faut vous imaginer le choc que cela a été. On nous présentait les Clandestins comme des sauvages, le résultat d'une inaptitude non signalée et non traitée en Centre. Nous avions peur, et cela a encouragé l'espionnage et la délation. J'hésitais sur la marche à suivre. Sur les images des combats, quelque chose me gênait, tout allait trop dans le même sens. À force de chercher les détails sur les vidéos, j'avais appris à repérer beaucoup de choses, et à ne pas me contenter de l'évidence.

« C'est à ce moment-là que j'ai rencontré Taméo. Il m'a offert des réponses plus complexes et plus sensées que celles du Masque. Il m'a dit de quel secours je lui serais si j'espionnais pour son compte, et quels risques j'encourais. Cette voie, à défaut de me plaire, me paraissait plus juste que la précédente. Et Taméo semblait si sûr de lui, si plein d'idéaux ! Il disait que la prise du Centre avait été prématurée et qu'il ne voulait pas de cette solution. Que les victimes étaient principalement des rebelles, et qu'il ferait son possible pour rassembler les

Clandestins en un mouvement pacifique. Je me suis laissé convaincre… J'ai donc fait croire au Masque que j'acceptais de le suivre.

« Il m'a entraîné dans un espionnage de plus en plus voyeuriste. J'ai découvert de nouvelles caméras dans les paquebots. J'ai accédé à des données cryptées sur la compagnie, qui n'était qu'un masque destiné à dissimuler le monopole de l'État. De son côté, Taméo me transmettait le résultat des filatures du Masque, si bien que je sus tout de son quotidien, de ses habitudes. Comme tout Masque qui se respecte, il n'avait ni femme ni enfants, juste des concubines. Je m'impliquais chaque jour un peu plus dans les combats clandestins. Je m'enfonçais chaque jour davantage dans l'appareil des Masques, des Ombres et des Fantômes.

« Quelques années s'écoulèrent, et je montai en grade. Je continuais à surveiller les gens, et j'étais chargé des les arrêter avec des robots soldats. De temps à autre, les Clandestins parvenaient à les sauver. Nous ne pouvions les protéger tous, car le soupçon se serait porté sur moi. Néanmoins ma conscience me taraudait, et je me sentais impuissant. C'est à cette période que le Masque chargé de ma formation me jugea digne de pénétrer ses secrets. Mon apparente indifférence, ma constance, mon absence de vie privée et le soin que j'apportais à mon travail achevèrent de le convaincre. Il me fournit les codes qui donnaient accès aux fichiers des inaptes, arrêtés ou en passe de l'être, en me demandant mon avis, et évoqua des problèmes liés aux Clandestins. Il me proposa de participer aux mesures plus décisives qui allaient être prises contre eux. Je dis oui à tout avec un enthousiasme respectueux. Taméo fut très satisfait de cette promotion.

« Restait à télécharger les fichiers auxquels j'avais accès sur un Revery clandestin. Le seul moyen pour ce faire était de se connecter via un câble au serveur central. C'est une technique qui peut paraître antique mais qui a toujours porté ses fruits, et l'absence de réseau sur les appareils clandestins ne nous laissait pas le choix. Ces fameux fichiers, en plus des inaptes, répertoriaient les Masques responsables d'eux, une vraie mine d'or… Je préférais attendre avant de passer à l'acte, crainte d'être pris, mais Taméo refusa de patienter plus d'un mois. 'Le nom des gens surveillés par les Masques et les causes de leur inaptitude, imagine le nombre de personnes que nous pourrions sauver, ne cessait-il de me répéter. Et les Masques eux-mêmes, nous pourrions les faire changer d'avis… Comme toi.' Encore une fois, son idéal me transporta.

« Entre mes collègues Masques et les caméras, l'opération s'annonçait délicate. Il fut décidé que j'agirais de nuit, en espérant que nos films suffiraient à berner les veilleurs. Un soir, je trouvai donc un prétexte pour m'attarder dans la salle de contrôle. Mais les Ombres veillaient…

« L'une d'elles me rejoignit alors que je m'apprêtai à retirer le câble. Lorsqu'il m'interpella, je me figeai. Devant cette présence si sûre d'elle, ce sens du devoir implacable, devant cet homme dénué d'humanité, les mots me manquèrent. Le Revery était encore branché au serveur. L'Ombre comprit aussitôt la situation… Ce qu'il m'a dit est resté gravé dans ma mémoire.

'Vous me décevez, monsieur Kamino. Je sais que la résistance clandestine ronge toutes les strates de notre société, mais j'osais croire que vous ne vous y laisseriez pas prendre. J'imagine qu'une mission comme celle-ci n'aurait jamais été confiée à un débutant... J'en déduis que vous n'êtes plus des nôtres depuis un certain temps.'

« Je restai silencieux.

'Monsieur Kamino, vous allez être transféré dans le tout nouveau Corvati. Cela vous aidera peut-être à revenir sur le droit chemin. Quant à moi, j'examinerai avec soin ce Revery que vous me laissez. S'y trouvent sans aucun doute des informations utiles pour nous, plus utiles que toutes celles que vous nous ayez jamais transmises. Je ne parle pas des coordonnées de nos membres bien sûr, ce sont des fausses. On n'est jamais trop prudent.'

« Alors qu'il avançait vers moi, une arme à la main, je restai immobile. Après ce qu'il m'avait dit, je me sentais vide. Je n'avais jamais aidé personne, et voilà qu'en une soirée je donnais de précieuses informations à ceux que j'abhorrais, et mettais en danger ceux que je respectais. Tout cela, pour rien. De fausses identités. Mon Revery ne leur apprendrait pas grand-chose, mais s'ils me torturaient... Si je parlais, les Clandestins seraient perdus. Pour rien, du vide, toujours... Quand cette pensée me traversa l'esprit, mon hésitation s'envola. Depuis des années, j'obéissais à des ordres qui me répugnaient. Dans l'espoir qu'un jour, je serais libre, et que mes efforts auraient un sens. Mais le vase venait de recevoir l'ultime goutte d'eau. Le raz-de-marée se manifesta en un seul mot, ferme et sans appel.

'Non.'

L'Ombre, qui s'approchait pour m'emmener avec lui, s'immobilisa.

'Comment ça, non ?

– Je refuse de vous suivre. Je refuse d'aller dans un Centre. Je refuse de vous obéir et je jure de ne plus obéir à personne. Rendez-moi mon Revery.

– Voilà de belles paroles, monsieur Kamino. Cependant, vous n'avez pas le choix.'

« Il brandit son arme vers moi. Je lus dans son regard une froideur impénétrable, doublée du mépris que l'on retrouve dans ceux qui sont imbus de leur pouvoir. Imbus au point de mener une arrestation sans robots soldats... Je me précipitai sur lui. Son tir partit dans le serveur, et nous luttâmes. J'étais enragé, je ne réfléchissais plus. Je pris le dessus, je plaçai mes mains sur son cou. Je serrai. J'aurais pu me contenter de l'assommer, mais l'instinct était plus fort que moi. Je serrai. Je sentais son cœur battre à toute allure, je vis ses yeux révulsés chercher une échappatoire. Je serrai. Ses doigts tentèrent de me déloger. Je serrai. Je n'oublierai jamais cet instant fatidique où mes mains ont pris sa vie.

« Liberté. C'est le premier mot qui me vint à l'esprit. Liberté, et mon premier acte libre faisait de moi un meurtrier. Mort, l'Ombre redevenait homme, et j'avais pris sa vie. Mort, la menace qu'il représentait semblait pâle, presque risible. Mort. Contre ma liberté... Pour conserver cette liberté, j'ai préféré fuir. J'aurais pu mettre en place les films clandestins, faire disparaître le corps et prendre sa place. Mais je ne voulais plus obéir. Je pris le câble, le Revery et l'arme, et sortis de l'immeuble.

– Qu'a dit Taméo ? demanda Narga.

– Quand je lui ai dit la vérité pour les fichiers, il a paru surpris et raisonnablement frustré. Alors que je restai muet, il parlait sans arrêt. Il ne s'est pas attardé sur le conditionnel. Il est vite revenu au présent, et au futur immédiat. La mort de l'Ombre nous mettait dans une situation compliquée, disait-il. J'y perdais ma couverture, il faudrait tout recommencer… D'un autre côté, il fallait savoir tourner les événements à son avantage. C'était triste à dire mais que faire d'autre ? Il y avait un mort, or personne ne le savait. Les Clandestins qui assuraient mon arrière-garde à l'extérieur s'en étaient chargés. Nos films duraient encore, tout n'était pas perdu… Pressé par la nécessité, Taméo se découvrit. Et ce que j'ai vu m'a mis en colère.

– Que veux-tu dire ? interrogea Émilie.

– Taméo avait tout prévu. Il avait envisagé que les fichiers soient des faux. Il savait que j'étais surveillé. Des Clandestins se tenaient prêts à tendre une embuscade à l'Ombre quand il me conduirait au Corvati. Dans le pire des cas, si j'étais pris, je ne savais rien qui pût le trahir. J'ignorais où il vivait, nous ne parlions que via Revery… À cette époque, les Clandestins étaient moins organisés, moins nombreux. Taméo cherchait à tâtons la stratégie qui ferait mouche… Il a jugé que le danger valait la peine d'être couru, et a risqué ma vie. Je n'étais qu'un pion… Il espérait m'endurcir, et faire de moi un infiltré plus audacieux.

– Tu lui as dit tout ça ? demanda Narga, subjuguée.

– Oui.

– Qu'a-t-il répondu ? renchérit Émilie.

– Il n'a pas beaucoup aimé que j'en comprenne autant, mais il n'a rien nié. C'est l'une de ses rares qualités : quand on le confronte à ses tromperies, il a l'honnêteté de les reconnaître. Il m'a demandé si je voulais toujours être des siens. J'ai refusé. Il m'a proposé différents postes, il a insisté, en vain. Il comprenait, mais il ne pouvait se permettre de perdre un pion, même usagé, sans essayer de le retenir. Il m'a laissé partir avec un faux Revery et m'a proposé de vivre dans son bateau, puisque les appartements m'étaient interdits. Je devais rester amarré dans le coin hors-champ du port, et limiter mes sorties. Taméo savait que je ne prendrais pas de risques inconsidérés. De sa part, je ne pouvais pas espérer mieux. Je ne voulais plus être utilisé, mais il m'était impossible de revenir à la vie normale : j'ai accepté.

– Qui a pris la place de l'Ombre ?

– Un autre Clandestin. Il a fini par se faire prendre. Je suppose qu'il n'a pas vécu longtemps après.

– Et quand Taméo t'a contacté pour le bateau…

– Je le servais bien, à nouveau. Quand il m'a appelé, j'ai failli ne pas répondre. Mais le temps avait passé, j'étais redevenu curieux… Il jurait que cela ne m'engageait à rien et que ce ne serait pas dangereux. Je n'étais pas convaincu. Il insistait, disait que c'était pour quelque chose de spécial, qu'il avait un pressentiment, et que pour une fois il ne s'agissait pas d'un plan précis. Il ne savait pas où nous irions. Cela m'a paru inhabituel, et m'a assez intrigué pour que j'accepte. Je ne l'avais jamais vu aussi… Incertain. Vous connaissez la suite. Quand nous avons rencontré les sirènes, des doutes que je croyais avoir bannis sont revenus me tarauder. La magie existe, renverser les Ombres devient possible. J'ai rencontré Lilas… Avec elle, j'ai trouvé ce sens que la liberté n'avait pas su m'apporter. Mais les Ombres l'ont prise… J'ai l'impression que nous n'avançons plus. Les nymphes et les génies ont des pouvoirs qui pourraient sauver Lilas, et ils préfèrent s'amuser. Elyo, Ignominius et quelques autres veulent m'aider ; le reste ne consiste qu'en une bande d'agités inutiles. Je ne sais pas pourquoi nous restons ici, cela ne sert à rien. Il me semble que je suis le seul à me souvenir de Lilas, que j'ai tout rêvé, que je ne suis plus rien… Alors que j'avais trouvé le sens, voilà que je suis perdu. Encore une fois… Et la magie ne change rien. »

La voix d'Italy se brisa.

« Italy, nous allons sauver Lilas, et tout Avalon s'y mettra, je te le jure ! s'exclama Émilie. Cela a encore un sens.

– J'ai tout essayé, le jeu, la menace, la supplication, le marché, le défi. Cela n'en convainc jamais plus de deux ou trois à la fois, et seulement pour quelques heures.

– J'ai pris le temps de les observer. Je sais pourquoi ils sont aussi indifférents. Ne voyez-vous pas ? »

Narga et Italy la regardèrent sans comprendre.

« Les nymphes et les génies aiment s'amuser, reprit Émilie. Ils ne pensent qu'à leur bien-être et à leurs distractions. Leurs capacités s'effritent et le Cœur d'Avalon en pâtit, ils n'en ont cure. Ils ne veulent pas avoir de pensées sombres, ils font comme si les Tunnels Désolés n'existaient pas. Quelques-uns luttent contre cette lente décrépitude, ils ne se font pas entendre. Le roi et la reine n'osent prendre de décision, crainte d'égratigner le bonheur confortable de la majorité sans ambition. Cela ne vous rappelle rien ? »

Narga échangea un sourire triomphant avec Émilie. Italy ne réagit pas.

« Les hommes et les femmes de la planète Terre ne vivent plus que par la technologie, dit Narga. Ils sont insouciants et refusent d'être tristes : ils veulent réaliser leurs désirs, et peu importe la disparition de ceux qui trouvent le vrai bonheur. Un groupe de Clandestins lutte contre cette tendance. Ils se battent pour avoir le droit d'être différents, cependant ils peinent à convaincre les autres. Lentement, le goût du risque, l'amour, l'ingéniosité, tout ce qui faisait le charme des humains disparaît. Les dirigeants politiques ne font rien, de peur de perdre leur situation si précieuse.

– Certes, ils nous ressemblent… admit Italy.

– Italy, ils font plus que nous ressembler ! s'exclama Émilie. Ils sont exactement comme nous ! Ils rencontrent les mêmes difficultés, au même moment, et, quand ils n'ignorent pas leur existence, ils ne savent pas les résoudre autrement que par le conflit. Ne vois-tu pas ? Ils sont le feu et la cendre, l'origine et la fin, les Clandestins et les Ombres, bonheur et malheur, jusque dans leur manière d'être ! Ils ne sont pas convaincus parce que les humains ne le sont pas non plus !

– Et si nous parvenons à les faire changer d'avis, enchaîna Narga, les nôtres feront pareil là-haut ! Taméo n'aura plus qu'à conduire une foule qui l'accueillera à bras ouverts. Les nymphes et les génies se sont retirés de notre monde à peu près quand nous avons cessé de croire en eux au profit de la technologie. S'ils reviennent…

– Nous redeviendrons ce que nous étions ! conclut triomphalement Émilie. Nos esprits seront à nouveau libres !

– Mais Lilas…

– Lilas est au centre de tout cela, le coupa Émilie. Lilas va être la pointe de notre stratégie de persuasion ! Libérer une amie précieuse, capturée par des Ombres tyranniques, n'est-ce pas un argument capable de rassembler les foules ? La prison de Lilas est leur prison, et en les convaincant de pénétrer dans la première, nous les ferons sortir de la deuxième ! En leur parlant de Lilas, nous leur parlerons de nous et, petit à petit, ils comprendront. Ils libéreront Lilas d'eux-mêmes.

– Ils ne t'écouteront pas, protesta Italy.

– Ils m'écouteront, dit Émilie, parce que je vais user de leurs propres ruses.

– Que veux-tu dire ?

– Lorsque nous tentions de rallier des gens à notre cause, avec Taméo, nous manquions de moyens, non ? Eh bien ici, nous avons tout ce qu'il nous faut. Reste à utiliser chaque potentiel à bon escient. Après tout, ils sont comme nous ! Ils ont déjà de quoi se libérer mais ne le savent pas.

– Mais avec quoi comptes-tu les appâter ?

– Tu les as vus à la Décision : ils aiment l'événement. Ils vont être servis ! »

◆

Bien qu'il ne soit pas convaincu, Italy participa à la grande réunion organisée par Émilie, qu'il conseilla sur le choix de quelques participants. Furent rassemblés Aveline, Galatée, Aurore, Elyo, Ricin, Ignominius, Amo, Roméo, un troll du nom d'Achille, Valdéa la muse, un feu follet nommé Bitcho, le gnome Ibiscus, un farfadet appelé Capucin, un ondin baptisé Lully et une certaine Ariane, naïade de son état. Un représentant de chaque être, de chaque couche de la société. Émilie avait invité tous ceux qui le souhaitaient à les rejoindre, en prenant garde de décourager les moins intéressés. De nombreux visages restés jusqu'à la fin du jugement d'Elyo et Aveline s'étaient présentés. La discussion allait bon train : Narga émit un sifflement aigu afin d'attirer l'attention de chacun. Les têtes se tournèrent vers elle, admiratives.

« Pas mal, pour une humaine.

– Merci, répondit Narga. C'est l'un de mes nombreux talents cachés. Mais nous sommes là pour parler affaires.

– Vous êtes ici parce que vous n'êtes pas d'accord avec la manière dont les choses se passent à Avalon, lança Émilie. Vous voulez sortir à l'air libre et vous confronter à de vrais défis. Vous êtes curieux, fiers ou las, mais une chose demeure : pour vous, Avalon doit changer. Nous sommes réunis ici pour mettre en place ce changement.

– Pourquoi vous intéressez-vous à nos affaires ? demanda Capucin. Vous voulez libérer votre amie, c'est tout.

– Oui, répondit Narga, mais les deux problèmes sont liés. Vous n'êtes pas assez nombreux pour nous aider, et le seul moyen de convaincre tout le monde de se joindre à nous, c'est de marquer les esprits pour longtemps. Nous ferons changer vos congénères grâce à Lilas : chacun de nos peuples y gagnera.

– Comprenez-nous bien, dit Émilie. Nous voulons aider votre peuple à s'ouvrir vers ce dont il se souvient à peine. Il ne s'agit pas de vous faire partir d'Avalon, ou de vous contraindre. Nous voulons que chacun soit libre de ses choix, et surtout que choisir ait du sens.

– Encore faudrait-il qu'il y ait des choix à faire ! s'exclama Elyo.

– C'est pour ça que nous sommes là, répondit Ignominius. Pour créer des choix.

– Exactement ! confirma Émilie. Vous êtes d'accord sur la fin, passons aux moyens. Nous devrons convaincre en premier les mages et les sorcières… »

Émilie parla longtemps. Au fur et à mesure, son plan se précisait. Une fois ralliés les mages et les sorcières, il s'agissait d'utiliser leur pouvoir pour atteindre les autres.

« Mais comment ? voulut savoir Galatée.

– En créant une illusion si puissante qu'elle percera leur réalité. Nous allons leur raconter notre histoire, en faisant de Lilas un personnage central. Les mages extérioriseront ses émotions, pour que tout le monde les ressente de manière amplifiée. Avalon assistera à notre aventure en plus vraie que nature. À la fin d'un tel spectacle, ils seront assez transportés pour nous rejoindre, c'est certain ! »

Un brouhaha confus suivit l'exposé d'Émilie. Chacun y allait de son commentaire. Ce fut la voix d'Amo qui finit par dominer les autres.

« Tu demandes beaucoup, Émilie. Pour mettre ton plan à exécution, tu auras besoin de l'aide d'un grand nombre de mages et de sorcières. Préparer ton enchantement demandera du temps, et nous avons d'autres tâches…

– Nous n'avons plus de temps à perdre, le coupa Narga. Amo, le moment est venu d'agir.

– En outre, continua Amo, imperturbable, notre sortilège, même parfait, ne suffira pas à convaincre Manouch et Makabé. Et s'ils immunisent Avalon contre nos pouvoirs...

– Je ne veux forcer personne, dit Émilie. Vos pouvoirs ne serviront qu'à donner à votre peuple un aperçu de nos propres sensations. Nous devons faire appel à leurs meilleurs sentiments. Ceux-ci sont enfouis derrière une forteresse d'égoïsme, d'ignorance et de frivolité : c'est ce mur que vos sortilèges devront briser. Nous prendrons le temps qu'il faudra, mais à mon avis ce ne sera pas aussi long que tu sembles le croire.

– Et nous, que devons-nous faire ? demanda Aveline.

– Vous aiderez les sorcières avec les illusions. Vous devrez être présents le jour où tout sera prêt, pour initier le mouvement de chacune de vos espèces. Ensuite la construction du tunnel reprendra.

– Quoi ?! s'insurgea Italy. Tu veux dire que d'ici là, nous cessons d'avancer ?

– Au rythme où vous allez, vous stagnez. Il vaut mieux mettre toutes nos forces dans l'enchantement que nous allons préparer : il faudra qu'il atteigne tout le monde, même les habitants des Tunnels Désolés.

– Tu es folle ?! s'exclama Ariane la naïade. Ce sont des monstres, ils seraient capables de nous tuer !

– Ils sont surtout désespérés, intervint Narga. Émilie a raison, personne ne doit être laissé de côté. Le moment venu, nous retournerons là-bas pour les inciter à nous aider.

– Un seul détail me gêne, commenta Italy. Comment vas-tu convaincre les mages et les sorcières de nous venir en aide ?

– Je leur présenterai la chose comme un défi. Un défi qu'ils ne pourront pas refuser.

– Ça ne marchera pas.

– C'est une bonne idée, » conclut Galatée en souriant.

Les sorcières lui paraissaient les plus réceptives, aussi Émilie s'adressa-t-elle à elles en premier. Elle les rejoignit dans le Paradis Perdu. Avec l'aide de Galatée et de quelques autres converties à sa cause, elle leur expliqua sa situation. Puisqu'Avalon ne voulait pas les aider, ses amis et elle comptaient repartir. Seulement, ils auraient voulu avoir une démonstration satisfaisante du pouvoir réuni des mages et des sorcières, les êtres les plus puissants d'Avalon, pour voir si leur magie était capable d'égaler les inventions humaines. Personnellement, elle en doutait. Les sorcières l'assurèrent du contraire. Elles lui promirent une prestation extraordinaire, à laquelle tout leur peuple assisterait, comme un cadeau d'adieu.

« Puisque vous êtes si sûres de vous, vous ne m'en voudrez pas d'imposer une condition, dit Émilie. Je veux que votre magie illustre l'histoire de notre amie, que vous ne connaissez pas et qu'il sera plus difficile de représenter. Nous vous dirons tout ce que voulez savoir à son sujet, et vous devrez la mettre en scène dans notre monde, que vous n'avez jamais vu de vos propres yeux. Si tout se passait à Avalon, avec des nymphes et des génies, ce serait trop facile ! »

Les sorcières acceptèrent, amusées par cette nouveauté, et impatientes de déployer leur talent. Galatée et ses amies se chargeraient de maintenir la flamme vivace.

Du côté des mages, ce fut un scénario identique. Même exaltation, même envie de se mesurer à la tâche. Comme les sorcières, ils formeraient deux groupes qui se relaieraient au Cœur d'Avalon, afin que les nouveaux arrivants ne soient pas livrés à eux-mêmes. Émilie, Narga et Italy se lancèrent dans des explications complexes sur ce qu'ils attendaient.

Peu à peu, le Spectacle Sensationnel prit forme.

Émilie, Italy et Narga partageaient toutes leurs journées entre les mages et les sorcières. Ils aidaient Galatée, Amo et leurs amis à empêcher leur défi de tomber dans l'oubli. S'il ne se prenait pas au jeu du Spectacle Sensationnel, Italy mettait un point d'honneur à ce que leurs aventures en général, et le personnage de Lilas en particulier, soient reproduits avec la plus grande exactitude.

Narga se plaisait à dépeindre son monde et à raconter ce qu'elle savait du passé de Lilas. Persuadée du succès de leur entreprise, son dynamisme contagieux maintenait l'attention des mages et des sorcières sur le Spectacle Sensationnel.

Émilie bataillait avec une fougue similaire, n'hésitant pas à changer et à exagérer la réalité. Elle faisait en sorte de majorer les émotions qu'elle prévoyait les plus porteuses de résultats. Peur, amour, haine, vengeance, désespoir, le Spectacle Sensationnel ressemblait de plus en plus à un film d'aventures mélodramatiques, et ce au grand dam d'Italy.

« Mais la vérité est plus compliquée ! ne cessait-il de répéter.

– Ce n'est pas la question, répondait Émilie. Si nous devons transformer la vérité pour les convaincre, nous le ferons.

– J'ai l'impression de leur mentir.

– Ce n'est pas un vrai mensonge. C'est une histoire qui a du sens... Et qui nous permettra de sauver Lilas. »

Et Émilie reprenait ses explications, sans tenir compte des reproches d'Italy.

« Sur quoi devra-t-on conclure le Spectacle Sensationnel ? demanda Amo, après un nouvel exposé autour des sentiments à magnifier.

– Sur un espoir impossible, affirma Émilie. Cela suscitera la compassion de ceux qui nous regarderont : ce sera l'impulsion qui les poussera à nous aider.

– Creuser un tunnel peut prendre du temps. Les nymphes et les génies risquent de s'en désintéresser avant la fin, une fois la compassion retombée.

– C'est pour cette raison que le spectacle devra être extraordinaire. Il faudra qu'ils s'en souviennent jusqu'à la fin de leurs jours. Et tu oublies Valdéa… Elle compose un hymne à la gloire de Lilas. Un chant qui retentira jusqu'à ce qu'elle soit sauvée.

– Nous ne disposons pas d'un tel pouvoir. Si Manouch nous aidait, peut-être…

– L'union fait la force, intervint Narga. Rassemblés, je suis certaine que vous êtes capables de dépasser Manouch. Tu ne devrais pas sous-estimer le pouvoir de la musique. »

Voyant qu'Amo restait dubitatif, Émilie ajouta :

« Quelle est la dernière histoire qui vous a tous marqués, toi et l'ensemble de ton peuple ?

– Celle de Merlin et du roi Arthur. Le dernier homme à avoir vécu à Avalon, et à s'être lié d'amitié avec nous.

– Et avant ?

– Celle d'Orphée venu chercher Eurydice. Avalon ne ressemblait pas du tout à ce qu'il est devenu… Puis il y a eu cette princesse égarée, Blanche-Neige, et Pégase, et l'histoire d'amour d'Ariel la petite naïade…

– D'après ce que tu dis, les seules histoires dont vous vous souvenez tous sont donc liées à des êtres humains.

– Je n'y avais pas réfléchi. Chaque espèce a ses légendes, cependant les seules que toutes partagent concernent des humains…

– Exactement. Si les mages et les sorcières n'ont pas le pouvoir de marquer les esprits, nous, humains, nous l'avons. Et tu peux compter sur nous pour en faire usage. »

Les nymphes et les génies assistaient les sorcières dans la création du décor. Celles-ci devaient, en plus des personnages et de l'action, rendre compte des sensations. Les spectateurs auraient les entrailles nouées par la faim, la peau craquelée par le froid, les poumons opprimés par la pression de l'eau et de l'air, ils ressentiraient une douleur pareille à celle des personnages dont l'histoire se jouait devant eux. Pour plus de véracité, Émilie, Italy et Narga joueraient leur propre rôle.

Bientôt, les répétitions commencèrent. Nulle erreur ne devait compromettre le Spectacle Sensationnel. Pour que l'enchantement soit parfait, tout devait être coordonné à la seconde près. Trop complexe pour être jeté en une fois, le sortilège se décomposait en de multiples sorts, aussi incroyables les uns que les autres. Aveline, Elyo, Valdéa, Aurore, Ignominius et les autres faisaient office de public, et amélioraient les parties les plus faibles de l'histoire. D'une ébauche de la vie de Lilas, celle-ci était devenue le récit complet de leurs aventures depuis l'attaque des Ombres. Le point de vue de Lilas englobait celui des autres, avant de se réduire, au dernier moment, à cet espoir impossible auquel elle ne pouvait s'empêcher de croire : quelqu'un, un jour, viendrait la délivrer.

Le petit peuple se prenait au jeu. Les plus jeunes souhaitaient ardemment que l'illusion devienne réalité, pour secourir cette Lilas dont ils entendaient tant parler. Certains voyaient d'un œil méfiant la collaboration avec les humains, auxquels ils considéraient n'avoir rien à prouver. Ils ne constituaient qu'une minorité, mais Émilie ne les sous-estimait pas : elle savait à quel point la majorité peut être changeante. Après tout, n'était-ce pas ce qu'elle s'efforçait de prouver ? Grâce à une histoire, une histoire vraie…

« Et comment comptes-tu réunir tout le monde ? lui demanda Narga quand tout fut prêt.

– Le Spectacle Sensationnel devra se dérouler dans le Domaine des Décisions. Au Foyer des Festins, les gens seraient trop distraits. Comme ils accourent quand une Décision a lieu…

– Cela ne se produit que pour des occasions assez graves. À moins de commettre un meurtre ou quelque chose d'approchant…

– Je pensais aller chercher des harpies et des démons dans les Tunnels Désolés, et leur demander de faire semblant de se battre. Tu sais, ceux qui avaient l'air si triste…

– S'ils perdent le contrôle, ils risquent leur vie et la nôtre. Et on ne sait pas qui ils sont, comment ils réagiraient…

– Que proposes-tu d'autre ?

– Une campagne publicitaire, bien sûr ! »

Émilie avala son pain de travers.

« Mais oui, continua Narga. Le Spectacle Sensationnel sera bientôt prêt, nous avons juste assez de temps pour mettre ça en place avec Valdéa et Elyo. Une Décision, même moins ordinaire que la moyenne, ne suffira pas pour faire venir absolument tout le monde. Alors que des affiches de publicité auront le mérite de la nouveauté ! Imagine, des affiches multicolores, qui voleraient de partout en criant nos noms, que nous allons bientôt partir et que nous leur promettons un spectacle extraordinaire et inoubliable, digne de Merlin et du roi Arthur, le Spectacle Sensationnel, la Légende de Lilas ! Cela piquera leur curiosité, et ils viendront en masse.

– C'est assez fou pour marcher…

– Alors je m'en charge ! Je vais tout de suite en parler avec Valdéa et Elyo… Et Roméo ne sera pas de trop. »

L'idée folle de Narga se révéla un franc succès. Dryades, faunes, sylphides, lutins, muses, farfadets, elfes, gnomes, ondins, feux follets, naïades, gobelins, même les trolls, pourtant peu portés à la curiosité, s'enflammèrent à l'idée qu'un spectacle incroyable allait leur être offert. Un jour fut posé, et l'impatience générale ne connut plus de bornes, dépassant les attentes les plus optimistes d'Émilie. Les habitants des Tunnels Désolés reçurent eux aussi le message, et certains firent savoir qu'ils seraient présents.

La veille du Spectacle Sensationnel, chacun avait son comble d'émotions. Les créatures magiques étaient en proie à un mélange d'impatience et d'angoisse. Italy refusait de laisser l'espoir poindre en lui. Narga trépignait de hâte, et Émilie fut envahie d'incertitudes.

Alors qu'elle se couchait, des craintes qu'elle pensait depuis longtemps oubliées vinrent la troubler. Il lui semblait être revenue au temps du Centre d'Éducation et du Revery, où la force l'abandonnait dès qu'elle se trouvait seule. Que feraient-ils, s'ils échouaient à convaincre le petit peuple le lendemain ? Italy le supporterait-il ? Et Narga, comment réagirait-elle ? S'ils repartaient par le mont Everest, leurs chances d'échapper aux Masques avoisinaient le néant… Et Lilas, combien de temps survivrait-elle encore ?

Peut-être avait-elle eu tort de nourrir autant d'espoir autour des nymphes et des génies. Au fond, pourquoi abandonner ce confort déliquescent qui les protégeait de tout ? Le monde ne leur apporterait pas grand-chose… Si ce n'est la vie, avec ses oscillations, ses rebondissements et ses péripéties. La vie et le sens… Émilie se rappelait à peine cette époque où tout lui paraissait si mort. Son passage au Centre d'Aptitude, sa vie avec Ryad, sombraient dans les brumes d'un passé qu'elle ne voyait aucune raison de retenir. Puis il y avait cet autre souvenir, celui où Antonie vivait toujours, où elle l'attendait dans un labyrinthe livresque qu'Émilie ne quitterait jamais, Antonie et une vieille légende sur l'origine des rêves… Mais cela lui semblait un songe, elle n'était plus sûre de rien. Elle ne savait plus ce qu'elle devait faire…

Le sommeil la saisit au milieu de ses réflexions.

◆

Dans le Domaine des Décisions, il ne restait plus une place de libre ; personne ne voulait manquer la Légende de Lilas. Le Cœur d'Avalon était vide ; les mages et les sorcières, enfin réunis, se mirent en place.

Une explosion retentit au centre du sablier géant, qui s'obscurcit sans prévenir.

Émilie se précipita dans l'espace central, courant à toutes jambes, poursuivie par une silhouette masquée. L'un des charmes employés par les sorcières consistait à projeter une image amplifiée de ce qui se passait au milieu du sablier, pour que chacun se croie à la meilleure place. Émilie courait entre les immeubles scintillants, elle courait pour échapper à son assaillant, mais aussi à la faim, au froid et à la fatigue.

Le public n'était pas la seule victime du sortilège. Très vite, Émilie crut avoir remonté le temps. Une porte s'ouvrit à sa gauche, un cri :

« Entre ! »

Elle pénétra dans une pièce sombre, une main prit la sienne pour la guider vers une trappe cachée. Le cœur battant la chamade, Émilie suivit sa mystérieuse sauveuse. Alors que la trappe se refermait sur elles, l'escalier souterrain s'illumina pour révéler le visage de Lilas.

Elle était incarnée par Galatée, qui avait modifié son visage suivant les instructions confondues d'Italy et d'Émilie. Une Lilas plus belle, plus forte, plus présente que la vraie.

Mais Émilie ne songeait plus à ces détails alors qu'elle s'enfonçait dans le sol. Tout juste pensait-elle encore aux centaines de visages fixés sur elle. Il lui semblait véritablement descendre l'escalier, sans savoir ce qu'elle découvrirait au bout. Elle ne souhaitait qu'une chose : fuir le plus loin possible. Fuir la présence oppressante de son poursuivant qui ne disparaissait pas.

Enfin, la porte s'ouvrit : Narga, Cerise et Christopher apparurent.

« Sois la bienvenue parmi les Clandestins, Émilie. »

Le spectacle s'étendit sur plusieurs jours. L'apprentissage d'Émilie, le sauvetage de Thomas, le meurtre de ses compagnons, la fuite vers la Cité du Futur, la découverte du poème, le départ et le voyage en mer, le naufrage, le séjour au palais des sirènes, le prix à payer pour obtenir leur aide. Puis ce fut la prise du Centre d'Aptitude, les difficultés rencontrées par la suite, l'arrivée au mont Everest, son ascension, la capture de Lilas.

Lilas, qui jouait un rôle clé dans chacun de ces événements. Lilas, qui les avait protégés des tirs de Jean au péril de sa vie. Lilas, qui les avait conduits auprès d'Italy, le meneur des Clandestins. Lilas, qui vivait avec cet homme un amour tragique et sans espoir. Lilas, à qui revenait tout le mérite d'avoir découvert et décrypté le poème. Lilas, gravissant l'Everest à mains nues, au milieu d'une tempête de neige. Lilas, capturée par une Ombre diabolique. Lilas, sur qui reposait désormais le sort du monde. Lilas, figure de légende chantée par les muses.

Lilas, recréée à la perfection, au caractère idéalisé. Accompagnée d'Italy, de Narga et d'Émilie, telle la mère héroïque d'une nouvelle épopée. Cosme, Mary, Li et les autres n'existaient plus. Italy, Narga et Émilie, à peine. Lilas rassemblait le meilleur de l'humanité. Sa capture en paraissait d'autant plus injuste, et son sauvetage nécessaire.

En voyant son regard de défiance, de peur et d'espoir, ces yeux d'azur prisonniers qui annonçaient la fin du Spectacle Sensationnel, Émilie ne put retenir un sanglot, et sa tristesse n'était pas le fait de la magie.

Émilie, Narga et Italy tenaient à peine sur leurs jambes. La lumière revint à la normale, et ils virent enfin leur public. Livide, immobile, pétrifié, qui les dévisageait comme des dieux déchus.

La Légende de Lilas les avait portés plus loin qu'ils ne l'imaginaient. Même les mages et les sorcières dispersés dans la foule les regardaient d'une manière étrange, comme incertains de leur existence.

Ce fut Italy qui brisa le silence.

« Je sauverai Lilas, dit-il d'un ton inflexible, et sa voix résonna dans tout le sablier. Et s'il faut que je meure en creusant ce tunnel, ainsi soit-il. Telle est ma Décision. »

Il se dirigea vers la sortie de la salle. Émilie eut la vision d'un roi conduisant son armée au combat, vers un affrontement dont dépendait le sort du monde… Un roi qu'elle voulait suivre.

« Je viens avec toi, affirma-t-elle. Telle est ma Décision.

– Moi aussi, renchérit Narga. Telle est ma Décision

– Moi aussi, je viens, répondit tel un écho la voix d'Aveline. Telle est ma Décision.

– Je t'aiderai, Italy, dit Elyo en leur emboîtant le pas. Telle est ma Décision. »

D'autres voix retentirent. D'autres appels répondirent. Ce fut une foule muette et vengeresse qui les porta, de son pas lourd de promesses, jusqu'au tunnel embryonnaire, seul témoin des semaines d'effort de quelques braves créatures, et de l'inébranlable volonté d'un homme. Ils avançaient, et le chant de Lilas recommença, tout en puissance, maintenu par Valdéa et les muses, puis repris par la multitude.

Une fois arrivés, ils se mirent à creuser, chacun selon ses moyens, soutenus par la mélodie des muses. Bientôt, des ampoules apparurent sur les mains d'Émilie. Elle continuait à creuser, pour Lilas, pour Antonie, pour ses parents, pour Cerise et Mary, pour tous ceux qui avaient voulu exister, et l'avaient payé de leur vie. La musique la portait ; elle ne cesserait qu'avec elle.

Elle fut la première à s'écrouler, et ne se sentit pas portée par les lutins jusqu'à sa chambre enchantée.

◆

À son réveil, Émilie ne se souvenait de rien. Elle se sentait vide ; elle hésitait entre l'éveil et le sommeil, quand Narga la rejoignit.

« Émilie ? Viens, nous devons aller manger. »

Peu à peu, la mémoire lui revint. Elle s'assit en face de Narga, à la table de l'hiver… Et ne remarqua qu'après son troisième croissant la quiétude industrieuse qui régnait sur le Foyer des Festins, aux trois quarts vide.

« Où sont les autres ?

– Je ne suis pas très sûre, répondit Narga. Je venais de me réveiller, quand Aveline m'a dit que nous devions la retrouver au tunnel dès que possible… J'ai l'impression que la Légende de Lilas a fait son effet. Regarde comme le Foyer est silencieux. »

Quelques secondes plus tard, une naïade les rejoignit.

« Vous avez été extraordinaires, commença la nymphe sans prendre la peine de se présenter. Je ferai de mon mieux pour vous aider à sauver Lilas ! J'aimerais tellement la rencontrer, elle est si courageuse, si forte… »

Les yeux brillants d'excitation, la naïade se rétracta, prise de timidité.

« Je vais rejoindre les autres, murmura-t-elle. À plus tard ! »

Émilie et Narga n'eurent pas le temps de s'étonner. Un gnome venait déjà leur présenter ses hommages. Quelques autres l'imitèrent, gobelins, feux follets et même un farfadet, qui leur expliqua que ses compagnons restaient dans le tunnel pour nourrir ceux qui le creusaient. Avec l'aide des elfes, ils protégeaient les nymphes et les génies de la fatigue et de la faim, sans que ceux-ci aient besoin d'interrompre leur ouvrage.

Émilie et Narga s'empressèrent de se rendre au tunnel.

Le renfoncement brouillon de la veille s'était transformé en galerie minière. Un souterrain identique à ceux qui traversaient Avalon, soutenu par des piliers de bois et de pierre, illuminé par des centaines de feux follets. À l'entrée se tenait Italy, penché sur une table couverte de plans. Un gnome d'une trentaine de centimètres lui expliquait la situation.

Autour d'eux, d'innombrables trolls, dryades, faunes, gobelins, sylphides, ondins, naïades et lutins s'affairaient pour donner vie au tunnel. Le chant des muses les soutenait, couplé à la magie des elfes, des farfadets, des sorcières et des mages, qui redonnaient à tous leurs forces et leur espoir au fur et à mesure qu'ils les perdaient. Chacun creusait à sa manière. Griffes, serres, bec, pic, magie, aucun moyen ne semblait avoir été épargné ; les quelques démons et harpies venus des Tunnels Désolés reprenaient miraculeusement leur forme première.

L'avancée se poursuivait en harmonie. Éclairés par les feux follets, les ondins asséchaient ou humidifiaient la terre selon les besoins, tandis que les trolls et les gnomes consacraient tout leur pouvoir à creuser. Ils parlaient à la terre et aux pierres, et celles-ci se détachaient du mur pour s'en aller hors du tunnel, portées par les lutins. Les faunes bâtissaient des piliers de bois pour le soutenir. Les dryades, sous forme de taupe géante ou de tout autre animal pourvu de griffes, creusaient de toute leur âme. Les gobelins fabriquaient des outils de forage élaborés, pour les naïades et les sylphides dont les métamorphoses ne présentaient pas d'intérêt, et elles attaquaient le mur qui leur faisait face avec férocité. Les lutins vidaient le tunnel, renouvelaient l'air, allégeaient la pierre et partaient à l'assaut avec force tourbillons. Tous travaillaient comme d'un seul mouvement, et le tunnel progressait à une vitesse incroyable. Presque personne ne parlait. Sans le chant des muses, un silence semblable à celui qui avait suivi le Spectacle Sensationnel les aurait entourés.

Italy ne remarqua Émilie et Narga qu'au dernier moment. Il prit la parole d'un air fébrile.

« Ah, les filles, vous voilà. Clochecrolle me montrait les plans du tunnel.

– Enchanté, dit le gnome en s'inclinant. Pardonnez le retard de mon intervention, j'aurais dû m'apercevoir dès votre arrivée qu'une dame telle que Lilas ne devait pas attendre. La Légende de Lilas m'en a fait prendre conscience. Le forage du souterrain progresse à un rythme excellent, nous devrions atteindre la surface dans deux jours.

– Deux jours ?! s'exclama Émilie.

– Excusez cette longueur, dit Clochecrolle en baissant les yeux. Je montrais au sieur Italy quelle serait la trajectoire du tunnel, et je m'informais de notre plan d'attaque.

« – Émilie, tu as bien dit que tu as vu où se trouvait le Corvati ? demanda Italy.

– Ce n'est pas très loin de la Cité des Lions. Mais j'ignore comment y aller depuis Avalon… »

Clochecrolle brandit une carte où Émilie reconnut la silhouette des cinq continents, et elle lui indiqua l'emplacement exact du Centre. Clochecrolle transmit aussitôt ses instructions à Ignominius et Achille.

« Comment allons-nous entrer ? demanda Narga. Il y aura des caméras et…

– Ce problème est réglé, la coupa Italy. Les lutins et les ondins sortiront les premiers, durant la nuit. Ils créeront un orage si violent qu'il court-circuitera le réseau électrique du Centre.

– Ne vous tracassez pas. Nous briserons les caméras, et tous les câbles, dit Clochecrolle avec un sourire satisfait.

– Mais il y aura peut-être des Fantômes, et ils ont des armes redoutables, souligna Émilie.

– Ils ne sont pas les seuls, l'interrompit Aveline. Les nymphes et les génies peuvent aussi devenir des armes redoutables. Nous sommes tous prêts à mettre notre vie en jeu pour vous aider. Vous nous avez suffisamment montré que les Ombres ne pardonnaient rien… Nous savons à quoi nous attendre.

– Que fais-tu là, Aveline ? s'enquit Italy.

– Je viens vous informer que nous avons atteint la phase supérieure. Le souterrain s'est subdivisé en deux branches. Nous approchons du but. »

Le visage d'Italy se fendit d'un large sourire. Il entreprit d'expliquer à Émilie et Narga le détail des décisions prises durant leur sommeil. Il achevait lorsqu'Elyo mit fin à leur conciliabule.

« Manouch et Makabé voudraient vous voir, tous les trois. Ils vous attendent dans la chambre d'Émilie. »

La chambre d'Italy ne se trouvait qu'à quelques dizaines de mètres, et ils l'eurent vite traversée jusqu'à celle d'Émilie. Le roi, beau et terrible, les fixait d'un œil rougeoyant tandis que la reine, aérienne et détachée, examinait la pièce.

« Votre chambre est fort belle, murmura Makabé quand ils eurent refermé la porte.

– Je la voulais semblable à votre peuple, répondit Émilie. Unie dans sa diversité, comme les parties d'un tableau.

– De quel droit nous avez-vous ainsi piégés, humains ? lâcha Manouch d'une voix dure.

– Le tableau perdait ses couleurs, susurra Makabé. Ils ont cru bon de les raviver.

– Ils ont eu tort. Si l'on fait revenir les couleurs sans prendre de précautions, le tableau s'en trouve pire qu'auparavant.

– Votre peuple est libre, vous l'avez dit vous-même ! s'enflamma Narga. Nous n'avons fait que leur raconter notre histoire. »

La peau de Manouch s'obscurcit, et il ne fut plus qu'une forme d'un noir d'encre. Les traits de son visage disparurent dans les ténèbres, alors que ses yeux devenaient d'un rouge flamboyant.

Lorsque le roi d'Avalon parla, sa voix était glaciale et son corps d'obscurité anormalement anguleux. Émilie crut se trouver en face d'un tueur prêt à la déchiqueter.

« Vous ne comprenez donc pas, misérables humains ? Si Avalon s'ouvre de nouveau, mon peuple sera perdu ! Votre histoire pleine de mensonges a convaincu les génies et les nymphes de risquer leur vie dans un combat qui n'est pas le leur ! Le Cœur se meurt en paix. Pourquoi rendre le processus plus douloureux ? Il n'y a rien à faire contre notre perte, et vous voulez la précipiter ?!

– Peut-être est-il possible de raviver les couleurs. »

La voix de Makabé flotta jusqu'à eux, brise de douceur après le froid mordant de la nuit.

« Avalon subit les ravages du temps et rien ne pourra l'empêcher, assena Manouch. Est-ce une raison pour hâter notre fin ? Qui plus est au service d'une cause étrangère ?

– Les humains ne mourront pas ! Pourquoi le devriez-vous ? » s'exclama Émilie.

Les yeux rouges la vrillèrent de leur fureur.

« La Légende de Lilas n'est pas un mensonge, reprit-elle. Nous avons réuni en Lilas les qualités que nous possédons séparément, afin de leur donner plus de force et de cohérence ! Quant à votre peuple, pourquoi le condamner ainsi ? Le mal qui vous ronge est le même que le nôtre et il porte un nom très simple : la vacuité. Vous ne parvenez plus à donner de sens à votre existence ! Votre peuple ne peut plus penser par lui-même car il a l'habitude que ses souverains le fassent à sa place. Vous n'êtes pas heureux, vous végétez dans un état de semi-conscience baptisé confort ! La moindre difficulté vous intimide. À force de vivre pour l'immédiat, vous perdez les pouvoirs qui vous permettraient d'aller au-delà. Vous mollissez, vous pourrissez de l'intérieur. Le tableau perd ses couleurs car le peintre a oublié comment les raviver, ou est trop paresseux pour le faire, mais pas parce qu'il est mort ! Réfléchissez donc. Le monde est-il si dangereux ? La vie ne mérite-t-elle pas qu'on se batte pour elle ?

– Nous nous sommes assez battus pour ton monde sans rien obtenir en retour.

– Mais ce monde est aussi le vôtre ! s'exclama Narga. Vous êtes en train de vous laisser mourir alors que vous avez les moyens de lutter.

– C'est un ennemi difficile à affronter qui barre notre chemin. »

Makabé, qui leur tournait le dos, fit de nouveau converger les regards vers elle. Son calme inquiétait presque autant Émilie que la voix meurtrière de Manouch.

« De là viennent nos problèmes, continua-t-elle en palpant le mur. Le mal se cache à l'intérieur de nous… Et c'est un mal dont les conséquences nous touchent si peu. Car mourir, est-ce si terrible, quand on attache aussi peu d'importance à la vie ?

– Mes parents ne voulaient pas mourir, protesta Émilie. Ils m'aimaient.

– L'amour, peut-être, est capable de vaincre ce mal, dit Makabé. Ce mal invisible et impalpable… Mais il est tant de fois où l'on ne fait que croire aimer.

– Il est aussi tant de fois où l'on aime réellement, intervint Italy. Et où cet amour meurt pour n'avoir pas été compris par le système qui l'a vu naître.

– Votre histoire me l'a fait comprendre, murmura Makabé.

– Vous aimez votre peuple, dit Narga. Battez-vous pour lui !

– J'irai, répondit la reine dans un souffle.

– Pourquoi ? demanda Manouch.

– Pour ne pas avoir vécu en vain. Ici, Avalon n'a pas besoin de guide. Là-bas, ils seront seuls. Le monde me manque… La vie me manque. Je veux ressentir mes propres émotions. À quoi sert de vivre, si c'est pour oublier en attendant la mort ? Je veux exister. »

Manouch sortit de la pièce sans donner de réponse.

« Je viens avec vous, répéta Makabé. Je vais aider mon peuple à bâtir ce nouveau chemin. »

Italy les conduisit vers le tunnel. Quand Makabé traversa le souterrain pour aller à l'avant des travaux, le temps s'immobilisa.

Il ne reprit que lorsqu'elle devint un oiseau extraordinaire, pourvu de quatre paires de serres et d'un bec immense. Elle attaqua la pierre avec une force et une vitesse hors du commun.

♦

Deux jours plus tard, soit deux mois après leur arrivée à Avalon, une dizaine de souterrains débouchaient dans et hors du Centre d'Observation. Le petit peuple s'était surpassé.

Avant de lancer l'offensive, il fut décidé de célébrer un dernier festin en l'honneur d'Italy, Émilie et Narga. Avec le concours des muses, les principales scènes de la Légende de Lilas furent rejouées, et les farfadets leur offrirent le meilleur repas du monde. Émilie se laissa aller à la danse et aux chants. Narga fut une énième fois changée en faucon par Aurore. Italy maîtrisa son impatience tant bien que mal, et s'efforça de se détendre.

Dans le Foyer des Festins, les discussions allaient bon train.

« Tu te rappelles notre premier jour ? demanda Émilie à Aveline. Nous ne savions pas où donner de la tête !

– Oui ! Et Elyo se méfiait tellement de vous…

– Pourquoi ?

– C'est sa nature. Les humains ont massacré tant de forêts par le passé, il ne les porte pas dans son cœur.

– Mais toi, tu es une dryade, tu n'avais pas peur de nous ?

– Non. Je n'ai pas les souvenirs des arbres : les animaux ont la mémoire beaucoup plus courte…

– Nos armes peuvent vous tuer, n'est-ce pas ?

– Oui. Nous ne sommes pas plus immortels que vous. Seulement plus intelligents !

– Aveline, je ne plaisante pas ! Nous avons perdu beaucoup de compagnons dans ce combat. Je ne voudrais pas qu'il vous arrive quelque chose, à toi, Elyo, Ignominius ou…

– Et moi, je ne compte pas ? »

Galatée venait de s'asseoir à côté d'elles.

« Oh, ne commence pas, » lança Aveline en envoyant une noix au visage de la sorcière.

Celle-ci l'attrapa au vol et l'avala sans la sortir de sa coque.

« Je comprends que tu t'inquiètes, Émilie, reprit Galatée après maints craquements sonores. Mais nous sommes prêts à prendre ce risque. La vie n'en vaut-elle pas la peine ? C'est ce que tu as tenté de faire comprendre à Manouch, je crois.

– Bien sûr. Mais mourir est tellement inutile, tellement stupide…

– Nous avons tous entendu ton histoire, dit Aveline. Si nous allons sauver Lilas, c'est de notre plein gré.

– Oui… Mais rien de tout cela n'aurait été possible sans les mages et les sorcières, et je me dis que si les choses tournent mal là-bas… Cela aurait pu être évité.

– Il est un peu tard pour y penser. »

Émilie tourna un visage surpris vers le roi d'Avalon.

« J'ai longuement réfléchi, reprit-il. Certaines batailles méritent d'être livrées. Le tout est de savoir si nous sommes dans le bon camp… Maintenant que tu as fait ton choix, il n'est plus temps de revenir sur tes pas. »

Manouch plongea son regard blanc dans les yeux bruns d'Émilie.

Après un instant d'hésitation, elle se joignit aux rires d'Aveline et de Galatée. La musique prenait possession de son être, de ses espoirs et de ses peurs, pour les fondre en une joie chaleureuse, en une amnésie passagère qu'elle accueillit avec soulagement.

Le lendemain matin, elle s'éveilla, paisible et fébrile. Narga, accompagnée d'Aurore et de Makabé, partit explorer le Centre une première fois, métamorphosée en insecte. Il leur fallait repérer l'emplacement des caméras, la position des Masques et les cellules des prisonniers. Grâce à la distorsion temporelle qui séparait Avalon de la surface de la terre, les heures qu'elles passèrent à examiner le Centre parurent des minutes à Émilie. Nymphes et génies ne tenaient plus en place.

Quand Narga et Aurore réapparurent, le silence se répandit comme une traînée de poudre.

« Makabé finit de s'occuper des caméras, haleta Narga. Les sorcières doivent la rejoindre pour créer des illusions qui nous rendront invisibles ! »

Les intéressées s'exécutèrent aussitôt.

« Où est Lilas ? lança une voix.

– Lilas est détenue dans une cellule au cœur du Centre, avec une trentaine d'autres personnes. Elle est bien vivante !

– Lutins, mes frères ! lança Roméo de sa voix fluette. Il est temps pour nous de faire appel à notre pouvoir, et de créer l'orage le plus terrible que le monde ait connu !

– Ondins, renchérit Lully, ensemble, faisons nos preuves, et recréons le Déluge ! Tous avec moi ! »

Un tonnerre d'approbations leur répondit. Les yeux de Roméo rougeoyèrent, son corps perdit de sa substance et il s'élança dans le souterrain, suivi par ses semblables. Le corps de Lully perdit sa fluidité turquoise, et prit la texture d'une mer destructrice. Son cri de rage ressemblait à une vague déferlante, et les ondins se ruèrent à la suite des lutins. Les nymphes se transformaient. Des centaines d'oiseaux apparurent, portant sur leur dos ou dans leurs serres ceux qui voulaient assister au spectacle depuis le ciel. Des cabris, des poissons volants, des guépards et des êtres plus improbables les rejoignirent. La horde de démons et de harpies surgis des Tunnels Désolés trépignait. Avalon allait s'ébranler d'un instant à l'autre…

Émilie, Italy et Narga attendaient le signal des lutins et des ondins. Makabé le leur transmit d'un seul cri claironnant.

« Peuple d'Avalon, la voie est libre ! »

S'ensuivit un vacarme assourdissant de hurlements, de rugissements, de grognements, de craquements et de sifflements. La mêlée disparate du petit peuple se précipita vers le Centre d'Observation.

Émilie courait de toutes ses forces, joignant ses exhortations d'encouragement à celles de Narga et d'Italy. Au bout du souterrain, elle fut soulevée par un tourbillon de courants d'air, et projetée dans une pièce dont l'obscurité se peupla de feux follets.

CHAPITRE 5 : LA TROISIÈME STROPHE

I

À sa droite, une porte donnait sur la salle d'hôpital où elle avait vu Lilas allongée. À sa gauche, une grille de prison s'ouvrait sur un couloir bordé de cellules, et l'une d'elles retenait Lilas.

Les Ombres n'eurent pas le temps de réagir. Leurs exclamations furent avalées par les tigres et les aigles géants, le bois qui traversait les murs, l'acier de leurs armes se tordant sous leurs yeux. À travers une fenêtre, Émilie aperçut la tempête qui faisait rage au dehors. Un orage qui couvrait le brouhaha à l'intérieur du Centre, et empêchait tous les Reveries de communiquer avec l'extérieur.

Italy se précipita vers le couloir. Les barreaux de la porte s'écartèrent pour lui laisser place. Les cellules s'ouvraient les unes après les autres, et il recherchait Lilas avec frénésie. Aucun des prisonniers ne réagissait à l'exubérance du peuple d'Avalon. Si les indications à la porte de leur cellule n'avaient pas clamé le contraire, on aurait pu les croire morts. Émilie constatait avec effroi que tous avaient le teint cadavérique et le visage ensanglanté, quand elle entendit le cri d'Italy.

« Lilas ! »

Elle courut avec Narga jusqu'à la cellule où il venait de pénétrer.

Lilas gisait dans les bras d'Italy. Son crâne rasé était parsemé de points rouges. Sa tunique laissait voir les ecchymoses recouvrant ses bras et ses jambes. Sa maigreur ne fut pas ce qui frappa le plus Émilie. Les mains dénuées d'ongles et de certains doigts, la bouche édentée, la tête privée d'une oreille, et les yeux, les yeux disparus de Lilas, la paralysèrent d'horreur.

Italy pleurait. Les nymphes et les génies qui les rejoignaient se taisaient en entrant. Stupéfaits par la différence entre cette scène et le Spectacle Sensationnel, où Lilas avait été si belle, ils se taisaient, eux qui voyaient pour la première fois la couleur du sang. Bientôt un silence de plomb régna dans le Centre d'Observation. À l'extérieur, le tonnerre grondait.

« Lilas, Lilas, Lilas, Lilas... »

Italy murmurait son nom sans interruption.

Émilie n'avait pas conscience des larmes qui coulaient le long de ses joues.

Un frisson dans l'air la fit se retourner.

Makabé, les yeux et la bouche d'un rouge sang, ses cheveux une crinière de plumes orangées, ses doigts devenus des serres acérées, se tenait devant la cellule. Sauvage. Glaçante. Terrorisés, les nymphes et les génies se pressaient pour s'écarter d'elle. Le temps de cligner des yeux, la reine avait disparu.

« Où va-t-elle ? » s'écria Narga.

Sa question résonna dans le couloir lugubre.

« Nous devrions pouvoir la soigner, » dit une voix salvatrice. Ricin.

« Vous pourriez faire ça ? demanda Narga.

– C'est notre spécialité.

– Faites. Je me chargerai de son esprit. »

Manouch venait de les rejoindre, et sa présence sonna le signal du départ.

Italy souleva délicatement Lilas. Un cortège se forma à la suite de l'héroïne du Spectacle Sensationnel ; Émilie et Narga se retrouvèrent seules avec Manouch.

« Où est allée Makabé ? répéta Narga.

– Elle est partie les tuer, murmura Émilie. Je l'ai lu dans son regard. Elle va tuer toutes les Ombres, tous les Fantômes du Centre… Elle va les torturer, comme ils ont torturé Lilas. Elle va les faire souffrir…

– Mais tout est si silencieux…

– Elle les aura rendus muets, » dit Manouch.

Makabé harpie dégageait une aura de férocité sanguinaire, et sa démence planait encore dans la pièce. Makabé harpie… Elle était si monstrueuse qu'Émilie manquait de mots pour la qualifier.

« Makabé ne se transforme presque jamais en harpie. En chaque occurrence, les résultats sont terribles… Une fois sa décision prise, il serait dangereux de vouloir l'arrêter. Elle a une vision très aiguë de la justice… C'est ainsi.

– Pourtant, protesta Émilie d'une voix blanche, si nous faisons comme eux, nous ne valons pas mieux qu'eux…

– Nous avons fait de ta bataille notre combat, jeune humaine, lança Manouch en quittant la pièce. Il n'est plus temps d'avoir des regrets. »

Émilie, atterrée, n'osait pas lever les yeux.

« Il faut aller de l'avant, Émilie, murmura Narga.

– Pourquoi commettons-nous de telles horreurs ?

– C'est la nature humaine. Il n'y a pas grand-chose à faire pour que cela cesse, si ce n'est…

– La magie.

– Pardon ?

– Que seras-tu, dis-moi, quand la vie reviendra ? Seras-tu tourbillon venu changer la terre ? »

Émilie essuya ses larmes et serra la main de Narga.

« La magie nous permettra de changer tout ça. Tu as raison, il faut aller de l'avant… Et résoudre enfin ce poème.

– Je le crois aussi. Viens, nous devons être présentes quand Lilas se réveillera. »

Tous les détenus du Centre avaient été réunis dans la salle blanche, auparavant le lieu de leurs tortures. Il s'agissait désormais d'une prairie parfumée, où soufflait une agréable brise. Dans cet océan de verdure surnageaient des lits de toute beauté. Nymphes et génies s'évertuaient à effacer le passé du lieu, qui ressemblait de plus en plus à une extension d'Avalon. Des elfes couraient en tous sens, débordés par les poudres, les vapeurs et les fumées aromatiques. À l'extérieur, les sorcières relayaient les lutins et les ondins pour maintenir l'apparence de l'orage, tandis que ceux-ci se concentraient sur ses effets. Makabé, tout en exterminant les Ombres et les Fantômes, surveillait l'unique cabine de téléportation du Centre.

Pour faciliter leur récupération, mais aussi pour laisser à Lilas la primauté du récit qui s'imposait, Ricin avait plongé les blessés dans un profond sommeil. Redonner à Lilas ce qui lui manquait prit peu de temps à l'armada d'elfes, de farfadets, de mages et de sorcières. Ses bras et ses jambes retrouvèrent leur couleur d'origine. Ses doigts, ses dents, ses yeux réapparurent. Même sa maigreur s'effaçait, grâce aux bons soins des farfadets. Manouch accéléra les effets du temps sur son esprit, mais s'abstint de les modifier. Le Spectacle Sensationnel animait tous les cœurs, et chacun attendait le réveil de Lilas avec une impatience non feinte. Il marquerait la fin de leur quête, et la libération définitive du petit peuple.

« L'esprit, expliqua Ricin, a besoin de plus de temps que le corps pour guérir. Lilas doit encore dormir pendant plusieurs heures. »

Émilie se répétait la troisième strophe du poème, comme une incantation contre l'horreur dont elle venait d'être témoin. Le mal et le bien devaient cohabiter, le positif et le négatif, elle l'avait admis pour entrer à Avalon... Mais elle avait implicitement considéré que le bien était plus puissant, plus grand, qu'il triompherait toujours, tandis que le mal ne laisserait derrière lui que le sillon éphémère d'un bateau sur l'océan. Pourtant, la vision de Lilas torturée la hantait. Dès qu'elle fermait les yeux, elle voyait Lilas défigurée. Et pendant ce temps, elle avait parcouru le Paradis Perdu... Elle recherchait une justice. Une logique, n'importe laquelle. Les Tunnels Désolés auraient dû disparaître avec la libération d'Avalon... Face à tant d'incohérences, les fées constituaient son dernier espoir.

Elle entendait battre le tonnerre au rythme de son cœur. Elle percevait le silence des hommes, le bourdonnement des créatures d'Avalon autour d'elle. Son regard errant s'arrêta sur une silhouette étrange. Une jeune fille, presque une femme, l'air hagard, aux cheveux blond cendré, qui tombaient en mèches irrégulières et désordonnées autour de son visage, jusqu'à ses épaules. Son pantalon et sa veste n'avaient plus d'âge ni de couleur. À ses côtés se tenaient Narga et Italy, dévorant Lilas des yeux. Celle-ci dormait encore. Quand Ricin passa la main sur son visage, ses yeux s'ouvrirent.

♦

Il fallut de longues heures pour mettre Lilas au courant de leur histoire, et la convaincre qu'il ne s'agissait pas d'une hallucination. Les nymphes et les génies aidèrent Italy, Émilie et Narga avec force interventions. Leur brouhaha compliquait le processus, mais ils n'eurent pas besoin de signal pour faire silence le moment venu. Lilas incarnait un symbole, l'étincelle de leur cohésion, et ils se turent dès qu'elle prit la parole.

« Je ne sais pas si je vais me souvenir de tout ce qui s'est passé depuis le mont Everest. Cela me paraît tellement loin… J'ai l'impression que c'est une autre vie, et que vous êtes des personnages de contes. Pourtant cela ne fait qu'un an…

– Pour nous, seulement deux mois se sont écoulés.

– Émilie… Je t'ai entendue, quand tu m'as parlé depuis le Cœur d'Avalon.

– Mais tu avais un visage normal à ce moment-là…

– Au début, les Fantômes ne m'ont pas torturée physiquement. Ils m'ont laissée seule, un mois entier, sans contact avec le monde extérieur. Ma nourriture, toujours la même, apparaissait une fois par jour au milieu de la pièce, et il y en avait juste assez pour que je ne meure pas de faim. Après, ils ont commencé à me poser des questions sur les Clandestins. Sans entrer ni se montrer. J'entendais leurs voix, ils me proposaient de la nourriture en échange de mes réponses. J'ai essayé de mentir, en vain. Cela a duré… Je ne sais pas, peut-être un mois aussi. Ils ont commencé à m'emmener dans la chambre blanche… Et ils ont testé des injections sur moi. Je me suis mise à délirer, j'avais des hallucinations… Je ne me souviens plus de ce que j'ai dit. Je leur ai peut-être donné de précieuses informations… »

Lilas se tordait les mains, les yeux emplis d'angoisse. Italy les prit dans les siennes.

« L'important est que tu sois en vie. Ne t'inquiète pas du reste : avec le peuple d'Avalon à nos côtés, les Fantômes n'auront aucune chance. Crois-moi. »

Lilas esquissa un sourire.

« Je n'ai pas dû révéler beaucoup d'informations capitales, puisque les Fantômes ont continué leurs expériences. Les injections se sont mises à me faire mal, mais pas d'une manière visible. Parfois, la souffrance était telle que j'ai eu des absences. Ils me laissaient des heures attachée dans la chambre blanche, en attendant que je parle. Ils m'ont fait voir des choses horribles… Ils ont torturé des gens devant moi. »

Les yeux de Lilas s'embuèrent. Italy lui serra les mains. Elle lui rendit son geste avec une telle force que les jointures de ses doigts pâlirent. Le visage de Lilas se durcit ; les larmes s'asséchèrent avant d'avoir coulé.

« Ils sont allés jusqu'à torturer des enfants. Des Absolus, qui ne manqueraient à personne… Comme ils les fabriquent à volonté, ils s'en servent comme cobayes. Ils n'avaient pas cinq ans… Je savais que parler ne les sauverait pas, mais j'ai quand même essayé. Je leur ai révélé l'existence des sirènes… Je leur ai tout dit sur elles, sauf les perles : ils n'avaient aucun moyen de vérifier cette partie-là. Cela m'a permis de gagner du temps. Ils vous avaient vus disparaître et la magie les intéressait… Mais ils les ont torturés jusqu'au bout. Jusqu'au bout !! »

Lilas ferma les yeux.

« Ils paieront, murmura-t-elle. Ils paieront pour tous ces innocents.

– Ils ont payé, » répondit une voix glaciale.

Tous les visages se retournèrent sur Makabé, dont le retour à la normale ne diminuait pas l'aura de dangerosité.

« Ils ont payé, » répéta la sylphide.

Nymphes et génies s'écartèrent pour libérer un passage vers Lilas. Quand elle l'eut rejointe, un homme au béret familier apparut à ses côtés, immobilisé par des liens invisibles.

« Celui-ci prétend être des vôtres.

– Cosme ! s'exclama Narga. C'est Cosme, relâchez-le ! »

Son soudain retour à la mobilité fit perdre l'équilibre à Cosme, qui se retrouva au sol. Narga et Émilie se précipitèrent dans ses bras.

« J'aurais pu porter un caméléon, observa-t-il. Pourquoi n'avez-vous pas vérifié ?

– Seul le véritable Cosme pouvait rester aussi placide en étant à la merci de la reine d'Avalon.

– Je retourne à la cabine, dit Makabé. Je ne souhaite pas entrer plus avant dans votre histoire, humains. Mais sachez que les Ombres et les Fantômes ont payé, jusqu'au dernier instant, chacune de leurs atrocités. »

Makabé détacha ses mots comme autant de coups de bec, puis elle se fit colibri et disparut. Lilas reprit son récit, avec toute l'attention de Cosme, Émilie, Italy et Narga. Les questions viendraient plus tard. La seule présence de Cosme signifiait que les Clandestins n'étaient pas perdus, et Lilas se détendit.

« Je leur ai presque tout révélé sur les sirènes, mais ils étaient surtout intrigués par votre disparition au mont Everest. Je n'ai pas pu leur en apprendre beaucoup, heureusement… Cette période a duré très longtemps, et c'est peu avant qu'elle ne touche à sa fin que j'ai entendu la voix d'Émilie.

– Mais comment savais-tu que ce n'était pas une de tes hallucinations ?

– Ta voix n'a pas sonné comme celles que j'imaginais. Il y a eu une chaleur amicale dans mon oreille, et puis il y avait cette joie, cette confiance que tu dégageais, et en même temps cette promesse de justice. Cela m'a redonné espoir. J'ai entendu le chant des sirènes. Il m'a rappelée à la raison : je me suis souvenue de la valeur de la vie. Les Fantômes se sont aperçus que leurs tortures me faisaient moins d'effet, alors ils ont essayé d'autres méthodes. Vous en avez constaté le résultat quand vous m'avez trouvée. Ils ont mis plusieurs heures à m'arracher les cheveux, et à m'amputer de chacune des parties que vous m'avez rendues… Aujourd'hui, ils prévoyaient de m'arracher une main, je crois. Ils n'espéraient plus grand-chose de moi, j'étais inconsciente la moitié du temps. Ils continuaient par principe. »

Lilas marqua une nouvelle pause, et observa longuement les créatures magiques qui l'entouraient. Avec une véhémence qui marquait la sincérité de ses propos, elle reprit :

« Habitants d'Avalon, je vous remercie d'être venus me libérer. J'ai envers vous une dette immense… Je me battrai à vos côtés jusqu'au bout. Ensemble, nous continuerons à écrire la Légende de Lilas, et votre royaume retrouvera sa splendeur. Merci… Et soyez heureux. »

Un tonnerre d'applaudissements et de cris éclata.

Chacun voulait témoigner à Lilas son ardeur et son amitié ; tous se jetèrent sur elle pour échanger un dernier adieu avant la séparation. Italy, Émilie et Narga devaient également répondre à leur part d'au revoir, de remerciements et de témoignages d'affection. Ils n'auraient pas tenu les heures que cela dura sans la magie discrète de Ricin et de Capucin. Lorsque la multitude se fut éclaircie, Manouch et Makabé vinrent faire leurs adieux.

« Nos chemins se recroiseront peut-être, amis, commença Manouch. Je tiens à vous remercier d'avoir libéré mon peuple des chaines qu'il s'était forgées…

– Et d'avoir rendu le courage à des souverains trop craintifs, compléta Makabé.

– La Légende de Lilas restera dans les annales d'Avalon, acheva le roi. Merci.

– Le monde s'impatiente, conclut la reine. Au revoir. »

Incarnation de l'harmonie, les deux êtres les plus puissants d'Avalon s'élancèrent dans l'orage après une élégante volteface.

« Si tout le monde part, comment allons-nous maintenir l'orage ? s'inquiéta Narga.

– Tu crois donc que nos chemins doivent se séparer ? demanda Aurore.

– Non, bien sûr, mais… Tu ne veux pas explorer le monde ?

– Ne pourrais-je le faire en ta compagnie ? »

Le visage de Narga s'illumina d'un immense sourire.

« Dans ce cas, sois la bienvenue chez les Clandestins !

– Nous restons aussi ! claironna Aveline. Elyo et moi. Je vais le rejoindre, il surveille la cabine de téléportation, en bas. »

La dryade fila vers le rez-de-chaussée.

« Et vous, Galatée, Ricin, Capucin, Amo, Ignominius ?

« – Je reste, évidemment, répondit la sorcière. Que deviendriez-vous, sans moi ?

– Des gens normaux, je suppose, dit Narga en riant.

– Tout juste, sourit Galatée. Aurore ? Je dois aider à maintenir l'illusion de l'orage, et ce sera plus facile vu du ciel. »

La sylphide se fit corbeau géant. Galatée enfourcha l'oiseau d'ébène, et toutes deux traversèrent le mur pour s'élancer vers le ciel.

« Je vais vous quitter, dit Ricin. Tout le monde est soigné ici, à présent. Je veux parcourir le monde, pour développer mon art et aider ceux que le hasard mettra sur mon chemin. J'ai été heureux de vous rencontrer, humains.

– Ma curiosité me pousse également vers d'autres horizons, répondit Ignominius. Mais nos chemins se recroiseront ; après tout, la Terre est ronde.

– Je pars aussi, dit Amo. Je suis trop curieux pour retourner sous terre, même avec les Clandestins.

– Je me passerai de toi, le taquina Narga.

– Je sais bien que tu en es incapable. »

Amo s'éloigna vers la porte, nonchalant, suivi par un Ricin gambadant et un Ignominius méditatif. Ne restait plus que le farfadet Capucin.

« J'hésite… Je crois que je vais rester, amis humains. Il me semble que les Clandestins auront grand besoin de mes talents, et cela m'amusera de satisfaire de nouveaux goûts. Si vous voulez bien de moi.

– Nous serons ravis de t'avoir avec nous ! s'exclama Narga. À côté de tes pouvoirs, nos Disalis sont très amateurs.

– Parfait ! Alors je vais de ce pas sustenter mes compagnons dans la tempête. »

Le farfadet s'éloigna de son pas sautillant vers la tempête apocalyptique.

Émilie, Narga, Cosme, Lilas et Italy se retrouvèrent seuls.

« Vous avez beaucoup de choses à me raconter, dit Cosme.

– Et je ne serais pas contre une deuxième explica… ation, renchérit Lilas en bâillant.

– Le sortilège de Ricin touche à sa fin, dit Italy. Il faut nous reposer, cela doit faire deux jours que nous n'avons pas dormi. »

Émilie aurait voulu répondre, mais le sommeil s'abattit sur elle avant qu'elle en ait eu le temps. Un sommeil irrésistible. Tout juste put-elle voir Narga s'affaisser dans l'une des chaises confectionnées par Elyo. Des chaises remarquablement confortables...

♦

Émilie ouvrit les yeux. Elle s'éveillait lentement au son de la voix d'Italy.

« Grâce au Spectacle Sensationnel, tout le monde a voulu nous aider. Prendre le Centre n'a posé aucune difficulté. C'est incroyable de penser que quatre jours se sont écoulés depuis la fin de la Légende de Lilas...

– Je suis tellement heureux que vous soyez sains et saufs, dit Cosme. Siméon a vu les robots emporter Lilas. Vous aviez disparu, il a envisagé le pire, mais avec Taméo nous étions persuadés que vous aviez réussi. Il était trop tard pour reculer, et nous avions les perles en cas d'attaque surprise ; Taméo a décidé de continuer sur les Centres d'Aptitude. Suite aux événements de l'Everest, nos espions n'ont rien pu apprendre sur ce que prévoyaient les Ombres et les Fantômes ; nous avons redoublé de vigilance. Que sont devenus ceux qui surveillaient le Corvati ?

– Makabé s'est chargée d'eux, répondit Émilie. Ils sont morts.

– Je préviens Taméo ; si nous trouvons leurs Reveries, nous pourrons les remplacer. Nous n'avons pas chômé pendant votre absence : les Clandestins ont pris dix Centres d'Apprentissage de l'Aptitude, et Taméo concentrait justement ses efforts sur le Centre d'Observation, qui s'est avéré impénétrable... Jusqu'à aujourd'hui.

– Dix Centres ? En un an ? C'est incroyable !

– Impénétrable ? Comment ça ?

– Nous ne parvenions pas à localiser le Centre d'Observation, jusqu'à ce que cet orage se déclenche. C'était tellement inhabituel, Taméo a soupçonné la magie. Comme un signal que nous attendions depuis des mois... Il a entré les coordonnées de la tempête et m'a envoyé aux nouvelles. À présent que ce Centre est tombé, plus rien n'arrêtera les Clandestins.

– Dix Centre en un an… Cela voudrait dire que d'ici quatre ans, ils seront tous pris.

– Le pouvoir des sirènes a été d'une aide précieuse, continua Cosme. Nous n'avons plus eu à espionner aussi longtemps que la première fois pour nous infiltrer. La procédure est toujours la même. Nous déterminons qui sont les Ombres, où ils vivent et quelles sont leurs habitudes. Puis le temps s'arrête, et nous n'avons plus qu'à explorer leurs Reveries pour avoir tout le reste : les données d'identification pour circuler dans le Centre, les empreintes digitales, visuelles et vocales… Nous trafiquons leur Revery au lieu d'en fabriquer un nouveau, cela va beaucoup plus vite. Et comme les Centres ne comptent jamais plus de cinq Masques et une Ombre, nous sommes largement assez nombreux pour prendre leur place. »

L'arrivée de Taméo et d'une trentaine de Clandestins mit fin à leur conversation. L'orage battait toujours son plein, quoiqu'atténué par le départ progressif des lutins et des sorcières. Il était temps d'agir. Quelques explications plus tard, Taméo tomba d'accord avec Émilie et ses compagnons pour dissimuler l'existence d'Avalon.

Les Clandestins se chargèrent d'usurper l'identité des Ombres et Fantômes décédés. Toutes les informations nécessaires se trouvaient dans les Reveries, heureusement épargnés par Makabé.

Le caractère hautement inhabituel de l'orage rendait toute explication douteuse. Les hommes n'étaient plus victimes des aléas de la nature depuis plus d'un siècle. Qu'un tel phénomène se déclenche, à cet endroit précis de la planète, ne passerait jamais pour une coïncidence. Le retour à la normale des relations entre le Centre et les autorités n'aurait pu être davantage compromis, d'autant plus que les Ombres et les Fantômes n'étaient plus en état de répondre depuis près de deux jours. L'absence même d'intervention extérieure se prêtait à des interprétations diverses. Toutefois, Taméo voulut tenter le tout pour le tout : c'était la première fois que les Clandestins s'approchaient aussi près des Fantômes.

Les détenus du Centre furent également pris en charge par les Clandestins. Le sort qui les maintenait endormis se leva au moment où les traces du passage des nymphes et des génies s'effaçaient, et la plupart ne se souvenait pas des habitants d'Avalon. Tous s'étonnèrent de leur rapide retour à la santé et de la réapparition de leurs membres atrophiés. Ils en conçurent pour les Clandestins une estime touchant au culte, et acceptèrent aussitôt de rejoindre leurs rangs. Ils leur confièrent sans réserve les raisons de leur emprisonnement.

Trois sortaient du lot. Deux anciens Masques, et une Ombre. Les premiers, lassés d'arrêter des innocents, avaient essayé en vain d'échapper au système. Le troisième, immunisé depuis longtemps contre la souffrance d'autrui, avait pris conscience de son erreur par une suite de hasards étonnants. Durant l'un de ses trajets, son Revery s'est subitement éteint. Pris au dépourvu, il est tombé. Autour de lui, les passants poursuivaient leur chemin, indifférents, et un étrange sentiment de solitude s'empara de lui. Les pas des étrangers qui l'entouraient résonnaient comme autant de pierres jetées dans le creux d'une coquille vide. Car était-il autre chose ? Lui qui donnait sa vie pour le bonheur collectif, seul un robot civil remarqua sa chute, et l'aida à se relever. Dans les jours qui suivirent, le vide dont il venait de prendre conscience s'étendit à son environnement. Les histoires qui abreuvaient le monde lui parurent vaines. Rien ne comptait, rien ne ressemblait à l'écho d'une vérité. Rien, et ceux qui trouvaient un sens à la vie étaient condamnés à la perdre. Car au fond, que pouvait-on reprocher d'autre à l'immense majorité des gens inaptes ? Puis il y avait ces groupes éparpillés dans quelques villes, à l'origine de plusieurs disparitions. Les reliques des Clandestins, décimés en cette fameuse occasion où ils s'étaient attaqués à un Centre d'Aptitude. À l'époque, il les considérait comme des sauvages, et les combattre constituait son unique objectif. Ce besoin d'ordre avait empli sa vie... Jusqu'à ce jour où il avait ouvert les yeux. Peut-être leur voie était-elle la bonne ? On ne leur connaissait plus de violence depuis l'attaque manquée du Centre. Il menait avec ses collègues une opération d'envergure pour les faire tomber... Mais son raisonnement tourna court : personne ici-bas n'échappait à la surveillance de son prochain, et Pedro avait eu le malheur de l'oublier. Pire, d'avouer à ses juges le fond de sa pensée. Il fut envoyé en Centre d'Observation, et torturé pour peu de choses.

« J'ai eu le temps de me repentir, et de réfléchir au camp que je rejoindrais si je sortais vivant de cet enfer. C'est aux Clandestins que va mon allégeance, si vous m'acceptez parmi vous. »

Une fois le Centre d'Observation intégré à la machine clandestine, et Émilie et ses compagnons rapatriés à la Cité du Futur, Taméo se réunit avec eux pour écouter leur histoire.

Ils lui relatèrent l'Everest, le rayon vert, leur combat contre la montagne, la mort de Mary, la confrontation avec l'Ombre, puis Avalon et ses merveilles, les difficultés qu'ils avaient eu à convaincre le petit peuple, leur triomphe final.

Quand ils eurent conclu, Taméo revint sur l'épisode de l'Ombre.

« Je n'ai pu avoir aucun écho sur les événements de l'Everest. L'histoire est remontée aux Fantômes, mais ils n'ont rient tenté contre nous. J'ignore ce que cela signifie... Une chose est sûre : Lilas n'a pas trahi, ou ils nous auraient attaqués.

– Qu'allons-nous faire, à présent ? demanda l'intéressée.

– Le temps est venu de sortir de la clandestinité.

– Alors qu'il est si difficile de rallier des gens à notre cause ? protesta Italy.

– Depuis quelques semaines, les inaptes se montrent beaucoup moins hermétiques à nos arguments.

– C'est-à-dire ?

– Je ne me l'explique pas. Nous avons perfectionné nos méthodes, bien sûr, mais... Même en dehors des CASS, un processus semble s'être enclenché. Les arrivées se sont multipliées, les Masques et les Ombres ne parviennent plus à contenir l'Internet. Les opinions personnelles explosent de partout. Les gens veulent redonner un sens à leur existence. Si nous nous déclarons maintenant, nous ne serons pas désertés. Les Centres sont débordés. Ceux qui ne sont pas encore infiltrés seront pris. En sortant de la clandestinité, nous fédérerons la révolte qui gronde. Le monde veut vivre, et notre temps est arrivé.

– Qu'en est-il des Ombres et les Fantômes ? demanda Italy.

– Nous n'avons pu reprendre contact avec aucun d'entre eux. Les Clandestins infiltrés n'ont pas entendu parler des événements du Corvati par leur hiérarchie ; les Ombres sont compartimentés de manière très stricte. Quant aux Fantômes, nous ne sommes pas parvenus à réactiver leurs Reveries. J'ai organisé le fonctionnement du Corvati de la manière la plus simple possible. L'idée est de les attirer là-bas pour pouvoir les questionner, mais j'ignore s'ils se risqueront jusqu'à nous. Ils doivent être en train d'élaborer un plan pour nous éliminer... Cependant, si la population est contre eux...

– Vous pensez qu'ils se risqueraient à une guerre ouverte ? demanda Lilas.

– Pas tout de suite. Il est probable qu'ils mettent en scène des meurtres pour retourner la foule contre nous.

– Vous oubliez un détail, l'interrompit Émilie. La magie. Galatée, Aurore et Aveline constituent des espions hors pair. Et il y a fort à parier que le reste d'Avalon se manifestera un peu partout. Makabé ne tolèrera pas de massacre.

– C'est pourtant inévitable, répliqua Cosme. Les gens s'éveillent, et s'opposent à ceux qui voulaient les maintenir endormis. Les Fantômes voudront faire rentrer tout le monde dans le rang. Si les menaces ne suffisent pas, tôt ou tard, il y aura la guerre.

– Et nous serons prêts à combattre, assena Taméo.

– Triompher ou périr, soupira Italy.

– Il y a peut-être un moyen d'éviter toute mort, intervint Narga.

– Si vous résolvez la troisième strophe à temps, peut-être, répondit Taméo. Avez-vous des pistes ?

– Les fées. Galatée a dit qu'elles exauçaient les vœux. »

L'expression parlait d'elle-même.

« N'importe quel vœu ? dit Taméo.

– Oui. Mais chaque personne n'a droit qu'à un seul vœu...

– Galatée sait-elle où se trouvent les fées ?

– Galatée l'ignore. Mais je le sais.

– Comment l'as-tu appris ? murmura Émilie. Tu as déjà compris la strophe ? Ou bien...

– Je les ai vues. En rêve. Du moins, je croyais que c'était un rêve jusqu'à maintenant… Le Cœur d'Avalon me les a montrées. Et si Lilas t'a entendue quand tu as crié son nom, Émilie, cela signifie que je suis vraiment allée là-bas… Chez les fées. »

Les yeux de Narga brillaient.

« Où sont-elles ? demanda Lilas.

– Dans mon voyage, je filais vers le ciel, j'étais devenue faucon. Une fois passés les nuages, je trouvais les fées. Elles vivaient dans un endroit merveilleux, empli de portes, au milieu du ciel. Elles devaient être plusieurs centaines. Elles semblaient sentir ma présence, mais le rêve s'est fini avant que j'aie pu leur parler.

– Pouvons-nous aller là-bas en volant ?

– S'il suffisait de dépasser les nuages, quelqu'un l'aurait découvert depuis longtemps… Le royaume des fées est à la fois partout et nulle part ; pour y accéder, il faut décrypter la troisième strophe. Alors, le passage s'ouvrira.

– Nous n'avons donc pas besoin de quitter les Clandestins ?

– Non. L'endroit n'a aucune importance, puisque les fées sont partout ! Leur royaume est accessible depuis n'importe quel endroit de la Terre.

– Dans ce cas, vous pourrez aider les Clandestins tout en cherchant la réponse à cette strophe, dit Taméo. La fin de la clandestinité va entraîner une charge de travail colossale, nous ne pourrons plus nous permettre de prendre des risques supplémentaires. La mise à jour des caméras peut avoir lieu d'un instant à l'autre, nous devons nous tenir prêts.

– Quelle sera notre mission ? voulut savoir Lilas.

– Avec l'aide de vos amis d'Avalon, je vous charge de trouver et d'infiltrer les Fantômes. Nous suspectons plusieurs bâtiments d'abriter leur repaire ; vous vous rendrez invisibles pour voyager, et vous les explorerez tous. Avec cette magie, des horizons inespérés s'ouvrent à nous… Je compte sur vous pour les exploiter. »

Après le départ de Taméo, ils restèrent un instant plongés dans le silence.

« Trouver les fées ne sera pas simple si nous devons débusquer les Fantômes en même temps, souligna Émilie.

– L'espionnage peut inclure de longues heures d'observation, remarqua Lilas. Nous saurons comment les mettre à profit…

– Cosme, as-tu retrouvé la trace d'Ania ? demanda Narga.

– Elle est morte deux ans après son arrivée. Ils l'ont torturée puis, quand elle ne leur a plus servi, ils l'ont laissée mourir.

– Oh, Cosme, je suis désolée… »

Mais Cosme haussa les épaules.

« Je m'y attendais. Elle avait été capturée depuis trop longtemps pour qu'il y ait de l'espoir. Maintenant, je sais. »

◆

Dans les jours qui suivirent, ils ne recroisèrent plus Taméo. Le quotidien militaire de la Cité du Futur s'était teinté d'une frénésie nouvelle. Des dizaines de cerveaux bouillonnaient pour élaborer un système informatique qui, malgré sa transparence, ne donnerait pas prise aux informations les plus importantes.

Grâce aux Centres d'Aptitudes, les Clandestins commençaient à réinvestir les villes que leur avaient volées les Ombres. Leurs ateliers avaient pris une tournure industrielle : des milliers d'heures de films fictifs étaient nécessaires au maintien des Centres d'Aptitude ; les véritables Reveries se fabriquaient en série ; les caméléons se multipliaient ; il fallait plusieurs centaines de personnes pour surveiller toutes les caméras de sécurité.

Les Alternautes. Tel serait le prochain nom des Clandestins. Les locaux, le site internet, les arguments contre le technomonde, tout fut préparé ; ils devaient pouvoir accueillir les personnes intéressées dans chaque ville où ils étaient implantés.

Le jour fatidique ne fut pas aussi trépidant qu'Émilie se l'imaginait. Les Masques, les Ombres et les Fantômes ne donnèrent aucun signe de vie. Plusieurs personnes s'inscrivirent sur leur site internet, et ils reçurent de nombreux appels. Au milieu de la mêlée du changement, d'autres groupes étaient apparus : les Alternautes devaient s'en distinguer, et Taméo avait personnellement composé le discours destiné aux nouveaux venus.

« Vous ignorez quoi, comment, où, pourquoi, mais quelque chose dans notre société vous dérange. Est-ce l'absence de réflexion et d'initiative ? L'absence de tout sentiment véritable ? Vous en avez assez de vous laisser dicter vos envies par votre Revery. Vous souhaitez voyager vers d'autres horizons ; c'est ce que les Alternautes vous proposent.

« Belles paroles, me direz-vous. Belles paroles, je n'en suis pas si sûr. Ce voyage ne vous emmènera ni dans l'espace, ni en croisière. C'est un voyage qui doit vous conduire à la vraie liberté. La liberté de choisir comment nous voulons mener nos vies... La liberté qui porte en elle le bien et le mal.

« Aujourd'hui, quelle que soit votre différence, la société vous envoie en Centre d'Apprentissage de l'Aptitude. Comme si l'être humain pouvait être réduit à ce simple mot. L'aptitude. Apte à s'oublier devant les jeux vidéo, apte à se droguer de Cinéma Immédiat, apte à ne plus lever les yeux de son Revery... Et si l'on vous déclare inapte, c'est que vous êtes apte à mourir.

« Est-ce ainsi que vous vous définissez ? Comme les cubes de ce *Tétris* que vous affectionnez tant ?

« Je ne suis pas un cube. Je veux parcourir le monde, relever de véritables défis, fonder une famille, loin de la sécurité du Revery. Je veux être tous les cubes à la fois.

« Quand cessent les jeux et les films, les clubs nature et les excursions, que reste-t-il ? À quoi sert notre vie ? Quel est le sens de notre existence ?

« Le bonheur, dira votre Revery.

« Mais quelle est la source de votre bonheur ? Qui vous rattache à la vie, quand vous êtes seuls ? Est-ce le Cinéma Immédiat ? Ou est-ce la réalité ?

« Je me bats pour que l'individualité retrouve ses droits. Je me bats pour avoir le droit d'exister !

« Rejoignez les Alternautes, et regagnez votre liberté.

« Rejoignez-nous, et redevenez vous-mêmes.

« Rejoignez-moi, et redonnez un sens à votre vie ! »

Taméo utilisait un caméléon pour incarner le meneur du mouvement. Une identité anonyme, dans le passé de laquelle les Masques ne trouveraient aucune information compromettante. Déguisé en Lindor, rajeuni, embelli, il était méconnaissable. À

424

tout cela, il ajouta un appât de taille : aucun point n'était exigé pour adhérer au mouvement. Un simple enregistrement, et la promesse d'être là le jour où les Alternautes descendraient dans la rue.

Émilie et ses compagnons poursuivaient les Fantômes à travers le monde. Les Ombres ne leur apprenaient plus rien : elles multipliaient les tentatives d'infiltration infructueuses, et n'étaient pas en contact avec leurs supérieurs. Les pistes de Taméo incluaient des immeubles de la Cifu et de la Cimer, et d'une dizaine d'autres villes. Invisibles lilliputiens ailés, Galatée, Émilie, Narga, Italy, Cosme, Lilas, Aveline, Elyo, Aurore et Capucin pouvaient facilement se glisser dans les Centres de Téléportation, et rejoindre ces repaires supposés : chaque jour, ils rendaient à Léonard un compte rendu de leurs excursions.

Pendant plusieurs semaines, leurs efforts restèrent vains. En parallèle, le mouvement alternaute prit de l'ampleur. Les appels et les adhésions se multipliaient. Quand les Alternautes eurent dépassé le million, Taméo révéla la date de leur première manifestation, dans l'espoir que les Fantômes se montreraient.

Enfin, une semaine avant le jour fatidique, ils apparurent. Des silhouettes rigoureusement identiques, qui entrèrent les unes après les autres dans le bâtiment qu'Émilie espionnait. Qui d'autre qu'un Fantôme aurait pu recourir à une telle dissimulation ?

Émilie les suivit jusqu'à une salle de réunion au sommet de l'immeuble de la Cité des Merveilles. Dans ses oreilles, les perles noires lui indiquaient que des Fantômes avaient également fait leur entrée dans cinq des dix autres villes surveillées par ses compagnons.

Les murs qui entouraient la salle de réunion se transformèrent en écran, et les Fantômes des autres villes apparurent. Les pièces n'en formaient qu'une, salle de réunion universelle où tous les participants avaient le même visage et la même voix. En tout, ils devaient être plus de 1000.

« Agents, commença un Fantôme, il faut prendre une décision. Dans une semaine, plus d'un million de ces Alternautes seront dans les rues de la Cifu. Si nous additionnons toutes les manifestations prévues dans les autres villes, cela représente trente millions de personnes.

– Leur chef, qui se fait appeler Lindor, n'est autre que le criminel Alexandre Derek, enchaîna un autre Fantôme. Âgé de 59 ans, l'un des premiers Absolus, gamin perturbateur, meneur naturel, passionné par les films et les jeux de guerre. Après avoir reçu son Revery, il s'est consacré à de nombreux jeux de rôle, en ressortant toujours avec les meilleurs scores. À l'époque, les robots soldats n'étaient pas encore au point : on lui a proposé d'œuvrer dans la sécurité. Il allait accepter, quand la rebelle Antonia Syria, éliminée voilà bientôt deux ans, est venue vers lui et l'a converti. Aucune certitude ici, puisqu'elle n'est pas passée par des moyens de communication classiques. Un an plus tard, elle manquait de mourir en accouchant. Étant inapte, elle avait refusé de se rendre au CES. L'enfant n'a pas survécu. Enragé, Alexandre Derek a fait exploser le CES de la ville n°45, zone A, tuant 263 personnes dont 189 nourrissons. À la suite de cet acte terroriste, Antonia Syria a disparu. Derek a passé toutes les années qui ont suivi à unifier et perfectionner le mouvement rebelle. Une vingtaine d'années après le CES, il s'est attaqué au CASS, avec les résultats que l'on sait. L'attentat du CASS a déclenché une vague de haine contre les inaptes, et par conséquent une adhésion massive au système CASS. Malgré nos efforts, nous n'avons pu découvrir comment Alexandre Derek a pu réunir assez d'individus pour lancer les Alternautes. Tous les CASS fonctionnaient à plein régime il y a encore six mois…

– Mais le Corvati a eu un problème, interrompit une voix identique. Pendant cet orage anormal, nous avons cessé de recevoir des nouvelles. Les agents que nous avons envoyés là-bas ne sont jamais revenus ; une fois l'orage terminé, plusieurs autres agents s'y sont rendus, et n'ont rien détecté d'anormal. Les agents de niveau deux ignoraient ce qui était arrivé à leurs collègues. Nous avons perdu trente agents, et personne n'a pu fournir la moindre explication. Ils semblent s'être évaporés en tentant de se téléporter.

– Puisque le sujet en est à l'étrange, dit une autre voix, vous vous souvenez de la disparition inexpliquée d'un petit groupe de rebelles, à l'Everest ? Nos caméras ont filmé autre chose. Voyez. »

La même vidéo surgit sur tous les Reveries.

Un homme marchait de nuit, d'un pas pressé que ne ralentissait pas l'écran projeté devant lui. Sa mine fermée, son visage sérieux, son costume de travail sobre, tout cela l'aurait distingué des passants s'il y en avait eu... Et le désignait comme Masque. L' « autre chose » se produisit en quelques secondes. Une voix flutée, sortie de nulle part, résonna dans la rue.

« Tu n'aurais pas dû l'envoyer dans ce Centre d'Apprentissage de l'Aptitude. Tu t'es comporté comme un chien... Tu mérites à peine de devenir sa proie ! »

Le Masque s'immobilisa. Ses oreilles s'allongeaient, des poils recouvraient son corps, il rapetissait... Les perles de son Revery tombèrent au sol. Un lapin blanc s'échappa de sa pile de vêtements pour se perdre dans une rue adjacente.

Un silence pétrifié suivit la diffusion de l'enregistrement. Pour la première fois, le visage des Fantômes trahit l'ombre de leur personnalité. Certains n'exprimaient que la peur, tandis que chez d'autres elle le disputait à la fascination. Les questions fusèrent de tous les écrans.

« Où cela s'est-il passé ?

– Zone C, ville n°33. Le périmètre a été clôturé et fouillé, en vain. Le Revery et les vêtements de l'agent ont été retrouvés, mais aucune trace de la chose qui l'a transformé. Le lapin a été capturé. Il se terre actuellement dans sa cage et ne manifeste aucun signe d'intelligence. D'après les statistiques, il est même plus craintif que la plupart de ses congénères.

– Mais c'est impossible !

– Cela ne peut pas être possible. C'est scientifiquement irréalisable... Comme cette disparition à l'Everking.

– Les rebelles sont peut-être en cause...

– Bien sûr que non ! Comment auraient-ils les moyens d'accomplir quelque chose de la sorte ?

– Cela ne peut pas être une animation ?

– Et le lapin ? Nous l'aurions vu, si quelqu'un s'était mis en tête d'aller débusquer un lapin, et de le relâcher en ville.

– Quant à la disparition de l'Everking, nous avions capturé une rebelle, qui est morte pendant l'orage. D'après les rapports des agents disparus, ses déclarations ont évolué pendant sa captivité. Elle a d'abord parlé d'une téléportation avancée, et c'était déjà difficile à croire. Puis elle a évoqué la magie, des créatures nommées sirènes, une histoire abracadabrante sur un cimetière de bateaux, et comment ces créatures avaient donné aux rebelles un prototype d'arme de destruction massive. Elle parlait d'instructions de montage déguisées sous la forme d'un poème.

– Et la disparition à l'Everking ? Comment l'expliquait-elle ?

– Elle ne savait rien. Elle a dit que tout était dans les vers prononcés par la petite, que c'était un langage codé pour la téléportation. Même sous la torture, elle n'a rien ajouté de concluant. Elle est revenue à son histoire de magie, et disait qu'elle ne comprenait pas. Nous avons essayé d'infiltrer les rebelles pour en apprendre plus, mais toutes nos tentatives se sont soldées par un échec. Derek et ses sbires semblent avoir disparu de la surface de la terre ; Lindor et les Alternautes obstruent toute avancée. Avec ce nouvel incident, nos technologies semblent avoir été dépassées…

– Et s'il ne s'agissait pas de technologie ? Ce n'est pas pour rien que le Maître nous a enseigné la lecture. Nous sommes la mémoire de ce monde : nous avons accès aux Archives. »

Le Maître ? Les Archives ? De quoi parlaient les Fantômes ?

« Il y a là-bas des écrits irrationnels. Certains mentionnent ce que nous venons de visionner, ce qui s'est produit sur l'Everking… Ils lui donnent le nom de magie. Le même nom que celui employé par la femme rebelle. Un mot que personne n'est plus censé utiliser. »

Écrits ? Les Fantômes savaient donc *lire* ? Ils étaient au courant de l'existence de la magie avant de capturer Lilas… Mais ils n'y croient pas, se rassura Émilie. Ce sont d'autres avant eux, avant nous, qui l'ont écrit… Ceux qui vivaient aux premiers temps d'Avalon ?

« C'est absurde. La magie n'a aucune raison d'être scientifique. Il est impossible aussi bien de l'expliquer que de la reproduire, ou même de prouver son existence.

– Ce que nous venons de voir va à l'encontre de ce constat. Nous avons mené toutes les expériences possibles. Aucune, physique ou chimique, n'a pu rationnaliser cet enregistrement. C'est de la métamorphose ! Avec leurs moyens limités, il est rigoureusement impossible que les rebelles aient pu développer une telle arme. L'explication la plus logique veut que cette conséquence inexplicable ait la seule cause inexpliquée qui demeure encore : la magie. C'est elle que les rebelles seront allés chercher sur l'Everest, et qui leur aura permis de devenir les Alternautes…

– Mais cela n'obéit à aucune loi ! Pourquoi cette fameuse magie réapparaîtrait-elle des siècles après que l'homme ait cessé d'y croire ?

– Ce n'est ni le temps ni le lieu de nous consacrer à ce débat. Le Maître est informé et n'a pas encore pris de décision.

– Sait-on qui a transformé l'agent en lapin ?

– La voix a été localisée sur le balcon de cet appartement, à droite, dans la zone la plus sombre. À force de grossir et d'éclaircir l'image, voici ce à quoi nous sommes parvenus.

Émilie sourit quand les Reveries affichèrent l'image d'un singe noir, de la taille d'une main, assis au coin d'un balcon, fixant le Masque avec une expression bizarrement humaine.

« Quelle est cette chose ?

– Nous l'ignorons. C'est le seul être vivant détecté dans le périmètre. Vous le voyez sourire au moment de la transformation, avant de s'enfuir.

– Il n'a pas été retrouvé ?

– Non. Trop petit, trop sombre et trop rapide pour être suivi en pleine nuit. Et… Il a changé de forme. Il s'est transformé en libellule noire pour partir.

– Ces événements sont-ils vraiment liés aux rebelles ?

– Il s'agit plus d'une intuition que d'une preuve.

– La manifestation a lieu dans une semaine. Le Maître est-il toujours déterminé à l'ignorer ?

– Les décisions du Maître ne se questionnent pas. Pour l'heure, il nous charge d'endiguer les vidéos douteuses, et de préparer les robots soldats au cas où les manifestations déborderaient. »

Ces mots marquaient la fin de la réunion, et les Fantômes quittèrent le bâtiment. Émilie avait eu tout le temps nécessaire pour poser ses dix mouchards sur chacun d'entre eux ; pour plus de sûreté, Elyo, Capucin et Aurore décidèrent d'en suivre trois autres. Tous se lancèrent dans un conciliabule animé via Revery.

« Ils connaissent la magie ?

– Ils savent *lire* ?

– Je l'ai vu sur leur Revery, il y avait du texte… Du texte, vous vous rendez compte ? Avec un clavier holographique ! Ce n'est pas possible…

– Comment allons-nous espionner leurs échanges ?

– C'est quoi les Archives ? De quoi parlaient-ils ?

– Nous devons avertir Taméo.

– Vous pensez que c'est lui, Alexandre Derek ?

– Si c'est lui, il a tué plus de 200 personnes, dit sombrement Lilas. Vous vous rendez compte de ce que cela veut dire ?

– Et Antonia Syria, ajouta tristement Émilie, je suppose qu'il s'agit d'Antonie ?

– Nous n'avons pas à les juger, commenta Cosme. Ils se sont battus, chacun à leur manière…. À leur place, je ne sais pas ce que j'aurais fait.

– Tu n'aurais pas fait exploser le Centre de Soins et tué des centaines de personnes qui n'étaient pour rien dans ton malheur ! s'emporta Lilas. Rien, absolument rien, n'excuse ce terrorisme.

– Nous devons rentrer, souligna Italy. Taméo doit être informé de tout ce que nous venons d'entendre. »

Ils coupèrent la communication et amorcèrent le retour vers la Cité du Futur.

Taméo fut très satisfait de leur rapport ; cependant, à la mention des Archives et de l'écriture, sa mine s'assombrit.

« Dans ma jeunesse, quand j'ai travaillé en tant que Masque, les Clandestins m'avaient chargé d'enquêter sur les Archives. Il s'agit d'un lieu hautement sécurisé, dont seuls les Fantômes connaissent l'emplacement. D'après ce que vous dites, il semblerait qu'il renferme des livres. Du moins, des textes qui mentionnent la magie…

– Des objets interdits et des sujets oubliés, résuma Italy. Cela m'a tout l'air d'appartenir au passé. La salle du passé, voilà ce que seraient les Archives… Et les Fantômes sont chargés de couper le monde de son passé.

– Vous devez en apprendre davantage, reprit Taméo. Sur les Archives et sur ce Maître. Puisque nous ne pouvons pas surprendre leurs messages, il faudra poser le plus de mouchards possibles sur eux. Quant à cette vidéo, nous devons faire croire aux gens que ce sont des animations. Ainsi, les Fantômes passeront pour des affabulateurs.

– Pourquoi ne pas dire la vérité ? lança Lilas.

– Parce qu'elle est indéfendable. Cela créerait une vague de panique…

– Cela causerait quand même moins de dégâts que l'explosion d'un Centre de Soins, non ? »

Pâle, les yeux fixes, Taméo semblait avoir été pétrifié par le chant des sirènes.

« Vous ne le niez pas ? reprit Lilas. Vous êtes bien Alexandre Derek ?

– Il est aussi Taméo, intervint Cosme. Taméo qui a perdu son enfant. Taméo qui lutte pour notre liberté à tous.

– Il ne se passe pas un jour sans que tous ces hurlements résonnent dans ma tête, soupira Taméo. Le plus puissant est celui d'Antonia. Qui manque de mourir en donnant la vie, et qui la reprend malgré elle. Dans la plus atroce souffrance… Comment aurais-je pu rester, et affronter son regard ? Nous voir ravivait à chaque instant l'absence de l'enfant qu'elle portait. J'ai détruit ce Centre de Soins… J'étais enragé. Puisque mon enfant ne vivait pas, il me semblait qu'aucun autre ne le devrait. Je voulais frapper au cœur du système. Cela n'a soulagé ni ma haine, ni mon chagrin… J'aurais fait disparaître la ville, le monde entier si j'avais pu. En voyant le regard horrifié d'Antonia, en entendant tous ces cris, j'ai vu mon erreur, ma folie. J'ai juré qu'un jour, cela n'aurait plus lieu d'être. Antonia a compris pourquoi je partais. Nous avons toujours poursuivi le même but : la liberté de penser, de s'exprimer, de vivre comme nous l'entendions. Cette liberté que nous devons regagner. Mais les passions des peuples sont si inconstantes… Les Alternautes manifesteront la semaine prochaine. Notre preuve sera l'absence de tous ces êtres chers, qui disparaissent s'ils commettent le malheur d'aimer leur enfant, leur moitié, leur parent, leur monde, leur vie. Je n'ai pas la présomption de croire à ma propre éternité : si ce jour doit être le dernier, la suite sera assurée par d'autres que vous. Vous êtes libres d'agir comme bon vous semble. Votre aide m'a déjà été précieuse. Mais vous savez comme moi que vous ne retrouverez pas une existence normale tant que le système tiendra. »

Taméo échangea un long regard avec chacun de ses interlocuteurs. Émilie y lut une promesse, et le gouffre d'une tristesse que rien ne comblerait.

◆

La manifestation eut lieu une semaine plus tard. Lindor à leur tête, les Alternautes brandissaient des slogans holographiques plus aguicheurs les uns que les autres, scandant des idéaux universels. Tandis que Galatée assurait la protection de Lindor, d'autres nymphes et génies, réapparus pour l'occasion, se répartissaient aux points stratégiques de la ville, prêts à intervenir en cas de besoin.

Émilie et ses compagnons s'étaient dispersés pour suivre les Fantômes. Stationnée avec Aveline sur deux Fantômes des plus rébarbatifs, elles attendaient dans l'immeuble de la Cité du Futur. Elles suivaient les deux Fantômes depuis trois jours, et n'avaient encore rien pu apprendre d'eux.

La manifestation se déroulait en plein cœur de la ville, sur une avenue très fréquentée. Des badauds s'y joignaient, d'autres s'empressaient de rentrer chez eux, certains lançaient des insultes. Bientôt, les écrans géants qui recouvraient les immeubles affichèrent un visage familier.

« Jean ! » s'exclama Émilie, que sa taille rendait inaudible par tout autre qu'Aveline.

Elles assistaient à la scène depuis l'épaule du Fantôme.

« Aveline, nous devons le trouver ! C'est lui qui nous a trahis, c'est à cause de lui que Cerise, Antonie et les autres sont morts. Je croyais qu'il n'était qu'une Ombre… Il faut que nous sachions quel est son véritable rôle.

– Mais il pourrait être n'importe où !

– La plus grosse manifestation est à la Cité du Futur. Il est sûrement là-haut, prêt à donner des ordres aux Fantômes quand il aura fini de parler ! À sa place, c'est ce que je ferais. Viens, allons vérifier !

– Et les Fantômes ?

– Laisse-les. Ils ont un mouchard, et Jean est beaucoup plus important qu'eux. »

Elles atteignirent la salle de réunion du dernier étage, et le cœur d'Émilie manqua un ou deux battements lorsqu'elle se sentit traversée par les ondes de la voix de Jean. Leur petite taille rendait le moindre souffle d'air pareil à une tornade, mais la rage que ressentit Émilie en retrouvant l'homme à l'origine de tant d'atrocités lui ôta toute peur. Elles se précipitèrent dans l'une des poches de sa veste blanche. Comment avait-il pu contacter les Fantômes sans que personne ne s'en aperçoive ?

« En nous cachant ici, nous ne le perdrons pas, fulmina Aveline.

– Mes chers amis, commentait Jean. Que faites-vous dans la rue, aujourd'hui ? Je vois vos revendications, et je ne les comprends pas. N'êtes-vous pas déjà libres ? Libres de vivre comme bon vous semble ?

– 'Sans Revery, c'est tout droit au paradis !' résonna une voix.

– Peut-on savoir qui vous êtes ? lança Lindor. De quel droit nous répondez-vous ?

– Je me nomme Jean. J'ai été choisi au hasard pour vous répondre, parmi des milliers d'autres.

– Qui t'a choisi ? demanda un inconnu.

– Menteur ! cria un autre.

– Le hasard m'a désigné.

– Quel hasard ? Toute notre vie est contrôlée !

– Vous semblez dire que l'on vous force à accepter le Revery, reprit Jean. Mais l'un de vous a-t-il à se plaindre d'avoir suivi cette recommandation ? »

Un brouhaha confus s'ensuivit. La voix de Lindor domina les autres.

« Où vont ceux que le Revery n'intéresse plus ? Ceux qui rêvent d'aventure et d'amour ? Nombreux sont ceux qui manquent à l'appel.

– Qui êtes-vous pour parler en leur nom ?

– Comme vous, je ne suis qu'un parmi tant d'autres.

– Mes chers amis, vous revendiquez des principes que nous partageons tous. S'il est arrivé à l'État bienveillant d'interférer avec vos liens affectifs, c'est parce que leur excès vous conduisait aux portes de la violence. Qui peut prétendre désirer la violence ? »

Nouveaux éclats de voix.

« Sachez que la paix demande une vigilance constante. Un sacrifice que des hommes courageux consentent, pour que les autres soient libres. Explorez, vivez, mais ne vous laissez pas aller à un débordement qui ne pourrait que nuire ! L'excès mène à l'inaptitude. L'inaptitude est malheur.

– Où est mon frère ? hurla une femme dont le cri fut repris par la foule.

– Où est John ?

– Où est Ralph ?

– Qu'avez-vous fait de Jessie et Joyce ?

– Qu'est devenue Laura ?

– Mon fiancé ?

– Je veux revoir Imelda !

– Rendez-moi mon enfant ! »

Il semblait que chacune des personnes présentes s'était vue déposséder d'un proche.

« Nous n'avons pas besoin de vos robots espions, tonna Lindor. Nous voulons vivre comme nous l'entendons !

– Vous estimez pouvoir vous passer de Disalis et de Divêtis ? siffla Jean, et la foule se tut. Que croyez-vous ? Que je parle sans savoir et sans connaître ? J'ai aimé mes parents, ma femme, notre enfant. Mon Revery me permettait de rester proche d'eux même au loin. Je ne les quittais pas. Que s'est-il passé ? Un autre homme convoitait ma femme ; il s'est laissé envahir par la jalousie. Mes parents m'aimaient trop, et ne voulaient pas me voir quitter leur foyer. Nous avons surprotégé notre enfant, et en avons fait un être craintif. Je refusais d'admettre tout ceci, et l'orgueil a pris possession de moi. Résultat ? Le jaloux a tué mon épouse. J'ai brisé le cœur de mes parents étouffants en les désertant. Mon fils a eu si peur de tout cela qu'il est devenu muet, ne me laissant d'autre choix que de l'envoyer en CASS. Mais il était trop atteint pour guérir… »

La voix mélodieuse de Jean se brisa. Émilie se serait presque laissée prendre au jeu, si le tir mortel qui avait prit la vie d'Antonie et de Michèle ne résonnait encore à ses oreilles.

La foule restait muette cependant, sous le charme de cet homme qui semblait avoir tant souffert.

« J'ai compris mes erreurs, continua Jean après une pause dramatique. J'ai compris pourquoi l'État se battait, et je l'ai soutenu de tout mon être. Peut-être comprendrez-vous aussi ?

– Vous croyez donc que nous sommes stupides au point de commettre vos erreurs ? »

La voix de Lindor, impitoyable, brisa le silence qui pesait sur la multitude.

« J'aurais pu élever ma fille, ajouta-t-il, si elle n'était pas morte à cause de vous.

– Mon fiancé n'était pas dangereux ! hurla une nouvelle voix.

– Le mien non plus !

– Je n'aurais jamais fait de mal à Peter ! »

Les cris repartirent de plus belle, avec une orientation générale sur laquelle Jean ne pouvait se méprendre.

« Je vous souhaite tout le bonheur possible, murmura-t-il au-dessus du brouhaha. Votre attitude vous condamne au pire… Ne m'oubliez pas quand se produira l'inévitable. »

La communication fut coupée et Jean se leva. Il ouvrit une porte que les visites d'Émilie et d'Aveline ne leur avaient pas donné l'occasion de découvrir. Une lumière blanche aussi soudaine qu'imprévue les aveugla… Jean se remit à marcher.

« Une cabine de téléportation, » souffla Émilie.

Ils se trouvaient dans un bâtiment sombre. Au milieu d'un couloir sans fenêtre, éclairé au néon, qui donnait sur d'innombrables portes... Émilie perdit le compte des corridors qu'ils traversaient. Même le Centre d'Aptitude paraissait petit, en comparaison de ce labyrinthe de ténèbres.

Jean entra dans une salle imposante. Une cinquantaine de Fantômes y siégeaient, installés autour d'une immense table ronde. Le cœur d'Émilie fit un bond dans sa poitrine. Comment cela était-il possible ? Elles avaient laissé leurs Fantômes dans l'immeuble… Émilie alluma son Revery. Écran noir… Jean s'assit sur le fauteuil restant.

« Nous suivrons le même mode opératoire que la dernière fois, commença-t-il sans préambule. Derek ne me laissera pas prendre prise sur eux. Ils semblent aussi fous les uns que les autres, et leur nombre continue de croître.

– Nous les diviserons. Un mort ici, un cadavre là, ce sera la guerre. Ils vous imploreront d'intervenir.

– Qu'en est-il du lapin ? demanda Jean. A-t-il repris forme humaine ? Avez-vous retrouvé la trace de la chose qui l'a transformé ?

– Non. Nous avons parcouru les Archives à la recherche d'une solution, en vain.

– Vous devez absolument résoudre ce problème, et vous assurer que nous le contrôlons. Transformer ces inaptes en lapins, voilà qui résoudrait tous nos soucis… Quant aux CASS, je soupçonne une infiltration massive. Nous devons découvrir comment tout cela a été rendu possible ; vingt d'entre vous vont se faire passer pour des inaptes et être envoyés en CASS. C'est encore le meilleur moyen d'être fixé. Nous devons infiltrer les Alternautes : capturez-en, emparez-vous de leur Revery, torturez-les. Que toutes les forces armées se concentrent sur la surveillance des Alternautes. Une fois la panique bien engagée, nous ferons exploser les CASS, les CES, les CED, les CEL… L'affolement est notre meilleur allié. »

L'ombre d'un sourire s'esquissa sur le visage de Jean.

« Ne vous défaites jamais de vos caméléons. J'ai le pressentiment que nous avons bien fait de déguiser des agents de niveau deux, pour la réunion de la semaine dernière… »

Émilie se figea. Des agents de niveau deux… Des Ombres ?

« Ils viennent d'être analysés. Ils portaient des mouchards microscopiques. Nous devons savoir à quel moment les rebelles les ont posés.

– Et comment ils ont pu en fabriquer d'aussi petits. »

Jean allait poursuivre, quand Aveline emporta Émilie avec elle.

« Aveline, que… »

Mais la dryade l'avait déjà posée contre un mur, et privée de ses ailes. Sous les yeux pétrifiés d'Émilie, Aveline se mit à grandir. Grandir au-delà de tout ce qu'elle l'avait vu faire. Elle se changeait en l'un de ces animaux inventés par Avalon en des temps reculés. Une créature d'un noir d'encre. La peau lisse comme une carapace de scarabée. Une queue immense, recourbée, qui se terminait en dard. En guise de visage, des crocs acérés. Des yeux rougeoyants, huit pattes velues, et une paire des pinces gigantesques. Haut de plus de trois mètres, l'animal emplissait toute la pièce.

C'était un scorpion géant. Une chimère…

L'effroi d'Émilie n'était rien comparé à la terreur qui pétrifiait les autres spectateurs. Jean tremblait.

Aveline ne leur laissa pas le temps d'esquisser un geste. Avec des claquements assourdissants, elle noya ses adversaires dans une marée de venin acide. Les hurlements fusèrent de toutes parts, et ce fut le chaos. Dans un élan désespéré, les Fantômes se précipitèrent sur le monstre. Quand ils ne furent pas broyés entre ses pinces, le scorpion transperça leur corps de son dard fulgurant. Le sang jaillissait en fontaine, et les morts tombaient par dizaines au milieu de craquements sinistres. Le dernier Fantôme s'était à peine tu qu'Aveline poussa un cri de douleur. Un souffle brûlant projeta Émilie contre un mur. Nouveau hurlement, le bruit de pas qui fuyaient en courant.

Émilie se sentit grandir. À côté d'elle, le scorpion disparaissait pour laisser place à la dryade, qui s'effondra sur le sol.

« Aveline ! »

Un liquide rouge coulait hors du cœur de la dryade.

« Ils nous ont bien eus, murmura Aveline. On ne pouvait pas les laisser, alors qu'ils étaient tous là… Taméo sera content.

– Tu n'aurais pas dû… Nous pouvions attendre les autres… Il faut trouver un elfe… »

– Il est trop tard. Souviens-toi, les nymphes aussi peuvent mourir. Jean savait où viser… Je regrette seulement de ne pas l'avoir tué.

– Aveline… »

Émilie ne put retenir ses larmes. Le corps de la dryade se métamorphosait sous ses yeux. Il brunissait et se craquelait, comme de la terre sèche. Elle sentit la main rugueuse de son amie se poser sur sa joue.

« Merci, Émilie. J'ai été heureuse de faire ta connaissance. À bientôt.

– Non ! Aveline, non ! Ne pars pas ! Aveline… »

Mais il était trop tard. Le visage de la dryade était devenu sable.

Aveline demeura figée quelques secondes…. Puis la fragile statue de terre s'écroula sur elle-même.

Émilie pleura longtemps.

Recroquevillée, elle restait assise à côté de ce qui fut Aveline, le visage plongé dans ses bras.

Elle refusait de penser. Elle ne voulait pas continuer. Taméo, les Alternautes, les Clandestins, à quoi bon ? Un jour, elle n'existerait plus. Aveline… Rien, rien, rien n'importait. Aveline…

Ce fut son odorat qui la tira de sa torpeur. La pièce empestait le sang et la chair brûlée. Les murs suaient la mort. Émilie essaya une nouvelle fois d'utiliser son Revery. En vain. Le réseau ne passait pas…

Elle se défit de sa veste pour en faire sac, où elle recueillit la terre qui restait d'Aveline. Bien qu'elle se rendît compte de l'absurdité de son geste, elle ne pouvait se résoudre à l'abandonner.

Les brûlures de Jean le tiendraient à l'écart un moment, mais il finirait par revenir… Comme si cela remontait à un siècle, Émilie se souvint des paroles de l'un des Fantômes, qui avaient provoqué en elle cette excitation que l'on ressent en trouvant la pièce manquante d'un puzzle.

« Nous avons parcouru les Archives à la recherche d'une solution. »

Émilie ouvrit une porte au hasard. Nouveau couloir. Porte. Couloir. Porte. Couloir. Couloir. Porte. Couloir. Porte. Couloir. Porte. Porte.

« Viens, Aveline, dit-elle pour se donner une contenance. J'aimerais vérifier quelque chose… »

Elle s'interrompit en ouvrant ce qui lui paraissait être sa centième porte. Elle resserra son emprise sur sa veste, si fort qu'elle en avait mal à la main.

Des livres. Des centaines de livres. Dans les murs, dans le sol, protégés de la poussière par des vitres d'une propreté immaculée. Comme l'Âme de l'Art chez les sirènes.

Des livres blancs, bleus, rouges, jaunes, verts, des petits, des grands, des moyens, des épais, des si fins qu'on les discernait à peine. Émilie était incapable de lire les écritures sur leur dos. Elle appuya sur un bouton à côté d'une vitrine ; la plaque transparente coulissa et elle saisit un livre au hasard. Le velours de ses feuilles, le claquement léger des pages que l'on tourne, l'odeur de mystère, la beauté simple de l'objet. Tout contrastait avec le froid lisse, l'odeur aseptisée, les bruitages irritants, la dureté d'un Revery.

Émilie s'enivra de son trésor. Elle allait le remettre à sa place, quand l'idée la traversa de le garder. Après tout, qui s'en souciait ? L'endroit était désert, et ses visiteurs habituels, morts. Émilie le mit dans sa veste. Cela ferait de la compagnie à Aveline… Que signifiaient les lettres sur la couverture ?

La vitre se referma automatiquement, et Émilie poursuivit son chemin. Elle se délectait de ce qu'elle voyait, déterminée à graver les mots dans sa mémoire jusqu'à ce qu'elle puisse les déchiffrer. Elle se retrouva bientôt à l'entrée de la pièce.

Alors qu'elle hésitait à refermer la porte, elle remarqua que des signes identiques à ceux des livres y étaient gravés. Il y en avait aussi sur les portes voisines, légèrement différents. Ainsi l'endroit ne constituait-il un labyrinthe que pour ceux qui ignoraient l'art de la lecture… Soit la totalité des êtres humains, à l'exception de Jean et des Fantômes disparus.

Émilie poussa un soupir de découragement devant l'ampleur de la tâche qui l'attendait. Elle n'avait pas la moindre idée du chemin qui la ramènerait à la cabine de téléportation, et n'aurait même pas su retourner à la salle de réunion. Elle ralluma son Revery… Rien. Personne ne savait qu'elle était ici. Ses amis ne disposaient d'aucun indice pour la retrouver… Ils avaient dû se rendre compte de la supercherie de Jean, à présent. Mais cette prise de conscience ne la sauverait pas…

Émilie opta pour une exploration méthodique du lieu, dont elle était certaine qu'il s'agissait des Archives. À défaut d'autre moyen pour marquer son passage, elle laissait ouverte chacune des portes qu'elle traversait ; la multitude et la variété des signes tuaient dans l'œuf toute tentative de mémorisation.

À son grand soulagement, une certaine logique demeurait dans ce désordre apparent. Il y avait une fin aux dédales de couloirs. Les portes voisines de la salle emplie de livres donnaient sur des pièces similaires, sauf une qui s'ouvrait sur un nouveau couloir.

Émilie se gorgea de ces dédales de papier, jusqu'à ce que la faim et la soif la rappellent à des recherches plus urgentes. Nouvel enchevêtrement de couloirs et de portes. Nouvelles suites de livres. Ce dédale semblait n'avoir pas de fin. Émilie ne se perdit plus en vaines explorations. Elle se contentait d'un coup d'œil à chaque pièce, et priait pour que le hasard la conduise à la cabine de téléportation.

Au bout de ce qui lui parut des heures, Émilie tenait à peine sur ses jambes. La gorge complètement asséchée, elle se demandait si elle parviendrait à parler. Elle choisit de ne pas gaspiller sa salive à essayer. Faute d'alternative, elle s'enferma dans une énième salle remplie de livres, entre deux rayons éloignés de l'entrée, et s'endormit à même le sol.

Elle vit Aveline en rêve, et s'efforçait de la retenir alors qu'elle lui était arrachée, engloutie par l'obscurité. Jean apparaissait, et la fixait froidement. Elle tentait de fuir dans les ténèbres : toujours, il lui barrait la route. Le désespoir criait en elle…

Lorsqu'elle s'éveilla, les larmes aux yeux, Émilie tremblait de froid, recroquevillée contre une étagère. La faim la rongeait, et sa gorge la brûlait.

Elle se remit en route, ses pensées tournées vers un seul objectif : sortir vivante de cet endroit.

Mais porte après porte, couloir après couloir, les allées de livres se succédaient inlassablement. Émilie était certaine de ne pas tourner en rond. À défaut de comprendre les mots, elle mémorisait les couvertures les plus remarquables à l'entrée de chaque salle, et elle n'avait pas encore croisé deux fois le même livre.

Elle ne céderait pas au désespoir. Pas tant qu'elle aurait la force de continuer.

Lorsqu'elle s'écroula à la fin du deuxième jour, ce fut avec une faible satisfaction qu'elle constata que les livres avaient gagné en ancienneté par rapport à la veille.

Elle dormit mal. La faim et la soif le disputaient à l'épuisement, et empêchaient son corps tiraillé de trouver le repos.

À son réveil, elle s'abstint avec difficulté de goûter à un livre.

Elle ne se donna pas la peine d'ouvrir les portes ce jour-là. Tout juste vérifiait-elle que l'une d'entre elles protégeait bien des objets de papier, avant de procéder à un nouveau couloir.

Bien que cela lui demandât une énergie supplémentaire, elle gardait avec elle les restes d'Aveline et le livre volé. Il lui déplaisait de les abandonner en cours de route. Si elle devait mourir dans ce labyrinthe oublié, au moins ne serait-elle pas seule.

◆

Le jour de son quatrième réveil, Émilie fit une découverte qui l'aurait emplie d'excitation, s'il lui était resté assez d'énergie. Une des portes qu'elle ouvrit ne donnait pas sur des livres, mais sur une salle d'ordinateurs. Dix ordinateurs, suffisamment récents pour passer inaperçus hors des Archives.

En examinant le reste de la pièce, Émilie se corrigea. Dix écrans, et des dizaines d'ordinateurs, immenses, comme on n'en faisait plus depuis très longtemps, avec une tour centrale séparée de l'écran. Des mètres et des mètres d'acier, qui renfermaient une quantité colossale de données.

Elle jeta un coup d'œil dans quelques salles voisines, labyrinthes de tours centrales, le temps de s'assurer qu'elles comportaient toutes des écrans... Et des claviers.

Elle allait enfin savoir ce qui se passait hors de ces murs, et pourrait peut-être contacter quelqu'un... À cette pensée, son cœur s'emballa.

Elle alluma l'un des écrans... Et se retint de pousser un cri de déception. Ces ordinateurs ne fonctionnaient pas en commande vocale. De tels appareils n'existaient plus dans le commerce depuis des dizaines d'années...

Émilie pleura de rage et de frustration. Du texte, encore du texte, toujours du texte ! Elle cliqua sur une icône au hasard, et de nouveaux textes s'affichèrent. Cette souris n'était vraiment pas maniable, il lui paraissait tellement plus simple de parler, et d'ouvrir des fenêtres d'un simple regard !

Elle donna en vain un ordre à l'ordinateur, puis quitta la pièce. Elle se sentait faible, glacée. Les ordinateurs la réchauffaient, mais aujourd'hui serait sa dernière exploration. Ses jambes la soutenaient à peine, elle n'aurait pas la force de continuer une autre journée...

Elle ne s'attendait pas, cependant, à ce qu'aux écrans succèdent des objets.

Des sculptures et des peintures, entreposées dans des allées de pierre grise.

À l'exception des trésors des sirènes, c'étaient les plus belles œuvres qu'Émilie eût jamais vues. Il lui plairait de fermer les yeux sur une telle vision...

Toute peur envolée, elle ressentait une paix profonde. Peut-être était-elle trop épuisée pour disperser de l'énergie en vaines inquiétudes.

Elle s'installa aussi confortablement que possible, au milieu des statues à la peau pâle, sous des tableaux aux couleurs chatoyantes.

Les personnages de marbre la dépassaient d'une bonne tête.

À sa gauche, un homme nu implorait le ciel, un genou en terre, les mains tendues vers un dieu auquel plus personne ne croyait depuis longtemps.

À sa droite, une femme dansait, gracieuse, et il lui semblait qu'elle s'animerait d'un instant à l'autre pour fuir l'obscurité, aussi légère qu'un souffle d'air.

Alors les épaules de l'homme trembleraient, puis il s'effondrerait, écrasé par la solitude.

En face d'elle, un homme et une femme, les mêmes peut-être, en un autre temps, s'embrassaient, s'abandonnant l'un à l'autre.

Était-ce ainsi que Cosme et Ania, Italy et Lilas, ses propres parents se comportaient l'un envers l'autre ? Comme dans les films ? Comme dans cette sculpture ?

Mais, songea-t-elle, les films ne prônent pas ce genre d'amour. Il est beaucoup trop fort.

C'est au milieu de ces réflexions qu'Émilie sombra dans l'inconscience. Elle oublia la faim et la soif. Elle oublia les Clandestins. Elle oublia la magie. Elle n'existait plus.

Pourquoi Mélisande se tenait-elle devant elle ?

La sirène se rapprocha. Les statues disparurent, remplacées par la splendeur du palais sous-marin.

« Émilie, » susurra Mélisande, avec un sourire resplendissant.

Elle ne se rappelait plus que les sirènes étaient si belles...

« Je suis venue te remercier, Émilie, » continua la sirène. Sa voix, écho insolite, venait de partout à la fois.

« Émilie, répéta-t-elle encore. Il est revenu. Nous sommes ensemble à présent, et pour l'éternité... Dans l'éternité. Tu as conclu notre histoire, Émilie. En signe de ma gratitude, je t'aiderai à trouver ce que tu cherches. »

La salle des sculptures réapparut. Émilie se vit en sortir, et traverser trois couloirs. Entrer dans une pièce sombre, avec un escalier. Au sommet s'ouvrait une trappe, qui donnait sur une forêt verdoyante. Elle quittait son corps pour s'élever dans les airs. Haut, si haut, plus haut qu'elle ne croyait possible d'aller.

Elle vit la forêt. La terre. La mer. Se perdit de vue.

Elle vit le soleil et les étoiles. Elle sentit le sourire confiant de Mélisande, un sourire lui disant que le voyage pouvait durer éternellement.

Émilie voulait parler. Avant d'ouvrir les yeux, elle entendit Mélisande une dernière fois.

« Je te remercie, Émilie. »

Émilie s'éveilla en sursaut. Qu'il faisait sombre ! Elle ne pouvait avoir rêvé, la voix de la sirène résonnait encore dans sa tête... Et il y avait ce sentiment de bonheur...

Elle aurait voulu se lever. Mais elle était si faible...

Elle ferma les yeux. Mélisande, le palais des sirènes, les trois couloirs... Elle se souvenait des couloirs, et du chemin qu'elle avait suivi. Il ne durait pas longtemps. Elle devait essayer, rassembler ses forces pour une ultime tentative. N'avait-elle pas entendu de l'eau couler dans la forêt ? De l'eau...

La douleur dans sa gorge s'intensifia.

Puisant dans ses ultimes ressources, Émilie se leva, et retraça le chemin montré par Mélisande. Elle était allée si vite, en rêve. Pourquoi avançait-elle si lentement, à présent ? Une porte. Un couloir. Il lui semblait que chaque pas serait le dernier. Une porte. Un couloir. Lui restait-il donc si peu d'énergie ? Une porte. Un couloir... La porte.

Émilie respira profondément... Et ouvrit. En apercevant l'escalier, elle frissonna.

Chaque marche fut un combat. Centimètre après centimètre, elle parvint à se hisser en haut de cet ultime obstacle.

La trappe parut s'ouvrir d'elle-même.

Émilie manqua défaillir de joie, et d'épuisement. À la vue du jour et des arbres. Au son de l'eau et des oiseaux. Enfin...

Quelques secondes plus tard, elle s'écroula au bord d'un ruisseau.

L'eau. Comment pouvait-on faire fi de ce breuvage qui donnait la vie ? De ce nectar au goût inimitable ?

Quand elle leva les yeux, elle n'eut qu'à tendre le bras, pour se délecter du fruit le plus savoureux du monde. Aucun mot ne lui paraissait alors si beau, si délicieusement frais, si parfumé que celui-ci. Pêche.

◆

Émilie ouvrit les yeux.

De l'eau et des pêches… De l'eau et des pêches.

Elle se rassasia de nouveau, et s'adossa au pêcher. Il lui semblait ne s'être jamais sentie aussi bien de sa vie. Manger, boire, respirer, pourquoi les hommes ne s'en satisfaisaient-ils pas ? Maintenant qu'elle les avait quittées, Émilie ne ressentait plus aucune attirance pour les secrets des Archives. C'était un lieu trop sombre. Trop incompréhensible. Trop abandonné… Aveline.

Émilie retrouva sans peine sa veste remplie de terre. Elle reposait sur l'herbe, à quelques mètres d'elle. En y prêtant attention, cette forêt était un lieu magnifique. Le chant des oiseaux, la chaleur du soleil, la brise caressante… Tout invitait à la somnolence, et à la promenade. Émilie ne voyait nulle trace de la trappe par laquelle elle était arrivée. Elle ne souhaitait pas la retrouver, ni élucider le mystère de cette sortie en pleine forêt.

Elle dispersa les restes d'Aveline autour d'elle, heureuse de ne pas l'avoir laissée dans ce terrible endroit. De la terre dans l'eau. De la terre dans l'herbe. De la terre dans les arbres. La dryade serait partout, et partout chez elle.

Restait le livre, légèrement sali par la terre. Émilie enfila sa veste et mit le précieux volume dans l'une de ses poches, avec le poème. Elle se serait presque attendue à ce qu'il disparaisse, comme tous ceux qu'elle avait vus auparavant, et sa présence la mettait en joie. Elle se jura d'apprendre à lire, et de savourer un jour son trésor. Si seulement on lui avait offert un livre, au lieu d'un Revery… Comme tout aurait été différent.

Émilie s'enfonça dans la forêt. La grandeur et l'espacement des arbres lui laissaient toute amplitude pour tracer sa propre route. De multiples sentiers naissaient sous ses pas ; elle choisit le plus proche de la rivière. Elle doutait de pouvoir un jour se passer du clapotement de l'eau qui court.

Elle ruminait en cheminant toutes les pensées tenues à l'écart depuis la mort d'Aveline. Les Fantômes prévoyaient de monter les deux camps l'un contre l'autre en tuant des innocents… Mais les Fantômes étaient tous morts, du moins ceux qui comptaient le plus. Et Jean était défiguré pour toujours.... Aveline lui avait parlé des propriétés inhabituelles du venin des chimères.

« Il fait partie des armes les plus dangereuses des dryades. C'est comme le feu d'un feu follet : rien n'y résiste. Il engloutit tout sur son passage... Seules les plus puissantes d'entre nous sont capables d'en produire. C'est de la pure magie ! »

La magie. Émilie aimait la magie de tout son être. Elle lui devait tant. Elle leur devait tant.

> « Que seras-tu, dis-moi, quand la vie reviendra ?
> Seras-tu le souffle sibyllin de l'éther ?
> Seras-tu le témoin de nos vies ici-bas ?
> Seras-tu tourbillon venu changer la terre ? »

Émilie se surprit à essayer de chanter le poème. Elle se sentait si bien. La mort d'Aveline aurait dû l'attrister, et le devenir des Alternautes l'inquiéter... Mais l'esprit de la dryade hantait chaque arbre, chaque fleur, chaque brin d'herbe. Les Alternautes avaient encore une chance. Son Revery... Disparu. Tant pis. Pourquoi ne pas essayer de trouver la magie, la dernière magie ?

Mélisande ne s'était pas contentée de lui montrer la forêt. Elle l'avait emmenée dans l'espace. Pour quelle autre raison, sinon pour l'aider à trouver les fées ? Il lui fallait décrypter le message de la sirène... Bien sûr, elle ne pouvait pas aller dans l'espace. D'après Narga, les fées se trouvaient partout. Mélisande lui avait fait comprendre que son chemin aurait pu continuer indéfiniment... Pourquoi était-elle allée au-delà des nuages, comme Narga ? S'agissait-il d'un indice ?

« Si elles sont partout, se dit Émilie, pourquoi ne sont-elles suggérées que près du ciel ? »

Le bruit d'une pêche tombant au sol la tira de sa rêverie, et elle croqua dans le fruit en souriant.

Émilie se délectait de cette liberté retrouvée, et s'émerveillait du plaisir de la vie. Elle s'allongea pour regarder le ciel. Il brûlait des couleurs du soleil couchant, incarnées dans des nuages aux formes fantastiques. Et les feuilles des arbres, comme autant d'étoiles émeraude… Pourquoi n'avait-elle jamais remarqué la beauté de ce spectacle auparavant ?

« J'ai déjà vu des arbres, mais pas sous cet angle… On les regarde toujours de la même façon. C'est si beau pourtant, et si étrange, un arbre vu d'en bas… »

Cette image intrigua tant Émilie qu'elle passa de nombreuses heures allongée au sol, à observer les arbres et les cieux. Elle n'aurait su dire qui du jour ou de la nuit l'emportait en beauté.

Dans le ciel nocturne brillaient les étoiles. Chemin d'infini, ouvert au crépuscule et clos à l'aurore. Le soleil baignait dans la chaleur de ses rayons les nuages d'un blanc de neige. La lune les illuminait d'une lueur fantasmagorique.

Chaleur d'été. Brise d'automne. Éclat de midi. Lumière du soir. Les feuilles de la forêt bruissent du chant de la vie. Leur contour, aussi délicat que celui d'un flocon de neige, se découpe sur le bleu du ciel changeant.

Vu ainsi, le monde semblait à la fois vaste et réduit. La réponse au poème paraissait si proche… Si simple, dans son évanescence.

« Seras-tu le souffle sibyllin de l'éther ? »

Émilie y réfléchissait souvent, dans le flot continu de ses pensées. Elle songeait à Antonie. À ce qu'elle lui avait appris et caché. À Jean et à l'absurdité de sa trahison. Aux Masques, Ombres et Fantômes au discernement déformé. À Christopher… Aux erreurs et aux aléas de la vie de chacun. Li, Mary, Cosme, Italy, Lilas, Narga, Taméo, Léonard, Pedro, Mélisande et tous ceux dont la sirène lui avait conté l'histoire. Elle avait écouté tant de vies, assisté à tant de récits…

« Seras-tu le témoin de nos vies ici-bas ? »

Peut-être était-elle sur la bonne voie ? Le tourbillon faisait certainement référence aux vœux, qui feraient basculer leur existence. Mais le souffle, et l'éther… Le ciel, encore et toujours symbolisé. L'espace… Dans la vision de Mélisande, tout semblait si lointain. La Terre, les Reveries, les Alternautes… Ses propres problèmes lui paraissaient de plus en plus secondaires. Elle savait que sa vie entière pesait moins qu'une particule de poussière dans tout l'univers. Avait-elle seulement un sens ? À l'idée que le hasard soit la cause et la fin de toute chose, une certaine angoisse l'étreignait. Si rien n'avait de sens, quel serait son vœu quand elle trouverait les fées ?

L'image de Lilas torturée continuait à la hanter. Elle était consciente de tant de souffrances à présent, de tant d'horreurs et d'atrocités. Bien qu'elle n'ait pas tout vécu directement, le souvenir de cette noirceur lui apparaissait plus vivace que jamais, et elle perdait foi en l'être humain. On lui avait donné la vie, et voilà ce qu'il en faisait. Quand il ne la gaspillait pas dans la prison intérieure d'un écran éphémère, il se délectait dans la douleur de ses semblables. Comment avoir foi en un être si misérable ? Pourquoi vivre, puisque le bonheur occupait si peu de place dans l'essentiel humain ?

Il ne restait rien, rien qui mérite de vivre, car tout était hasard, et rien ne durerait... À la pensée de ses amis, les larmes montèrent aux yeux d'Émilie. Elle revoyait les moments passés ensemble, les rires, les instants de joie. Son cœur se serrait à l'idée de les perdre. Rien ne comptait... À l'échelle d'un œil extérieur et froid, peut-être. Mais Émilie aimait ses amis, et ne les abandonnerait pas. Elle se battrait jusqu'au bout contre l'indifférence et la cruauté, et peu importait que la vie ne soit qu'un vaste hasard ; elle lutterait pour que chaque jour compte. Pour que sa vie compte dans celle des autres... Parce que chacun n'avait qu'une seule chance pour vivre avant de mourir.

Émilie ne se laissait plus emporter par un enthousiasme aveugle. Le mal existait, et ne devait pas être nié. Plus qu'un bien hypothétique, c'était la certitude de la bonté dans son propre cœur qui l'aidait à le distancier, à le relativiser. La terre disparaîtrait dans quelques milliards d'années, et au fond, rien ne comptait : ce savoir devait être une force, et non un handicap. Il lui donnait le pouvoir de relativiser, de s'éloigner pour mieux revenir. Prendre de la distance, oui, pour mieux évaluer l'impact du prochain coup. En relativisant, tout s'égalisait... Et il lui semblait avoir le pouvoir de tout changer, précisément parce que rien n'avait de véritable importance.

Vivre chaque chose à sa juste mesure permettait de vivre pleinement, et de n'avoir aucun regret. Jean n'était qu'un homme. Ni lui, ni les Alternautes ne perdureraient. Antonie, Cerise, Christopher, Michèle, Li, Djamal, Mary, Aveline, ses parents, tous ces inconnus partis trop tôt devaient être pleurés ; le chagrin était la contrepartie obligée de l'amour véritable. Jean et ses sous-fifres craignaient de connaître les affres de la tristesse et de la défaite : ils avaient créé un système à leur image, où personne n'éprouvait plus rien. Ni vraie peur, ni réel plaisir.

Ce sens qu'elle recherchait depuis si longtemps, Émilie l'avait trouvé. Elle voulait vivre, oui, pour profiter avec ses compagnons de la beauté du monde, et raconter de vraies histoires. Comme la Légende de Lilas. Des histoires capables de changer la Terre... Des mots pour combattre le malheur et l'injustice. Des mots pour agir sur les âmes perdues. Des mots pour prouver qu'elle existait.

« Que serai-je, dis-tu, quand la vie reviendra ?
Je serai le jour et la nuit, le temps, le ciel,
Je serai l'esprit qui peut tout imaginer,
Je serai le vent coureur du sort éternel. »

Quand cette pensée la traversa, Émilie oscillait entre le rêve et la conscience.

Elle ne savait plus où elle se trouvait. Les événements se mélangeaient. Elle allait s'éveiller d'un instant à l'autre, au Centre d'Éducation, chez les Clandestins, parmi les Alternautes, et rien n'aurait changé...

II

« Sois la bienvenue dans la demeure des fées, Émilie. »

Une voix de femme, douce et lumineuse.

Émilie ouvrit les yeux.

Elle se trouvait dans un lieu immense, d'une beauté à couper le souffle. Au-dessus d'elle s'étendait un ciel bleu nuit constellé d'étoiles. Sous ses pieds, une mince brume argentée figurait le sol. À ses côtés, des colonnes de nuages se perdaient dans la nuit.

En face d'elle se tenait celle qui venait de l'accueillir. Grande, ses longs cheveux bleu marine tressés d'argent, elle portait une robe jaune orangé qui lui arrivait jusqu'aux genoux. Le bleu de ses yeux rappelait celui de l'aube, parsemé des premiers rayons de soleil. Des bijoux lumineux ornaient sa chevelure. Bras et pieds nus, sa peau blanche ne laissait voir aucune marque, aucune des traces inhérentes à la dureté de la vie. Mais le plus étonnant restait ses ailes. Deux grandes ailes qui émergeaient de son dos, pointues, tout en hauteur, couleur de nuit. Incapable de rester immobile, elle volait sans discontinuer, et arborait un sourire amusé.

Une fée.

« Comment suis-je arrivée ici ? demanda une Émilie stupéfaite.

– Tu as compris que tu es seule en mesure de donner un sens à ta vie, et que tout doit être relativisé. Tu as compris la dernière strophe du poème. En trouvant la réponse, tu as ouvert la porte.

– Êtes-vous une fée ?

– Je m'appelle Clarté. Je vais te conduire à notre Reine. »

Poussée par la brise, Émilie suivit la fée en flottant sans aucun effort. Clarté la conduisit au bout de la colonnade de nuages, là où le sol paraissait s'évaporer dans la lumière de la nuit…

Lorsque le jour apparut, Émilie retint un cri de surprise. Un ciel bleu resplendissant de lumière, océan de nuées sans contraintes, se déployait à perte de vue. Disséminées dans les cieux, des arches flottaient par centaines au milieu des nuages. Portails de bois, de pierre, de métal, d'étoffe ou de brume, comme celui par lequel Émilie et Clarté venaient de sortir. Arches sans portes, suspendues dans le vide, aux formes plus extravagantes les unes que les autres. Le vent sifflait entre leurs pieds, vint chahuter les cheveux de Clarté et enveloppa Émilie dans une délicieuse caresse.

Clarté la conduisit vers l'arche en face d'elles. C'était un cercle entier, une boucle où s'apercevaient galaxies, trous noirs et soleils, un fragment d'univers

Au moment où elle la traversait, Émilie se souvint de toutes les conclusions auxquelles elle était parvenue. À la pensée que chaque chose avait sa juste place, elle se sentit de nouveau en paix. Ses questions trouveraient leur réponse en temps voulu. Pourquoi se précipiter ? Elle préférait profiter de chaque moment.

L'arche d'univers s'ouvrit sur un espace nocturne. Un vaste amphithéâtre de nuées peuplé de fées, surplombant une allée de brume, au bout de laquelle trônait la Reine.

Toutes les fées étaient dotées d'ailes aux couleurs et aux formes incroyables. Pas une n'avait des cheveux, des yeux, un nez, une bouche pareils à ceux de ses voisines. Parfois, on retrouvait cette beauté propre aux sirènes et à certaines créatures d'Avalon, trop parfaite ou trop exotique pour être humaine. La beauté des fées revêtait aussi des formes plus familières, plus intérieures… Comme celle de la Reine des fées.

Elle réunissait tous les caractères en un seul. Il était impossible de se rappeler son visage, qui changeait sans cesse. À l'instant où Émilie la vit, ses cheveux d'un blanc de neige lui descendaient jusqu'aux pieds, divisés en d'innombrables tresses. Ses ailes blanches étaient ornées de motifs noirs assortis à sa robe. Sa peau même mêlait les deux teintes à égalité. Quand Émilie croisa le regard de la Reine, elle crut reconnaître les traits d'Antonie. Le temps de cligner des yeux, ils avaient disparu.

« Majesté, voici la jeune Émilie.

– Merci, Clarté. »

La fée inclina la tête avant de s'envoler dans les gradins de fumée. Clarté battait trop vite des ailes pour qu'Émilie suive leur mouvement des yeux.

« Bonjour Émilie, la salua la Reine avec bienveillance. Nous sommes prêtes à exaucer ton vœu. Quel est-il ?

– Je ne sais pas encore, » répondit Émilie, et sa voix porta étrangement dans le silence nocturne.

Lorsque la Reine reprit la parole, ce fut avec une voix différente de la précédente. Émilie ne parvenait pas à la figer : quand elle se remémorait les paroles de la fée, il lui semblait voir son propre visage, et entendre la voix de ses pensées.

« Dans ce cas, je répondrai à tes questions, sourit la Reine. Quand tu seras prête, nous exaucerons ton vœu. »

La Reine s'envola, aussitôt imitée par les autres fées. Leurs battements d'ailes rappelaient à la fois le toucher du vent sur les vagues et le souffle de l'air dans les arbres. Papillons dans la nuit, elles s'évanouirent dans les nuées, sauf la Reine, qui resta à quelques mètres d'Émilie.

« Où sont-elles parties ?

– Les fées ne se réunissent que pour exaucer les vœux. Le reste du temps, elles sont chez elles.

– Des humains sont-ils déjà venus ici ?

– Une pléthore. Mais nous recevons de moins en moins de visites.

– Comment Clarté connaissait-elle mon nom ?

– Tu es déjà allée chez les sirènes, dit la Reine. Nous partageons avec elles certains pouvoirs. Nous observons le monde sans subir les ravages du temps. La différence réside en ce que nous voyons tout, et non une partie. Nous sommes partout, et non en un seul endroit.

– Je ne comprends pas.

– Chaque fée habite une partie de votre civilisation. Chacune est unique, et interagit avec votre monde selon sa nature. Clarté, la fée de la lumière, est de celles qui assistent à presque tout, et qui ne sait pas agir autrement que par impulsion. Elle est la première à avoir su ton arrivée, et l'envie lui a pris de venir te chercher.

– Pourquoi n'est-elle pas restée avec moi ?

– C'est la fée de la lumière. Elle vole aussi vite que la pensée ; elle est aussi inconstante qu'une flamme. C'est une force vive, sans raison ni mémoire.

– Je ne comprends pas très bien…

– Que dirais-tu d'aller visiter son royaume ? »

La Reine des fées s'envola, suivie par une Émilie perplexe.

« Si vous nous observez tout le temps, vous devez savoir quels sont nos vœux ?

– Certaines d'entre nous les connaissent de longue date, répondit la Reine en souriant. D'autres les devinent sur le tard. Il est des fées, comme Clarté, qui ne les apprennent qu'au moment de les exaucer. »

Émilie se tut. L'infinité des arches s'ouvrait de nouveau devant elle. Le spectacle était si beau… Nuages, brise, azur. Elle se serait promenée des heures dans cette féerie, comme elle s'était perdue dans la contemplation des arbres et du ciel une éternité auparavant.

« Nous appelons cet endroit le Sentier des Cieux, reprit la Reine. Il conduit dans tous les lieux de notre demeure ; dans chaque parcelle de votre monde. À chaque fée revient une porte : voici celle de Clarté. »

La Reine indiquait une arche constituée de feu et d'électricité.

« Dois-je y aller seule ? demanda Émilie.

– Une fée ne peut habiter d'autre demeure que la sienne. »

Émilie observa l'arche de Clarté, puis celle de la Reine. Elle fronça les sourcils.

« J'ai l'impression que les arches sont à l'image des fées. À quoi correspond la vôtre ?

« – Au temps.

– Au temps ? Mais… »

Une main surgie de nulle part agrippa l'épaule d'Émilie. Elle crut reconnaître les ongles orangés de Clarté, et fut entraînée dans l'arche de la fée avant d'avoir pu protester. Elle eut l'impression de marcher dans toutes les dimensions à la fois. Elle se sentit brûler, emprisonnée dans des câbles minuscules qu'elle traversait si vite que le temps s'arrêtait. Il lui sembla que ses yeux se multipliaient. Un seul esprit ne suffisait plus pour tout voir et tout analyser.

Elle était la lune, qui voyait mal. Diffuse, belle, imprécise.

Elle était le soleil qui voit tout. Chaud, impérieux, écrasant. Elle aperçut l'Everqueen, avec ses immeubles scintillants. Des trains et des avions baignaient dans sa lumière. Elle voyait les rues de la Cité des Merveilles emplies de gens, des pancartes brandies, une nouvelle manifestation des Alternautes dans la Cité du Futur, mais le soleil est sourd, et il ne comprend pas les hologrammes. Elle voyait déferler la magie du peuple d'Avalon, et se réjouissait du retour des feux follets.

Elle était l'électricité qui éclaire, partout, toujours en mouvement. Elle voyait des chambres et des CED, des CEL et des CASS, des CES et des Absolus naissant à la lumière. Elle voyait Taméo plongé dans son Revery, Italy, Lilas, Cosme et Narga en conciliabule dans une salle souterraine, et des inconnus s'aimer ou se déchirer, tant d'êtres, le jour, la nuit, tuer, fuir ou s'embrasser, vivre devant elle sans pouvoir leur parler ni les entendre, sans le vouloir même, car qui l'écouterait, et quelle importance ? Elle qui permettait de voir, elle était invisible. Elle voyait toutes ces choses à la fois, et poursuivait son chemin sans s'arrêter, sinon elle s'éteindrait. Brillance pure. Éclair. Fulgurance.

Comment s'appelait-elle ? Peu importait. Elle allait trop vite pour penser. Son corps était énergie, les milliards d'images devenaient un chemin. Le feu la brûlait de plus en plus fort, la dévorait, elle voulait fuir et avancer à la fois, toujours plus vite, et le temps n'existerait plus. Plus vite, plus vite, elle n'avait pas peur… Elle était la lumière.

Émilie ouvrit les yeux. Elle était de retour dans le Sentier des Cieux. Son nom et ses pensées mirent quelques secondes à lui revenir. Il lui fallut plus longtemps pour se réhabituer à sa lenteur, à la fixité de son regard. Il lui semblait qu'elle risquait de s'échapper d'elle-même d'un instant à l'autre.

« C'était incroyable, murmura-t-elle.

– On ne croirait pas que la lumière voit tant de choses, n'est-ce pas ? s'exclama la fée. À chaque fois, j'espère aller plus vite, et arrêter le temps. Je suis si près !

– Suis-je devenue toi ? J'avais peur et je brûlais…

– Tel est le sort de ceux qui restent trop longtemps avec une fée. Ils disparaissent dans son monde ! Alors, restes-tu avec moi ? Nous irons plus vite !

– Tu viens de dire que je risquais de disparaître !

– Je ne me souviens plus, mes mots sont déjà loin derrière moi. Tu as de la chance, je ne t'ai pas oubliée pendant le voyage ! Si tu veux revenir, tu sais où me trouver… »

Clarté perdit de sa substance ; Émilie peinait à distinguer ses contours dans le bleu d'azur du Sentier des Cieux.

« Comment retrouverai-je ta porte et celle de la Reine ? demanda-t-elle précipitamment.

– La Sentier des Cieux te montrera toujours ce que tu cherches. Reviens quand tu sauras quel est ton souhait !

– Mais… »

Émilie n'eut pas le temps d'achever. Clarté disparut ; son arche s'était évanouie dans la lumière.

Émilie resta longtemps immobile. Elle ferma les yeux, et se laissa flotter. Enveloppée par l'air, elle savoura quelques instants la sensation de son corps, son existence, son épaisseur. Disparaître dans le monde d'une fée… Un voile d'incertitude enveloppait son souhait. Le Sentier des Cieux se déployait autour d'elle. Elle avait vu le pire : elle était là pour le changer. Elle ne disparaîtrait pas.

◆

Quand Émilie ouvrit les yeux, elle crut se trouver face à un miroir, tant elle se reflétait bien dans l'arche devant elle. En s'en approchant, elle perçut un léger tremblement, semblable au frissonnement de l'eau sous la caresse du vent.

Lentement, une fée apparut devant l'arche. Ses yeux d'un bleu transparent lui dévoraient le visage. Avec ses cheveux gris aussi droits qu'une règle, sa peau pâle et ses ailes flottant dans la brise, elle s'accordait à la perfection au portail dont elle venait d'émerger.

« Bonjour, commença Émilie. J'étais avec Clarté, puis je me suis retrouvée ici... Cette arche m'intriguait, alors je me suis approchée. »

La fée n'avait pas cillé une seule fois. Ses yeux étaient si grands qu'Émilie s'y reflétait. Si grands, et son corps était si frêle, si figé...

« Bonjour, Émilie. »

La fée parlait d'une voix aiguë et fluette.

« Voudrais-tu entrer ? »

Elle lui tendit sa main et Émilie la prit, sans quitter la fée des yeux. Sa peau était d'une agréable fraîcheur, et ses yeux, hypnotisants. En dépassant l'arche, il lui parut traverser une cascade immobile.

Une fois à l'intérieur, elle perdit une dimension, comme si elle s'aplatissait. Elle n'eut plus d'autre choix que de regarder toujours dans la même direction. Sa vision s'était décuplée ; elle n'avait pas conscience de sa forme. Elle était une pensée, un regard, et elle emplissait tout l'espace qu'on lui offrait.

Des nuages, du ciel et des nuages, partout... Soudain, d'immenses formes noires l'écrasèrent. Des images se fripèrent en frémissant, tandis que d'autres restèrent imperturbables. Elle voyait des bâtiments si hauts qu'ils semblaient toucher les nuages, elle entendait des bruits secs, des cris.

Mais toujours, elle regardait le ciel, immuable repère, loin, au-dessus de tout. Parfois, il y avait des arbres, ces mêmes arbres qu'elle se plaisait à admirer autrefois, allongée. Des visions rouges apparurent, fugaces et terrifiantes. Mais toujours, elle restait immobile, observatrice passive d'en-haut.

Lentement, des visions s'estompaient. Même les plus longues, les plus profondes, se réduisaient peu à peu, alors que d'autres prenaient leur place. Et ces silhouettes qui la martelaient de leurs pas pressés, qui brisaient l'unité de leurs semelles semblables, ces immeubles, partout, ces arbres vus d'en bas, rouge, bleu, jaune…

Elle cessait peu à peu de penser. Elle se délectait de sa fixité, de sa fraîcheur, de son invisibilité. Les images étaient sa fenêtre sur le monde, son existence ; elle n'avait plus deux mais vingt, cinquante, cent yeux pour voir sans être vue. Pour regarder le ciel et recueillir la pluie. Rien ne l'intéressait, rien ne comptait, elle voulait disparaître dans sa propre insignifiance.

Soudain, une nouvelle vision attira son attention. Un profil, un reflet en hauteur. Elle ne voyait plus le ciel ! Elle était le verre, dur, dont rien ne trouble la surface. Devant elle, on frappait un homme à terre. Les assaillants avaient tous le même visage. Elle assistait à la scène, impuissante… Et soudain, la lumière la chassait.

Émilie se tenait dans le Sentier des Cieux. Encore sous l'effet de sa transformation, elle peinait à comprendre ce qu'elle venait de voir. La fée la fixait, les yeux grands ouverts.

« Nous étions… Des flaques d'eau ?

– Des reflets, murmura la fée. Les images que personne n'observe.

– Des reflets ? Je n'ai pas vu les rivières et les fleuves…

– Je suis l'eau qui dort. Le reflet que personne ne voit. L'eau qui court est une autre porte du Sentier des Cieux.

– Cet homme… Il était agressé, n'est-ce pas ? Pourquoi ne l'avons-nous pas aidé ?

– Quand les humains me regardent, je dois céder la place à une autre fée. Miroir éphémère de leurs vanités, je puis les observer tant qu'ils ne me remarquent pas.

– Mais il était en danger !

– Il ne nous est plus permis d'intervenir dans la vie des hommes. »

Partagée entre le monde de la fée et ce que lui dictait sa conscience, Émilie ne protesta pas. Elle sentait qu'elle ne se préoccupait pas de cette attaque comme elle aurait dû… Et elle avait l'impression de se donner trop d'importance.

« Comment t'appelles-tu ?

– Je suis Regard. Je ne ferme jamais les yeux : j'existe par ce que je reflète.

– Il m'est arrivé de sortir sous la pluie. Ils laissent pleuvoir, parfois, quand il y a un vote en faveur d'une journée de pluie… Tu m'as déjà vue ?

– Il m'est difficile de distinguer des visages. Je me concentre sur le ciel ; il est si beau. C'est lui que j'aime, car il voit tout comme moi, et personne ne le regarde… Avant, je n'étais pas que dans l'eau qui dort. J'existais dans les vitrines et les fenêtres. À présent, elles ne m'appartiennent plus ; on ne peut plus s'y refléter, à cause de la lumière qui parle.

– La lumière qui parle ? De quoi s'agit-il ?

– La lumière qui empêche vos fenêtres de refléter le monde.

– Tu veux dire… La publicité ? Mais c'est de l'électricité, c'est le domaine de Clarté…

– Non. Il appartient à Image, la fée que tout le monde regarde.

– Tu peux choisir de te concentrer sur une vision plutôt que sur une autre ?

– Toutes les fées le peuvent. Toutes ne le veulent pas.

– Pendant le combat que nous avons vu, nous étions debout. L'homme se reflétait dans la façade d'un immeuble…

– Image n'est pas restée longtemps absente.

– Et les couleurs ? Le rouge, le jaune…

– Le rouge revient souvent. C'est la couleur du sang versé… Quant aux autres, ce sont des restes de poudres et de boissons étranges, que les humains créent dans un but inconnu. »

Le sang, la violence… Que devenait le technomonde ? Jean cherchait à provoquer la guerre…

Regard s'en moquait. Elle ne devait pas avoir la profondeur nécessaire… Les fées voyaient la Terre sous un angle tellement insolite ! Comme si chaque aspect de la vie avait une individualité propre… Comme si le monde se composait d'une infinité d'univers.

À présent qu'elle commençait à comprendre, Émilie entrevoyait d'incroyables possibilités. Se contenter de souhaiter la victoire des Alternautes, le renversement du technomonde, l'entrée dans une ère de paix et de liberté… À quoi bon, quand on aurait pu vivre éternellement, traverser le temps, créer un nouvel univers de toutes pièces ? Les chemins qui s'ouvraient à elle lui donnaient le vertige. Son vœu le plus cher aurait été d'explorer le Sentier des Cieux dans son intégralité ; devenir feu, air, pierre, métal, être le monde et tout vivre à la fois.

« Quels ont été les vœux des humains venus ici avant moi ?

– Adresse-toi à la fée de la richesse. Elle en a exaucé tant, elle sait mieux que moi ! »

Sans attendre de réponse, Regard se fondit dans son arche, qui s'estompa et s'évapora dans les airs.

Émilie ferma de nouveau les yeux. Elle voulait se persuader de sa propre importance, goûter la chaleur et le mouvement. Elle ferait un vœu pour changer le monde. Elle n'était pas insignifiante. Toutes les voies du Sentier des Cieux s'offraient à elle.

◆

Émilie reconnut immédiatement la porte de la fée de la richesse. Elle dominait toutes ses voisines de sa hauteur. Recouverte d'or pur et parsemée de joyaux, l'arche resplendissait. Elle se composait de deux statues au visage rayonnant : une femme et un homme, qui brandissaient chacun un vase dont s'échappaient quantité de trésors, bijoux et couronnes, pierres précieuses sur fond d'ambre et de jade. Ces merveilles jaillissantes formaient la voûte de l'arche.

« Bonjour, Émilie ! »

La voix, mélodieuse et joyeuse, appartenait à une fée noire, à la splendide chevelure blonde. Ses lourds cheveux bouclés cascadaient jusqu'à ses pieds. Elle portait une longue robe d'or. Sa bouche et ses yeux étaient d'or. Ses ailes se terminaient en pointes ornées des plus belles gemmes qu'Émilie eût jamais vues. Seuls ressortaient ses bras nus et sa peau d'ébène.

« Vous êtes si belle !

– Je m'appelle Or, et la richesse est mon domaine. Veux-tu entrer ? »

Émilie acquiesça ; la fée lui tendit la main.

« Je te guiderai. Chaque monde ici est un vrai labyrinthe… Si tu te perds, comment te retrouverai-je au milieu de tant d'histoires ? »

Avec Regard et Clarté, Émilie s'était aplanie, envolée, évaporée, mais jamais encore elle ne s'était distendue. Elle ne voyait rien, car elle n'avait plus d'yeux.

Mais elle touchait, oh ! Elle touchait tant de choses ! Avec une telle intensité ! Nul besoin de voir pour savoir que tous les yeux convergeaient vers elle.

Elle était petit cercle, et sentait frémir des doigts à son contact froid. La caresse du désir la réchauffait lentement, et la convoitise des regards étrangers pesait sur elle.

Elle était serpent, éléphant, déesse. Accrochée au mur, parée de ses plus beaux atours, ses propriétaires la couvaient des yeux. Elle attisait leur flamme, admiration, jalousie, violence, encore plus insidieuse que les charmes des femmes. La poigne des hommes se resserrait sur elle.

Elle était larme, perle, détail, et elle ornait les plus riches parures. Preuve d'amour, symbole d'espoir, adulée et maudite par autant de fidèles. Ses adorateurs la sculptaient, la tissaient, la coulaient dans leur vie. Ses détracteurs la poursuivaient de leur haine sans parvenir à l'atteindre. Elle se fondait dans les vêtements, dans les ambitions, dans les cœurs. Éternelle.

Sans âge, elle se glissait au doigt d'une femme, et sentait son toucher innocent et émerveillé. La main d'un homme la recouvrait. Elle sentait leurs bras. Leur étreinte. Leur passion.

Émilie ouvrit les yeux sur le paysage familier du Sentier des Cieux.

« J'espère que la visite t'a plu.
– C'était merveilleux ! »

Aveugle, Émilie n'aurait jamais cru pouvoir apprendre tant de choses. Elle savourait l'ambition, le pouvoir et la fascination qu'elle venait d'éprouver. L'amour… L'amour la faisait presque se sentir coupable. La richesse n'avait pas de sentiments, elle était fière, libre et indépendante. Un désir sauvage, oui… Mais cette chaleur qui l'avait envahie, à la fin, cette fébrilité… Elle s'en émouvait, alors qu'Or s'en enorgueillissait. En cet instant,

Émilie ressentait avec plus d'acuité que jamais ce qui la séparait des fées.

Il lui fallut encore de longues secondes pour se souvenir de ses questions et de ses remarques.

« Vous n'avez pas de lieu à vous, comme le Cimetières des Naufragés ou Avalon. Sauf l'entrée et la salle de la Reine. Le Sentier des Cieux est un carrefour…

— Le temps nous est inconnu. Nous sommes le monde, et nous l'habitons sans relâche.

— Pourquoi ?

— Doit-il y avoir une raison pour vivre ? Pour nous réaliser dans ces objets qui nous font être ? Autrefois, nous pouvions exister hors d'eux. Du temps où nous intervenions dans vos vies…

— Comment faisiez-vous ?

— Selon sa nature, chaque fée a le pouvoir d'exaucer des vœux. Jadis, nous l'exercions à volonté.

— Quels souhaits réalisiez-vous ?

— Nous exaucions nombre de vœux. Bien sûr, toutes les fées ne reçoivent pas autant de prières, et elles ne sont pas de la même nature. Je fais partie de celles qui en recevaient le plus… J'en ai toujours ; la quantité et le type changent avec vos époques. Ce que je t'ai montré n'est qu'une ombre comparé à ce que j'ai pu voir dans votre passé.

— Pourquoi ne réalisez-vous plus tous les souhaits ?

— La Reine a pris cette décision. Tant de gens font des vœux irréfléchis, et courent à leur perte. »

L'ironie d'Or n'échappa pas à Émilie. La fée était semblable à son élément : infinie dans ses apparences, mais profondément inaltérable. Or pouvait changer d'avis, s'allier à un côté ou à un autre, elle resterait la même. Heureuse d'être regardée et soucieuse d'être belle, joyeuse dans sa cécité. Elle n'éprouvait rien, mais ressentait pour autrui, aussi prompte à s'approprier les pensées des autres qu'à changer de propriétaire.

« Les fées ont-elles des sentiments ? demanda Émilie.

— Bien sûr ! s'exclama Or dans un éclat de rire. Il arrive même que nous tombions amoureuses d'humains. C'est affreusement compliqué, nos émotions sont si différentes des leurs… Certaines fées ne peuvent s'empêcher d'être volages, et d'autres sont d'une fidélité qui tourne à l'obsession… Heureusement, quand ils meurent, nous les oublions. Nous ne pouvons vivre ailleurs que dans le présent : ainsi les choses restent dans l'ordre.

– Y a-t-il autant de fées qu'il y a de matières dans le monde ?

– Les fées ne peuvent exister sans les humains : il y en a une pour chaque aspect de votre vie. Clarté est la fée de la lumière qui éclaire. Il y a une autre fée pour la lumière qui parle et les amusements, et aussi des fées pour vos habitations, vos œuvres d'art, vos meubles… Prends la matière par exemple. Il y a la fée de celle que vous utilisez dans vos constructions, et celle de la matière dans laquelle vous sculptez des œuvres d'art. Et Regard existe, parce que ce qu'elle représente existe aussi dans votre vie de tous les jours. Mais il y a une autre fée pour les reflets que tout le monde regarde… Nous sommes nombreuses ; pas innombrables. Puis il y a les fées des émotions ! La colère, la rancune, la joie, ont aussi leurs observatrices. »

Les contours d'Or se fragmentaient déjà, comme autant de pièces d'or, et Émilie lança avec précipitation :

« Quels vœux avez-vous exaucés ?

– Il y en a tant ! Mais ils se ressemblent tous. Ils demandaient de la richesse… Ils ont été surpris ! »

La voix d'Or ne fut bientôt plus qu'un écho dans les oreilles d'Émilie. La fée devint une pluie de pièces, qui s'éparpillèrent en mille petits soleils dans le ciel de midi.

Cette fois, Émilie garda les yeux ouverts. Elle se délectait de voir, et d'exister par elle-même. Elle dévorait du regard l'infinité d'arches du Sentier des Cieux. Elle était importante, oui, mais elle avait bon cœur. Peu lui importait qu'on la regarde : elle voulait qu'on l'apprécie pour elle-même, qu'on aime Émilie, et non autre chose à travers elle.

◆

Le Sentier des Cieux s'étendait une nouvelle fois devant Émilie. Il avait suffi qu'elle se retourne pour que le ciel prenne une couleur crépusculaire. Orange, jaune, rose et bleu se disputaient l'horizon dans un combat chatoyant, qui rappelait à Émilie le coucher du soleil de l'Everest.

Les arches avaient disparu ; elle était entourée de cercles. Des cercles faits d'une matière indéfinissable, qui changeaient de forme au moment où les yeux d'Émilie se posaient sur eux. Quand son regard s'y attarda, un cercle tracé de rose prit une apparence qui évoquait la joie. Un autre, violet, se métamorphosa en ironie. Un troisième en douleur. Ils reprenaient leur forme initiale dès qu'elle cessait de les examiner. Il y avait trop de couleurs et trop de formes pour que chacune ait un nom. Toutefois, chaque cercle évoquait à Émilie un visage, un souvenir, une émotion plus ou moins familiers.

Elle s'attardait près d'un sourire qui lui rappelait celui d'Antonie, quand une fée l'interpella.

« Je sais qu'Antonie te manque, mais elle n'est pas perdue pour toujours. »

Émilie tressaillit. Vêtue d'une robe de la couleur d'un ciel matinal, la fée avait des ailes ondulées et floconneuses. Tout en elle évoquait la douceur, de son regard bleu clair jusqu'à ses cheveux argentés qui flottaient jusqu'à sa taille.

Le visage de la fée se fendit d'un sourire plein de bonté.

« Je m'appelle Bienveillante. Laisse-moi te montrer, tu comprendras mieux. »

Bienveillante lui tendit la main, et Émilie la saisit en luttant contre ses souvenirs. Elle ne ressentit aucun changement en passant la porte, mais eut la surprise de se trouver devant deux inconnus.

Il s'agissait d'une femme et d'un enfant. La première regardait le deuxième avec un amour serein, une paix et une certitude intérieures qu'Émilie éprouvait comme s'ils eussent été siens.

Ils s'estompèrent aussitôt, remplacés par d'autres personnes. Des mentors, des âmes charitables, des amis qui s'entraidaient dans la houle des Alternautes... Les contextes variaient autant que leurs protagonistes, bien que le même sentiment fût présent à chaque fois. De l'intimité d'un appartement à l'immensité d'un CEL en passant par la solitude relative d'une base clandestine ou d'un centre alternaute, les actes de bienveillance prenaient mille formes, se dessinaient de mille façons, s'accomplissaient de mille manières imprévues.

Italy, Lilas, Cosme et Narga étaient réunis dans l'un des multiples locaux alternautes. La bienveillance émanait d'Italy, bien qu'Émilie discernât en lui d'autres sentiments, qu'il s'efforçait de réfréner. Tous ses compagnons semblaient tristes et inquiets. Émilie ne put s'empêcher de crier leur nom ; ils ne réagirent pas. Elle serait pour eux comme un fantôme, jusqu'à ce qu'ils rejoignent les fées…

« Il faut partir, dit Italy en se levant d'un bond. Cela ne peut plus durer, il y a déjà eu trois meurtres… »

Émilie se glaça.

« Il y a un mois qu'Émilie a disparu, et nos chances de la retrouver… commença Cosme.

– Sont aussi fortes que jamais ! l'interrompit Narga. Elle était avec Aveline…

– Et Aveline a disparu, intervint Lilas. Le jour de la première manifestation, où la moitié des Fantômes se sont évaporés dans la nature. Elyo était bouleversé, il est parti à leur recherche et nous n'avons toujours pas de nouvelles… Il faut agir. Si Émilie est vivante…

– Bien sûr qu'elle l'est !

– Nous ne la retrouverons pas en restant ici. Elle a peut-être été capturée…

– Où veux-tu qu'ils l'aient enfermée ? dit Cosme. Nous avons déjà eu cette discussion cent fois. Nous avons découvert toutes leurs cachettes, dans le monde entier, et le seul lieu dont nous ignorions l'emplacement est connu sous le nom d'Archives. Il y a deux options : soit Émilie s'y trouve, soit elle est morte.

– Cette dernière option est très peu probable, insista Narga. Les Masques n'auraient jamais tué Émilie, elle possède trop d'informations. Si elle avait parlé, nous ne serions plus ici pour en discuter.

– Elle a pu être tuée par accident, souligna Cosme.

– Tu veux vraiment la croire morte ?

– Je préférerais la croire morte plutôt que torturée, dit froidement Lilas.

– Elle est peut-être déjà chez les fées, et se demande ce que nous attendons pour l'y rejoindre !

– Qu'elle y soit ou non, répliqua Italy, les fées sont notre seule chance de salut. Des meurtres ont été orchestrés dans les deux camps. Certaines de nos manifestations ont tourné à l'émeute. Bientôt, ce sera la guerre. Les Centres d'Aptitude tombent les uns après les autres. Les perles des sirènes s'amenuisent... La disparition d'Émilie est une perte énorme. Pour elle comme pour les Alternautes, les fées sont la seule solution.

– Nous n'avons pas la moindre idée de la localisation des Archives, soupira Lilas. Le poème parle d'être le témoin des vies... Nous isoler ne semble pas être la bonne solution.

– Si, la contredit Narga. Dans ma vision, les fées étaient à la fois partout et nulle part, de sorte qu'elles voyaient tout à la fois mais ne faisaient réellement partie de rien. Elles occupaient une position à part. Unique... Et universelle.

– Je suis certain que Narga est sur la bonne piste, commenta Italy. Pour être 'le témoin de nos vies ici-bas', il faut avoir un œil extérieur... Sortir de sa propre vie.

– Mais par où veux-tu que nous commencions ? » demanda Cosme.

Ils furent interrompus par l'arrivée d'Ibiscus.

« Qu'y a-t-il, mon ami ? le questionna Italy, la voix teintée d'anxiété. Tu as appris quelque chose ?

– J'ai écouté la rumeur de la terre. Elle m'apporte de tristes nouvelles. Aveline la dryade a rejoint le Cœur. Elyo le faune a choisi de l'y accompagner... »

Les questions fusèrent de toutes parts, inquiètes et précipitées. Le gnome continua de sa voix lente et rocailleuse.

« Elyo a retrouvé la trace d'Aveline. Dans une forêt, à l'autre bout de la Terre. Elle y a été accompagnée par Émilie. Celle-ci l'a sauvée de la solitude et du froid. Elle l'a rendue au Cœur d'Avalon.

– Mais si Aveline est morte, comment Elyo peut-il savoir tout cela ?

– Le peuple d'Avalon ne meurt pas. Il change d'état. Chacun de nous laisse après lui des traces de son passage : Elyo connaissait assez Aveline pour entendre sa voix. Les arbres à la mémoire millénaire lui ont raconté ce qu'il ne pouvait deviner.

– A-t-il vu Émilie ?

– Il a décelé des traces de sa présence. Sa conclusion est étrange… Émilie semble n'avoir pas vraiment quitté Aveline. Certaines parties de la forêt sont habitées de sa présence. Elle n'est pas partie, pourtant elle n'est plus là-bas… »

Le regard de Narga étincela.

« Elle les a trouvées. Je suis sûre qu'elle a trouvé les fées.

– Ou bien elle est mourante, et nous arriverons trop tard, prédit sombrement Cosme.

– Ne parle pas ainsi, murmura Lilas.

– Vous y verrez plus clair une fois là-bas, » affirma Italy.

Il rayonnait de tant de bienveillance, à cet instant paradoxal, qu'Émilie s'étonna de ne pas le voir entouré d'un halo de lumière. Il était le seul : les émotions de ses autres compagnons demeuraient muettes.

« Vous ? répéta Lilas. Tu ne comptes pas nous accompagner ?

– Non. J'ai le sentiment que ma place est ici.

– Italy…

– Je ne suis pas destiné à rencontrer les fées. La magie, les sirènes, Avalon… J'ai adoré vivre ce que j'ai vécu. Mais les fées, je ne sais pas… Cela me paraît trop énorme. Trop puissant. Si j'étais capable de les trouver, je le ferais aussi bien d'ici, je me connais. Je sens que ma place n'est pas là-bas. Vous devez partir tant qu'il est encore temps… La guerre ne doit pas éclater.

– Es-tu sûr de toi, Italy ? demanda Narga. Tu ne nous accompagnes pas ?

– Je n'ai plus rien à souhaiter. Je suis déjà comblé.

– Que fais-tu de Taméo ? dit Cosme. Il a besoin de nous pour espionner les Fantômes.

– Galatée, Ignominius et Aurore couvriront votre absence. Ibiscus, peux-tu les ramener ? Nous allons avoir besoin d'eux, et de toi si tu acceptes de rester.

– Tout de suite, ami Italy. Je souhaite prendre une part plus importante au Spectacle Sensationnel. »

Le gnome sortit, aussi silencieux et discret qu'à son entrée.

« Italy… commença Lilas.

466

« – Ne t'inquiète pas pour moi. Je ne cours aucun risque ici, avec nos amis d'Avalon, et ma décision est prise depuis longtemps... Très longtemps. Vous devriez aller vous préparer. »

Narga s'empressa de quitter la pièce ; Cosme la suivit d'un pas lourd. Lorsqu'il fut seul avec Lilas, la bienveillance d'Italy céda à des sentiments plus impérieux. Ils disparurent sans qu'Émilie puisse assister à la fin de leur échange. Une bague brillait au doigt de Lilas ; Italy mentionnait le chant des sirènes...

Émilie se retrouva devant l'étrange cercle bleu et sentit la main de la fée lâcher la sienne.

« Ils ne peuvent pas me voir, soupira-t-elle.

– Non, confirma Bienveillante. Ils ne sentiront pas ta présence, jusqu'à ce qu'ils nous rejoignent, ou que tu leur reviennes.

– Et si je souhaite qu'ils trouvent cet endroit ?

– C'est le seul vœu qui te soit interdit. Nous n'offrons notre pouvoir qu'aux personnes qui nous trouvent par leurs propres moyens.

– Mais que faut-il faire pour vous trouver ? Les mots me sont venus, et cependant...

– Tu as écouté le monde bruire autour de toi. Tu as repensé ta vie par rapport à celle des autres. Tu as compris ta juste place, et la leur. Tu as envisagé l'infinité des possibles : tu t'es ainsi rendue capable d'accomplir n'importe quoi. Exaucer ton vœu le plus cher n'est que justice. Nous ne courons pas le risque de te voir abuser de notre puissance, puisque tu en connais l'exacte importance. Pour nous rejoindre, tes amis doivent en prendre conscience par eux-mêmes. »

Émilie reconnut la justesse des paroles de la fée.

« Il m'a fallu du temps, à moi aussi, avant de comprendre, se souvint-elle. On est tellement habitué à agir sans réfléchir, on ne songe jamais qu'il pourrait y avoir d'autres options. Le technomonde y veille... »

Bienveillante se contenta de sourire.

« Nous avons vu mes amis... parce que l'un d'eux s'est montré bienveillant ? reprit Émilie.

– La plupart des émotions sont très complexes. Il est rare que l'on soit la proie d'une seule à la fois. La bienveillance étant le sentiment qui se rapproche le plus de ma nature, je ne peux assister qu'aux scènes où elle domine l'attitude de l'un des protagonistes. Italy luttait pour la faire triompher. D'autres fées ont assisté à cette scène : elles partageaient le point de vue de tes amis. Inquiétude, tristesse, doute… Si la personne que nous observons n'est pas seule, et dédiée à une seule émotion, nous ne le sommes pas non plus.

– Alors, chacun de nos sentiments est apparenté à une fée, comme pour les aspects matériels de notre vie ?

– Oui. Et même si certaines fées sont très proches, chacune représente et personnifie quelque chose de différent.

– Les animaux ont-ils aussi des émotions ?

– Ils en ont, quoique beaucoup moins complexes que celles des humains. Autrefois, nous partagions davantage le point de vue des animaux, car vous viviez plus proches d'eux.

– Or a dit que les choses changeaient, dans mon monde… Vous l'avez perçu, vous aussi ?

– Depuis un certain temps, beaucoup d'entre nous s'ennuyaient, et ne voyaient plus rien en comparaison de ce dont elles avaient l'habitude. J'en faisais partie, et j'ai cru que la bienveillance allait s'évanouir de la surface de la terre.

– Ce serait possible ? s'étonna Émilie.

– Oui. La fée de l'honneur, par exemple, a disparu il y a quelque temps. Parfois, elle ressurgit brièvement. »

Émilie ne répondit pas. Il semblait si étrange que les émotions soient aussi éphémères que la matière… Pourtant l'honneur lui était bel et bien inconnu.

« Qui a remplacé la fée de l'honneur ?

– La fée de l'indifférence a pris une importance considérable.

– J'ai une dernière question. Comment se fait-il qu'un mois se soit déjà écoulé ? Je ne suis pas partie depuis plus de deux semaines, j'en suis sûre, et je croyais qu'ici le temps ne passait pas…

– Tu confonds les fées avec les sirènes. Le temps nous est inconnu, tandis qu'elles le contrôlent, et qu'il habite leur palais tout entier. Ici, le temps continue à s'écouler, mais seulement pour toi… Et sans nul doute plus vite que pour tes semblables, car tu as bien plus à faire qu'eux ! »

Bienveillante disparut sans laisser à Émilie le temps de répondre.

Son voyage semblait l'avoir bien moins influencée que les précédents. Elle ne s'était pas déformée, elle n'éprouvait aucune sensation étrangère. Sauf… Cette paix qu'elle ressentait, cette certitude que tout allait s'arranger… Non. Elle était inquiète, et lui fallut de longs moments pour comprendre pourquoi.

◆

Lilas, Cosme et Narga étaient-ils déjà partis ? Taméo s'était-il rendu compte de quelque chose ? Des meurtres… Qui pouvait avoir été tué ? Jean avait survécu. Il avait dû recruter de nouveaux Fantômes… Mais ils ne sauront pas lire, songea Émilie avec un triomphe amer. Le petit livre volé aux Archives était toujours dans sa poche. Doux, odorant, mystérieux. Émilie se demanda si elle ne pouvait pas souhaiter savoir lire… Elle repensa aux révélations de Bienveillante, et fronça les sourcils alors qu'elle reposait au milieu des nuages.

Au vu des circonstances, et de ce que la fée lui avait appris, elle n'aurait jamais dû assister à cette scène avec ses amis. Italy se caractérisait par son pragmatisme. Lilas par son désir d'action. Narga par sa joie de vivre. Cosme pouvait, éventuellement, se faire vecteur de bienveillance. Pourtant, cette dernière provenait d'Italy, qui s'était comporté avec une placidité apaisée, différente de son énergie coutumière. Puis il y avait Lilas, pleine de doutes. Cosme, triste et ironique. Et Narga, qui ne rêvait que d'agir en trouvant les fées. Chacun de ses amis se comportait d'une manière inédite. Narga restait fidèle à elle-même, quoiqu'Émilie eût perçu une frénésie désespérée dans son élan pour quitter la salle… L'abattement de Lilas l'effrayait, elle d'habitude si dynamique. Et Cosme, avec ses paroles cyniques… Seul Italy paraissait apaisé.

Émilie aurait voulu courir à ses amis, et les serrer dans ses bras. Elle se sentait envahie par un sentiment insolite, qui mêlait la joie et le chagrin, et l'empêchait de les dissocier. Elle se souvint d'avoir entendu Italy évoquer les sirènes… Il devait avoir vaincu ses derniers démons. Émilie pensa avec gratitude à Mélisande et à ses sœurs, qui leur avaient tant offert depuis le lointain début de leur aventure. Elle aurait voulu retourner dans le Cimetière des Naufragés leur dévoiler ses nouveaux souvenirs… Mais nul retour n'était possible.

Le retour. Cela lui rappelait Aveline…. Ainsi, la terre dispersée au vent avait laissé des traces. La dryade demeurait dans le bois, et Elyo comptait la rejoindre… Dans la forêt, dans le Cœur d'Avalon, existait-il une réelle différence ? Tout ne fait qu'un, elle s'en rendait compte un peu plus à chaque instant. Le Sentier des Cieux n'incarnait-il pas cette vérité, porte unique donnant sur tous les horizons ?

Les expressions les plus étonnantes se présentaient à Émilie, éparses dans les nuées ensoleillées, et chacune la surprenait autant que la précédente. Les cercles se contorsionnaient, pléiade de formes aussi inventives et appropriées les unes que les autres. Elle voulait toutes les voir, et toutes les mémoriser.

L'une d'elles, noire, interrompit son avancée. Il s'agissait d'un cercle parfait, d'une tension telle qu'il semblait devoir exploser au moindre effleurement. Il ne se métamorphosait en rien. La ligne noire tremblait comme de rage contenue, et Émilie craignait de s'en approcher.

« Que regardes-tu ?!! »

Une fée aux cheveux corbeau coupés courts et aux ailes noires se tenait près d'Émilie. Son vêtement de ténèbres flottait autour d'elle. Ses ailes trouées vrillaient l'air de leur battement rapide. Sa peau de craie ressortait, pâleur insolite au milieu de tant d'ombre, et sa bouche noire était aussi coupante qu'un cri perpétuel.

La fée lui empoigna violemment la main ; Émilie eut le temps de remarquer la noirceur de ses ongles, avant que le monde ne disparaisse.

Colère froide, rage destructrice, impétuosité éphémère, en quelques instants Émilie connut tous ces sentiments, qu'il lui parut étrange de baptiser du même nom. Des enfants, des hommes, des femmes, déchirés par des émotions contraires, légitimes, futiles ou sublimes. Caprice, vengeance, chagrin, affrontement, cris, coups, le lien n'allait pas de soi, et elle n'aurait jamais cru pouvoir apparenter des profils aussi éloignés. Mais la fée savait ce qu'elle cherchait. Émilie ne fut qu'à moitié surprise en voyant apparaître Taméo et Italy, le premier crispé par la colère, le deuxième sur le point d'y succomber.

« Où sont-ils allés ? lâcha Taméo.

– Ils sont partis vers cette forêt où Elyo a retrouvé la trace d'Émilie et d'Aveline.

– Vous auriez dû m'avertir. Nous sommes dans une situation très délicate, la guerre civile peut éclater d'un moment à l'autre… Le groupe prime sur l'individu, il n'est plus temps de prendre des initiatives personnelles !

– Lilas, Cosme et Narga sont partis chercher les fées. Tu sais aussi bien que moi qu'elles sont notre meilleur espoir ! »

Le ton des deux hommes montait. Italy cédait à la colère.

« Tu es un meneur remarquable, Taméo. Je sais que tes intérêts personnels ne primeront jamais sur ceux des Alternautes. Mais tu ne peux pas demander à Cosme, Narga et Lilas de t'imiter ! Ils ont le droit de faire leurs propres choix.

– Et toi, pourquoi es-tu resté ?

– Ma place n'était pas avec eux. Il suffit que l'un d'entre nous trouve les fées pour que tout cela cesse, et je sais depuis longtemps que ce ne sera pas moi. J'ai le courage de rester, et la force de ne pas te haïr. Je t'empêcherai de devenir comme Jean. »

Taméo ferma les yeux. Colère contre Italy. Colère contre Jean. Colère pour Antonia… Colère contre la vérité.

« Tu dois me faire confiance, reprit Italy. Je ne suis ni un traître, ni un lâche. Je ferai tout pour t'aider à triompher… Mais je refuse de te laisser tomber dans les excès des révolutionnaires. »

Colère froide. Taméo ne se laisserait jamais dominer. Si Italy le gênait, il l'écarterait. Et pourtant… Cette petite bulle, au milieu de sa colère, était-ce l'infime relique d'un espoir ?

« Très bien. Espérons qu'ils trouvent les fées. Quant à toi, tu dois absolument continuer à suivre la piste de Jean et des Fantômes.

– Nous avons perdu sa trace en même temps que celle des Fantômes maîtres et d'Émilie. Tout est lié. Lilas et les autres cherchent à rassembler les pièces du puzzle, à poser la dernière pierre à ton édifice... Au nôtre. À celui des Alternautes.

– Entre les accidents, les meurtres et les agressions, une centaine de personnes sont déjà mortes. Nous fabriquons des armes, mais en cas de guerre, tout se jouera sur la stratégie. Je compte beaucoup sur l'aide d'Avalon.

– C'est un peuple imprévisible, mais Capucin, Galatée, Aurore, Ignominius et Ibiscus peuvent faire des merveilles.

– Pourront-ils nous protéger des bombes ? »

Leurs paroles s'estompèrent.

Déjà Narga, Cosme et Lilas apparaissaient, debout près du ruisseau où Émilie s'était tant de fois abreuvée.

« Elle n'est pas là, Narga ! s'exclama Cosme. Il ne sert à rien de nier l'évidence...

– Émilie et Aveline sont venues ici, Ibiscus nous l'a dit ! rétorqua Narga. On ne trouvera jamais les fées en fuyant sans arrêt !

– On ne les trouvera pas non plus en tournant en rond ! Je désire que tout s'arrange autant que toi, mais la magie n'exclut pas la logique. Nous sommes loin de tout ici, comment veux-tu arriver à quoi que ce soit ? Voilà deux semaines que nous cherchons en vain !

– Je ne sais pas ce que nous devons faire, soupira Lilas. Tout paraissait plus simple de loin...

– Nous nous sommes disputés aussi, au mont Everest, souligna Narga. Et sans Émilie, nous n'aurions jamais ouvert la porte d'Avalon ! Il faut persister et trouver une solution au poème. Il y en a forcément une. J'ai vu la demeure des fées, je sais qu'elles existent et qu'elles sont là, à portée de main !

– Alors pourquoi n'interviennent-elles pas ? » demanda Cosme.

Les poings serrés, Émilie ne l'avait jamais vu aussi furieux.

« Pourquoi nous laissent-elles tuer et torturer, si leur pouvoir est aussi puissant ?

– Elles ne dirigent pas le monde, ça c'est notre liberté ! Si n'importe qui pouvait les atteindre, crois-tu que Jean les aurait laissé vivre ?

– Ce sont des êtres de magie ! Tu crois, toi, qu'elles se seraient laissé tuer ? Elles n'existent pas, je ne vois pas d'autre explication.

– Parce que tu es aveugle ! Elles n'ont pas le pouvoir de t'ouvrir les yeux, si tu refuses de croire ! Pour les trouver il faut les comprendre. »

Narga tourna les talons et s'enfonça dans la forêt ensoleillée. Cosme partit dans la direction opposée. Avant que la scène ne s'estompe, Émilie eut le temps de voir Lilas tomber à genoux, les épaules abattues par le désespoir.

Le Sentier des Cieux lui paraissait vide et froid.

Elle sentit à peine la main de la fée lâcher la sienne.

« Les humains sont incapables de comprendre, dit la fée d'un ton méprisant. Il faut toujours qu'ils se montent les uns contre les autres. Ils sont tous pareils… Rhaaaa !!!! »

Avec sa robe qui l'auréolait d'obscurité et ses yeux exorbités, la fée ressemblait à une déesse enragée. Alors que l'écho de son hurlement n'était pas encore mort, elle se figea.

« On m'appelle Colère. Je m'enflamme aisément, et les humains m'exaspèrent. Ah, si seulement j'étais libre !

– Que voulez-vous dire ?

– La Reine nous a interdit d'intervenir auprès des humains, voilà bien longtemps déjà. Je ne lui désobéirai pas. Alors j'observe ces misérables larves, je me nourris de ce qui les dévore. Maintenant va, j'en ai assez de toi ! »

Un violent tourbillon repoussa Émilie loin du cercle noir.

Pendant plusieurs minutes, elle voulut revenir, affronter Colère, lui dire qu'elle avait tort, lui crier ses frustrations et sa souffrance. Il lui fallut très longtemps pour cesser de brûler, et pour aller de l'avant.

◆

Émilie était désemparée. Ne devrait-elle pas aller trouver la Reine, immédiatement, et lui dire qu'elle souhaitait... Quoi ? Que tout s'arrange ? Que Taméo triomphe ? Que ses amis soient heureux ?

« Mais ils ne seront jamais heureux s'ils ne parviennent pas à trouver les fées par leurs propres moyens, songea-t-elle. Ce sera un bonheur vide, comme celui offert par le Revery... Les conflits qui les déchirent ne seront pas résolus. Ils ne peuvent l'être que si Cosme, Lilas et Narga atteignent l'équilibre où chaque chose a son importance. Le sens... »

Narga voulait la retrouver, mais refusait d'admettre son impuissance. Cosme menaçait d'être submergé par l'amertume de l'échec. Lilas ne savait plus que croire, et se laissait engloutir par le désespoir. Ils devaient dépasser leurs faiblesses et leurs contradictions... Pour poser sur le monde un regard universel. Si Émilie revenait maintenant et faisait triompher Taméo, leur seule occasion de comprendre disparaîtrait...

« Ne cherches-tu pas une excuse ? disait cependant une voix dans sa tête. Tu as peur des conséquences de ton vœu... Peur de faire le mauvais choix... Ce vœu, désires-tu seulement le leur donner, toi qui ne ressens rien ?

– C'est faux, dit Émilie à voix haute. J'ai appris à aimer. J'ai peur, mais j'ai confiance en mon jugement. J'attendrai. »

Soulagée d'avoir prononcé ces mots, Émilie se retourna. Une présence l'observait.

« J'admire ta certitude. »

La voix appartenait à une fée au visage incertain. Au contraire de la Reine, dont les traits rappelaient toujours ceux de quelqu'un, cette fée paraissait ne jamais savoir quelle expression adopter, ni ce que son apparence devait refléter. Ses ailes avaient une forme indéfinie, pâles arcs-en-ciel entre l'abeille et le papillon. Sa robe de pluie semblait vouloir concilier trop de styles pour se rapporter à un seul. Ses yeux vairons et ses cheveux de paille achevaient de la décrire.

« Je m'appelle Doutance. »

Émilie venait de remarquer la porte à côté de laquelle la fée se tenait. Une porte d'un bleu rosé, flottante, mouvante, criante d'indécision.

« J'ai l'impression que le Sentier des Cieux sait mieux que moi quelle fée peut me conseiller.

– Oh, je sais beaucoup de choses, dit Doutance. Mais je n'arrive jamais à me décider sur la meilleure réponse.

– Mes amis se posent beaucoup de questions.

– Je connais leurs doutes. Veux-tu les voir par toi-même ? Après, je pourrai peut-être te donner mon avis… À moins que tu ne veuilles aller voir la fée Certitude ?

– Comment trois semaines ont-elles pu passer aussi vite ?

– Peut-être étais-tu tellement occupée que tu n'y as pas songé ? Ou alors tes pensées ont été assez florissantes pour meubler le temps trois semaines durant…

– Pouvons-nous y aller ? »

Émilie tendit la main. Doutance la lui prit, et elles franchirent ensemble la porte qui menait au doute.

Concubins, amis et familles se divisaient autour de la guerre qui venait d'éclater. Après une nouvelle manifestation, les Alternautes s'étaient fait attaquer de front, par des individus en armure et par des civils, dans toutes les grandes villes où le mouvement avait eu lieu. Ils auraient dû être écrasés par l'État, mais ils s'étaient précipités vers les cabines de téléportation collective. Ayant pris soin de s'armer, ils s'étaient retranchés dans les Centres d'Aptitude, dont on venait d'apprendre qu'ils étaient tombés entre leurs mains des mois auparavant. Plusieurs Centres étaient assiégés. L'opinion se divisait.

Puis il y avait eu cette explosion. Un Centre de Soins rempli de femmes et d'enfants, détruit par une bombe en quelques instants. On prétendait que, pour pouvoir gagner la guerre, les Alternautes tuaient leurs membres les plus faibles. La rumeur accusait aussi l'État de sacrifier sa population quand elle ne se montrait pas coopérative. Quantité de ménages avaient changé de camp dans les deux sens, selon qu'ils accordaient foi à une propagande ou à une autre. Les événements prenaient de jour en jour la tournure d'une guerre civile.

Plus surprenant, la moitié des bombes ne touchaient pas leur cible. Les caméras enregistraient d'étranges phénomènes, que personne ne semblait pouvoir expliquer. Des créatures sauvages attaquaient les deux camps, et commettaient des crimes atroces.

On parlait d'une invasion extra-terrestre... Les plus craintifs n'osaient s'opposer à l'État. Les plus rationnels recherchaient la logique. Les plus violents, ceux qui les armeraient. Et l'on reparlait des guerres passées, des mystères, des conflits si vieux qu'on les croyait mythiques.

Surtout, on ne comprenait pas la soudaine impuissance de la technologie à satisfaire les désirs, tous les désirs de chacun... Où était cet homme qui avait tenu front à Lindor, le premier jour ? Qui était-il ? Des histoires circulaient, des images, des choses horribles commises par les Alternautes et par l'État... Mais les deux camps démentaient... Qui croire ? Les représentants de l'État étaient si rassurants... Et Lindor si passionné... Puis il y avait ces disparitions sans explication, et Lindor garantissait de retrouver tous ceux dont on avait perdu la trace. On avait invoqué l'inaptitude des années durant, sans trop se poser de questions... Mais les questions revenaient. Et soudain le Revery ne suffisait plus... Aucune simulation ne valait le souffle de la vie. Comment avait-on pu l'oublier si longtemps ?

« Je t'aime. »

« Je suis libre ! »

« Tu me manques. »

« Je les hais ! »

Les mots revivaient sur toutes les lèvres. On éprouvait à nouveau le besoin de les dire. Le monde, endormi depuis si longtemps, se réveillait. Et la différence était semblable à celle qu'il y a du rêve à la réalité. Qui, cependant, nous avait plongés dans le sommeil ?

Jean apparut ensuite. Jean seul dans les Archives, et Émilie entendait ses pensées comme s'il parlait à voix haute. Jean, le visage brûlé, ses traits déformés par un poison qui n'était pas humain, et qu'aucun homme ne pourrait effacer.

« Comment est-ce possible ? pensait-il. J'ai vu ce scorpion de mes propres yeux. Je l'ai tué de mes mains. Pourtant, il me brûle toujours en rêve, et il ne reste plus aucune trace de lui en ces lieux. Comment toutes ces métamorphoses peuvent-elles être réelles ? Comment un homme peut-il devenir un singe, un oiseau, un insecte, une pierre ?! Cette magie, je ne comprends pas... D'où vient-elle ? J'ai cartographié ce monde jusqu'au plus petit caillou. Pourquoi ne l'ai-je jamais trouvée ? Et comme par hasard, mes partisans sont les plus touchés… Qu'a fait ce maudit rebelle ? Comment le scorpion est-il arrivé là ? Pourquoi personne d'autre n'est venu depuis ? Et il y a ce livre qui a disparu… Avec les traces que j'ai trouvées, un peu partout, de cette sale gamine… Émilie ne sait pas lire, alors pourquoi ? Comment est-elle arrivée là ? Par où est-elle sortie ? Les Archives enregistrent tout, mais la dernière salle où elle est allée ne m'a pas révélé ce secret. Cette fille est-elle liée à la magie ? Et les Centres qui sont tombés aux mains des rebelles, sans qu'aucun de mes agents se soit douté de quoi que ce soit… Tous ces événements sont liés. J'écraserai les rebelles. Je les tuerai jusqu'au dernier. Ces imbéciles qui ne comprennent pas que j'œuvre pour leur bien à tous… Ils doivent me laisser faire. Pourquoi ? Ah, tu le sais pourquoi, parce que le malheur doit être éliminé, éradiqué, même si pour cela il faut mettre fin à toute vie, et recommencer à zéro. Mieux vaut ne rien sentir, oui, et être fort, toujours, pour ne pas perdre son temps. Tant de temps, que les humains gaspillent à s'entre-déchirer… Alors qu'il suffit de tendre le doigt pour pénétrer le bienheureux royaume de l'oubli. Tendre le doigt, et ouvrir les yeux… »

La scène s'estompa. Émilie eut tout juste le temps de voir Jean porter la main aux perles noires qui ornaient ses oreilles. Un écran de couleurs en émergeait, qui emplissait toute la pièce…

Taméo apparut. À travers les yeux d'un Léonard incertain. Taméo menant une manifestation titanesque, Taméo, silhouette solitaire au premier rang, et si Galatée ne l'avait pas protégé… Pouvait-on faire confiance à cette magie ? Léonard aimait bien ces Clandestins qui avaient tout fait basculer, Lilas, Émilie, Cosme, Narga, Italy. Taméo leur faisait confiance… Taméo. Il le connaissait depuis toujours, et ne le comprenait pas. Comment pouvait-il être à la fois si droit, et si froid ? Jamais il n'avait songé à s'accaparer les ressources clandestines à des fins personnelles. Il était prêt à tous les sacrifices pour faire triompher les Alternautes… Mais il avait perdu le goût de vivre. Pourquoi ? Il connaissait Antonia, elle n'aurait pas voulu cela… Trop tard. L'assaut est lancé…

Narga apparut, assise contre un arbre plusieurs fois centenaire. Ses mains entouraient ses genoux repliés. Elle fixait le sol, indifférente à la beauté du monde. Elle doutait, et ses pensées assaillirent Émilie, la plongeant au cœur du combat qui déchirait son amie.

« Les fées sont si puissantes... Et j'ai tant de vœux irréalisables... Cerise, Avalon... Est-ce de l'égoïsme ? Lilas se chargera de sauver les Alternautes, c'est son vœu le plus cher. Encore faudrait-il qu'elle comprenne le poème... Si seulement Émilie était là, nous pourrions en discuter, comme sur l'Everest... »

Narga serra les poings.

« Voilà que je retombe dans le cercle infernal. Émilie n'est pas là. Elle est peut-être en danger, et je n'ai pas d'autre moyen pour la retrouver que les fées... »

Silence.

« Dois-je choisir entre Émilie, Amo et Cerise ? Et mes propres désirs, susurre cette voix que je refuse d'entendre. Cela paraît futile et pourtant... Je ne rêve que de ça. D'être libre comme l'air. De voir le monde comme personne d'autre ne le peut. Voler. Cette pensée m'obsède, et me hante. Cela me rendrait si heureuse, plus heureuse que je ne l'ai jamais été. Voler. Voir le ciel, l'espace, l'univers tout entier. Voler... Et pour voir ce vœu réalisé, je serais prête à rester seule au monde ? Cerise me manque. Amo me manque. Émilie me manque. Je veux être libre, et pourtant... »

Les pensées de Narga se turent. Elle sonda un long moment son cœur, à la recherche d'une réponse à sa question muette. Émilie percevait la confusion de ses sentiments, et ne se trouvait pas plus habile à les formuler que son amie. Enfin, les mots revinrent :

« Non. Ce serait trop injuste. Comment pourrais-je être heureuse en parcourant les cieux, ou entourée de gens qui m'aiment, si j'achète ce bonheur au prix de la vie d'Émilie ? Je pourrais aussi bien la tuer de mes propres mains. Mes rêves, quels qu'ils soient, ne valent pas une vie. Même si Cerise et Amo ne sont plus là, j'ai Lilas, Italy et Cosme. »

Comme pour la réconforter, une brise vint caresser son visage. Narga leva les yeux vers la canopée.

« La vie, le bonheur… Tout cela paraît à la fois si important, et tellement insignifiant. Tant de questions qui demeurent sans réponse. Mais j'ai assez entendu parler des sirènes pour avoir une idée de la valeur de la vie. Voler. Peut-être, mais pas avant d'avoir retrouvé Émilie. »

La voix de Narga puis la scène s'estompèrent. Elle quittait le doute pour un sentiment à la fois moins inquiet et plus interrogateur.

La forêt se redessina aussitôt, cette fois autour de Cosme, qui traversait une immense clairière. Il avançait d'un pas erratique et désespéré.

« Aveugle ! Je ne suis pas aveugle. Je sais ce que je dis. Ces maudites fées n'auraient jamais permis la mort d'Ania et de notre enfant. À moins qu'elles ne soient aussi folles que les Ombres, ou aussi lâches que le reste du monde. Pourquoi ne pas intervenir, quand on dispose d'un pouvoir aussi puissant ? Comme les sirènes… Des observatrices passives et inutiles ! Elles nous l'ont expliqué, elles laissent le monde suivre sa propre histoire. Elles ne vivent même pas dans notre temps… Elles voient sans ciller des bateaux sombrer, et des innocents perdre la vie, parce que le destin en a décidé ainsi. Pourquoi ? Pourquoi tant d'inaction devant tant d'injustice ? Comment douter que cela ne provienne des sentiments les plus bas ? Des êtres de magie… Notre liberté… Mais à quoi sont-elles utiles alors ? Que leur sert de nous observer sans cesse, d'être 'le témoin de nos vies ici-bas'? Pourquoi ont-elles un corps, si elles n'ont l'utilité que de leurs yeux ? La nature humaine est si pauvre, on en a vite fait le tour… J'aime beaucoup Émilie, mais s'il fallait choisir entre Ania et elle… Ah, je les hais tous ! Je ne leur pardonnerai jamais… La valeur de la vie, bien sûr… J'en ai assez de tout ça. Je ferais sans doute mieux de partir. De rejoindre Ania, parce que ce monde ne vaut pas la peine qu'on vive pour lui. »

« Cosme, » murmura Émilie, la gorge serrée.

Il remuait des pensées si terribles… La disparition d'Émilie lui rappelait la mort d'Ania, et il s'enfermait dans un cercle infernal. Émilie aurait tant voulu le réconforter… Quand elle le vit jeter son béret d'un geste rageur, puis sortir une arme et l'appuyer sur sa tête, son murmure se fit cri.

« Cosme ! Non ! Arrête, entends-moi ! Je t'en supplie !! »

Cosme abaissa l'arme, et Émilie eut une seconde d'incrédulité avant de comprendre. Il ne l'avait pas entendue : parti au-delà du présent, il avait ce regard que seul peut causer le chant des sirènes. Il écoutait l'inestimable présent de ces créatures, coquillage caché au fond de son cœur à vif.

Avant qu'il ne disparaisse, Émilie eut le temps de saisir encore quelques pensées :

« Ania… Que dirais-tu de moi, si j'achetais ta vie au prix de celle d'Émilie ? T'avais-je à ce point oubliée, pour en être capable ? Que dirais-tu, si je te préférais aux milliers d'innocents et de braves dont nous avons mis le sort entre nos mains ? Pire, que dirais-tu, si je fuyais la vie qui nous est si chère ? Le chagrin m'aveugle, et je me suis cru seul au monde. Ania… »

Déjà, Lilas apparaissait, prostrée près du ruisseau.

« Italy… Émilie… Je ne sais plus ce qu'il faut faire. Je me sens si vide… Si impuissante. Je me suis toujours battue corps et âme pour les Clandestins, et voilà que je doute de la marche à suivre avec les Alternautes. Trouver les fées... Oh, Italy, tu semblais si sûr de toi. Mais je ne suis jamais parvenue à rien dans la magie, une fois mise au pied du mur… J'y crois, pourtant. Sans Émilie, tout cela paraît si loin… Voilà deux fois que j'échoue à la protéger, et ce malgré la puissance d'Avalon. Si elle est morte, s'ils l'ont torturée, je ne le supporterai pas. Je sais d'ores et déjà que je souhaiterais la voir revivre, et oublier les mauvais traitements qu'elle a pu subir. Quant aux Alternautes… Je me suis nourrie de ces rêves de liberté pendant des années. Vus d'ici, nos combats paraissent chimériques… Et mon bonheur si petit, si égoïste, si misérablement réduit. J'ai droit à un unique souhait, et j'ignore ce que je dois en faire. Sans Émilie, je serai rongée par le remords. Cosme et Narga… L'un de nous pourrait la sauver, un autre les Clandestins, et un seul aura le droit de souhaiter pour lui. Je voudrais ne jamais avoir connu la torture, et que personne ne l'ait inventée. Je voudrais que mes parents ne fussent pas morts si tôt, assassinés par les Ombres. Des hommes dont les sirènes m'ont révélé le visage, et que Taméo a dû supprimer depuis longtemps… Même cela, je n'ai pu l'accomplir moi-même. Je voudrais qu'Italy n'ait pas tué, et que l'Ancienne, Michèle, Christopher et les autres soient toujours vivants. Je voudrais tant de choses, pour tant de gens… Je veux souhaiter le triomphe des idéaux alternautes, mais si c'est au prix de la vie d'Émilie… D'un autre côté, hésiter me fait paraître si cruelle ! Balancer entre le sort du monde et de milliers de gens, et mon bonheur… Pourquoi ce prix me semble-t-il si cher à payer, alors que ma vie est si peu de choses ? Les sirènes me l'ont montré, rappelé… J'hésite pourtant, j'hésite, et quel que soit mon choix il me rappellera toujours mes faiblesses. Oh, je sais ce que tu diras, Italy… Que je suis trop exigeante. Que j'ai agi au mieux. Que je n'ai rien à me reprocher, quoi que je décide. Mais ce sont des excuses faciles…

– Je reconnais bien en toi l'orgueil des humains ! »

Émilie et Lilas sursautèrent. Un homme se matérialisa sous leurs yeux, plus exactement s'extirpa du pêcher dont Émilie avait goûté tant de fruits. Grand, une peau d'ébène, les yeux d'un blanc effrayant, ses cheveux abondants retombant en cascade sur ses épaules, il fixait Lilas, indéchiffrable. Que faisait ici le seigneur d'Avalon ?

Lilas se releva brusquement.

« Êtes-vous Manouch ? Le roi d'Avalon ?

– Tu es bien instruite.

– Que faites-vous ici ? Et… Pourquoi avez-vous dit reconnaître l'orgueil des humains ?

– J'explore le monde à la recherche de nouveautés. J'ai voulu visiter ces lieux pour comprendre la disparition de deux de mes sujets. Vous êtes venue ici avec vos amis pour la même raison... Mais vous n'avez encore rien appris.

– Comment savez-vous…

– Je suis mage. Les émotions n'ont aucun secret pour moi. Je lis dans les pensées humaines comme dans un livre ouvert. J'ai vu dans les tiennes tous les signes de l'orgueil propre à ceux de ta race.

– Je ne comprends pas.

– Comment le pourrais-tu ? Tu es tellement pleine de ta propre importance. Te crois-tu si grande que le sort du monde

481

entier doive reposer sur tes seules épaules ? Te crois-tu si parfaite que l'erreur te soit interdite ? Tu penses trop à ton image. Tu te glorifies de la douleur et des reproches à venir.

– Je ne me glorifie pas…

– Ose le nier ! Tu balances entre ces concepts prétentieux, ton bonheur et celui des autres. Crois-tu qu'ils soient incompatibles ? Quel que soit ton choix, il sera courageux. Ton orgueil consiste à ne pas l'apprécier à sa juste valeur, le plaçant ou bien loin au-dessus, ou bien loin en-dessous de l'image que tu as de toi. Ton souhait, il est vrai, peut changer le cours de l'histoire humaine ; il ne changera pas la nature de ton peuple. Vous êtes portés au bien comme au mal. Certains naissent heureux comme d'autres naissent blonds. Que prétends-tu changer ? Le propre de votre race est l'indécision. Il vous est impossible de rester heureux aussi bien que malheureux. Un peu de modestie, que diable ! Tu exagères les conséquences de ton choix. Tu mésestimes le pouvoir du temps, et tu confères à ta personne une importance qu'elle n'a pas. Le monde tournera, la vie demeurera, avec ou sans toi. Et la fin, un jour, arrivera. »

Manouch patienta quelques secondes avant de reprendre :

« Je vais continuer ma route. Si tu veux trouver les fées, réfléchis bien à mes paroles. »

Il s'en fut dans la forêt, sous les yeux d'une Lilas ébahie.

« Orgueilleuse ? Moi ? Mais qui est-il pour en être si sûr ? Et pourquoi prend-il la peine de m'en informer ? Orgueilleuse ! C'est le comble ! »

Lilas se mit à longer le ruisseau à grands pas.

« Orgueilleuse ! ne cessait-elle de répéter. Je me désespère pour tout le monde, je suis sûrement celle qui a le moins de requêtes personnelles à soumettre aux fées, je me bats pour d'autres que moi depuis des années, ai-je jamais cherché à être au-dessus de qui que ce soit ? Orgueilleuse ! Et je serais emplie de ma propre importance ? Ah, orgueilleuse, non vraiment, c'est pousser le bouchon trop loin ! Et pourtant… »

Lilas ralentit le pas ; finit par s'arrêter.

« Cette accusation me toucherait-elle autant si ce n'était qu'un simple mensonge ? Non, et ta réaction parle d'elle-même, dit cette petite voix qui a toujours raison. Mais je ne suis pas quelqu'un d'orgueilleux… Je ne me crois pas au-dessus de tout le monde.

– Disons, pas de la manière la plus répandue.

– Oh, tu m'énerves.

– Tu ne peux pas le nier. Tu te considères implicitement chargée de veiller sur les autres, de les mener. En cas de réussite, tu t'attribues tout le mérite, en cas d'échec, la seule faute. Pourquoi devrais-tu faire plus que tout le monde ?

– J'ai toujours eu ce sentiment. Peut-être parce que je me suis sentie si seule, quand mes parents sont morts ? Et je me suis jurée de tout faire pour que personne, jamais, ne se sente aussi abandonné. Manouch me l'a dit pourtant, je ne peux pas changer la nature humaine. Beaucoup de personnes sont responsables de leur propre malheur. Il dit vrai, au fond, mon choix n'importe pas tant… Ce qui compte, c'est de sauver Émilie et de faire triompher les Alternautes, car je crois au plus profond de moi que leurs idéaux peuvent aider beaucoup de gens. Peu importe lequel d'entre nous le souhaite… Je n'ai pas d'autre vœu. Si je le pouvais, je réunirais ces deux-là en un seul. Faire revenir mes parents, ce serait une joie immense, mais une joie égoïste. Ils ne souffrent plus, où qu'ils soient, et je les rejoindrai le moment venu. Ils ont vécu… C'est mon tour, maintenant. Et je ne serai plus seule… J'ai trouvé Italy. »

Émilie n'en entendit pas davantage. Elle vit Lilas s'asseoir et dénouer ses cheveux. Ses longs cheveux blonds, qui se répandirent en cascade sur ses épaules. Lilas…

Émilie fut arrachée à cette vision pour se retrouver dans le Sentier des Cieux.

« À bientôt, Émilie, » résonna la voix de Doutance.

La fée l'avait deviné, Émilie ne doutait plus de retrouver ses amis. Cosme, Narga et Lilas gravissaient les marches de l'escalier qui les conduirait au royaume des fées. Émilie était enfin elle-même, et le bonheur la protégeait de toute altération.

◆

L'arche de brume était là, belle, fugace, changeante. La porte la plus énigmatique du Sentier des Cieux.

Émilie s'y précipita, le cœur bondissant. Elle se matérialisa sur l'esplanade étoilée, lueur de magie dans le chemin du mystère. Elle n'eut pas à attendre longtemps avant de voir apparaître ses trois amis, aux contours de plus en plus précis, entre les colonnes de nuages. Cosme avec son béret, Lilas cheveux au vent, Narga... Émilie courut vers eux. Elle se jeta dans leurs bras quand ils répondirent à ses cris, fous de joie, étourdis, perdus, heureux.

« Émilie !

– Cosme, Narga, Lilas, je suis si heureuse de vous voir ! J'ai l'impression de vous avoir attendus une éternité. Nous sommes chez les fées... Oh, j'ai tant de choses à vous dire ! »

Émilie leur raconta tout. Dans son empressement, elle commença par la fin, et leur parla des fées avant de revenir sur terre. Son récit au sujet des Archives médusa d'autant plus ses amis qu'aucun d'eux n'avait trouvé nulle trace de la trappe par laquelle elle s'était échappée. Elle leur montra le livre, qu'ils voulurent tous toucher, leur relata la triste fin d'Aveline et les doutes de Jean. Ils se montrèrent désolés de la première et réjouis des seconds. Puis parfaitement stupéfaits, en la voyant si bien au courant de ce qui s'était produit au sein des Alternautes, et dans leur propre esprit, depuis son départ.

« Les combats doivent faire rage depuis longtemps, dit enfin Lilas. J'espère que Taméo ne s'est pas fait tuer.

– Des bombes... Je n'imaginais pas qu'on en viendrait à de telles extrémités, dit Cosme d'une voix dure.

– Cette histoire a déjà causé trop de morts, ajouta Narga. Il est temps d'y mettre fin.

– Venez, dit Émilie, allons demander à une fée de nous montrer où en sont les choses, et...

– Non, Émilie, l'interrompit Lilas. Je n'ai pas besoin de la voir pour savoir que cette guerre ravage le monde. Allons directement auprès de la Reine des fées. »

Alors qu'ils se dirigeaient vers l'extrémité de la colonnade, Narga souligna :

« Ce qui m'étonne, Émilie, c'est que tu viennes seulement de nous voir lutter contre nos démons intérieurs. Cela fait plus d'une semaine que j'ai eu les pensées que tu as entendues. J'ai parcouru bien du chemin depuis…

– Moi aussi, renchérit Cosme.

– Et moi donc, dit Lilas. Cela fait deux semaines que j'ai rencontré Manouch… Je ne me suis pas interrogée sur l'absence de Cosme et Narga. J'étais dans un état second.

– Nous l'étions tous, commenta Cosme.

– Mais comment avons-nous pu arriver ici en même temps ? demanda Narga. Je me souviens m'être endormie, puis… J'ai ouvert les yeux quand tu as crié mon nom, Émilie. Oh, je suis si heureuse que tu sois saine et sauve !

– Le temps passe bizarrement ici, répondit Émilie en souriant. Je n'ai pas réussi à en percer la logique. La manifestation a eu lieu il y a au moins deux ou trois mois, et quand je n'ai pas l'impression que c'était la veille, il me semble que plusieurs années se sont écoulées depuis. »

Ils s'étaient arrêtés aux derniers piliers de nuage, et pénétrèrent ensemble dans le Sentier des Cieux.

Il semblait plus beau que jamais, avec ses arches brillantes et colorées, suspendues dans une infinité d'azur. Ils furent aussitôt enveloppés dans le souffle d'un zéphyr rafraîchissant, dont le murmure emplissait tout l'espace.

L'arche la plus remarquable de toutes se tenait devant eux, arche d'univers et de galaxies, le portail de la Reine des fées.

À leur entrée, une vague de chuchotements parvint à leurs oreilles. Un océan de visages curieux les fixait. Beaucoup leur souriaient à la lumière de la lune.

Ils avancèrent lentement vers la Reine.

« Majesté, voici mes amis, Cosme, Lilas et Narga. Nous sommes prêts à faire un vœu.

– Je suis heureuse de l'apprendre. Voilà longtemps que nous n'avons pas eu l'occasion d'exercer notre pouvoir dans toute son ampleur. Nul doute que vous en ferez bon usage.

– Majesté, j'ai beaucoup appris sur les fées depuis notre rencontre et… J'ai une dernière question. »

La Reine répondit par un sourire engageant.

« J'ai cru comprendre qu'autrefois, les fées exauçaient plusieurs souhaits, pour la même personne. Vous étiez aussi plus faciles à trouver. Pourquoi cela a-t-il changé ? Pouvons-nous réellement vous demander n'importe quoi ?

– Vous nous avez souvent confondues avec le peuple d'Avalon, avec ces êtres qui se mêlent des affaires humaines quand et comme bon leur semble. Mais c'est dans la nature que respire Avalon, tandis que nous habitons votre culture. Nous naissons des créations de l'homme, quand Avalon les fuit. Auparavant, chaque fée était libre d'intervenir dans la vie des humains, pour punir ou pour récompenser. Il arrivait fréquemment que nous nous affrontions à travers vous, faute de partager le même point de vue sur votre destinée. Mais vous avez trop abusé des bienfaits que nous vous accordions ; certaines fées ont exagéré leurs châtiments et leurs bénédictions. J'étais lasse de ce gaspillage. J'ai ordonné que nous disparaissions de la surface de la Terre. Quant aux vœux, puisque les hommes se montraient incapables d'en mesurer la portée, j'ai fixé la mesure même comme condition de leur accès au Sentier des Cieux. Nul ne pourrait entrer qui ne connaisse la valeur de chaque chose, et ne puisse mesurer toutes les conséquences de son vœu. En contrepartie, et puisque je pouvais être certaine que notre pouvoir ne serait pas mésusé, j'ai choisi d'accorder aux humains qui parviendraient jusqu'à nous n'importe quel vœu. Ainsi certains souhaits, que nous ne pouvions réaliser seules, deviennent possibles si nous agissons ensemble, et la mort même n'est plus une limite. Seules deux interdictions sont demeurées. La première, personne ne peut accéder à notre royaume sur le vœu d'un autre. La seconde, l'occasion n'est réfléchie que si elle est unique, aussi n'avez-vous droit qu'à un seul vœu chacun. À présent, c'est à vous… Qui parlera en premier ?

– Moi, » dit Lilas.

Personne ne tenta de la retenir. N'avaient-ils pas pesé chaque argument, afin de choisir en toute connaissance de cause ? Au fond, c'était cela, la liberté…

« Nous t'écoutons, Lilas. Quel est ton vœu ?

– Je souhaite que les êtres humains prennent conscience de leur liberté, et instaurent une société plus juste que le technomonde.

– Soit. »

Une larme brilla dans l'un des yeux de la Reine, roula sur sa joue, puis tomba dans le creux de sa main. Elle tendit le bras vers Lilas, et Émilie y vit la précieuse goutte de tristesse… Qui fut sans tarder rejointe par une autre. Mais celle-ci semblait venir d'un autre œil…

Des centaines de larmes traversaient les airs pour venir se lover dans la paume de la Reine, des larmes que chaque fée versait pour Lilas, et on eût dit une rivière d'étoiles. La larme première ne grossissait pas ; elle brillait un peu plus à chaque sœur qui la rejoignait. Mais une manquait encore, et la première larme de Lilas s'envola vers la Reine. À l'instant précis où elle se joignit aux autres, il y eut un éclat si lumineux qu'Émilie dut fermer les yeux. Quand elle les rouvrit, la larme avait disparu.

« Lilas, tu peux rentrer chez toi. Ton vœu est exaucé.

– Merci… »

La silhouette de Lilas s'estompa. Ses larmes coulaient toujours lorsqu'elle s'évanouit.

Un silence rassurant les entourait, rythmé par le vent. Le temps n'existait plus. Ils avaient encore l'éternité.

« Qui d'entre vous parlera, maintenant ?

– Lilas a fait le vœu qui nous tenait tous à cœur, dit Cosme. Je n'en vois pas d'autre à faire pour le bien-être de l'humanité… Alors, je me permettrai de vous solliciter pour autre chose. »

Court silence.

« Je souhaite retrouver Ania et notre fille, telles qu'elles étaient au moment de notre séparation.

– Soit. »

Joignant le geste à la parole, la Reine tendit les mains. Des volutes de fumées blanche et noire s'en échappèrent, pour se diriger vers le centre de l'amphithéâtre. Une matière similaire s'échappait des mains de chaque fée. Toutes arboraient des couleurs différentes. Les fumées se mêlaient de telle manière que l'espace fut bientôt rempli d'un tourbillon de couleurs, qui valsaient de plus en plus rapidement. La danse atteignit son apogée : on ne distinguait plus le bas du haut, la gauche de la droite, le ciel des nuages. Puis la brume de couleurs se retira, aspirée vers les cieux.

Cosme n'attendit pas de les reconnaître pour se précipiter vers la silhouette qui se devinait derrière le reste de nuage multicolore, ombre d'une femme portant son enfant. Émilie n'entendit qu'un seul cri, alors que les fantômes s'affirmaient, un cri d'amour qui lui noua l'estomac.

« Ania ! Émilie ! »

C'était la première fois qu'elle entendait le nom de la fille de Cosme.

Quand le brouillard acheva de se dissiper, Cosme était devenu transparent et serrait dans ses bras une belle femme blonde et une jolie petite fille.

Il semblait avoir rajeuni, et son Émilie avait certainement moins de dix ans.

Lorsqu'ils eurent disparu, Émilie avait la gorge trop serrée pour articuler un mot.

Narga se tourna vers la Reine, les yeux brillants.

« Je souhaite pouvoir voler dans le ciel, sans aucune limite, sans crainte du froid, du chaud et du temps, comme l'être le plus libre de l'univers.

– Soit. »

Les ailes de la Reine se mirent à battre. Avec lenteur, puis de plus en plus vite. La Reine restait immobile cependant, et comme auparavant les autres fées l'imitèrent. Les nuées vrombissaient. Émilie vit se dessiner dans le dos de Narga deux ailes, immenses et magnifiques, entièrement transparentes. Un tissu d'étoiles. Émilie y décelait mille détails sur la multiplicité des chemins qui s'ouvraient à son amie. Cependant, au moment où elle allait apercevoir leur centre et leur fin, au moment où les étoiles se rejoignaient, et où les ailes s'achevaient, elles disparurent. Elles éclatèrent en mille morceaux scintillants, avec autant de tintements, et Narga s'élança vers le ciel étoilé en poussant un cri de joie.

Elle volait en effet, et Émilie songea qu'il n'existait au monde meilleure représentation du bonheur. Elle regarda son amie jouer dans les nuages, tourner, virevolter, plonger, remonter, danser, plus libre que l'air, plus libre que n'importe quel être vivant, et heureuse, si heureuse…

Bientôt, Narga ne fut plus qu'un point, et elle ne la vit plus.

« Pourquoi ses ailes se sont-elles brisées ?

– Ses ailes sont son avenir. C'est à elle de tracer son chemin. Et toi, Émilie, quel est ton vœu ? »

Émilie plongea la main dans sa poche et en sortit le petit livre volé aux Archives, si doux et si mystérieux. Avec le poème, craquelé à force d'avoir été manipulé. Émilie se rappelait tant de signes, tant de pages qu'elle n'avait pu comprendre. Et Li, au milieu de ses équations…

« Je souhaite savoir lire toutes les langues du monde, toutes les comprendre, et toutes les écrire.

– Soit. »

Émilie se laissa envelopper par le regard de la Reine. Par ces minuscules disques changeants, qui voyaient tout. Rien d'autre n'existait qu'eux, et ils grandissaient à chaque seconde, alors que les fées joignaient leur regard à celui de leur Reine. Émilie voyait par leurs yeux, et se noyait avec joie dans les deux globes de sagesse désormais plus grands qu'elle. Y avait-il tant à lire ?

Quand elle ouvrit les yeux, Émilie se tenait toujours devant la Reine des fées, qui la regardait avec un visage affable.

« Je sais lire ?

– Toutes les langues du monde, comme promis, » répondit la Reine.

Émilie perdait en substance. Son départ était proche.

« Qui a écrit le poème ? »

Les lèvres de la Reine s'ouvrirent pour parler, mais sa réponse se perdit dans les limbes.

Volerait-elle avec Narga ? La fille de Cosme porterait-elle un béret ? Lilas et Italy auraient des enfants… Elle voulait ouvrir les Archives, et lire, lire, lire…

La réalité allait apparaître.

Mais avant de courir vers ceux qui l'aimaient, Émilie sortit le petit livre de sa poche. À la vue du titre, elle oublia ce que signifiait ne pas savoir lire. Les signes ne pouvaient pas ne pas avoir de sens : ils incarnaient le sens. Aux yeux d'Émilie, c'étaient les lettres, les mots qui avaient changé, non ses propres capacités. Et le titre du livre… Ce mot emblématique dont elle se souvenait enfin, vieil ami oublié, qu'elle refusait de formuler comme on hésite à se remémorer un visage... Pourquoi ? Il s'offrait à elle à présent. Il s'imposait au monde, et personne ne lui interdirait jamais d'en parler. C'est à tous ceux qu'elle aimait, à son cœur chaleureux, qu'elle destina ces mots, qui ne devaient sans doute rien au hasard de s'être trouvés sur son chemin.

« La Bibliothèque. »

III

Une odeur de cuir, un bruit de page, un souffle… Émilie fixait le dernier signe de son rêve, et reconnut le symbole du bonheur.

Elle referma le livre. Autour d'elle, quelques âmes lisaient encore, inconscientes du rêve qui s'achèverait bientôt.

La grande porte était là, entrouverte, et les hautes fenêtres, et les signes d'or dont le sens restait à découvrir.

Émilie entendit le plancher grincer sous ses pas. Lui souhaitait-il la bienvenue ?

Elle n'avait ni faim, ni froid, et n'éprouvait aucune fatigue.

Son esprit était embrumé. Ce qui semblait un instant auparavant l'essence même de l'existence s'effaçait si vite… Remplacé par cette nouvelle réalité qui, elle, ne faisait aucun doute. Narga, Cosme, Lilas, Italy, les fées, les sirènes, Avalon, Taméo… Tout cela n'avait donc été qu'un rêve ?

Un livre. Un livre fabuleux, songea Émilie en caressant la couverture vert foncé.

Les dernières âmes sortirent de la Bibliothèque.

Antonie vint refermer la porte, et il sembla à Émilie qu'elle n'était jamais partie. Antonie. Pas Antonia. Il ne s'agissait que d'un rêve, mais elle l'avait tant pleurée… Elle, et les autres Clandestins. Elle ravala ses larmes. Antonie la regardait avec douceur, beaucoup plus jeune que dans son souvenir.

« Le livre t'a-t-il plu ? demanda la Bibliothécaire.

– Un livre ? Ou un rêve ?

– Dans notre cas, un livre. Et une vie.

– Un livre ou une vie, quelle importance ? Il y a toujours une fin.

– Oui.

– C'est cela, être Bibliothécaire ? Vivre une aventure merveilleuse… Pour se la voir arracher au meilleur moment.

– Ou connaître des souffrances si atroces, qu'on est heureux de pouvoir s'en délivrer un jour.

– Mais que valent tous ces livres, s'ils ne sont que des rêves ?

– Pas des rêves. Ce sont des vies à explorer… Et nous avons le pouvoir de vivre plusieurs vies.

– Juste au moment où j'allais enfin avoir ce dont je rêvais, il faut que tout s'arrête… Pourquoi ?

– Parce que tu es une Bibliothécaire. C'est notre don, et notre malédiction ; toutes les vies nous sont offertes.

– Des vies… Mais ce que je viens de lire n'était pas une vie, tout était programmé depuis le début ! Nos actes, nos succès, nos échecs, nos pensées…

– Détrompe-toi. J'ai imaginé les sirènes, Avalon et les fées. J'ai créé Narga, Cosme, Lilas, Italy et Taméo, mais tu as fait tout le reste. Je t'ai rejointe parfois, pour explorer ton rêve sans que tu me voies. Tu en as créé l'arrière-plan, le décor, les enjeux, et même certains personnages. Quelques-unes de tes intuitions venaient de moi ; cependant, les pensées que tu as eues n'appartiennent qu'à toi.

– C'est vous qui avez écrit cette histoire ? répéta Émilie, stupéfaite.

– Oui. Je savais ce qui te manquais, et quelles expériences je voulais te faire partager. Je t'ai fait voir certaines parties de mon monde, tu m'as montré un peu du tien. Je te remercie de m'avoir accordé une place aussi importante dans ton cœur.

– L'Ancienne… Ce n'était pas censé être vous, alors ?

– Je t'ai laissé la possibilité d'imaginer qui tu voulais, ici comme pour Jean.

– Je ne sais pas quoi dire, soupira Émilie. J'ai adoré ce rêve, j'y ai tant appris… Et pourtant, j'ai l'impression d'avoir été manipulée. Que vous aviez tout prévu à l'avance.

– Encore une fois, tout ce que tu as pensé n'appartient qu'à toi. Pour le reste, disons que je t'ai guidée… Mais tu aurais très bien pu abandonner le livre en cours de route.

– Je ne savais pas que je lisais, comment aurais-je pu partir ?

– En te rappelant. En forçant ta mémoire à se souvenir que tu lisais, en obligeant tes yeux à voir les mots derrière les objets.

– J'ai été tentée. Plusieurs fois. Mais je n'ai pas pu insister… Sauf à la fin.

– Tu n'avais plus le choix.

– Devrai-je oublier que je lis à chaque rêve ? Et revenir brutalement à la réalité ?

– L'oubli est la condition de la lecture. Si les humains prenaient conscience de leur sommeil, crois-tu qu'ils pourraient rêver ? Et réciproquement, s'ils se consacraient pleinement au rêve, ils ne pourraient plus vivre. Toi et moi, nous sommes comme eux. Nous devons oublier, pour profiter de toutes les réalités. Surtout, nous ne devons pas préférer une vie aux autres… Si l'on reste enfermé dans une seule réalité, le sens disparaît. C'est ce qui est arrivé à Jean.

– Il a été votre apprenti avant moi…

– Puis il est parti, et ce qu'il a fait sur Terre n'est sans doute pas très éloigné de ce que tu as imaginé.

– Mais si vous aviez tout organisé dans mon rêve…

– J'ai posé les principes. Je t'ai laissé le soin de les appliquer. Je cherche à t'ouvrir l'esprit, Émilie, non à te berner. Le temps viendra où tu traceras toi-même ton chemin. Pour l'heure c'est à moi de t'en donner les moyens. Aurais-tu préféré écrire ce livre toi-même ? Tu l'aurais vécu différemment alors, car tu en connaîtrais les rouages. Tu en serais sortie trop souvent pour que l'effet soit ce qu'il fut en cette occasion. Vois cela comme une histoire. Je l'écris : tu la vis. Et il faut croire que je l'ai bien écrite, puisque tu es si triste d'en sortir. Mais n'oublie jamais que c'est ton privilège, et ta nature. Toutes les vies te sont offertes, à

493

la condition que tu ne restes enfermée dans aucune d'entre elles. Quelle que soit celle que tu choisis, le plaisir de l'ignorance t'es refusé. Tu ne peux échapper à cette multiplicité. Mais rien ne t'empêche de relire un livre, et de l'apprécier presque autant que la première fois. Tout repose dans ce dont tu te souviens, et dans ce que tu oublies. Il s'agit de trouver, entre ces deux pôles, l'équilibre qui saura te rendre heureuse. Fais confiance à la voie sur laquelle je te mène : quand tu seras prête, tu pourras choisir. »

Un silence serein s'installa, qui rappela à Émilie l'atmosphère du royaume des fées. Elle se satisfaisait des explications de la Bibliothécaire, et le sentiment d'avoir été trompée eut bientôt disparu. Antonie lui ouvrait de nouvelles voies. Une histoire, un indice pour la vivre, et la liberté de l'interpréter. Quant à sa déception, elle allait de pair avec la nature même des livres, qu'encadreraient toujours un début et une fin. Pourquoi devait-il y avoir une fin ? Elle aurait pu rencontrer la famille de Cosme, lire tous ces livres aux Archives, voir grandir les enfants de Lilas et d'Italy, s'amuser avec Narga, revoir Galatée, Aurore et les autres… Cette réalité n'existerait donc jamais ? Si seulement elle avait pu finir sa vie là-bas… Elle serait partie, oui, mais au moment de mourir alors, quand tout aurait été vraiment terminé. Mourir… Un Bibliothécaire pouvait-il mourir ? Elle ne savait plus.

« Les Bibliothécaires meurent, tout comme les humains, répondit Antonie. Nous avons seulement une vie beaucoup plus longue qu'eux… Rappelle-toi de Léonore et d'Icare. Quand le temps vient, le Bibliothécaire part et laisse la place à son apprenti. »

Silence.

« Qu'est-il arrivé à Jean ?

– Il n'a jamais pu accepter que les livres aient une fin, que les rêves s'interrompent. Il cherchait désespérément un livre qui dure toute une vie. J'ai essayé de l'aider à trouver la voie qui lui correspondait. Quand la porte s'est ouverte, ce n'était pas celle que j'espérais. Ce que tu viens de vivre n'est pas si différent de ce qui s'est passé dans ton monde : les paroles que Doutance t'a permis d'entendre sont bien les siennes. J'ai assisté à une grande partie de ce discours. »

Émilie frissonna.

« Je suppose qu'il n'y a pas de magie, là-bas, pour le combattre. Sur Terre.

– Non. Je me suis inspirée de croyances anciennes. Des histoires… Pour créer mon histoire.

– Mais vous dites qu'il y a plusieurs réalités… N'y aurait-il pas un moyen de les faire se croiser ? De rendre le rêve réalité, pour tout le monde ?

– Et que Jean s'efforce-t-il de faire, à ton avis ? »

Émilie se tut, incrédule. Ses pensées suivaient-elles le même cours que celles de Jean ?

« J'œuvre pour leur bien à tous… Ils doivent me laisser faire. »

Émilie sentit sa bulle d'espoir éclater. Jean était retourné sur Terre avec exactement les mêmes idées qu'elle… Qui avaient conduit à la mort de milliers de gens, dont ses parents, parce qu'on les considérait inaptes au bonheur.

« Tout le monde a le pouvoir d'être heureux… Le système emprisonne les gens inaptes parce que leur bonheur ne dépend pas d'un bout de plastique. »

Mais si le bonheur ne dépendait pas d'elle, à quoi servait Émilie ? À quoi servaient les rêves ?

« Les rêves sont à la fois des exutoires, des histoires, et des illusions perdues, répondit Antonie. Les missions du Bibliothécaire sont aussi nombreuses et fluctuantes que les rêveurs. Il n'y a pas de solution à ton problème ; tu dois croire en toi, et être patiente. Il faut également te préparer à affronter Jean, le jour où il viendra.

– Mais s'il est sur Terre…

– Il cherche à revenir ici. Il a remarqué ta disparition : il sait ce que cela signifie. Tu doutes, tu commences à peine à saisir l'amplitude de la vie, de la lecture et des rêves. S'il venait maintenant, tu serais une proie facile. Tu dois absolument continuer ton apprentissage. Pour que, le jour où vous vous rencontrerez, tu sois en pleine possession de tes désirs et de tes potentialités.

– Devrai-je l'affronter seule ?

– Tu devras l'affronter libre. Connais-toi toi-même : telle est la voie que tu devras suivre pour triompher de lui.

– Peut-il nous tuer ?

– C'est un lecteur très habile, doté d'une volonté peu commune. Ses mots seront ses armes, et dans un livre, tel que nous le vivons, ils peuvent être mortels.

– Que se passera-t-il si… Nous mourons toutes les deux ?

– Les hommes ne rêveraient plus. Ils retourneraient à leurs plus bas instincts, avant de s'éteindre. Mais qui sait si, alors, le premier Bibliothécaire ne reviendrait pas ? »

Antonie sourit.

« Ta présence le prouve : la Bibliothèque veut un Bibliothécaire. Elle veut que quelqu'un me succède, et elle t'a choisie après Jean. »

Émilie aurait voulu éprouver la même confiance qu'Antonie. Mais tant de doutes l'assaillaient, tant de questions demeuraient sans réponse…

« Lorsque j'étais chez les sirènes, j'ai vu mes parents. Les avez-vous imaginés ?

– Non. Ce que tu as vu dans cette perle est réellement arrivé.

– Mais je n'ai aucun souvenir de mes parents…

– J'ai vu leurs rêves. J'en ai déduit ce qui s'est passé. Dans son dernier rêve, ta mère prenait le Revery, le monde devenait silencieux, et elle te retrouvait. C'est ce qu'elle associait à l'idée de solution et de paix. Ton père, lui, préférait renverser la société et vous retrouver toi et ta mère. C'était sa façon de voir le bonheur.

– Cosme, sa fille…

– Je n'ai pas choisi son nom au hasard.

– Il y a eu le naufrage, les combats avec les Ombres, l'Everest, les Archives… Je suppose que je ne suis pas morte parce que vous ne l'aviez pas écrit, mais peut-on mourir dans un rêve ?

– Quand la mort fait partie de l'histoire, oui. Cela revient à se réveiller, plus ou moins brutalement.

– Et… Le rêve que j'ai eu, en écoutant le troisième chant des sirènes ? Celui qui était supposé me montrer mon avenir ?

– Qu'y as-tu vu ?

– Je me souviens seulement d'un garçon aux cheveux noirs.

– Ici, j'ai laissé libre cours à ton imagination. Ton avenir te dira ce qu'il en est. »

Émilie garda le silence.

Le palais des sirènes, Avalon, la demeure des fées, les odeurs, les sensations… Elle se souvenait de tout, et sa tête lui paraissait trop étroite pour contenir tant de pensées.

« Ces paysages, ces choses extraordinaires que j'ai vécues… Comment avez-vous fait pour imaginer cela ? L'illusion était parfaite. Rien ne manquait.

– Vois-tu, si Jean est caractérisé par sa volonté, ma propre spécialité est l'imagination. Créer est ma passion, et j'aime à l'exercer du plus infime au plus spectaculaire.

– Et moi, quel est mon point fort ?

– C'est à toi de le découvrir.

– Jean cherche à confondre rêve et réalité, dit lentement Émilie. Vous m'avez dit que les événements du livre n'étaient pas très éloignés de ce qui s'est réellement passé sur Terre… Alors je ne sais plus. Y a-t-il vraiment une limite ? Entre le rêve, la lecture et la réalité ?

– C'est en toi que tu dois trouver la limite. À force d'expériences… À force de passer d'une vie à une autre.

– Pour les âmes, la limite est plus claire…

– Oui, car elle fait partie de leur nature.

– Mais si une âme lisait ce livre, n'en ressortirait-elle pas changée ? On ne peut rester indifférent à de telles merveilles…

– Les âmes oublient le début, et vont rarement jusqu'à la fin. Si elles lisaient ce livre, elles se souviendraient des sirènes, d'un monde en guerre et d'une mission importante… Quand bien même elles iraient jusqu'au bout, ce sont des âmes. Pour elles, jamais le rêve n'aura la saveur de la réalité.

– Et si le Bibliothécaire aide une âme à lire ?

– Elle se souviendra de son rêve mieux que d'habitude ; encore cela n'est-il pas une garantie contre l'oubli. »

Émilie resta un instant silencieuse.

« Je ne les reverrai plus, alors ? Narga, Cosme, Lilas, Italy et les autres…

– Qui dit nouveau livre dit nouveaux personnages… Peut-être, quand ton imagination sera libre, choisiras-tu de les faire réapparaître. »

La gorge d'Émilie se noua. Elle se retrouvait seule, à nouveau, après tant d'aventures…

« Que dirais-tu de m'aider à prendre soin des âmes ? Quand tu te sentiras prête, tu pourras commencer un nouveau livre. »

Émilie acquiesça. Antonie tourna la clé qui ouvrait la porte de la Bibliothèque.

◆

La Bibliothécaire avait exagéré sa proposition, car la seule aide qu'Émilie lui apportait consistait à aller chercher les livres.

Dans un endroit où l'espace n'existait pas, cela pouvait sembler une mission vaine, mais elle était heureuse de l'accomplir. Parcourir les rayonnages l'aidait à organiser son esprit. Les âmes l'intriguaient davantage à chaque passage. Elle s'essayait à deviner leurs maux aussi bien qu'Antonie, mais n'osait pas ouvrir les rêves qu'elle lui apportait, crainte de s'y laisser entraîner.

Il lui sembla aller chercher des milliers de livres, pour des milliers de rêveurs. Toutefois, elle ne ressentait aucune lassitude, aucune fatigue dans ce labyrinthe de papier où son corps ne pesait rien. Elle s'enivrait des odeurs, des sons, des murmures qui donnaient l'impression d'émaner des livres. Cette atmosphère l'apaisait.

La plupart de ses questions et de ses doutes s'évanouirent dans la certitude du plaisir de lire. Lorsqu'Antonie referma la porte, Émilie se sentait prête à pénétrer un nouvel univers.

À commencer une autre vie et un autre rêve.

À lire son deuxième livre.

LEXIQUE

ADN : Acide DésoxyriboNucléique

AVS : Avion à Vitesse Supérieure

CASS : Centre d'ApprentiSSage de l'aptitude

CATECO : CAbine de TÉléportation COllective

CATI : CAbine de Téléportation Individuelle

CED : Centre d'Éducation

CEL : CEntre de Loisirs

CES : CEntre de Soins

Cifu : Cité du Futur

CIM : Cinéma IMmédiat

Cimer : Cité des Merveilles

Cipro : Cité des Prodiges

Corvati : Centre d'ObseRVATIon

CUI : Carte Universelle d'Identité

DECED : Directeur Éducateur du Centre d'ÉDucation

EPSY : Experte en PSYchisme

JEL : Jeux En Liberté

Prépro : Prestataire de procréation

Préso : Prestataire de réseaux sociaux

QUV : QUestionnaire Vocal

RUL : Répertoire UniverseL

TAP : Test d'APtitude

TGV : Train de Grande Vélocité

www.ingramcontent.com/pod-product-compliance
Lightning Source LLC
Chambersburg PA
CBHW031024030726
47497CB00004B/999